ULLA-LENA LUNDBERG

Eis

GOLDMANN
Lesen erleben

Buch

Auf den windumtosten Örar-Inseln, einem Archipel abseits der Schiffsrouten zwischen Finnland und Schweden, steht ein Generationswechsel bevor: Mit der Ankunft ihres neuen Pfarrers Petter Kummel bricht für die Inselbewohner Mitte der 1940er-Jahre eine ganz neue Ära an. Die eher einfachen Fischer und Bauern verfallen schnell der optimistischen, aufgeklärten Ausstrahlung des jungen Pastors, seiner Frau Mona und ihrer kleinen Tochter Sanna. Diese erliegen umgekehrt dem rauen Charme der Landschaft und ihrer Gemeinde. Schnell fühlt sich die Pfarrersfamilie heimisch und vertraut in ihrer neuen Umgebung. Doch auf dem Meer und dem Eis, das im Winter die Kirchinsel mit den Höfen verbindet, herrschen unsichtbare, uralte Mächte, für deren Warnungen die Zugezogenen keinen Sinn zu haben scheinen …

Meisterhaft erzählt Ulla-Lena Lundberg vom Zusammenhalt einer kleinen Inselgemeinschaft, von Versuchungen und schwelenden Konflikten und vom Glück, das im Familienleben und in den Dingen des Alltags liegen kann. Wie spektakulär dieses Glück in Wirklichkeit ist, erweist sich am Ende erst durch seine Zerbrechlichkeit. Für »Eis« wurde Ulla-Lena Lundberg mit dem Finlandia-Preis ausgezeichnet, Finnlands wichtigstem Literaturpreis.

Autorin

Ulla-Lena Lundberg, geboren 1947 auf den Åland-Inseln, zählt zu den bedeutendsten finnlandschwedischen Autoren. Seit ihrem Debüt im Alter von 15 Jahren veröffentlichte sie zahlreiche Romane, Hörspiele und Sachbücher und wurde mit einer Reihe von Preisen geehrt. Die Übersetzungsrechte von »Eis« wurden in viele Länder verkauft; es ist der erste Roman der Autorin, der auf Deutsch erscheint.

Ulla-Lena Lundberg

EIS

Roman

Aus dem Schwedischen
von Karl-Ludwig Wetzig

GOLDMANN

Die Originalausgabe erschien 2012 unter dem Titel »Is«
bei Schildts & Söderströms, Finnland.

MIX
Papier aus verantwortungsvollen Quellen
FSC® C014496

Verlagsgruppe Random House FSC® N001967

1. Auflage
Taschenbuchausgabe März 2016
Wilhelm Goldmann Verlag, München,
in der Verlagsgruppe Random House GmbH
Lizenzausgabe mit Genehmigung des mareverlag, Hamburg

Lektorat: Rudolf Mast
Umschlaggestaltung: UNO Werbeagentur, München,
unter Verwendung eines Entwurfs
von Simone Hoschack, mareverlag, Hamburg
Umschlagmotive: Plainpicture / neuebildanstalt / Gertz;
[M] shutterstock / Butterfly Hunter
KS · Herstellung: Str.
Druck und Bindung: GGP Media GmbH, Pößneck
Printed in Germany
ISBN: 978-3-442-48317-4
www.goldmann-verlag.de

Teil I

Erstes Kapitel

Wer einmal die Veränderung in einer Landschaft gesehen hat, sobald ein Schiff ins Blickfeld kommt, wird sich nie mit der Behauptung einverstanden erklären können, dass ein einzelnes Menschenleben ohne Bedeutung sei. Ein solcher Frieden liegt über Wasser und Land. Die Leute lassen den Blick über die Hafenbucht schweifen, das Auge ausruhen, und schauen dann weg. Es ist, wie es immer ist. In jeder Brust sehnt man sich nach etwas anderem, und alles, wonach wir uns sehnen, kommt mit einem Schiff.

Es reicht schon, wenn nur ich komme, ich, Anton mit der Post. Unten in der Kajüte mag sitzen, wer will, doch zwischen Himmel und Erde steigt Erwartung auf, sobald der Erste mich erspäht. Die Landschaft liegt nicht mehr still da, alles kommt in Bewegung, sobald die Nachricht die Runde macht. Einige sind schon losgerannt und rufen: Sie kommen!

So ist es auch mit denen, die sich, uralt und unsichtbar, außerhalb des Sichtkreises aufhalten. Wenn sich ein Mensch nähert, wird die Luft dichter, du spürst, wie sie näher herandrängen und etwas über dich in Erfahrung bringen wollen, obwohl du den Verdacht hegst, dass sie gar nicht mehr wissen, was es heißt, ein Mensch zu sein. Und obwohl dich der Gedanke beschleicht, dass sie keine Menschen mehr sind und uns die Wesen, deren Anwesenheit du nur ahnst, nicht mehr ähneln. Dennoch nimmst du das pochende Begehren wahr, mit dem sie wissen wollen, wer du bist.

Obwohl ich volle Fahrt voraus laufe, komme ich nur langsam voran. Alles ist in Aufregung, ich sehe, wie sie zappeln und versuchen stillzustehen, während sie warten. Ich tue, was ich kann, halte Kurs, stelle im rechten Moment die Maschine ab und treibe auf den Steg zu. Kalle steht mit der Trosse und einem Fuß bereit für den Fall, dass wir zu hart anstoßen sollten, aber meistens streifen wir den Steg nur leicht und machen dann fest. Die Passagiere sind dann bereits aus der Kajüte gekommen, Rufe und Gespräche fliegen zwischen Boot und Land hin und her, und die Welt sieht sehr anders aus als vorhin, als wir noch draußen für uns allein waren und die Leute an Land noch nichts von unserem Kommen wussten.

Heute mache ich gegen alle Gewohnheit am Kirchensteg fest, weil ich den neuen Pastor an Bord habe. Aus dem Grund haben sie noch ein wenig intensiver Ausschau gehalten als sonst und kamen gleich angelaufen, sobald wir weit draußen über der Kimm auftauchten. Der Küster spielte den Ausguck, und der Kantor hat dafür gesorgt, dass die Boote, mit denen sie gekommen sind, bei den flachen Felsen liegen, damit wir freie Fahrt zum Anleger haben. Warmer Rauch steigt aus den Kaminen, denn die Frauenzimmer haben angeheizt und das Essen auf dem Herd stehen. Es ist still an diesem Morgen noch im kältesten Mai, aber, hui, wie die Blicke und die Gedanken fliegen! Wie mag er sein? Wie wird es mit ihm gehen? Doch kein Bedenken wird nach außen hin sichtbar, denn man soll Menschen herzlich und ohne Vorbehalte empfangen, als ob es überhaupt keine Probleme geben könnte, wenn ein unbekannter Mensch eintrifft, an den man sich wird gewöhnen müssen.

Der Pastor hat schon eine ganze Zeit lang an Deck gestanden, obwohl ihn seine Frau mehrfach am Rock zupfte und meinte, er würde sich erkälten. Er aber bleibt draußen, und als er seine Kirche den Felsen hinaufsteigen und mit ihrem roten Dach herübergrüßen sieht, guckt er ganz feierlich, doch gleichzeitig geht ein breites Lächeln über sein Gesicht, und als wir in die Bucht einlaufen, sieht er so fröhlich aus, dass alle denken: Mit dem wird es gut gehen. Er winkt schon von Weitem, und sie winken zurück und rufen »Willkommen!«. Er ruft: »Danke« und »Da sind wir, aber gute Leute, ihr seid ja mitten in der Nacht aufgestanden, um uns zu empfangen!«.

Er ist schon einmal hier gewesen und erkennt daher den Küster, den Kantor und Adele Bergman wieder, die im Kirchenvorstand sitzt und sich sehr für die Kirche und den Pfarrer engagiert. Aber jetzt ist es etwas anderes, wo er als stellvertretender Pfarrer wiederkommt und sich mit Frau und Kind hier niederlassen wird. Der erste Eindruck ist günstig. Doch als er an Land gehen will, schert das Boot ein kleines Stück vom Steg ab, so als ob die See ihn zurückholen wolle, und ein kalter Luftzug weht durch den Sund. Was das bedeuten soll, weiß ich nicht.

Adele Bergman weiß dagegen genau, dass es hier draußen eine dankbare Aufgabe ist, Gäste zu empfangen. Wenn sie von Åbo kommen, sind sie mindestens einen halben Tag unterwegs, die Zeit für die Anreise nach Åbo gar nicht mitgerechnet. In allen Arten von Wetter sind sie herumgeschaukelt und durchgerüttelt worden. Wenn sie endlich an Land schwanken, haben sie Sand in den Augen, und die Kleidung klebt ihnen kalt und klamm am Leib. Sie sind hungrig, und gleichzeitig ist ihnen schlecht. Sie klappern und schwitzen, sie schnauzen sich gegenseitig an und wünschen sich, sie wären nie hierhergekommen.

Auf solche Dinge gründet sich die berühmte Gastfreundschaft auf den Örar-Inseln. Der Mensch ist so eingerichtet, dass schon ein halber Tag reicht, um ihn sich hungrig, übermüdet und zerschlagen fühlen zu lassen. Wenn er dann unter ein trockenes Dach kommt, die Wärme vom Ofen spürt und man ihm etwas Warmes zu essen vorsetzt, fühlt er sich ernstlich, als habe man ihn im letzten Augenblick gerettet, und weiß denen, die ihn aufgenommen haben, gar nicht genug zu danken. Sicher ist den Inselbewohnern schon öfter gedankt worden, aber es ist trotzdem schön, und mit Freude haben sie Herd und Kachelöfen angeheizt, selbst wenn auch ihre Nacht dadurch reichlich kurz ausfiel.

Da stehen sie und gucken erfreut, Adele Bergman und ihr Elis, dann der Kantor, der Küster und Signe, seine Frau, denn nur selten wird einem für einen so geringen Aufwand eine solche Wertschätzung entgegengebracht. Neuankömmlinge zu begucken macht immer Spaß, aber diesmal sind sie außerdem ein offizielles kirchliches Empfangskomitee, das jede Berechtigung hat, die Neuankömmlinge auf dem Anleger zu erwarten, sie ausgiebig zu betrachten und sie dann unter ihre Fittiche zu nehmen und zum Pfarrhof zu lotsen.

Und sie in die Gemeinde einzuführen, denn es ist nicht unwichtig, dem Pastor gleich zu Anfang eine erste vage Vorstellung über gewisse Verhaltensweisen zu vermitteln, die ihm für seinen weiteren Werdegang von Nutzen sein dürften. Der neue ist noch jung und seine Frau noch jünger, da darf man wohl hoffen, dass sie klug genug sind, gut gemeinte Ratschläge anzunehmen.

Der Pastor strahlt gute Laune aus. Jungen Menschen kommt die Anreise unendlich lang vor, weil man sich nicht bewegen kann und es so wenig zu unternehmen gibt. Jetzt ist er froh, angekommen zu sein, dass er an Land gehen, Hände schütteln und Anweisungen für das Gepäck erteilen kann, dass er dem Postboten die Hand drücken und ihm dafür danken kann, dass der ihn mit all seinen Habseligkeiten direkt am Kirchensteg absetzt. Aber er freut sich auch noch auf andere Weise, denn zum einen ist es einfach sein Naturell, und zum anderen brennt ein Feuer in seiner Brust, entzündet von allem, was er in seinem Leben noch erreichen und erleben will.

Insgeheim denkt Adele Bergman oft, mit einem katholischen Geistlichen wäre es netter, der allein käme und mehr uns gehörte. In unserer lutherischen Kirche aber soll es einer mit Frau und Kind und Mobiliar sein, die ihn mit Beschlag belegen und Zeit und Aufmerksamkeit von ihm fordern. Man glaubt geradezu, mit einem Pfarrer, der all das nicht hat, stimme etwas nicht, und darum gucken alle so schrecklich freundlich auf die Pastorsgattin, die gleich an Land kam und ein so kleines Kind auf dem Boden absetzte, dass man ihm noch kaum zugetraut hätte, schon auf eigenen Beinen stehen zu können. Ein kleines Mädchen ist es, in Mütze und Mantel mit einem Schlitz im Rücken. Ein richtiges Pfarrhofsfräulein, sagt der kinderliebe Kantor galant, als er aufmerksam auch die Kleine begrüßt.

»Willkommen auf Örar«, sagt er, und das Kind fängt nicht an zu weinen, sondern blickt ihn ernst an.

Die Frau des Pastors ist klein und flink. Sie weiß ja nicht, dass das Boot warten wird, bis alles ausgeladen ist, darum wirft sie ihrem Mann einen wütenden Blick zu, weil der sich, das Kind auf dem Arm, unterhält, während sie sich abrackert, Koffer und Kisten und Bündel mit Bettwäsche an Land schleppt und sich erkundigt, was mit den an Deck verzurrten Möbelstücken passieren soll.

»Petter, komm jetzt her!«, ruft sie schließlich.

Der Pfarrer drückt Signe das Kind in die Hand, als wisse er, wie versessen sie auf Kinder ist. Er tritt eilig an die Reling, und die anderen folgen ihm. Kalle und der Skipper stehen auf der anderen Seite und verteilen, und im Nu hieven sie

Buffet und Anrichte, Tisch und Stühle von Bord, die dann unausgeschlafen auf dem Steg warten.

»Bezugsfertig«, stellt der Kantor fest. »Seeblick und hohe Zimmerdecken.«

Zwei Betten und ein Gitterbettchen folgen noch, ein Küchentisch mit Sitzbänken, ein Schreibtisch und eine Kommode und zwei Fahrräder, dann aber scheint der ganze Hausrat vollständig zu sein. Die Pfarrersfrau zählt nach und kontrolliert, während der Pastor dem Kind gut zuredet, das sich aus dem Arm windet und auf die Erde will. Adele wirft einen Blick in den Laderaum und staunt, wie viel Fracht der Kapitän aus Åbo mitgebracht hat.

»Nicht schlecht«, versichert der, »es läppert sich so langsam.«

Anderthalb Jahre nach Kriegsende darf man das aber auch allmählich erwarten.

Der Kapitän und Kalle müssen mit den Waren noch hinüber zum Ladenanleger, bevor sie nach Hause dürfen. Sie sehen die Frau des Pastors an und fragen, ob das alles war. Sie glaubt schon, worauf der Kapitän zur Maschine abtaucht, Kalle die Leinen loswirft und der Pfarrer sich noch einmal bedankt. Das Boot legt ab, die auf dem Steg bleiben stehen und schwatzen, obwohl sie doch ins Warme kommen und etwas essen sollten. Wie üblich bleibt alles an Adele hängen. »Seht ihr denn nicht, dass die Leute müde sind?«, meint sie. »Jetzt packt ihr das Allernötigste auf die Schubkarre, und dann gehen wir zum Pfarrhof!«

Durch den Tau gehen sie zum Haus hinauf, rot und drall steht es da, strotzend vor Kachelofenwärme, die aus den Schornsteinen wallt. Das Empfangskomitee hat ordentlich eingeheizt. In der Küche hüpfen Wasserkessel und Kaffeekanne auf den Herdringen. Der Grützetopf hat die Wärme gespeichert, belegte Brote liegen unter dem Gazeschirm neben der Milchkanne.

Ganz wie es sich gehört, bleiben sie stehen und schnappen nach Luft: »Nein, was für eine behagliche Wärme! Und wir haben geglaubt, wir kämen in ein kaltes und feuchtes Haus, und uns gefragt, wo wir wohl den Schlüssel holen sollten.« Und weiter: »Ja, ist es denn möglich? Ist das für uns? Nein, also wirklich, liebe Freunde!«

»Nehmen Sie Platz und greifen Sie zu«, fordern die Gastgeber mehrmals und in verschiedenen Tonlagen auf und setzen sich auch selbst, denn Adele hat in einem Korb genügend Tassen und Muckefuck für alle mitgebracht. Auch Brot, obwohl es eigentlich so gedacht war, dass davon etwas für die Pfarrersfamilie übrig bleiben sollte.

»Oh … oh, wie lecker«, sagen sie. »Was für ein Brot! Und Butter! Guck, Sanna, Papa tut ein Stück in die Hafergrütze, und jetzt nehmen wir einen großen Löffel. Hat das gut geschmeckt? Jetzt kannst du einmal zeigen, wie fein du schon Milch aus der Tasse trinken kannst. Und der Kaffee! Heiß, dass er bis in die Zehen wärmt. Ich weiß gar nicht, wie wir das danken und wiedergutmachen können.«

So geht es weiter. Es tut gut, das zu hören, eine Belohnung, die jeder Mensch für eine gut gelöste Aufgabe verdient. Das Empfangskomitee bleibt noch sitzen und schwatzt, obwohl jeder weiß, dass die Neuankömmlinge ein wenig Ordnung schaffen und sich dann ausruhen sollten. Von wie weit her sie aber auch gekommen sind, und wie schön es ist, endlich am Ziel zu sein und einen so herzerwärmenden Empfang bereitet zu bekommen. Hier möchten sie bleiben, denn besser wird es nirgends.

Der Pastor erkundigt sich, wer von welchem Hof kommt, und will wissen, wie weit die entfernt liegen. Der Kantor, mit dem er am häufigsten zu tun haben wird, wohnt am weitesten weg, aber das spielt er herunter: Was macht das schon, wenn man ein Boot hat? Sie brauchen ihn bloß anzurufen, dann wird er kommen. Der Küster wohnt ganz in der Nähe und muss lediglich über einen schmalen Sund setzen, wenn er zur Kirche muss, also kommt er gern auf einen Sprung herüber und packt mit an. Genau wie Signe, die jetzt in den Stall möchte, um die Kühe zu melken.

Da horcht die Pfarrersfrau auf, denn sie haben die beiden Kühe des Vorgängers übernommen. Sie glüht vor Interesse auf und fragt, ob sie mitkommen darf, bereut es aber sogleich, als ihr einfällt, was es an diesem Vormittag noch alles zu tun gibt. Also am Abend: »Wenn Sie, Signe, so nett wären und das heute noch einmal übernähmen, dann könnten wir am Abend zusammen gehen, und ab morgen übernehme ich es selbst.«

Sie schauen sie an. Die Pfarrersfrauen pflegen nicht in den Kuhstall zu gehen. Aber die hier behauptet, von einem Bauernhof zu kommen und sich besonders für Viehhaltung zu interessieren. »Darum wird es richtig Spaß machen, eigene Kühe zu haben, auch wenn es nur zwei sind«, erklärt sie, und der Pfarrer guckt stolz.

»Meine Mona hier, die kann alles Mögliche«, sagt er. »Hier sind wir richtig, denn hier werden wir das Vergnügen haben, über das Amt hinaus auch alles Praktische übernehmen zu können.«

Er wendet sich wieder an den Kantor, der auch Sprecher des Gemeindekirchenrats ist, und meint, sie hätten sicher noch eine Menge zu besprechen. Er hoffe, dem Kantor nicht zu viel Zeit zu stehlen, wenn er vorschlage, dass sie sich bereits im Lauf der Woche einmal formlos treffen sollten, um die üblichen Routinen in der Gemeinde durchzugehen, und dazu ist der Kantor gern bereit. Adele sieht, dass er den Pfarrer schon jetzt gut leiden kann, sogar überraschend gut. Gegenüber einem Geistlichen, der ihm weniger sympathisch gewesen wäre, hätte er sich ebenso zuvorkommend verhalten, aber etwas zurückhaltender, jetzt aber freut er sich darauf, sich des neuen anzunehmen und ihm eine Stütze zu sein. Wie er es, zu seinem eigenen Glück oder Unglück, für eine Reihe von Menschen ist, die ihm näherstehen. Sogar für Adele, obwohl er zu seinem heimlichen Bedauern schon verheiratet war, als sie in den Ort kam.

Die Frau des Pfarrers sagt, sie wolle ihren Petter heute noch zum Einkaufen in den Laden schicken, nachdem er sich ein wenig ausgeruht habe, und man beschreibt ihm den Weg. Das Fahrrad kann er in den Kahn laden und über den schmalen Sund rudern. Von da sind es nur noch fünf Kilometer bis zum Kaufladen.

»Gut, dass der Herr Pastor åländische Wurzeln hat«, meint Adele. »Andere Pfarrer, die aus der Stadt kamen, haben beim Rudern manchmal eine ziemlich komische Figur gemacht.«

Der Pastor lacht von Herzen und erklärt, es sei ein Glück, dass er mit der Leiterin des Genossenschaftsladens schon Bekanntschaft geschlossen habe, die ganz den Eindruck mache, als könne sie eine Freundin in der Not werden. Adele gibt ein förmliches »Bitte sehr« von sich und wird ungeduldig auf den Besuch warten. Der Pastor sitzt da und sieht nicht so aus, als habe er es je eilig, aber seine Frau wird unruhig, steht mit dem eingeschlafenen Kind auf dem Arm auf und sieht sich nach einem Platz um, wo sie es hinlegen kann. Wir sollten die Möbel ins Haus bringen und so schnell wie möglich das Allernötigste einrichten, denkt sie.

Adele sieht, dass sie nur mit Mühe ihre Ungeduld darüber unterdrücken kann, dass die anderen nicht gescheit genug sind, endlich zu gehen, so sehr wie es sie drängt, endlich anzufangen, und sie stellt fest, dass sie auch die Frau des Pastors sympathisch findet. Sie sind nämlich beide von derselben zupackenden Art, die immer dann gefragt ist, wenn etwas angepackt und erledigt werden muss. Lächelnd sehen sie sich an, die Pfarrersfrau hat sich nämlich ebenso ihr Bild von Adele Bergman gemacht.

Die erhebt sich und sagt: »So, liebe Leute, jetzt wollen wir die neue Pfarrersfamilie aber endlich Ordnung in ihr Heim bringen lassen. Wir bedanken uns und heißen sie noch einmal willkommen. Die Männer dürfen jetzt die Möbel vom Anleger herauftragen, und dann sagen wir Danke und Auf Wiedersehen.«

Auf den Höfen heißt es, Adele würde herumkommandieren, für viele aber ist es eine Erleichterung, wenn jemand klar ansagt, wo es langgeht. Der Kantor, der Küster und Elis bedanken sich und machen sich bereitwillig auf den Weg zum Steg, der Pastor läuft ihnen nach und sagt, er werde wohl noch mithelfen, seine eigenen Habseligkeiten zu tragen, irgendwo müsse doch Schluss sein. Mit vier kräftigen Männern geht es schnell, und bald steht alles zusammen im Wohnzimmer.

Ein letztes Mal danke und auf Wiedersehen. Fröhlich wie Kinder begeben sich der Küster und Signe zum Stall, Adele, der Kantor und Elis zum Kirchensteg, Helfer der Kirche und sichtlich Freunde. Erleichterung im Herzen, denn für den Anfang hat sich alles gut angelassen.

Zweites Kapitel

Man möchte sich gern vorstellen, dass sich der Pfarrer und seine Frau nun, wo sie endlich allein sind und im Begriff, ihr neues Leben auf dem eigenen Pfarrhof zu beginnen, einander zuwenden und umarmen. Aber sicher ist das nicht. Es gibt vieles, was im Lauf eines Lebens erledigt werden muss, und wenn man sich nicht beeilt, schafft man lediglich einen Bruchteil davon.

Zum Ausruhen bleibt keine Zeit, denn wie soll man alles auf die Reihe bekommen? Als Erstes müssen sie zusehen, Sanna, die in ihrem feinen Mantel auf dem Fußboden eingeschlafen ist, ins Bett zu bekommen. Also müssen zuerst die Rollen mit dem Bettzeug hereingeholt, die Decke und die Kindermatratze am Kachelofen angewärmt werden, bevor sie das Kinderbett machen und die Kleine hineinlegen können. Und wenn sie schon einmal dabei sind, können sie auch gleich die anderen Betten hereinschaffen und das Bettzeug auspacken, dann ist auch das erledigt. Da jetzt alles so einladend ausgebreitet ist, könnten sie eigentlich selbst ein kurzes Nickerchen halten, denn es ist schließlich erst acht, und der ganze Tag liegt noch vor ihnen. Aus der Überlegung heraus, dass sie in letzter Zeit zu viel geschuftet und viel zu wenig geschlafen haben, ist es die Frau, die den klugen Vorschlag macht, aber der Pfarrer ist viel zu aufgedreht, er sagt, er habe jetzt keine Ruhe, es gebe so viel zu sehen und zu tun.

»Verschnaufen kann man im Grab«, vertröstet er.

»Das sollte ein Geistlicher aber nicht sagen«, antwortet ihm eine belustigte Stimme. »Aber es heißt ja, da ruhe man in Frieden.«

Das ist Brage Söderberg von der Küstenwache, der nach den hiesigen Gepflogenheiten einfach ins Haus getreten ist, zumal die Tür offen stand. Damit beweist er umgehend die Hypothese, die Mona in den folgenden Jahren bitter und triumphierend zugleich ein ums andere Mal wiederholen wird: Wenn man sich einmal im Leben für ein halbes Minütchen hinlegen will, kommt natürlich jemand.

Und unleugbar ist Brage gekommen, wohlwollend lächelnd, eine für die Pfarrersleute unwiderstehliche Freundlichkeit und gute Laune ausstrahlend. Ungeniert steht er mitten im Umzugsdurcheinander und grinst, und der Pfarrer gibt rasch zurück: »Zum Glück kenne ich mich da aus.«

Wie es auf der Insel üblich ist, verschwendet Brage Söderberg keine Zeit darauf, sich vorzustellen, seinen Namen erfahren sie erst später auf Nachfrage vom Küster. Brage begrüßt sie beide herzlich und heißt sie willkommen und erklärt, er habe sein Küstenwachboot unten am Steg, und falls sie vorhätten, den Kaufladen aufzusuchen, weil sie doch am ersten Tag sicher viele Dinge benötigten, dann würde es gut passen, wenn sie gleich mit ihm kämen, denn er wolle selbst dorthin, um für die Station zu bunkern.

»Danke«, antwortet der Pfarrer. »Das Angebot kommt uns sehr gelegen, aber dürfen wir Ihnen wirklich solche Umstände machen?«

»Keine Umstände«, antwortet der Mann von der Küstenwache. »Man muss gucken, wie man zurechtkommt, wenn man auf einer Insel lebt.«

In den Ohren der Pfarrersleute klingt es wie eine wunderbare und ganz und gar originelle Feststellung, bis sie im Lauf der Zeit merken, dass sie am Ort zum Standardrepertoire gehört. Mit ihr drückt man die Selbstverständlichkeit nachbarschaftlicher Hilfe aus und auch eine Unzahl eigenmächtiger Handlungen und kreativer Lösungen, die sich nicht immer an die Grenzen der staatlichen Rechtsprechung halten. Der Pfarrer wittert eine Unabhängigkeit, nach der es ihn sein ganzes fest geregeltes Leben verlangt hat, und einen Anarchismus, der ihn große Sympathie für den noch namenlosen Brage Söderberg empfinden lässt. Der ist auf den Schwingen der Morgenröte gekommen und hat eine mühselige Expedition federleicht gemacht.

Durch die Pfarrersfrau aber geht ein Ruck, sie fliegt auf und läuft und holt ein Blatt Papier aus einer Tasche, zieht einen Stift aus einer anderen. An der Anrichte stehend, schreibt sie hektisch, tritt von einem Fuß auf den anderen und ruft entschuldigend: »Nur eine halbe Minute noch!«

Brage Söderberg sieht verwundert drein, dem Pfarrer schwant, dass man es hier sonst vielleicht nicht so furchtbar eilig hat. Doch darüber kann seine Frau jetzt nicht nachdenken, die Eile, die sie bei dem Beamten von der Küstenwache voraussetzt, bringt die beiden Männer auf Trab, und sie selbst läuft nebenher und schärft ihrem Mann ein, woran er denken, wonach er fragen, was er kaufen und bestellen soll. Sicher habe sie noch vieles vergessen, ruft sie und wedelt mit der Liste, er solle auch den eigenen Verstand gebrauchen und selbst mitdenken. Jetzt sollen sie voranmachen, los, los! Ob sie auch die Marken hätten? Gütiger Himmel, nein!

»Entschuldige, ich lauf schon.« Sie läuft los, und sie läuft schnell.

Puh! Brage Söderberg steht noch nicht auf so vertrautem Fuß mit ihnen, dass er einen Kommentar dazu abgibt, doch der Pfarrer erklärt leicht verlegen, dass sie in Eile sei, weil sie seine Arbeitszeit in Anspruch nähmen. Sie werde schon ruhiger, wenn sie sich ein wenig eingerichtet hätten. Während sie warten, betrachtet er mit unverfälschtem Interesse das Küstenwachschiff, sie erörtern Pferdestärken und Seetüchtigkeit, und der Pfarrer äußert die Hoffnung, um Rat fragen zu dürfen, falls er die Gelegenheit erhalten sollte, sich ein Motorboot zuzulegen, etwas, worauf er sehr hoffe. Da ist seine Frau schon wieder zurück, mit geröteten Wangen und ein wenig außer Puste. Sie reicht ihm nicht nur die Bezugsmarken, sondern, triumphierend, auch sein Portemonnaie, das auf dem Küchentisch gelegen hat. In dem ganzen Durcheinander! Musste er es denn jedes Mal gleich irgendwo hinlegen, sobald er ins Haus kam? Warum konnte es nicht einfach in der Rocktasche bleiben, so dünn und mager, wie es ist? Wie dem auch sei, jedenfalls braucht er dank ihres raschen Handelns und ihrer Aufmerksamkeit nicht schon am ersten Tag im Kaufladen um Kredit nachzusuchen und ihnen Schande zu machen.

Jetzt aber los! Als das Boot über den schmalen Sund davontuckert, scheint es langsamer zu sein als die Frau, die noch einmal die Anhöhe hinaufdampft. Doch als sie hinter dem Kamm außer Sicht ist, verlangsamt sie ihr Tempo etwas. Sie ist allein, obwohl ihr von dem ganzen Motortuckern, Reden und dem Schlafmangel der letzten Tage der Kopf brummt, und sie gesteht es sich zu, einmal durchzuatmen und die Kirche zu betrachten, die rotbemützt im ersten Anflug von Frühlingsgrün mitten in einem knallblauen Meer und hellen Himmel steht. Hübsch, gesteht sie sich zu denken zu, frische Luft, allerdings noch kühl, da dürfen wir Sanna noch bis Mittsommer warm anziehen.

Außerdem denkt sie, dass sie jetzt Haus und Heim und ein eigenes Leben haben, und mit Freude betritt sie das Pfarrhaus und macht sich daran, Möbel zu rücken und auszupacken. Aber zuerst, in der eigenen Küche, streckt sie die Hand aus und nimmt das letzte Butterbrot, mit ordentlich Butter drauf, das sie vielleicht dem Küstenwächter hätte anbieten sollen, aber auf den Gedanken ist sie nicht gekommen. Von jetzt an wird sie ihre eigene Butter herstellen, ihr eigenes Brot backen und all die Dinge tun, die es in einem kleineren bäuerlichen Betrieb zu tun gibt. Sie sieht, dass Signe, die Frau des Küsters, eine Kanne Milch in die Küche gestellt hat, noch warm. Falls Petter Mehl bekommt, kann sie Pfannkuchen backen, und wenn er Kartoffeln mitbringt, ist alles bestens. Am Abend kann er beim Steg ein Netz auswerfen, denn sie haben den Kahn und das Barschnetz des vorigen Pfarrers auf einer Auktion ersteigert. (Wo Petters allzu schwatzhafte und darum unaufmerksame und leicht übers Ohr zu hauende Verwandte als Mittelsmänner fungierten. Mit Enttäuschungen solcher Art muss man rechnen.)

Die Pfarrersfrau liebt ihren Mann. Liebe zwischen jungen Eheleuten ist nichts Außergewöhnliches, aber die Glut in der Brust der Pfarrersfrau ist etwas anderes. Es fällt ihr schwer, sie hinter den Rippen zu halten und zu verhindern, dass sie ausbricht wie eine Schweißflamme und Augenbrauen und Haare an allem, was ihr in den Weg kommt, versengt, in seine Zeit eindringt und in das Territorium, das rechtmäßig ihr zusteht. Da der Pfarrer so oft außer Haus oder von Amtsgeschäften in Anspruch genommen ist, dämmt sie das Feuer mit emsiger Geschäftigkeit ein. Die aufgewachte Sanna weiß, dass es das Beste ist, still in ihrem Kinderbettchen sitzen zu bleiben und nicht dem Wirbelwind in die Quere zu kommen, der da durch die Zimmer fegt. Gerade stürzt Mama an der Türöffnung vorbei und sieht, dass Sanna wach ist.

»Schlaf, schlaf«, ruft sie, »Mama ist ja da.«

Es scharrt und knarrt, als sie die große Anrichte im Wohnzimmer an ihren Platz schiebt. Kleine Pause, während der die Pfarrersfrau den Abstand von beiden Zimmerecken abschätzt, dann neuerliches Scharren und Knarren, bis die Anrichte auf den Zentimeter exakt ausgerichtet ist. So geht es weiter, bis auch Tisch und Stühle im Wohnzimmer richtig platziert sind. Krack, werden die Umzugskisten aufgebrochen, beginnt das Auspacken, ist die Anrichte voll. Die Geräusche entfernen sich, und Sanna weint in ihrer Verlassenheit. Mama ist so weit weg in diesem fremden Haus, dass sie, so laut es geht, weinen und in ihrem Bett aufstehen und aus vollem Hals »Mama! Mama!« rufen muss, bis Mama sie endlich hört.

»Still, Sanna!«, sagt sie. »Dir fehlt doch nichts. Möchtest du aufstehen?«

In einem Schwung hebt sie Sanna aus dem Bett und trägt sie durch Wohn- und Esszimmer in die Küche. Sie befühlt den Hosenboden und ist zufrieden, dass sie es geschafft hat, den Topf hervorzuholen und Sanna draufzusetzen, bevor ein Malheur passiert ist.

»Braves Mädchen«, sagt Mama, und im Handumdrehen sitzt Sanna auf dem Thron und guckt sich um. Vieles sieht sie zum ersten Mal in ihrem Leben und möchte etwas dazu sagen, weiß aber nicht, wie man die Dinge nennt. Bah vielleicht, oder Da.

»Da, da«, sagt sie und zeigt.

»Ja«, sagt Mama, »Fenster. Gardinen schaffen wir uns an, sobald welche zu bekommen sind. Papiergardinen sind traurig, ich glaube, die Küche muss warten, bis es wieder richtigen Stoff gibt.«

»Da«, antwortet Sanna.

Aber Mama liegt auf dem Fußboden und forscht auf dem Boden des Küchenschranks nach Spuren von Mäusen.

»Bei einem so alten Haus mit rissigen Dielen muss man auf alles gefasst sein«, vertraut sie Sanna an. »Wir müssen uns also schleunigst eine Katze zulegen. Möchte Sanna ein Kätzchen haben?«

»Da«, macht Sanna.

»Wir schaffen uns eins an«, entscheidet Mama. Sie hat alle Hände voll zu tun, denn sie will, dass alles fertig ist, wenn ihr Mann nach Hause kommt, damit ihm vor Staunen der Mund offen steht. Während sie auf ihren flinken Beinen herumläuft, überlegt sie, ob er sich wieder einmal so verquatscht, dass er nicht wegkommt, und gleichzeitig wünscht sie sich gerade, dass er es nicht eilig hat, damit sie es schafft, alles einzurichten.

Hungrig ist sie auch, denn kein Mensch kann so Stunde um Stunde schuften, ohne etwas zu essen. In der Kanne ist Milch, aber nicht einmal Sanna lebt von Milch allein. Bäh, heult sie los. So mager und klein, wie sie ist, weint sie sofort untröstlich, während derjenige, der ihr Beschützer sein sollte und für den seine Frau ihre bezahlte Stelle aufgegeben hat, im Ort sitzt und sich bei der Population lieb Kind macht. Die Pfarrersfrau füllt einen Topf mit Wasser, das vom Empfangskomitee ins Haus getragen worden war, und stellt ihn aufs Feuer. Der Herd zieht gut, aber es zieht überall auf dieser windigen Insel, und kein Baum schirmt den Kamin ab.

»Hier«, erklärt sie Sanna, »darf man die Ofenklappe nur einen Spalt weit offen haben, damit einem die Holzkloben nicht gleich durch den Schornstein gehen.«

»Buäh«, macht Sanna, und die Mama holt die Kiste mit dem Trockenvorrat. So dumm und grün hinter den Ohren ist sie nicht, dass sie sich auf eine öde Insel verschleppen ließe, ohne in der Lage zu sein, einen Schutzwall gegen Mangel und Not aufzuwerfen. Es gibt Tee, den sie und ihr Mann abends am Tisch im Wohnzimmer trinken werden, und gezuckerten Zwieback, den sie in etwas Milch aufweicht und auf dem diensteifrigen Herd anwärmt, ehe sie Sanna damit füttert.

»Lecker«, kommandiert sie, und Sanna schluckt und hört auf zu weinen. »Der Papa kommt bald nach Hause, dann machen wir etwas Richtiges zu essen. Anschließend geht Mama in den Stall, und morgen wird ein ganz normaler Tag.«

Ein ganz normaler Tag ist das, wonach sie sich am allermeisten sehnt, nach dem Krieg, nach Petters erster Stelle als Interimsvertreter eines verstorbenen Pfarrers, mit Frau und Neugeborenem in eine einzige Kammer mit Küchenecke gepfercht. Eigene Routinen zu haben, das ist das Schönste, was einem Menschen einfallen kann, der sich an alle möglichen Wechselfälle anpassen musste, über die er keine Kontrolle hatte. Nach einem eigenen Heim ruft ganz Finnland, und sie kamen hier angesegelt und sind nun ganz weit draußen auf der Ostsee gestrandet. Eingerichtet sind sie schon, innerhalb weniger Stunden hat die Pastorsgattin das Haus wohnlich gemacht, jetzt fehlt nur noch ein anständiger Essensduft. Sie hat keine Ruhe, mit Sanna auf dem Arm wandert sie von Fenster zu Fenster und späht nach draußen. In zwei Töpfen kocht brodelnd Wasser, damit sie, ohne Zeit zu verlieren, zubereiten kann, was immer er mitbringen mag.

»Schrecklich, wie schnell die Zeit vergeht«, sagt sie zu Sanna. »Bald ist es Zeit fürs Melken, und ich habe mit dem Kochen nicht einmal angefangen. Wo bleibt er denn?«

»Gä«, sagt Sanna, »Papa-papa-papa.«

»Er kommt bald«, sagt die Mama. Nachdem sie es einige Male wiederholt hat, kommt er, unter schweren Lasten krumm gebeugt, während das Küstenwachboot Kurs auf seine Station nimmt. Die Pfarrersfrau hat sich vorgestellt, ihm das Haus zu zeigen, doch nachdem er Sanna auf den Arm genommen hat und erste Bewunderung äußert, ruft sie, sie hätten keine Zeit, müssten etwas in den Bauch bekommen. Außerdem komme Signe jederzeit, und dann müsse gemolken werden.

»Und, was hast du bekommen?«

Der Pfarrer ist zufrieden, er hat eine Verproviantierungstour von Gottes Gnaden erlebt.

»Wenn ich nicht mit dir verheiratet wäre, würde ich um Adele Bergman anhalten«, sagt er. »Was für eine Frau! Sie thront da wie ein höheres Wesen, zu dem alle aufblicken. Rate mal, was sie getan hat! Sie hat mich in ihr Büro zitiert und aufgefordert, Platz zu nehmen. Mir wurde klar, dass sie reden würde und ich zu antworten hätte, wenn ich gefragt würde. Sie meinte, sie könne sich denken, dass wir an Lebensmitteln außer Milch so gut wie alles brauchen könnten, und darum habe sie am Morgen schon einmal ein bisschen was für uns beiseitegestellt. ›Bevor es ausverkauft ist‹, hat sie gesagt. Und weiter: ›Es ist verblüffend, was die Leute alles hamstern, nur weil für bestimmte Dinge jetzt die

Rationierung aufgehoben wurde. Als es alles auf Bezugsschein gab, konnte man wenigstens die Absatzmengen kalkulieren.‹

Ich saß wie benommen da und dachte im Stillen, selbst wenn es gar nichts gäbe, verfügte Adele Bergman mit Sicherheit über ein kleines Vorratslager, aus dem sie etwas an bestimmte Privilegierte verteilen würde. Wir gehören jetzt zu diesen Auserwählten. Ich habe Mehl, Mona. Ich habe Zucker. Ich habe Haferflocken und Grießmehl. Ich habe Eipulver. Ich habe Erbsen. Für heute Abend haben wir Hering, und danach fischen wir selbst. Ich habe Salz. Ich habe genügend Knäckebrot, bis wir dazu kommen, selbst zu backen, und als Willkommensgeschenk habe ich sogar ein frisches Brot mitgebracht. Diese wunderbare Frau hat uns sogar einen Beutel Kartoffeln aus der Stadt organisiert, damit wir etwas haben, bis wir uns aus der näheren Umgebung versorgen können.«

»Gib her!«, sagt seine Frau, und eine angemessene Menge Kartoffeln wird im Spülstein energisch geschrubbt und ins kochende Wasser geworfen, gefolgt von einer Prise Salz.

»In zwanzig Minuten«, ruft sie. »Wo hast du das Mehl? Ich mache eine helle Soße. Pfeffer habe ich mitgebracht. Stell die Dose mit den Heringen auf den Tisch! Oh, was für ein Mehl! Ich mache Pfannkuchen, wir sind ausgehungert. Hm, was wir alles zu essen haben! Kannst du es noch abwarten? Nimm ein Stück Knäckebrot!«

Sie arbeitet wie besessen, rührt Pfannkuchenteig, macht die Soße, stellt Teller und Besteck auf den Tisch, brät in der kleinen Pfanne Pfannkuchen.

»Wenn wir jetzt noch Kompott hätten«, wünscht sie sich.

Der Pastor lächelt in sich hinein und zieht eine Dose Apfelmus aus der Tasche. Apfelmus! Das erste nach dem Krieg kommerziell hergestellte! Oh!

Wer die Pfarrersfrau herumhetzen sieht, vermag sich nicht vorzustellen, dass sie überhaupt still sitzen kann, und zwar länger, als man vermuten könnte, nachdem sie erst einmal das Essen auf dem Tisch und die Familie drum herum platziert hat. Sie essen Hering und gute Kartoffeln mit heller Soße, dann verputzen sie die Pfannkuchen mit Zucker und Apfelmus. Für eine so kleine Familie verdrücken sie eine ganze Menge. So viel, dass sie hinterher noch in jenem leichten Rausch sitzen bleiben, den eine um mehrere Stunden verspätete warme Mahlzeit schenken kann. Sanna lächelt verzückt mit einem Rand von Zucker und Mus um den Mund. Mona fragt ihren Mann, wen er im Geschäft kennengelernt habe, wie die Leute aussähen und was sie gesagt hätten. Er antwortet, es sei unglaublich, wie anständig sich alle benähmen. Jeder habe ihm die Hand geschüttelt und ihn willkommen geheißen und sich so leichthin und locker mit ihm unterhalten, dass es ein Vergnügen gewesen sei.

»Hier kommt man mit den Leuten leicht ins Gespräch«, resümiert er. »Was für Menschen! Und was für ein Tag für uns. Es schwirrt einem der Kopf. Kaum zu glauben, dass wir erst gestern in Åbo auf dem Kai standen und uns fragten, ob das Boot wohl jemals ablegen werde.«

Sein Blick wandert Richtung Wohnzimmer und zu dem dahinterliegenden Schlafzimmer, denn jetzt will er sehen, welche Wunder sie schon bewirkt hat.

»Na, dann komm! Obwohl Signe jeden Moment hier sein kann, und ich möchte vorher noch den Tisch abdecken. Aber komm!«

Papa nimmt Sanna auf den Arm, und sie begeben sich auf

Hausbesichtigung. Alles steht an seinem Platz, alles ist eingeräumt.

»Wie hast du das nur geschafft? Du hättest Anrichte und Tisch doch nicht allein umstellen sollen, meine Liebe! Da geht man mal eben für ein paar Stündchen aus dem Haus, und wenn man zurückkommt, ist aus dem Chaos schon Ordnung geworden.«

»Na ja«, antwortet seine Frau. »Die Bücherkisten sind noch nicht ausgepackt, denn du musst zuerst aus den Brettern Bücherregale bauen. Und den Koffer mit den Bürounterlagen habe ich nur ins Zimmer gestellt. Den darfst du selbst auspacken, während ich beim Melken bin. Wo bleibt denn Signe nur? Es ist schon bald sechs Uhr.«

Sie schaut aus dem Fenster, zur See- und zur Landseite. Der Pfarrer folgt ihren Blicken und sieht, wie schön es hier ist, nackte Felsen und eine Wolke von hellem Grün wie Rauch zwischen den Felsbuckeln im zeitigen Mai. Abendsonne, und das Dach der Kirche leuchtet in einem anderen Rotton als am Morgen. Auf dem Friedhof stehen weiße und schwarze Kreuze beisammen wie eine Gemeinde.

»Glaubst du, sie traut sich vielleicht nicht herein?«, fragt seine Frau.

»Doch«, antwortet er. »Wir sind doch schon miteinander bekannt, und sie wissen, dass wir ihnen nicht die Ohren abreißen.«

»Schon«, wendet Mona ein, »aber wir hätten doch eine Zeit ausmachen sollen. Es gibt noch alles Mögliche, was ich erledigen müsste, dabei renne ich jetzt nur von einem Fenster zum anderen.«

Doch im Gehen räumt sie den Krug vom Tisch und gießt das brühwarme Wasser in die Spülschüssel.

»Ich fange schon mal an«, sagt sie. »Vielleicht bringt sie das her, gerade wenn ich bis zu den Ellbogen im Spülbecken stecke.«

»Ich gehe Wasser holen«, sagt der Pfarrer. »Dann werde ich ja sehen, ob sie sich tatsächlich nicht ins Haus traut. Der Brunnen ist doch irgendwo da beim Garten, wenn ich mich nicht irre.«

Er geht und kommt, ohne eine Signe zu entdecken. Das Wasser aber ist weich und seidig, viel Schmelzwasser, und gelblich braun, wie Brunnenwasser im Frühjahr zu sein pflegt.

Die Pfarrersfrau schafft den Abwasch und Sanna für eine neue Sitzung aufs Töpfchen zu setzen, und Signe kommt noch immer nicht.

»Wenn sie nicht so nett wären, könnte ich richtig ärgerlich werden«, sagt die Pfarrersfrau. »Glaubst du, sie hat mich missverstanden? Meinst du, ich sollte schon mal allein in den Stall vorgehen? Aber dann wird sie es sicher falsch verstehen, dass ich nicht auf sie gewartet habe. Ach, wie kompliziert! Wie ich mich danach sehne, dass wir endlich für uns sein können.«

Sie brennt vor Verlangen, in den Stall zu kommen. Anfangs wird die Gemeinde glauben, ihr Enthusiasmus für die zwei Kühe und drei Schafe sei nur gespielt, um zu zeigen, dass sie in allen Belangen ihren Alltag teilt; in Wirklichkeit aber hegt niemand auf Örar eine derartige Passion für die Viehhaltung wie die Frau des Pastors. Als Kind auf dem väterlichen Hof lag ihr mehr an den Bewohnern von Kuh- und Pferdestall als an denen der Hauptgebäude, und auch noch seit sie ihren geliebten Mann und durch ihn eine eigene Familie bekam, liebt sie das Vieh, das sie erst zum Menschen gemacht hat. Es ist jedoch keine sentimentale Liebe, keine romantische Spinnerei, denn die Pfarrersfrau schickt zum Schlachten und züchtigt störrische Biester und behauptet nie, sie würde Kühe lieben, sie hält sie nur mit Leidenschaft. Realistisch und rational, wie sie ist, liebt sie das Vieh für seinen Beitrag zur Selbstversorgung und weil die Kuh eine Garantin für ein eigenständiges Leben ist.

Sie kann jetzt nicht in den Stall laufen, weil sie mit Signe ausgemacht hat, dass sie zusammen gehen wollen, aber wie kann es sein, dass Küsters Signe nicht zu der Zeit kommt, zu der ganz Finnland, ja, ganz Nordeuropa seine Kühe melkt?

»Vielleicht melken sie hier später, weil sie die Milch bei keiner Molkerei abliefern müssen«, überlegt der Pfarrer, der manchmal eine praktische Intelligenz an den Tag legt, die seine Frau überrascht. Sie räumt ein, dass er damit vielleicht recht hat und sie ebenso gut Sanna jetzt gleich zu Bett bringen könnte. Andererseits muss sie erst gebadet werden, ehe sie ins Bett gesteckt werden kann. Auf dem Herd steht noch warmes Wasser, und es wäre schade, das nicht zu verwenden, also … »Wenn Signe zwischendrin auftaucht, musst du übernehmen.«

Sanna ist gebadet, zu Bett gebracht und hat ihr Abendgebet gehört, ehe Signe kommt. Und sie kommt nicht allein, sondern in Begleitung ihres Mannes. In aller Seelenruhe schlendern sie herbei und entschuldigen sich nicht einmal für ihre Verspätung. In ihren Augen gibt es auch keinen Grund dazu. Der Küster erkundigt sich, wie ihr Tag verlaufen sei. Er vermutet, dass sie müde sind, und bietet an, er und Signe könnten allein in den Stall gehen, und die Pfarrersleute könnten sich ein bisschen ausruhen.

»Kommt nicht infrage«, erwidert die Pfarrersfrau, die vor

Erwartung brennt. »Es ist mir eine große Freude, unsere Kühe kennenzulernen. Ich habe gesehen, dass die Kannen gespült sind – vielen Dank, Signe –, wir brauchen sie also bloß zu nehmen und loszugehen.«

Womöglich haben Signe und der Küster mit längeren Präliminarien gerechnet, aber sie passen sich leicht an und folgen der Pfarrersfrau auf die Diele, wo sie energisch mit Kannen und Sieb klappert und ein Päckchen mit Filterwatte einsteckt.

»Seife ist im Stall?«, fragt sie, und Signe nickt. Der Pfarrer sagt, er würde gern mitkommen, doch am ersten Abend müsse jemand bei Sanna im Haus bleiben, falls sie aufwachen und in dem neuen, fremden Haus Angst bekommen sollte.

Seine Frau führt den Zug zum Kuhstall an. Sie trägt einen Stallkittel, der schon einige Einsätze erlebt hat, und ist in der Diele in ein Paar ausgetretene Schuhe geschlüpft, aber innerlich fühlt sie sich festlich gekleidet. Sie öffnet die Tür und tritt direkt in den Stall, nicht in eine Milchkammer, wie sie es gewohnt ist. Zwei Boxen für Kühe, ein leerer Kälberpferch, vor der Giebelwand ein Schafspferch mit drei unruhigen Mutterschafen, und ein abgetrennter Verschlag voll stupsender Köpfe und staksiger Beine, die alles in allem fünf Lämmer ergeben.

Die Kühe drehen die Köpfe und muhen. Die große, alte und dunkelrote ist Äppla, macht Signe sie bekannt, und die kleinere, helle und sanfte ist Goda. Beide sind trächtig und werden im Juni kalben.

Zu spät im Jahr, findet die Pfarrersfrau, und Signe erklärt, das Decken habe sich verzögert. Der vorige Pfarrer habe gewusst, dass er wegziehen würde, und die Kühe etwas vernachlässigt. Jetzt würden sie bald trockengestellt, aber ein paar Liter Milch morgens und abends gäben sie schon noch, was doch wohl ganz willkommen wäre.

Die Pfarrersfrau gibt den Kühen einen kräftigen und geübten Klaps und inspiziert die Euter. Sie sind relativ klein und fest, besonders die von Goda. Sie beschnuppern sie zurückhaltend und muhen wieder, um ans Futter zu erinnern. Und, ja, sicher, die Scheune befindet sich gleich im Anbau nur eine Tür weiter. Es ist kaum mehr Heu da, doch bald kann man die Tiere auch ins Freie lassen. Auf den Höfen, die richtig knapp dran sind, hat man das schon getan.

»Wir auch«, setzt der Küster hinzu. »Es ist ein Kampf, sie den ganzen Winter über mit Heu zu füttern. So üppig wächst es hier nun auch wieder nicht, aber sie fressen auch Laubknospen und Schilftriebe am Ufer.«

Die Pfarrersfrau fährt mit der Heugabel über den Scheunenboden und bekommt ein Büschel zusammen, das sie Äppla vorwirft, dann bekommt auch Goda ihre Ration, mager und staubig. Im ganzen Stall nicht die Spur eines Sacks mit Futter. Äppla und Goda haben beide pralle Bäuche durch ihre Trächtigkeit, aber ihre Beckenknochen stechen hervor wie Kleiderhaken, und jemand, der aus den Futterscheunen Nylands kommt, sieht, dass sie viel zu mager sind.

»Der Frühling kommt wahrlich zur rechten Zeit«, sagt die Pfarrersfrau und denkt im Stillen, dass der vorige Pastor schlecht für seine Tiere gesorgt hat. Aber sie will nicht kritisieren, sondern greift zur Forke, sucht trockene Blätter zusammen und wirft sie den Schafen in die Krippe. Dann findet sie die Mistgabel, und bevor der Küster danach greifen kann, fängt sie mit dem Ausmisten an. Das ist schnell erledigt, die mageren Kühe haben nur kleine, feste Fladen fallen lassen, und der primitive Stall weist eine Rinne im Boden auf, die den Urin durch ein Loch im Steinsockel nach draußen leitet. An der Ecke befindet sich der Brunnen für das Vieh, der jetzt im Frühjahr voller Schmelzwasser ist, wie der Küster zeigt. Diesmal ist er schneller und holt ein paar Eimer voll nach oben, die er in die Tröge leert.

Die Kühe brummen friedlich und fressen das trockene Heu, während Signe und die Pfarrersfrau die Euter waschen und sich zurechtsetzen. Am nächsten Tag können Signe und der Küster allen Interessierten berichten, dass die Pfarrersfrau zu melken versteht, wie man es noch nie gesehen hat, und eine Art hat, mit den Tieren umzugehen, dass man nur staunen kann. Äppla und Goda drehen die Köpfe und gucken, drehen sich noch einmal um und gucken wieder. Was man im Lauf eines Rindviehlebens so alles erleben darf! Viel Milch geben sie nicht, aber doch immerhin so viel, dass es ordentlich in den Eimer spritzt, wo die Pastorsfrau Hand anlegt.

»Gute Zitzen, feste Euter«, kommentiert sie. »Jetzt müssen sie sich nur wieder ein bisschen was anfuttern. Es gibt viel, worum wir uns kümmern müssen, unsere Viehweiden und Heuwiesen eingeschlossen.«

Mit Blick auf die Verhältnisse in der Scheune steht zu befürchten, dass die Wiesen nicht ausreichen, aber der Küster, interessiert an Eigentumsrechten, hält aus dem Stand einen längeren Vortrag über den Grundbesitz der Kirche.

»Es gibt noch immer genug Heu, und Hilfe bei der Ernte gibt es von den Pächtern auf den Vorwerken, die zum Pfarrhof gehören. Die leisten Tagwerke für das Land, das sie gepachtet haben.«

»Heutzutage gibt es doch wohl keine abhängigen Kätner

mehr?«, fragt die Pfarrersfrau, und der Küster gibt ihr recht. Die Hufen sind freigekauft, aber wer mehr Weideland braucht, bezahlt die Pacht mit Arbeit.

»Aha«, sagt die Frau des Pastors und ahnt, dass es Probleme geben wird. So schnell, wie sie schaltet, hat sie schon verstanden, dass hier um Gras hart konkurriert wird. Sie fragt nach, wie es mit dem Weideland des Pfarrhofs steht, und der Küster versichert mit Nachdruck, dass es auf der Kirchinsel genügend Weide für die Pastorskühe gebe. Bei den ehemaligen Kätnern des Pfarrhofs sehe es schlechter aus. Er solle es vielleicht nicht sagen, aber er sage es trotzdem, es sei schon vorgekommen, dass sie die Zäune auf ihrer Seite so weit vernachlässigt hätten, dass ihre Kühe sich auf die Weide des Pfarrers verirrt und dort die Bäuche vollgeschlagen hätten.

»Oje«, sagt die Frau. Probleme in der Tat, denn sie hat sich fest vorgenommen, das Anrecht von Äppla und Goda auf ihr frisches Gras auch durchzusetzen. Sie schüttet die Milch durchs Sieb und tätschelt die beiden noch einmal, damit sie begreifen, dass sie sich von nun an an sie halten sollen. In ihren Augen verschwimmt Küsters Signe bereits in Nebel, denn hier hat jetzt eine andere das Sagen.

Die Pfarrersfrau fragt nach Signes eigenen Milchkühen, und ja, bald hat sie zwei, Gamla und ihre Färse, denn die wird im Frühling zum ersten Mal kalben.

»Ob wir sie über den Winter bringen oder im Herbst zum Schlachten schicken, hängt vom Heuertrag ab«, erklärt der Küster mit zufriedenem Tonfall. Die Pfarrersfrau begreift, dass Jungkuh und Kalb und die über den Sommer anfallende Milch so oder so kein geringes Zubrot bedeuten.

»Ich freue mich, dass wir Bekanntschaft geschlossen haben«, sagt sie aufrichtig. »Es gibt so vieles, wonach wir Sie noch fragen müssen. Die Schafe zum Beispiel. Wo sollen wir mit denen hin? Wir können sie ja nicht auf die Weide mit den Kühen lassen. Da ist kein Zaun, der sie hält.«

Der Küster erklärt, Pastors seien fein raus. Die beiden kleinen Inselchen vor der Kirchinsel seien die Schafsholme des Pfarrers. Wenn sie die Schafe alle paar Wochen von dem einen Holm auf den anderen verfrachteten, hätten sie den ganzen Sommer über genügend Futter, so gut sei das eingerichtet.

»Bei einem Blick in die Scheune wird klar, dass man sie am besten gleich morgen rüberbringt«, sagt die Pfarrersfrau. »Ob wir wohl bei jemandem ein Boot leihen können?«

»Bei uns zum Beispiel«, schlägt der Küster vor, denn er ist nicht unempfänglich dafür, wie fix sie ist, und sie darf sich beim Pfarrer gern lobend über ihn äußern.

»Danke«, sagt sie. »Tag und Zeit sollten Sie mit Petter ausmachen. Nachdem wir jetzt hier fertig sind, hoffe ich, dass Sie noch auf eine Tasse Tee ins Haus kommen.«

Bereits angefreundet, gehen sie zum Pfarrhaus zurück. Am Brunnen zeigt der Küster die Anordnung der Seile, mit denen man die Kannen hinablassen und die Milch über Nacht kühlen kann. Anschließend wird sie separiert und der Rahm aufgehoben. Den Separator hat Petters Vater auf einer Auktion ersteigert, er steht auf der Diele. Mona spült mit Schwung die Kannen aus, bläst dem Herd Leben ein, setzt den Wasserkessel auf und tischt etwas zum Tee auf: Zwieback, frisches Brot und Apfelmus.

Aus des Pfarrers Vorhaben, ein Netz auszuwerfen, wird nichts, denn Signe und der Küster bleiben in aller Seelenruhe sitzen und plaudern. Wenigstens bringt der Pfarrer sein Vorhaben zur Sprache, da schlägt sich der Küster mit der Hand an die Stirn und ruft: »Gott im Himmel, ich hatte doch einen Topf Barsche für morgen mitgebracht, den habe ich auf der Treppe abgestellt. Hoffentlich sind keine Viecher reingekrabbelt.«

»Gedankenlesen«, sagt der Pfarrer. »Tausend Dank! Von morgen an kommen wir aber selbst zurecht. Von all der Hilfsbereitschaft werden wir noch ganz unselbstständig. Was war das für ein Tag!«

Er kann sich des Drangs, herzhaft zu gähnen, nicht erwehren, und da gähnt seine Frau ebenfalls wie eine Katze. Darauf muss der Pfarrer gleich noch einmal derart gähnen, dass alle beweglichen Teile seines Schädels knacken. Signe und ihr Mann schauen höflich weg und reden noch ein Weilchen, ehe sie sich erheben und Signe verkündet, jetzt sei es Zeit, ihre eigene Kuh zu melken. Es ist zehn Uhr. Die Pfarrersfrau fährt auf: »Was? Weil Sie uns helfen wollten, ist Ihre eigene Kuh noch nicht gemolken? Das ist ja schrecklich!«

»Ach was«, beruhigt Signe. »Die gibt jetzt so wenig Milch, dass es auch nichts ausmachte, wenn ich sie erst morgen früh melken würde.«

Die Pfarrersfrau will sich aber nicht beruhigen. Sie findet es so schlimm, dass Signes Kuh leiden muss, dass Signe fast selbst ein schlechtes Gewissen bekommt. Als sie endlich gegangen sind, könnten der Pfarrer und seine Frau vor Müdigkeit schielen. Sie murmeln und lallen, finden draußen kaum das Plumpsklo oder das Gesicht, als sie sich anschließend zu waschen versuchen, bevor sie endlich ins Bett fallen.

»Danke, dass du die Betten schon bezogen hast«, sagt der Pfarrer. »Das würden wir jetzt nicht mehr schaffen. Ich glaube, ich war noch nie so erledigt. Und so glücklich.«

Die erste Nacht auf dem Pfarrhof verbringen der Pastor und seine Frau platt wie eine Flunder. Das Letzte, woran sie sich erinnern, ist, dass der jeweils andere schon schlief.

Drittes Kapitel

Sie kam zu Fuß übers Eis nach Finnland, durch die Wälder, unter einem Eisenbahnwaggon festgebunden, mit einem U-Boot, das ganz kurz an der äußersten Schäre auftauchte, wo ein schnelles Schmugglerboot wartete. Sie sprang über den Wäldern Kareliens mit dem Fallschirm ab. Sie tauschte mit einem finnischen Militärattaché die Kleidung und reiste mit seinem Diplomatenpass erster Klasse nach Finnland ein. Ein gutes Stück hinter der Grenze warteten Autos mit abgeblendeten Scheinwerfern auf dunklen Waldwegen. Lichtsignale wurden ausgetauscht. Und dann endlich: Papa! General Gyllen, ohne den keine Hoffnung bestanden hätte.

Gut so, je mehr Versionen, desto besser. Wie es wirklich ablief, soll nie jemand erfahren. Wer außer dem Vater wissend oder unwissentlich in die Sache verwickelt war, soll nie bekannt werden. Die Tatsache an sich ist bedeutend genug: 1939 war Irina Gyllen der einzige bekannte Fall, in dem es ein ehemaliger finnischer Staatsbürger schaffte, aus der Sowjetunion nach Finnland zu fliehen.

Für den Fall, dass jemand es noch einmal versuchen sollte, ist es von größter Wichtigkeit, dass nie herauskommt, wie es vonstattengegangen ist.

Irina Gyllen schläft allein. Muss sie auf einem Schiff einmal eine Nacht gemeinsam mit anderen Menschen verbringen, schläft sie nicht. Bevor sie zu Bett geht, nimmt sie eine Tablette. Dann ist sie schwer zu wecken, wenn sie zu einer Geburt gerufen wird. Das wissen die Inselbewohner, es gehört zu ihren Eigenheiten, genauso wie die Tatsache, dass sie ein russisches Arztexamen hat, ihren Beruf in Finnland aber nicht ausüben darf, bevor sie nicht auch die entsprechenden finnischen Prüfungen abgelegt hat. In der Sowjetunion war sie Fachärztin für Gynäkologie, in Finnland hat sie einen Hebammenkurs besucht und eine Stelle auf den Örar-Inseln übernommen, während sie sich auf das finnische Medizinexamen vorbereitet.

Auf Örar ist man in Sicherheit. Mutter und Vater haben dort Sommerferien verbracht und wissen, dass die örtliche Bevölkerung Boote besitzt, mit denen man sich bei jedem Wetter nach Schweden absetzen kann. Sie wissen auch, dass sich kein Fremder unbemerkt dort einschleichen kann. Personen, vor denen sich Irina Gyllen in Acht nehmen muss, könnten nie auf Örar an Land gehen, ohne dass die Inselbewohner noch von der geringsten ihrer Bewegungen berichten würden. Den größten Teil des Jahres über kommt ohnehin niemand, nicht einmal eine Katze.

Es ist still. Man kann sein eigenes Herz hören, den eigenen Atem, die Verdauung. Alles in gutem Zustand, obwohl sie bereits in ihrem zweiten Leben steht. Auf der anderen Seite hat sie viel verloren, sie sieht kaum noch wie eine Frau aus. Groß und kantig, ohne sichtbare weichere Körperteile. Ein scharf geschnittenes Gesicht, Beine, die endlos weit gelaufen sind, Hände, die gerackert und geackert haben.

Ihr Körper verbirgt, dass er ein Kind zur Welt gebracht hat, aber die auf Örar wissen, dass sie ein Kind hat, einen Jungen.

Wenn sie aufwacht, schluckt sie eine Tablette. Danach ist die Hand ruhig, der Verstand einigermaßen betäubt, die Erinnerungen lassen sich aushalten. Dann arbeitet sie, liest, führt ihr Journal. Sie wohnt im kleinen Häuschen der Familie Hindriks, bis die Kommune, unterstützt von Spenden aus Schweden, eine kleine medizinische Versorgungsstation bauen wird. Die Leute sind in Ordnung, sie sind freundlich und rücksichtsvoll und unternehmen nicht den kleinsten Anlauf, sie als eine der Ihren zu behandeln. Sie nennen sie Doktor, obwohl sie beteuert, dass sie keiner sei, und sie tratschen nicht über sie auf den Höfen. Erst viel später wird ihr klar, dass sie deshalb nicht über sie reden, weil ihr Schweigen andeutet, dass sie etwas über sie wissen, das man nicht weitererzählen kann.

Die Hindriksens sind nette Leute, fröhlich, lebhaft, gesprächig. Immer von einem freundlichen Lächeln begrüßt zu werden, jedes Mal das Wetter vorhergesagt zu bekommen, wenn sie das Haus verlässt, dafür gelobt zu werden, dass sie sich zu kleiden verstehe, mit ihnen zu essen und nicht zu vergessen, sich hinterher zu bedanken, all das hilft, um anderes auf Abstand zu halten. Äußerlich sieht man nichts. Oder sollte ihr verschlossenes Gesicht ein sprechender Beweis für eine unnatürliche Selbstbeherrschung sein?

Beherrschung wessen? Der schrecklichen Gier zu leben, die einen zwingt, alles abzuschütteln. Man glaubt, man weiß Bescheid. Als Arzt macht man sich keine Illusionen. Sehr bald bemerkt man die Hoffnung bei Patienten, die im Sterben liegen, sieht, wie sie auf die kleinsten Anzeichen einer Besserung achten, sich weigern, einzusehen, dass es sich nur noch um Tage handelt. Dieser Lebensgier kommen weder Schmerzen noch Trauer bei, das registriert schon eine Medizinstudentin nüchtern. Sie passt sich an alles an, wenn es nur bedeutet, das Leben dadurch um einen Zentimeter zu verlängern. Um ein paar Stunden, in denen vielleicht Rettung eintrifft.

Theoretisch wusste Irina Gyllen genau, was ablief. In der Praxis überfiel sie das Gefühl hinterrücks und machte sie besinnungslos. Von da an dachte sie nur noch daran, ihr Leben zu retten. Ihren Mann holten sie zuerst. Um des Kleinen willen tat sie das, was sie für den Fall besprochen hatten. Sie distanzierte sich, beantragte die Scheidung. Arbeitete weiter, denn Ärzte brauchen alle Regimes, sie können es sich nicht so ohne Weiteres leisten, sie zu beseitigen. Nur dass auch er Arzt war. Ja, schon, aber umgeben von Neidern und Spitzeln. Sie etwa nicht? In Russland geboren, der Vater ein finnischer General.

Arbeiten allein reicht nicht. Selbst die Besten verschwinden. Es bleibt kein anderer Ausweg mehr als Finnland. Aber auch der ist dadurch verschlossen, dass sie ihre Staatsbürgerschaft abgegeben hat. Doch ihr Vater hat Beziehungen, Kontakte, und zu Papa kann man immer noch durch die finnische Gesandtschaft Verbindung aufnehmen. Die hat sie in den letzten Jahren zwar nicht mehr aufsuchen dürfen, aber es gibt Angestellte dort, mit denen man sich unter Todesangst in der Stadt treffen kann.

Vater Gyllen ist auch ehemaliger Offizier der zaristischen russischen Armee. Der Grund, weshalb man auch sie verhaften wird, sie längst hätte festnehmen müssen, noch vor ihrem Mann. Wird man ihn zwingen, sie zu denunzieren? Eine Frage der Zeit. Nein.

Man lebt seine letzten Tage, man schiebt sie hinaus; wenn man durchhält – noch einen Tag, eine Woche –, kommt die

Rettung noch rechtzeitig. Man denkt nur daran, sich selbst zu retten. Alle anderen können geopfert werden. Darum werden Menschen zu Spitzeln. Der einzige Grund, weshalb Irina Gyllen nicht zum Spitzel wird, ist der, dass sie keine Aufmerksamkeit auf sich ziehen will.

Um sich selbst zu retten, kann man sogar ein Kind verlassen. Man reist nicht einmal zu den Eltern des Mannes, um es sicher ihrer Obhut anzuvertrauen. Sie wendet sich lediglich an die Nachbarn, die sie kaum kennt, und fragt, ob der Kleine ein Weilchen bei ihnen bleiben könne, während sie rasch ins Krankenhaus müsse. In der Tasche hat er, mit einer Sicherheitsnadel befestigt, einen Zettel mit der Adresse der Großeltern. Es ist, wie ihn in einem Binsenkörbchen auf dem Nil auszusetzen. Vielleicht wird er wirklich zu den Großeltern weitergeschickt, obwohl die selbst schwer belastet sind und womöglich ebenfalls kurz vor der Verhaftung stehen. Vielleicht steckt man ihn auch in ein Kinderheim, wo seine Identität ausgelöscht wird. Vielleicht können sie auch bald wieder zusammengeführt werden, durch das Rote Kreuz. Jetzt, wo doch Frieden ist.

Er war acht Jahre alt, bekam schon eine Menge mit. Hatte aufgehört, nach dem Papa zu fragen, begriffen, dass es das Beste war. Denk nicht daran, was er jetzt durchmacht! Denk vor allem nicht darüber nach, was er denkt und fühlt! Denk nur daran, dass Kinder anpassungsfähig sind und sich in jede neue Lage einfügen können! Denk an ihre Fähigkeit, sich auch über unbedeutende, kleine Dinge zu freuen! Vergiss nicht eine Sekunde lang, dass sie leicht eine Bindung an neue Bezugspersonen entwickeln, dass sie vergessen! Vergiss nicht, dass sie vergessen!

Denk nicht daran, dass inzwischen sieben Jahre vergangen sind, sein halbes Leben! Dass er jetzt ein schwieriger Jugendlicher ist, bald erwachsen. Jegliche Kontaktaufnahme unmöglich, die Großeltern nicht erreichbar, im Krieg evakuiert, weg. Die im Krieg abgebrochenen diplomatischen Beziehungen haben sämtliche Versuche, Fühlung aufzunehmen, unterbunden. Jetzt aber ist Frieden, gibt es Hoffnung, das Rote Kreuz, neues Botschaftspersonal, schneller, als man denkt.

Ja. Aber auch Vater Gyllen ist alt und im Ruhestand; seine Kontakte ebenso. Eine neue Riege betrachtet sie mit Misstrauen. Man muss langsam vorgehen, sich mit Geduld wappnen. Hat der Junge es geschafft, den Krieg zu überstehen, dann schafft er es auch jetzt, im Frieden. Er wird ein selbstständiger Mensch. Tut und lässt, was er will. Mit ihr will er vielleicht gar nichts zu tun haben. Absolut verständlich. Aber es muss sich doch herausfinden lassen, wo er ist.

Und wenn er nicht mehr ist? Ein verlassenes Kind, das allein in einem Seuchenspital stirbt, verfroren und ausgehungert, denkt nicht einmal mehr »Mama«. Da nimmt sie eine Tablette. Auf der Insel geht es ruhig zu, alle sind freundlich, Frauen in den Wehen stellen sich nicht an und machen tüchtig mit, es geht ihr gut mit ihrer Arbeit. Ein Glücksfall, dass ihr jemand den Tipp mit dieser Stelle gegeben hat. Schön auch, dass es Vater und Mutter, die während des Krieges richtig alt geworden sind, so gut gefällt, dass sie im Sommer hier Urlaub machen. Es geht alles besser, als man hatte befürchten müssen.

Sie kommt zurecht, hat sich früh gekrümmt, ist ein Häkchen geworden. Ein komisches Sprichwort. Sie muss darüber nachdenken. Es fällt ihr ein, dass sie auch wie ein Haken aussieht, lang und dünn, jetzt gekrümmt, wie ein

Krückstock, und mit einer Krücke geht es ganz gut, recht gut sogar. Hauptsache, sie hat etwas zu tun. Sicher, manchmal wird sie auch als Ärztin gerufen, obwohl sie jedes Mal ausdrücklich darauf hinweist, dass sie keine Zulassung als Ärztin hat und nicht befugt ist, Eingriffe vorzunehmen oder Entscheidungen zu treffen, die einem approbierten Arzt vorbehalten sind. Ja, ja, sagen sie dann, das wüssten sie ja, aber wenn die Frau Doktor trotzdem so nett sein könnte, zu kommen. Ein Transport ins Krankenhaus nach Åbo sei unmöglich. Aber sicher kann sie kommen und einen Blick auf den Patienten werfen, vielleicht einen Rat geben oder einen kleinen Handgriff ausführen, sofern klar ist, dass alles unter der Hand geschieht, so wie heilkundige Frauen Hilfesuchenden zu allen Zeiten geholfen haben.

Das ist ein Vergleich, den sie verstehen. Denn in der Tat, so ist es immer gewesen. Die vorige Hebamme, die gar kein medizinisches Examen hatte, war tausendmal besser als der Kreisarzt. Und sogleich bricht eine Flut von Geschichten über die Wohltaten der früheren Hebamme über sie herein. Und sie selbst? Natürlich kommt sie, und bald kursieren auch die ersten Geschichten über ihre segensreichen Hilfeleistungen. Nur selten handelt es sich um schwerere Fälle: Wunden, die genäht werden müssen, Knochenbrüche, die zu richten und zu schienen sind, einfache Rezepte gegen Bronchitis und Lungenentzündung, Medizin gegen Schmerzen. Thrombosen überweist sie weiter, und wenn sie feststellt, dass jemand Krebs hat, überredet sie ihn, nach Åbo zu gehen. Die Patienten kommen operiert zurück und sterben nach und nach. Alles eine gute Übung für Irina Gyllen, die gern Allgemeinmedizinerin werden möchte. Tagtäglich übt sie sich im Diagnostizieren, und die über sie umlaufenden Geschichten bestätigen, dass sie immer richtigliegt.

Die Einwohnerschaft ist relativ gesund, durch die winterliche Isolation von Epidemien verschont, dank der gesunden Heringsdiät auch während der Kriegsjahre erstaunlich gut genährt, und auch die allgemeine Gemütslage ist recht gut. Es kommt vor, dass sie die Menschen lobt, weil sie sich gesund ernähren und so robust sind, und dann freuen sie sich, als hätten sie den ersten Preis gewonnen.

Nur eines begreifen sie nicht: warum sie mit einem so starken russischen Akzent spricht und manchmal Mühe hat, die schwedischen Wörter zu finden, obwohl General Gyllen fließend Finnlandschwedisch spricht und selbst seine russischstämmige Frau gut auf Schwedisch zurechtkommt. Warum schlägt bei ihr das Russische immer wieder durch, obwohl sie es doch vergessen will? Warum findet sie nicht zurück in die Sprache, die doch die ihrer väterlichen Familie ist? Warum hat sie einen so fürchterlichen Akzent, obwohl sie Schwedisch schon als Mädchen gelernt hat? Warum drängen sich ihr die russischen Wörter vor den schwedischen auf die Zunge, obwohl sie in einer rein schwedischsprachigen Umgebung lebt? Sobald sie den Mund aufmacht, steigt das Russische in ihr auf und macht sie einsilbig und schroff.

Sicher werden darüber eine Menge Spekulationen angestellt. Zum Beispiel, dass sie gar nicht die echte Irina Gyllen sei, sondern eine andere, herausgeschmuggelte Russin, etwa eine berüchtigte Spionin oder eine übergelaufene Wissenschaftlerin mit einer Fülle russischer Staatsgeheimnisse im Kopf, der russische Agenten auf der Fährte seien. Eine Person, die Irina Gyllens Identität übernommen habe, mit Vater und Mutter Gyllen als Zeugen. Denn sieht sie ihnen überhaupt ähnlich? – Nicht die Bohne. Vater Gyllen ist einen Kopf kleiner und ganz schön rundlich, die Mutter ist zwar größer und schlanker, sieht ihr aber im Übrigen auch nicht ähnlich. Ziemlich merkwürdig ist es auf alle Fälle, denn »Irina Gyllen« spricht Schwedisch wie eine Russin.

Schön und gut, wer immer sie auch sein mag, ihr Name hat jedenfalls einen guten Klang auf den Inseln, und den Sowjets ist eins ausgewischt worden. Und das ist prima, es macht die Leute stolz und weckt ihre Beschützerinstinkte, und das nicht, weil sie etwa nicht für sich selbst sorgen könnte.

Oh ja, sie passt auf sich auf und übt sich ständig darin, normal aufzutreten, obwohl es nicht ganz natürlich wirkt. Hier draußen muss man stets zu einem Scherz aufgelegt und voller Humor sein, und das fällt ihr am schwersten. Dass ihr der Humor abhandengekommen ist, dürfte der sichtbarste Beweis dafür sein, dass sie Schweres durchgemacht hat. Es fehlt vieles, wenn sie sich unter Leuten aufhält und versucht, Interesse für die aktuellen Gesprächsthemen aufzubringen, momentan geht es um den neu eingetroffenen Pfarrer und dessen Familie. Augenzeugen haben ihn im Genossenschaftsladen gesehen und ihm sogar die Hand geschüttelt, und die Küstenwache hat sie auf der Kirchinsel inspiziert: ein quirliger Feger! Sie erzählen ihr auch, dass es ein einjähriges Kind in der Familie gibt, und sehen sie dabei vielsagend an, machen sie frühzeitig schon einmal darauf aufmerksam, dass sie sich demnächst vielleicht um eine Schwangere mehr kümmern dürfe. Nächsten Sonntag werden sie sich vollzählig in der Kirche einfinden, um ihn zu hören und sie zu sehen. Es werden mehrere Boote aus dem Ort hinfahren, und die Frau Doktor ist herzlich eingeladen, mitzukommen.

Das ist ein heikler Punkt. Sie, die aus der gottlosen Sowjetunion errettet wurde, sollte sich doch in die Arme der Kirche werfen. Und gewiss ist sie dankbar, in einem Land zu sein, in dem Glaubensfreiheit herrscht. Wäre sie eine andere, die Irina Gyllens Identität angenommen hat, dann wäre sie bestimmt eine fleißige Kirchgängerin. Doch die echte Irina Gyllen glaubt nicht an Gott. Im Gegenteil betrachtet sie das, was über Russland hereingebrochen ist, als Beweis für die Nichtexistenz einer wohlwollenden göttlichen Macht. Tatsächlich war bereits die noch sehr junge Irina Gyllen schon vor der Revolution eine Freidenkerin; was dann kam, gab ihr keinen Grund, ihre Überzeugung zu revidieren.

Religion ist ein Opium fürs Volk. Die Inselbevölkerung geht zur Kirche, Irina Gyllen wirft eine Pille ein. Opium brauchen wir alle. Vielleicht steht sie also der Kirche an sich doch wohlwollend gegenüber. Wo sie hier so sichtbar unter Menschen lebt, fällt sie weniger auf, wenn sie manchmal zu den größeren Anlässen in die Kirche geht, oder eben diesmal, wo der neue Pfarrer unter die Lupe genommen wird. Mit ihm wird sie häufig zu tun haben, denn für gewöhnlich ist der Pfarrer auch Vorsitzender der hiesigen Vereinigung für Volksgesundheit. Und das kleine Fräulein wird mit seiner Mama zur Mütterberatung kommen. Insofern, sicher wird sie mitfahren. Es wird voll werden, und das findet sie angenehmer, als wenn die Bänke nur spärlich besetzt sind und die wenigen Besucher sie aus den Augenwinkeln beobachten, ob sie mitsingt und das Sündenbekenntnis mitspricht oder wie sie an Stellen reagiert, von denen sie glauben, dass sie ihr wehtun.

»Danke«, sagt sie. »Wenn Sie noch Platz im Boot haben, denke ich, werde ich mitkommen.«

Der russische Akzent wird stärker, wenn sie mit sich selbst uneins ist. Das entgeht ihnen nicht, aber sie strahlen sie an und erklären, für die Frau Doktor gebe es immer Platz im Boot, herzlich gern!

Viertes Kapitel

Wenn der Pfarrer nicht so schrecklich viel zu tun hätte, wäre er vor seiner ersten Predigt auf Örar gehörig nervös. Manchmal fällt sie ihm ein, und dann denkt er, er müsse sich Zeit dafür nehmen. Frühmorgens. Oder spätabends. Vielleicht einmal nach dem Essen. Beim ersten Mal sollte er gut vorbereitet sein. Und ruhig. Alles schriftlich haben für den Fall, dass er den Faden verlieren sollte.

Wie aber soll man früh aufstehen können, wenn man erst so schrecklich spät ins Bett kommt? Und wie soll man sich nach dem Essen zurückziehen, wenn man selbst unheimlich viel Zeug angeschleppt hat, das instand gesetzt, geordnet und aufgeräumt werden muss, und dann noch ein Besucher gemütlich vom Anleger heraufgeschlendert kommt? Dann muss man sich auch mit ihm unterhalten, und es ist ja schön, eine so kontaktfreudige Gemeinde zu haben; es fällt ihm nicht ein, jemanden abzuwimmeln, der das Gespräch mit ihm sucht.

Zwei Tage bleiben noch, dann nur noch einer. Dann macht er sich mit dem Mut der Verzweiflung früh am Morgen an die Arbeit. Er sitzt im Lehnstuhl wie ein toter Fisch und redet sich ein, wenn er sich erst einmal ernsthaft und gründlich in die Materie vertiefe, könne sie sich über den Tag setzen, und so werde er am Abend in ein paar Stunden schon einen passablen Text zustande bringen. Tagsüber rennt er dann mit verschiedenen Anliegen in Windeseile von einem zum anderen, damit er es noch schafft, sich auch in den ortsüblichen Ablauf des Gottesdienstes einweihen zu lassen. Der Küster und der Kantor klären ihn darüber auf, was in der Gemeinde üblich ist und welche Zeichen bei Bedarf zwischen dem Kantor auf der Empore und dem Pfarrer am Altar gewechselt werden. Der Küster teilt ihm ausführlich die Abfolge und die Finessen beim Glockenläuten mit. Als er die »Pfarrersglocke« erwähnt, lauscht der Pastor auf: »Die Pfarrersglocke? Was ist das?«

Der Küster erklärt, es sei ein uralter Brauch, die kleine Glocke zu läuten, wenn der Pfarrer zur Kirche kommt. »Nicht vor Viertel vor und nicht nach zehn vor. Ich stehe im Glockenturm und halte Ausschau, und wenn ich dich auf der Treppe sehe, fange ich an, die Glocke zu läuten. Ich läute, bis du durch die Kirchentür verschwunden bist. Dann komme ich runter und helfe dir beim Umziehen.«

Küster und Kantor schauen ihn nervös an, und der Kantor bekräftigt noch: »Die Leute sind es so gewohnt.«

Dem Pfarrer geht auf, dass sie befürchten, weil er noch so jung ist, könne er das überholt finden und sich querstellen, doch er sagt freundlich: »Aber sicher, wenn ihr es hier so gewohnt seid, dann machen wir es natürlich auch weiterhin so.«

Sie sehen erleichtert aus, und als sie die Abläufe während des Gottesdienstes einstudieren, der Kantor an der Orgel, der Balgtreter unsichtbar an den Bälgen, der Küster auf der Sitzbank und der Pastor am Altar, verbreiten sich ausgelassene Heiterkeit und große Sympathie. Denn als der Kantor den Ton vorgibt und der Pastor mit kräftiger Stimme anhebt: »Im Namen des Vaters und des Sohnes und des Heiligen Geistes, amen«, da hören Kantor und Küster sofort, dass dieser Pfarrer die Messe zu singen versteht. Das Spiel des Kantors bekommt Inspiration und Leben, und die Zeremonie läuft glänzend, während der Küster flüssig seine Wege abschreitet, für die Gemeinde die Nummerntafel dreht, dem Pfarrer die Altarschranke öffnet und ihm in die Sakristei folgt, wo der Ornat während des Predigtlieds gegen den Talar getauscht wird.

Der Pfarrer ruft sich ins Gedächtnis, dass die Gemeinde als singende Gemeinde bezeichnet wird, und bekommt noch mehr Schwung; es wurde ihm schon zu verstehen gegeben, der größte Fehler seines Vorgängers habe darin bestanden, dass er die Messe nicht richtig singen konnte. Auf dem Gebiet hat Pastor Petter Kummel keine Probleme, er singt flüssiger, als er spricht. Auch der Schlussteil klappt wie am Schnürchen, doch durchzuckt es den Pfarrer, dass er morgen während des Ernstfalls zu diesem Zeitpunkt seine Predigt hinter sich haben wird, und er kann nur hoffen, dass er sich dafür nicht in Grund und Boden wird schämen müssen.

Der vorige Pfarrer konnte nicht singen, und der neue kann nicht predigen, werden sie sagen. Und nachdem noch eins zum anderen gekommen ist und obwohl Mona ein zeitiges Abendessen bereitet, Sanna früh ins Bett bringt und ihn mit sanftem Druck in sein Büro zu dirigieren versucht, ist es furchtbar spät, als er endlich an seinem Schreibtisch sitzt.

Da sitzt er, tief in Selbstverachtung versunken, und denkt, dass er auch jetzt jemanden braucht, der ihn an der Hand durch die einzelnen Abschnitte leitet, den Kantor und den Küster, damit eine Predigt zustande kommt. Was ist los mit ihm? Warum ist er nett, aufgeräumt, konzentriert und klug, wenn er mit anderen Menschen zusammen ist, und warum fühlt er nur Leere und Panik, sobald er einmal allein ist und sich auf eine Predigt konzentrieren soll?

Da sitzt er in einer Art panikartiger Hybris, blockiert durch seinen Anspruch, brillant, großartig, unvergesslich zu sein. Als ob es mehr um ihn gehe als um das Wort. Das Wort, das er qua Amt zu verwalten und zu verkünden hat.

Das Wort, das Wort, mahnt sich Pastor Kummel, während die Uhr tickt und tickt. Er schaut den Predigttext noch einmal an, hat aber keine Zeit mehr, ihn gründlich zu lesen. Am Text ist auch nichts auszusetzen, der richtige Anfang fehlt. Und das Ende, ein guter, runder Abschluss. Und die glänzende Auslegung im Mittelteil.

Wäre er überhaupt Geistlicher geworden, wenn er gewusst hätte, von welchen Ängsten das Predigen begleitet wird? Nie im Leben! Als er auf der Universität seine Lehrpredigten schrieb, glaubte er, es werde von allein kommen, wenn er erst mal all diese kontrollierenden Blicke und bissigen Kommentare los wäre. Wenn er mit eigener Stimme sprechen dürfe, dachte er, wörtlich.

Also bitte, Herr Pfarrer, die eigene Stimme. Aber die bleibt stumm. Er sieht sich schon die Kanzel besteigen, ein kurzes Gebet sprechen und den Blick über die Gemeinde schweifen lassen, Menschen, die fünfmal kritischer sind als die an der theologischen Fakultät, Menschen, die so oft zur Kirche gegangen sind, dass sie auf der Stelle wissen, wann er sich auf dünnem Eis bewegt. Er öffnet den Mund und hofft, dass etwas kommt, aber nichts. Also verkündet er den Text zum Tage, und als er damit fertig ist, klappt er den Mund zu. Er öffnet ihn noch einmal, aber es kommt nichts. Da verliest er die Bekanntmachungen und gibt dem Kantor ein

Zeichen: das Lied zur Kollekte. Stockend setzt es ein. Große Unruhe in der Kirche. Seine erste Predigt ein peinliches Schweigen.

Mona guckt herein: »Wie geht's?«

»Überhaupt nicht.«

»Du bist übermüdet. Wir müssen abends früher zu Bett gehen. Wir reiben uns auf.«

»Es liegt nicht nur daran, dass ich müde bin. Ich kann nicht. Ich habe kein Talent. Ich darf meinen Abschied einreichen.«

»Wo wir gerade erst gekommen sind? Red keinen Unsinn! Nimm deine Predigt vom letzten Jahr. Die kennt hier noch keiner.«

»Das ist wirklich die Bankrotterklärung, wenn ein Pfarrer alte Predigten wieder aufwärmt.«

»Sie wird dich auf eine Idee bringen. Hier, in der Schublade muss sie sein. Lies sie in aller Ruhe durch. Dann kommst du ins Bett. In der Nacht reift die Idee heran, und morgen früh weißt du, was du predigen wirst.«

»Was würde ich nur ohne dich anfangen?«

»Pah! Glücklicherweise hältst du Ordnung in deinen Unterlagen. Hier ist sie.«

»Danke, ich werde sie mir ansehen. Geh du schon zu Bett, ich komme bald nach.«

Er hofft, dass sie, so müde, wie sie ist, bald einschläft. Sie hat geputzt wie eine Furie und gebacken. Das ganze Haus duftet. Sie werden nach dem Gottesdienst eine Zusammenkunft mit Kirchenrat und Gemeindevertretern haben. Wie soll er diesen intelligenten Menschen nach seinem Fiasko in die Augen schauen? Sein Fiasko – das ist wieder mal typisch er: denkt nur an sich selbst und an den Eindruck, den er macht. Anstatt an das zu denken, was er verkünden soll: das Wort.

Es geht nicht um seine eigene Brillanz. Es geht um das makellose Wort, das jedes schwachen Predigers Stütze und Wehr ist. Aber die Einleitung, der persönliche Zugang, der den Text in einem neuen Licht erscheinen lässt? Etwas, das sie zum Zuhören bringt. Aus ihrer Welt geschöpft, die sie verstehen und für die sie sich interessieren.

In diesem speziellen Fall interessieren sie sich für den neuen Pfarrer, sosehr er sich auch einzureden versucht, dass es nicht um seine Person gehe. Wäre es da falsch, wäre es Einschmeicheln, wenn er etwas sagt, das sie hören möchten, etwas über seine ersten Eindrücke in der Gemeinde?

Während er darüber nachdenkt, kommen ihm eindrucksvolle Bilder, und er weiß, was er sagen wird. Er fühlt sich ruhig, nicht verdächtig ruhig, sondern so ruhig, dass er schlafen kann. Mit neuen Augen betrachtet er seine alte Predigt, von der sich Teile wiederverwenden lassen, nach der neuen Einleitung. Das wird schon.

Fast bewusstlos wankt er zum Bett. Mona schläft, offenbar war sie nicht so nervös wie er. Dass sie dieses Zutrauen zu ihm hat, dass er seinem Amt gewachsen ist, wirkt auch beruhigend. Es ist schon viel zu spät, um am Morgen in aller Frühe aufzustehen, aber er wird noch Zeit haben, den Text noch einmal durchzudenken und zu ordnen.

So hat er sich das vorgestellt, der Schafskopf. Aber am Morgen hat Papa Sanna, während Mama melken geht, und Sanna ist ein Persönchen für sich, man kann sie nicht einfach in ihr Gitterbett legen und die Tür zumachen. Außerdem ist Sanna einfach unwiderstehlich, wenn sie ihren Papa für sich allein hat. Sie lacht und plappert und schmiegt ihre

Wange an seine, und er denkt, ein paar Stunden des Tages müsse er seiner Tochter widmen. Was sagt es über sein Christentum, wenn er sein eigenes Kind nicht zu sich kommen lässt?

Dann kommt Mona zurück und ist in Fahrt, zieht sich um und klappert mit Tassen und Tellern. Im Büro ereignet sich kein Wunder. Der Pfarrer sucht die Agende, die Bekanntmachungen, seine alte Predigt und die als Anhaltspunkte hingeworfenen neuen Gedanken zusammen. Er wird es schaffen, alles noch einmal durchzugehen, bevor er sich auf den Weg macht, denkt er, doch da poltert es auf der Diele von jemandem, der die verzogene Tür aufreißt. Hier auf der abseits gelegenen Kirchinsel, das lernt er jetzt schnell, kommt man mit seinen öffentlichen Anliegen, für die man eine Bescheinigung vom Pfarrer braucht, vor dem Gottesdienst, wenn man ohnehin gerade da ist.

Das ist vollkommen verständlich, und wenn man das weiß, kann man sich auch darauf einstellen, beim ersten Mal aber kommt es etwas überraschend. Er eilt an die Bürotür, um den Gast zu empfangen, und lächelt einladend, als er hört, dass Mona ihn abwimmeln will.

»Nur herein«, sagt er warm, obwohl sie gerade behauptet, dass es jetzt wirklich unpassend sei. Und als das Anliegen erledigt ist und Fragen nach dem Ergehen und gute Wünsche ausgetauscht sind, hat die Uhr einen großen Satz gemacht, und es ist Zeit, den Talar und das Beffchen anzulegen. Mona hilft ihm stolz: Der Talar ist für teures Geld maßgeschneidert und sitzt gut. Er hat ihr von der Pfarrersglocke erzählt, und sie behält die Uhr genauestens im Auge, damit sie ihn Punkt Viertel vor losschickt. Sie wird mit Sanna etwas später nachkommen. Natürlich will sie bei seinem ersten Gottesdienst dabei sein und die Gemeinde erleben. Sie ist nervöser, als er denkt, aber es kommt darauf an, dass er sie ruhig und zuversichtlich erlebt. Wenn er nur seine Zeit besser einteilen könnte, damit er besser vorbereitet wäre!

Um halb elf haben die Glocken zum ersten Mal geläutet, ein schöner Klang in der klaren Luft. Um Viertel vor elf sehen sie den Küster zum zweiten Mal auf den Glockenturm steigen. Da greift er nach Bibel, Agende, Lektionar und seinen Unterlagen und macht sich zum Gehen fertig. Feige bittet er in einem stummen Gebet darum, dass alles gut gehen möge, das hasenherzige Gebet eines Schuljungen in einer selbst verschuldeten brenzligen Lage. Sanna quengelt und will mit, Mama wird ärgerlich und schimpft: »Still, Sanna, du darfst überhaupt nicht mit zur Kirche, wenn du nicht leise sein kannst.«

Es fühlt sich an wie zu Zeiten, als man die ersten Christen in die Arena trieb, nur waren die von Glauben und Zuversicht bestärkt. Er ist kleinmütig und feige, ein schlechter Diener seines Herrn. Seines Amtes unwürdig, öffnet er die Tür und tritt auf die Treppe.

Wie viele Menschen schon vor der Kirche versammelt sind! Er bleibt einen Augenblick auf der Treppe stehen und sieht, dass von den Booten ein wahrer Strom von Menschen am Pfarrhof vorbeizieht. Als sie ihn auf der Treppe sehen, öffnen sie eine Gasse, und in die schreitet er hinein. In dem Moment beginnt die Pfarrersglocke zu läuten.

Nur die kleine, wie der Küster gesagt hat, und es klingt dünner als die satten Töne des Gesamtläutens. Beim Schreiten zum Läuten der Glocke wird er ein anderer. Er lässt die quengelnde Sanna und die schimpfende Mona hinter sich, Monas nervöses Schweigen und ihr banges Hoffen, dass es gut gehen möge. Er legt seine Ichbezogenheit ab, seine Angst, nicht zu genügen, sich lächerlich zu machen, ausgelacht und kritisiert zu werden. Er geht nicht als die eigene unzulängliche Person weiter, sondern als der Pastor, der Hirte der Gemeinde, der den Gläubigen die Mysterien öffnet und die Sakramente spendet. Er schreitet einher, wie es die Pfarrer auf der Insel seit der Reformation oder schon zu Zeiten des Klosters taten.

Er erreicht das Tor und geht den Kiesweg hinauf, und obwohl dort viele Leute stehen, bildet sich ein freier Raum um ihn. Solange die Glocke läutet, spricht ihn niemand an, und er bleibt nicht stehen, um jemanden zu grüßen, er deutet nur ein Lächeln an und senkt den Kopf. Das Kirchenportal steht offen, und als er über die Schwelle tritt, schlägt die Glocke zum letzten Mal.

Jetzt, wo sich die Kirche mit Menschen füllt, erscheint sie größer, das Dach wirkt höher, die Empore ist weiter entfernt. Die Luft ist dicht, man spürt, dass man sich einen Weg bahnt. Der Küster hat die Tür zur Sakristei angelehnt. Der Pfarrer legt die Bücher auf den Tisch und sieht, dass der Ornat bereitliegt: die weiße Albe, das lilarote, mit goldenem Kreuz bestickte Messgewand. Der Küster eilt herein, nach ihm der Kantor mit frischer Seeluft in den Kleidern. Sie grüßen und reden anders mit ihm als am Samstag, schauen ihm mehr auf das Beffchen als in die Augen. Heute behandeln sie ihn als Geistlichen.

»Es wird voll heute«, sagt der Kantor und reibt sich die Hände, vielleicht vor Vergnügen, aber auch weil sie kalt sind und er spielen muss. Mit leisen Stimmen verständigen sie sich noch einmal über die verschiedenen Abschnitte des Gottesdienstes, dass sie das Lied bei der Kollekte noch einmal wiederholen, wenn der Küster nach dem ersten Mal noch nicht durch alle Bankreihen gekommen sein sollte, und dass sie sich auf mindestens zwei Durchgänge beim Abendmahl einstellen müssen. Der Pfarrer bittet Gott um seinen Segen für den Gottesdienst, und danach begibt sich der Kantor zur Orgel, hochgradig nervös, stellt der Pfarrer erstaunt fest. Er ist noch so jung, dass er glaubt, er allein sei auf die Folter gespannt und unsicher, während alle anderen ihre Aufgaben sicher und ruhig versähen.

Der Küster ist wirklich die Ruhe in Person, jederzeit bereit, ihm zur Seite zu springen und zu erklären, wie man die Abläufe in der Gemeinde handhabt. Er kleidet den Pfarrer in die weite Albe und zieht ihm das Messgewand über, schweigend reicht er ihm einen Kamm, damit er das Haar wieder richten kann. Sie schauen auf die Uhr, und der Küster wirft einen Blick in die Kirche: volles Haus. Immer noch kommen Besucher die Anhöhe herauf. Diejenigen, die am nächsten wohnen, haben wie immer die größte Mühe, rechtzeitig zu erscheinen, stellt er fest.

Bald ist es so weit. Der Küster geht, um zu läuten. Jetzt schlagen beide Glocken, kraftvoll und lockend hell, gut aufeinander abgestimmt. Er muss daran denken, dem Küster zu sagen, dass er gut läutet. Nachdem die Glocken eine Weile erklungen sind, setzt die Orgel ein. Bis in die Sakristei hört er das Stampfen des Balgtreters, das Zischen und Pfeifen, bis im Windwerk der richtige Druck aufgebaut ist, dann legt der Kantor die Hände aufs Manual. Er spielt ein paar Strophen des Eingangslieds, Variationen aus dem Choralbuch, ruhig und besinnlich, aber noch immer wird unten im Kirchenschiff gehustet und geraschelt. Doch als der Küster »Ertöne laut, du Psalm, zu loben« anstimmt, fallen alle ein.

Noch nie hat der Pfarrer einen solchen Gesang gehört. Jetzt versteht er, wozu Kirchen Gewölbedecken haben: um Raum für den Gesang zu schaffen, der aus der Brust der Gläubigen aufsteigt. Sie singen aus vollem Hals, sie singen gut gestützt von einem trainierten Zwerchfell, sie singen mit weitem Brustkorb und mit freien Atemwegen. Sie singen kräftig, und sie singen langsam und getragen, und es entsteht eine starke Spannung zwischen dem tiefen Gesang der Männer und den Frauenstimmen, die sich geradezu todesverachtend in gefährliche Höhen aufschwingen.

Der Pfarrer kann sich kaum zurückhalten, aber das Lied hat nur drei Strophen, und so darf er fast sogleich losgehen. Er vermeidet es zu federn und will voller Würde schreiten, er tritt durch die Altarschranke und entdeckt Mona und Sanna in der ersten Bankreihe. Sanna ist entzückt, streckt beide Ärmchen aus, und ihr Mund formt das Wort Papa, aber durch den Gesang ist es nicht zu hören. Er stellt den Kelch auf dem Altar ab und kniet nieder. Er versucht zu beten, aber alles singt. Und wenn man singt, wird man ein anderer Mensch, sicherer, froher. Unwillig enden sie, als ob sie noch eine vierte, fünfte und sechste Strophe forderten, und er wendet sich um, die Agende in der Hand, sieht den aufmerksamen Rücken des Kantors, hört ihn intonieren. Er singt mit voller, wohltönender Stimme: »Im Namen des Vaters und des Sohnes und des Heiligen Geistes, amen.«

Es ist zu merken, dass es der Gemeinde gefällt, dass er singt, und sie respondiert ihr Amen lang ausgezogen und ohne Vorbehalt.

Die Liturgie ist das Ergebnis schwerer Schismen und zermürbender Kommissionssitzungen, doch jetzt steht sie blank poliert im Handbuch wie ein Geschenk Gottes. Sie ist für ihn geschrieben, damit er als Geistlicher nicht versagt und mit seiner eigenen Unzulänglichkeit konfrontiert wird, wenn er die unmittelbare Verbindung der Gemeinde zum Heiligen herstellen soll. Er führt sie in Sequenzen, singend, lesend, und sie antwortet ihm singend. Er bildet sich nichts darauf ein, ist nur erleichtert, als er merkt, dass er ihr Wohlwollen dadurch gewinnt, dass er singen kann. Danke, Herr! Er klingt froh in der Gewissheit, Verbindung zu ihnen zu haben, als er das Sündenbekenntnis mit seinem »Aus der Tiefe rufe ich, Herr, zu dir« anstimmt und dann aus ganzem Herzen die Lossprechung, er singt »Herr, erbarme dich über uns« zusammen mit der Gemeinde, die brausend singt, aber nachhinkt und ihn so trotz eines Kompromissversuchs vonseiten des Organisten auf der Empore zwingt, langsamer zu singen. Dann aber die schiere Freude, als sie sich erheben und singen: »Wir loben dich, wir beten dich an, wir preisen dich, wir sagen dir Dank«, eine schwierige Melodie aus dem Mittelalter, die sie mit vollstem Selbstvertrauen und tragenden Stimmen auch in den schwer zu singenden Tonlagen so prächtig singen, dass er am Altar erschauert und sich ihnen anpasst und seinen Part im Wechselgesang in die Länge zieht, wie man ihn seit den Tagen der Urkirche in die Länge gezogen hat.

Es ist nicht mehr so, dass er den Gottesdienst in seiner Hand hielte, sondern der Gottesdienst hat ihn ergriffen und hält und trägt ihn. Die Gemeinde erschafft den Gottesdienst, und er fühlt sich aufgehoben und von Verantwortung befreit wie ein Kind, als er für einen kurzen Moment an seine Predigt denkt. Es wird sich finden, denn jetzt liest er zunächst den Episteltext, und dann wird er nach dem Wochenlied das Glaubensbekenntnis sprechen. Von der Gemeinde ist kaum ein Murmeln zu hören, und er erkennt, dass die Menschen während des Singens voll und ganz dabei sind, aber sobald es ums Sprechen geht, werden sie zurückhaltend. Genau wie ihr Hirte. Oje. Er wendet sich dem Altar zu, und der Organist stimmt das Lied vor der Predigt an. Es ist lang: »O dass ich tausend Zungen hätte / und einen tausendfachen Mund.« Er freut sich über den Aufschub, als er, gefolgt vom Küster, zur Sakristei geht, wo der ihm Albe und Messgewand abnehmen und in den Talar helfen soll. Arme in die Ärmel, die Knöpfe geschlossen, während sie draußen singen. Den Bibeltext aufschlagen, die Predigt darunter, die Abkündigungen ganz nach unten. Alles in die Hand, und er ist bereit, aber der Küster schüttelt den Kopf: noch eine Strophe. Erst dann lässt er ihn gehen.

Auf geradem Weg aus der Sakristei zur Kanzel. Kein Seitenblick auf Monas ängstlich aufmunternde Miene, geradewegs die wenigen Stufen hinauf. Den Kopf zum Gebet gesenkt, aus dem nichts als nackte Furcht ruft: Hilfe! Während die Gemeinde noch überzeugend singt: »Ich will von deiner Güte singen, solange sich die Zunge regt.« Unmittelbar danach klappt, vom Küster geschüttelt, die Nummerntafel, um zu signalisieren, dass sie jetzt aufhören sollen.

Es wird still, und der Pfarrer steht einsam auf der Kanzel, nicht länger vom Gottesdienstbuch geschützt. Er hebt den Kopf aus seinem simulierten Gebet und blickt über die Gemeinde. Lauter freundliche, hochgestimmte, interessierte Gesichter. Er weiß jetzt, was er sagen wird:

»Liebe Freunde, liebe Brüder und Schwestern in Jesus Christus. Wir sind hier zum Gottesdienst in unserer Kirche versammelt. Für mich ist es das erste Mal, und ich werde nie die erste Begegnung mit dieser Kirche noch draußen auf dem Meer vergessen. Wie ihr wisst, ist es eine lange Anreise, bevor man hierherkommt, und im Lauf der Nacht verliert man beinah den Mut und bedauert, dass es einen hierher verschlägt. Aber mit der Morgendämmerung taucht das Ziel vor einem auf. Ihr kennt alle die Freude, die es in einem auslöst, wenn man in weiter Ferne die Kirche und den Glockenturm auftauchen sieht und weiß, dass man nun bald am Ziel ist. Es war derart schön, ich war vollkommen verzaubert und unendlich froh. Und ich dachte mit den Worten der Bibel: Wie heilig ist diese Stätte! Hier ist nichts anderes denn Gottes Haus, und hier ist die Pforte des Himmels.«

Es ist vollkommen still, aber ein leises, freundliches Brummen ist zu hören, als ob das, was er sagt, gut aufgenommen würde. Er sagt wie im Vertrauen zu guten Freunden: »Lasset uns beten! Lieber Gott, du blickst in unsere Herzen und siehst uns, wie wir sind, unzulänglich und unbeständig. Du siehst aber auch unser Hoffen und Streben. Wir danken dir für deine Barmherzigkeit, deine Nachsicht und deine Vergebung. Wir danken dir dafür, dass wir uns heute wie an allen anderen Tagen an dich wenden dürfen. Amen.« Im Anschluss liest er den Text aus dem Johannesevangelium: »Bittet, so werdet ihr nehmen, dass eure Freude vollkommen sei« mit dem wundervollen Schlussvers: »In der Welt habt ihr Angst; aber seid getrost, ich habe die Welt überwunden.«

Es ergreift den Pfarrer, und es inspiriert ihn, und er denkt, dass die Predigt aus dem letzten Jahr vielleicht doch gar nicht so hundsmiserabel war. Mit ein paar Ausschmückungen und Zusätzen wird sie wie neu, und für die Zuhörer ist sie es ja tatsächlich. Mit Zuversicht geht er den Text an, der wirklich seine guten Momente hat. Seine Stimme klingt froh, und er erlaubt sich einen Blick über die Gemeinde und spürt, dass er Verbindung zu ihr hat. Sie folgen ihm, auch die, die eingenickt sind, alte Leute, die schon mehr Predigten gehört haben, als sie im Leben brauchen, und jetzt in der stickigen Luft einer vollzähligen Gemeinde ein wohlverdientes Päuschen einlegen.

Ja, sie werden schon sagen, dass er besser singt, als er predigt, aber dafür singt er auch besser als viele andere. Und für einen jungen Pfarrer am Beginn seiner Laufbahn ist die Predigt gar nicht mal so schlecht. Leichten Herzens schließt er und verliest die Bekanntmachungen, das Gebet für einen neulich verstorbenen alten Mann und die Einladung zum Gottesdienst am kommenden Sonntag.

Zum Schluss noch die Kollekte, diesmal zugunsten der Evangelischen Mission. Der Herr segne unsere Gabe. Der Bariton des Kantors stimmt an »Befiehl du deine Wege und was dein Herze kränkt«, und die Leute rutschen auf den Bänken, graben in Taschen und Geldbörsen, Handtaschen klappen auf und zu, sie stimmen ein: »Der allertreusten Pflege des der den Himmel lenkt«. Der Pfarrer steigt von der Kanzel, entledigt sich allein des Talars und zieht für Abendmahl und Schlussteil noch einmal Messgewand und Ornat über.

Sie singen und singen, der Küster geht würdevoll von Bank zu Bank. Der Klingelbeutel wird zu denen weitergereicht, die an der Außenwand sitzen, und das braucht seine Zeit. Sie singen langsam, und das Lied ist lang genug. Bei der achten Strophe kommt der Küster und kontrolliert, ob der Pfarrer vorzeigbar ist. Mit Agende und Bibel in der Hand zurück in die Kirche, in der es so leise geworden ist, dass er Sanna jammern und quengeln hört. Er weiß, dass Mona sie hart am Arm packt und zischt, sie solle still sein. Für ein so kleines Kind war es ein langer Gottesdienst, und es kommt noch viel: ein schön gesungener Wechselgesang, die Einsetzungsworte, das Vaterunser, ein tremolierendes »Agnus Dei« und dann die Einladung: »Kommt, es ist alles bereit.«

Aber es kommt keiner. Mürrisch gucken sie auf die Bänke, werfen sich verstohlene Blicke zu und wollen gebeten werden wie bei einem größeren Festessen. Hat der Kantor nicht angedeutet, dass sie nicht gern zum Abendmahl gehen? Wenn der Gottesdienst doch nur aus Singen bestehen könnte! Dann wären sie die allerchristlichsten Menschen auf Erden, jetzt aber wird deutlich, dass sie vor dem persönlichen Bekenntnis, dem Sichexponieren und dem Zwang, Demut zu zeigen, zurückscheuen.

Was, wenn keiner kommt? Der Kantor muss spielen, und der Küster hat andere Aufgaben. Mona bleibt bei Sanna sitzen, das haben sie so abgesprochen. Es ist unbehaglich still. Keiner schaut auf, aber dann hört er, wie sich mitten in einer Bankreihe jemand erhebt. Es ist Adele Bergman. Abweisend und verschlossen guckt sie: Irgendjemand muss ja. Sie drängt sich an den weiter außen Sitzenden vorbei, die widerwillig rücken und offensichtlich nicht vorhaben, ihrem Beispiel zu folgen. Ihr gutmütiger Mann schließt sich Adele an, dann setzt sich hier und da noch jemand in Bewegung, Mitglieder aus Kirchen- und Gemeinderat vielleicht. Alle aber unwillig und verschämt, ohne jemanden anzusehen.

Sie verneigen sich und knien nieder, vereinzelt, mit Abstand zum Nachbarn, aus einem zweiten Durchgang wird nichts. Der Pfarrer selbst versucht sich noch ans Abendmahl zu gewöhnen, das er gern als symbolische Handlung betrachten möchte. Das Problem ist, wo immer er erscheint, will jemand diskutieren und geht davon aus, dass er als Pfarrer die Meinung vertreten müsse, der Wein werde tatsächlich in Christi Blut verwandelt. Wenn er erklärt, wir tränken aus dem Kelch zur Erinnerung an das Blut, das für uns vergossen wurde, regt sich sein Gegenüber auf und bezichtigt ihn mangelnden Glaubens und der Irrlehre. Am liebsten sind ihm immer noch Sonntagsgottesdienste ohne Abendmahl. Auf Örar sind das drei von vier, und das passt ihm gut so.

Der Kantor spielt gut, der Pastor teilt die Oblaten aus und kommt mit dem Kelch, wischt ihn nach jedem Schluck mit dem Leinentuch. »Christi Blut, für dich vergossen.« Dann gehen sie in Frieden, verneigen sich, erleichtert, weil es vollbracht ist, und kehren in ihre Bänke zurück. Auch der Pfarrer nimmt das Abendmahl, und als er trinkt, merkt er, wie durstig er ist, dabei hat er noch den Schlussteil vor sich.

Der Kantor stimmt an, und er singt mit der Gemeinde den Lobgesang und erteilt den Segen. Damit kommt wieder Leben in die Gemeinde, sie vergisst die Missstimmung und singt das Abschlusslied »Wie Frühlingssonne im Morgenrot« mit solcher Inbrunst, dass er versteht, er solle in Zukunft längere Lieder aussuchen. Nach den ersten drei Strophen möchten sie gern noch weitersingen, aber der Küster hat sich auf leisen Sohlen zu den Glocken begeben, um zu läuten, und der Kantor beginnt das Orgelnachspiel, in dem der Pfarrer das Adagio von Cappelens »Gebet« wiedererkennt. Die Orgel hat einen schönen, hellen Klang, der allerdings vereinzelt abbricht, als der Balgtreter aussetzt.

Es ist vollbracht, und er ist zurück in der Sakristei. Den Ornat abgelegt, das Messgewand über den Kopf gezogen und zurück in den Talar. Die Leute verlassen die Kirche, leises Hüsteln und Reden sind zu hören, Füße schieben sich zur Tür, hinter ihnen bleibt eine Duftwolke von Pastillen und Mottenpulver zurück. Noch läuten die Glocken, aber bald klingen sie aus, der Küster kommt zusammen mit dem Kantor die Emporentreppe herab und weicht geschickt der Kante aus, die wie dazu gemacht ist, einen Eindringling bewusstlos zu schlagen. Alle sehen glücklich aus, und der Pastor bedankt sich herzlich.

»Und wie die Leute singen!«, fügt er hinzu. »Hier wird es mir wirklich gut gefallen.«

Er kann es kaum erwarten, nach draußen zu gehen und die zu begrüßen, die noch auf dem Kirchhof stehen, der Kantor erinnert ihn aber daran, dass die Kollekte vor Zeugen gezählt und ins Buch eingetragen werden muss. Es sind viele kleine Münzen, und es dauert, aber dann sind sie im Schrank eingeschlossen, und sie können endlich nach draußen gehen. Die Sonne strahlt so hell, wie sie es im Mai vermag. Viele sind schon auf dem Weg zum Kirchensteg, aber viele sind auch noch da, anders als in anderen Gemeinden, wo alles wegläuft, wenn der Pfarrer kommt. Hier bleiben sie und lächeln freundlich, und als er grüßt, geben sie ihm die Hand und heißen ihn willkommen. Keiner stellt sich mit Namen vor, und schließlich fragt er nach, denn er möchte sie gern auch namentlich kennenlernen. Um ihn bildet sich eine kleine Gruppe von Leuten, die ihn begrüßen möchten, und alle sind nach dem Singen so gut aufgelegt, dass es ein Vergnügen ist.

Beinahe vergisst er, nach Mona und Sanna zu sehen, aber dann entdeckt er sie in einer Ecke des Kirchhofs in ein Kämpfchen verwickelt, bei dem Sanna schreit und sich losreißen will und Mona sie wütend und mit hartem Griff festhält. Beide kämpfen verbissen, und große Tränen kullern über Sannas Bäckchen. Der Pfarrer steht noch bei den Leuten und unterhält sich und lächelt, aber er fühlt einen Stich von Beklemmung: Muss sie denn immer so sein? Sanna war während des Gottesdienstes himmlisch leise und lieb, bei der Predigt hat sie ein Weilchen geschlafen, und so klein, wie sie ist, ist es nur natürlich, dass sie noch länger nicht durchhält und jetzt zappelt und schreit. Der Pfarrer und seine Frau haben sich aber hoch und heilig versprochen, in der Kindererziehung konsequent zu sein. Was der eine sagt, trägt der andere mit, kein Kind soll von dem einen nein und von dem anderen ja hören. Denn wozu würde das führen? Zur Diktatur des Kindes, hat Mona erklärt, und Petter pflichtete ihr voll und ganz bei: Bei ihnen sollten Standhaftigkeit, Einigkeit und Konsequenz gelten.

Sanna aber tut ihm leid, sie sollte doch eher gelobt werden, als dass man mit ihr schimpfte.

»Einen Augenblick«, sagt er. »Da sehe ich gerade Mona, die Sie auch begrüßen möchte.« Er eilt zu ihnen. »Oh, Sanna, du bist aber brav gewesen. Komm zu Papa!«

Sanna, das Gesicht von Tränen überlaufen, streckt ihm mit verzerrtem Mund theatralisch die Arme entgegen, aber Mona reißt sie zurück.

»Vorsicht mit dem Talar!«, zischt sie. »Sie ist nass!« Als wäre das eine vorsätzliche Schikane eines ein Jahr und zwei Monate alten Kindes. Es ist Monas ganzer Stolz, dass Sanna zu Hause schon fast ganz sauber ist und sich gleich nach dem Aufwachen und nach jeder Mahlzeit aufs Töpfchen setzen lässt. Aber jetzt war die Zeitspanne zu groß, und nach dem kurzen Schlaf in der Kirche ist es passiert. Darum ist Mona aufgebracht und böse und Sanna untröstlich. Der Pfarrer hat Befürchtungen, aber keine Wahl:

»Ich verstehe, dass ihr nach Hause möchtet, aber komm

doch trotzdem und begrüße die Leute. Ich habe versprochen, euch zu holen.«

Mona blitzt ihn an: »Musstest du mich da mit reinziehen? Hast du nicht gesehen, was passiert ist?«

Aber sie folgt ihm, wie sie gelobt hat, in guten wie in schlechten Zeiten, und bringt sogar ein Lächeln hervor, als sie, die nasse, quengelnde Sanna auf dem Arm, zu den anderen tritt.

»Das ist meine Familie«, stellt er vor. »Mona und Alexandra, genannt Sanna.« Die Umstehenden grüßen herzlich, heißen die Pfarrersfrau willkommen, und alle sind sich einig, dass Sanna im Gottesdienst unglaublich lieb und leise war. Keiner nimmt Notiz davon, dass Sanna nass ist, doch Mona sagt, der Wind sei kühl und sie müsse nach Hause und Sanna umziehen, bevor sie sich erkältet. »Und danach möchten wir Kirchen- und Gemeinderäte zum Kaffee einladen.«

Sie will losgehen, als sich eine lange, kantige Gestalt aus der Gruppe löst. Sie lächelt nicht, streckt aber dem Pastor die Hand hin und sagt mit einem leicht fremden Akzent, sie würde sich gern vorstellen, sie sei Irina Gyllen, Hebamme auf Örar.

Mona verbeugt sich fast, und Sanna ist still. Der Pfarrer stellt sich vor und drückt freundlich ihre Hand. »Wie schön, Sie kennenzulernen! Danke, dass Sie gekommen sind! Ich habe von meinem Vorgänger so viel Gutes über Sie gehört und freue mich auf unsere Zusammenarbeit im Gesundheitsausschuss.«

»Danke«, sagt die braune Gestalt. »Ich wünsche Ihnen einen guten Aufenthalt auf der Insel. Und jetzt muss ich gehen, es wollen noch viele mit Ihnen sprechen.« Im Umdrehen sieht sie Sanna und Mona an, die sich unbehaglich fühlt. »Ein liebes kleines Mädchen«, sagt Irina Gyllen. »Vielleicht sehen wir uns bei der Beratung? Auf Wiedersehen.«

Sie geht zum Tor, und die nette Familie Hindriks schließt sich an. Wie selbstverständlich nehmen sie Mona und Sanna in ihre Mitte und spazieren in lockerer Unterhaltung mit ihr Richtung Pfarrhaus, wo Mona Adieu sagt und sie zum Steg weitergehen. Sie erzählen Mona, dass Doktor Gyllen bei ihnen wohnt und in jeder Hinsicht gut sei.

Auf dem Kirchhof stehen jetzt nur noch Mitglieder aus Kirchen- und Gemeinderat. Der Pfarrer begrüßt sie, fragt sie nach ihren Namen und den Orten, aus denen sie kommen. Glücklicherweise gehören auch Adele Bergman und der Kantor dazu, die er bereits als alte Freunde ansieht. Mit Interesse betrachtet er eine hochgewachsene, magere Frau in langem schwarzem Samtrock und taillierter Jacke und mit einem Haarnetz: Lydia Manström, Lehrerin, verheiratet mit einem Bauern und Fischer in Österby. Sie strahlt ... ja, was denn eigentlich aus? Eine große innere Unabhängigkeit vielleicht? Nicht leicht zu sagen, woran man bei ihr ist. Lehrerautorität natürlich, bleibt zu hoffen, dass Mona gut mit ihr auskommt und eine Freundin an ihr gewinnt.

Man begibt sich auf den Weg zum Pfarrhof, und der Pastor bemerkt, dass sowohl Adele Bergman als auch Lydia Manström absichtlich langsam gehen. Sie möchten Mona so viel Zeit wie möglich geben, während die Männer an Kaffee und belegte Brote denken und einen Schritt zulegen. Als sie in die Diele treten, kommt ihnen Mona rot und erhitzt entgegen und fordert sie auf, einzutreten. Bevor sie zur Kirche gingen, hat sie schon Kaffee gemahlen, Brote belegt und den Tisch gedeckt, und als sie danach ins Haus kam, hat sie ganz schnell Feuer im Herd gemacht und dann Sanna ausgezogen und ins Kinderbett gelegt. Jetzt sind auch die frisch gebackenen Zimtschnecken aus dem Ofen geholt, und das Kaffeewasser kocht auf dem Herd. Der Pfarrer brauchte sich keine Sorgen zu machen, auch wenn Mona ein hitziges Temperament hat, ist sie andererseits dafür zu rühmen, wie fix sie in praktischen Dingen ist.

Adele Bergman schaut sich anerkennend um.

»Wenn ich es nicht besser wüsste, würde ich glauben, dass die Frau Pastor ein Dienstmädchen hat, das all das hier hergerichtet hat, während wir in der Kirche waren«, sagt sie mit Wärme, und Mona freut sich über das Lob aus berufenem Mund.

»Nehmen Sie doch bitte Platz«, sagt sie noch einmal. »Der Kaffee ist gleich fertig.«

Sie geht in die Küche, Gemeindevertreter und Kirchenvorstände stehen aber weiterhin und brauchen noch ein paar weitere Einladungen, ehe sie sich zu Tisch setzen können. Anerkennend betrachten sie die Möbel, die ihnen schon von Mitpassagieren auf dem Schiff beschrieben wurden. Der Pfarrer sieht leicht verlegen aus und erklärt, Mona habe ein kleines Erbe von einer Tante gemacht, ohne es hätten sie lediglich den Küchentisch und ein paar Stühle mitgebracht. Er weist mit dem Kopf Richtung Tisch und sagt: »Das Service stammt aus derselben Quelle. Jetzt wollen wir es mal in Gebrauch nehmen. Bitte schön!«

Aber sie treten noch immer von einem Fuß auf den anderen, als die Pfarrersfrau mit der Kaffeekanne kommt, und lassen sie erst die Tassen füllen, ehe sie an den Tisch treten. Aber Platz nehmen sie erst, nachdem sie kommandiert: »Also bitte, jetzt setzt euch doch, bevor der Kaffee kalt wird.«

Da nehmen sie ihre Plätze ein, entspannen sich und werden munter, reichen die Zuckerschale rund und gießen aufmerksam goldgelbe Sahne aus dem Kännchen in den Kaffee. Die Brote sehen lecker aus, die Pfarrersfrau hat Laibe wie auf dem Festland gebacken und Butter aus Rahm geschlagen, den sie die Woche über aufgehoben hat. Die Hälfte der Brote hat sie mit Käsescheiben aus dem Genossenschaftsladen belegt, die andere Hälfte mit gekaufter Wurst, das Ganze garniert mit überwinterter Petersilie aus dem Küchengarten. Es ist gut und reichlich, und das Hefegebäck, das sie zur dritten Tasse reicht, macht ihr alle Ehre. Alle sind voll Anerkennung, und die Unterhaltung läuft locker und ungezwungen dahin. Der Pfarrer hat viele Fragen zu stellen, und sie antworten bereitwillig. Es wird noch eine Weile dauern, bis er herausbekommt, dass es zwei gleich starke Fraktionen gibt, denen jeweils ganze Dörfer angehören. Ein Austausch zwischen den Blöcken findet nicht statt, aber noch weiß er das nicht, er erlebt seine Gäste nur als unvergleichlich freundlich, aufgeschlossen und schlichtweg großartig.

»Ich bin vollkommen überwältigt von einem so warmen Empfang«, wiederholt er noch einmal. »Wie viele heute gekommen sind, und was für ein Gesang!«

»Alle sind natürlich gekommen, um den neuen Pfarrer zu sehen«, konstatiert Lydia Manström. »Und sie waren mit dem zufrieden, was sie gesehen haben. Hoffen wir, dass es einen Aufschwung beim Kirchenbesuch nach sich zieht.«

Es entwickelt sich fast zu einer kleinen Kirchenvorstandssitzung, als sie die Themen durchsprechen, die beim nächsten Treffen auf die Tagesordnung kommen sollten, und ihn darüber aufklären, wie man es mit verschiedenen Dingen in der Gemeinde hält. Es ist gut, dass er nicht alles anders machen will, wie gewisse frühere Gemeindepfarrer. Unmittelbare Schwierigkeiten kommen nicht zur Sprache. Das hat Zeit, bis sie sich gegenseitig besser kennen.

Es ist nicht mehr als ein höflicher Antrittsbesuch, aber sie lassen sich so viel Zeit, dass die Frau des Pastors sich unruhig zu fragen beginnt, ob die Gäste wohl noch weitere Bewirtung erwarten. Sie müssen doch wissen, dass noch fast alle Lebensmittel knapp sind und sie schon jetzt viel zu viel von ihren Zuteilungen verbraucht haben. Wenn das hier so weitergehen sollte, werden sie niemals über die Runden kommen. Wenigstens Adele Bergman muss das doch sehen, denkt sie und blickt sie in ihrer Not an. Adele sieht und versteht sehr wohl, sie hat den ungefähren Verbrauch an Marken schon überschlagen und sich gefragt, wie sie sich das leisten können. Auch wenn sie Kühe auf der Weide und Fische im Meer haben. Sie wirft der Pfarrersfrau einen freundlichen Blick zu und hört die Kleine im Schlafzimmer jammern.

»Darf ich dem kleinen Fräulein meine Aufwartung machen?«, fragt sie und begleitet Mona. Die hebt Sanna aus dem Bett, befühlt ihren Rücken und stellt fest, dass er trocken ist.

»Ich gehe rasch mit ihr in die Küche und setze sie aufs Töpfchen, bevor noch ein Unglück passiert.«

Genau wie Mona sich das dachte, hat Adele Bergman Sanna als Vorwand benutzt, um einen Blick ins Schlafzimmer werfen zu können. Aber bitte, nur zu: Auch da ist alles aufgeräumt. Zwei Betten mit hellbraunen Überwürfen und auf jeder Seite ein Stuhl als Nachttisch sowie eine Kommode. Noch ein wenig karg, aber sie werden sich im Lauf der Zeit noch das eine oder andere anschaffen. Über der Kommode hängt ein kleines Kruzifix, und Adele Bergman freut sich: Dieser junge Pfarrer scheint durch und durch Christ zu sein, an Sonn- und Werktagen, und Gott weiß, dass die Gemeinde einen solchen Pfarrer nötig hat.

Sie hilft Kirchen- und Gemeinderatsmitgliedern auf die Beine, und genau wie sie sich das gedacht hat, bietet der Kantor ihr an, sie in seinem Boot mitzunehmen und am Anleger beim Laden abzusetzen, da Elis ja mit ihrem Boot nach Hause gefahren ist.

»Das war ein guter Tag«, sagt sie sowohl zum Kantor, während sie auf der Überfahrt zum Tuckern des Motors vertraulich miteinander plaudern, als auch zu ihrem Elis, als sie nach Hause kommt.

Fünftes Kapitel

Es fällt dem Kantor zu, den Pfarrer vorsichtig in die Zweiteilung einzuweihen, die sich durch die Kirchengemeinde wie durch die Kommune zieht. Er tut es leichthin, in einem Ton, als handele es sich lediglich um eine possierliche Rivalität zwischen zwei gleich großen Lagern und als ob er selbst darüberstehe und alles mit belustigter Nachsicht betrachte. Doch während er berichtet, wird er ernster, die Falte zwischen seinen Brauen vertieft sich, und seine Miene wird düster.

»In den Dörfern im Osten gibt es Leute, die würden einen aus dem Westen nicht aus dem Wasser ziehen, wenn er in einer Eisrinne am Ertrinken wäre«, erklärt er.

»Ganz so schlimm kann es doch nicht sein«, meint der Pfarrer und versucht das Ganze mit Humor zu überspielen. »Was wäre denn, wenn einer von den östlichen Dörfern im Wasser liegt? Was würden die aus den Westsiedlungen dann tun?«

Da wechselt der über allem stehende Kantor auf einmal in die Wir-Form: »Wir würden ihn wohl rausziehen, die allermeisten. Aber man kann nie wissen. Es gibt so viel persönlichen Groll auf einer Insel wie der hier. Geradezu Hass, wenn ich die Dinge beim Namen nennen soll. Nur bei einigen. Aber das kann eine ganze Gemeinschaft vergiften.«

»Und wie äußert sich das?«, fragt der Pastor zaghaft.

»Indirekt. So, dass die Spaltung von Generation zu Generation weitergegeben wird. Der Gemeinderat besteht aus zwei gleich starken Blöcken, die jeden wichtigen Beschluss verhindern. Die Stimme des Vorsitzenden gibt den Ausschlag, und wehe dem armen Teufel, der zum Vorsitzenden gewählt wird! Auf den wird Druck ausgeübt, nicht so sehr von der Gegenseite als vielmehr aus den eigenen Reihen. Das Gleiche gilt für den Kirchenvorstand. Dem stehe ich vor«, fügt er hinzu und lächelt, als könne er nicht länger eine ernste Miene beibehalten. Hier auf der Insel guckt man unbekümmert, so viel hat der Pfarrer schon gelernt.

Auch er lächelt. »Darüber bin ich besonders froh«, sagt er aus der Tiefe seines Herzens. »Und ich bin froh, dass du mir das erzählt hast. Was, glaubst du, bedeutet das für mich als Pfarrer?«

Der Kantor überlegt. »Du bist anders als der vorige Pastor. Er war älter und abgebrühter, wenn ich so sagen darf. Mit den Jahren verstand er es sehr gut, die beiden Seiten gegeneinander auszuspielen. Er konnte die Dinge so formulieren, dass er bekam, was er wollte. Du solltest beherzigen, dass du im Kirchenvorstand den Ton angibst, und das solltest du mit einigem Nachdruck tun. Es wäre gut, wenn wir im Ausschuss die Dinge vorher beredeten, damit ich weiß, wo du stehst.«

Der Pfarrer ist nicht so dumm, wie er vielleicht aussieht. Amüsiert legt er nach: »Sodass du mir die versteckten Spannungen und Intrigen aufdecken kannst und mir hilfst, herauszufinden, was ich eigentlich will. Vielen Dank! Du hast mir sehr geholfen, und ich hoffe, wir können weiterhin so gut zusammenarbeiten und offen miteinander reden.«

Der Kantor ist für die Anerkennung und das Vertrauen

dankbar. »Ich erzähle dir das auch, damit du weißt, dass es ein heftiges Tauziehen um den Pfarrer gibt. Die Kirche sollte natürlich neutral sein, aber es handelt sich nicht um Politik, sondern um persönliche Beziehungen. Macht man sich gut Freund mit dem Pastor, dann hat man sein Ohr und zieht ihn auf seine Seite.«

»Oh, oh«, sagt der Pfarrer. »Mir wird gerade klar, dass ich bereits auf die Westseite gezogen werde. Du und deine Familie, die hoch geschätzte Adele Bergman, Doktor Gyllen und die netten Hindriksens. Der Küster und Signe auch, obwohl die so nah bei der Kirche wohnen, dass man sie fast als neutral einstufen darf. Aber dagegen lässt sich nichts machen. Ich habe nicht vor, hier als Eremit zu hocken und in beide Richtungen misstrauisch zu sein. Vielmehr gedenke ich mich in allen Orten unter die Leute zu begeben. Stell dir vor, als wir die Gemeindevertreter zum Kaffee hatten, schwante mir nichts von alldem! Alle waren nett, und ich mochte einen wie den anderen.«

»Sicher«, bestätigt der Kantor, »jeden für sich genommen, ist an keinem von uns etwas auszusetzen. Wie du sagst, wir sind nett. Darum ist die Spaltung ja so bedauerlich. Sie trennt Menschen, die die besten Freunde sein könnten. Doch wie die Dinge liegen, müssen wir leider auf der Hut sein.«

Das ist ein Brocken, an dem der Pfarrer zu schlucken hat, sieht der Kantor, aber der Pfarrer blickt ein Stück weit voraus und sagt: »Es ist gut, dass du mir das mitgeteilt hast. Im Anfang werde ich mich allerdings so verhalten, als wüsste ich nichts davon. Obwohl du mich ins Bild gesetzt hast, habe ich das Gefühl, die Dinge und Verhältnisse noch nicht tiefgehend genug zu verstehen. Ich muss mich erst noch mehr mit dem Leben hier vertraut machen.«

»Du bist schon auf dem richtigen Weg«, stellt der Kantor freundlich fest. Die Bemerkung gibt dem Pfarrer genügend Zeit, um ihn formulieren zu lassen, was er empfindet: »Du findest mich wahrscheinlich kindisch, aber ich fühle mich hier bereits so wohl, dass ich nie wieder weggehen möchte. Glaubst du, ihr haltet mich die nächsten vierzig Jahre aus?«

Da lacht der Kantor, als wäre nie von einer Spaltung die Rede gewesen. »Ich sage nur herzlich willkommen! Das wird die Neuigkeit des Jahres: ein Pastor, der nicht gleich wieder nach einer fetteren Pfarre anderswo schielt.«

Freundschaftlich beginnen sie das, was nach ihrer Vorstellung eine lange Zusammenarbeit werden soll. Auch in einer kleinen Gemeinde oder gerade in einer kleinen Gemeinde gibt es auf jeder Kirchenvorstandssitzung eine Menge Fragen zu erörtern. Amtliche Schreiben stapeln sich bereits. Sie gehen sie gemeinsam durch, und der Kantor sortiert sie routiniert und entscheidet, was dem Vorstand zuzuleiten ist und was der Pfarrer eigenmächtig entscheiden kann. Der sitzt mit dem Stift in der Hand da und macht den Eindruck, in gleichbleibendem Tempo ein Schreiben nach dem anderen aufsetzen zu können. Er wirkt geradezu eifrig, als ob es ihn in den Fingern juckte, und der Kantor freut sich, mit einem Pfarrer zusammenzuarbeiten, der akzeptiert, wie man's macht, und nicht sofort alles ändern will.

Der Pfarrer betrachtet seinerseits den Kantor wie ein Jüngling einen erfahrenen Mann, mit fast kindlicher Zuversicht. Während sie im Büro arbeiten und anerkennende Blicke wechseln, genießt es der Pfarrer hemmungslos, einen Älteren als praktische Hilfe, Wegweiser und Freund zu haben. Fast eine Vaterfigur, wenn der Kantor noch ein wenig älter wäre. Er ist zwar nur fünfzehn Jahre älter als der Pfarrer, besitzt aber eine Lebensklugheit und ein praktisches Geschick, von denen der Pfarrer aus Erfahrung weiß, dass man beides nicht unbedingt allein durch zunehmendes Alter erwirbt.

Er denkt an seinen eigenen Vater und wie anders es gewesen wäre, wenn er einen Vater wie den Kantor gehabt hätte. Der ihn in schwierigen Lagen geführt und ihm praktisches Geschick beigebracht hätte. Stattdessen hat er durch Ausprobieren und die schmerzlichen Fehlgriffe der Jugend alles allein lernen müssen. Er hat sich selbst bauen, zimmern und renovieren beibringen müssen, denn auf nichts dergleichen versteht sich sein Vater Leonard. Er hat sich schämen und zusehen müssen, wie er weiterkam, begleitet von den zahlreichen Bemerkungen seines Vaters von der Art »Ich kenne die Menschen«, obwohl es für die Zuhörer ins Auge gegangen wäre, wenn sie seinem Rat gefolgt wären. Sein ganzes Leben lang hat er selbst herausfinden müssen, wie man etwas macht, und jetzt sitzt er hier dem Kantor gegenüber und überlegt, wie es wäre, einen klugen und unvoreingenommenen Vater zu haben.

Petter ist der älteste von drei Brüdern, und es stellt sich heraus, dass der Kantor ebenfalls drei Söhne hat und, noch bemerkenswerter, ebenso eine geliebte und verhätschelte Tochter, genau wie die Herrschaften Kummel ihre heiß geliebte Charlotte. Der jüngste der Söhne ist der Augenstern der Familie, genau wie Kummels Jösse, ewig zwanzig Jahre alt in seinem Heldengrab, an den der Pfarrer immer noch mit eigenartigem Unwillen zurückdenkt – und mit Scham?

Die Parallelen sind schlagend, und mit großem Interesse tritt der Pastor seinen ersten Besuch bei der Familie des Kantors an. Und macht große Augen, als er erkennt, dass diese unvergleichliche Vaterfigur zu ihren Söhnen kein sonderlich gutes Verhältnis zu haben scheint. Im Gegenteil gehen sie ihm aus dem Weg und haben immer wieder Dringendes zu erledigen, das sie so schnell wie möglich vom Tisch und aus dem Haus treibt. Einen Bogen um einen solchen Vater zu schlagen deutet wohl darauf hin, dass niemand ein gutes Verhältnis zu seinem Vater haben kann, wenn man mitten in der Pubertät steckt.

Manchmal kommt es dem Pfarrer so vor, als ob die Biologie Antworten auf fast alles hätte, was im menschlichen Leben passiert, aber für die Pubertät gibt es keine Erklärung. Die Wichtigkeit der Befreiung und der Entwicklung einer selbstständigen Persönlichkeit lässt sich nachvollziehen, aber warum muss diese Phase so lange dauern, und warum muss die Distanzierung derart tief reichen? Warum muss der Mensch den Nutzen des Lernens bestreiten und sich aktiv dem Erwerb neuer Kenntnisse gerade in den Jahren widersetzen, in denen es ihm am leichtesten fällt, durch Lernen etwas aufzunehmen? Und warum hält sich der Mensch ausgerechnet dann für besonders hoffnungslos, hässlich und kläglich, wenn er sich in seinem attraktivsten Alter befindet? Was hat sich die Natur bloß bei der Pubertät gedacht, die doch ebenso grausam ist wie der Tod?

Wenn man sich die drei pubertierenden Söhne des Kantors ansieht, muss man allerdings einräumen, dass sie es gut verbergen können, falls sie sich hässlich und elend fühlen sollten. Ein wenig zugeknöpft, ja, das sind sie schon, aber wohl vor allem, weil er, der Pfarrer, mit am Tisch sitzt. Jeder auf seine Weise sieht genauso unverschämt gut aus wie die Eltern, sie sind gut gewachsen und von einer Aufmerksamkeit erregenden lässigen Eleganz. Doch zwischen ihnen und dem Vater gibt es keinerlei Vertraulichkeit, kein sichtbares Zutrauen, kein gemeinsames Verständnis, lediglich einen kaum merklichen Spott, wenn der Kantor etwas erzählt. Zu seinem Erschrecken erkennt der Pfarrer gewisse Blicke wieder, die er mit seinen Brüdern gewechselt hat, wenn der alte Leonard in Fahrt gekommen war. Dabei gibt es kaum Ähnlichkeiten zwischen dem klugen und vortrefflichen Kantor und dem bedauerlich verständnislosen Leonard Kummel, mit dem der Pfarrer auskommen musste. Das Einzige, was die beiden gemeinsam haben, ist die Eigenschaft, Vater zu sein, und genau die muss abgelehnt werden, wenn man selbstständig werden will. Davon träumen die Jungen des Kantors genau so, wie es die Söhne von Lehrer Kummel zu ihrer Zeit taten. Aber dennoch: Das höchste Streben der Kantorssöhne, anders zu werden als ihr Vater, ist viel weniger nachvollziehbar als das der Brüder Kummel!

Er für sein Teil würde den Kantor gern adoptieren, wenn das möglich wäre. Ihm ist innerlich warm ums Herz, als stünde er zum ersten Mal unter jemandes Schutz und müsste nicht der Älteste und der Klügste sein, den Geschwistern ein Vorbild und der Mutter eine Stütze, ein Musterschüler. Ein Lastesel, der unter Forderungen und Ansprüchen ächzt. Ein verdorrtes Gewächs in der Blattpresse der Erwartungen.

Jetzt endlich Seite an Seite mit jemandem, zu dem er volles Vertrauen hat, der sagt: »So und so machen wir das hier.« Jemandem, der nicht mehr von ihm erwartet, als dass er jung und unerfahren ist und Hilfe braucht. Jemandem, dem er bereits durch sein praktisches Geschick und seinen gesunden Bauernverstand imponiert hat. Jemandem, mit dem er leicht reden kann und der in seinen Antworten zeigt, dass er zugehört und verstanden hat.

Benommen von all der Freundschaftlichkeit, die er spürt, wird es dauern, bis dem Pfarrer klar wird, dass der Kantor nicht überall auf der Insel beliebt ist. Er hat üble Neider, seine Privilegien in Form von Naturalien sind besonders dann ein Dorn im Auge, wenn er das Heu von der prächtigen Kantorwiese einfährt, die der Kirche gehört. Später kommt noch heraus, dass der Kantor eine Vergangenheit hat, die in der Prohibitionszeit den Zoll scheuen musste. Es gibt Leute, die ihn selbstgerecht finden, weil er sich für einen Kopf größer als andere halte, weshalb er regelmäßig auf den Stock zurückgestutzt werden müsse. Sie warten auf ihre Gelegenheit.

Es ist eine Seite des Insellebens, die im Schatten liegt, wenn die Menschen ihr Sonntagsgesicht zeigen, aber der Pfarrer ist jung und lernt schnell. Den Aufschub, den er dadurch erhalten hat, dass er anfangs glaubte, in eine Idealgesellschaft zu kommen, bedauert er nicht. Genau das hat er gebraucht, damit Liebe und Loyalität sich für immer und ewig einwurzeln konnten.

Er ist auf dem Rad durch mehrere Gehöfte gekommen, auf Wegen mit einer Grasnarbe in der Mitte und mehreren Toren. Manchmal musste er absteigen und fragen, hat so aber schon die Namen mehrerer Höfe gelernt. Es ist gut, das Fahrrad zu haben, aber sämtliche Häuser sind zum Meer hin ausgerichtet, wo sich der wirkliche Verkehr abspielt. Kleine Boote mit knatternden Motoren, dumpfer klingende Schniggen, knarrende Kähne. Da draußen möchte auch der Pastor sein, und er erörtert mit dem Kantor die Anschaffung eines Boots, das er für seine Fahrten und zum Fischen benutzen könnte.

Vor allem für Fahrten, denn ihn juckt die Lust, frei und

uneingeschränkt im eigenen Boot losknattern zu können. Unter der wohlmeinenden Aufsicht des Kantors geht er seine Einkünfte durch: Das Gehalt ist niedrig, die Schulden für das Studium sind hoch. Anders als die Ortsansässigen, die nach einer guten Fangsaison zuschlagen oder dem Staat Robbentran verkaufen und später wieder auf Sparflamme leben, hat der Pfarrer kaum Möglichkeiten, einmal an eine größere Summe Geld zu kommen. Aber es wird sich irgendwie finden, und voller Stolz erzählt er dem Kantor, dass er schon als Junge segeln gelernt hat. Der Pfarrkahn hat ein Mastloch in der Ruderbank, und im Schuppen liegt ein altes Sprietsegel. Er hat vor, es instand zu setzen und in Gebrauch zu nehmen. Für die Zukunft aber will er ein Motorboot, damit er bei jedem Wetter unterwegs sein kann. Sollte der Kantor also Wind von einem günstigen Angebot bekommen, möge er nur Bescheid sagen.

Es gefällt dem Kantor, dass der Pfarrer so offen und vertrauensselig ist. Vielleicht etwas zu sehr, denkt er flüchtig im Wissen, dass es Leute gibt, die bereit wären, das auszunutzen. Ein wenig Anleitung hat er sicher nötig, und wenn es darum geht, wie sich der Pfarrer auf der Kirchinsel am besten einrichtet, steht er gern mit Rat und Tat zur Seite.

Gleichsam als Bestätigung, dass alle vor Freude hüpfen, klingelt das Telefon. Es ist Adele Bergman, die mitbekommen hat, dass der Pfarrer vorbeigeradelt ist. Man kann sich ja denken, wo er hinwollte, und darum möchte sie nur Bescheid sagen, wenn er auf dem Rückweg kurz zum Laden abbiegt, kann er gleich die bestellte Anstreicherfarbe und den Verdünner mitnehmen. Gute Pinsel seien ebenfalls eingetroffen und auch Kekse, falls er richtig zuschlagen wolle.

Der Pfarrer lächelt, als er die Nachricht erhält, denn hier

hat er noch jemanden, der ihm mit Rat und Tat beispringen will.

»Ob man will oder nicht«, ergänzt der Kantor, der doch Adele Bergmans Verbündeter und Vorstandssprecher der Genossenschaft ist. »Ohne Adele hätten wir den Krieg nicht halb so gut überstanden«, fügt er eilends hinzu. »Wenn man so weit draußen wohnt wie wir, versteht es sich von selbst, dass man auf den Belieferungslisten ganz unten steht, und wenn die vom Zentrallager hierherkommen, ist alles ausverkauft. Aber damit hat sich Adele nicht zufriedengegeben. Ich habe gehört, wie sie am Telefon mit denen geredet hat. ›Unsere Genossenschaftsmitglieder sind genauso viel wert wie die in den Städten. Nach den Statuten der Genossenschaft stehen uns die gleichen Rechte zu. Und als Leiter des hiesigen Genossenschaftsladens werde ich niemals auch nur einen Fußbreit von unserem Anspruch zurückweichen, die Lieferungen, die wir bestellt haben, auch zu bekommen. Unverzüglich. Wir, die wir von allen am weitesten entfernt wohnen, sollten eigentlich zuerst beliefert werden, zumal unsere geringen Liefermengen kaum ins Gewicht fallen.‹ Und so weiter. Sie hat dafür gesorgt, dass sie uns niemals vergessen haben. Es war bedeutend leichter, das, was wir bestellt hatten, zum Schiff zu verfrachten, als Adele erklären zu müssen, warum uns etwas nicht geliefert wurde. In den ganz schlechten Zeiten, 1944 zum Beispiel, als nicht einmal Schiffsdiesel zu bekommen war, ist sie selbst nach Åbo gefahren, hat zwei Fässer Diesel aufgetrieben und sie neben sich zum Kai rollen lassen. Da hat sie sie bewacht, bis das Schiff ablegte, und genauso bei jedem Anlegen unterwegs. Das Gerücht war schneller als Anton, und als das Schiff frühmorgens kam, drängten sich schon die Leute mit Kanistern am

Ladenanleger. Aber da hättest du sie mal sehen sollen! ›Das Geschäft öffnet um acht und nicht eine Minute früher‹, hat sie verkündet. Sie muss völlig fertig gewesen sein, aber Punkt acht stand sie bereit und maß jedem seinen Anteil zu. Adele erreicht mehr als ein Mann. Sie lachen über sie, vertrauen aber darauf, dass sie herbeischafft, was wir brauchen. Als wir nach dem Friedensschluss zum Heringsmarkt nach Helsingfors fuhren, waren wir alle überrascht, wie wenig es in den Läden der Stadt zu kaufen gab, verglichen mit dem, was Adele uns auf die Theke stellen konnte, vorausgesetzt, sie hielt einen dessen für würdig und berechtigt.«

Der Pfarrer und seine Frau gehören unzweifelhaft zu diesen Privilegierten. Auch wenn sie ausdrücklich jegliche Bevorzugung ablehnen, ist es unmöglich, Adele Bergmans Wohlwollen zurückzuweisen. Sehr zu Recht. Die Einheimischen finden schließlich alles Mögliche in ihren Fischerhütten, mit dem sie sich irgendwie durchschlagen können, wenn es eng wird, während der Pastor mit zwei ziemlich leeren Händen bei null anfängt. Gott hilft denen, denen Adele Bergman beisteht, denkt er lachend auf dem Heimweg, schwer bepackt. Ein armer Mann radelt wirklich leichter.

Er hat den Kahn in Schuss gebracht, das Segel gesetzt und legt ab. Nicht gerade vorsichtig. Die Gischt soll beim Wenden ordentlich schäumen und spritzen.

Segeln hat er angeblich schon als Junge gelernt, und er sagt, er habe es immer geliebt, so hoch am Wind wie möglich zu segeln. Höhe knüppeln, bevor man über Stag geht, das pralle Leben. Na klar ist er früher öfter gekentert, aber was macht das schon? Bis er mit dem Pfarrkahn den Bogen richtig raushat, wird es ihn noch ein paarmal umwerfen, schätzt er.

Ich erwische ihn sozusagen in flagranti, könnte man sagen. Als ich auf den Sund zulaufe, kommt der Pfarrer hinter einer Landzunge hervorgeschossen. Er reißt so abrupt das Ruder herum, dass das Boot umschlägt, als würde man ein Kartenhaus umblasen. Der Pastor landet im Wasser und schwimmt wie ein Otter, die Schot noch in der Hand. Obwohl es mit dem treibenden Segel schwer ist, zieht er das Boot im Schlepptau zu einer Schäre, dreht es da mühelos um, zieht es an Land und belegt die Bugleine an einem Stein.

Er wringt seine Kleider aus, als ich heran bin, die Maschine abstelle und einen Anker ausbringe.

»Gütiger Gott«, rufe ich, muss aber lachen, als ich mich selbst höre, denn das ist doch normalerweise ein Ausruf des Pfarrers. Er lacht ebenfalls und grüßt.

»Alles in Ordnung?«

»Ja doch«, antwortet er. »Ein bisschen muss man schließlich seine Kräfte ausprobieren und sehen, was das Boot so hergibt. Will ein bisschen gekitzelt werden, das gute Stück.«

Mein Boot treibt so nah an Land, wie es der Anker zulässt, und dann schwatzen wir ein wenig zusammen, ich im Boot, er an Land. Er streckt sich auf den Felsen aus und rückt immer ein Stück weiter, um auf dem Trockenen zu sitzen.

»Hier darf ich jetzt hocken, bis ich trocken bin. Sonst gibt's Saures, wenn ich nach Hause komme.«

Er sagt es, als ob es ein guter Witz wäre, aber bei der Pfarrersfrau kann ich mir gut vorstellen, dass sie ihm eine ordentliche Standpauke hält, und die hat er auch verdient. Er fährt drauflos, als ob er nicht ganz bei Trost wäre, nur weil er jung und durchtrainiert ist und schwimmt wie ein Fisch.

»Sei lieber vorsichtig, bis du weißt, woher in den Ecken hier der Wind weht«, rate ich ihm. »Mit dem Wetter und der See ist nicht zu spaßen, und es geht nicht jedes Mal so glimpflich aus wie diesmal.«

Jetzt erwähnt er das mit dem häufigeren Kentern, und er setzt noch hinzu: »Ist dir sicher auch schon passiert, wo du doch dein halbes Leben auf See verbringst.«

Da muss ich richtig nachdenken. Ich bin selbst platt, als ich sagen muss, wie es ist: »Nee, du, nicht, soweit ich mich erinnern kann. Die Füße hatte ich noch immer im Schiff, auch wenn der Rest schon weit außenbords hing.«

Er seufzt, lacht aber weiterhin: »Das ist wohl der Unterschied zwischen euch Berufsseeleuten und mir, der ich nur zum Vergnügen und um der Spannung willen segle.«

»So ist das wohl«, sage ich. »Und nicht viele von uns können schwimmen. Sie glauben, dass es nur das Leiden verlängert, wenn man bei schwerer See über Bord geht. Was wird denn aus dir, wenn du mal in einer großen Bucht koppheister gehst und keine Chance hast, an Land zu schwimmen?«

»Vielleicht bin ich schlau genug, da behutsamer zu wenden«, antwortet er, und ich verstehe, warum die Leute ihn mögen, denn ein Angeber ist er nicht, wie waghalsig er auch sein mag.

Und komisch wirkt er auch, wie er da hockt und langsam trocknet. Auch wenn ich seiner Frau nichts sagen werde, habe ich doch kein Schweigegelübde anderen gegenüber abgelegt. Immer haben wir hier ein Auge auf unsere Pfarrer gehabt und darüber getratscht, wie sie sich anstellen. Wenn es urkomisch ist, umso besser. Wir haben die Post bei uns im Haus, und wenn ich Julanda die Schote hier erzähle, kommt sie rasch in Umlauf. Ohne Tinte, Kuvert und Briefmarke, denn was aus einem lachenden Mund kommt, befördern wir gratis.

Sechstes Kapitel

Die Gemeinde sieht ihn von seiner Sonnenseite. Lächelnd, interessiert, wissbegierig. Freundlich, ohne Allüren. Voller Unternehmungsgeist. Anspruchslos und dankbar, immer ein gutes Wort auf den Lippen. Zu Scherzen aufgelegt, wenn man ihn etwas näher kennt und begreift, dass nicht nur Ernst unter dem Talar wohnt. So begeistert von allem, was die Gemeinde aufzuweisen hat, dass man nur so dahinschmilzt. Er mag die Natur: karg, unglaublich schön in all ihrem Wechsel, frischer Wind, weite Sicht. Die Menschen: unbeschreiblich einnehmend. Charmant. Intelligent. Gut aussehend, temperamentvoll, schlagfertig. Kenntnisreich, erstaunlich gut informiert. Redegewandt und nicht auf den Mund gefallen. Unvergleichlich. Sein neues Leben als Schärenpfarrer: ein Geschenk Gottes.

Derart sonnigen Gemüts, dass man Grund zu dem Verdacht hat, ihm sei noch nie etwas Schlimmes widerfahren und dass ein Mangel an tieferer Lebenserfahrung oder angeborene Naivität hinter der Begeisterung steckt, die vorbehaltslos aus ihm heraussprudelt.

Nichts an ihm deutet darauf hin, dass er aus großer Trübsal kommt, aus einem nicht endenden Krieg, aus heftigem Abscheu vor sich selbst und allen, die ihm mit ihren völlig überzogenen Erwartungen zugesetzt haben. Einem steifen und fast stummen Christentum. Einem Graubraun, das die gesamte Existenz überzog. Trotz alledem des Menschen unbändiger Wille weiterzuleben, und wie zum Hohn darauf die unzähligen Varianten des Sterbens, die Zirkel von Krankheit, Angst und Verlust, durch die alle auf dem Weg zu ihrem Tod gepresst werden.

Einen kurzen Lebensabriss kann ihm Lydia Manström entlocken, die gut zuzuhören versteht und nur weitererzählt, was keinen in Verlegenheit bringt. Unter ihrer eng taillierten und bortenbesetzten Samtjacke hält sie Folgendes unter Verschluss: Ältester Sohn einer überambitionierten Lehrerin und eines unberechenbaren Vaters, erzwungene vorzeitige Einschulung, als Jüngster seiner Klasse ewig gehänselt und ausgeschlossen. Nicht in der Lage, seinem Vater Ehre zu machen, gequält von den viel zu hohen Ansprüchen seiner Mutter. Mit vierzehn von Tuberkeln im Bauch und an den Knien befallen, ein Jahr im Krankenhaus, in den tränengefüllten Augen der Mutter bereits im Sterben liegend. Auf einer Erwachsenenstation, unter abstoßenden Männern mit schlüpfrigen Geschichten und Anzüglichkeiten – arme Krankenschwestern! –, ohne Rücksicht auf seine Ahnungslosigkeit. Dann zugesehen, wie sie starben, an ihren dreckigen Bemerkungen erstickten, im eigenen Morast ertranken. Wie er dann betete und Gott gelobte, ihm mit Freude sein Leben lang zu dienen, wenn er nur lebendig aus dem Krankenhaus herauskäme und ein eigenes Leben leben dürfte. Wie er gesund wurde, zum Schulprimus avancierte, Sport trieb, um Kondition zu bekommen, das Abitur machte und ein Theologiestudium aufnahm. Studierte und studierte, oft mit Widerwillen und ohne Freude. Dann war der Krieg ausgebrochen. Gewissensqualen, weil er vom Kriegsdienst befreit war, während Brüder und Kameraden an der Front fielen. Der Vorsatz, sich immer und klaglos aller anzunehmen, die ihn brauchten, Frau Jammertal und Fräulein Dysterkvist und Herr von Ach und Weh. Volksfürsorge, Schutzkorps, Feuerwehr, Patenvereine. Studieren wie auf der Leimrute. Die kräftezehrende Unruhe, Verzweiflung über Finnlands Pakt mit Deutschland und Finnlands unglückliche Offensive in Ostkarelien. Gewissensbisse wie eine Feuerlöschdecke über innerem Aufruhr: Soll ich wirklich? Doch, ja, du sollst. Immer.

Dann das, was Lydia ruhig weitergeben kann: Mona, die ihn rettete, ihre Lehrerinnenwohnung, die es ihm ermöglichte, zu Ende zu studieren. Die Ordination, die kurze Zeit als Feldgeistlicher, die erste Stelle als Aushilfspfarrer, Sannas Geburt. Und dann übers Meer zu einem offenen, strahlenden und fantastischen Leben. Zehnmal besser als das, was er sich demütig als unerreichbares Fernziel ausgemalt hatte. Freiheit. Offenheit. Wärme. Schönheit. Und das Wort, das man vorsichtig auf der Zunge wägt, weil man Angst hat, es zu verlieren, das aber in einem frohlockt wie ein Lobgesang: Glück.

Da beginnen seine Worte zu fließen: Wie sogar die Theologie plötzlich für ihn aufblühte, wie er erkannt hat, dass die Schönheit in der Natur eine Analogie, eine Entsprechung zur Liebe Gottes in uns und zum Leben Christi darstellt. Dass wir die Schönheit um uns herum bejahen müssen, weil dieses Bejahen ein Anerkennen von Gottes Liebe bedeutet. Christentum ist nicht Düsterkeit und Verbote. Christentum ist ein Bejahen! Darüber wird er predigen.

Ja. Etwas verlegen, weil er so salbungsvoll geworden ist, aber auch sehr befreit. Freundlich blickt er Lydia Manström an und entspannt sich nach seinem ersten Katechismusunterricht auf den östlichen Höfen. »Und Frau Manström selbst? Wie sind Sie hierhergekommen?«

»Übers Wasser«, sagt sie ausweichend, obwohl er nach allem, was er ihr erzählt hat, ein Anrecht auf etwas Vertrauen erworben hat. Er wartet, leicht abgeblitzt. So neugierig ist er nun auch wieder nicht gewesen. Sie muss mehr sagen. »Wir haben uns in Åbo kennengelernt. Ich bin in den Hafen gegangen. Er verkaufte Fisch. Ich habe hier einen Webkurs gegeben. Als er zu Ende ging, waren wir verlobt. So kann's gehen.«

Es klingt, als hätte sie sich lieber einen Zahn ziehen lassen. Es ist deutlich, dass man Lydia Manström keine persönlichen Fragen stellt. Mit ihrem Mann Arthur ist es etwas anderes, der thront ganz selbstverständlich als Hauptperson in all seinen Erzählungen. Gerade kommt er schwungvoll herein, stattlich, hochnäsig, eine Stimme wie ein erster Liebhaber. Fischer und Bauer nennt er sich stolz, dabei lebt er vom Lehrergehalt seiner Frau, gelassen wie ein Gott, hofiert und bewundert. Der Grund dafür ist seine erzählerische Begabung ... ja, als das Erzähltalent verteilt wurde, stand Arthur Manström in der ersten Reihe und hat sich ordentlich bedient.

Neben ihm bleibt der Pastor blass, obwohl er selbst eine schöne Stimme hat und sowohl singen als auch erzählen kann. Arthur erzählt, dass die Spatzen von den Dachrinnen kommen, er zieht Aufmerksamkeit auf sich wie ein Waldgeist, er dreht und knetet, biegt zurecht und lächelt. Einmal hat er die vestalische Lydia von Åbo nach Örar gelockt. Er hat es irgendwie hinbekommen, sie nicht als Jungfrau nach Hause zurückfahren zu lassen, denn in dem Fall wäre es leicht für sie gewesen, auf Briefe hinhaltend zu antworten, etwas anderes vorzuhaben, ihn leider nicht empfangen zu können. Eine heimliche Verlobung hilft auch nicht viel, man muss reden, behutsam, fließend, einlullend, während man sie sanft gegen die Wand drängt, sie ebenso sanft zu Boden zieht, ihr mit der Hand unter die Röcke fährt, dabei leise weiterredet, bei all dem »Nein« und »Nicht«, während die Hand in die Unterhose wandert und in den Schlitz, dann in Anschlag gehen, fertig. Danach bleibt ihr nichts anderes mehr übrig, als sich zu verloben und zu heiraten, denn wenn man mit einem Mann geschlafen hat, dann heiratet man ihn in Lydias Welt auch.

Darüber wird viel geredet, bald auch in Gegenwart des Pastors. Auch darüber, dass es nur ein Kind gibt, den mittlerweile erwachsenen Kronprinzen, der schon selbst fleißig dabei ist, Kinder in die Welt zu setzen. Der Rest der Welt aber wüsste doch zu gern: Ist er ihrer müde geworden, nachdem er sie bekommen hat? Oder empfindet sie körperlichen Abscheu vor dem Geschlechtsakt? Hat sie von der Geburt so schwere Unterleibsschäden davongetragen, dass sie nicht mehr in der Lage ist …? Andererseits kränkelt sie nicht wie Frauen mit Gebärmuttersenkung und Blasenausstülpung, sondern ist tüchtig und energisch, hält sich gut, ist schlank, geht mit raschen Schritten und achtet in der Schule auf strenge Disziplin. Sie ist im finnlandschwedischen Frauenverein, den Marthas, und im Verein für Volksgesundheit aktiv, der sich im Krieg bei der Versorgung der Bevölkerung hervorgetan hat, Kurse und Beraterbesuche organisiert. Sie schickt Schreiben an Abgeordnete in Landschaft und Parlament und vertritt die Angelegenheiten der Örar. Dann schreibt sie »wir«, ist aber »sie«, eine Außenstehende. Verschwiegen wie das Grab, wenn es um persönliche Dinge geht.

Arthur regiert in der Männerdomäne der Fischer und Bauern, ohne sich zu überanstrengen, davon erholt er sich, wenn Lydia in der Schule ist, und hat nachmittags eine Menge Beschäftigungen und Dinge zu erledigen, die seine Abwesenheit von zu Hause unumgänglich machen. In Lydias Gesellschaft hält er sich meist zu den Mahlzeiten auf und wenn sie irgendwo eingeladen sind. Dann führt er sie unter dem Arm eingehakt, lächelt und redet mit himmlischem Wohlklang wie ein Seraph. Er hat jede Menge Bezeichnungen für sie, nennt sie meine Angetraute, meine Gattin, die Herrscherin des Hauses, mein guter Geist, mein hochverehrtes Weib. Sie nennt ihn Arthur, was sie als Zugezogene kenntlich macht, denn auf den Örar nennen die Frauen ihre Männer er.

Arthur also, und hier kommt er. Lässt sich neben dem Pastor auf das Åboer Sofa im Wohnzimmer fallen und brummt zufrieden im Bass, denn er ist satt und hat richtigen Bohnenkaffee bekommen. Vielleicht hat er sich auch aus einer sterngeschmückten Flasche gestärkt, denn Leute, die sein glanzvolles Auftreten nicht ausstehen können, deuten dem Pfarrer gegenüber später an, dass Arthur Manström nie ganz nüchtern sei. Falls dem so sein sollte, erleben wir einen Salonschwips der schönsten Art: ein gütiger und mitteilsamer Mann mit einem großen Register. Er plaudert über die Zeit des Mittelalters auf der Kirchinsel und die dramatischen Kriegsjahre und erzählt, dass der vorige Pfarrer in voller Schutzkorpsausrüstung gepredigt hat. Als er auf die Kanzel stieg, sei ihm die Pistole aus dem Holster gefallen, und als er sich bückte, um sie aufzuheben, sei in der bekannt guten Akustik der Kirche ein deutliches Tuscheln zu hören gewesen:

»Duckt euch, jetzt lädt er durch!«

»Es gibt viele solcher Anekdoten«, fährt der silberzüngige Arthur fort, und der Pfarrer lacht und meint, das könne er sich denken. Es ist, als würde man bei der Hand genommen und durch die Schrittfolgen eines Tanzes geführt: Man nickt und lächelt, wenn man ein Zeichen erhält, und dann schwebt man übers Parkett. Verstohlen sieht sich der Pfarrer um und stellt fest, dass Lydia nicht mehr bei ihnen ist, irgendwann hat die große Flut sie in Richtung der großen Wohnküche fortgespült, wo sie nach beendeter Veranstaltung sicher eine Menge zu tun hat. Das Abwaschwasser dampft aus großen Töpfen, Teller und Schüsseln türmen sich. Arthur macht Konversation, und der Pfarrer, der zu Hause gelernt hat, die Redekunst seines Vaters mit großer Skepsis zu betrachten, wird hier trotzdem hingerissen und verführt. Arthur muss seine Seele verkauft haben, um dermaßen erzählen zu können. Lydia besitzt die ihre noch, einen harten Kern in einem tiefen Gewölbe, einen versteinerten Traum in einem aktiven und geachteten Berufsleben. Ihr hat der Pastor etwas von seiner Seele preisgegeben, und sie hat es sich angehört, ohne eine einzige weiter gehende Frage zu stellen, aber doch so, dass er versucht ist, mehr zu sagen.

Mona ist mit Sanna zu Hause geblieben, wie sie es viel zu oft tun muss, und als er nach dem langen Tag endlich nach Hause kommt und am liebsten nur noch die Zeitungen lesen möchte, läuft er stattdessen mit Sanna auf dem Arm herum, die sich um seinen Hals klammert, und berichtet ihr, wen er alles getroffen hat, lauter intelligente und redegewandte Leute, aber die Krone von allen war Arthur Manström. Er wiederholt ein paar Geschichten, an die er sich noch erinnert, und setzt dann hinzu: »Lydia ist aus einem ganz anderen Holz geschnitzt. Wahrscheinlich klüger als wir alle zusammen, aber verschwiegen wie ein Geheimdienst. Ich glaube, sie ist die verschlossenste Person, die mir je untergekommen ist.«

Mona wirft ihm einen ihrer durchdringenden Blicke zu, unter denen sein eigener ins Flackern gerät. In groben Umrissen weiß er, was sie denkt. Er sollte seine Zunge hüten und nicht ganz so freimütig Krethi und Plethi von sich und den Seinen erzählen. Man muss die Läden geschlossen halten und die Fugen abdichten. Was man jemandem im Vertrauen mitteilt, hört sich ganz anders an, als wenn es vom Dach posaunt wird. Das denkt sie unter anderem und hat wie üblich recht.

Aber. Er ist überhaupt nicht so generell und unbedacht offenherzig. Wenn man von anderen Offenheit erwartet, muss man sich auch selbst einen Spalt weit öffnen. Möchte man die Vorbehalte in der Welt ausräumen, muss man unter den eigenen aussortieren. Ja, und außerdem ist es für Mona nicht leicht, wenn er bei anderen Leuten sitzt und plaudert, als habe er alle Zeit der Welt. Zeit, die er eigentlich für sie haben sollte. Ihre gemeinsame Zeit. Selbstverständlich ist es spannend und eine schöne Sache, einen jungen und witzigen Pfarrer zu bekommen, der frisch und aufgeschlossen wirkt, natürlich möchten sich alle mit ihm unterhalten und in seiner Gegenwart sonnen und ihm Zeit stehlen, die er so vielem anderen widmen sollte.

Während der Pfarrer im Ort weilt, in Sonntagsessen schwelgt und Kaffee trinkt, dass ihm bald der Bauch platzt, plaudert und erbauliche Lieder singt, hat seine Frau gemolken und gespült, Wäsche eingeweicht, den Separator bedient, den Küchenfußboden geputzt, auf dem er unachtsam herumläuft, den Saunaofen angeheizt, Wasser aus dem Brunnen geholt, in der Sauna mit viel Kraftaufwand die Wäsche gewaschen und sie anschließend im Meer ausgespült, sich selbst und Sanna in gehörigen Abständen abgefüttert, die Kühe des nächsten Pächters verjagt, die durch den Zaun gebrochen sind, demonstrativ einige Pfosten mit einem Stein eingeschlagen, ohne bei den Nachbarn die geringste Aufmerksamkeit zu erregen, bei denen sich nicht einmal jemand am Fenster abzeichnet. Geht man zu ihnen hinüber, trifft man keine lebende Seele an. Es ist wie auf der *Marie Celeste*: Feuer im Herd, Essen auf den Tellern, warm, die Segel gesetzt bei schwacher Brise, aber kein lebendes Wesen. Zurück auf dem Hof nimmt die Arbeit kein Ende, hat man einmal eine ruhige Stunde, muss die Wäsche durchgesehen und geflickt werden, oder es sind Briefe zu schreiben. Das Essen will zubereitet werden, obwohl er vermutlich kaum hungrig sein wird, wenn er nach Hause kommt; bleibt er wie gewöhnlich länger aus, muss sie es warm halten. Das abendliche Melken steht an, und Sanna muss mit, weil ja niemand im Haus ist. Für ihr Alter ist sie verständig, aber trotzdem muss man sie ständig im Auge behalten, damit sie sich nicht vollschmiert oder den Tieren zu nahe kommt und umgeworfen wird. Mücken und Bremsen sirren zum Verrücktwerden, Sanna schreit und heult, die Kühe werfen die Köpfe und stampfen, treten immer wieder in den Eimer, wenn man nicht aufpasst. Obwohl sie sich beeilt, dauert es eine Ewigkeit, dann siebt sie die Milch durch und seilt die Kanne in den Stallbrunnen ab. Die warme Milch erwärmt das Wasser, und das Ganze ist ein ineffektiver Witz für jemanden, der von einem Hof mit Milchkammer und Kühlbecken und Eisblöcken unter einer Schicht von Sägespänen kommt. Aber man muss dankbar sein, weil man überhaupt Milch hat, da beklagt man sich nicht.

»Komm, Sanna, jetzt gehen wir endlich. Bist ein tüchtiges Mädchen.«

Sanna, ja. Es ist nicht richtig, dass er sich seinem eigenen Kind nur so selten widmen kann. Seiner eigenen Familie. Sicher muss er sich um seine Arbeit kümmern, aber ein wenig Zeit sollte er doch auch für sie haben, oder nicht? Dann aber muss er die Predigt ausarbeiten und für seine Prüfung am Predigerseminar pauken oder den endlosen Schriftkram in der Korrespondenz mit der Diözese durchgehen. Er muss sich über lokale Neuigkeiten ebenso auf dem Laufenden halten wie über die Weltpresse, sonst wird er völlig abgehängt, und verschiedene theologische Schriften muss er natürlich auch lesen. Allzu oft schreibt er auch viel zu ausführliche Briefe an seine Mutter, die jedes Mal unmittelbar mit einem fürchterlich langen und dicht beschriebenen Briefbogen antwortet. Voll Klagen und Jammern, damit er nur ja gleich wieder zurückschreibt, lang und eingehend und voller Anteilnahme, es nimmt nie ein Ende.

Der Pfarrhof liegt abseits von der Gemeinde auf der Kirchinsel und bietet nach menschlichem Ermessen eine friedliche Wohnstatt, wenn der Pfarrer endlich nach Hause kommt. Gewiss strahlt er Ruhe aus, einen oder zwei Augenblicke lang, wenn er vom Boot heraufgetrottet kommt. Abendliche Stille zieht auf, und die Abendluft ist kühl und feucht. Schnell nimmt er die paar Stufen, zieht die Haustür auf, merkt an der Luft, dass der Ofen an ist, öffnet die Tür ganz, ein Jubelschrei, und Sanna stürzt sich in seine Arme.

Mona, böse: »Sanna! Sofort ab mit dir ins Bett! Wenn ich

dich ins Bett gebracht habe, bleibst du gefälligst auch liegen!«

Sie packt Sanna hart am Arm, das Kind schreit auf und klammert sich am Vater fest. Hier ist unverbrüchliche Loyalität gefragt, aber man muss doch auch seinem Kind gegenüber loyal sein. Er hält die Kleine an sich gedrückt und sagt: »Nur kurz, wir haben uns doch den ganzen Tag nicht gesehen.«

Nein, in der Tat, das gilt aber auch für Mona und ihn. Sie bekommt ihn meist nur müde und völlig groggy zu sehen, wenn er noch vieles durcharbeiten muss, obwohl es schon spät ist. Die Gemeinde sieht ihn niemals so, während sie ... Aber was soll das? Sie hat ihren geliebten Mann doch endlich bei sich und sollte froh sein. Das ist sie ja auch, der Stachel und der Ärger kommen daher, dass sie nie genug bekommt, dass sie eifersüchtig ist auf die Gemeinde, die so große Anteile von ihm bekommt, während sie ihn erst zurückerhält, wenn er müde und erschöpft ist und sich eigentlich ins Bett legen sollte.

»Setz dich«, sagt sie. »Jetzt trinken wir Tee, und du erzählst mir vom Katechismusunterricht. Was habt ihr zu essen bekommen, und mit wem hast du gesprochen? Sanna darf noch einen Moment aufbleiben, aber dann ab ins Bett!«

Mit Sannas Armen um den Hals fängt er an zu berichten: Wie gut sie sich auskennen, wie freimütig sie auf die Fragen antworten. Dass der Kantor in Österby offenbar gute Arbeit leistet. Vom ofengebackenen Hecht, von Arthur Manström und seiner Frau Lydia. Und wie ihm von all den Gesprächen und dem Singen der Kopf schwirrt. Wie schön es ist, zu Hause zu sein. Wie wunderbar es ist, heim zu seinen beiden Mädchen zu kommen. Nie habe er sich vorgestellt, je ein solches Glück zu erleben.

Da sitzt er in seinem kleinen Müdigkeitsrausch, trinkt seinen Tee und kennt die Beschaffenheit des Glücks ein bisschen besser als in ihren Anfangsjahren. Damals hat seine Frau ihr Zusammensein für selbstverständlich gehalten. Spätere Vorfälle haben sie eifersüchtig und wachsam gemacht. Nicht, dass er untreu gewesen wäre oder sich hätte verführen lassen, vielmehr verhielt er sich, als kenne er keinen Selbstschutz und als glaube er, als eine Art Jesus auf die Erde geschickt worden zu sein, um die Sorgen der Welt auf sich zu nehmen.

Im Klartext ging es darum, dass Mona eine ganze religiöse Erweckungsbewegung aus dem Weg räumen musste, um ihn zu retten. Es handelte sich um die Oxford-Gruppe, eine intellektuelle theologische Erneuerung des Glaubens mit hohen moralischen Ansprüchen, die Petter und seine engsten Freunde zur Zeit ihres Studiums an der Theologischen Fakultät der Universität in Helsingfors stark beeinflusst hat. Damals wurde die Bewegung von Amerikanern gekapert und in *Moral Re-Armament* (*MRA*) umgetauft. In Petters zweiter Gemeinde, in die er als stellvertretender Kaplan kam, war die MRA in einer Gruppe führender Gemeindemitglieder stark verankert. Jemand mit einer gesunden Bauernvernunft wie Mona brauchte nur zu sehen, wie sie Petter begrüßten, um sämtliche Alarmglocken läuten zu hören. Weltfremde Schwärmer die ganze Bande, die ihn in null Komma nichts vereinnahmten und mit zu ihren endlosen Abendversammlungen schleppten, in denen es von quälenden Gewissensnöten und Sündenbekenntnissen waberte. Und zwar so überzeugend, dass Petter auf den Gedanken kam, von der Kanzel herab der versammelten Gemeinde seine jugendlichen sexuellen Fehltritte und das Laster der Selbstbefleckung bekennen zu wollen. Von diesem Vorhaben ließ er sich nur dadurch abbringen, dass Mona drohte, ihn eher mit der gusseisernen Bratpfanne bewusstlos zu schlagen, als ihn zur Kirche gehen zu lassen, sowie durch das schnelle Anrücken von Onkel Isidor. In einem Gespräch unter vier Augen machte er Petter klar, dass ein Pastor durchaus aufrichtig sein soll, aber seiner Gemeinde auch ein Vorbild, wie es sein priesterliches Gelübde vorschreibt. Was aber wäre er für ein Vorbild, wenn er sich auf der Kanzel in längst verjährten Jugendsünden suhlte? Wenn sogar der Pastor, dann kann ich selbst doch erst recht ..., würden viele denken. Andere würden sich hinter seinem Rücken über ihn lustig machen, und er würde seine gesamte Autorität und, schlimmer noch, seine Legitimität als Geistlicher einbüßen. Wollte er seines Amtes enthoben werden? War er noch recht bei Trost? Hatte er das Ganze auch wirklich bis zum bitteren Ende durchdacht? Er solle an Mona und die kleine Tochter denken und an die Mutter, die schon so viel durchgemacht hatte. Es bringe gar nichts, sich auf die vier Absolutheiten der Oxford-Gruppe zu berufen: absolute Reinheit, absolute Ehrlichkeit, absolute Selbstlosigkeit und absolute Liebe ... – »Absolute Idiotie«, rief Mona durch die Tür – ... denn das seien abstrakte Begriffe, selbst wenn sie aus den schönsten Gedanken der Bergpredigt destilliert sein sollten. Wir führen auf Erden ein Leben so gut, wie wir es können, und wo unsere Taten gesellschaftliche Folgen haben. Denk nach, lieber Petter, denk nach! Und falls er nicht auf diese Weise überlegen wolle, so solle er über die vier Absoluta nachdenken. Welches von ihnen habe der Heiland an die oberste Stelle gesetzt? Ja, genau, die Liebe. Und wenn er absolut ehrlich gegen sich selbst sei, wen würde er dann am allermeisten lieben? Ganz richtig, Mona und die Kleine. Dann seine Mutter. Und er habe absolut kein Recht, ihnen Derartiges anzutun.

Das war schon schlimm genug. Aber es gab ja noch Schlimmeres. In der überhitzten Atmosphäre dieser langen Abendversammlungen, an denen Mona nicht teilnehmen konnte, weil sie bei Sanna zu Hause bleiben musste, gab es schwärmerische junge Damen, die ihre sündigen Gedanken beichteten und sich dann weinend an die Brust des Pfarrers warfen. Und was sollte ein Geistlicher, der für die absolute Liebe eintrat, tun? Zudem noch einer, der nicht in der Lage war, ihre Durchtriebenheit zu durchschauen, der glaubte, es gehe um reine Seelennöte, wo es sich in Wahrheit um verantwortungslose Versuche handelte, einen verheirateten Mann und Familienvater zu erobern. Obendrein einen Pfarrer und das Vorbild seiner Gemeinde. Wo soll der seine Hände haben? Was soll er tun, wenn sie ausrufen: »Oh Gott, ich kann so nicht leben!«

Sie. Nun ja, eine. Die so schrecklich verliebt ist, dass sie es nicht aushält und in ihren Nöten in die Wohnung des Kaplans gestürzt kommt. Glattweg an Mona vorbei, als ob die eine Bedienstete wäre und niemand, mit dem man rechnen müsste. Geradewegs auf den Pfarrer zu: »Oh Gott, helfen Sie mir! Beten Sie für mich!«

Sein Gesicht ein Bild der Hilflosigkeit. Sie, schon auf dem Weg, ihn ins Büro zu drängen, sieht Mona nicht, rechnet nicht mit ihr; sie ist bedeutungslos, eine, der ein geistiges Leben und die Liebe zu Christus abgeht, eine, die in einem tieferen Sinn kein Recht auf ihn hat. Sie, Mona, fertig examinierte Volksschullehrerin, tritt ihr in den Weg und packt die Schwärmerin hart am Arm.

»Beruhigen Sie sich!«, befiehlt sie.

Fräulein N. bleibt stehen. Tränen laufen ihr übers Gesicht. Ihre Hand auf halbem Weg zu seiner Brust. Ihre Gedanken brüsk unterbrochen.

»Verzeihung«, sagt sie. »Ich wollte nicht … Ich weiß gar nicht, warum ich hier bin.«

»So sieht es aus«, antwortet die Frau des Pfarrers. »Ich schlage vor, wir trinken in der Küche eine Tasse Kaffee, und dann geht es Ihnen vielleicht etwas besser.«

Sie kocht Kaffee und deckt den Tisch. Wütend wie eine Biene, das ist dem Pastor klar, aber erschreckend freundlich zu der Schwärmerin, die am Tisch hockt und still in sich zusammensinkt, ohne Heulen und Wehklagen.

»Bitte sehr!«, sagt die Frau des Pfarrers, und Fräulein N. wagt es nicht, nicht zu trinken. Sie schaut niemanden an, am wenigsten den Pfarrer, der in seine Tasse guckt. Es fällt ihm nichts ein, was er sagen könnte, obwohl doch er das Predigerdiplom besitzt, und so kann seine Frau fortfahren:

»Ich persönlich bin der Ansicht, dass die MRA viel zu weit gegangen ist. Ihre Forderungen sind vollkommen überzogen, die Menschen werden aufgeputscht und überspannt und verlieren die Fassung. Ich kann dem Fräulein keinen Rat erteilen, aber ich denke, es würde Ihnen guttun, sich von diesen Zusammenkünften fernzuhalten. Dasselbe sage ich auch meinem Mann, der hat schon genügend Verpflichtungen in der Gemeindearbeit, ohne dass die MRA versucht, auch noch den letzten Blutstropfen aus ihm herauszuquetschen.«

Fräulein N. blickt Mona mit großen Augen an und holt

Luft fast wie bei einem letzten Seufzer. »Ja«, haucht sie, »danke. Ich kenne mich kaum wieder. Das hier ist wie ein Traum.«

»Stimmt«, sagt die Pfarrersfrau. »Die Wirklichkeit besteht aus anderem. Aus Arbeit, zum Beispiel.« Sie schaut ihren Mann an, ein durchdringender Blick. So blau, so intensiv blau. So unbeschreiblich, unbegreiflich blau. Das fünfte Absolute: Blau.

»So«, schließt sie das Gespräch ab, »jetzt muss ich weitermachen. Möchten Sie vielleicht noch eine Tasse?«

»Nein danke«, seufzt Fräulein N. »Ich muss gehen. Sie haben recht mit dem, was Sie über die Versammlungen sagen.« Sie verabschiedet sich von beiden, und jedem, der sie gehen sieht, muss sie leidtun, so wie einem junge Menschen leidtun, die ihren Glauben und ihre Hoffnung verloren haben. Was dann zwischen dem Pfarrer und seiner Frau folgt, spielt sich hinter geschlossenen Türen ab, aber es ist davon auszugehen, dass nicht er dabei auftrumpft.

»Wie konntest du nur so blind sein?«, ruft sie zum Beispiel, nachdem er entrüstet versichert hat, dass es sich selbstverständlich auf keiner Seite um irgendeine Form von körperlicher Anziehung gehandelt habe. »Alle müssen es gesehen haben, nur du nicht! Begreifst du denn überhaupt nichts? Was hättest du nur getan, wenn ich sie nicht gestoppt hätte?«

Er sieht wie ein Schuljunge aus, nicht wie der geliebte Mann, den sie geheiratet hat. »Ich hätte sie wohl aufgefordert, mit mir zu beten. Du weißt, dass wir in der Bewegung viel über das Beten sprechen. Und um seine Kraft, unser Leben zu verändern.«

»Was? Sie hat sich dir an den Hals geworfen! Sie war kurz davor, dich ihre durchaus fleischliche Liebe spüren zu lassen!«

»Dann hätte ich sie natürlich ruhig, aber bestimmt zurechtgewiesen. Ihr erklärt, dass wir Bruder und Schwester in Jesus Christus sind und sonst nichts.«

»Ich frage mich, ob du wirklich nicht merkst, wie aufgeheizt die Atmosphäre bei euren Versammlungen ist. Euer Wahrheitsgebot funktioniert ungefähr so wie Pornografie bei einem Schmutzfink. Man tut gut daran, gewisse Neigungen und Gedanken für sich zu behalten. Ein bisschen normaler Anstand schadet nicht. Ihr aber ermuntert schlichte, unausgeglichene Gemüter, Gefühle auszuleben, die man in einer etwas skeptischeren Umgebung für sich behält. Hast du einmal daran gedacht, dass ihr euch wie eine Sekte verhaltet, obwohl ihr der Kirche angehört?«

Er merkt selbst, wie kleinlaut er sich anhört, als er zugibt, dass sie in vielem recht hat. Dass es einen scharfen, analytischen Verstand wie den ihren braucht, um den Finger auf den wunden Punkt zu legen. Ja, da sind Gefühle durchgegangen. Richtig, die Atmosphäre war kräftig überhitzt. Als Geistlicher hätte er wissen müssen, dass man von ihm ein Stück weit Führung erwartete und nicht nur Zustimmung zu dem Gefühlsschwall. Was sie über das Sektierertum sagt, stimme auch völlig. Bei allem Bedauern sei es aber doch auch interessant zu beobachten, wie es entsteht. Man glaube an einer inneren Erweckung teilzunehmen, doch dann stelle sich heraus, dass man an der Spitze einer kleinen Clique gelandet ist, die sich vom Rest der Gemeinde absondert. Das sei nicht gesund, darin habe sie vollkommen recht.

Nach und nach erklärt er sich auch bereit, seine Teilnahme an weiteren Abendversammlungen abzusagen. Er werde keine Ausflüchte machen, sondern Westerberg klipp und klar erklären, dass er wegbleibe, weil er wegen der aufgeladenen Atmosphäre bei den Treffen zunehmend Zweifel hege. Sie seien zu indiskret und intim. Das nehme sektiererische Züge an, werde er sagen und hinzusetzen, dass er persönlich auch gern einmal zu Hause bei Frau und Kind sein möchte.

Sie reden und diskutieren, obwohl keiner von ihnen Zeit hat, und natürlich endet das Ganze damit, dass sie einander weinend ihre Liebe beteuern und dass er natürlich niemals ... und dass sie natürlich niemals geglaubt hat, dass er ...

Der Pastor besuchte die Versammlungen nicht mehr, die langsam ausstarben, als einer nach dem anderen der kleinen Gruppe fernblieb. Bei einigen lebten die Absoluta innerlich als Leitsterne für ihre persönliche Lebensführung weiter, in anderen blieb nur ein Gefühl der Scham zurück. Wie auch immer, die Bewegung kam nicht wieder auf die Beine. In ganz Finnland wurde sie von einigen unerschütterlich und inbrünstig Gläubigen noch eine Zeit lang unter den Armen gestützt, aber sie flackerte schwächer und schwächer, verblich und gab schließlich den Geist auf.

Ihre Mörderin verspürte erst einen gewissen Triumph, dann auch Unbehagen und Misstrauen. Dass er tatsächlich so naiv sein kann. Dass sie wie ein Schießhund aufpassen muss. Dass sie ihn aus etwas herausholen musste, in das er, wenn er schlau wäre, nicht seine Nase stecken würde. Dass sie erst so böse werden musste, bevor er kapierte, was los war.

Vor diesem Hintergrund fiel es ihr leichter, seinen Entschluss zu unterstützen, eine Pfarre im äußersten Schärengürtel zu übernehmen. Hier werden sie von allen christlichen Zirkeln der Welt abgeschnitten sein. Hier werden sie mehr Zeit füreinander haben und ein Leben in Eintracht und wahrer Liebe führen können.

Es trifft zu, dass sich kaum eine weniger sektiererisch veranlagte Gemeinde als die der Menschen auf Örar finden lässt. Hier herrscht der erfrischend schlichte Glaube, dass es nur eine Kirche gibt, und diese Kirche ist die Kirche von Örar. Ihr Pfarrer ist Gegenstand von gesunder Neugier und Nachsicht: Wie der sich aufführen kann! Doch er ist der ihre, im Guten wie im Schlechten, solange er bei ihnen bleibt. Meist macht er sich mit ausweichendem Blick auf den Weg zu fetteren Pfründen und wird schnell vergessen, der hier behauptet jedoch, er wolle bleiben, und er begegnet ihrem Interesse mit großer Offenheit und Wohlwollen.

Er hat etwas Verlässliches an sich; seine Frau ist die Erste, die das zugibt. Darum liebt sie ihn, darum hat sie ihn geheiratet. Doch wo immer er sich aufhält, zieht er die Menschen an wie ein Magnet. Man wünscht sich fast, er wäre etwas weniger attraktiv. Jetzt gibt es keinen, der sich nicht mit ihm unterhalten und sich in seinem Glanz sonnen möchte. Er selbst ist sich seiner Anziehungskraft nicht bewusst und staunt, wie freundlich die Menschen sind. Einzigartig freundlich, wiederholt er immer wieder. Etwas weniger täte es auch, denkt seine Frau. Rechtschaffen freundlich würde reichen. Damit er seine Pflichten erfüllen, seine Sitzungen besuchen und seine Angelegenheiten erledigen und dann nach Hause kommen kann!

Die Pfarrersfrau ist keine Klette. Sie gedeiht überall und treibt neue Blätter. Sie organisiert, ordnet und verrichtet kompetent ihre Aufgaben und hat den Überblick über ihre Domäne. Sie arbeitet gern allein, dann klappt auch alles wie am Schnürchen. Aber natürlich hört sie, ob er kommt, sicher kommt es vor, dass sie von einem Fenster zum anderen geht und sich fragt, ob er denn nie nach Hause zu kommen gedenkt. Was wäre das auch für eine Ehe, wenn sie sich nie wünschte, dass er bei ihr wäre?

Selbstverständlich ist ihr klar, dass die Kirche und die Gemeinde seine obersten Aufgaben sind und er eigentlich nie freihat. Lächelnd erhebt er sich vom Esstisch, frohgemut schlägt er seine Lehrbücher zu und kommt aus dem Büro, entzückt, dass er wieder einmal gestört wird: »Treten Sie nur ein!« In aller Gemütsruhe plaudert er über das Wetter, das hier draußen über Leben und Tod entscheiden kann, erkundigt sich nach Familienangehörigen, deren Namen er schon gelernt hat, spricht über Schiffsverbindungen und die Aussichten beim Fischen, erkundigt sich, wie das Gras wächst. Er lässt es seine Zeit dauern, bis das eigentliche Anliegen zur Sprache kommt. Eine Bescheinigung vielleicht, wie so oft, eine Taufe oder vielleicht sogar eine Trauung. Dann werden beide Seiten munter, denn die Ehe kann der Pastor nur wärmstens empfehlen. Ist es jetzt endlich so weit? Das hört sich so begeistert an, dass es einem das Herz erwärmt. Hat man seine Zweifel, behält man sie für sich.

Es dauert seine Zeit, wie alles, was er zu erledigen hat, ob ein Gang zur Post oder zum Genossenschaftsladen. Er könnte seine Vorhaben auch gleich in der Kirche ankündigen, einen solchen Auflauf gibt es jedes Mal. Die Leute passen ihn entlang des Heimwegs ab, holt er jemanden mit dem Fahrrad ein, hält er an und redet mit dem Betreffenden, in jedes Haus, an dem er vorbeikommt, bittet man ihn herein. Die Kirche ist eine Sache, der Pfarrer eine zweite, aber er könnte gut und gern aus acht Personen bestehen, dann bliebe vielleicht auch etwas für seine Frau übrig.

Lächelnd versichert er ihr, so werde das nur kurze Zeit gehen, bis sich der Geruch des Neuen verflüchtigt hätte. Nach dem langen Winter seien die Leute auf Neuankömmlinge versessen, aber das werde sich schon im Sommer ändern. Dann kommt die Heuarbeit, und mit ihr kommen die Kinder, die in Schweden leben, nach Hause, es kommen Segler und Sommergäste. Im August beginnt die herbstliche Fischfangsaison. Dann gibt es alle Hände voll zu tun. Das hier ist wie Flitterwochen, bald beginnt der Alltag.

Die Pfarrersfrau hatte keine Flitterwochen. Sie haben im Fortsetzungskrieg zu Hause bei Helléns geheiratet. Abends wurden sie mit dem Pferdegespann zu der Schule gefahren, an der sie eine Vertretungsstelle hatte. Am Morgen danach ging sie nach unten ins Klassenzimmer, während er in der Lehrerwohnung Exegetik büffelte. So pflegt sie den unromantischen Beginn ihrer Ehe zu beschreiben und vermeidet sorgfältig zu erwähnen, dass er auch einen Ozean an Scheu, Zärtlichkeit und Glück umfasste.

Aus dem Grund mag sie es auch nicht, dass er seine Gefühle für die Gemeinde auf Örar mit Liebe und Verliebtheit vergleicht. Natürlich sollte sie sich über sein lebhaftes Interesse und diese starken, tiefen Gefühle freuen. Nicht einmal sich selbst will sie eingestehen, dass sie eigentlich findet, diese Gefühle sollten allein ihr vorbehalten bleiben. Selbstverständlich ist es gut, dass er gleich von Anfang an ein gutes Verhältnis zu den Mitgliedern der Gemeinde aufbauen konnte. Und natürlich ist sie stolz auf seine Gabe, Menschen für sich einzunehmen. Triumphierend registriert sie, dass er ebenso leicht Kontakte aufbauen kann wie sein für seine Gesprächigkeit berühmter Vater Leonard. Im Gegensatz zu ihm verfügt Petter über Substanz und ein unaffektiertes Auftreten, das zu Herzen geht.

Hier auf Örar können sie Seite an Seite arbeiten. Das

Pfarrergehalt ist mager, die kleine Landwirtschaft von ausschlaggebender Bedeutung, wenn sie die Schulden aus dem Studium abbezahlen und sich ein Boot und ein Pferd anschaffen wollen. Vieles liegt brach, aber es gibt auch große Möglichkeiten. Der Garten lässt sich erweitern, ein neuer Kartoffelacker ließe sich umgraben, sie können Unkraut jäten und Gestrüpp roden, um eine ordentliche Heuwiese zu erhalten. Es sind neue Zäune zu setzen, und der Stall muss renoviert und umgebaut werden. Schon nächstes Jahr wird vieles anders aussehen.

Der Pfarrer interessiert sich für Landwirtschaft, seine Frau ist darin Expertin. Sie hat sich längst in den Kopf gesetzt, am Ende des Sommers zwei gedeihende Kühe und ein Färsenkalb in einen frisch gekalkten Stall zu führen, in dem es nach kräftigem Heu aus der Scheune duftet. Ein Hausschwein werden sie sich anschaffen und drei Hühner. Saatkartoffeln müssen so bald wie möglich besorgt werden, obwohl Petter behauptet, auf den Höfen denke kein Mensch daran, Kartoffeln zu setzen, solange der Boden noch so kalt sei. Vor Mittsommer gehe es damit kaum los.

»Hier schon«, sagt die Pfarrersfrau, die im Garten schon ein paar Furchen umgegraben und Petersilie, Dill, Radieschen, Salat und Möhren gesät hat. Sobald die Erde etwas wärmer ist, sollen Zwiebeln und Rote Beete, Erbsen und Bohnen folgen. Blumen nicht zu vergessen: Samen für Akelei, Margeriten und Ringelblumen hat sie mitgebracht, und ein paar Schollen Erde mit Stiefmütterchen und Schlüsselblumen lassen sich auf der Kuhweide ausgraben und ins Beet umpflanzen. Später im Sommer lassen sich auf dem Pfarrhof noch alle möglichen Samen sammeln, und im Herbst werden Tulpen- und Narzissenzwiebeln gesetzt. Schon nächstes Jahr wird alles mehr so sein, wie sie es sich vorstellt: blühende Blumenbeete und ein gepflegter Garten. Wenn der Pfarrer ein Vorbild sein soll, soll es der Pfarrhof auch, und auf dem geht die Pfarrersfrau mit Zuversicht ans Werk.

Sie arbeiten für ihre gemeinsame Zukunft, und die Pfarrersfrau denkt, wenn sie einmal achtzig sind, werden sie sich umsehen und sagen können: Und wenn's köstlich gewesen ist, so ist es Mühe und Arbeit gewesen. Dann werden sie alt und schwach sein und die Eile und das Tempo der Jugend vermissen. Jetzt sind sie jung und gesund und schaffen alles. Obwohl es fast übermächtig wirkt, lässt sich das Meiste doch bewältigen, und sie haben die Zeit auf ihrer Seite.

Siebtes Kapitel

Er sagt, es mache Spaß, unterwegs zu sein, und er fahre gern mit, um dem Pfarrer auf Mellom seine Aufwartung zu machen. Er ist sein nächster Kollege. Die Maschine tuckert kräftig, und wir stehen beisammen und reden, während er sich umsieht und mich bittet, ihm die Namen der Inseln zu wiederholen und ihre Reihenfolge, denn es sei gut, sich das für den Tag einzuprägen, an dem er selbst ein Motorboot haben und mit eigener Maschine fahren wird.

Er hat sich schon gut mit Brage Söderberg angefreundet und ist von seinem Können beeindruckt. »Man muss sehr viel Konzentration aufbringen, wenn man wie Brage bei Nebel und Dunkelheit mit Uhr und Kompass zwischen den Schären navigieren muss und sich darauf verlassen kann, dass man sich exakt da befindet, wo man den eigenen Berechnungen zufolge sein sollte. Das nenne ich kompetent. Es kommt mir fast unheimlich vor. In erster Linie muss man dazu wohl hier aufgewachsen sein.«

»Jo, so was lernt man nur durch Übung.«

»Aber nicht nur. Es erfordert auch eine bestimmte Veranlagung, glaube ich. Du wirst mir sicher zugeben, dass längst nicht alle das lernen können. Man kann ein ganzes Leben hier zubringen, ohne eine Ahnung zu haben, wie lange es bei der Fahrt, die man gerade macht, von einer Insel zur nächsten dauert.«

»Viele sind gut, aber wenige sind wie Brage.«

»Mit ihm würde ich überallhin fahren. Mit dir auch. Du hast doch auch schon allerhand mitgemacht, nehme ich an.«

»Da hast du allerdings recht. Aber ich will dir ganz offen sagen, wie das ist: Bevor ich auslaufe, sehe ich vor mir, wie es gehen wird. Wenn wir zum Beispiel einen Eiswinter haben, gucke ich, wo die Rinnen mit offenem Wasser liegen und wo die Strömung verläuft. Ich bin bis heute noch nie durchs Eis gefahren. Denn ich fahre nur da, wo ich gesehen habe, dass es gehen wird, und so komme ich mit heiler Haut nach Hause.«

Seine Antwort klingt fast ehrfürchtig: »Du meinst, du kennst die Gewässer hier so gut, dass du schwierige Passagen vorhersehen kannst?«

»Das auch. Aber ich sehe auch, was passieren wird.«

»Hast du etwa das, was man das zweite Gesicht nennt?«

»Ja, das haben fast alle in meiner Familie. Ist nichts Besonderes dabei. Zu sehen, wie es kommen wird. Ändern kann man nichts. Ich wusste, dass meine Alte sterben würde. Jede Menge Vorzeichen und Warnungen, aber es war nichts zu machen. Wenn ich auf Fahrt gehe, ist es etwas anderes. Das ist aktiver, eine Art Zusammenarbeit. Ich halte die Augen offen und sehe, wie's steht. Dann liegt es an mir, ob ich mich nach dem richte, was ich gesehen habe, oder ob ich meinem eigenen Kopf folge.«

Wieder ehrfürchtig: »Du meinst, es ist so etwas wie höhere Führung? Wie ein Schutzengel?«

»So könnte man es nennen. Ich bestreite nicht, dass es Schutzengel gibt, aber ich kann dir sagen, hier draußen gibt es Mächte, die waren schon alt, als Jesus noch jung war.«

»Wie meinst du das?«, fragt er. Nicht wie man fragt, um ein Gespräch in Gang zu halten, sondern weil er es wirklich wissen möchte. Wir können beide nach draußen sehen, es ergibt sich ganz natürlich, dass wir einander nicht ansehen müssen, und die Entfernungen sind hier draußen so groß, dass man keine Angst zu haben braucht, die Zeit würde nicht reichen.

»Ich stelle mir das so vor: Als Jesus jung und auf dem See Genezareth war, da existierten uralte Mächte in dem See. Wer am See aufgewachsen war, wusste von ihnen und war ihnen in bestimmten Situationen begegnet. Jesus kam von außen. Als er vor sich sah, wo er den Jüngern befehlen sollte die Netze auszuwerfen, glaubte er, die Eingebung komme von Gott, aber es waren die da draußen im See. Sie spürten, dass etwas Besonderes vor sich ging, und ließen ihn sehen. Er gehörte zu der Sorte, die sehen kann. Und was meinst du wohl, wer ihn übers Wasser wandeln ließ? Gott jedenfalls nicht.«

Der Pfarrer schaut nach vorn, das Wasser liegt blank wie Glas vor ihnen, und das Tuckern hallt zwischen den Schären wider.

»Hast du sie gesehen?«

»Das haben wir wohl alle. In den Zeiten, in denen wir nur Segel hatten. Da konnte man schlechtem Wetter nicht mit einem Motor ausweichen, da ging es darum, Augen und Ohren offen zu halten. Die ganze Welt war voller Vorzeichen. Aus ihnen erfuhr man, wann man sich nach Hause verziehen musste, bevor der Sturm über einen herfiel. Ihnen konnte man entnehmen, wo der Fisch stand. Von ihnen wurde man geweckt, damit man nicht verschlief. Sie sind immer da gewesen, aber du musst lernen, sie zu verstehen und zu deuten.«

»Hast du sie jemals gesehen?«

»Aber sicher. Die, die wir Letesgubbar nennen, in Leder gekleidete Gestalten an Land, die dir Zeichen geben, dass du so schnell wie möglich in den Hafen zurückkehren sollst. Sie warnen vor Sturm. Erst meinst du, es wäre jemand von einem der anderen Höfe, aber wenn du ums Land herumfährst, ist nirgendwo ein Boot zu sehen, und der Kerl ist so gründlich verschwunden, dass du glaubst, geträumt zu haben. Bist wohl kurz eingenickt und hast geträumt. Ein paarmal habe ich das Ruder rumgeworfen und bin nach Hause

gesegelt, obwohl die Treibnetze noch draußen waren, und jedes Mal hätte der Sturm fast Kleinholz aus mir gemacht, bevor ich in den Windschutz von Hemland kam.«

Der Pastor guckt, als würde er über etwas nachdenken, aber ich rede weiter: »Oft habe ich mir überlegt, dass die Letesgubbar, die man sehen kann, zu den Allerjüngsten gehören. Sie sehen genau wie Menschen aus und wissen noch, was es heißt, ungeschützt auf offener See zu sein, wenn ein Sturm droht. Sie wissen, wie wir leben, und sie helfen uns. Da hast du beinah deine Schutzengel. Mit denen, die viel älter sind, ist es schwieriger. Sie verstehen dich nicht, denn es gibt sie schon so lange, dass sie nicht mehr richtig wissen, was es heißt, ein Mensch zu sein. Sie sind neugierig, und du spürst, dass sie um dich herum sind, als wüssten sie gern, wie es ist, in deinen Schuhen zu stecken, aber sie bekommen es nicht mehr jedes Mal mit, wenn du wieder einmal drauf und dran bist, in die Bredouille zu geraten. Manchmal tun sie nichts, obwohl sie nur eine Hand ausstrecken müssten, um dein Leben zu retten.

Ich erinnere mich, wie ich einmal mitten in der Nacht mit der Schnigge draußen war. Es herrschte nicht direkt Sturm, aber ziemlich schwere See. Die Dünung drückte und saugte unglaublich. Ich machte mir keine Sorgen, denn der Motor lief wie eine Nähmaschine, und ich hielt ausreichend Abstand zu den Steilklippen vor Klobbar. Aber die Wellen hatten eine gefährliche Kraft, und obwohl ich auf See hinaus hielt, gab es einen Sog, der mich stetig zum Land zog. Es war dunkel wie in einem Sack, aber ich hörte, wie ich näher und näher zum Land gezogen wurde, da waren dieses schrecklich saugende Schmatzen von den Klippen und der kurze Widerhall des Motorengeräuschs. Ich spürte es im Magen, wenn das Boot angesaugt wurde, obwohl es mit voller Kraft voraus fuhr.

Die ganze Zeit über fühlte ich, dass mir jemand über die Schulter guckte, neugierig wie der Teufel, so sind sie, wenn etwas passiert, als ob sie einfach nur interessiert beobachten wollen, was geschieht, wenn ein Boot auf eine Klippe läuft. Reden kann man nicht mit ihnen. Ich denke, sie kommen aus einer Zeit, in der man noch nicht sprach wie wir. Sie verstehen nicht, was du sagst, und du musst dich auf andere Weise verständlich machen. Ich dachte inbrünstig, dass es nicht nur Sprache war, sondern ein uralter Hilferuf, den jeder versteht, als ich rief: ›Jetzt darfst du anpacken und mithelfen, damit wir rumkommen.‹

Da merkte ich, wie er von hinten schob, damit das Boot wieder manövrierfähig wurde, und wir kamen mit knapper Not um die Spitze von Klobbtarm und in freies Wasser. ›Besten Dank!‹, habe ich gerufen, aber ich glaube, so etwas verstehen sie nicht. Als ich das nächste Mal da vorbeikam, bei hellem Tageslicht, ging ich an Land und legte einen Laib Brot auf die Felsen. Das habe ich ausprobiert, auf nichts sind sie so scharf wie auf Brot. Brotduft ist das Schönste, was sie kennen, weil es sie an das erinnert, was ihnen im Leben einmal das Liebste war. So glaube ich jedenfalls. Für sie gibt es nichts Besseres als Brot, und wenn du mit ihnen auf gutem Fuß stehen willst, solltest du eine Scheibe Brot liegen lassen, wenn du mal auf einer Schäre sitzt und dich aus deinem Proviantbeutel bedienst.«

Der Pfarrer murmelt etwas von Möwen.

»Sicher«, sage ich. »Ist dir wohl klar, dass sie deren Gestalt annehmen können. Es ist wie im Traum, in dem dir Möwen wie in einer Wolke über dem Heringsschwarm erscheinen. Sie zeigen uns, wo wir fischen sollen, und in dem Fall in Gestalt von Möwen.«

»Ich weiß nicht, was ich dazu sagen soll«, meint der Pastor, aber mir gefällt ganz gut, was er dann trotzdem von sich gibt: »Was du sagst, klingt unglaublich interessant. Du und Brage, ihr beiden seid die erfahrensten und besten Seeleute, die ich kenne. Ich kann also nur die Schlussfolgerung ziehen, dass es noch ein anderes Wissen gibt als das, was man in der Schule und an der Universität lernt.

Nenn es eine andere Empfänglichkeit, wenn du willst. Das respektiere und achte ich hoch.«

»Ich weiß, dass viele Leute es auch Aberglauben nennen«, sage ich vorsichtig.

»Das tue ich nicht«, sagt er. »Aber ein unbeleckter Pfarrer wie ich hat daran ganz schön zu knabbern. Ich möchte dieses Gespräch irgendwann fortsetzen, aber jetzt interessiert mich mehr, wie du die Einfahrt nach Mellom ansteuerst. Die Fahrrinne verläuft wohl zwischen den beiden Holmen da, die aussehen wie einer. Knifflig.«

Von einer Welt in eine andere. Ein Handschlag mit dem Postschiffer, schnelles Übersteigen auf den Anleger von Mellom, ein lächelndes Gesicht dem Pfarrer von Mellom zugewandt, der zum Anleger gekommen ist. Seltene Gelegenheit, einen Kollegen zu treffen, eine große Freude!

Fredrik Berg ist nicht viel älter als Petter Kummel, hat das Pastorat aber seit zwei Jahren inne und ist abgeklärt und desillusioniert. Nur zu bald wird der junge Pfarrer aufwachen und die weniger angenehmen Seiten seiner Schäfchen sehen. Es gibt Streit und Zerwürfnisse, unfreundliches Schweigen, Leserbriefe an die Zeitung, hässliche Schreiben ans Domkapitel. Warte nur ab! Gleichzeitig kann er nicht anders, als von Petters Begeisterung und der Freundschaft, die er sogleich anbietet, mitgerissen zu werden.

»Das habe ich mir erhofft«, antwortet Petter, als Fredrik als der Ältere ihm das Du anbietet, obwohl sie sich nicht von früher kennen. Fredrik ist Theologe aus Åbo, und Petter hat in Helsingfors studiert. Trotzdem haben sie mehr miteinander gemein als mit sonst jemandem aus der Schärenwelt: zwei junge Pfarrer, die, in angeregtes Gespräch vertieft, vom Anleger zum Pfarrhof wandeln.

Wie sich herausstellt, sind beide Naturliebhaber. Die Schönheit der Natur entschädigt für vieles, erkennt Fredrik an, und Petter stellt Vergleiche an. Die Luft riecht anders, wegen der Kiefern, die es auf Mellom gibt. Draußen auf Örar gibt es keine Nadelbäume. Der Duft der Nadeln und der dunkelgrüne Schatten über dem Wasser lassen ihn einen Moment wehmütig an die Geborgenheit des inneren Schärengürtels zurückdenken, zugleich ist er stolz darauf, wie wild und windgefegt es draußen auf Örar ist. Nie ein grüner Schatten, immer blitzblau, silber und aschgrau, eine knallblaue Glasfläche wie heute. »Daran werde ich mich nie sattsehen. Ich habe vor, mein ganzes Leben auf Örar zu bleiben«, verkündet er.

Fredrik Berg hat einen gewissen Hang zu süßsaurem Lächeln, aber das vergisst er völlig. Auch er ist einfach nur gut aufgelegt, als er kameradschaftlich sagt: »Warte nur bis zum Herbst! Oder erst bis zum Winter.«

»Das tue ich«, sagt Petter. »Ich kann es kaum erwarten.«

Sie spazieren zum Pfarrhaus, zwei ungezwungene Männer ohne Eile, aber so jung, dass noch ihre Langsamkeit ein gutes Tempo vorlegt. Schon bald steigen sie die Außentreppe hinauf. Fredrik sieht etwas angespannt aus, als seine Frau aus dem Haus kommt. Sie ist nervös darum bemüht, einen guten Eindruck zu machen, und fürchtet, schon versagt zu haben.

»Willkommen«, sagt sie. »Hatten Sie eine gute Reise?«

Da kommt Petter Kummel für einen Moment aus dem Konzept und denkt nach. »War sie gut? Ja, das darf man wohl sagen. Hier draußen kann ja alles Mögliche passieren. Man begibt sich auf eine kleine Bootstour und bekommt als Zugabe eine Lektion in vorchristlichem Denken. Post-

Anton ist ein unglaublicher Mensch.« Er schüttelt den Kopf. »Entschuldigung! Es war nicht das, worüber wir sprechen wollten.«

»Die Leute hier sind unglaublich abergläubisch, und die ganze Bande glaubt an Gespenster. Nicht viele von ihnen trauen sich, im Dunkeln am Friedhof vorbeizugehen. Aber jetzt treten Sie ein und setzen Sie sich mit uns zu Tisch. Bitte sehr!«

Sie winkt sie gestikulierend ins Esszimmer und geht selbst in die Küche. Ein Kind lugt hinter der Treppe hervor, ein zweites hinter der Tür. Ein drittes plärrt im Schlafzimmer. Der Tisch ist gedeckt, die Pfarrersfrau trägt Kartoffeln und gekochte Möhren auf, kommt dann mit einem ofengebackenen Hecht. Schön goldgelb liegt er im eigenen Saft. Petter wirft seinem Kollegen einen interessierten Blick zu: »Angelst du?«

»Mit größtem Vergnügen. Der hier ist mir an die Schleppangel gegangen. Aber meist fische ich mit dem Netz. Ich bin nicht damit groß geworden, also musste ich durch Ausprobieren lernen, doch zum Glück gibt es ja Leute, die uns gern etwas beibringen, wenn wir neu ankommen. Und du?«

»Oh ja. Mein Vater ist von den Åland-Inseln, und ich habe mit ihm Netze ausgelegt, seit ich sechs Jahre alt war. Meine Brüder und ich sind mit der Schleppangel gerudert, dass die Leute glaubten, wir hätten einen Motor. Als wir nach Örar kamen, hingen in der Strandhütte ein paar Netze, die werden wir auswerfen, sobald ich Zeit dazu finde. Sie haben große Löcher. Ich denke, falls mein hochverehrter Vorgänger auch bessere besaß, hat er sie verkauft.«

Da lacht Fredrik richtig herzhaft. »Mir scheint, du hast schon verstanden, wie er tickte. Unser Freund Skog weiß, wie man zu was kommt. Hat er es geschafft, euch seinen alten Generator anzudrehen?«

»Onkel Richard hat ihn bei der Auktion ersteigert. Glaubst du, er …?«

»Nein.«

»Das schöne Geld zum Fenster rausgeworfen! Oje! Dabei gibt es so viele Löcher, die man damit stopfen könnte.«

Fredrik ist froh, dass ihm das nicht passiert ist. Gut gelaunt holt er die beiden Kinder herein, die schon laufen können, und sagt, sie sollten Onkel Kummel begrüßen. Sie beäugen ihn kritisch und machen einen Diener. Petter mag Kinder, er spricht sie an und stellt Fragen. Sie winden sich verlegen und lassen die Mutter antworten. Sie fordert ihn auf, zuzugreifen, ehe das Essen kalt wird. Es gibt reichlich, und Petter kann die Sitte auf den Schären nicht genug loben, Reisende, die von weit her kommen, erst einmal mit einer warmen Mahlzeit zu füttern. »Hm, das ist lecker! Tausend Dank für die Freundlichkeit!« Dabei blickt er sich heimlich nach dem Salz um, aber hier hat man andere Gewohnheiten.

Es gibt viele Konventionen, an die man sich halten muss, vieles, was man gefragt wird und beantworten muss. Wie es ihnen geht, ob es Mona auch gefällt, ob die Kleine den Wind auf der Insel verträgt, ohne krank zu werden. Welchen Eindruck die Gemeinde macht. »Alte Füchse und junge Hähne«, kommentiert Fredrik Berg. »Wie läuft's?«

Petter, ernst: »Ich weiß nicht, was ich sagen soll.« Dann, als ob er das große Los gezogen hätte: »Aber was für Menschen! Welches Glück, unter solchen Menschen wirken zu dürfen!«

Da hätte Fredrik beinah gesagt: »Warte nur ab«, aber er

beherrscht sich. »Na ja, ich habe an Gemeinderat und Kirchenvorstand gedacht.«

»Nur gut. Obwohl der Kantor behauptet, die beiden Siedlungen seien zutiefst gespalten. Das ist an und für sich nichts Neues, Fraktionen gibt es in jeder Gemeinde. Ich habe vor, erst einmal so zu tun, als ob ich von nichts wüsste, und von Fall zu Fall zu reagieren.«

»Viel Glück«, sagt der Kollege von Mellom, der mit seinen eigenen Beispielen warten möchte, bis sie unter vier Augen sind. Die Mahlzeit ist so gut wie beendet, das Wetter ist schön, und beide Herren möchten ins Freie. Die Gedanken eilen schon voraus, als Kummel sich für das Essen bedankt. Mit Erleichterung empfehlen sie sich und lassen Frau Berg zwischen ihren Möhren und Tellern zurück. Sie sieht so aus, wie Petter Kummel sich an seine Mutter erinnert, und er fragt sich, ob Mona auch einmal so wird. Aber die ist flink und tüchtig und von einem ganz anderen Schlag.

Da gehen sie, anfangs die Hände auf dem Rücken, dann ungezwungener und in Petters Fall leicht gestikulierend.

»Eine ganze Welt«, sagt er. »Es gibt keinen Zweig der Wissenschaft, kein akademisches Fach, das hier nichts zu erforschen fände. Bemerkenswerterweise habe ich hier mehr Interesse an Studien entwickelt als jemals an der Universität.«

Aufmerksam betrachtet er die Flora, die sich in Nuancen von der auf Örar unterscheidet. Hier herrscht die Kiefer vor, auch auf der dem offenen Meer und Örar zugewandten Südseite. Da tragen die Felsen nur eingesprengte Streifen und Riefen vom Gletschereis, Findlinge hat es zurückgelassen, in Vertiefungen sind sie liegen geblieben und haben den Fels ausgehöhlt. Die Herren gehen von der Biologie zur Geologie über, in der keiner von ihnen ganz unbeschlagen ist. Begriffe wie Gneis und Rapakiwi fließen locker ins Gespräch ein, und Petter hat schon gehört, dass Teile von Paris aus Granit von den Örar bestehen. Je weiter sie aus der bewohnten Gegend herauskommen, desto ungezwungener wird Fredrik, auch wenn er höflich ein paar Worte mit Fischern wechselt, denen sie bei den Hütten am Südufer begegnen. Als sie wieder allein sind, erklärt er, sie würden einem ins Gesicht immer nur Nettes sagen, doch hinter dem Rücken ganz anders reden.

Petter überlegt kurz und meint dann, für ihn sei es die Hauptsache, dass sie sich von Angesicht zu Angesicht freundlich verhielten, das mache allen Umgang sehr viel leichter und wecke Wohlwollen. »Natürlich ist mir klar, dass es auch zu Konfrontationen kommen wird, aber dann ist es gut, sich an ihre im Normalfall freundlichen Gesichter zu erinnern. Und bis ich herausgefunden habe, wo die Streitfragen liegen, gehe ich vorerst davon aus, dass ihre Freundlichkeit echt ist.« Er unterbricht sich und setzt dann verlegen hinzu: »Nenn mich naiv, wenn du willst, aber ich glaube tatsächlich, dass sie von Herzen kommt. Genau wie meine eigene Freundlichkeit. Was würde ich mit einem bloß aufgesetzten Lächeln gewinnen?«

Eine Menge, denkt Fredrik, antwortet aber: »Es geht dabei nicht darum, dass sie sich einschmeicheln wollten. Eher um eine erschreckende Lust am Infragestellen, Einwenden, Verschleppen, Verzögern, Obstruieren, Sich-widerspenstig-Zeigen. Am Konspirieren, Verraten und Ableugnen, als wäre das ein so großes Vergnügen, dass sie unmöglich davon lassen wollen, als wäre es der eigentliche Sinn des Lebens. Auch bei denen, die du als klug und ausgeglichen, als erfahrene und rechtschaffene Menschen kennengelernt hast.«

Sie sind stehen geblieben und schauen übers Meer in die Richtung, in der manchmal Petters Südseeinseln aus dem Sonnenglast über dem Horizont auftauchen können, jetzt sind sie nicht zu sehen. Petter kämpft mit dem Gedanken, Fredrik wolle ihm die Sympathien für seine Gemeinde verderben, die in seinem Fall auch ihre schwachen Seiten einschließt. Er hat auch das Gefühl, Fredriks Einschätzungen seien keine allgemeinen Beobachtungen, sondern rührten von einer persönlichen Enttäuschung, ja, Verbitterung her. Er lächelt: »Hört sich an, als ob du aus Erfahrung sprichst.«

Vor so viel Sonnenschein schmilzt der Pfarrer von Mellom ein weiteres Mal. Er lächelt zurück und schlägt vor, sie sollten sich an einem netten Plätzchen niederlassen, einem schönen, windgeschützten Klippenabsatz mit guter Aussicht. Da beginnt er: »Wie du bestimmt schon gemerkt hast, ist man hier ganz auf sich gestellt. Es gibt keinen väterlichen Superintendenten, den man um Rat fragen könnte. Theologisch sind wir die Autorität, obwohl wir noch jung und unerfahren sind, die Alteingesessenen aber sind alle miteinander gerissene Politiker. Du darfst deinen Mangel an Erfahrung nicht zeigen. Du kennst das Kirchenrecht. Du verstehst die Schreiben vom Domkapitel. Du achtest darauf, dass Regeln und Verordnungen befolgt werden. Zeigst du ein Anzeichen von Unsicherheit, verhalten sie sich wie die Wölfe. Setzt du hart gegen hart, bilden sie auf einmal eine geschlossene Front.«

Petter wartet ab. Es geht um Fredriks Pfarrhaus. Im Winter ist es so undicht, dass es kaum noch bewohnbar ist. Die Gardinen stehen geradezu vom Fenster weg, die Teppiche wölben sich von der Zugluft, die durch die Bodenritzen aufsteigt. Im Wohnzimmer treiben Himbeerranken durch die

Dielenfugen. Die Kachelöfen taugen nicht mehr, die Wände haben Risse. Morgens sind die Wassereimer von einer Eisschicht überzogen. Den Kindern ginge es in einem Iglu besser, in dem man sogar in der Arktis überleben kann. In der Sache existiert sogar schon aus der Zeit seines Vorgängers ein Beschluss, einen neuen Pfarrhof zu bauen. Ein Bauplatz ist ausgesucht, ein Entwurf gezeichnet. Der Zentralfonds der Kirche schießt die üblichen Summen zu. Es gibt Gemeinderatsprotokolle, in denen die einzelnen Leistungen der Gemeinde in Form von Baumaterial und -arbeiten festgelegt wurden. Ihre Umsetzung aber ist ein schlechter Scherz. Es wurde und es wird nichts unternommen. Und zwar gar nichts. Da der Beschluss über einen Neubau vorliegt, dürfen an dem alten keine Reparaturen mehr durchgeführt werden. Jedes Vorstandstreffen ist ein Kampf. Jedes endet mit einer Vertagung. Wäre man nicht selbst betroffen, müsste einem diese Verzögerungstaktik imponieren. Was für eine ausgeklügelte Infamie dahintersteckt! Was für Andeutungen und beleidigende Unterstellungen: Die Gemeindemitglieder müssten schließlich selbst für Material und Arbeiten aufkommen, wenn sie sich ein Haus bauen wollen; der Pfarrer dagegen wolle andere für sich arbeiten lassen, um es sich hinterher im vornehmsten Haus auf der ganzen Insel bequem zu machen.

»Es geht doch gar nicht um mich«, beteuert Fredrik. »Es ist doch nicht mein Haus, sondern Eigentum der Gemeinde, das auch nachfolgenden Pfarrern zugutekommt. Sie weigern sich, das einzusehen.«

»Puh«, macht Petter. »An den Winter habe ich noch gar nicht gedacht. Da wird es uns auch ordentlich um die Ohren pfeifen.«

»Es gibt Beschlüsse, es gibt Protokolle. Schreiben vom Zentralfonds der Kirche. Es ist meine Amtspflicht, dafür zu sorgen, dass ein neues Pfarrhaus gebaut wird. Ich versäume meine Pflicht, wenn nichts geschieht. Ich habe vor, hierzubleiben, bis das neue Haus fast fertig ist. Dann werden wir wegziehen. Sie sollen sehen, dass ich die Sache nicht zu meinem eigenen Vorteil betrieben habe.«

Petter ist voller Bewunderung über so viel Entschlossenheit. »Wegzugehen ist das Letzte, woran ich denke«, sagt er. »Ich fürchte nur, dass sich ein anderer um die Pfarre bewirbt, bevor ich mein Pastoralexamen bestanden habe und selbst kandidieren kann.«

Da prustet Fredrik Berg los: »Und wer sollte das wohl sein? Die haben hier draußen doch seit ich weiß nicht wann nie etwas anderes als Vikare gehabt.«

»Es gibt sicher noch andere außer mir«, überlegt Petter. »Ich werde nicht beruhigt sein, bevor ich die Urkunde in der Hand halte. Aber wie ich mit all dem, was wir jetzt zu tun haben, mein Examen machen soll, ist mir schleierhaft. Ich bin nur ein Mensch, obwohl ich mich mindestens zweiteilen müsste.«

Auch Fredrik Berg lernt für sein Pastoralexamen, aber nicht um zu bleiben, sondern um sich auf eine andere Stelle bewerben zu können. Sie sind sich einig, dass es von Vorteil ist, die Prüfungen abzulegen, weil es ihnen mehr Möglichkeiten eröffnet, aber es erscheint ihnen auch als Unding, sich auf noch eine Prüfung vorzubereiten und eine Abhandlung zusammenzuschustern, während sie gleichzeitig als völlig auf sich gestellte Pfarrer in einer abgelegenen Gemeinde amtieren, in der man über den Gedanken, sich Fachliteratur in einer Bibliothek zu beschaffen, nur müde lächeln kann. Für Bücher geht ein ordentlicher Batzen Geld drauf, aber viel schlimmer noch ist der Zeitmangel.

»Besonders das Fehlen von Zeit am Stück«, präzisiert Petter. »An sich kenne ich das, aber ich habe irgendwie geglaubt, das würde anders, wenn man sich seine Zeit selbst einteilen könne. Wie dumm man sein kann!«

Fredrik Berg guckt müde. »Du sagst, ihr habt erst ein Kind. Wir haben drei. Wir passen jetzt auf, dass es nicht mehr werden. Auch ich habe nicht geglaubt, dass man so eingespannt wird. Frau und Kinder sind das Natürlichste auf der Welt, stellt man sich vor. Der Mensch lebt seit Jahrtausenden in Familien, und man glaubt, diese Routinen seien uns eingebaut. Aber man kann sich dieses Chaos nicht vorstellen.«

Petter lacht, was soll man denn sonst tun? Auch Fredrik Berg guckt belustigt, aber er meint ernst, was er sagt. Ein Schreck durchzuckt Petter: Wenn es nie besser wird, sondern immer nur noch mehr Zeit von ihm verlangt wird, wie soll er das schaffen? Andererseits ist es mit Mona und Sanna etwas anderes. Mona ist unvergleichlich. Und ohne Sanna kann man nicht sein. Mit ihnen ist es kein Chaos. Eine Oase vielmehr. Leben. Schnell nimmt er das Thema Examen wieder auf, redet von den Schwarten, die sie durcharbeiten, von den Themen ihrer Abschlussarbeiten.

»Es erschreckt mich«, sagt er, »dass mir die Theologie hier draußen ferner steht als andere Fächer.«

Fredrik stimmt ihm zu. Erstaunlich wenig von dem, was sie gepaukt haben, ist ihnen im wirklichen Leben von Nutzen. Für ihre Arbeit als Seelsorger einer Gemeinde hätten sie besser Wirtschaft studiert und eine patente Lehrerin gehabt, die ihnen beigebracht hätte, mit knappen Mitteln einen Haushalt zu führen.

»Wie Mona«, sagt Petter aus vollem Herzen. »Sie hat die Hauswirtschaftsschule besucht und versteht es, die Bücher zu führen, dass ich nur staunen kann. Wenn ich im Kirchenvorstand übers Budget diskutieren muss, frage ich vorher sie um Rat. Und sehe natürlich nach, wie es früher gemacht wurde.«

»Das gefällt ihnen«, sagt Fredrik. »Probierst du etwas Neues aus, ist das Leben nicht wert, gelebt zu werden.«

»Oh doch«, erwidert Petter. »Glaub nicht, dass ich ein alter Reaktionär bin! Aber in dem Fall glaube ich, dass Gewohnheiten, die sich über einen langen Zeitraum herausgebildet haben, nicht notwendigerweise dadurch verbessert werden, dass man sie durch neue Gedanken ersetzt, nur weil sie als modern und zeitgemäß gelten.« Er sieht ein wenig verlegen aus und möchte seine Meinung verdeutlichen. »Nimm nur die Liturgie zum Beispiel. Es hat tausend Jahre gebraucht, um sie so auszuprägen, und ich bin mir nicht sicher, ob ich an einem Nachmittag etwas Besseres zustande brächte.«

Er gibt Fredrik einen kleinen Boxhieb auf die Schulter: War bloß ein Scherz. Gleichzeitig denkt er kurz an Post-Anton und überlegt, ob die Traditionen und Gebräuche auf Örar nicht weiter zurückreichen, als man sich vorstellen kann, und ob man nicht nur die Lebenden, sondern auch die seit Langem Toten provoziert, wenn man sich gegen sie vergeht.

»Ich bin froh, dass ich meinen Kantor habe«, fährt er fort. »Der ist ein kluger Mann, sehr erfahren und sehr diplomatisch. Er würde auch auf höherer Ebene ganz natürlich eine Position bekleiden. Eigentlich ist es eine schlimme Vergeudung von Talent, dass so frappierend intelligente Menschen, wie man sie hier draußen so häufig trifft, keine Weiterbildung über die Volksschule hinaus bekommen.«

Über Fredriks Gesicht zieht ein Schatten. »Wie im Krieg«, sagt er leicht bitter, aber nicht emotionslos.

Petter holt Luft. Ist es möglich, dass auch Fredrik? »Ich bin froh, dass du darauf zu sprechen kommst«, platzt er heraus. »Die ganzen Jahre über habe ich an die gedacht, die nie eine Chance bekommen haben. Voller Begabung und Fachwissen. Voller Hoffnungen und Erwartungen. Erschossen, verstümmelt. Für den Einzelnen eine Tragödie, volkswirtschaftlich reine Verschwendung.« Er hält kurz inne, dann vorsichtig: »Ich nehme an, du warst auch im Feld?«

»Oh ja. Als Militärseelsorger. Ich wurde genau rechtzeitig zum Ausbruch des Fortsetzungskriegs ordiniert. Von dir weiß ich immerhin, dass du auch Feldgeistlicher warst.«

»Erst ganz zum Schluss, als der Krieg schon vorbei war, und auch nur bei unseren Truppen auf Åland. Die reinste Sinekure, verglichen mit dem, was du und die anderen mitgemacht habt.« Er fühlt sich gedrängt, zur Erklärung noch etwas über seine Krankheit zu sagen: »Ich war im Krieg nicht verwendungsfähig gestellt. In der Mittelschule hatte ich einmal Tuberkulose, und das stand in den Papieren. Darum kam ich zum Heimatschutz, zur Volksfürsorge und zur Feuerwehr und wurde 1943 ordiniert. Oft, während ich Hebräisch und Exegetik büffelte, hatte ich Gewissensbisse, weil ich es so langweilig fand, obwohl viele da draußen wer weiß was gegeben hätten, um weiterstudieren zu können.«

Fredrik blickt ihn voll Sympathie an. Der Anflug von Überlegenheit, den er gefühlt hat, kommt einfach daher, dass Petter Fronterfahrung fehlt. Sie gibt einem eine Alertheit und Wachsamkeit, die ihm abgeht.

»Ich war zuerst in Ostkarelien und dann auf der Landenge. Ich verspreche dir, das stellt deinen Glauben auf die Probe. Wenn man nicht von selbst mit Zweifeln ringt, dann sorgen die Kameraden dafür. So betete ich mit denen, die es wünschten, bevor sie auf Spähtrupp gingen, für den Erfolg ihres Unternehmens und dass sie gesund zurückkehren sollten. Sofort grölte einer von ihnen: ›Was bist du denn für ein Pfaffe, der nicht für unsere Feinde und die, die uns verfolgen, betet?‹« Er macht eine Kunstpause, und Petter fragt pflichtschuldig: »Und was hast du geantwortet?«

»Ich habe gesagt, er hätte ganz richtig auf einen der zentralen Punkte des Christentums hingewiesen, eine Grundthese, mit der wir uns in Kriegszeiten schwertäten, in denen unsere Existenz von einem Feind bedroht sei, der für eine ungerechte Sache kämpfe. Vielleicht habe der Herr nicht direkt gemeint, dass wir für den Erfolg unserer Feinde beten sollten, aber doch, dass wir auch an ihr Wohl denken und dafür beten sollten, dass ihre Herzen erleuchtet werden, damit sie aufhören, uns zu bekämpfen und zu verfolgen, und einem gerechten Frieden zustimmen.«

»Klug«, sagt Petter.

»Gelächter brach aus, und einige aus Österbotten riefen Amen, ein anderer aber sagte in tiefer Sorge: ›Viele Russen, die wir erschießen, sind nur hier, weil sie müssen, nicht, weil sie uns angreifen wollten.‹ – ›Du hast recht‹, antwortete ich ihm. ›Und darum legen wir unsere Sache in Gottes Hand. Nur er sieht das ganze Bild. Wir sind hierhergestellt, um unsere Pflicht als Soldaten zu erfüllen. Als solche haben wir alles Recht, für den Erfolg bei unserem Tun zu bitten. Wenn wir auch für die Erleuchtung und Umkehr unserer Feinde beten können, umso besser.‹«

Fredrik legt den leichten Predigertonfall ab und fährt fort: »Man setzt sich wohl nie so heftig mit seinem Gewissen auseinander wie im Feld. Trägt das, was man gelernt hat? Was wissen wir eigentlich von Gottes Plan mit uns Menschen? Wie weit reicht unsere Loyalität zum Kaiser? Für mich war es etwas schrecklich Verhängnisvolles, bei der Offensive von 1941 die alte Grenze zu überschreiten. Trotzdem musste ich offiziell Gott für jeden Schritt vorwärts danken. Mich schauderte vor dem, was die Deutschen in Europa machten, trotzdem musste ich für unsere Bundesgenossen beten. 1943 dann war ich überzeugt, dass wir Frieden schließen mussten, um zu retten, was noch zu retten war. Als Militärgeistlicher aber musste ich versuchen, den jungen Männern Mut und Zuversicht einzuflößen, die von einer Heeresleitung in den Tod geschickt wurden, die sehr wohl sah, dass es schiefging, aber noch nicht den Mut hatte, Verhandlungen aufzunehmen.«

Der sonst stets zuvorkommende Fredrik Berg hat jetzt das Kinn vorgeschoben und sieht Petter nicht an. Es kratzt mich nicht im Mindesten, was er denkt, drückt seine Miene aus, aber Petter hat sich aufgerichtet und einen Gleichgesinnten erkannt.

»Du meinst, du hast mit der Opposition für den Frieden sympathisiert? Das habe ich auch.«

Sie drehen sich einander zu und sehen sich voll aufrichtiger Freude an. Welch ein Glück, dass sie in zwei benachbarte Gemeinden entsandt wurden! Zwei junge Geistliche mit so ähnlichen Grundansichten. Intensiv und vertraulich unterhalten sie sich über den Krieg und die schweren Entscheidungen, vor die Finnland gestellt wurde, und über ihre eigenen Nöte. Es ist doch fast unglaublich, dass sie nach allem jetzt hier sitzen und sich in einem freien Land offen unterhalten können, wo doch alles auch ganz schrecklich hätte enden können. Über das Alltagsglück, in Frieden leben zu können, reden sie, mit einer jungen Familie und begründeter Hoffnung, dass alles viel besser werden wird.

In größeren kirchlichen Zusammenhängen müssen sie über die zunehmende Säkularisierung und Gottlosigkeit reden und fast mit Wehmut an das Gottvertrauen zurückdenken, das durch das materielle Streben im Frieden so schnell an den Rand gedrängt wurde. Hier aber, allein in beinah identischen Lebensumständen, können sie solche Gedanken dahingestellt sein lassen und über die Annehmlichkeiten des Friedens reden sowie über das Glück, in seinem Glauben an die Zukunft zu leben.

Das Schöne an einem Schärenpfarrerleben ist, dass man Herr über seine Zeit ist und versäumte Aufgaben später nachholen kann. Petter wird erst am Abend mit Post-Anton nach Örar zurückfahren, und so haben sie den ganzen Tag für sich. Das Wetter ist frühsommerlich schön. Sie spazieren zum Pfarrhaus zurück und nehmen den Nachmittagskaffee, gehen dann wieder los, streunen in fortgesetzten Gesprächen über ganz Mellom und legen die Fundamente zu einer dauerhaften Freundschaft. Zu Schulzeiten wäre Fredrik der Oberklässler mit dem Recht gewesen, auf einen Kleinen wie Petter hinabzusehen und ihn zu schikanieren. Aber so muss es im Leben nicht weitergehen. Als Erwachsene können sie auf einer Stufe miteinander umgehen, Erfahrungen austauschen, Berufliches diskutieren, Familiäres, Bücher, das Leben, und sich dabei öffnen, ohne bloßgestellt und verhöhnt zu werden.

Fredrik sieht wohl nicht immer so strahlend und aufgeräumt aus, denn als sie ins Haus zurückkehren, sagt seine Frau: »Es ist schön zu sehen, dass Fredrik in Ihnen einen Kollegen und Freund gefunden hat, mit dem er reden kann.«

»Und dass ich einen Kollegen wie den Pfarrer von Mellom habe«, antwortet Petter warm. »Jetzt, wo ich weiß, dass wir jederzeit miteinander telefonieren und Dinge besprechen können, fühle ich mich viel zuversichtlicher. Ich werde davon sicher Gebrauch machen müssen.«

»Für uns ist es zu weit zum Propst, wir müssen allein zurechtkommen. Umso besser also, wenn wir heute hier unsere eigene Schärenpropstei gründen. Wir konferieren miteinander und treffen unsere eigenen Beschlüsse. Was hältst du davon?«

»Bestens«, stimmt Petter zu. »Diesmal wählen wir dich zum Propst, bis ich so weit trocken hinter den Ohren bin, dass ich gegen dich antreten kann.«

Sie lachen wie zwei junge Bengel, denen ein guter Zeitvertreib eingefallen ist, und Fredriks Frau guckt weniger nervös, als ob sie wüsste, dass sie nun weniger Kritik zu hören bekommt, wenn Petter gegangen ist. Die beiden Männer begeben sich auf einen zweiten Spaziergang und schaffen eine Runde durch Fredriks gesamten Sprengel mit Bootshäfen und Höfen, Hügeln, Wald und Strand. Trotzdem nicht so schön wie Örar, denkt Petter mit beträchtlichem Behagen. Er bedankt sich voll Wärme und Herzlichkeit, bittet die Kinder um Verzeihung, weil er ihren Papa den ganzen Tag mit Beschlag belegt hat, und versichert der Frau des Hauses, dass ihre Gastfreundschaft lange in dankbarer Erinnerung bleiben wird. Es lasse sich kaum vorhersehen, wann Post-Anton genau auftauchen werde, aber er werde zum Anleger gehen und dort Zeitung lesen, bis das Boot komme, denn es sei höchste Zeit, dass im Pfarrhaus Ruhe einkehre.

Fredrik würde ihn am liebsten begleiten und, falls nötig, die ganze Nacht dort sitzen, aber er hat noch Büroarbeit zu erledigen, und wenn er zu Hause ist, gehört es zu seinen Aufgaben, den Kindern eine Gutenachtgeschichte vorzulesen. »Aber denk daran, dass wir in Verbindung bleiben wollen«, mahnt er fast ängstlich.

Benommen von all der Freundschaft, wandert Petter zum Dampfschiffanleger hinab. Es wird schon kühler, und den Pullover hat er natürlich im Boot vergessen. Bevor er sich in den Schutz einer noch warmen Schuppenwand setzt, blickt er hinaus aufs Meer, das im schwindenden Licht weiß schimmert, als wäre es von Eis überzogen. Der Himmel ist gold, violett und schwarz gestreift und zieht dunkle und goldene Furchen über den glatten Meeresspiegel. Es ist vollkommen still, was Geräusche menschlicher Aktivität angeht. Aber draußen schwimmen Eiderenten in Linie auf dem Wasser und rufen »Ahuu« und »Goggoggog«, als wäre die ganze Weite da draußen von Mächten und Wesen neben den sichtbaren bevölkert.

Anton von der Post trifft exakt zu dem Zeitpunkt ein, als nach seiner Vorstellung der Pastor, dessen Pullover im Hellegatt liegt, angefangen hat zu frösteln und sich die Zeitung um die Schultern legt. Petter hört das Maschinengeräusch schon seit einer Weile, hat aber geglaubt, es komme von einem größeren Schiff weiter draußen. Er steht auf, und es ist Anton, jetzt mit Passagieren und einiger Fracht im Boot, die er in Degerby für den Genossenschaftsladen an Bord genommen hat. Die Passagiere sind auf Reede vom Stockholmschiff umgestiegen und befinden sich nach einem ganzen Winter in Schweden auf der Heimreise nach Örar. Sie reden und lachen voller Erwartung, und der Pfarrer ist endlich nur eine Nebenfigur. Keine Chance, das morgendliche Gespräch mit Anton fortzusetzen, und das ist vielleicht ganz gut so. Mit etwas Nachdenken ist klar, dass es dabei um Erfahrungen ging, die außerhalb der Sprache liegen, die dem Pfarrer zu Gebote steht.

Achtes Kapitel

Die Passagiere in Antons Boot bezeugen den Beginn der Sommersaison. Die Einschätzung des Pfarrers, die Gemeinde habe jetzt an anderes zu denken, trifft zu. Im Vergleich zu den Neuankömmlingen ist er eine inzwischen vertraute Gestalt auf dem Fahrrad oder der Kanzel. Alle grüßen weiterhin herzlich, aber die Gespräche versickern schneller. Alle haben jetzt das Graswachstum im Kopf oder dass man Regen nötig hat, damit das Gras nicht verbrennt, oder dass der Regen aufhören soll, damit man mähen kann, bevor es fault und schimmelt. Sie artikulieren deutlich ihre Wünsche, und der Pfarrer begreift und steigt auf die Kanzel und bittet um den Segen der Erde und günstiges Wetter.

Das Wachstum beschäftigt in hohem Maß auch die Pfarrersfamilie. Besonders die Pfarrersfrau ist in höchster Bereitschaft. Sie lernt schnell und hat begriffen, dass man hier draußen um jeden Halm kämpfen muss, damit Kühe und Schafe genügend Futter bekommen, um den Winter und das Frühjahr zu überleben. Zurzeit steht es gut um ihren Viehbestand. Goda hat ein Kalb zur Welt gebracht, das sie aufziehen wollen, und Äppla ein Stierkalb, das den Sommer über kräftig weiden und im Herbst zum Schlachten soll. Das bedeutet Geld im Portemonnaie und etwas Fleisch. Nach dem Kalben sieht es auch mit Milch und Butter besser aus. Die Pfarrersfrau kurbelt mit Freude den Separator, sammelt den

Rahm und buttert, während die Familie Buttermilch, Magermilch und Sauermilch zu trinken hat. Sie freut sich auf die kommende Heuernte, eine gesunde Arbeit an der frischen Luft zur schönsten Sommerzeit. Sie und Petter Seite an Seite bei einer Arbeit, die sichtbaren und dauerhaften Ertrag bringt. Es duftet gut und schenkt einem Zufriedenheit, wenn man es schafft, frisches und gutes Heu einzufahren, während sich Gewitterwolken zusammenballen.

Man sollte sich nie zu früh freuen, denn natürlich bleiben sie und ihr Mann bei der Arbeit nicht allein. Schon vor Mittsommer treffen die ersten Freizeitsegler aus Helsingfors ein. Leute, die den Wimpel von *Nyländska Jaktklubben* am Heck führen, hat Petter in seiner Studienzeit als unbeschreiblich arrogante Snobs empfunden, doch als sie jetzt auf den Kirchensteg zugleiten, in ihren weißen Seglerhosen an Land springen und festmachen, sind sie nett und zuvorkommend und voller Bewunderung für die Schönheit des Segelreviers und der Örar-Inseln. Aber sicher dürfen sie am Kirchensteg liegen, herzlich willkommen! Selbstverständlich zeige ich Ihnen, wo der Brunnen ist. Sie laden ihn zum Kaffee in der Plicht ein und reagieren weder spöttisch noch mitleidig, als er einen Schuss in den Kaffee ablehnt. Gemeinsam freuen sie sich darüber, dass man sich endlich wieder frei bewegen und in den Schären segeln kann. Während der Unterhaltung läuft ein weiteres Boot in die Kirchenbucht ein, und es werden Rufe von Bord zu Bord gewechselt. Die Neuankömmlinge setzen sich auf die Stegkante und bekommen einen Anlegeschluck. Ganz verliebt betrachten sie ihre Boote und tauschen Geschichten vom Überleben aus; wie sie um ein Haar bei einem Bombenangriff umgekommen wären, wie ramponiert und leck die Boote waren, als man sie endlich wieder auftakeln konnte, die Segel nur noch mürbe Fetzen. Wie schwierig es war, das Nötigste zu beschaffen. Wer hätte gedacht, dass man je Leinöl, Firnis und Segeltuch auf dem Schwarzmarkt würde kaufen müssen? Sie tauschen die Namen von Händlern und Lieferanten aus, wobei sie über die Reling ihrer Boote streichen und deren blanke Rümpfe betrachten, die rötlich wie Gold in der Abendsonne glänzen.

Ein paar von ihnen besuchen am Sonntag sogar die Kirche und sitzen leutselig da wie Weiße unter Eingeborenen. Nach dem Gottesdienst unterhalten sie sich mit dem Pfarrer über die lokalen Sehenswürdigkeiten, und ehe er sich's richtig überlegt, hat er sich schon an die Spitze einer kleinen Rundwanderung nach dem Essen gestellt. Zwar pflegen er und seine Frau dann ein wenig zu ruhen, den einzigen Tag in der Woche, aber was soll's? Es sei ihm ein Vergnügen, versichert er. »Ich habe nur selten Zeit, rauszukommen, und ich möchte ebenso gern alles sehen wie Sie.«

Es ist wirklich ein Vergnügen, sie herumzuführen. Die Entfernungen sind nicht so kurz, wie man glauben möchte, wenn man den Örar-Archipel wie ein Häufchen Fliegendreck auf der Karte findet. Es kostet einen halben Tag, die Kirchinsel, die Felsbuckel mit ihren Steinlabyrinthen westlich davon und die uralten Verstecke vor Seeräubern und Russen zu besichtigen, den erst vor Kurzem ausgegrabenen Siedlungsplatz aus der Bronzezeit und im Kontrast dazu die neulich gesprengten Geschützbatterien aus dem Fortsetzungskrieg. Und natürlich die in den Augen der Einwohner größte Sehenswürdigkeit, zu der alle Besucher geschleppt werden müssen, den kleinen See, fast wie ein Kratersee, zwischen den grauen Felsen. »Süßwasser durch und durch«, erklären die Einheimischen stolz, blind für das ganze große

Meer, das auch im ruhigsten Sommerwetter um die Örar braust und die Ursache für die Begeisterung der Segler darstellt. Irgendwer interessiert sich für Pflanzen, also hält man und botanisiert; oh ja, es gibt zwischen den Steinen einige besondere Arten zu entdecken. Andere sind Vogelgucker. Jemand erinnert an die stolze Geschichte der Örar zur Zeit der Prohibition. Doch, doch. Vielsagend blicken sie zu ein paar größeren Häusern in der Westsiedlung hinüber, die man von den Felsen aus sehen kann, und glucksen in sich hinein. Ein paar für die Ohren des Geistlichen geeignete Geschichten über geschmuggelten Schnaps und die Restaurants in Helsingfors machen die Runde.

Das Wetter ist wunderbar, und es ist ein fantastischer Luxus, freizumachen und sich in angenehmer Gesellschaft draußen in der Natur zu bewegen. Überstürzt verabschiedet er sich und macht sich auf den Weg nach Hause, es ist ihm unbegreiflich, dass es schon so spät sein soll, einen kleinen Abendimbiss lehnt er dankend ab, und schuldbewusst erscheint er im Pfarrhaus: »Tut mir leid, ich habe nicht gedacht, dass es so lange dauern würde. Hat jemand angerufen?«

Mit den Freizeitseglern hat Mona kein Problem, Petter tut ein wenig Gesellschaft aus Helsingfors gut, es sind höfliche Leute, die sich im Großen und Ganzen selbst versorgen und auf ihren Booten wohnen, in engen und niedrigen Kajüten, in denen man nicht aufrecht stehen kann, und mit Kojen, in denen man nicht einmal aufrecht sitzen kann. Da leben sie von mitgebrachten Konserven und Brot und Fisch, die sie bei den Einheimischen kaufen. Etwas ganz anderes und Lästigeres ist es mit den ganzen Freunden und Familienangehörigen, die zu Besuch kommen.

Ohne Übertreibung lässt sich von einer Invasion sprechen. Es handelt sich um regelrechte Überfälle, meist natürlich Anhang von Petters Seite, der sich nicht fernhalten kann. Petter empfängt sie selbstverständlich warm und herzlich lächelnd am Dampfbootanleger, während er sich insgeheim eine Regel wünscht, die es geböte, dass Eltern in den ersten Ehejahren ihrer Kinder Abstand wahrten. Dabei bereitet es ihm selbst eigentlich ein kindliches Vergnügen, seinen neugierigen Eltern seine Kirche und die Höfe seiner Gemeinde und deren Mitglieder zu zeigen, die eigenen Kühe und Schafe, sein Segelboot und seine Netze, wobei ihm sehr bewusst ist, dass sich Mona keineswegs freut, obwohl sie sich zusammenreißt. »Zwei Wochen!«, hat sie ausgerufen. Ja, was hat sie denn gedacht? Sollen sie die weite Reise denn nur auf sich nehmen, um sofort wieder abzufahren?

»Du weißt, wie anspruchslos sie sind und dass sie nichts erwarten. Sie möchten Sanna besuchen und sehen, wie es uns geht. Meine Mutter ist dir gern im Haushalt behilflich, wenn sie darf.«

Mona schnaubt. Als ob sie ihre Schwiegermutter in ihrer Küche herumwuseln haben wollte! Bevor der Besuch eintrifft, putzt sie wie eine Besessene, ist sich sicher, dass Schwiegermama über alles meckern und Befremden äußern wird, was nicht blitzblank ist. Sie wird inspizieren, prüfen und untersuchen. Nichts an und von Mona ist für ihren vergötterten ältesten Sohn gut genug. Mona ist schon wütend, wütend, wütend, bevor sie kommen. Sie packt Sanna hart am Arm: Nicht einen Piep! Sie schnauzt Petter an, als der mit schwappenden Eimern ankommt, liegt nachts wach und kocht und brodelt. »Wie ein Dienstmädchen soll ich für sie kochen und ihnen von morgens bis abends aufwarten«, schimpft sie im Stillen vor sich hin, nachdem er eingeschlafen ist. »Den ganzen Tag keine ruhige Minute, während du dir deine Päuschen gönnst und ansonsten eine nette Zeit verbringst, wenn du sie bei dem schönen Wetter herumführst. Ich rackere mich ab, habe Kaffee gekocht und das Essen vorbereitet, wenn es euch beliebt, hereinzuspazieren und euch an den gedeckten Tisch zu setzen. Köchin, Hausmädchen und Stallmagd in einer Person. Aber ihre Nachttöpfe dürfen sie allein ausleeren!«

Und so weiter. Rabenschwarz in ihrer Müdigkeit. Aber auch ein pochender Motor, der sie aus dem Bett schiebt, wenn der Wecker klingelt, hinaus zu den Kühen, die auf der ganzen Kirchinsel weiden können, aber meistens kommen, wenn sie ruft: »Kommt, meine Kühe, kommt!« Äppla, die Leitkuh, kommt als Erste wie unter Protest angepflügt, die liebe Goda im Schlepptau. Als Lehrerin darf man keine Lieblinge haben, einer Viehzüchterin aber ist das erlaubt: die brave Goda, die Äppla nachläuft, weil es ihrer sanften Natur entspricht.

Man oder jedenfalls Mona wird durch ihre Kühe beruhigt und getröstet. Sie melkt zügig, wird beinah fröhlich, redet mit ihnen, wenn sonst niemand in der Nähe ist, und hört zu. Aber sie beeilt sich: filtern, die Kanne in den Brunnen, auf der Treppe den Stallkittel abgestreift und mit Schwung durch die Tür. Petter hat Feuer gemacht, Sanna ist aufgestanden, jetzt frühstücken sie. Gut gelaunt, zu diesem Zeitpunkt. Gott sei Dank kommen die Herrschaften mit dem Schiff von Westen am Nachmittag und nicht mitten in der Nacht. Das steht ihnen bald auch noch bevor, denn wer wird mit der nächsten Welle eintreffen, wenn nicht Petters Bruder Frej mit seiner Ingrid? Darauf folgen Schlag auf Schlag Petters Cousins und Cousinen, und wenn alle untergebracht sind, taucht noch irgendwer unangemeldet auf: »Ich dachte, es findet sich sicher eine Unterkunft im Ort, falls bei euch kein Platz sein sollte.«

»Pension Kyrkvik« sollte über der Tür stehen. »Freie Kost und Logis, erstklassige Bedienung« in kleineren Lettern darunter.

Mit Familien verhält es sich ja so, dass immer irgendwas im Argen ist. Das Ehepaar Kummel zeigt nur kursorisches Interesse an seiner Enkeltochter und an Petters Domäne. Er erinnert sich, wie es war, wenn er als Junge etwas gebastelt hatte: tüchtiger Junge. Ihre Gedanken sind bei ganz andern Dingen. Bei der Ankunft wirkten sie erschöpft und seltsam gehetzt, und beide nehmen ihn für endlose Unterredungen beiseite, für die er keine Zeit hat. Petter ist inzwischen achtundzwanzig Jahre alt, hat sich aber noch nie wie ein Kind, ohne Verantwortung, fühlen dürfen. Sein Vater will bei Laune gehalten werden, der Mutter muss man die Stange halten und ihre Partei ergreifen. Jetzt, wo er erwachsen ist, soll er den Eheberater für sie spielen. Sie sind über sechzig, können sie um Himmels willen nicht endlich akzeptieren, dass sie miteinander verheiratet sind, und endlich mit ihren Krisen aufhören?!

Das aktuelle Problem schwelt und schwärt mit Vorstufen und Nebenschauplätzen seit Jahren. Der Vater ist in Pension, hat sich auf Åland verschanzt und denkt nicht daran, in das Schulhaus an der Küstenbahnlinie in Finnland zurückzukehren, das er verabscheut. Die Mutter beharrt darauf, dort weiterhin als Lehrerin tätig zu sein, obwohl auch sie sich inzwischen pensionieren lassen könnte. Er findet, sie solle gefälligst nach Åland kommen und sich um ihn kümmern, sie ist verletzt, weil er das gemeinsame Heim in Finnland verlassen hat und sie ohne Hilfe allein weiterschuften lässt. Als sie jetzt nach Örar kommen, haben sie sich seit neun Monaten nicht gesehen, und das Wiedersehen fällt nicht erfreut aus.

Die Mutter leidet unter ihrem berühmten Pflichtgefühl, und sie und Petter wissen beide, wie es am Ende ausgehen wird. Aber nicht gleich. Und nicht mit einem resignierenden Lächeln. Es muss erst geredet und geredet werden, es ist Partei zu ergreifen und besänftigend das gesträubte Fell zu streicheln, müdes Lachen und ruhige, ernste Worte sind gefragt. Alles, während die Zeit verstreicht. Der Mutter ist bewusst, dass es für den Vater mit seiner angeschlagenen Gesundheit und seinen beiden linken Händen schwer sein wird, noch einen Winter mehr allein zurechtzukommen. »Es war schrecklich«, sagt sie, »in die Wohnung zu kommen und zu sehen, dass er hauste wie in einem Holzfällerlager. Angebrannte Essensreste in der Bratpfanne, ein unsäglich schmutziges Laken auf dem Bett, Dreck wie in einer Räuberhöhle, sauer gewordene Milch in der Kanne, und das alles nur, um mir ein möglichst schlechtes Gewissen zu machen. Ich weiß, dass ich ihn nicht noch einen Winter so sich selbst überlassen kann.«

Ihre Einsicht lässt Petters Kompromissvorschlag fast willkommen aussehen. »Du bleibst noch ein weiteres Jahr in Ruhe und Frieden in deiner Schule. Danach beantragst du deine Versetzung in den Ruhestand und ziehst nach Åland. Sollte der Winter lang und hart werden, kann Papa ein halbes Jahr bei uns wohnen, sagen wir von November bis April? Die Örar gehören zu Åland, und neue Menschen sollten ihm ein wenig Abwechslung bedeuten. Was hältst du davon?«

Während Mama darüber nachdenkt, spricht Petter behutsam mit Mona, die sich überraschend nachgiebig zeigt. Ihren Schwiegervater kann sie erheblich besser leiden als die Schwiegermutter, und warum nicht? Einen beständigen Strom von Besuchern gibt es ohnehin in der Pfarrei, und wenn Papa Leonard ihm die unverbindlichen Plaudereien abnimmt, bekommt Petter vielleicht Gelegenheit, für sein Pastoralexamen zu lernen. Der Vater ist mit der Regelung sofort einverstanden; er setzt sich nur zu gern an einen gedeckten Tisch. Die Mutter muss erst noch eine Weile über ihre Pflicht und über alles jammern, was sie aufgeben soll, Familie, Freunde, Vereine, die Dörfer in ihrer Umgebung und vor allem die Natur. Helsingfors mit seinen Geschäften und seinem Kulturleben. Aber es ist zu merken, dass ihr die Kompromisslösung zusagt. Im Lauf eines Jahres kann viel passieren. Sie will natürlich nicht hoffen, dass der nervöse, kränkelnde und unpraktische Leonard zu seinen Vorfahren abberufen wird, ein großes Eingreifen von oben liegt aber doch im Bereich des Denkbaren, und ein Jahr, das nicht einmal begonnen hat, erscheint in diesem Stadium als ausreichend lang.

Derweil diese komplizierten Verhandlungen mit all ihren zeitraubenden Gefühlen laufen, muss unter teilnehmender Beobachtung des Küsters in aller Eile die Heuernte organisiert werden, auf die sich Mona so gefreut hat. Holmens, die eine der kircheneigenen Wiesen nahe der Westsiedlung gepachtet haben, sollen als Bezahlung der Pacht Erntehilfe leisten. Sie werden in der Regel benachrichtigt, wenn es Zeit wird, das Heu einzufahren.

»Es versteht sich von selbst, dass sie kommen. Darauf warten sie, seit ihr angekommen seid. So ist es immer gewesen.«

Der Küster verspricht, auch selbst zu kommen und bei

der Mahd zu helfen, ist aber doch überrascht, als Petter eines Abends die Nase zur Tür hereinsteckt und den nächsten Morgen vorschlägt.

»So früh?«, fragt er fast schockiert. »Hier fängt keiner vor Juli mit dem Mähen an.«

»Der Wasserstand ist gefallen, und wir scheinen ein ausgeprägtes Hoch zu haben. Mona meint, man solle das Gras mähen, solange es noch saftig und voller Nährstoffe ist. Ich vertraue ihr blind.«

»Möglich«, sagt der Küster zweifelnd. »Sofern man genügend Gras hat. Hier lassen wir es so hoch wie möglich wachsen, und es ist immer noch knapp.«

In einzelnen kirchlichen Gepflogenheiten hält sich der Pfarrer an das, was am Ort üblich ist, doch in landwirtschaftlichen Fragen richtet er sich nach Mona. Die Bewohner von Örar sind Teilzeitbauern, in der Fangsaison ist die Fischerei wichtiger für sie. Mona ist eine Bauerntochter von den Feldern Nylands. Sie weiß besser als einer der Insulaner, wann gemäht und geerntet werden muss. Ihre Kartoffelpflanzen zum Beispiel gedeihen üppig und stehen schon kurz vor der Blüte, als die Inselbauern gerade erst ihre letzten Saatkartoffeln gelegt haben. Keiner stellt ihre Sachkenntnis infrage, auch der Küster nicht, obwohl er ein Traditionalist ist. Im Gegenteil freut er sich, dass es nicht zu einer Überschneidung mit seiner eigenen Heumahd oder der der Holmens kommen wird, wenn die Pfarrersleute ihr Heu offensichtlich schon gemäht und eingefahren haben wollen, bevor es bei ihnen so weit ist.

Die Frau des Pfarrers mag denken, die Heuwiesen der Pfarre seien mager und knapp bemessen, aber sie weisen auch viele Vorteile auf und liegen beneidenswert nah beieinander auf der Kirchinsel. Die der übrigen Höfe liegen weit verstreut. Den Bauern gehören Streifen nah beim Dorf, andere weit davon entfernt und auf den größeren Inseln. Fischer mit ein, zwei Kühen besitzen nicht einmal alle eine eigene Weide, sondern müssen das Gras rund um ihre Hütten sammeln, und die harte Segge, die sie auf den Schären, auf denen die Bauern nicht mähen, zwischen den Steinen zusammenkratzen können.

Die Pfarrersfrau sieht zu, dass ihr Mann am Abend die Sensen dengelt, früh am nächsten Morgen kommt der Küster und bekommt Kaffee. Sie geht hinaus zu den Kühen, die Männer zur Wiese, noch feucht von Tau, wie es sein soll, wenn man mit dem Mähen beginnt. Sie einigen sich auf die Reihenfolge: »Am besten gehst du vor«, sagt der Pastor höflich. Aber sie sind noch nicht weit gekommen, als der Küster aufgeben muss. Der Pastor senst wie eine Mähmaschine, in weit ausholenden, ergiebigen Schwüngen, geschmeidig im Rücken, gute Schrittlänge. Beim Mittagessen, Hecht mit Kartoffeln und heller Soße, Rote Grütze, erklärt der Pfarrer, dass er früher im Sommer auf dem heimatlichen Hof seines Vaters auf Åland als Erntehelfer gearbeitet hat. Er hat mit der Sense gemäht, seit er elf ist, da bekommt man natürlich eine gewisse Übung.

Mona strahlt nie so wie zur Erntezeit. Es ist die beste Zeit des Bauernjahrs, die Erntehelfer wollen bei Laune gehalten und gut gefüttert werden. Auf Örar aber ist vieles anders. Man schichtet zum Beispiel das Heu nicht in Diemen oder Schobern auf, sondern lässt es in Schwaden trocknen, die man in Richtung der Sonne zettet und recht, bis das Heu trocken genug ist, um abgefahren zu werden. Wenn das Wetter mitspielt, erntet man auf diese Weise erstklassiges Heu, wenn es aber regnet und das Heu mehrmals gewendet werden muss, büßt es katastrophal an Qualität ein. Die Pfarrersfrau vermutet, die Inselleute hätten ihre Grundeinstellung von der Fischerei auf die Landwirtschaft übertragen: Alles hängt vom Glück und von den Wettermächten ab. Kommt der Fisch, darf man sich freuen, und bekommt man das Heu in die Scheune, ehe es an Kraft verliert, ist auch alles gut.

Sie schaut über die Heuwiese, wo noch nie jemand Klee oder Timotheegras gesät hat, und denkt, die Schwaden dürften auf diesen Wiesenstreifen ganz schön weit auseinanderliegen. Doch als sie gemäht sind und sie nach dem abendlichen Melken vor die Tür geht, trifft sie ein unvergleichlicher Duft.

»Petter, komm einmal her«, ruft sie. »Und bring Sanna mit!«

Sie stehen auf der Treppe und atmen ein. Der Duft des Grases ist stark und sinnlich, und alle Kräuter verströmen ihre Aromen und Essenzen, sie schaffen eine Atmosphäre, die Wellen von Lust und Verlangen auslöst. Sanna sitzt ganz still auf Petters Arm, den andern legt er um Mona.

»Dass es so etwas auf der Welt gibt«, sagt er. »Ich bringe Sanna ins Bett. Komm, so schnell du kannst.«

Am nächsten Morgen wollen sie mit dem Pflanzenführer los und alle Arten von Gewächsen auf der Wiese bestimmen, aber das Telefon klingelt, und eine neue Gruppe von Seglern, die die ganze Nacht auf dem Wasser waren und von ihren Erlebnissen der Schönheit erfüllt sind, fällt ein. Wasser, Kaffeesahne, Erklärungen, wie sie den Laden finden können, Konversation über dies und jenes, die Zeit vergeht. Dann los und raus im Eilmarsch, ein Teil des Dufts ist noch da, von der Erinnerung intensiviert. Jeden Tag verändert er sich ein wenig, weniger Gras, mehr Heu. Aber was für ein Heu! Noch immer niedriger Wasserstand, die Sonne strahlt, ein leichter Wind weht: ideales Trockenwetter, das die Pfarrersfrau veranlasst, schon nach zwei Tagen mit dem Wenden der Schwaden zu beginnen, am Nachmittag, als die Oberseite maximal trocken ist. Die Schwaden liegen so locker und luftig, dass es ein Vergnügen ist, sie, vom Wind unterstützt, mit dem Heurechen zu wenden. Wenn man richtig in Schwung ist, geht es fast von allein. Sie geht mit Signe, der Küstersfrau, über die Wiese, jede hat eine Schwadenreihe neben sich. Die Arbeit geht leicht von der Hand, und sie können sich dabei unterhalten, über das Vieh, darüber, dass das Wetter so bleiben möge, damit alle rechtzeitig mit der Heuarbeit fertig werden, bevor sie sich für die Strömmingfischerei bereit machen müssen. Signe erzählt, wie es früher war, als alle zu den Fischerhütten zogen und dort bis in den September hinein blieben. Sie redet mehr, als sie es in Gegenwart ihres Mannes könnte, und ehe der Tag um ist, haben sie das Heu gewendet, und der Duft ist ein anderer: mehr Scheune, weniger Himmel. Beide sind zufrieden und verschwitzt. »Fast so, dass man sich ins Meer stürzen könnte, wenn da nicht haufenweise Segler herumlungerten«, sagt die Pfarrersfrau. Signe aber meint, ins Meer gehe man nur, wenn man sich umbringen wolle. Säubern tut man sich in der Sauna!

Die nächsten Tage ist die Pfarrersfrau mächtig nervös. Sie hastet von einer Beschäftigung zur anderen, hält zwischendurch inne und wirft Blicke zum Himmel hinauf. Dieses ungewöhnlich schöne Wetter kann eigentlich nicht mehr von langer Dauer sein, es ist nur natürlich, wenn das Wasser am

Ufer etwas steigt, es kühlt ab, und Wolkenbänke liegen über den vorgelagerten Unterwasserfelsen. Alle, die am Sonntag zur Kirche kamen, staunten, dass bei Pastors schon gemäht war. Wenn es jetzt aufs Heu regnen sollte, werden alle der Meinung sein, dass sie es zu eilig hatten. Sie aber will unbedingt beweisen, dass man schon zum jetzigen Zeitpunkt mähen soll, nicht erst, wenn das Gras zu hoch geschossen ist, und mit all ihrer Kraft versucht sie die Wolken auf Abstand zu halten. »Bleibt da draußen!«, befiehlt sie ihnen in Gedanken. »Untersteht euch ja nicht, an Land zu kommen!«

Der Küster, ihr Freund und Bewunderer, behauptet mit seiner ganzen Autorität, die Felsen hätten sich schon so erwärmt, dass der Regen um sie herumzöge. »Wenn es auf dem Meer regnet, heißt das nicht, dass es auch über Land regnet.«

Er ist klug und erfahren, kein Gefasel von Gottes Willen. Warum sollte er wollen, dass es auf ihr Heu regnet? Noch einmal geht sie zur Wiese und nimmt eine Probe: Wenn es weiterhin trocken bleibt, braucht es nur noch einen Tag. Wenigstens noch einen, denn die Luftfeuchtigkeit hat zugenommen, und das Trocknen geht langsamer voran; das hat sie schon an der Wäsche gemerkt, die sie aufgehängt hat.

Die Pfarrersfrau hat zu viel Erfahrung, um auf Anfängerglück hoffen zu können, der Pfarrer aber darf an ein Wunder glauben. Obwohl es am Abend leicht regnet und die Pfarrersfrau unter Wehklagen ihr Heu verloren gibt, kommt nicht viel Wasser herunter. Am Morgen hängt feuchter Dunst in der Luft, aber es regnet nicht mehr. Gegen Abend bricht die Sonne durch, das Wasser zieht sich etwas von den Klippen zurück, der Wind frischt auf und vertreibt den Dunst.

Mit nur einem Tag Verspätung können sie nach Holmens

und nach Brage Söderbergs Pferd telefonieren; es kommt hinter Brages Boot über den Sund geschwommen.

»Ein Seepferd«, bemerkt der Pfarrer. »Dass ich so etwas noch erleben darf!«

Einen kleinen Leiterwagen gibt es auf dem Pfarrhof, aber im Wissen um die Verhältnisse dort bringt Brage das Geschirr mit, und bald haben sie das Seepferd angeschirrt. Brage muss los, aber er sieht, dass das Pferd in guten Händen ist. Der Pfarrer versteht zu fahren, und die Frau zählt fließend alle Pferde auf, mit denen sie aufgewachsen ist. Unterdessen ist das Ehepaar Holmens unbemerkt mit dem Boot eingetroffen und mit Heugabel und Rechen zur Wiese gegangen. Sie grüßen freundlich, und der Pfarrer ist ein weiteres Mal entzückt über seine Gemeindemitglieder: Die beiden lächelnden Gesichter zeugen von Intelligenz, und aus ihren klaren Augen und ihrer Art zu reden ist lebhaftes Interesse zu erkennen.

Es ist, als hätten sie schon immer zusammen gearbeitet, so gut geht es, als Mona und Tyra harken, Petter fährt und stampft und Ruben auflädt. Nie entsteht Freundschaft so zwanglos wie bei der Arbeit. Wie alte Freunde lassen sie sich bei der Scheune nieder und trinken den Kaffee, der in Glasflaschen, die in dicken Wollstrümpfen steckten, an der warmen Südwand bereitstand. Käsebrote und Zimtschnecken warteten im kühlen Dunkel. Es ist gut und für die Erntearbeiter genau richtig bemessen, auch ihre Unterhaltung ist auf vier Ohrenpaare zugeschnitten, aber natürlich kommen ein paar Segler angeschlendert und fragen, ob sie helfen können. Nach dem Krieg ist das ganze Volk darauf trainiert, Kaffee und frisch gebackenes Brot zu erschnuppern, und Mona muss los, um noch Tassen und mehr Brote zu holen.

Auf die Hilfe der Städter könnten sie gut verzichten. Sie bringen nur alles durcheinander und wissen nicht, wo sie anpacken sollen. Petter schickt sie in die schon ziemlich gefüllte Scheune und bittet sie, das Heu festzustampfen, damit es Platz für mehr gibt. Sie sind hilfsbereit, aber es ist schwerer, als sie gedacht haben; sie geraten ins Schwitzen, es beginnt zu jucken, und harte Halme stechen durch die Segelschuhe.

Überflüssige Statisten, die man bei Laune halten muss, und nie kommt es, wie man es sich vorgestellt hat. Das nächste Mal, wenn jemand fragt, ob es hier nicht ein bisschen einsam wird, durchzuckt es Mona, riskiert er eine Ohrfeige.

Sie blickt um sich. Sie werden es nicht schaffen, alles Heu bis zum Abend einzufahren, aber wenn alles gut geht, können sie morgen weitermachen. Dann bekommen sie Heu von sehr guter Qualität, und es wird lange reichen. Für die Schafe werden sie einen Teil Laub zusetzen müssen, aber Laub ist auch knapp, und Schilf weiden die Kühe ab, sobald neue Halme austreiben.

»Wie man sich für Futter abrackern muss«, meint Tyra. »Wir sind so froh, dass wir jetzt die Wiese von der Pfarre haben. Sonst wüssten wir gar nicht, wie wir über die Runden kommen sollten.« Sie erzählt, wie sie früher, als sie ein kleines Mädchen war, zu den Außenschären gefahren sind und dort ein wenig Gras ausgerupft haben. »Nach Ostern musste die Kuh Laub und Moos fressen. Jeden Tag, wenn meine Mutter zum Stall ging, rechnete sie damit, dass die Kuh eingegangen war.« Mona hört heraus, dass sie befürchtet haben, die neue Pfarrersfamilie, die sich als große Bauern erwies, könne die Wiese für den Eigenbedarf nutzen wollen. In der Tat war es kurz davor gewesen, wenn der Kantor nicht darauf hingewiesen hätte, dass die Wiesen außerhalb der Kirchinsel schon immer gegen Erntehilfe verpachtet waren. »Es gibt Menschen, die anders kaum durchkämen«, hat er deutlich gemacht, und der Pfarrer hat sich entsprechend verhalten.

So gut, wie das Wetter ist, fährt Tyra fort, könnten sie es wohl auch noch schaffen, ihr Heu zu mähen und in die Scheune zu schaffen, ehe sie zum Fischen müssten. Die Wiese ist nicht so groß, dass sie ein Pferd leihen müssten. Ruben trägt das Heu mit der Rückentrage ab, sie stampft es in der Scheune, und die Kinder rechen.

»Ein bewundernswerter Wille, allein zurechtzukommen«, kommentiert der Pastor später, aber der Küster guckt bekümmert und meint, er habe durchaus sein Pferd angeboten, doch Ruben falle es schwer, etwas anzunehmen, lieber würde er unter der Traglast zusammenbrechen. »Das Schlimmste ist, dass alle ihr Heu zur selben Zeit einbringen müssen. Darum müssen die Fische warten, und darum kann es ins schon abgetrocknete Heu regnen, bevor sie es im Trockenen haben.«

Obwohl sich die Pfarrersleute als Kleinbauern und Anfänger betrachten, bekleiden sie eine privilegierte Stellung. Wie kollegial sie sich auch geben, es besteht doch ein Abstand zwischen denen, die auf die Besoldung eines Pfarrers zurückgreifen können, und den anderen, die von dem abhängig sind, was eine launische Natur hervorbringt. Das hört sich düster an, doch die Inselbewohner sind wie der Fisch, den sie fangen, wendig und quecksilbrig schnell. Lächelnd erzählen sie von der Mühsal der Herbstfischerei, wie schwer man anpacken muss, wie wenig Schlaf man bekommt, wie erschöpft man ist. Sie freuen sich darauf, während sie sich mit ihrem Heu abschleppen. Die Pfarrersfrau hat das ihre buchstäblich im Trockenen, als das Wetter unbeständig wird und die Alteingesessenen erst mit dem Mähen beginnen. Jedes Mal wenn Petter im Ort gewesen ist, erkundigt sie sich, wie die Heuernte vorankommt. Erstaunlich langsam, muss er zugeben. Keiner mag die Heuarbeit, sie sei schwer und eintönig, vertrauen sie ihm an, und Mona staunt. Die Fischerei ist doch schwer. Nicht eintönig, aber schwer. Nachtarbeit, kalt und ungemütlich, lebensgefährlich, wenn es stürmt, teure Treibnetze, die verloren sind, wenn etwas schiefgeht.

Schon, aber die Menschen sind voller Geschichten, Fisch ist ihr Lebensinhalt, aus dem Fischen beziehen sie ihr Selbstbild, ihre Identität und die Bilder, die ihr Leben illustrieren. Sie schätzen die Abwechslung und das Riskante höher als Sicherheit und Routine. Auf dem sicheren Streifen Ackerland zu stehen und nasses Heu zu wenden ist sterbenslangweilig. Bei Regen und Sturm in einem offenen Boot zu kämpfen, das ist das Leben. Es wirft dich hin und her wie einen Handschuh, aber du kehrst vollbeladen mit Hering an Land zurück.

Sie kommen immer noch sonntags zur Kirche und schlagen kleine Umwege ein, um die säuberlich abgeharkten Wiesen des Pastors zu inspizieren und durch Ritzen in seine randvolle Scheune zu lugen und über sein Kartoffelfeld, das den Eindruck macht, in sehr viel südlicheren Gefilden als auf Örar zu gedeihen. Welche Kommentare sie dabei fallen lassen, ist nicht deutlich zu verstehen, aber wenn dann auch noch die Kühe des Pastors anspaziert kommen, üppig gedeihende Matronen, dann sagen sie deutlich, ja, wer ausreichend Gras hat, der …

Der Pfarrer hat hellhörig die Stimmungen vor dem Herbstfischen aufgeschnappt und in seine Predigten zahlreiche Verweise auf das Fischen im See Genezareth eingebaut und hervorgehoben, dass einige Jünger Fischer waren, die bei ihren Booten ausgewählt wurden. Die Gottesdienstbesucher sehen ihre eigenen Bootshäuser und Strände vor sich, und nachher sagt der alte Küster zum Pfarrer, wenn man nicht wüsste, dass sie Jesu Jünger waren und zu Aposteln und Evangelisten wurden, könnte man mit Fug und Recht behaupten, sie hätten wie Schufte gehandelt, als sie mitten in der Fangzeit davonliefen und die ganze Arbeit den Weibern und den armen Kindern überließen.

»Und die Boote haben sie stehen und liegen gelassen, dass sie in der Sonne leckspranngen«, setzt er gar nicht einverstanden hinzu und ist sich völlig im Klaren, dass der Herr in einem trockenen und heißen Klima umherwanderte.

»Stimmt«, antwortet der Pfarrer. »Das haben sicher alle am See so empfunden. Aber genau das ist das Besondere an Jesus, dass er uns dazu bringt, alles aufzugeben und ihm zu folgen.«

Im Stillen denkt er, es gäbe ein zähes Ringen, wenn Jesus sich hier offenbaren und Mona auffordern würde, ihm zu folgen, und er muss lachen, als er sieht, wie erfolgreich sie kämpft.

»Weltfremd« nennt sie ihn zu Recht. »Unrealistischer Schwärmer.«

Und Petter, als Vermittler in der Mitte zwischen ihnen stehend, kann beiden Seiten nur schwache Argumente entgegenhalten.

Er ist dabei, sich auf Erden ein kleines Reich mit gefüllten Scheunen und Erdkellern zu schaffen. Ein Vorbild für die Gemeindemitglieder, die allerdings die Blicke aufs Meer gerichtet haben. Sie arbeiten schwer bei dieser herbstlichen Fischerei, stehen im ersten Morgengrauen auf, um auf See zu sein, wenn es hell wird. Sie holen die Netze ein, nehmen den Hering aus, waschen ihn und stapeln den Fang in Fässer und salzen ihn ein, ruhen sich am Nachmittag kurz aus, wenn sie dazu kommen, dann müssen sie wieder raus mit den Treibnetzen. Weite Wege zu den Fanggründen, weite Wege zurück. Von der Kirchinsel sieht man in großer Entfernung dunkle Boote, die sich stetig durch Regen und Seegang vorarbeiten.

Mehrere haben berichtet, wie wichtig die Kirche für sie bei schlechtem Wetter und schlechter Sicht ist. Auch wenn man den Kurs genau kennt und weiß, wo man sich befindet, ist es doch eine beruhigende Bestätigung, dass man auf dem richtigen Kurs ist und es auch diesmal nach Hause schaffen wird, wenn sie hinter ihrem Felsbuckel auftaucht.

»Kannst du erklären«, fragen sie, »wieso man, wenn man auf sie zugeht, den Eindruck hat, die Kirche stehe in einer Mulde, wenn man aber auf See ist, man sie oben auf dem Felsen sieht, als ob sie Wache hielte? Es ist wie ein Wunder: Sie steht da oben und hält nach uns Ausschau, aber wenn wir von den Booten kommen, steht sie unten am Friedhof und empfängt uns.«

»Wie die Mutter Gottes, würden wir sagen, wenn wir Katholiken wären«, sagt der Pfarrer. »Ein schöner Gedanke.«

»Es ist kein Gedanke, sondern so ist es«, sagt der alte Küster. Er hat es eilig, die anderen einzuholen, denn die gehen jetzt zügiger zu den Booten als im Sommer. Sie wollen essen, ausruhen und bereit sein, die Netze auszulegen, sobald um sechs Uhr das Wochenende ausläuft.

Der Sommer hat sich eindeutig verabschiedet. Es gibt nur noch wenige Segelboote in der Bucht, und eines Tages hat sich auch das letzte davongemacht. Die Gäste im Pfarrhaus sind ebenfalls weniger geworden, bald sind sie allein im Haus. Er und sie und Sanna, die von all der Aufmerksamkeit ganz verwöhnt und verwildert ist.

Mona sagt: »Jetzt müssen wir die Zügel etwas straffer ziehen und ihr ein bisschen Schliff beibringen.«

Neuntes Kapitel

Es ist noch immer schönster August, doch abends wird es dunkel, und es weht ein kühler Wind. Draußen erlebt die Gemeinde ihre hektischste Zeit, es vergehen Tage, ohne dass sich jemand im Pfarrhaus sehen lässt. Im Laden und auf der Post ist es ruhig, es lassen sich eingehende Gespräche mit Adele Bergman und Julanda von der Post führen, bestens unterrichtet und voller Wohlwollen. Sie weiß viel, weil sie fragt, zum Beispiel ob im Pfarrhaus nicht bald etwas Kleines zu erwarten ist, und sie bringt den Pastor dazu, die Geschichte seiner åländischen Familie bis zurück auf Adam und Eva auszubreiten. Als Gegenleistung berichtet sie, wie es mit dem Fischen steht: gar nicht schlecht, obwohl der Fischer erst noch geboren werden muss, der zugibt, dass es gut geht. Bis Mitte September sollten sie alles gefangen haben, was sie brauchen, damit sie den Strömming einlegen und alles für den Herbstmarkt vorbereiten können.

Obwohl der Kantor einen kleinen Hof und sein Einkommen als Kantor hat und somit nicht wie die Fischer von der Fischerei abhängt, beteiligt er sich aus Tradition und damit seine Jungen etwas eigenes Geld verdienen können. Sonntagvormittag kommt er zur Kirche gerannt. Ohne geübt zu haben und mit steifen Fingern spielt er schlechter als im Frühling, und auch das hat Tradition. Die Gemeinde gähnt verstohlen und hält während der Predigt diskret ein Nickerchen; es sei ihnen gegönnt. Dann schießen sie in ihren Booten davon, in der Kirche bleibt nur der Küster zurück, er räumt noch ein Weilchen auf und plaudert mit dem Pfarrer, der den Frieden genießt wie eine Katze. Dem jungen Mann ist doch nicht etwa der Betrieb des Sommers zu viel geworden? Ach was, aber die Ruhe ist jetzt als die andere Seite des Daseins willkommen. Vielleicht hängt er etwas zu viel am Irdischen, sinniert er vor dem Küster, und jetzt sei es höchste Zeit, sich den geistigen Teilen seines Amtes zu widmen.

Als er das sagt, muss er lachen und hat dem Küster, dessen Kuh den schmalen Arm zwischen Haupt- und Kirchinsel überwindet und auf ihrer Seite grast, etwas zu erzählen.

»Heute früh saß ich in der Sakristei und dachte über meine Predigt nach. Es war noch leicht dämmerig, und plötzlich wurde es noch dunkler. Ich dachte, die Sonne wäre hinter Wolken verschwunden, und guckte zum Fenster auf. Da erblickte ich ein großes, dunkles und unbewegtes Gesicht, das mich mit starren Augen unverwandt ansah. Ich habe mich erschrocken wie ein Kind, und alles Mögliche schoss mir durch den Kopf. Ich habe sogar an den Teufel gedacht, obwohl ich ihn vorher nie so konkret gesehen habe, und an das Wort ›Gott sieht dich‹, obwohl ich mir auch Gott nicht so vorgestellt habe. So dunkel und mit so starrem Blick. Ich habe zurückgestiert, vollkommen unbeweglich, aber dann machte ich die Augen zu und guckte noch einmal hin. Weißt du, was das war? Es war deine alte Kuh, die mit dem dunklen Kopf. Sie war hierher zur Kirchinsel geschwommen und guckte durchs Sakristeifenster. Vielleicht genauso erschrocken wie ich und ebenso wenig wie ich imstande zu begreifen, was sie sah.«

Sie lachen beide, doch dem Küster ist es unangenehm,

dass seine Kuh in die Weide der Kirche eingedrungen ist. »Sie ist ein Teufelsvieh im Ausbrechen«, sagt er. »Unser Zaun reicht bis ins Wasser, aber das Aas schwimmt drum herum. Ich nehme an, Mona hat sie Mores gelehrt.«

Und das hat sie in der Tat. Bewaffnet mit einem Erlenstecken, lief sie herbei und scheuchte das Biest über die Insel ins Wasser zurück. Nicht genug, dass sie ein Auge auf das Vieh des Pächters halten musste, jetzt muss sie auch noch auf die Kuh des Küsters aufpassen. Auf der kahl gefressenen Küsterschäre gibt es nichts mehr zu holen, da kommt sie natürlich angeschwommen, und darum drücken auch die Kühe des Pächters gegen den Zaun, bis der Stacheldraht reißt, aber die Pfarrerskühe sollen davon keinen Schaden haben. Sie sind neu gedeckt worden und dürfen auf der Weide grasen, wo die Nachmahd über den Erwartungen lag, weil sie so früh gemäht haben und reichlich Tau und feuchter Abenddunst für Wachstum sorgten.

Es ist, als wäre man hier draußen näher bei den Urkräften, und Petter beobachtet, dass sie sich in Einklang mit Monas Urkräften befinden, die sich erstaunlich gut akklimatisiert hat. Fragt er, ob es ihr gefalle, schnaubt sie und meint, sie habe keine Zeit, über so etwas nachzudenken. Sie hat alle Hände voll zu tun, und ist man so beschäftigt, dann geht es einem wohl gut.

Im September wird Sanna anderthalb Jahre alt und spricht bald wie eine Erwachsene. Petter ist ganz aus dem Häuschen: »Sie sagt Sommergäste, sie sagt Salzhering! Ist das nicht fantastisch?«, fragt er und kann sich gar nicht sattsehen an seiner Tochter, die sich wieder einmal windet und gebärdet. Mona wird wütend. »Was ist denn das für ein Benehmen«, schimpft sie. »Jetzt ermuntere sie nicht auch noch! Sie soll endlich begreifen, dass sich nicht alles um sie dreht.«

Sie hebt Sanna aus Papas Arm, und Sanna weint und schreit, weil Mama böse ist. »Pfui!«, ruft Mona. »Was für Manieren! Jetzt wirst du im Schlafzimmer bleiben, bis du wieder lieb bist.« Sie dampft mit Sanna ab und setzt sie mit einem kontrollierten Knuff im Gitterbett ab. »Dir fehlt nichts; aber wie du dich aufführst«, sagt sie. »Jetzt darfst du hier sitzen und dich beruhigen.«

Sie schließt die Tür und kehrt zu Petter zurück, der ein schuldbewusstes und unglückliches Gesicht macht. Die arme Sanna! Sie weint völlig außer sich. Warum sollte sie denn nicht manchmal die Hauptperson sein? Das aber wagt er Mona nicht zu sagen, sie ist so vollkommen der Überzeugung, dass man Kindern nie die Zügel schleifen lassen und sie niemals glauben lassen dürfe, sie seien auf der Welt, um umsorgt und verhätschelt zu werden. Erziehung tut weh, ist aber notwendig, wenn das Kind für seine Umgebung nicht zur Plage werden soll. Sanna ist von allen Sommergästen verwöhnt worden und hat inzwischen eine viel zu hohe Meinung von ihrer Wichtigkeit. Das muss man ihr schleunigst austreiben.

Durchdringend blickt Mona ihren Mann an: »Es ist höchste Zeit, dass sie ein Geschwisterchen bekommt, damit sich nicht mehr alles allein um sie dreht.«

Sie haben schon früher über dieses Thema geredet, überlegt und geplant. Am besten käme ein zweites Kind nach der Heuernte zur Welt, wenn die großen Arbeiten erledigt sind, es aber noch warm und sommerlich ist. Ende Juli, um es genau zu sagen. Sie zählt an den Fingern ab: »Mitte Oktober können wir anfangen.«

Bei ihr hört es sich an wie eine weitere Arbeit, die zu erledigen ist, aber sie sieht verlegen aus und wendet sich ab, legt die Hände vors Gesicht und lächelt zwischen den Fingern. Er steht auf und nimmt sie in den Arm. Sie dreht und windet sich wie Sanna. »Jetzt noch nicht! Erst noch zwei Wochen pastoralisieren bis in den späten Abend.«

Auf diese Weise praktiziert das Ehepaar Geburtenkontrolle: sich bis über beide Ohren mit Arbeit eindecken, damit man völlig erledigt und viel zu spät ins Bett fällt. Tagsüber kann ohnehin jederzeit wer weiß wer ins Haus kommen; das fördert Enthaltsamkeit und Keuschheit.

Der Zeitpunkt ist gut gewählt. Der Heringsmarkt in Helsingfors öffnet am zweiten Sonntag im Oktober, und viele aus der Gemeinde begeben sich frühzeitig dorthin. Am letzten Sonntag, an dem sie daheim sind, besuchen viele die Kirche. Es ist wie ein Erntedankfest für die beendete Fangsaison. Der Pfarrer betet für die Marktfahrer, und die Gemeinde singt »So zu Verwandlung schreitet / der helle Sommertag«. Es ist zu hören, dass die Stimmen heiserer und weniger geschmeidig sind als im Sommer. Der Wind rüttelt am Kirchendach, und der Luftzug lässt die Kerzen flackern, in die Vasen auf dem Altar hat Mona Ebereschenzweige gestellt, weil es keine Blumen mehr gibt. Als sich die Kirchenbesucher auf den Heimweg machen, ist der Rückenwind so stark, dass er den Abgasqualm vor die Boote bläst. Nachdem auch der Küster gegangen ist, sind sie allein. Drei Wochen lang sind so viele weg, dass sich keine Zusammenkunft lohnt. Es herrscht völliger Friede.

Sie sehen sich an und schauen dann weg. Er streckt die Hand aus, sie weicht zurück. Sie nimmt Sanna an die Hand und tippelt mit kurzen Schritten wie eine Taube. Er folgt dichtauf, aufgeplustert, innerlich unablässig gurrend, trotz des Windes heiß wie flüssiges Erz. Durch die Tür ins Haus, den Talar abgelegt, und jetzt?

Es ist noch nicht einmal Nachmittag. Sanna muss aufs Töpfchen. Das Essen steht auf dem Tisch. Der Pfarrer hält kaum den Anblick des Löffels aus, der zwischen Monas Lippen ein und aus fährt. Sanna quengelt, die sonst so liebe stellt sich an, jammert und wimmert, obwohl ihr gar nichts wehtut. Er will sie nicht auf den Schoß nehmen, obwohl sie weinend die Arme nach ihm reckt. Mama packt sie hart am Arm: »Jetzt sei endlich still! Ab ins Bett mit dir!«

Normalerweise schläft Sanna in der sonntäglichen Stille eine gute Stunde. Jetzt ist es unmöglich, sie zum Schlafen zu bringen. Sie hüpft im Bett auf und ab und hat keine Ruhe im Leib. Mona gibt auf und geht in die Küche an den Abwasch.

»Lass sie ein Weilchen heulen«, sagt sie zu ihrem Mann. Der nimmt sich eine drei Tage alte Zeitung und versucht zu lesen. Als es im Schlafzimmer still ist, geht er lauschen. Mona guckt durch die Küchentür und ist mucksmäuschenstill. »Ich muss bloß noch eben«, sagt sie schließlich, das hier erledigen oder was sie sonst meint, aber als Sanna hört, wie sie das Spülwasser ausgießt, fängt sie im Schlafzimmer wieder an zu jammern. Ihr scheint nichts zu fehlen, es geht nur darum, dass sie spürt, dass sie unbedingt schlafen soll. Fest und lange. Mehr nicht.

Die Uhr tickt und tickt, und zum ersten Mal im Leben gibt die Mutter nach, als Sanna partout keinen Mittagsschlaf halten will. Mama gewinnt sonst immer, doch diesmal guckt sie auf die Uhr, geht ins Schlafzimmer und holt Sanna aus dem Bett.

»Wenn du jetzt nicht schlafen willst, dann bleibst du aber auch bis zum Abend wach«, sagt sie böse. »Sonst schläfst du mir am Abend auch nicht ein.« Sanna bekommt vor Schreck einen Schluckauf. Wenn Mama so böse ist, hilft es nicht, dass sie viele Wörter und ganze Sätze sagen kann. Dann bleibt nur noch zu weinen, zumal Papa sich hinter einer Zeitung verschanzt hat und nicht zu hören scheint.

Sanna, aufgeweckt und neugierig, die sonst immer etwas zu spielen findet, ist jetzt nur noch unglücklich und müde. Als sie sich die Augen reibt und aussieht, als würde sie auf dem Fußboden einschlafen, rüttelt die Mutter sie: »Fräulein, du wolltest wach bleiben, jetzt tu es, verflixt noch mal, auch.«

Am Nachmittag trinken sie Kaffee. Sanna bekommt nicht einen Schluck Milch und keinen Bissen Brot herunter, sie weint nur. Bis zum Abend ist es noch so lang hin, dass sie sich gar nicht vorstellen kann, dass der Tag einmal zu Ende geht. Mama ist böse und ruppig, und Papa traut sich nicht, etwas zu sagen.

»Wollen wir wirklich noch so eins haben?«, fragt Mama ihn. Er lacht zaghaft. Vielleicht versteht er ebenso wenig wie Sanna, was sie damit sagen will. Nur dass sie wütend ist und Sanna nie verzeihen wird, dass sie keinen Mittagsschlaf halten wollte.

Dann geht sie endlich zum Melken, und Papa nimmt Sanna auf den Arm, und sie lesen zusammen Zeitung. Auf Åland und in der Welt ist viel passiert, und Papas Stimme brummt so schön, wenn man den Kopf auf seine Brust legt. Man schläft dabei fast ein, doch da bewegt Papa sich und sagt: »Na, na, Sanna, wenn die Mama wiederkommt, wollen wir essen, und bis dahin solltest du wach bleiben. Nach dem Essen darfst du in die Falle gehen.«

Er sagt es gutmütig, aber sie ist so müde, dass sie erneut anfängt zu weinen, und da tut es ihm leid. »Meine Kleine«, tröstet er. »Glaub mir, alles geht vorüber. Diese Nacht schläfst du wie ein Stein, und morgen früh bist du wieder munter. Komm, wir bereiten alles vor, damit wir gleich essen können, wenn Mama kommt.«

Sie gehen in die Küche, Papa füllt die Töpfe mit Wasser, macht Feuer im Herd und deckt den Tisch. Es gibt Fischsuppe, die nur aufgewärmt zu werden braucht, er schneidet Brot, holt die Butter heraus, stellt Teller und Besteck, Gläser und Sannas Becher auf den Tisch. Jetzt sollte Mama kommen, aber sie tut es nicht, und sie wissen wieder nicht, was sie machen sollen. Papa kann Sanna nicht allein lassen, um draußen nachzusehen, was Mona aufhält, und nimmt er Sanna auf dem Arm mit, wird Mama böse, weil sie weint.

Sie warten, Papa nervöser, als er zeigen will, dann erscheint sie endlich. Reißt wütend die Tür auf und knallt sie laut zu, klappert verärgert mit der Milchkanne, zerrt sich den Kittel ab und schleudert die Stiefel mutwillig gegen die Wand. Der Vater lugt vorsichtig in die Diele: »Was ist denn passiert? Wir haben uns schon Sorgen gemacht. Ich wäre gekommen, aber ...«

»Diese Mistviecher! Erst konnte ich sie nicht finden, und sie gaben keine Antwort, als ich sie gerufen habe. Ich bin auf den Felsen gestiegen und habe Ausschau gehalten, dann wieder hinab zum Pächter, und da traf mich fast der Schlag. Diesmal hatten unsere Kühe den Zaun umgedrückt und sich zur Kuh des Pächters gesellt. Himmelsakrament! Als hätten sie nicht genügend nachgewachsenes Gras auf der Weide, anders als beim Pächter, wo die Kühe auf dem blanken Fels weiden. Ich musste zu ihm gehen und ihn um Verzeihung bitten. Du kannst dir nicht vorstellen, wie peinlich das war. Ich habe Theater gemacht, weil sie ihre Kühe auf unser Land lassen, und jetzt waren unsere bei ihnen eingedrungen. Du kannst dir denken, wie befriedigt sie geguckt haben. Ich könnte … Jedenfalls habe ich unsere beiden schleunigst zurückgescheucht. Als wir am Melkplatz ankamen, wollte Äppla sich nicht anbinden lassen. Sie stellte sich an und scheute und stieß nach Goda, die auch anfing zu scheuen. Hätte ich ein Gewehr gehabt, hätte Äppla jetzt eine Kugel zwischen den Augen! So geht das nicht weiter. Morgen kommen sie in den Stall. Sie waren schon zu lange draußen, und Heu haben wir genug. Morgen früh musst du als Erstes den Zaun reparieren!«

Der Pastor kann nur mehrmals ein schwaches Oh vorbringen. Sanna sitzt versteinert auf seinem Schoß. »Das Essen ist fertig«, sagt er zaghaft. »Die Suppe ist warm. Komm, setz dich und komm zur Ruhe! Du musst doch todmüde sein.«

Sie schnaubt vernehmlich. Ist doch klar, dass sie sich nicht sofort beruhigen kann. Sie wird den ganzen Abend über in Aufregung sein, das verheißt nichts Gutes. Sie war so lange draußen, dass es bereits vollständig dunkel ist. Die Petroleumlampe leuchtet anheimelnd auf dem Tisch, in ihrem Lichtkreis könnte es eine kleine Familie gemütlich haben. Aber nicht an diesem Abend. Mama ist einverstanden, sich zu Tisch zu setzen, und Papa serviert die Suppe und will Sanna füttern. Er rührt, damit ihre Suppe schneller abkühlt, aber als er einen Löffel davon nimmt, ist sie noch immer zu heiß, Sanna ruckt mit dem Kopf und stößt gegen den Löffel. Oh nein, Sanna!

Mama geht hoch. »Still! Was soll denn dieses ewige Heulen? Du bist unmöglich. Pfui!« Sie springt auf, holt einen Lappen und wischt mit heftigen Bewegungen, fährt auch Sanna grob mit dem Lappen übers Gesicht. Die heult erst recht los. Da kann selbst ein ausgleichendes Naturell wie das von Petter Kummel nichts ausrichten, da kann er nur noch den Kopf einziehen und warten, bis das Gewitter vorüberzieht.

»Jetzt isst du!«, kommandiert die Mutter. Sie schiebt Sanna Suppe in den Mund, und die traut sich nichts anderes, als gehorsam zu schlucken. Papa sieht es kommen, dass sie brechen wird, ehe der Abend zu Ende ist. Der Tag, der mit Gottesdienst und guten Wünschen für eine glückliche Reise der Marktfahrer so schön begonnen hat, ist entgleist und im Graben gelandet. Sanna ist der Sündenbock, gerade mal anderthalb Jahre alt und nicht alt genug, um zu begreifen, dass sie sich einfach diskret zurückziehen sollte, damit ihre Eltern sich der Fortpflanzung widmen können.

Vater erhebt sich und nimmt Sanna hoch.

»Ich bringe sie ins Bett, und anschließend mache ich den Abwasch. Ruh du dich einen Moment aus! Hast du überhaupt schon in die Donnerstagszeitung geguckt, die wir gestern bekommen haben? Sei doch nicht so enttäuscht, meine Liebe.«

Mutter steht ebenfalls auf und reißt Sanna wieder an sich.

»Auf den Topf! Und dann muss sie gewaschen werden. Danach ins Bett!«, faucht sie.

An sich kennt Papa die Abläufe, aber wenn Mama böse ist, wird man vor Schreck beinah wie gelähmt und weiß nicht mehr recht, wo einem der Kopf steht.

»Ich kann das übernehmen«, sagt er.

Aber auf die gleiche Weise, auf die Mama an diesem

Abend Äppla und Goda zur Räson gebracht hat, muss sie auch Sanna erziehen. Nichts ist einfach. Sie fordert Unterwerfung, doch keiner der zu Unterwerfenden weiß richtig, wie man das macht. Papa stellt sich im Wohnzimmer taub, während die Mutter Sanna herumkommandiert; doch die verschließt sich, kann nichts ins Töpfchen abliefern, schreit und zappelt, als sie gewaschen wird, und erbricht sich auf den Küchenteppich.

»Pfui!«, ruft Mama. »Schäm dich, Sanna! Was du wieder anrichtest.«

Der Vater schaut aufgeschreckt herein. »Was ist passiert? Kann ich helfen?«

»Bleib draußen!«, ruft die Mutter, und Sannas Verteidiger zieht sich zurück. Sie bleibt mit einer Naturgewalt allein, die Papa manchmal liebevoll sein Eheweib nennt. Die traurige Angelegenheit wird weiter auf die Spitze getrieben, bis Sanna endlich in ihr Gitterbett gesteckt wird. Der Pfarrer rückt an, um seine Berufung auszuüben und das Gutenachtgebet zu sprechen, wird aber erneut weggeschickt. Die Mutter sagt das »Müde bin ich, geh zur Ruh« wie einen Aufruf zum Krieg auf und endet mit: »Jetzt wird geschlafen. Nicht einen Piep! Gute Nacht!«

Sie pustet die Lampe aus, lässt Sanna im Dunkeln zurück und geht. Im Wohnzimmer ist Licht, Sanna kann sie reden hören, aber sie ist vollkommen übermüdet und weint und weint. Dann schläft sie ein.

Zu dem Zeitpunkt ist die Pfarrersfrau alles andere als in Stimmung, und der Pfarrer fühlt sich unzulänglich und gehemmt. Er möchte dennoch seinen guten Willen zeigen und legt den Arm um ihre Schultern und will sie zu sich drehen, doch sie schüttelt ihn energisch ab und schnaubt, wie nur sie es kann: »Nach einem solchen Tag kommt für dich nur noch Exegetik. Und ein Brief an die liebe Frau Mama«, setzt sie höhnisch hinzu. »Gewaschen bin ich auch nicht. Wie soll ich denn auch alles schaffen?«

Es ist nicht der Zeitpunkt, ihr zu erklären, wenn überhaupt jemand es schaffe, dann sie. Er wünscht sich, etwas im Ort zu erledigen zu haben, ein eiliger Hilferuf aus der Gemeinde oder sonst ein wasserdichter Grund zu verschwinden. Zu spät fällt ihm ein, dass er hätte spülen können, während sie Sanna zu Bett brachte. Jetzt steht sie in der Küche und klappert mit dem Geschirr, die Tür zur Diele und zum Büro geschlossen, um Wärme zu sparen. Im Büro brennt kein Feuer, es ist etwas ungemütlich und kalt, aber so spät, dass es nicht lohnt, noch einmal Feuer zu machen. Fröstelnd setzt er sich an den Schreibtisch, die Bücher in Reichweite, die Kirchengesetze ohne jede Einsicht in den Wankelmut und die Betrübnisse des normalen Menschen.

Es besteht Anlass zu der Befürchtung, dass der gesamte Fortpflanzungsplan schwer in Verzug geraten könnte, aber das junge Alter des Pfarrerpaars erlaubt glücklicherweise rasche Wendungen. Eine Nachtruhe allein kann schon Wunder bewirken, und wäre Sanna nicht so früh aufgewacht, hätte sich vielleicht schon am Morgen eins ereignet. Sanna hat das kurze Gedächtnis kleiner Kinder und erwacht frei von ihrer abgrundtiefen Verzweiflung. Sie lächelt und gluckst, als sie ihren Abgott erblickt, und ruft: »Papa, Morgen!«, um der Gerechtigkeit willen auch: »Mama, Morgen!« Sie ist den ganzen Tag über fröhlich und brav und schläft am Abend ohne Muckser ein.

Die Eheleute tragen das Kinderbett leise ins Büro und schleichen zurück ins Schlafzimmer.

»Puh, ist das kalt! Komm schnell! Oh, hast du kalte Füße.«

Während die Leute auf dem Markt sind und Örar nach der ganzen Hektik verschnaufend zu Atem kommt, brodelt es im Pfarrhaus. Die Leidenschaftlichkeit der Pfarrersfrau ist ebenso heftig wie ihr Zorn, der Pfarrer ist ausdauernd und in guter Kondition. Noch bevor die Boote vom Markt zurückkehren, kann die Pfarrersfrau mit ziemlicher Sicherheit sagen, dass sie wieder schwanger ist.

Zehntes Kapitel

Als die Marktbesucher zurückkehren, hat der Herbst einen großen Schritt vorwärts getan. Sie haben gute Geschäfte gemacht: Nachkriegsfinnland schreit nach Salzhering, Nüssen, Wolle, nach allem. Schöne Scheine wärmen unter dem Rock, die Männer sind ausstaffiert wie Gangsterbosse, haben die Schultern ausgepolstert, ein neuer Goldzahn glänzt. Die Kinder haben die Backen mit Naschwerk vom Markt vollgestopft, die Frauen breiten Bahnen von Kleiderstoff auf dem Küchentisch aus, die Scheren schweben zögernd über den angesteckten Musterbögen. Es gibt neue Wachstücher, Geschirr, zwei, drei neue, batteriebetriebene Radioapparate, blanke Schuhe, Wintermäntel, Nylonstrümpfe. Dass man solvent ist, beruhigt, die Fischerei ist beendet, keine Eile.

Ständig zeigt die geliebte Gemeinde neue Seiten, hat so viele Veränderungen in ihren sprechenden Gesichtern, so viele Worte, der Pastor freut sich über das zahlreiche Wiedersehen. Die Leute bleiben nun an Land, sind umgänglich und vergnügt, besuchen gern Zusammenkünfte und Bibelstunden in den Dörfern. Der Verein für Volksgesundheit trifft sich zu einer allgemeinen Mitgliederversammlung, auf der es um ein Gesundheitszentrum geht, das teils mit Spenden, teils durch Eigenarbeit der Inseleinwohner zustande kommen soll. Dabei treffen sich der Pfarrer (Vorsitzender) und Irina Gyllen (Sekretärin) mit dreißig Mitgliedern, von denen die meisten auch im Gemeinderat und im Kirchenvorstand sitzen. Unter ihnen der Kantor und Lydia Manström sowie eine sorgfältig austarierte Auswahl respektabler Personen aus beiden Inselhälften. Die Leiterin des Genossenschaftsladens, Adele Bergman, nicht zu vergessen, eine Schlüsselfigur in ihrer Rolle als Beschafferin von Baumaterial und Einrichtung.

Beide Fraktionen, hat er vom Kantor erfahren, sind gleich stark. Er selbst und Doktor Gyllen sind die unsicheren Karten im Spiel. Bevor die Sitzung eröffnet wird, zählen beide Seiten ihre Reihen durch, und eine gewisse Unruhe wird spürbar. Die aus den östlichen Dörfern sind mit fünfzehn Vertretern anwesend, die aus dem Westen ebenfalls. Doktor Gyllen wird in jedem Fall strikt im besten Interesse der Krankenstation stimmen, das im Vorfeld noch nicht klar zu erkennen ist, aber weil der Pfarrer mit dem Kantor befreundet ist, erwartet man von ihm, dass er dem Westen zuneigt. Sollten sowohl er als auch Doktor Gyllen für den Westen stimmen, geht es für den Osten in die Hose. Man sieht Gustaf Sörling zum Telefon greifen, kurbeln und eine Verbindung mit Erik Johansson verlangen, dem einzigen abwesenden Vorstandsmitglied. Etwas, das sich nach einem Befehl anhört, wird in den Hörer gebellt. Gustaf Sörling hängt auf, kommt zum Katheder, beugt sich vor und fragt, ob man die Sitzung noch ein wenig aufschieben könne, damit auch Erik, der Ärger mit seinem Pferd hatte, noch dazustoßen könne.

»Selbstverständlich«, sagt der Pfarrer, wohl wissend, dass alle die Möglichkeit zu vertieftem Intrigieren begrüßen. Es dauert seine Zeit, bis sich Erik Johansson einfindet, Anzugjacke über die Alltagskleidung gezogen und stark erkältet. Er schlängelt sich auf die östliche Seite, wird von Gustaf Sörling instruiert, der dann dem Pfarrer zunickt.

Er schaut sich die Versammlung an. Alle sind älter als er und wissen genauestens, wie der Hase läuft, aber sie blicken ihn freundlich an, als er am Tisch Platz nimmt und für das Vertrauen dankt.

»Hier sind wir unter Freunden«, sagt er. »Darum bitte nur heraus damit, wenn ich einen Fehler mache oder etwas Wichtiges übersehe.« Er wendet sich Doktor Gyllen zu. »Die Person, auf die es ankommt, sitzt hier. Wir können uns glücklich schätzen, die wahre Sachverständige unter uns zu haben. Wenn überhaupt jemand, dann weiß Doktor Gyllen, wie man ein Gesundheitszentrum am besten einrichtet, damit es so zweckdienlich wie möglich funktioniert.«

»Es hilft uns sehr, dass unser größter Geldgeber Arzt ist«, erklärt Doktor Gyllen. »Er hat uns Pläne geschickt. Ich lasse sie herumgehen. Wir sehen hier wohlüberlegte und praktische Lösungen. Im Erdgeschoss Eingangsflur, zwei kleinere Krankenzimmer. Ein Behandlungsraum, wo man kleinere Eingriffe vornehmen kann. Im Notfall auch größere. Schulärztliche Betreuung, Impfungen, Arzt. Kleine Küche zur Sterilisierung der Instrumente und vielleicht für eine muntermachende Tasse Kaffee. WC. Obergeschoss: Büro, kleine Küche, WC. Wohnung für die Krankenschwester. Kellergeschoss: Heizungsraum, größere Küche zum Kochen. Kleiderkammer, Vorratskeller. WC, Sauna, Waschküche. Gut überlegt. Empfehlenswert.«

Die Zeichnungen machen die Runde. Wie eine richtige kleine Klinik, unglaublich gut ausgestattet. Was für eine fantastische Sache für die ganze Gemeinde! Darin sind sich alle einig, und es freut einen innerlich nur noch mehr, wenn man bedenkt, dass ein Teil der Kosten vom großen Sohn der Insel übernommen wird.

Adele Bergman studiert die Pläne mit ganz besonderem Interesse. Die Finanzierung steht, denkt sie triumphierend. Jetzt bekommt das Zentrallager in Åbo eine Bestellung, die ihnen das Maul stopfen wird. Genüsslich wird sie langsam und systematisch am Telefon die Bestellung durchgeben und sie um eine ordentlich mit Maschine geschriebene, jeden Posten detailliert auflistende Aufstellung ergänzen, die sie mit der Post schicken wird. Die größte Bestellung aller Zeiten von den Örar. Jawohl, wir bauen hier ein Gesundheitszentrum. Bauholz, Zementmischer, Zement, Ziegel und Dachblech für den Anfang. Ja, genau, ein gecharterter Frachter wird das Material abholen, sobald es bereitsteht. Danke, auf Wiederhören! In aller Freundlichkeit.

»Ich wage zu behaupten«, sagt sie ernst, aber mit einem nicht zu unterdrückenden kleinen Lächeln, »was die Genossenschaft angeht, können wir Beschaffung und Lieferung organisieren. Das Meiste lässt sich über das Zentrallager besorgen. Für den Rest hat man Beziehungen. Wichtig ist jetzt, dass wir einen Bauausschuss mit der Aufgabe gründen, in Åbo oder Mariehamn einen Bauleiter ausfindig zu machen, den man damit betrauen kann, das benötigte Material zu berechnen und die Bauaufsicht zu führen. Den Bau selbst können wir mit eigenen Kräften ausführen, mit Ausnahme eines Klempners, der sich auf Zentralheizungen und den Anschluss von Wasserleitungen und Klosetts versteht.«

Die Versammlung guckt sie ein bisschen verdattert an. Zentralheizung! Wasserklosett! Ungerührt ausgesprochen, als wäre es das Alltäglichste der Welt für Adele Bergman.

Sie sollte den Vorsitz führen, denkt der Pastor. Was für eine Frau!

»Danke«, sagt er. »Es ist beruhigend, dass wir auf Frau Bergmans Sachverstand und Geschäftskontakte zurückgreifen können. Der nächste Punkt wäre also die Einsetzung eines Bauausschusses. Ihr, meine Freunde, wisst sehr viel besser als ich, wer über die erforderlichen Kenntnisse verfügt und sich am besten für einen Platz in diesem Ausschuss eignet. Ich bitte um Vorschläge. Äh, vielleicht sollten wir die Sache vorher formlos diskutieren.«

Er hat einen Blick des Kantors aufgefangen. Adele Bergman beugt sich zu ihm hinüber; die beiden scheinen in gesellschaftlichen und politischen Fragen weitgehend übereinzustimmen. Der Kantor hat lange in der Leitung des Genossenschaftsladens gesessen, und beide gehören dem Kirchenvorstand an, der Kantor auch dem Gemeinderat. Sie besprechen sich kurz miteinander. In dem Block, von dem der Pfarrer inzwischen weiß, dass er aus Repräsentanten der Osthälfte besteht, kommt leichte Unruhe auf. Sörling räuspert sich.

»Vorsitzender!«

Petter nickt.

»Ich möchte darauf aufmerksam machen, dass wir am Ort eine gerechte Verteilung von Repräsentanten beider Hälften des Kirchspiels anstreben.«

Der Ostblock nickt und murmelt zustimmend.

»Ein Gesichtspunkt, den man im Auge behalten sollte. Ich warte auf Vorschläge. Im Normalfall sollte ein Ausschuss vier Mitglieder haben. Bei einem Abstimmungspatt gibt die Stimme des Ausschussvorsitzenden den Ausschlag.« Der Pfarrer lässt den Blick schweifen. Sein Freund, der Kantor, guckt betreten und bittet ums Wort: »Vorsitzender, im vorliegenden Fall sollten wir vor allem auf Kompetenz achten. Auf westlicher Seite haben wir Fridolf Söderström, der als Tischler in Amerika gearbeitet hat. Es versteht sich von selbst, dass er dem Ausschuss angehören sollte. Das Gleiche gilt für Uddens Brynolf, der gelegentlich Häuser und Boote baut. Wer will, kann hinaus nach Udde gehen und sich das Haus ansehen, das er dort letztes Jahr fertiggestellt hat.«

»Macht zwei«, stellt Petter in aller Unschuld fest.

»Herr Vorsitzender«, sagt Adele Bergman und macht ein Gesicht, wie wenn sie zum Abendmahl geht: Einer muss ja. »Vor allem brauchen wir einen Vorsitzenden für den Bauausschuss. Unser hervorragender Kantor hatte sowohl beim Bau des Genossenschaftsladens als auch bei dem der Küstenwachstation den Vorsitz inne. Ich schlage deshalb ihn vor.«

Der Kantor sieht verlegen aus. »Ich verstehe die Gesichtspunkte der östlichen Hälfte. Wir sollten erst ihre Vorschläge hören. Auch da gibt es geeignete Kandidaten.«

Der Pfarrer stellt fest, dass die großmütige Geste des Kantors der Osthälfte nicht sonderlich imponiert. In der gemurmelten kurzen Diskussion dort fällt vielleicht auch das Wort Taktik.

»Herr Vorsitzender!« Lydia Manström ist zum Sprachrohr auserkoren worden. »Ich schlage Gustaf Sörling und Håkan Ström vor. Sörling ist langjähriger Kommunalpolitiker und sehr bewandert. Ström ist ein anerkannt guter Handwerker und Frachtschiffer. Mit den beiden haben wir sowohl einen ausgezeichneten Kandidaten für das Amt des Vorsitzenden als auch ein aus der Praxis kommendes Ausschussmitglied.«

»Vorschlag angenommen«, sagen die östliche Seite und der Kantor unisono. Der Pfarrer sieht ihn von der Seite an.

»Gibt es weitere Vorschläge? – Nein? – Ah, doch, dann bitte!«

Gustaf Sörling selbst äußert sich: »Ich schlage Viking Holm vor, eine relativ neue Kraft im Vorstand, die aber ihre Tüchtigkeit schon unter Beweis gestellt hat.«

Die versammelte Ostseite erklärt: »Vorschlag angenommen.«

Im westlichen Lager, wo man die Köpfe zusammensteckt, macht sich Unruhe breit. Der Pfarrer ahnt, was dahintersteckt. Wenn die Westhälfte ihre Stimmen auf drei Kandidaten verteilt und zu viele Stimmen auf einen Kandidaten vereint, ohne im Voraus festzulegen, wie viele Stimmen jeder Kandidat bekommen sollte, dann hat die Ostseite die Möglichkeit, durch diszipliniertes Abstimmungsverhalten drei Kandidaten in den Ausschuss zu bekommen. Ein echter Coup! Guter Rat ist teuer. Der Pfarrer schlägt eine Pause vor, anschließend geheime Wahl mit Stimmzetteln. Damit sind alle einverstanden. Das westliche Lager zieht sich rasch in die eine Ecke des Klassenraums zurück, das östliche in die andere, während der Pfarrer und Doktor Gyllen am Katheder die Stimmzettel vorbereiten.

Sie lächeln einander an.

»Sie wissen, wie es ausgehen wird?«, fragt Doktor Gyllen.

»Zwei zu zwei«, murmelt der Pfarrer. »In diesem Fall die beste Lösung. Alle Kandidaten sind geeignet.«

»Ich hoffe es. Als sie den Bauplatz ausgesucht haben, war es schlimmer. Der reinste Krieg.«

Der Pfarrer schnaubt. »Die Ostseite muss gewonnen haben. Da bauen wir. Der Kantor scheint der Ansicht zu sein, dass am besten auch der Ausschussvorsitzende von dort kommt.«

»Er hat recht. Wir werden sehen. Wir sind jetzt so weit.«

Der Pfarrer betrachtet die Versammlung. In beiden Lagern geht es noch lebhaft zu, das östliche wirkt geordneter. Da scheint Gustaf Sörling Anweisungen zu erteilen. Der Pfarrer räuspert sich, klopft mit dem Hämmerchen leicht auf den Tisch. »Also, wir wären dann so weit. Jeder bekommt einen Wahlzettel, auf den er den Namen eines Kandidaten schreibt, dann faltet er den Zettel zusammen und gibt ihn Doktor Gyllen, die sie in diesem Korb einsammelt. Wie Sie sehen, ist er leer.«

Keine Verfahrensfehler bei der Prozedur. Namen werden notiert, in den Korb geworfen, der Pfarrer leert ihn ostentativ, zeigt, dass er leer ist. Er und Doktor Gyllen sortieren die Zettel auf verschiedene Häufchen und zählen. Der Sinn für Disziplin ist im Osten mustergültig: von den 15 Stimmen entfallen 6 auf Sörling, 5 auf Ström und 4 auf Holm. Die Verteilung im Westen ist weniger sorgsam durchdacht: 7 Stimmen für Fridolf, 4 für Brynolf und 4 für den Kantor. Sörling, Fridolf Söderström und Ström sind damit durch, es kommt zur Stichwahl zwischen Holm, Brynolf und dem Kantor. Auf östlicher Seite ist Siegesgewissheit zu ahnen: Von ihr wird Holm 15 Stimmen erhalten und damit Brynolf und den Kantor aus dem Feld schlagen, die sich die Stimmen aus dem Westen teilen werden. Der Kantor bittet um eine kurze Unterbrechung und führt ein eindringliches, geflüstertes Gespräch mit der westlichen Seite. Man erkennt Protest, wütenden sogar, und die jungen Ohren des Pfarrers schnappen auf, dass Adele Bergman androht, einen leeren Wahlzettel abzugeben. Doch als man zur Wahl schreitet, bringt das

Ergebnis die Ostseite zum Verstummen: 15 Stimmen für Brynolf, 0 für den Kantor.

Jetzt entscheidet die Stimme des Versammlungsleiters. Der Pastor möchte am liebsten einwenden, dass er viel zu jung und dieser gerissenen Truppe nicht gewachsen sei, aber er darf keine Unsicherheit zeigen. Vor allem darf er den Kantor nicht ansehen, um sich bei ihm Unterstützung zu holen. Damit hätte er das östliche Lager auf immer und ewig gegen sich eingenommen. Er lächelt, hoffentlich vergnügt. »Jetzt könnte ich Hilfe von König Salomo gebrauchen. Wir haben zwei gute Bewerber mit praktischer Erfahrung. Wenn wir es positiv betrachten, bekommen wir in jedem Fall ein geeignetes Ausschussmitglied. Negativ gesehen, unterliegt ein guter Kandidat, wie wir uns auch entscheiden.«

Zustimmendes Gemurmel wird laut, und Doktor Gyllen, die sehr gerade gesessen und zugehört hat, lächelt leise.

Der Pfarrer fährt fort: »In dem Fall sollten wir vielleicht vor allem an die gerechte Verteilung von Repräsentanten beider Hälften denken, die schließlich beide ihre Arbeitskraft einbringen sollen. Darum gebe ich mit der Stimme des Versammlungsleiters den Ausschlag zugunsten von Brynolf Udd. Ich gratuliere den gewählten Mitgliedern des Bauausschusses für unser Gesundheitszentrum: Gustaf Sörling, Fridolf Söderström, Håkan Ström und Brynolf Udd. Als Nächstes sollten sie untereinander den Ausschussvorsitzenden wählen.«

Die Versammlung wird laut und munter. Wenn ihnen etwas Spaß macht, dann sind es taktische Abstimmungen. Auch wenn die Ausschussmitglieder intern ihren Vorsitzenden wählen sollen, beteiligen sich alle mit Leib und Seele an Spekulationen. Der Kantor, der für sich selbst null Stimmen organisiert hat, spricht sich nun für Sörling aus, was mehrere im westlichen Block in Rage bringt. »Fridolf verfügt über enorme praktische Kenntnisse, die er einbringen kann«, erläutert der Kantor. »Sörling ist Politiker. Soll er doch den Papierkrieg führen. Alle möglichen Zahlungsanweisungen und Rechenschaftsberichte, die Fridolf nicht liegen. Sörling schmeichelt es, Vorsitzender zu werden. Sollen sie doch den Prestigegewinn haben, dann haben wir beim nächsten Mal etwas gut.«

Doktor Gyllen und der Pastor hören diskret zu, schauen sich verstohlen an. Der Pfarrer wartet, bis er einen Blick des Kantors auffängt, und nickt dann kaum merklich. Sollte Doktor Gyllen erröten können, so zeigt es sich jetzt als ein zarter rosiger Anflug auf den Wangenknochen. Der Pfarrer selbst ist sichtlich belustigt und interessiert. Er wendet sich an Doktor Gyllen und sagt aus dem Mundwinkel: »Wir sind für Sörling?« Sie nickt. Die Sache ist abgemacht. Gleichzeitig fällt ihnen ein, dass die Wahl ja nur innerhalb des Ausschusses stattfindet, und sie brechen beide in Lachen aus. Ganz plötzlich sind sie also in einer Angelegenheit, in der sie nicht mitzubestimmen haben, genauso engagiert wie die Einheimischen. Hoffentlich haben die Ausschussmitglieder auf die Argumente ihrer jeweiligen Seite gehört.

»Nun«, sagt der Pfarrer. »Ist der Bauausschuss im Hinblick auf die Wahl eines Vorsitzenden zu einem Ergebnis gekommen?«

»Ja. Sörling hat drei Stimmen, Fridolf eine, Sörling ist gewählt.«

Ein Raunen geht durch die Versammlung. Bevor er in die dunkle Nacht verschwindet, sieht sich Fridolf gezwungen, sein Verhalten zu erklären. »Sörling kann so was«, beginnt er großmütig, aber es tut doch zu weh, und er fährt fort: »Und wenn er mit dem Papierkram beschäftigt ist, kann ich wenigstens in Ruhe meine Arbeit machen.« Alle lachen, sogar Sörling. Fridolf blickt triumphierend um sich.

»Schön«, sagt der Pfarrer. »Meine Freunde, ich glaube, wir haben heute gute Arbeit geleistet. Wir haben die Pläne eingesehen und uns inspirieren lassen, und wir haben einen kompetenten und funktionstüchtigen Bauausschuss gewählt. Auf Doktor Gyllens Anregung hin schlage ich vor, dass der Vorstand demnächst mit dem Bauausschuss und Frau Bergman zusammentritt und Beschlüsse für den weiteren Fortgang trifft. Nach den Statuten kann bei Bedarf eine Sondersitzung der Mitglieder einberufen werden. Das behalte ich im Hinterkopf. Hiermit erkläre ich den offiziellen Teil dieser Versammlung für beendet.«

In den Städten stürzt nach dem Ende einer Versammlung alles zu den Türen. Auf Örar bleibt man noch, um zu plaudern. Schließlich geht es im höchsten Grad um ihre ureigenen Angelegenheiten, um ein Gesundheitszentrum für sie und um ihren Anteil an dem Bauvorhaben. Sogar Adele Bergman, die sonst immer an die Seite des Pfarrers eilt, hat diesmal an anderes zu denken, und eine Zeit lang stehen Petter und Doktor Gyllen allein am Katheder und sammeln ihre Unterlagen ein. Die Bauzeichnungen soll Sörling an sich nehmen, noch aber liegen sie wie etwas Verbindendes zwischen ihnen. Im Lauf des Abends haben sie ein gemeinsames Verständnis entwickelt, und jetzt betrachten sie lächelnd die Pläne.

»Wieder um eine Erfahrung reicher«, beginnt der Pfarrer. »Es ist wohl ganz gut gegangen, oder? Ich muss gestehen, obwohl ich versuche, neutral zu sein, bin ich ganz schön mitgegangen. Eines schönen Tages werde ich hier genauso konspirieren wie all diese gerissenen Politiker.«

»Ja«, sagt Doktor Gyllen. »Mich freut es sehr, die Meinungsfreiheit so gut genutzt zu sehen.« Sie spricht jetzt flüssiger. »Und ihre Taktik geht bestens auf. Es wurden gute Leute gewählt und ein guter Vorsitzender. Sörling muss Vorsitzender sein, sonst macht er Ärger. Als Vorsitzender ist er gut.«

»Sie kennen sie offenbar gut.«

»Ja, und ich glaube, sie kennen uns besser, als wir glauben.«

Der Pfarrer gibt einen anerkennenden Laut von sich. »Gut ausgedrückt. Es freut mich, dass wir Gelegenheit haben, uns zu unterhalten. Ich weiß, dass Sie mit Arbeit und Studium sehr beschäftigt sind, aber in Zukunft werden wir häufiger miteinander zu tun haben. Meine Frau wird Sie bald aufsuchen. Wir erwarten Nachwuchs.« Er sieht verlegen aus.

»Gratuliere«, sagt Doktor Gyllen, neutral, doch nicht abweisend. »Ihre Frau ist willkommen.«

»Danke«, antwortet der Pfarrer. »Sie ist sicher, dass alles gut gehen wird. Ich bin da nervöser.«

Die Ärztin nickt: »Es kommt häufig vor, dass der Mann ärztlichen Beistand nötiger hat. Ich finde es beruhigend, wenn sich Frau Kummel keine Sorgen macht. Sie ist jung. Beim zweiten Kind geht vieles leichter.«

Sie blicken beide auf die Zeichnungen.

»Wenn es das Zentrum nur schon gäbe!«, sagt der Pfarrer. »Mit Kreißsaal und allem. Jetzt bleibt nur das Pfarrhaus, und bis dahin ist es weit.«

»Es gibt genügend Anzeichen«, sagt die Ärztin. Aber auch sie blickt sehnsüchtig auf die Zeichnungen. »In vielen Häusern steht es schlecht. Wenig Platz. Die Hygiene. Aber eine gesunde Umgebung, kräftige Menschen. Ich glaube, sie gefallen Ihnen sehr, oder?«

»Ja«, setzt der Pfarrer mit einem tiefen Atemzug an, doch da kommt Sörling, und er wechselt das Standbein und streckt die Hand vor: »Gratuliere! Das war eine gute Wahl.«

Sörling ist gut gelaunt. »Danke, danke! Wir werden schon etwas Vernünftiges zustande bringen.« Auch er wirft einen Blick auf die Pläne und lächelt.

Der Pastor fährt fort: »Hier stehen wir, gucken und können uns gar nicht losreißen. Ich freue mich auf das nächste Treffen, wenn wir zu konkreten Maßnahmen kommen wollen. Frau Bergman kann sich kaum zurückhalten, bis sie endlich mit den Bestellungen anfangen darf. Wir sind alle ganz enthusiastisch.«

»Und dass wir eine derart große Spende bekommen haben! Aber er kennt uns und will, dass wir selbst die Arbeiten ausführen, damit wir auch wirklich das Gefühl bekommen, es ist unser Gesundheitszentrum.«

»Er« ist der große Sohn der Inseln, Chefarzt und Professor, Mitglied des Sonst-hätte-er-den-Nobelpreis-selbst-bekommen-Komitees für seine epochemachende Entdeckung des Heparins, das man gegen Thrombosen einsetzt und das damit unzählige Menschenleben rettet.

»Selbst für einen Mann in seiner Position handelt es sich um eine außergewöhnlich hohe Summe«, meint der Pfarrer. »Ich glaube, es kommt selten vor, dass jemand seines Heimatorts auf eine derart großzügige Weise gedenkt.«

»Er hat Glück gehabt und seine Chance im Leben bekommen«, wendet Sörling jetzt mit einem kleinen Stachel in der Stimme ein. »Der Lehrer hat sich für ihn eingesetzt. Er ist für ihn nach Åbo gefahren und hat ihm ein Stipendium fürs Gymnasium besorgt. Anschließend noch ein Stipendium für die Universität. Auf seiner ganzen Laufbahn hat er Unterstützer gehabt. Andere müssen ohne auskommen.«

Einer dieser anderen dürfte Gustaf Sörling sein. Der Pfarrer pflichtet ihm bei: »Ja, ich schätze, hier gibt es mehr Begabungen als im Durchschnitt. Und es stimmt, dass allzu wenige eine Chance bekommen. Vielleicht fühlt er das auch und möchte seine Dankbarkeit zeigen.«

Fridolf hat das Letzte gehört und tritt zu ihnen. »Durch meinen Urgroßvater mütterlicherseits sind wir miteinander verwandt«, teilt er mit. »Ich darf sagen, man hat ihm schon als kleinem Knirps angemerkt, dass er ein anderes Kaliber war. Also so viele, die hätten erreichen können, was er erreicht hat, sind wir nun auch nicht.« Seine Verwandtschaft mit dem großen Mann gefällt ihm augenscheinlich gut, und er schaut Sörling herablassend an: »Na ja, das hier haben wir gut hingekriegt. Du darfst dich in deinen Anzug werfen, nach Mariehamn fahren und mit den Geldgebern reden. Reden kannst du ja.«

»Und wir hoffen mal, dass du bauen kannst«, gibt Sörling zurück. »Wo du doch in Amerika warst und für Rockefeller gebaut hast.«

»Oh ja«, sagt Fridolf, »über die Häuser hat sich keiner beschwert.«

Der Pastor und Doktor Gyllen haben ihre Papiere eingesteckt und verziehen sich auf die westliche Seite, wo Adele Bergmans Stimme klangvoller ertönt, als der Pfarrer sie je gehört hat, und wo der Kantor noch immer gepresst zu erklären versucht, warum er nicht gewählt werden wollte. »Die Zeiten haben sich geändert, und irgendwann müssen wir doch anfangen, endlich mehr auf die einzelne Persönlichkeit als auf die Kräfteverhältnisse zwischen den Inselhälften zu achten. Jetzt haben wir die am besten Geeigneten bekommen, und ich brauchte nicht noch ein Amt zu übernehmen.«

»Gut gesprochen«, mischt sich der Pfarrer ein. »Ja, es macht Spaß, zur Abwechslung einmal anderer Leute Geld auszugeben. Mir ist heute Abend richtig warm ums Herz geworden.«

Sie drehen sich höflich ihm und der leicht im Hintergrund stehenden Frau Doktor Gyllen zu. Im Grunde möchte noch keiner nach Hause gehen, auch nicht der Pfarrer, der von allen den weitesten Heimweg hat. Ganz Örar muss er im Stockdunklen umrunden. Sehnsuchtsvoll blickt er aus dem Fenster: »Wenn ich ein Motorboot hätte, würde mir das jede Menge Zeit sparen.«

»Warte, bis es zufriert«, meint Sörling. »Dann merkst du, was für einen kurzen Weg du hast. Wenn wir blankes Eis haben, nimmst du Schlittschuhe, sonst den Schlitten.«

»Aber darauf kann ich heute Abend nicht warten. Brr, ist das ungemütlich frisch heute. Hat jemand von euch mein Halstuch gesehen?« Er verabschiedet sich von den Umstehenden und grüßt lose in die Runde, packt sich warm ein und geht. Es ist der fünfzehnte November, bedeckt, nur wenige Grade über null, so dunkel, dass er erst ein paar Momente still stehen muss, bevor er sein Fahrrad an der Hausecke erkennt. In der Schule leuchtet die Petroleumlampe hell, aber draußen sieht man rein gar nichts. Er muss das Rad durch das Schultor schieben, um nicht dagegenzufahren. Auf dem Weg steigt er auf und radelt los, da beginnt auch der Dynamo zu surren, ein Geräusch wie von einer Grille. Wenigstens sieht er jetzt genug, um nicht vom Weg abzukommen, und Gott sei Dank haben alle die Kühe eingestallt, sodass die Gatter offen stehen und man nicht zu befürchten braucht, gegen eine liegende Kuh zu fahren. Als er Geschwindigkeit aufnimmt und die Österbykuppen hinabstrampelt, springt auch sein innerer Dynamo an. Er gibt Wärme ab und taut die Stimme auf, sodass er zu singen beginnt. Er ist ein mit Motor, Heizung und dem abendlichen Rundfunkkonzert versehenes Fahrzeug. So ausgestattet, radelt er durch die Nacht, angetan von der Erholung, die das Alleinsein spendet, und angetan von der Aussicht, bald zu Hause zu sein in Licht und Wärme.

Elftes Kapitel

Dem Vater fällt es schwer, sich loszureißen, er bockt wie ein Kind, wenn es ins Bett soll, jetzt aber rollt er an. Er bringt auf dem Schiff sein Fahrrad mit und zwei große Seesäcke, deren Inhalt einer gewissen Systematik unterliegt, es handelt sich nämlich großenteils um schmutzige Wäsche. Mit unschuldiger Miene kippt er die ganze Ladung auf dem Boden aus. Petter regt sich auf, doch Mona triumphiert: Nichts anderes, als ich erwartet habe. Leonard hat etwas Entwaffnendes an sich, das einen in Lächeln auflöst. Mona und ihr Schwiegervater sind vollkommen gegensätzliche Charaktere, doch sie kann ihn aushalten, und er bewundert sie. Es könnte schlimmer sein. Schon bei der ersten gemeinsamen Mahlzeit fühlt sich Petter in das Zuhause zurückversetzt, das er für immer hinter sich gelassen zu haben glaubte. Der Vater hält Monologe, gibt mit großem Sachverstand Meinungen kund über Dinge, von denen er nichts versteht, und äußert Befremden über Sachen, die ihm vertraut sein müssten. Unterdessen spachtelt er methodisch das Essen in sich hinein, und dann kommt die wohlbekannte Formel: »Also, Mutter, das war lecker.« Danach dürfen alle aufstehen, und Vater bietet seine Hilfe beim Wasserholen an, bringt den Spüleimer raus und trägt Holz ins Haus. Mona bedankt sich freundlich und sagt, das sei nett von ihm, denn dadurch könne sich Petter besser auf seine Pastoralabhandlung konzentrieren. Natürlich hört sich das Haus auch bewohnter an, als Petter im Büro sitzt und Vater im Hintergrund die Zeitung kommentieren hört, während Mona ihren Beschäftigungen nachgeht. Vielleicht wird es tatsächlich gut gehen, das darf man jedenfalls inständig hoffen.

Zur Nacht zieht sich Leonard in die Predigerkammer zurück, wo er untergebracht ist, bis irgendein herumziehender Prediger auftauchen sollte. Solange er Menschen um sich hat, geht es ihm besser. Sobald er allein ist, fängt er an zu stöhnen, und sein Körper ächzt heftig in quietschenden Federn. Auch wenn er nicht im Blickfeld ist, soll man schließlich nicht vergessen, dass er von einem Rheuma geplagt wird, das die Kiefer knacken lässt, und dass er an Magenkatarrh und Schmerzen zwischen den Schulterblättern leidet. Am ersten Abend stapft er herum und konstatiert, dass man von den Fenstern aus kein einziges Licht sehen kann, abgesehen vom Leuchtfeuer, das zwar blinkt, aber von keinem lebenden Wesen kündet.

Rasch bringen ihn seine Assoziationen auf Amerika und die Schneestürme auf der Prärie. Er schlägt vor, sie sollten zwischen der Außentreppe am Haus und dem Stall ein Seil spannen, damit Mona sich nicht in einem *Blizzard* verirren kann, der einen in null Komma nichts die Richtung und die Orientierungspunkte verlieren lässt. Viele hätten schon die Hausecke um wenige Meter verfehlt und seien nur ein paar Hundert Meter von ihrem Haus entfernt auf der Prärie erfroren. Mona lacht laut auf, sie findet die Vorstellung köstlich, man könne sich von der Treppe des Pfarrhauses auf Örar unmittelbar auf die Prärien Nordamerikas verirren. Petter schaut sich die beiden an und denkt, seine Mutter habe Leonard früher vielleicht genauso gesehen wie Mona jetzt: entwaffnet und gegen ihren Willen belustigt. Er selbst seufzt eher wie seine Mutter in fortgeschrittenem Alter und mit einem Mangel an Liebe eines Sohns zu seinem Vater, aber er kann nicht anders. Immerhin gibt er ihm ein Dach über dem Kopf.

Bald muss er zusehen, seinen Bekanntenkreis zu erweitern, die kleine Pfarrersfamilie ist für die sozialen Bedürfnisse seines Vaters nicht groß genug. Petter lässt wissen, dass sein Vater, ein Volksschullehrer, gern einspringen würde, wenn einer der Lehrer einmal eine Vertretung suche, und die Jugendvereine erhalten Tipps für einen bereitwilligen Vortragsredner. Örar-Bewohner mit Verbindungen nach Amerika macht Leonard selbst ausfindig. Auf den Inseln erfordert es Anstrengungen, Leute aufzusuchen, doch ohne zu klagen, rudert er mit dem Fahrrad im Kahn über den Sund und kämpft sich gegen den Wind voran. Dann sitzt er in einem der Höfe und erzählt von Amerika, von Orten und Ereignissen, die nur dem etwas sagen, der selbst einmal dort war, dort gefroren und gehungert und Englisch gesprochen hat.

Der Winter zieht über Örar herauf, er türmt Schneewehen auf und fegt sie weg, ehe man schippen kann. Der Wind heult ums Haus, Teppiche und Gardinen flattern. Sanna ist in mehrere Schichten Wolle gekleidet, zerrt an den Strümpfen, jammert und weint. Wenn sie aufs Töpfchen soll, sagt sie, sie hätte so viele Sachen an, dass sie den Po nicht finden könne. Der Küchenherd ist den ganzen Tag über an, und die Kachelöfen werden morgens und abends angeheizt. Sannas Kleider wärmen die Eltern über dem Kachelofen vor, bevor sie angezogen wird. Es ist eine tagfüllende Arbeit, das Haus warm zu halten, und was das angeht, dürfen sie sich wirklich bei Vater Leonard bedanken, der sich bei der Holzarbeit als tüchtig erweist. Brennholz gehört zu den Naturalienleistungen an den Pfarrer und wurde per Schiff geliefert. Viele Einwohner im Kirchspiel suchen hingegen das ganze Jahr über nach Treibholz. Holzmangel ist ein großes Problem, und auf den meisten Höfen heizt man lediglich die Wohnküche und die eine oder andere Schlafkammer. Im Pfarrhaus befindet sich das Wohnzimmer zwischen Ess- und Schlafzimmer und muss auch für die darin stattfindenden Treffen und geschäftlichen Tätigkeiten geheizt bleiben. Das Gleiche gilt für das Büro und das Predigerzimmer.

Wenn die Läden vorgelegt und die Kachelöfen warm sind, ist die Luft im Haus gut und frisch und der Sinn ruhiger. Sie müssen Sanna beibringen, sich vor den heißen Ofenklappen zu hüten, doch danach darf sie mit dem Rücken am Kachelofen sitzen und sich mit der Katze um die Wette rekeln. Wenigstens einmal am Tag ziehen Sanna und Opa alles über, was sie haben, und unternehmen einen Spaziergang über die Kirchinsel. Opa erzählt, wie das Meer zufriert, und eilt in Gedanken voraus zum Frühling, wenn das Eis aufbricht. »Ein erstklassiges Schauspiel«, versichert er Sanna. »Eine Demonstration, in der die Natur ihre Kraft und ihre Macht beweist.« Er glaubt, dass sie nicht begreift, was er da sagt, aber wie sollte sie nichts von Größe und Macht verstehen?

Papa arbeitet an seinem Pastoralexamen. Da darf sie nicht auf seinem Schoß sitzen und auch nicht, wenn er die Konfirmanden unterrichtet. Letzteres erweist sich als ein jährlich wiederkehrendes Vergnügen. Über der Jugend von Örar liegt ein Glanz, den keine Schüchternheit zu überdecken vermag. Sie sind auf dem Weg in ihr schönstes Alter, haben aber keine Ahnung davon; sie halten sich für hässlich und chancenlos, während sie dasitzen und vor Schönheit lodern und vor Leben strotzen. Sie schämen sich, weil sie nicht geschliffen und poliert sind, können aber ihre Freude am Erglühen und Erröten nicht verhehlen. Sie glauben, alles, was sie sagen, sei albern und dumm, dabei zeigen sie schon Ansätze einer angeborenen Beredsamkeit – eine dominante Erbanlage hier draußen, denkt der Pfarrer, der auch Mendel und die Erbsen studiert hat.

Jetzt studiert er mit ihnen den Katechismus, und während er erzählt und doziert, können ihn auch die Mädchen ansehen, um zu zeigen, dass sie dem Unterricht folgen. Ansonsten halten sie den Blick gesenkt, denn mindestens die Hälfte von ihnen ist in ihn verschossen und vergeht vor Schüchternheit, wenn er vor oder nach dem Unterricht stehen bleibt und sie anspricht. Sicher, sie mögen die Pastorsgattin, die so nett ist, ihnen heißen Tee anzubieten, wenn es draußen kalt ist, und die Kleine, die manchmal die Tür aufmacht und sie durch den Türspalt beobachtet, ist süß, aber was, wenn der Pfarrer unverheiratet wäre?! Stellt euch vor, er säße in einem kalten, ungeputzten Pfarrhaus und träumte davon, jemand könnte seine geliebte Freundin sein, sich um ihn kümmern und ihn lieben bis ans Lebensende!

Dann würde er ihr Erröten als das erkennen, was es ist, ein Zeichen glühender Liebe, dann würde er das Glück sehen, das ihm geboten wird, die grenzenlose Liebe! Jetzt steht er mit seinem schönen Haar, den wunderbaren Augen und diesem Lächeln da, das einen schmelzen lässt, blind wie ein Abbild, und legt das zehnte Gebot aus. Dass man nicht begehren soll seines Nächsten Weib oder Esel und Kamele und so weiter. Aber nichts davon, dass man nicht begehren soll seiner Nächsten Mann. Ha! Und was glaubt er eigentlich, wie weit man hinter dem Mond ist, wenn er fragt: »Was meinen wir eigentlich mit Begehren?«

»Das, was man haben möchte«, antwortet einer der Jungen hilfsbereit.

»Ganz richtig. Aber manchmal kann sich das auch auf etwas richten, auf das wir kein Anrecht haben. Hier hilft uns das Gebot, Grenzen zu ziehen. Wir sollen nicht begehren, was einem anderen gehört. In dem Sinne steht das zehnte Gebot in Zusammenhang mit dem siebten, das besagt, wir sollen nicht stehlen. Das zehnte Gebot behandelt schwierigere, nicht ganz so eindeutige Fälle. Ein Dieb weiß, dass er nicht stehlen darf. Diebstahl ist per Gesetz ein Verbrechen. Fasst man den Dieb, wandert er ins Kittchen. Mit dem Begehren verhält es sich nicht so einfach. So betrachtet man zum Beispiel heute die Frau nicht mehr als Eigentum des Mannes, wie man es aber zu Moses' Zeit und auch später noch tat. Heutzutage ist Ehebruch nicht mehr gesetzlich strafbar, sofern er nicht in Gewalt endet. Seines Nächsten Weib mit Begehren zu betrachten, ist kein Gesetzesbruch. Warum, glaubt ihr, hat das Gebot aber noch immer Geltung?«

Jetzt hat er ihr Interesse geweckt. Dazu haben einige etwas zu sagen, aber sie warten noch ab. Wie üblich ergreift ein Junge von einem der Bauernhöfe als Erster das Wort, die Söhne der Fischer melden sich später, wenn überhaupt. Die Mädchen reden nur, wenn sie gefragt werden. Jetzt also Olas Kalle: »Weil man nicht absehen kann, wo das hinführt.«

Schlau.

Grannas Markus schlägt in dieselbe Kerbe: »Wenn es ein Kind gibt, weiß man nicht sicher, wem es gehört. Obwohl man es sich denken kann.«

Tuscheln und Rascheln wird laut, als ob alle außer dem Pfarrer an einen bestimmten Fall denken würden.

»Gut«, sagt der Pfarrer. »Jetzt reden wir schon von Ehebruch, bei dem die Betroffenen Schaden erleiden und der Auswirkungen in einem größeren Kreis nach sich zieht. Warum aber warnt uns das Gebot schon vor dem Begehren?«

Er sieht, dass eins der Mädchen eine Bewegung macht, als wolle es etwas sagen.

»Ja?«, sagt er aufmunternd. Das Mädchen wird rot und schaut aus dem Fenster, Schnee fliegt gestrichelt daran vorbei. »Damit es erst gar nicht so weit kommt«, sagt es.

»Ganz genau«, stimmt der Pfarrer zu. »Gretel hat den Nagel auf den Kopf getroffen. Wir kommen dem Kern der Sache näher. Die Gebote bestehen ja nicht bloß aus einer langen Reihe von Verboten, tu dies nicht und tu das nicht, die wir von Kindesbeinen an wieder und wieder bis zum Überdruss gehört haben. Die Gebote handeln vor allem von Aufmerksamkeit und Wohlwollen. Wenn wir weiterlesen, sehen wir, wie es weitergeht: ›auf dass es dir wohl ergehe und du lange lebest auf Erden.‹ Äußerlich betrachtet handeln die Gebote von Regeln und Verboten, ihr innerer Kern aber spricht vom göttlichen Wohlwollen, das über Gottes Kindern leuchtet.«

Obwohl sie es nicht dürfen, tuscheln sie miteinander, sobald er woandershin blickt. Nichts interessiert die Jugendlichen so sehr wie die Verhältnisse zwischen den Geschlechtern. Da halten sie die Augen weit offen und tasten sich voran. Im Vergleich dazu ist alles andere nebensächlich, altmodisch und langweilig, ein ewiger Sermon, während alles, bei dem es um ihre Rollen als Männer und Frauen geht, lebenswichtig ist. Der Katechismus nennt als das einzig Wichtige, dass wir unseren Erlöser Jesus Christus kennenlernen, während der Katechismuslehrer und seine störrischen Schüler ganz genau wissen, dass das einzig Wichtige ein gutes Liebesleben in der Zukunft ist. Wenn die Alten singen: »Oh, wie selig, wenn wir dürfen wandern«, singt die Jugend: »Oh, wie selig, wenn wir kriegen den andern.« Sie spitzen die Ohren, wenn das Wort »Liebe« fällt, verlieren aber sofort das Interesse, wenn es sich um die Liebe Gottes handelt. Es ist paradox, Jugendliche genau in dem Alter in der Heiligen Schrift unterweisen zu wollen, in dem ihr ganzes Denken von Geschlechtlichem erfüllt ist, zugleich kann man allerdings auch Kalkül dahinter sehen, die Jugend genau dann anzusprechen, wenn sie am offensten und ungeschütztesten ist. Es kann leicht passieren, dass jemand, der die abgrundtiefe Verzweiflung der Jugend am eigenen Leib erfährt, bereit ist, sich vorbehaltlos Jesus zu Füßen zu werfen.

Petter weiß, dass es Amtskollegen gibt, die die Verletzlichkeit und die Tiefe der Gefühle ihrer Konfirmanden ausnutzen, um ihnen Bekenntnisse und Entschlüsse abzupressen, die man mit zunehmender Reife und Erfahrung seiner Privatsphäre vorbehält. Andernorts legen Pfarrer es viel zu sehr darauf an, Dinge hervorzukitzeln, die die Konfirmanden erotisch stimulieren. Davor will sich der Örar-Pfarrer hüten, und die Gefühle, die in den Jugendlichen hochschwappen, möchte er respektvoll behandeln.

So denkt er, während er vor seinem Konfirmandenhaufen steht, vor allem aber denkt er, wenn er einmal tot ist, wird er am Himmelstor stehen und durch sie sprechen, durch jeden Einzelnen von ihnen!

Die Pfarrersfrau lächelt strahlend und redet freundlich, und keins der Mädchen, die einen Knicks vor ihr machen, ahnt, dass sie ein Auge auf sie und ihren Petter hält. Die hübschen Burschen von der Insel mit ihrem Lachen und ihren funkelnden Blicken betrachtet sie hingegen wie Gegenstände in einem Museum, so wenig begehrt sie andere Männer außer ihrem eigenen. Bei ihm ist es anders, er hat diese Tendenz, körperliches Begehren mit geistiger Inbrunst zu verwechseln. Vielleicht weil sie tatsächlich miteinander verwandt sind? Den Gedanken schiebt sie aber rasch beiseite. Sie beobachtet aufmerksam den Übergang von Schwärmerei zu Erotik, während Sanna, so klein, wie sie ist, von der Atmosphäre in dem Raum angelockt wird und mucksmäuschenstill durch die Türritze spinkst, als ob sie schon auf die Zeit wartet, in der sie drinnen dazugehören wird.

Bevor es in der Kirche zu kalt wurde, haben sie mit dem Kantor singen geübt. Der Pfarrer war dabei, um etwas über die verschiedenen Abteilungen des Gesangbuchs und ihren Gebrauch im Lauf des Kirchenjahrs zu erzählen. Er leiht ihnen auch seine Stimme beim Singen, wo die Jungen im Stimmbruch so ihre Schwierigkeiten haben. Da läuft den Mädchen ein Schauer über den Rücken: eine so sichere, warme und tiefe Stimme aus einer Brust, an die man sich anlehnen möchte. Die Kirche riecht vom letzten Sonntagsgottesdienst, zu dem die Seidenschals aus den Kommodenschubladen geholt wurden, kühl und nach Mottenpulver. Die Mädchen fühlen sich im Chor einsam und verlassen, die Jungen verdrücken sich auf die Empore und treten abwechselnd die Bälge, wenn der Kantor spielt. Wie alle Erwachsenenarbeit ist das ermüdender, als sie gedacht hätten, und obwohl es so mechanisch aussieht, muss man sich konzentrieren. Der Kantor spielt so weich, wie er kann, und gibt den Ton vor, die Mädchen singen schön, die Jungen brummen mit, der Pfarrer setzt mit dem Text der ersten Strophe ein: »Wie die Tauperlen glänzen«.

Dann sind sie entlassen. Sie sagen Danke und Auf Wiedersehen und gehen als Gruppe sittsam zum Tor und hindurch, ein paar Schritte noch, und die Jungen hält es nicht mehr: Sie rennen und rangeln miteinander, boxen sich, rufen. Die Mädchen, etwas geordneter, gehen zügig und gesittet am Pfarrhaus vorbei, laufen dann zum Steg hinab. Einige von den Jungen haben Boote bekommen, alle können irgendwo mitfahren. Sie verteilen sich nach Bestimmungsorten, springen so leichtfüßig in die Boote, dass sie federn, die Schwungräder surren, knatternd springen die Wickströmmotoren an, Abgaswolken wie weiße Flammen ausstoßend. Lachen und Rufe, als sie sich durch die Hafeneinfahrt drängeln, der Letzte hat den Schwarzen Peter, dann in rauschender Fahrt und waghalsigem Pulk hinaus in offenes Wasser, wo sie sich teilen, die aus den östlichen Dörfern nach Osten, die anderen Richtung Westen.

Der Pfarrer und der Kantor sehen ihnen lächelnd nach.

»Stell dir vor, wir hätten auch so frei sein dürfen, als wir in dem Alter waren«, sagt der Pastor sehnsüchtig. »Stell dir vor, das Leben wäre so eingerichtet, dass wir den Übermut und die Spontaneität der Jugend auch dann noch behalten dürften, wenn wir schon über etwas Lebenserfahrung und Abgeklärtheit verfügen.«

Er wendet sich an den Kantor: »Hattet ihr es in eurer Generation auch schon so?«

»Soweit ich mich erinnern kann, schon«, antwortet der Kantor. »Allerdings durften wir Jungs nicht das Boot nehmen. Wir durften laufen und durch den Sund waten und staken. Das war eine große Sache. Aber es machte Spaß, wenn wir in der Clique gingen. Wenn wir in die Kirche mussten, brauchten wir nicht zu arbeiten und durften offiziell mit den Mädchen zusammen sein. Wir haben uns oft gefreut, dass der Weg so weit war. Aber die Freuden der Jugend sind nicht gerecht und gleich verteilt. Für den, der allein ging, war es schwer.« Dann setzt er noch hinzu: »Und was du da sagst, dass sie so frei wären – das haben wir gar nicht mitbekommen. Und ich glaube, das tun die heute auch nicht.«

»Nein«, sagt der Pfarrer. »Vieles begreift man nicht, ehe man es verloren hat. Du meine Güte, jetzt höre ich mich an wie Ibsen!« Er sieht aus, als schäme er sich, doch in dem Moment geht die Tür des Pfarrhauses auf, und dick eingemummelt erscheinen Sanna und der Opa auf der Treppe. Der Großvater beginnt schon von Weitem zu rufen und auf sie einzureden, er kann seine Worte einfach nicht zurückhalten, sobald ein Mensch in Sichtweite ist. Er spricht von den Konfirmanden, vortrefflichen jungen Menschen, schön, eine Gruppe Jugendlicher mit Gemeinschaftsgeist und guter Stimmung zu erleben. »Auf diesen Bootstouren dürften etliche spätere Ehen gestiftet werden«, prophezeit er. »Und so soll es auch sein. Was ist denn besser, als dass es sich in jungen Jahren zur Konfirmandenzeit anbahnt, die schließlich die Einfallstür ins Erwachsenenleben darstellt?«

Er übernimmt den Kantor und geht mit ihm vor, der Pastor folgt mit Sanna an der Hand. Er hat sich dem Unterricht seiner Konfirmanden gewidmet, und sie ahnen nicht, was sie ihn gelehrt haben: fröhlich zu sein und quick, warm und den Leib voller Begehren. Es wäre eine Undankbarkeit sondergleichen, die Freiheit in dem Leben, das er jetzt führt, nicht zu bejahen. Das nach seiner griesgrämigen, verklemmten Jugend erleben zu dürfen ist ein Bild der Gnade.

Teil II

Zwölftes Kapitel

Wenn das Meer zufriert, musst du die Ohren aufsperren und Stielaugen machen. Wie sich das Eis ausbreitet, wo die Strömung verläuft, woher der Wind weht. Schwarze Flecken für offenes Wasser, grüne für blankes Eis, vor milchig blauen wie der Schleier über einem blinden Auge musst du dich hüten. Selbstverständliche Dinge. Hab immer einen Eispickel bei dir und ein Messer im Gürtel! Hör genau hin, wie es knackt! Sei nicht ängstlich, denn so erreichst du gar nichts. Sei nicht übermütig, denn dann liegst du schon drin. Und es ist kalt, das kann ich dir sagen, und tief.

Über das hinaus gibt es noch eine andere Art, zu sehen und zu hören, die ich nicht erklären kann. Es ist, wie mit jemandem gemeinsam zu sehen und zu hören, der seit ewig da draußen ist und alles über das Eis und die Wetterverhältnisse weiß, obwohl diese Wesen nicht in einem Dasein existieren, in dem sie die Hand ausstrecken und Pass auf! rufen könnten. Du musst schon selbst hinhören und mitkriegen, was sie meinen. Sie sind da, und die Botschaften und Warnungen liegen vor deinen Augen, wenn du sie nur sehen willst.

Ich weiß nicht, wie es anfing. Wann ich sie bemerkte. Wann sie mich bemerkten. Ich wuchs unter vielen Kindern auf und war fast nie allein. Ich war nicht stolz, als ich merkte, dass es sie gab. Wenn ich aus dem Haus ging, standen sie so dicht um mich herum wie die Geschwister drinnen. Es war nichts Unnatürliches, nichts Übernatürliches dabei. Nur die Welt, wie ich sie hörte und sah. Sie gehörten dazu, und mehr war es nicht.

Als Säugling ist die Zitze deiner Mutter das Erste, was du wahrnimmst. Das Zweite ist das Wetter. Davon reden alle um dich herum die ganze Zeit. Was für Wetter es geben wird, wie lange es halten, wann es umschlagen mag. Ob die Sonne in Wolken versinkt oder strahlend direkt ins Meer taucht, zischend wie ein Feuerball. Wie die Wolkenbänke liegen. Wie ein Schwall kalter Luft vorbeizieht. Dass die Hitze wie eine Wand steht, und dahinter lauert der Sturm und wetzt das Messer. Wie es an der Hausecke poltert wie eine Ankündigung. Da begreifst du, was sie sagen wollen.

Das Kleinkind steht an der Treppe und hält sich fest, das ist das Einzige, was es schon kann, sich festhalten, auf den eigenen Beinen stehen. Aber es hat schon kapiert, dass dieses da draußen das Wetter ist. Und dass es voller Anzeichen und Botschaften steckt. Dass es Stimmen und Augen und Münder gibt, die du nicht siehst, die du aber hören und in dir selbst wahrnehmen kannst. Ich kann mich nicht erinnern, wann mir das klar wurde, es steckte schon in mir, bevor mein Gedächtnis zu knistern und zu arbeiten begann. Seit der Zeit erinnere ich mich, dass es immer schon in mir war.

Ich war ein kleiner Junge wie alle anderen auch, und ich glaubte, alle meinten dasselbe wie ich, wenn sie vom Wetter sprachen. Dass Wetter die ganze Welt meinte und dass sie in der Welt dicht wie Haselstecken standen, wenn Gefahr heranzog. Ich weiß noch, wie ich als Knirps einmal aufs Eis hinausging. Da wurde mir zu verstehen gegeben, dass ich mich schleunigst an Land zurückscheren solle, denn sie würden mir jetzt das Eis unter den Füßen wegziehen. Glaub es oder nicht, jedenfalls brach das Eis hinter mir, als ich zum Land watschelte. Trockenen Fußes erreichte ich festen Fels, aber da warfen sie mich zu Boden, dass mein ganzer Oberschenkel blau anlief. Damals haben sie mir eine Lektion erteilt. Man soll auf das hören, was sie sagen, auch wenn es nicht in normaler Sprache, im Radio oder am Telefon zu hören ist.

Es ist etwas außerhalb von mir, das mit etwas in mir spricht. Und mir zeigt, wie's aussieht, obwohl es nicht wie auf einer Bühne oder wie im Kino ist. Dann weiß ich Bescheid, welchen Weg ich nehmen soll, und die Mähre, mit der ich von der Fahrrinne bei Mellom die Post ausfahre, weiß, dass sie mir vertrauen kann, auch wenn es im Eis knackt. Wenn ich sie stehen lasse, um einen Bewohner einer kleinen Insel aufzusuchen, bleibt sie still auf dem Eis stehen und wartet, denn auch wenn sie zutraulich und klug ist, sieht sie nicht, was ich sehe, und das weiß sie. Sie scharen sich um das Pferd, und es spürt, dass sie da sind, versteht aber nicht, was sie sagen wollen, und sie ihrerseits verstehen sich nicht sonderlich auf Pferde, das habe ich ausprobiert.

Sie und ich dagegen haben etwas gemeinsam. Obwohl sie keine Menschen mehr sind, sind sie es einmal gewesen, und darum sind die Zeichen und Warnungen, die sie von sich geben, für uns verständlich. Du gehst sicher, wenn du deinen eigenen Verstand gebrauchst und auf das achtest, was sie dir die ganze Zeit wie mit Bildern oder Tönen zeigen. Sie sorgen dafür, dass du wach wirst und das Kinn hebst, das du im Pelzkragen vergraben hattest, und dass du aufblickst. Irgendwo haben sie eine Rinne im Eis geöffnet und lassen dich ein Echo hören, sodass du aufmerkst. Aus großer Gefahr kannst du dich durch solche Zeichen retten.

Wenn du für sie keine Antenne hast, solltest du übers Eis gehen, als wärst du ganz allein auf der Welt. Manche kommen weit damit, denn die Welt ist nicht böse, sie ist bloß achtlos. Für sie bedeutest du nichts, der menschliche Verstand ist aber so beschaffen, dass er den Menschen weit bringt. Auch Pferde, die man zur Robbenjagd mit aufs Eis nimmt und die sich losreißen, schaffen es oft, nach Hause zu kommen, auch wenn sie in Panik die Zähne blecken und die Ohren anlegen, sobald es unter ihnen zu knacken beginnt und sie über das grüne Eis davonpreschen. Darum sage ich bloß, es hilft, um die zu wissen, die es um dich herum gibt, wenn du dich langsam wie ein Punkt übers Eis bewegst, und ein Auge offen zu halten, wenn du dich auf einer Schäre ausruhst. Lässt du ein Stück Brot für sie zurück, kann es sogar passieren, dass sie den Wind für dich günstig drehen. Das habe ich oft erlebt.

Wenn das Meer zugefroren ist, liegt das Eis wie ein Tanzboden zwischen den Inseln. Der ewige Wind weht den Schnee weg, und in den Strandhütten erwachen Schlittschuhe und Schlitten zum Leben. Auch der Pfarrer gräbt im Schuppen einen rostigen Schlitten aus, wechselt ein paar gebrochene Querhölzer am Sitz aus und zieht die Schrauben am Lenker nach. Mit einem Schleifstein entfernt er den gröbsten Rost von den Kufen. So ist das Ding wieder ganz brauchbar, und bald schiebt und stößt er sich wie ein Komet über die Wasserwelt. Mühelos erreicht er die Höfe und verrichtet seine Anliegen so schnell, dass Mona kaum mitbekommen hat, dass er aufgebrochen ist, als er schon wieder zurückkommt. Der Schlitten dient auch als Gefährt für die ganze Familie. So können sie jetzt zu dritt zu Treffen und Zusammenkünften fahren. Der Pfarrer denkt es sich so, dass Mona mit Sanna auf dem Schoß auf dem Sitz Platz nimmt und er hinten steht und mit den Füßen abstößt, aber Mona glüht vor Eifer, selbst zu schieben. Der Schlitten ist nur mit Kraft in Bewegung zu setzen, hat er aber einmal Tempo aufgenommen, läuft er fast von allein. Sanna kreischt vor Begeisterung über die Geschwindigkeit und darüber, auf Papas Schoß sitzen zu dürfen, der sie fest im Arm hält. Dann tauschen sie, denn wenn sie in Sichtweite der Fenster auf den Höfen kommen, macht es sich besser, wenn er steuert. Auf dem Heimweg tritt er gemächlicher, während Mona mit der schlafenden Sanna im Arm auf dem Schlitten sitzt. Das Eis wird vom Mond und von den Sternen des nächtlichen Himmels beleuchtet, die Inseln liegen wie dunkle Regenwolken in dem klirrenden Licht.

Nicht oft gibt es so gutes Eis, und viele sind unterwegs und nutzen das aus. Es findet viel Besuch zwischen den Höfen statt, und samstagabends gibt es kleine, inoffizielle Tanzveranstaltungen. Alle sind in Schwung, und die Dunkelheit ist kein Hindernis. Auch bei Pastors gibt es eine Abendgesellschaft. Sie haben vom ersten Tag an Freunde auf den Örar und vielen für Hilfeleistungen und Rat und Tat zu danken; außerdem ist es immer ein Vergnügen, ihre fröhlichen und freundlichen Gesichter zu sehen. Der Kantor und Francine kommen, der Küster mit seiner Signe, Adele Bergman und Elis, Lydia und Arthur Manström. Sie haben immer viel zu bereden, und mit Vater Leonard im Haus muss man fast darum kämpfen, zu Wort zu kommen. Der Pfarrer registriert mit einer gewissen Befriedigung, dass sie ihm in dieser Hinsicht zumindest gewachsen, wenn nicht überlegen sind. Die Unterhaltung sprudelt so munter dahin, wie man es sich nur wünschen kann, und die Gesichter sind fröhlich, wohlwollend und interessiert.

Mit der zusätzlich eingelegten Platte ist der Tisch groß genug für alle. Das Teewasser summt im Kessel, das Service reicht für zwölf, Monas belegte Brote und Hefegebäck sind einen Abstecher von einigen zehn Kilometern wert. Die Petroleumlampe über ihnen pendelt leicht im Luftzug, der Kachelofen strahlt Wärme ab, während es kalt um die Beine zieht. Keine Angst, alle waren klug genug, sich warm anzuziehen. Die Tür zum Schlafzimmer steht einen Spalt auf, und bevor Sanna einschläft, hört sie Papas fröhliche, tiefe

Stimme, Mamas helles Lachen, Opas Staunen und das muntere Stimmengewirr der Gäste.

Sie reden über das Eis, über das Winterwetter und über die Zeitungen, die jetzt nur noch einmal in der Woche kommen, wenn überhaupt, und sie reden über Leute, die glauben, sie seien von allem abgeschnitten; dabei geht es selten so lebendig zu wie gerade jetzt. Gesellschaftsinseln könnte man die Örar unter diesen glücklichen Umständen nennen. Hoppla, unwillkürlich schauen alle die Pfarrersfrau an. Die guckt starr in ihre Teetasse, der Pastor lächelt, und einen Moment lang sagt keiner ein Wort. Dann bringt jemand das Gespräch auf die sich bessernde Versorgungslage, die allmählich wieder nach Friedenszeiten aussieht, und auf die Situation unten in Europa, auf die unfassliche Not und Armut in deutschen Hafenstädten, von denen Seeleute aus Örar berichtet haben. Sie reden über die enorme Hilfsbedürftigkeit allerorten und darüber, dass die Amerikaner so langsam System in ihre Hilfslieferungen bekommen, Finnland davon aber dank der Kontrollkommission in Helsingfors ausgenommen bleibt – möge sie bald in den kommunistischen Garten Eden zurückkehren! Das gilt allerdings nur für offizielle Hilfslieferungen, denn durch private Kanäle gelangen durchaus Care-Pakete auch nach Örar.

»Man fragt sich allerdings«, merkt Adele Bergman an, »wofür die Amerikaner uns eigentlich halten. Dass sie gute Seife schicken, ist ja in Ordnung, aber was soll dieses alberne Spielzeug, das sich die Kleinen in die Nase schieben und die Größeren kaputt trampeln? Und die Kleider sitzen oft so entsetzlich eng! Wer kann denn bei der Arbeit so was tragen? Die jungen Mädels nehmen diese Fähnchen natürlich gern, staffieren sich aus und glauben, sie trügen den letzten Schrei, aber ist das wirklich Hilfe? Getreide, Mehl und Zucker haben wir selbst, und für unsere Volkswirtschaft ist es besser, wenn wir damit Handel treiben.«

»Amen«, kann sich der Pfarrer kaum enthalten zu sagen, nachdem Adele Bergman gesprochen hat. Alles, was sie sagt, hat Hand und Fuß. Sie ist eine außergewöhnlich kompetente Frau, die in der Regierung sitzen und wiederaufbauen sollte, was der Krieg zerstört hat. Doch so hartgesotten sie auch in geschäftlichen Dingen ist, so sehr hat sie auch ein Herz, das schlägt, und großes Verlangen nach etwas, das sie echten Glauben nennt. Ihr zuliebe spricht er ein Tischgebet, bevor Mona Tee einschenkt, und er weiß, dass sie sich leidenschaftlich für die Angelegenheiten in der Gemeinde interessiert, auf die sie unweigerlich noch zu sprechen kommen, ehe der Abend zu Ende geht. Arthur Manström verhält sich dann untypisch still, und dem Pfarrer kommt der Verdacht, Arthur könnte ein Freidenker sein, der sich aber wegen der dort gebotenen geistigen Stimulanz gern der Gemeinschaft im Pfarrhof anschließt. Lydia und Adele gehören hingegen genau wie der Kantor dem Kirchenvorstand an, und der Küster verfügt über einen Fundus an praktischen Erfahrungen und ein unanfechtbares Wissen über die Gewohnheiten in der Gemeinde. Wenn überhaupt jemand, dann kennt er sich mit den launischen, um nicht zu sagen bösartigen Mucken der Heizung in der Kirche aus. Und in wie vielen Nächten kam er nicht stiebend durch den Schnee gestapft, um sie am Laufen zu halten. Als wäre es das Selbstverständlichste der Welt, kommt anschließend die Gemeinde hereingelatscht und lässt sich in Licht und Wärme nieder, ohne zu ahnen, dass alles an einem seidenen Faden hing.

In der Tat, das Leben hier draußen ist voller Dramatik; Arthur Manström sieht eine günstige Gelegenheit und hakt ein: Wie hypnotisiert lauschen alle außer Lydia seiner Geschichte aus dem Ersten Weltkrieg, als er auf dem Dachboden der Österbyschule ein Funkgerät versteckt hatte und Kontakt zu dem schwedischen Freikorps hielt, das sich übers Eis im Anmarsch auf Åland befand. Oft kamen die Russen vorbei, und mehr als einmal glaubte Lydia, sie seien aufgeflogen, spätestens als sie mit einem Apparat auf den Speicher stiegen, der Funkwellen einpeilen konnte. Aber das nette und kluge Funkgerät hielt den Atem an, während Lydia unten in dem kleinen Klassenzimmer auf dem Harmonium »Verzage nicht, du kleine Schar« spielte und die Schüler zu beherztem und taktfestem Singen brachte. Die Russen kamen wieder nach unten getrappelt, baten für die Störung um Entschuldigung, der Offizier salutierte, und Abmarsch. Auf dem Speicher alles durchwühlt, aber der Sender stand unberührt hinter der Wandverkleidung.

Andere fallen ihm mit weiteren Beispielen dafür ins Wort, wie eng die Örar ins weltpolitische Geschehen verwickelt waren: die Deutschen, die im Ersten Weltkrieg das Leuchtfeuer auf den Fischinseln sprengten, während die Bevölkerung hinter den Felsbuckeln in Deckung ging, die russischen U-Boote, die gegen Ende des letzten Krieges in totaler Überlegenheit aufgetaucht an Örar vorüberfuhren, als weder Finnen noch Deutsche länger eine Bedrohung darstellten. Wie es auf Messers Schneide gestanden hatte. Wie sicher die Russen schon im Sattel gesessen hatten. Wie es bereits festzustehen schien, dass sie ganz Finnland einnehmen und wie einen einzigen Happen schlucken würden. Spannend. Furchtbar. Die Küstenwache beobachtete sie durchs

Fernglas, und manchmal blinkte ein Lichtreflex, wenn ein U-Boot-Kommandant sie im Visier hatte.

Als im Baltikum alles verloren war, kamen die Boote der Esten; überladen, nicht im Mindesten seetüchtig, bedrohlich in die Irre gefahren: Manche glaubten, sie seien schon in Schweden. Alle ohne Essen und Trinkwasser, mit wertlosem Geld in Händen, mit dem sie für sich bezahlen wollten. Arme Menschen! Ertrunkene wurden aus dem Wasser gezogen. Alle erinnern sich noch an den gut aussehenden Offizier, der sein Notizbuch voller Adressen estnischer Mädchen hatte. Hingegen erwähnt keiner, der damit zu tun hatte, mit einem Wort die Faustfeuerwaffen, die im Tausch gegen Lebensmittel, Treibstoff und Seekarten auf den Inseln blieben. »Aber natürlich wurde ihnen geholfen. Die russische Kontrollkommission saß zwar schon in Helsingfors, und wir waren eigentlich verpflichtet, Flüchtlinge den Behörden zu melden. Aber die Polizei, das war unser Julius, und er hielt sie nicht auf. ›Nächstes Mal könnten wir dran sein‹, meinte er.«

»Zivilcourage«, stellt Vater Leonard mit ehrlicher Bewunderung fest. »Julius, sagst du? Der in Österby? Ich glaube, den habe ich mal gesehen.«

Man kann sich leicht denken, wohin Leonard bald einmal seinen Schlitten lenken wird. Aber der Küster hat noch etwas Wichtiges nachzutragen: »Zwei liegen hier als ›unbekannte estnische Flüchtlinge‹ begraben. Sie hatten keine Papiere bei sich. Wir haben sie einigen anderen gezeigt, die hier landeten, aber die haben die Köpfe weggedreht und gesagt, sie würden sie nicht kennen. ›Das könnte ich sein‹, meinte einer, der Schwedisch konnte. Da die estnische Regierung aufgelöst war und es sonst niemanden gab, der zuständig war, wurden sie auf Kosten der Gemeinde bestattet. Holzkreuze haben wir auch gemacht. Wenn du möchtest, Mona, kannst du etwas auf die Gräber pflanzen.«

Das wird sie natürlich tun. Zum Thema trägt sie auch etwas bei, indem sie berichtet, wie knapp es für sie in Finnland ebenfalls gewesen ist. Hätten die Finnen nicht die moderne deutsche Luftabwehr gehabt, die die Russen zwang, ihre Bombenlasten auf See oder über den Wäldern abzuwerfen, hätte es für Helsingfors wirklich schlimm kommen können. Sie hat selbst bei Hellèns draußen auf dem Felsen gestanden und gesehen, wie es zuging: Feuergarben und Suchscheinwerfer und die Dramatik, wenn ein Bomber getroffen wurde und im Lichtkegel eines Scheinwerfers trudelte und vom Firmament stürzte, und wie dann auf Hellèns Felskuppe gejubelt wurde.

Sie hört sich so blutrünstig an, dass Petter sie ein bisschen dämpfen möchte. »Ja, ein Wetter wie das heutige war das Allerschlimmste. Perfektes Flugwetter, gute Sicht, da durften wir gleich damit rechnen, die Nacht im Luftschutzraum zu verbringen. Damals fühlten wir uns nur sicher, wenn es völlig bedeckt war und ordentlich regnete. Was für ein Glück, dass wir uns jetzt wieder unbekümmert über das schöne Wetter freuen können. Man kann es gar nicht glauben. Seit dem Friedensschluss habe ich Gott jeden Tag für diesen Frieden gedankt. Jeden Tag denke ich, es ist ein Wunder, dass wir in Frieden und in Freiheit leben und nicht tot oder nach Sibirien deportiert sind. Ich hoffe, es kommt einmal der Tag, an dem wir das für selbstverständlich halten.«

Der Kantor denkt an seine Söhne und die Konfirmanden und wirft ein: »Da hast du recht. Die jungen Leute sehen es schon als selbstverständlich an. Sie haben ein anderes Zeitgefühl als wir. Für sie ist der Krieg schon weit weg.«

»Möge es immer so sein«, antwortet der Pfarrer. Er blickt aus dem Fenster nach draußen, wo sich der Mond auf dem Eis spiegelt und die darin eingelegten Sterne funkeln.

»Mehr Tee?«, schlägt Mona vor, doch Adele trifft für alle eine Entscheidung und verkündet, morgen sei auch noch ein Tag und jetzt sollten sie nach Hause gehen. Vorher möchte der Küster aber noch, dass sie alle zusammen die schwedische Version von »Shall We Gather at the River« singen, wie man es auf Örar immer tut, wenn man auseinandergeht und über das dunkle Wasser nach Hause muss.

Sanna wacht auf, als sie laut und innig »Heimwärts an des Vaters Hand« singen, es hört sich an, als ob auch der Küchenherd und die Kachelöfen sängen. »Bä, bä, bä«, singt auch Sanna in ihrem warmen Kokon. Sie hört noch, wie sie sich von ihren Stühlen erheben und derart »aufbrechen«, dass nach dem langen Sitzen die Glieder knacken. Die Stühle scharren, und die Tür zum Windfang wird geöffnet: Ui, wie kalt!

Mama sagt: »Ich bringe eure Sachen in die Küche, um sie ein bisschen anzuwärmen. Kommt hier herein und zieht sie über!«

Die Schuhmacherlampe in der Küche geht an, und einer nach dem anderen stellen die Gäste ihre Sturmlaternen auf den Herd und zünden sie an. Dann stehen sie in ihren großen Stiefeln da, die Frauen wickeln sich die großen Schals um den Kopf, Pelze und Mäntel werden übergezogen, Plaids umgelegt. Die Pfarrersleute halten es nicht aus, ihnen beim Aufbruch zuzusehen; sie packen sich ebenfalls ein und begleiten die Gäste ans Ufer.

Dort stehen die Tretschlitten auf Land gezogen in eifriger Erwartung. Freudig werden sie aufs Eis geschoben, die Damen nehmen Platz, und die Herren schieben an, erst etwas schwerfällig wie die erste Umdrehung bei einem Schwungrad, doch dann geht's los. Sie rufen dem Pastor und seiner Frau noch zu, deren fröhliche Stimmen hallen erst kräftig zurück und werden dann mit zunehmender Entfernung dünner. Vielleicht laufen sie nicht direkt um die Wette, sie sind schließlich erwachsene Menschen, aber auf den Gedanken kann man schon kommen, wenn man sieht, wie sie sich, von ihren Rufen zusammengehalten, als dicht beieinanderliegender Haufen über die Kirchenbucht entfernen. Signe und der Küster rufen »Gute Nacht!« und biegen um den Holm in Richtung ihres Hauses, während Manströms, Bergmans und das Kantorsehepaar Kurs auf den langen Sund nehmen, der das Kirchspiel in zwei rivalisierende Hälften teilt. Sie bleiben lange beisammen, ehe Manströms zu den östlichen Dörfern abzweigen und nur noch Bergmans, der Kantor und seine Frau zusammen in die tiefen Verästelungen der inneren Gewässer der Westsiedlungen weiterfahren. Sie sind schon fast zu Hause, ehe sich ihre Wege trennen. Das Kantorspaar läuft in zügiger Fahrt noch ein Stück weiter nach Süden, Bergmans kurven nach Westen auf die sich schwarz vor dem Meer abhebenden Felskämme zu, das bis weit über die Grenze der Territorialgewässer hinaus zugefroren ist.

»Wenn wir wollten, könnten wir so bis ins Baltikum weiterfahren«, ruft der Kantor übermütig, doch dann bremst er vor der schmalen Durchfahrt ab, durch die es zwischen kleinen Holmen hindurch zu ihrer verlandenden Hafenbucht geht. Er überquert sie schwungvoll, und genau wie mit seinem Boot weiß er die Fahrt im richtigen Moment zu drosseln, um vor dem Steg sanft zum Stehen zu kommen.

Mit einem Tretschlitten ist man schneller als mit einem Boot. Erst wenn das Meer zugefroren ist, wird einem richtig klar, wie viel Widerstand ein Körper im Wasser überwinden muss. Beim Schlittenfahren hält Arthur Manström den Mund, sonst würde er zweifellos eine Vorlesung über die Grundgesetze der Physik halten. Unter Mond und Sternen über Mond und Sterne hinweggleitend, ist Lydia völlig versunken, gelöst und froh. Keine anstehenden Verpflichtungen, keine Zukunft, um die sie sich sorgen müsste, alles nur Hier und Jetzt. Als Kind hat sie beim Schlittenfahren vor Entzücken gejauchzt, und Arthur Manström meint jetzt, tief in Pelzmütze und hochgeschlagenem Wolfspelzkragen vergraben, unter seinen eigenen Atemzügen fast so etwas zu hören, und in seinen Gedanken sucht er bereits nach Formulierungen für die Beschreibung der Majestät des Eises, das sich über die Wasserwege gelegt hat, das das Kielwasser von Kähnen, Booten und Schniggen ausradiert, das die Felder der Fischer und die sanften Wogen der Freizeitsegler versiegelt.

Das Pfarrerspaar bleibt noch eine Weile stehen und bibbert, nachdem die Gäste abgefahren sind. Sie hören ihre Rufe noch weit draußen auf dem Eis. Dann sind auch sie verklungen, und man hört die unbeschreibliche Stille, die eintritt, wenn alles zugefroren ist. Sonst hört man hier draußen immer das Meer. Nie wird es so ruhig, dass sein Rauschen nicht zu hören wäre, und noch die Windstille wird von einer Stimme getragen, die unter dem Faulenzen des Sonnenglasts liegt. Dann frischt der Wind auf, und das Brausen wird stärker. Wenn man das erste Pfeifen hört, sollte man auf der

Hut sein, doch selbst geborgen zwischen den Schären und im Haus dringt das Dröhnen herein und bleibt nach dem Abziehen des Sturms wie ein verzögertes Echo zurück.

Jetzt aber könnte es nicht stiller sein oder näher zum Mond. Der Pfarrer und seine Frau zittern und legen die Arme umeinander. Ihre Schritte knirschen im Schnee, der in Flecken auf dem Boden liegt. Die Lampe im Fenster des Pfarrhauses leuchtet. Die Schafe stehen in ihrem Pferch, die Kühe in den Ständern; Sanna liegt im Bett. Endlich Friede auf Erden.

Dreizehntes Kapitel

Die Krankenstation ist ein Geschenk für Örar, besonders aber an Irina Gyllen. Sie ist ein Lehrstück dafür, wie sich Dinge durch weitsichtige Planung verwirklichen lassen. Wie gern zitieren die Inselbewohner nicht den Spruch »Rom wurde auch nicht an einem Tag erbaut«, und wie gern wiederholt Irina Gyllen ihn, wenn sie mit dem Landschaftsarzt spricht. Im gleichen Takt, in dem die Pläne konkretere Formen annehmen, wächst die Hoffnung, dass die stillen Nachforschungen, die sie angestoßen hat, ihr helfen werden, Kontakt zu ihrem Sohn herzustellen und ihn im Lauf der Zeit nach Finnland zu holen. Man braucht Geduld, solange die Bausteine nach Rom gekarrt werden und die Anfragen unbeantwortet bleiben. Aber dass sie überhaupt gestellt werden, bewirkt schon, dass eine wachsende Zahl von Menschen von dem Fall erfährt, und unter ihnen werden ganz sicher welche sein, die das Schicksal des Jungen bereits kennen. Noch handeln sie nicht, aber es entsteht eine Bereitschaft, und das Wissen verkürzt den Weg zu Maßnahmen. Auch in der Sowjetunion bessern sich nach dem Krieg allmählich die materiellen Verhältnisse, und die äußeren Bedingungen für den Jungen geben weniger Anlass zu Sorge als früher.

Besonders bei den Zusammenkünften mit den selbstsicheren und ausgekochten Örar-Bewohnern kann sie sich das einreden. Da darf man sich auch zugestehen, über die dort praktizierte zupackende Demokratie zugleich amüsiert und erfreut zu sein. Das eifrige Abstimmen und das unverblümte Misstrauen gegenüber der Gegenseite sind wie eine Lektion in Sachen Demokratie. Ach, wenn man bloß das schreckliche Politbüro an Händen und Füßen gefesselt in den Raum schleifen und ihm zeigen könnte, wie es eigentlich zugehen sollte! Es gibt keine Garantie für ein gutes Ergebnis, aber das Verfahren als solches ist ehrenwert, und das Projekt kommt Schrittchen für Schrittchen voran. Manchmal macht es auch große Sprünge, etwa wenn die Landschaftsbehörden das Grundstück und die Pläne genehmigen, als die großartige Adele Bergman die erste Materiallieferung bestellt oder als die erste Schiffsladung Zement und Bauholz kommt.

Einer gewissen Vorfreude kann sie sich nicht entziehen, doch gleichzeitig spürt sie hinsichtlich des eigenen Projekts Eile und Panik. In diesem stillen, eiskalten Winter wirft sie manches Mal den Pelz über, stellt sich auf die Treppe und horcht. Solange es noch offenes Wasser gab, beruhigte sie das Wissen, dass man jederzeit per Schiff entkommen konnte. Jetzt, in dieser absoluten Stille, fühlt es sich mehr so an, als könne ein ungesehener Angreifer jederzeit über einen herfallen. Lautlos und unsichtbar kann wer auch immer über das Eis kommen. Idiot! Fürchtest dich vor Schatten! Schäm dich! Es gibt hier keinen Grund zu fliehen, es droht keine Gefahr, alles ist gut. Ruhe. Geduld. Eine Tasse Tee, eine Tablette, dann ins Bett. Sie schließt von innen ab, behauptet, das Gesundheitsamt verlange, dass der Medikamentenschrank unter Verschluss sei. Das ist nicht die Unwahrheit.

In Manströms vom Hausbock angefressenes Wohnhaus dringt die Kälte unerwünscht direkt ein, und doch fühlt sich Lydia jünger, wenn sie über Eis laufen kann. Freier, beweglicher. Sie nimmt den Tretschlitten zur Schule, kommt morgens von See her und entschwindet nachmittags hinaus aufs Meer, wie eine Meerjungfrau, wie sie auch eine ist. Arthur Manström hat viele Geschichten über Seeungeheuer und Meerjungfrauen in seinem Repertoire, aber keine Ahnung, dass er selbst mit einer Nixe verheiratet ist. Sie passen sich an und leben unter Menschen, als wären sie einer von ihnen, doch wenn eine Grenze überschritten wird, kehren sie ins Meer zurück. Das Wissen darum verleiht ihr die Ruhe zu bleiben. Jetzt lenkt sie den Schlitten in Manströms Bucht, geht an Land und ins Haus. Außer Tilda ist keiner zu Hause. Sie hat Kaffee gekocht. Trotz wiederholter Belehrungen setzt sie ihn immer zu früh auf und lässt ihn dann Gott weiß wie lange auf der Herdplatte köcheln. Wenigstens ist er heiß. Sie legt den Plüschmantel ab, behält aber den Rest an und zieht die Halbhandschuhe über, ehe sie sich setzt und Kaffee trinkt. Ein Zuckerstück zwischen die Zähne geklemmt, Kaffee in die Untertasse gegossen, die Untertasse mit ruhiger Hand zum Mund geführt, genüsslich geschlürft. Sie schmiert sich eine Scheibe Brot, erörtert die Außen- und Innentemperaturen: 17 Grad am Herd, 6 am Fenster, 13 im Schlafzimmer, –12 draußen. Kalt, aber schön. »Herrliches Eis!«, sagt sie zu Tilda. Die berichtet von dem Verkehr, den sie durchs Küchenfenster beobachten konnte: Pferde waren draußen und haben Heu von den Schobern auf den Holmen geholt, und Jungen haben getan, was Jungen tun, sie stehlen sich von dem davon, was sie eigentlich tun sollen, sie schlittern davon und gehen angeln. Aber bald wird das

Eis so dick sein, dass ihnen die Lust, Löcher zu bohren, vergeht.

Wenn es derart frisch und kalt ist, fällt es leichter, sich zu erheben und mit der Schultasche in die Kammer zu gehen und dort Bluse, taillierte Jacke und Schulrock gegen Alltagskleider zu tauschen. Wolle über alles ziehen und zuletzt das große Tuch umlegen, das wollene Kopftuch um den Kopf und Fischerhandschuhe über die Hände. Sie sollte sich um das Abendessen kümmern, setzt sich aber lieber und beginnt einen ihrer »Briefe vom offenen Meer«, eine feste Kolumne in den *Åboer Nachrichten*:

»Wie geht es euch da draußen?, fragen Leute mitfühlend.

Danke, gut, antworten wir. Das ist keine Tapferkeit, sondern die aktuelle Wahrheit. Seitdem das Meer zugefroren ist, haben sich unsere Grenzen hundertfach ausgedehnt, wir haben Bewegungsfreiheit und spiegelblank gebohnerten Boden, so weit das Auge reicht. Solltest du dich einmal hertrauen, bekämst du etwas Lustiges zu sehen: Jung und Alt nehmen den geradesten Weg zu ihren Beschäftigungen, und wir haben einen Verkehr wie in New York, nur auf Schlitten und Schlittschuhen. Hier gleitet eine Last Heu vorbei, da eine Fuhre Sand, weiter draußen auf der Bucht kommt der Örar-Opa persönlich auf seinem Verlobungsschlitten, beladen mit Einkäufen aus dem Laden, und Brunte zwischen den Scheren der Deichsel so sicher auf den Beinen wie in jungen Jahren. Jungen schießen rasch vorbei wie Sternchen vor den Augen, und kleine Kinder legen am Ufer vor ihren Häusern spiegelglatte Schlitterbahnen an.

Kalt?, fragst du.

Ja, sicher, klirrend kalt, aber nicht kälter als bei euch in der Stadt.

Aber einsam?

Ganz bestimmt nicht!«

Bei allem, was sie noch zu tun hat, muss sie jetzt abbrechen. Auch das ein Vergnügen, denn da man jetzt so gut wie immer Feuer im Herd unterhalten muss, kann man auch rasch einen Auflauf ins Backrohr schieben, der immer gelingt und den alle mögen. Die Hühner legen immer noch, bei der Kälte aufgeplustert wie Kaninchenmuffe und tief in ihre Nester geduckt, die Milch steht zum Anwärmen in einer Schüssel. Ein paar Eier in die Milch geben, mit dem Schneebesen leicht aufschlagen und dann das Ganze in eine Form über geschichtete Kartoffelscheiben, Zwiebeln und aufgeklappte Heringsfilets gießen. Ein paar Butterflocken drüber und ab damit in den Ofen. Noch ein paar Scheite nachlegen, und nach einer Weile hat man ein herrliches goldgelbes Essen. Dazu frisch gebackenes Brot und selbst geschlagene Butter. Darüber wird sie in dem Brief schreiben, sobald sie Zeit findet.

Als Lydia den Heringsauflauf in den Ofen schiebt, hat Adele Bergman den Laden abgeschlossen und ist nach oben in die Wohnung unter dem Dach gegangen. Elis ist zu Hause – wo sollte er auch sonst sein – und hat Kaffee gekocht. Sie hat eine Stange Weißbrot erstanden, davon essen sie zum Kaffee, und dreihundert Gramm Gehacktes, aus dem sie Frikadellen machen will.

»Viele Leute heute im Geschäft«, sagt Elis. »Wo es jetzt für alle so einfach ist, herzukommen. Sieht lustig aus, Leute im Schlitten kommen zu sehen, die man sonst nur im Boot sieht.«

»Ja, fast ein bisschen Feststimmung überall. Und fast jeder kauft ein bisschen was extra. Die Jungs vom Kantor waren hier und haben Tabak gekauft. Sie haben gewartet, bis nur Birgit an der Theke stand, aber ich habe sie vom Büro aus gesehen. Diesmal bin ich nicht rausgestürmt und habe ihnen eine Gardinenpredigt gehalten. Ich habe sie den Tabak kaufen lassen, frage mich aber, ob ich es nicht dem Kantor sagen sollte. Manchmal finde ich, wir im Laden sollten auch eine Schweigepflicht haben. Es gibt keine Möglichkeit, irgendwo einzukaufen, wo einen keiner kennt, und wo sollen die Jungen an Tabak kommen, wenn sie ihn hier nicht kaufen dürfen?«

»Die hatten wohl ihren Glückstag heute, scheint mir«, sagt Elis und freut sich, dass sie guter Laune ist. Und die soll sich noch steigern, denn die Post ist gekommen, und es gibt Tageszeitungen, Illustrierte, Briefe und Ansichtskarten.

»Schau hier«, sagt er. »Ach, ich hätte sie dir nicht zeigen sollen, bevor wir gegessen haben.«

Sie lachen beide. In den Zeitungen gibt es Kreuzworträtsel, in den Wochenmagazinen Feuilletons, in den Briefen Grüße und Neuigkeiten. Dazu den *Menschenfreund*, die Zeitschrift der Evangelisch-Lutherischen Gesellschaft, die auf Örar zwei Abonnenten hat: den Pfarrer und Adele. Der Küster kann sie sich nicht leisten, der Kantor schafft es vor lauter anderen Aufgaben nicht. Und die im Kirchenvorstand, die eigentlich abonnieren sollten, unterlassen es aus Faulheit und mangelnder Überzeugung. Traurig. Doch an diesem Tag gab es schon genug Anlass zur Freude, und dank der Post bleibt sie bis spät in den Abend erhalten.

Es gibt vieles, was auf Adeles Schultern lastet. Mit den weltlichen Bedürfnissen kommt sie gut allein zurecht. Für die geistigen braucht sie Hilfe. Und darum ist es so wichtig, dass der Pfarrer auf Örar ein Mann nach ihrem Sinn ist. Jemand, der ihre Nöte mit den gedankenlosen Inselbewohnern und ihrem schlummernden Glauben versteht, jemand, der die Wichtigkeit der Erweckung und der Erneuerung des Glaubenslebens einsieht. Jemand, der zu inspirieren und anzuleiten versteht. Jemand wie dieser junge Priester, der rein und unverfälscht Gottes Wort predigt und schon allein durch sein Beispiel die Freundschaft und die Achtung der Leute gewonnen hat. Gebe Gott, dass er ein vom Herrn gesandtes Werkzeug sein möge, um allen Menschen Erlösung zu predigen!

Auch im Pfarrhaus herrscht andächtige Zeitungsstille. Die Post ist an der Fahrrinne für Dampfer abgeholt worden, als der Eisbrecher *Murtaja* auf seinem mühsamen Weg nach Mariehamn Mellom passiert hat. Von dort brachten Post-Anton und seine Mähre sie weiter nach Örar. Viel Post ist für das Pfarrhaus bestimmt, darum schaut Anton herein, wenn er ohnehin vorbeikommt, und sortiert die Post grob vor. Die Stute wurde in den Windschatten der Sauna gestellt und hat etwas Hafer in den Futterbeutel bekommen, Anton im Haus einen Kaffee. Jetzt sind sie auf dem Rückweg, und die Pfarrersfamilie samt eifrigem Vater fällt über die Post her. Mehrere Ausgaben von *Hufvudstadsbladet* aus der Hauptstadt und *Ålandstidningen*, außerdem das Gemeindeblatt und der *Menschenfreund*. Am eifrigsten blättern sie den Stapel Briefe durch, offizielle Schreiben werden für später beiseitegelegt, aber private Briefe öffnen sie mit allem, was scharf und gerade zur Hand ist. Drei Briefe von Mama, ein Gruß von Helléns, ein Brief von einer Kollegin Monas aus dem Lehrerseminar und einer von einem Amtskollegen Petters, und dann noch einer von unbekannter Hand in einem dick gefütterten, edlen Kuvert mit schwedischer Briefmarke. Er kommt von einem älteren Herrn, der sich erkundigen möchte, auf welche Weise er am besten den Bewohnern einer Inselwelt helfen könne, die ihm einmal in ach so ferner Jugendzeit unauslöschliche, nie vergessene Offenbarungen von Gottes herrlicher Schöpfung beschert habe. Definitiv etwas, das er sehr herzlich beantworten wird, aber jetzt wird erst Zeitung gelesen! Auch im Haus des Pfarrers kommt der *Menschenfreund* zuletzt an die Reihe und bleibt vorerst in anklagenden Stößen im Büro liegen, während die drei Erwachsenen die Nummern von *Hufvudstadsbladet* und *Ålandstidningen* untereinander austauschen. Sanna darf sich mit dem *Menschenfreund* beschäftigen. Raschelnd blättert sie aufmerksam die Seiten um und sagt »Oh!« und »Hat man so was schon gehört!« oder »Festes Eis, steht hier«.

Anzeigen gehören auch zur Lektüre, die Genossenschaft auf Åland kündigt eine Lieferung Apfelsinen an. Da muss man hoffen, dass Adele aufgepasst hat. Vielleicht befanden sich schon ein paar Kisten auf Antons Schlitten, obwohl er nichts dergleichen erwähnt hat. Da sollte man nachfragen und sich gleich vornean befinden, wenn morgen der Laden öffnet.

Innenpolitik, Morde, Verkehrsunfälle, Sport und Meldungen aus dem Ausland und eine scharfzüngige Glosse von einem der zahlreichen Hellén-Cousins, das Programm der Kinos von Helsingfors in der vergangenen Woche, Buchbesprechungen, eine Neuinszenierung am Schwedischen Theater, Heirats-, Geburts- und Todesanzeigen, Comics und Cartoons ganz hinten in der Samstagsausgabe – eine Welt, die man nicht vermisst, von der man aber gern liest. Bekannte, heimatliche Töne, obwohl sie das Elternhaus glücklich abgeschüttelt haben. Und doch gibt es da drüben die Familie, die Jugendfreunde, das kulturelle Umfeld, alles!

Bei Küsters liest er Signe aus der *Ålandstidningen* vor. Viele erstaunliche Ereignisse haben sich in der Landschaft zugetragen, und eine Betrachtung über deren Pfarrer fordert einen Vergleich heraus: »Weder Leben noch Geist. Unser kann das besser.«

Das fühlt sich gut an, und es gibt noch mehr zu lesen. Er hat jedenfalls schon mal einen guten Anfang gemacht, während der Kantor seine Post noch nicht einmal holen konnte. Die Söhne sind nirgends aufzufinden. Wie können so viel Aufmerksamkeit erregende Jungen derart unsichtbar sein? Und was für ein Sinn soll im Großwerden liegen, wenn sie sich weiterhin auf dem Eis herumtreiben, bis zu den Leuchtfeuerschären, und nach Robben suchen, ohne etwas Gescheites zu tun, von dem man auch an Land Nutzen hätte? Im Stall steht eine Kuh, die an Druse erkrankt ist, es müsste mehr Holz gehackt werden, jetzt, wo das Eis in perfektem Zustand ist, wäre es gut, aus den Scheunen auf den anderen Schären Heu zu holen, die Heringsnetze wären zu flicken, damit man nicht Ende Juli dasteht und sich wundert, wo all die Löcher herkommen. Im Haus warten Schreiben und Eingaben, Kaufverträge, die aufzusetzen sind, zu beglaubigende Testamente und Inventarverzeichnisse, Abrechnungen des Genossenschaftsladens, die noch geprüft werden müssen, Sitzungsberichte des Gemeinderats müssen noch ins Reine geschrieben und an der Anschlagtafel im Laden ausgehängt werden, es fehlen noch Vorschläge für die Tagesordnung der nächsten Kirchenvorstandssitzung. Keine Pause und kein Ende, gar nicht erst davon zu reden, dass er die

Finger geschmeidig und die Kirchenlieder eingeübt halten sollte, wo sie jetzt endlich einen Pastor haben, der etwas von Kirchenmusik versteht.

Der Kantor ist das älteste Kind einer tüchtigen Mutter, und als er aus tiefer Liebe heiratete, war er überzeugt, dass alle Frauen so seien wie sie. Fähig, energisch, tüchtig und zupackend. Wie Mona Kummel, denkt er voll Bewunderung, nicht wie Francine. Ihr ist vieles zu viel. Der Haushalt zum Beispiel. Kinder zur Welt bringen und aufziehen: erschöpfend. Tierhaltung: schwer. Der Kantor war der erste Mann auf Örar, den man zur Melkzeit gemeinsam mit seiner Frau in den Stall gehen sah. Francine geht mit, aber ein widerspenstiges Tier bindet er an, damit es nicht treten kann, und er schleppt die Kannen und wäscht sie aus. Im Haus kümmert sich seine Mutter um alles. Francine ist nicht faul, sie flickt und tut dies und jenes, aber selten bekommt sie etwas fertig. Ohne Mutter würde es nicht gehen, gleichzeitig sieht er aber, dass Francine gerade wegen seiner Mutter weniger Antriebskraft hat und schneller aufgibt, weil Mutter ja sowieso eingreift und ihr die Arbeit aus der Hand nimmt, sobald sie erst die Hälfte geschafft hat.

Vielleicht bekommt Francine deshalb Verzweiflungsanfälle, bleibt im Bett und beteuert, sie wolle sterben. Falls es noch mehr Kinder geben sollte. Keiner versteht, dass sie keine Kraft mehr hat. Kein Mensch kann ihr helfen. Die Großmutter wirft ihr vor, sie sei klein und schwach. Muss eine Frau denn Kräfte wie ein Kerl haben? So geht es wieder und wieder, in einem Zirkel der Verzweiflung.

Er hat sie gegen den erklärten Willen seiner Mutter geheiratet. Er war ruhig und entschlossen und seiner Sache sicher, obwohl er sonst oft nervös und voller Zweifel ist. Man glaubt, man trifft die richtigen Entscheidungen, wenn man so ruhig ist, aber diese Ruhe kann auch Selbstbetrug sein. Und was ist im Übrigen schon eine richtige Entscheidung? Eine vernünftige oder eine, die mit den innigsten Wünschen und Hoffnungen eines Menschen übereinstimmt? Letzteres war der Fall, als er um ihre Hand anhielt, und weil er seinen Entschluss Mal für Mal vor sich selbst rechtfertigen musste, hat er auch seine Liebe verteidigt und in jeder Hinsicht unterstützt, sodass er der einzige Mann auf Örar ist, der seine Frau öffentlich lobt, obwohl alle wissen, wie es bei ihnen bestellt ist.

Einen solchen Mann hätte Adele gern gehabt: stattlich, talentiert, vielfach begabt, verantwortungsbewusst, kompetent, effektiv. Sein einziger Schwachpunkt ist Francine; die hätte besser zu Elis gepasst. Elis ist ein guter Mensch, gutherzig, freundlich, an vielem interessiert, aber doch ohne die treibende, aktive Ader des Kantors. In einer anderen Umgebung könnte man diskret einen kleinen Tausch vereinbaren, aber in dieser ist das unmöglich. Man ist und bleibt mit dem Menschen verheiratet, den man einmal gewählt hat. Und so, denkt Adele, brauche ich mir nie Gedanken darüber zu machen, ob er mich womöglich gar nicht haben wollte. Keine erkaltenden Gefühle, keine Enttäuschungen brauchen sich je in ihr Verhältnis zum Kantor zu mischen. So ist es doch am besten. Aber ach …! Nein, zu Francine kommt er abends, wenn er müde und erschöpft ist, ins Geschäft kommt er, wenn der Tag ihm noch nicht das Mark ausgesaugt hat. Mal schaut er in ihr Büro mit irgendeinem Anliegen, das die nächste Vorstandssitzung betrifft. Mal muss das Protokoll erörtert werden, die Reinschrift, nie gehen die Gründe für weitere Begegnungen aus. Seine Hand hat Stift und Papier gehalten, seine lieb gewonnene Schrift gleitet ebenso über die Seite wie seine Stimme; wenn er gegangen ist, bleibt sie den ganzen hektischen Tag über offen auf dem Schreibtisch liegen wie ein Lichtpunkt.

Francine findet dagegen nach all den Jahren noch immer, sie lebe in einem fremden Haus, und manchmal geht sie heimlich zum Haus ihrer Kindheit. Es steht leer und verlassen, da alle tot sind. Es ist so kalt darin, dass sie ihren Atem sehen kann, die Herdplatte rostig, die Betten leer. Kein Mensch kommt hierher, wenn sie nicht zu lange bleibt, sodass sie nach ihr suchen. Sie erwartet wieder ein Kind und weiß, dass es nicht gut gehen wird. Sie ist zu alt und schämt sich, darüber zu sprechen. Sie weiß nicht, was sie denkt; es war, als ob sie unter dem Eis treiben würde, die Haare aufgelöst, das Gedächtnis ebenfalls. Was man in solcher Auflösung auch denken und glauben soll.

Er hat so gute Worte. Er geht so schön auf einen ein. Bei ihm, hat sie damals gedacht, sei sie geborgen und hätte es gut. Als sie klein war, konnte sie es nie mit ansehen, wenn eine Kuh kalbte. Und als sie selbst an der Reihe war, erging es ihr nicht besser. Aber da konnte sie nicht weglaufen und sich verstecken. Sie hat ihre Schwiegermutter sagen hören, Francines Geburten seien keine sonderlich schweren gewesen. Aber was weiß denn sie davon? Und dann ein Kind nach dem anderen. Dabei wollte sie am liebsten selbst noch klein sein. Das einzig Gute daran, wenn es wieder einmal passiert ist, ist, dass sie ihn dann ohne Angst an sich heranlassen kann, denn dann ist das Malheur ohnehin geschehen.

Die Pfarrersfrau, berichtet der Kantor, sei vermutlich in den gleichen Umständen wie sie, auch wenn der Pfarrer nur Andeutungen gemacht habe. Es ist aufmunternd gedacht, aber die Frau des Pastors ist jung und gesund und stark und hat Temperament und ein robustes Gemüt, für sie ist das Kinderkriegen wie ein Tanz, flott und reibungslos wie alles, was sie tut. Was weiß sie schon, wie anders es für Francine ist? Ein paar Mal kräftig pressen, und schon ist das Neugeborene da, und das war's.

Ganz verkehrt ist das nicht, was Francine sich vorstellt. Denn bei all ihren Tätigkeiten denkt die Pfarrersfrau selten daran, dass sie schwanger ist, und über die Entbindung macht sie sich nicht groß Gedanken. Die Gattin des vorigen Pfarrers ist nach Åbo gefahren und hat dort Wochen auf ihre Niederkunft gewartet, aber für so etwas hat Mona Kummel keine Zeit. Außerdem trifft es sich, dass die Hebamme auf Örar ausgebildete Frauenärztin ist, auch wenn ihre Zeugnisse auf Russisch ausgestellt wurden. Zudem gibt es auf Örar eine Haushaltshilfe, die man für die erste Woche mieten kann. Mit anderen Worten: Es ist also alles bestens organisiert, und die Pfarrersfrau hat an anderes zu denken. An den Haushalt natürlich, die ständige Bereitschaft, unangemeldete Gäste zu empfangen, an den Stall, wo das erstklassige Heu bei den Kühen bestens angeschlagen hat, sodass sie immer noch so viel Milch geben wie im Herbst. Flicken, stopfen, korrespondieren, der Kirchenchor, unter Leitung des Kantors gegründet, in dem der Pfarrer im Bass singt, seine Frau im Sopran. Dank dem wunderbaren Eiswinter ist es für alle leicht, zur Kirche zu kommen; der Weg ist von beiden Inselhälften aus gleich weit. Die Chormitglieder üben beim Schlittenfahren schon einmal ihre Stimmen ein, und wenn sie bei der Kirche ankommen, sind sie warm und eingesungen. Sie singen einige Runden, um auszuprobieren, wie es sich in der guten Akustik der Kirche anhört, wechseln dann aber auf nachdrückliche Einladung der Pfarrersleute hinüber ins Pfarrhaus und proben dort im Salon weiter. Der gesamte Vorbau ist voll mit ihren Mänteln und Pelzen, und der Salon wird von Gesang erfüllt.

Da bricht Sanna in Tränen aus, und ihr Vater ahnt, dass sie in diesem Meer von Überkleidern und mächtigem Chorgesang eine tiefe Verlassenheit fühlt, wie sie denjenigen befallen kann, der außerhalb von allem steht: Eis, Kirche und Gesang. Er nimmt sie auf den Arm und sagt, sie solle nicht traurig sein, und außerdem flüstert er ihr ein Geheimnis ins Ohr: Im Sommer wird sie ein Geschwisterchen bekommen. Das wird schön!

Der Chor, der sich übers Eis nach Hause schiebt, hat sich ausgerechnet, wie es steht. An und für sich ist es keine Neuigkeit, denn das Gerücht hat schon die Runde gemacht, ehe die Pfarrersfrau schwanger wurde, jetzt aber hat es sich bestätigt: die Brüste, ein kleines Bäuchlein unter dem Rock, die Frau vielleicht etwas ruhiger geworden. Lächelt sie nicht schon einmal sichtlich in sich hinein?

Das Abendlicht hält sich mittlerweile etwas länger, und über Tag zehrt die Sonne am Eis, das zum Nachmittag hin weich wird. Dann sinken die Kufen tiefer ein, und das Tempo lässt nach. Über Nacht überfriert alles, und am Morgen gleitet der Schlitten wieder wie vorher. Aber die Sonne gewinnt jeden Tag ein Stückchen dazu, und es liegt Unruhe in der Luft. Weit draußen auf dem Meer gibt es offenes Wasser, und hinter aufgetürmten Eisbarrieren kann man auf Robben treffen. Ein paar Jagdgesellschaften machen sich mit speziellen, besonders leichten Booten im Schlepptau auf den Weg. Zwischen den kleineren Inseln und besonders da, wo es Strömung gibt, färbt es sich blau und gibt nach. Es ist nur eine Frage von Tagen, und den Kindern wird verboten, aufs Eis zu gehen. Ältere und vernünftigere Menschen gehen nirgendshin ohne Eispickel und ein Messer im Gürtel. Lydia Manström fällt es am schwersten, vom Eis Abschied zu nehmen, doch sie muss den Schulkindern ein Vorbild sein, obwohl das Eis sie noch ein paar Tage tragen würde. Vielleicht sogar ein paar Wochen, falls das Wetter noch einmal umschlagen sollte. Aber vermutlich nicht. Die Sonne und die Menschen setzen beide ihre Kraft ein, um die Eisschmelze in Gang zu bringen. Man stemmt die Schulter ein und schiebt, und das Eis weist nasse Flecken und dunkle, brüchige Stellen auf. Es ist weich und trügerisch, und hinter den Leuchtfeuerinseln hören die Seehundjäger das offene Meer brausen. Risse und Spalten springen unter ihren Füßen auf, und wer nicht leichtfüßig ist und tänzeln kann wie ein Kranich, der bricht leicht ein. So muss es sein, und wer seine Risiken mit Verstand kalkuliert, kann an der Eiskante blutig erlegte Robben stapeln. Für die Schnauze bekommt man eine Abschussprämie, die staatlichen Werften kaufen den Tran, das Fell gerbt man selbst und trägt es in Åbo zu Markte. Aus dem Blut macht man Blutpudding. Das Fleisch von Jungrobben sei eine Delikatesse, behaupten die, die auf den Geschmack gekommen sind.

Einige Monate lang hatte der Pastor seine Gemeinde beisammen und präsent. Jetzt kommt es häufiger vor, dass jemand, den er besucht, auf unbestimmte Zeit außer Haus ist. Die Bootsschuppen brummen vor Geschäftigkeit, obwohl die flachen, inneren Buchten noch vereist sind. Die Schleifspuren von Robbenbooten führen hinaus. Obwohl in der Winterwelt einiges los war, fühlt es sich im Vergleich mit der jetzigen Betriebsamkeit wie ein Dornröschenschlaf an. Alle sind aufgewacht und haben sich gereckt und gestreckt, und der Pfarrer muss lernen, dass Ostern auf Örar kein besonders hoch angeschriebenes Fest ist; dafür haben die Menschen zu viel zu tun. Die Pfarrersfrau hat Krokusse in einer Schale gezogen, die jetzt den Altar schmückt, der Küster ändert die liturgischen Farben, wie es vorgeschrieben ist, und der Pfarrer steht am Karfreitag fast allein in seiner Kirche im Trauerkleid, ebenso am Ostersonntag, als er im Gottesdienst die Auferstehung Christi verkündet. Das höchste und froheste Fest der Christenheit, sagt er in die Leere zu Mona, Sanna und seinem Vater, dem Küster auf der Bank, dem Kantor und dem Balgtreter auf der Empore. Dadurch ist es nicht weniger wahr, aber es hallt unheilvoll im leeren Kirchenschiff wider.

Zu Hause haben sie einen Osterstrauch geschmückt, und Sanna hat das erste Osterei ihres Lebens suchen dürfen. Es lässt sich öffnen und ist voller kleiner Bonbons. Wenn man das sieht, erinnert es daran, dass der Krieg wirklich vorbei ist. Sanna hat zu lernen, dass man erst allen anderen etwas anbietet, ehe man selbst zugreift. Sie hatte Geburtstag und ist jetzt zwei Jahre alt, gut entwickelt und sprachlich ihrem Alter voraus, sie hat einen unstillbaren Hunger danach, dass man mit ihr spricht und ihr Märchen vorliest. Wenn der Großvater im Frühjahr abreist und sie durch die ganzen Frühjahrsarbeiten sehr eingespannt sein werden, wollen sie eins von den Konfirmandenmädchen anheuern, damit es Sanna Gesellschaft leistet.

Der Großvater steht seinerseits in den Startlöchern und lauscht auf Anzeichen, dass das Eis aufbricht. Wenn das Meer wieder offen ist, kann er nach Hause fahren und einen Monat für sich sein, ehe seine Frau mit den Möbeln kommt.

Die Sonne ist gut, der Wind ist gut, erklärt er Sanna. Alles, was das Eis in Bewegung bringt, ist gut. Und wenn das Eis erst einmal in Bewegung ist, geht es schnell. Bewegung ist gut, Umziehen, Leben!

Vierzehntes Kapitel

Das ist jetzt die Zeit, wo es weder trägt noch bricht. Die Stute hat es schon eine Woche lang gemütlich, während ich mich mit dem Schlitten abschleppe. Zum Glück ist der Postsack ziemlich leicht, als ich mich im Morgengrauen auf den Weg mache, wenn das Eis am festesten ist. Wenn ich ein gutes Tempo einhalte, schaffe ich es bis Mellom, ehe man zu tief im Eis einsinkt.

Du musst in Fahrt bleiben, um an den schlimmsten Stellen nicht einzubrechen, aber nicht so in Fahrt, dass du wie ein wütender Stier vorwärtsstürmst, ohne zu sehen, wo es langgeht. Du musst immer wissen, wie es vor dir aussieht, damit du nicht in ein Feld mit dünnem Eis dampfst, aus dem du nicht mehr herauskommst. Das Interessante am Eis ist, selbst wenn du es schaffst, weit auf ein solches Feld hinauszukommen, trägt dich das Eis nie, wenn du versuchst, auf demselben Weg zurückzufahren.

Du darfst niemals wenden und zurückgehen, und genau darum ist es so wichtig, dass du vor dir genau siehst, wo du langgehen willst. Über die große Örar-Bucht versuche ich stets direkten Kurs zu halten, obwohl es ganz schön anstrengend ist, wenn der Wind mich abtreiben will. Wenn du drüber bist und die größeren Holme ausmachen kannst, hast du die längste Etappe geschafft. Ich gehe dann meist zu den äußersten Höfen von Utgårdar, wo es einen warmen Ofen, eine Tasse Kaffee und vielleicht einen Brief gibt, den ich in meinen Postsack stopfen kann.

Bei offenem Wasser hast du das Schlimmste hinter dir, wenn du im Windschutz zwischen den Holmen angekommen bist, wenn aber noch dünnes Eis liegt, hast du allen Grund, vorsichtig zu sein. Denn da gibt es Strömungen, und da öffnen sich plötzlich an unerwarteten Stellen Rinnen im Eis. Man sieht sie nicht immer, denn das Wasser fließt und strömt unter einer dünnen Eishaut, und wenn du gegen die Sonne guckst, kannst du den Unterschied zwischen tragendem Eis und solchen Stellen nicht immer erkennen. In dieser Jahreszeit trage ich immer Schuhe aus Robbenfell, denn dann ertaste ich durch die Sohle, wie dicht unter der Oberfläche das Wasser fließt, und kann mich in Acht nehmen.

Die Ohren musst du weit aufsperren, damit du hörst, wie es gluckert und fließt, und damit du verstehst, wie das Eis unter den Kufen lebt. Und wenn du in weichem Eis an Fahrt verlierst, musst du auch erlauschen, wie es sich vor dir anhört, damit du vorbereitet bist, wenn das Eis unter deinen Füßen auf einmal anfängt auseinanderzudriften. Du musst vorwärts, wie mühselig es auch wird, denn glaub ja nicht, du könntest umkehren. Dein ganzer Körper muss wie ein Instrument sein, das den Zustand des Eises misst. Manchmal hältst du den Atem an, und Angst lässt unter deinem Pelz Hitze aufwallen wie Wasser im Kochtopf, und dann schiebst du wieder aus Leibeskräften. Dein ganzer Körper ist ein Messgerät, das permanent anzeigt, wo du dich bewegst.

Zudem weiß ich ja, dass ich nicht allein auf dem Eis unterwegs bin. Bevor ich aufbreche, sehe ich voraus, was auf mich zukommt, und unterwegs werde ich ständig vorgewarnt. Daran ist nichts Seltsames, aber es ist auch nichts, was sich mit gewöhnlichen Worten beschreiben ließe. Ich weiß nicht, wie sie aussehen; und obwohl ich mit ihnen scherze und ihnen sage, sie sollten vom Schlitten aufstehen, damit das Gewicht leichter wird, glaube ich nicht, dass sie überhaupt ein Gewicht in unserem Verständnis besitzen. Sie existieren in dieser Welt auf eine andere Weise als wir, obwohl sie ein-

mal wie wir gewesen sind. Und darum helfen sie mir und lotsen mich. Wenn sie nicht einmal wie wir gewesen wären, würden sie niemals begreifen, welche Art von Wegweisung wir brauchen.

In der Zwischenzeit habe ich den Fähranleger auf Mellom und seinen Wartesaal erreicht. Da koche ich mir gewöhnlich einen Kaffee, esse Butterbrote und schlafe ein Weilchen unter den Decken, bis es Zeit wird, auf das Eintreffen des Dampfers zu warten. Der Alte von der Post auf Mellom und ich wechseln uns damit ab, auf den höchsten Felsen zu steigen und nach ihm Ausschau zu halten. Wenn er kommt, haben wir die besten Aussichten, nass zu werden, der Alte und ich, wenn wir nämlich draußen an der Eisrinne die Postsäcke in Empfang nehmen müssen. An Bord des Schiffes bringen sie auch Nachschub für Mellom sowie ein paar Passagiere mit. Darum stellt das Schiff die Maschine ab, gleitet an die Eiskante und bringt eine Gangway aus. Über denselben Weg kommen auch die Postsäcke, und ich nehme meinen in Empfang und ziehe mich über schwankendes Eis auf festen Boden zurück. Vielleicht zum letzten Mal in diesem Jahr. Danach fühlt es sich an.

Ja, natürlich ist es schon vorgekommen, dass ich mit dem Schlitten losgezogen bin und mit dem Boot zurückkam. Mit das Schlimmste, was ich erlebt habe, war, als die ganze Eisfläche zwischen den Inseln mit Krachen und Donnern genau in dem Moment hinter mir aufbrach, als ich die größeren Holme erreicht hatte. Da habe ich schlagartig begriffen, dass ich mich sputen musste, und bin um mein Leben gerannt, während das Eis unter meinen Füßen stöhnte und sich hinter mir die Schollen übereinanderschoben. Ich habe es trockenen Fußes bis Utgårdar geschafft und konnte mir für den Rückweg ein Boot leihen.

So schlimm, dass ich mich gar nicht rausgetraut hätte, hat es noch nie ausgesehen. Julanda hat oft zu mir gesagt, ich sei doch nicht ganz bei Trost, bei jedem Wetter und Seegang loszuziehen, aber ich muss sagen, dass der Lohn, den ich bekomme, doch auch eine Verpflichtung nach sich zieht. Die da draußen haben irgendwie mitbekommen, dass es nicht allein um mich geht, sondern auch die Säcke dazugehören. In all den Jahren habe ich nicht einen Postsack verloren, und daher weiß ich, dass sie auf mein Gepäck genauso ein Auge haben wie auf mich, wenn ich da übers Eis fahre und laufe, wo sie mir eine Route abgesteckt haben.

In der Zeit, in der das Eis unpassierbar ist, telefonieren die beiden Pfarrer der Schärenpropstei miteinander. Der erfahrene Fredrik Berg hat Petter Kummel vorab gewarnt, dass sie nicht ganz frei reden könnten, da das Fräulein vom Amt mithöre. Petter hat vorgeschlagen, bei sensiblen Dingen könnten sie Finnisch sprechen, aber als er einmal wegen anderer Dinge mit der Vermittlung sprach, hat Edit ihn sehr taktvoll wissen lassen, dass sie seit ihren Jahren als Dienstmädchen in Åbo ganz leidlich Finnisch verstehe. Darum müssen sie also eine gewisse Zurückhaltung wahren, obwohl es eine Menge zu diskutieren gibt. Zuerst die Arbeit, aber dann …

»Und wie geht es sonst?«, erkundigt sich Petter. »Wir hier sind völlig abgeschnitten, bis das Eis weg ist. Die Robbenjäger sind draußen unterwegs, und Anton macht einmal in der Woche mit dem Schlitten die Tour nach Mellom. Wir sitzen dagegen fest, wo wir sind. Ich weiß nicht, wie Anton das macht. Den Rückweg legt er nachts zurück, wenn es wieder zufriert, denn dann ist der Schlitten sehr schwer durch all die Zeitungen, die er mitbringt. Die meisten sind für uns bestimmt, fürchte ich. Ich schäme mich, wenn ich sie auspacke. Anton setzt für sie jedes Mal sein Leben aufs Spiel. ›Die Post muss zugestellt werden, auf Biegen oder Brechen‹, sagt er stolz.«

»Und das ist eine Aufgabe, die Finnlands Orden der weißen Rose wert ist. Weißt du, dass er den bekommen hat? Den bekommen die Postboten hier draußen meist, sofern sie überleben. Bei uns ist es durch die frei gehaltene Fahrrinne für die Dampfer leichter. Wenn es nötig sein sollte, kann man zweimal pro Woche von hier wegkommen. Aber gute Gründe sollte man dafür schon haben. Es ist ein ziemliches Unternehmen, bis zur Rinne zu kommen, und ein weiteres, an Bord zu gelangen. Das tut man nicht nur zum Vergnügen.«

»Nein, und wir sind sehr zufrieden damit, zu Hause bleiben zu können. Andere fragen immer, wie wir denn die Winter hier überstehen, aber man wird gar nicht unruhig oder bekommt einen Inselkoller, sondern findet sich gut damit ab, dass die Welt geschrumpft ist. Das Bemerkenswerte ist, dass sie immer noch ausreicht. Hier auf Örar trifft man alle Typen von Mensch, die es in der großen, weiten Welt draußen auch gibt. Und genauso alle Arten von Konflikten und Problemen. Wie geht es mit deinen?«

Petter hat einen fröhlichen und triumphierenden Unterton in Fredriks Stimme herausgehört, als ob er nur auf einen passenden Moment warte. »Ach ja«, sagt der jetzt. »Aus Angst, es könnte sich wieder in Luft auflösen, wagt man es ja kaum laut zu sagen, aber wir haben gestern endlich den Antrag auf ein neues Pfarrhaus durchgebracht. Nicht bloß eine Bekräftigung des bereits gefassten Beschlusses, sondern einen neuen über konkrete Maßnahmen, über die Verteilung der Arbeiten auf die Dörfer, das Abrufen der Mittel vom Zentralfonds. Nachdem der Antrag tatsächlich angenommen war, haben wir uns angeguckt, als ob wir es nicht glauben könnten. Was haben wir Kaffee getrunken, als das überstanden war!«

»Gratuliere«, sagt Petter. »Glaubst du, mit der Hinhaltetaktik ist es jetzt vorbei?«

»Wenn es bloß so wäre! Von den Abläufen her gesehen, sind wir dem Ziel jetzt ein gutes Stück näher gekommen, was weitere Verzögerungen schwieriger macht. Da fühle ich mich ganz sicher. Aber du kannst Gift drauf nehmen, dass sie sich auf einmal schrecklich krank fühlen werden, wenn es wirklich losgehen soll.«

»Trotzdem schön. Wie hast du es denn geschafft?«

»Wir haben bei der klirrenden Kälte im Januar im Pfarrhaus eine Vorstandssitzung abgehalten. Ich habe dafür gesorgt, dass es schön ausgekühlt war, bevor wir kurz vor ihrem Eintreffen die Kachelöfen wieder angeheizt haben. Es brauchte nicht einmal windig zu sein, um sie spüren zu lassen, in welchem Zustand das Haus ist. Die Kälte zog wie bestellt durch Böden und Wände. Die Lampe wurde ausgeblasen, die Vorhänge wehten. Der Kaffee wurde kalt, ehe man die Tasse zum Mund geführt hatte. Eisige Kälte kroch die Beine hinauf, wenn man nur für eine halbe Minute still saß. Die Kinder waren erkältet und husteten und weinten, dass es durch die dünne Bretterwand zu hören war. Perfekt.«

Petter lacht. »Bei uns in der Gemeinde weiß man, dass man nur die äußerste Schicht der Überkleidung ablegt, wenn man ins Pfarrhaus kommt. Es kommt vor, dass sich jemand wieder seinen Mantel holen geht, eine Pelzmütze hatten wir auch schon mit am Tisch und mehrere Wolltücher. Das halten sie für ganz natürlich. So ist es eben im Winter. Wir haben immerhin Holz, und das ist mehr, als manch anderer hier von sich sagen kann.«

»Vielleicht wird es bei euch auch allmählich Zeit für einen Antrag?«

»Ich habe vor, zu warten, bis ich mein Examen in der Tasche habe und sehe, ob ich die Stelle bekomme. Im Moment fürchte ich nur, dass sie mir jemand vor der Nase wegschnappen könnte. Ich hätte es besser für mich behalten sollen, wie gut es mir hier geht.«

»Du scheinst dir deiner Sache ja sehr sicher zu sein.«

»Ja. Und wie steht es mit deinem Pastoralexamen?«

»Danke! Die Abschlussarbeit steht langsam. Ich habe vor, mich im Frühjahr zu den Prüfungen zu melden. Dann beginnen wir mit dem Bauen, und in der freien Zeit halte ich nach frei werdenden Stellen Ausschau. In zwei Jahren steht das neue Haus, und unser Mobiliar wird auf dem Weg zum Festland sein. Und bei dir?«

Petters Seufzer lässt die Gardinen im Pfarrbüro flattern. »Ach ja, ich habe gehofft, schon viel weiter zu sein. Mir wird ganz kalt, wenn ich daran denke, dass schon bald das Frühjahr kommt. Wir haben uns tausend Sachen für die Landwirtschaft und den Garten überlegt. Und dann werden wieder viele Besucher und die Wanderprediger kommen. Es ist wie verhext.«

»Und obendrein habe ich noch gehört, dass ihr Zuwachs bekommt.«

»Woher, um alles in der Welt, kannst du das wissen?«

»Ich habe meine Spione. Nein, im Ernst, glaub nicht, man könnte hier draußen irgendetwas geheim halten! Wann ist es denn so weit?«

»Im Juli. Ich werde kein Wort mehr sagen.«

Fredrik lacht laut in den Hörer. »Wir haben es schon lange vor Weihnachten gehört. Jetzt wird sich Margit über die Bestätigung freuen. Bei uns ist nichts unterwegs, aber sollte sich daran etwas ändern, werdet ihr es vor uns erfahren.«

»Wissen sie auch schon, was es wird?«

»Ihr habt schon ein Mädchen, also gehen sie selbstverständlich davon aus, dass jetzt ein Junge kommt. Klein Petter nennen sie ihn. Den Pastorsjungen und so weiter.«

»Ja, ja. Wie ich schon gesagt habe, das zwischenmenschliche Interesse ist hier draußen stark ausgeprägt. Ich frage mich, ob sie auch schon wissen, wann ich mit dem Pastoralexamen fertig werde. Spätestens im Herbst, habe ich mir vorgenommen.«

Auf diese Art setzen sie ihre Unterhaltung fort. In Briefen reden sie sich mit »Lieber Bruder« an, und genau so sieht Petter Fredrik an, als den älteren Bruder, den er nie gehabt hat. Während sie in ihren jeweiligen Gemeinden ihren Pflichten nachgehen, stellen sich oft Dinge ein, die sie miteinander diskutieren müssen. Ruft der eine nicht an, tut es der andere. Eines Tages hört Fredrik ein merkwürdiges Rumoren und dann einen Stuhl scharren, als ob Petter aufgesprungen wäre. Fredrik unterbricht sich: »Was ist los?«

»Es muss das Eis sein, das aufbricht«, ruft Petter. »Ich muss raus und mir das ansehen! Entschuldige, können wir ein andermal weiterreden?« Er hängt auf, kurbelt ab und hört, wie sich sein Vater im Vorbau die Stiefel anzieht. »Ich komme«, ruft er. »Mona, was ist? Das musst du dir ansehen!«

Es ist jetzt nicht wichtig, dass der Teig genug gegangen ist und gebacken werden sollte. Er trägt ihn in den kalten Vorbau, wo das Aufgehen unterbrochen wird, und hilft ihr in die Stiefel. Sanna wickelt er in eine Decke, und dann stürzen sie hinaus auf die Treppe. Leonard ist schon auf dem Weg zum Glockenturm und klettert hinauf. Mit einem Knall stößt er die Luken auf.

»Kommt!«, ruft er.

Mona nimmt ihm Sanna ab. »Kletter rauf!«, sagt sie. »Wir sehen von hier unten gut genug.«

Und gewiss sehen und hören sie die Bewegungen des Eises, da sie auf dem Glockenturmfelsen stehen. Oben vom Turm aus überblickt man allerdings das ganze Meer, bis zum Horizont im Westen und nach Norden und Nordosten über alle Klippen, Schären, Buckel, Holme und Inseln der Schärenwelt. Alle liegen sie da und versuchen sich festzuhalten, während sich die Eisschollen übereinander und den Fels hinauf schieben. Mit einem Schlag ist der Sund offen, und das Wasser schwappt und spült und schlägt über den Eisplacken zusammen, die gegeneinanderstoßen, dass es knirscht und kracht. Entlang der Uferlinien liegen breite Gürtel von aufgetürmtem Eis, das in dem Geschiebe drängt und stöhnt. Die Schollen schieben sich über die kleineren Schären einfach hinweg und schaben sie so blank wie früher einmal das Gletschereis, vor größeren stauen sie sich vorübergehend und bilden große Brucheisfelder, in denen es rumpelt und rumort. Draußen zum offenen Meer hin erstrecken sich Streifen von Schwarz, Grün und Violett, die sich ausdehnen und zusammenziehen, während sich die Eisdecke hebt und senkt und dabei knackt und kreischt und bricht und stöhnt. Von weiter draußen ist das Donnern des Meeres zu hören, das sich befreit. Am Horizont liegt noch ein goldener Streifen als Abglanz des Sonnenscheins vom Tage, aber die tiefer werdende Abenddämmerung lässt die Inseln in zunehmender Dunkelheit versinken. Silbern und weiß türmt sich das Eis vor der Schwärze. Vater Leonard hat Tränen in den Augen. Petter steht andächtig neben ihm.

Unten geht Mona mit Sanna nach Hause. Die wehrt sich,

und obwohl er durch das Dröhnen und Tosen nichts hört, weiß er, dass sie quiekt und schreit und zu ihm nach oben will und dass Mona ungeduldig wiederholt, sie hätten das Aufbrechen des Eises gesehen und mehr als das gebe es nicht. Dafür noch länger zu bleiben und sich zu erkälten komme nicht infrage. Einmal mehr hat Petter das Gefühl, seine Tochter im Stich zu lassen. Er hätte sie doch einfach die steile Leiter hinauftragen und oben festhalten und wärmen können, damit sie gucken könnte. Für Sanna ist das Wichtige, dass sie bei ihm sein kann, und darin enttäuscht er sie viel zu oft.

»Dass man das hier miterleben darf!«, sagen er und sein Vater ein ums andere Mal. Doch der Wind, der das Eis davontreibt, wird nach dem Sonnenuntergang fürchterlich kalt, und bald müssen sie die Läden schließen und sich Stufe für Stufe nach unten tasten. Wacklig auf den Beinen und schwindlig im Kopf. Was für ein Schauspiel! Was für Kräfte! In Gedanken arbeitet Petter schon am Text einer Pfingstpredigt über das Aufbrechen des Eises in der geistigen Welt, bei dem sämtliche Dämme des Zweifels und der Skepsis brechen. Die augenblickliche Begeisterung ist konkret und lässt sich in die gottbegnadete Begeisterung umwandeln, die alle Fesseln löst und uns unmittelbar die Welt der Seligkeit schauen lässt.

Nachdem das Eis einmal gebrochen ist, geht es schnell. So schnell, dass man außer Atem kommt und sich wünscht, lieber noch in der belebenden Isolation des Winters zu sitzen, die einem Muße ließ, seine Gedanken zu Ende zu denken und den morgigen Tag zu planen. Jetzt reißt einen der Frühling mit sich und treibt einen an. Die Robbenjäger draußen hatten ihre Boote am Eisrand liegen, wurden rechtzeitig gewarnt und kamen, blinzelnd und sonnengebräunt, ohne Verluste nach Hause, die Robben säuberlich auf den Bodenbrettern aufgestapelt. Jetzt beginnt die Jagd auf Eiderenten und Eisenten, die in breiten Schwärmen durch den Sund ziehen und an ihren gewohnten Plätzen einfallen. Da sitzen die Männer hinter ihren Tarnschirmen und drücken ab. Darum ist kaum ein Mann in der Kirche, und auch Frauen sind rar gesät, denn es gibt kaum verfügbare Boote. In den Scheunen kommen die Bodenbretter zum Vorschein, die Kühe geben keine Milch mehr, und es lässt sich nur hoffen, dass sie diese mageren Wochen überstehen, bis das frische Grün austreibt. Es ist ja nicht so, dass nach dem Verschwinden des Eises gleich der Sommer käme. Im Gegenteil, es kann noch Woche um Woche kalt und ungemütlich bleiben, und dann wird es knapp.

Im Pfarrhaus ist die Ruhe des Winters verflogen. Der alte Kummel läuft herum wie ein Tiger, und Petter erkennt die Symptome wieder. Er muss nach Hause und das Boot teeren und zu Wasser lassen, die Nachbarn in Granboda in Grund und Boden reden, bis Mutter irgendwann im Juni mit ihren Sachen eintreffen wird. Mona muss ihn jetzt ausstaffieren, zusehen, dass er saubere und geflickte Wäsche mitnimmt und Butter und Brot als Beilage zu den fetten Frühlingsbarschen, die er aus dem Fischteich ziehen wird. Auch auf dem Pfarrhof herrscht Vorfreude darauf, mit der Netzfischerei beginnen zu können, auch wenn das eine weitere zeitraubende Beschäftigung bedeutet, die dem Studieren Zeit wegnimmt. Einmal mehr steht er da und fragt sich, wie er alles bewältigen soll, was turmhoch über ihn hereinbricht.

Fünfzehntes Kapitel

Solange noch alles vereist war, schien Monas Niederkunft noch in weiter Ferne, aber jetzt schreitet auch ihre Schwangerschaft mit beängstigendem Tempo voran. Niemand weiß besser als Mona, was sie noch alles erledigen müssen, bevor sie daran denken kann, ein Kind zur Welt zu bringen. Die Heuernte muss vorher unter Dach und Fach sein, und bevor sie damit anfangen können, ist noch allerhand im Garten zu tun, das sie im letzten Frühjahr nicht geschafft haben. Der Küchengarten muss erweitert und gedüngt werden, ein neuer Graben muss ausgehoben werden, da ist zu säen und zu pflanzen. Und wenn sie schon so weit wären, dass sie einen Teil der Wiese umgegraben und dort Futterpflanzen ausgesät hätten! Davon, dass ewig die Zäune ausgebessert werden müssen, ganz zu schweigen, und dann gehören die Schafe auf die kleineren Holme verfrachtet, und der Kühe müssten sie sich auch einmal annehmen, damit sie sich nicht für sie zu schämen brauchen. Rund, wohlgenährt und mit glänzendem Fell sollten sie von der Gemeinde bewundert werden. Wie viel einfacher doch alles wäre, wenn sie ein Pferd besäßen! Wenn Petter sein Examen hat und als ordentlicher Gemeindepfarrer übernommen worden ist, werden sie sich finanziell etwas besserstehen, aber all die Kredite! Sollten sie noch mehr aufnehmen, um sich ein Motorboot und ein Pferd anzuschaffen, oder noch ein Jahr warten? Wie wäre es, wenn sie Godas Stierkalb aus dem Vorjahr, das sie Vännen nennen, einfahren würden? Dann könnten sie einen zusätzlichen Streifen Ackerland unter den Pflug nehmen. Einen Versuch wäre es wert!

Die Zeit rast dahin. Wenn sie sich einmal umsehen, stellen sie fest, dass sie viel schaffen, aber vieles bleibt auch liegen. Als sie Listen über alles aufstellen, worum sie sich noch kümmern müssen, merken sie, dass Sanna nie genannt wird, und sie bekommen ein schlechtes Gewissen. Über all den anderen wichtigen Aufgaben vernachlässigen sie ihr Kind, obwohl sie nun etwas mehr als zwei Jahre alt und voller Wissbegier ist und immerwährend reden und philosophieren will. Am allermeisten liebt sie es, wenn man ihr vorliest, aber derjenige, der es übernimmt, ihr eine Gutenachtgeschichte vorzulesen, kann nach dem Hinsetzen kaum die Augen offen halten. Da muss etwas unternommen werden, und so kommt Cecilia ins Haus, ein nettes Mädchen unter den Konfirmandinnen, das gut vorlesen kann. Ihre Aufgabe das Frühjahr und den Sommer über wird es, mit Sanna an die frische Luft zu gehen und ihr vorzulesen. Jetzt, Sanna, sollst du Gesellschaft und eine große Freundin bekommen!

Nach Größe und Alter stellt Cecilia das fehlende Bindeglied zwischen Sanna und der Welt der Erwachsenen dar. Sie ist kleiner als die Pfarrersfrau, und mit ihren vierzehn Jahren steht sie genau in der Mitte zwischen Sanna und Mona. Sie ist selbst noch Kind genug, um zu spielen, und hat ebenso viel Freude an den Märchenbüchern wie Sanna, und sie ist alt genug, um Regeln einzuhalten und Verantwortung zu übernehmen. Wie ein großes Kind stellt sie sich im Pfarrhaus vor, klopft mit dem pochenden Herzen eines aufgeregten Mädchens an und macht einen Knicks. Der Ruf der Pfarrersfrau, energisch, rasch und fleißig zu sein, vermag jeden einzuschüchtern, dabei ist sie in Wahrheit die Freundlichkeit in Person und sagt, sie seien froh, dass Cecilia kommen konnte. Sie bekommt ein eigenes Zimmer auf dem Dachboden, und so etwas hat sie noch nie gehabt. Auf dem Stuhl, der als Nachttisch dienen soll, hat die Pfarrersfrau Perlhyazinthen und Narzissen in ein Glas gestellt, und es ist schöner und feiner, als sich beschreiben lässt, mit wunderbarer Aussicht auf das Meer. Sanna folgt ihr vorsichtig und konzentriert auf allen vieren die steile Treppe hinauf und guckt Cecilia entzückt an. »Wollen wir lesen?«, fragt sie und strahlt.

»Aber sicher«, antwortet Cecilia. »So viel, wie wir schaffen. Und spielen.«

Sanna will auf der Stelle damit anfangen, und Cecilia ist auch bereit dazu, aber Mama erklärt Sanna, dass sie Cecilia erst ihre Sachen auspacken lassen müssen, dann komme sie zum Kaffeetrinken nach unten, damit sie sich kennenlernen könnten. Sie nimmt Sanna mit, und Cecilia hört, wie sie sich auf der Treppe unterhalten: »Wird sie hier wohnen?« – »Ja, diesen Sommer. Danach muss sie zur Schule gehen.« – »Ich gehe mit Cecilia in die Schule.« – »Na ja, vielleicht noch nicht sofort. Kannst du Cecilia gut leiden?« – »Ja.« – »Gut.« Dann gehen sie in die Küche, und Cecilia steht in ihrem Zimmer und tut so, als wäre sie erwachsen, das Kindermädchen im Pfarrhaus. Die beste Aussicht im ganzen Haus und eine Kommode, in die sie ihre Kleider legen kann. Viele hat sie nicht, aber die braucht man im Sommer auch nicht. In zwei Minuten hat man sie in den Schubladen verstaut, aber Erwachsene pflegen so etwas ernst zu nehmen, also stellt sie sich noch ein Weilchen ans Fenster und gewöhnt sich ein, dann geht sie die Treppe hinab. Aus der Küche duftet es nach Kaffee, und die Tür steht offen, also braucht sie nicht anzuklopfen. Sanna kommt ihr entgegen und nimmt sie an der Hand.

»Komm und trink Kaffee«, sagt sie. »Ich darf neben dir sitzen.«

Der Pfarrer ist auch da, Cecilia verbeugt sich, und er reicht ihr die Hand. Sanna verbeugt sich auch, gibt Papa die Hand, und er sagt: »Willkommen! Wie schön, dass du kommen konntest. Sieh nur, wie Sanna sich freut!«

Der Pastor und seine Frau erklären beide, sie hofften, dass es ihr bei ihnen gefallen möge, und Cecilia sagt, dass tue es schon. Jedes Mal, wenn sie etwas sagen muss, wird sie rot, und sie traut sich nicht, jemand anderen als Sanna anzusehen. Die guckt offenherzig zurück und strahlt.

»Trink jetzt deinen Kaffee!«, sagt sie ungeduldig, und es ist klar, dass danach Spannenderes passieren soll, doch der Pfarrer meint, Cecilia solle nicht zu nett sein und sich von der jungen Dame kommandieren lassen, der man die Zügel allzu sehr habe schleifen lassen. »Sag uns, wenn sie es übertreibt und zu wild ist. Du bist klug und vernünftig, hast jüngere Geschwister und weißt sicher, dass man nicht zu nachgiebig sein darf.«

Cecilia möchte gern fragen, ob die Frau Pastor auch kleinere Geschwister hatte, aber der Pfarrer antwortet, als hätte er ihre Gedanken gelesen: »Mona und ich hatten beide jüngere Geschwister, in der Hinsicht haben wir also keine Illusionen. Man muss sie an die Kandare nehmen, damit sie nicht das ganze Haus übernehmen.« Er sagt das aber liebevoll und ist so nett zu Sanna, die ihn mit Sternchen in den Augen anhimmelt, dass sogleich klar ist, dass seine Erziehungsprinzipien viele Ausnahmen haben. Und wer wollte schon streng mit der niedlichen Kleinen sein, die so viel erhoffen lässt?

Den Pfarrersleuten sind aus ihrem jeweiligen Elternhaus große Stapel von Kinderbüchern geschickt worden, und Sanna hat einige neue Bücher zum Geburtstag bekommen.

»Lies nicht mehr, als du selber möchtest«, sagt die Frau des Pfarrers, die nicht will, dass Sanna tyrannisch wird, doch Cecilia entgegnet, ihrer Meinung nach werde es sicher schön. Und dann überrascht sie plötzlich mit einer längeren Erklärung: »Als ich Kind war, konnte ich nicht viel lesen, denn das tat man nicht. In der Fibel habe ich die ersten Geschichten gelesen. Als ich lesen gelernt hatte, habe ich die ganze Fibel in ein paar Tagen durchgelesen. Da wurde ich ausgeschimpft, weil ich nichts Nützliches getan habe.«

Sie schauen sie freundlich an und nicken. In aller Ruhe sitzen sie am Kaffeetisch, nehmen noch ein belegtes Brot, ehe der Teller mit den Hefeteilchen die Runde macht. Schon nach wenigen Tagen im Pfarrhaus hat Cecilia begriffen, dass die Pfarrersleute die Mahlzeiten ernst nehmen. Man setzt sich zu ihnen an den Tisch, wie eilig man es auch haben mag, und bleibt lang genug sitzen, dass alle erquickt aufstehen können.

»Cecilia ist ein aufgewecktes Mädchen, und es wird ihre Entwicklung fördern«, hat sie die Pfarrersfrau zu ihren Eltern sagen gehört, als sie bei ihnen erschien, um zu fragen, ob sie sich in den Sommerferien um Sanna kümmern könne. Und jetzt versteht sie, wie das vor sich geht. Wenn man einen Einblick bekommt, wie andere intelligente und kluge Menschen leben, kommen einem auch Ideen und Pläne für das eigene Leben, und die entwickeln einen weiter.

Während sie Sanna vorliest oder draußen mit ihr spazieren geht und ihre tausend Fragen beantwortet – von den Pfarrersleuten hat sie gelernt, dass man sie ernst nehmen und nach Möglichkeit beantworten soll –, rast der Juni dahin. Von überall her kommen Gäste und werden irgendwie im Haus untergebracht, sodass Cecilia vorübergehend in der Sauna schlafen muss. Damit ist es vorbei, als sich ein liebebedürftiger Segler eines Nachts zu ihr schleicht. Weinend flüchtet Cecilia ins Haus, und der Pfarrer und seine Frau überlassen ihre Gäste im großen Zimmer sich selbst und reden mit ihr in der Küche.

»Er hat gesagt, ich sei süß«, schnieft sie. »Er wollte, dass ich ihm einen Kuss gebe.« Sie schüttelt sich und weint. Die Pfarrersfrau sagt, es sei ganz richtig gewesen wegzulaufen. Kein Segler habe etwas in der Sauna zu suchen, und schon gar nicht spätabends, darum sei es nur zu verständlich, dass sie Angst bekommen habe. In der Nacht soll Cecilia in der Küche schlafen, und am nächsten Morgen wird der Pfarrer gehen und mit den Seglern sprechen. Seine Frau möchte selbst gehen, und zwar auf der Stelle, und ein Wörtchen mit ihnen reden, aber der Pfarrer findet es besser, erst einmal darüber zu schlafen. Er sagt, vielleicht habe der Mann gar nicht so schlimme Absichten gehabt, aber von einer Vierzehnjährigen sei es natürlich zu viel verlangt, zu wissen, wie man mit einem großen Kerl umgeht, der abends um zehn zu einem ins Zimmer kommt. Cecilia weint noch immer und sagt Entschuldigung für alles, aber beide sind sehr lieb zu ihr und meinen, sie solle daran denken, dass nicht sie jemandem zu nahe getreten sei. Sie habe nichts falsch gemacht und brauche sich nicht zu entschuldigen. »Im Gegenteil, wir müssen um Entschuldigung bitten«, sagt die Pfarrersfrau, »weil dich

Petters zahlreiche Verwandtschaft in die Sauna vertrieben hat. Ich konnte ja nicht ahnen, dass man sich nicht einmal hier auf der Kirchinsel sicher fühlen kann!«

Sie regt sich dermaßen auf, dass Cecilia zu weinen aufhört und in anderer Hinsicht einen Schreck bekommt: So schlimm ist es nun auch wieder nicht gewesen. Oje, und der Pastor meint besorgt und beruhigend, es sei ja noch einmal gut gegangen. »Jetzt finden wir erst einmal eine Lösung für die Nacht, und morgen kümmern wir uns um das andere.«

Aufgebracht verkündet seine Frau, es gebe absolut keine Bettwäsche mehr im Haus, nichts. Vor lauter Besuch. Das sei kein Zuhause mehr, sondern eine Kolchose! Es endet damit, dass der Pastor, immerhin ein Mann, zur Sauna gehen und Cecilias Bettzeug holen darf, das auf dem Küchenfußboden ausgebreitet wird.

»Bald schlafen *wir* in der Sauna«, sagt die Pfarrersfrau erbost, »und deine Eltern ziehen in unser Schlafzimmer.« Mit einem Tonfall, der Cecilia kurz die Segler bedauern lässt. Die können sich schon mal warm anziehen.

Am Morgen, nachdem sie die Angelegenheit überschlafen haben, geht der Pfarrer die Sache mit Takt und Diplomatie an. Es gibt kein Strafgericht, sondern er richtet für sich und seine Frau ein Lager auf der Saunabank her und erklärt den Seglern freundlich, sie hätten so viele Gäste im Haus, dass sie selbst ausquartiert seien. Cecilia habe sich gestern Abend über etwas sehr erschreckt und werde nicht allein in der Sauna übernachten. Sie verbringen eine unbequeme Nacht auf der Saunabank, in deren Verlauf Mona einsieht, dass sie hochschwanger ist und zumindest das Recht hat, eine ordentliche Matratze zu verlangen, und nicht bloß auf einem

Haufen Winterkleidung zu liegen, als ob sie so etwas wie Landstreicher in einer Scheune wären. Aber dann hätten sie wenigstens Heu, in das sie sich legen könnten. Hier aber ist die Scheune leer gekratzt, und überall sind Leute. Sollte sie jetzt Wehen bekommen, wäre ihre Niederkunft durchaus mit einer anderen Geburt in einem Stall vergleichbar. Das ist ein Scherz, aber der Pfarrer bekommt es mit der Angst zu tun und erkundigt sich eingehend, ob sie irgendwelche Anzeichen spüre oder Vorahnungen habe. Wie steht es wirklich um sie? Soll er ins Büro laufen und sicherheitshalber Doktor Gyllen anrufen?

»Ach was! Aber es steht mir doch wohl zu, mich wenigstens ein einziges Mal über etwas zu beklagen. Andere machen eine große Sache aus ihrer Schwangerschaft, während ich auch noch aus meinem eigenen Heim vertrieben werde. Hier schlafe ich nicht eine Nacht länger!«

Nein, natürlich nicht, und am Morgen löst Cecilia selbst das Problem. Errötend und knicksend erwähnt sie, die Herrschaften hätten einige Male gesagt, sie dürfe sich gern manchmal ein paar Tage freinehmen und nach Hause gehen, wenn sie wolle, aber bislang sei sie lieber geblieben. Jetzt wolle sie fragen, ob sie wohl über Mittsommer nach Hause dürfe. Wenn es ihnen eine Hilfe wäre, würde sie Sanna gern mitnehmen.

»Oh nein, auf keinen Fall!«, antwortet die Pfarrersfrau. »Wenn du sie mitnimmst, wird es ja kein Urlaub. Irgendetwas wird Petters Schwester auch einmal übernehmen können. Geh du nur nach Hause und mach schön Ferien!«

Am selben Morgen legt auch eine der Segeljachten ab. Damit ist die Geschichte erledigt. Die vielen anderen Boote und die zahlreichen Gäste im Pfarrhaus bleiben, um Mittsommer in den äußeren Schären zu feiern, und wenn auch das einmal vorbei ist, müssen sie doch verständig genug sein, sich auf den Weg zu machen, damit im Haus endlich wieder Ruhe einkehren kann. Sobald die Feiertage vorüber sind, wollen sie mähen, und wenn das Heu eingefahren ist, aber erst dann, kann die Pfarrersfrau es so ruhig angehen lassen, wie es ihrem Zustand angemessen ist.

Mittsommer ist das große Fest des Jahres auf Örar. Die Nacht davor gehört zu dem Erbe aus vorchristlicher Zeit, und der Mittsommertag, der Tag Johannes' des Täufers, ist ein bedeutender kirchlicher Feiertag. Sie haben kein Problem damit, ihre beiden Religionen miteinander zu kombinieren, und der lockende Kräuterduft des Vorabends, der Jungfernhäutchen sprengt und alten Leuten neues Leben einhaucht, steht in keinem Gegensatz zum keuschen Birkenduft in der mit frischem Grün geschmückten Kirche. Sie platzt aus allen Nähten, und alle wenden dem Pastor fröhliche Gesichter zu und singen die Sommerlieder mit, die der Organist mit neu gewonnener Empfänglichkeit spielt. Vielleicht spricht ihn nicht gerade Johannes der Täufer derart an als vielmehr der liebliche Sommer und all die Sommerkleider, die in Trauben und Ranken blühen, mit schmalen Taillen und weiten Röcken, sichtbare Beweise einer glücklichen Heringsfangsaison im vorigen Sommer, die Geld in viele Taschen gespült hat.

Auch Sanna trägt ein neues Kleidchen, von Hellén's geschickt, schön genäht, mit Puffärmeln, rundem Kragen und weißem Rock. Dazu trägt sie weiße Kniestrümpfe und leichte Sommerschuhe mit einer Schleife. Ein niedlicheres Kind hat man noch nie gesehen, und der Pastor schaut sie ganz verliebt an, und sie stolziert herum und schwingt den Rock, bis die Mutter dem Vater ziemlich scharf sagt, er solle nicht länger so ein Theater um Sannas Kleid machen, das Letzte, was man wolle, sei doch, dass sie eitel und ungezogen werde. Verzeih, aber es ist doch schön, ein so gesundes und hübsches kleines Mädchen zu haben. »Zwei«, verbessert er hastig, aber sie schnaubt: »Ach, mach dich doch nicht lächerlich! So wie ich aussehe.«

Mit Rührung stellt er fest, dass auch Cecilia trotz ihres Urlaubs mitsamt ihrer Familie zur Kirche gekommen ist. Sanna begrüßt sie mit einem Jubelschrei und hält sie draußen auf dem Kirchhof an der Hand, und ganz ohne Monas gemischte Gefühle stellt Cecilia fest: »Was hast du für ein hübsches Kleid an!«

Der Pfarrer und Mona legen Wert darauf, ihren Eltern zu versichern, wie zufrieden sie mit ihr sind und wie angenehm es ist, sie im Haus zu haben.

Die Luft ist warm, niemand friert, und keiner hat es eilig. In kleinen Grüppchen steht ein großer Teil der Gemeinde um die Gräber ihrer Familien, zupft ein bisschen Unkraut und gießt die Blumen, aber vor allem unterhalten sie sich. Einige der Jugendlichen verziehen sich zum Anleger, lassen sich dort nieder, reden und beobachten die Freizeitsegler, bei denen es plötzlich sehr eng geworden ist und denen aufgeht, dass sie die Plätze für die Boote der Gottesdienstbesucher blockieren, die überall in der Bucht verstreut ankern. Doch niemand beklagt sich bei ihnen, vielmehr grüßen alle freundlich, wenn sie auf den Booten Leben sehen. Die Mädchen sitzen wie auf den Titelseiten der Illustrierten an der Stegkante aufgereiht, die Röcke sorgsam arrangiert und die Beine in Schuhen mit Absätzen elegant übereinandergeschlagen. Neben ihnen stehen die Schärenbengel lässig wie Snobs und unterhalten sich. Mit bloßem Auge ist kein Anzeichen von Unsicherheit oder gekünsteltem Auftreten festzustellen, obwohl hier und da Sorgfalt und ästhetisches Kalkül einem Arrangement zugrunde liegen. Die Segler werden blass. Einige von ihnen haben zu viel getrunken und fühlen sich unpässlich und noch angeschlagen, einer nach dem anderen verschwindet in seiner Kajüte und taucht mit Klubjacke ausstaffiert wieder auf, aber was sind sie anderes als zweitklassige Ladengehilfen im Vergleich zu diesen Elegants der Schären? Und im Leben nicht würden sie sich trauen, unter den Augen dieser souveränen Experten abzulegen und auszulaufen.

Nach Mittsommer räumt ein bisschen Mitdenken unter den Gästen im Pfarrhof auf, und ein paar Tage später ist er leer. Der Pfarrer und der Küster mähen, Cecilia macht einen Knicks und fragt, ob sie rechen dürfe, sie könne trotzdem noch ein Auge auf Sanna haben. Sie hält den Blick gesenkt und vermeidet es, den Bauch der Pfarrersfrau unter der Schürze anzusehen, aber es entgeht keinem, dass dieses junge Mädchen aufmerksam genug ist, um der Meinung zu sein, dass die Pastorsfrau in ihrem Zustand nicht mehr Stunde um Stunde über die Wiesen gehen sollte. Signe und Cecilia gehen im Takt von Örar und sind langsamer. Letzten Sommer hat Signe sich beeilen müssen, um wenigstens mit der Pfarrersfrau mitzuhalten, die im Sauseschritt voranging. Mittendrin regnet es, und das Heu muss noch einmal gewendet werden. Wenn die Pfarrersfrau nicht so ungeduldig wäre, hätte sie sich etwas davon abgucken können, wie ruhig und unverdrossen Signe und Cecilia arbeiten. Noch einmal müssen sie wenden, und die Pfarrersfrau kann riechen und mit bloßem Auge sehen, wie die Qualität des Heus abnimmt, aber Signe und Cecilia wandern in aller Ruhe die Schwaden ab: zwei Schicksalsgöttinnen, die weben und weben. Die Pfarrersfrau wendet sich ab und schnaubt. Dann aber kommt ein anhaltendes Hoch, und siehe da, das Heu, das vom Pfarrer und von den Holmens am 7. und 8. Juli unter Mithilfe von Signe und Cecilia eingefahren wird, besitzt doch noch ganz ansehnlichen Nährwert. Die Pastorsgattin versorgt sie mit Essen und bewegt sich immer noch so schnell, dass jeder, der ihr helfen möchte, noch kaum aufgestanden ist, während sie schon unterwegs ist.

Nach der Heuernte tritt dann tatsächlich eine gewisse Ruhe auf dem Pfarrhof ein. Bei dem schönen Wetter sind Cecilia und Sanna draußen und spielen, und Sanna fragt und fragt und zeigt, was sie kann: klettern und rennen und bis vier zählen und, stellt sich heraus, sogar bis fünf und bis sechs, und »Mäh, mäh, weißes Lamm« singen kann sie auch. Nach dem Abendessen sitzen sie zusammen und lesen und lesen, bis die Mutter vom Melken kommt und mit Sanna das Abendgebet spricht und Gute Nacht sagt. Wie schön der Sommer auch sein mag, der Papa nutzt die ruhigen Tage, um im Büro zu sitzen und für sein Examen zu lernen.

»Es soll keiner abstreiten, dass es furchtbar langweilig ist«, bekennt er Cecilia, »aber es muss sein, wenn ich hier Pastor werden will. Nächstes Jahr werde ich froh sein, mich da durchgebissen zu haben, auch wenn es jetzt nicht gerade Spaß macht.«

Seine Frau melkt weiterhin die Kühe, doch wenn er zu Hause ist, begleitet der Pfarrer sie und trägt die Milchkannen und spült sie. Es fällt ihr schwer, sich zu bücken, und wenn sie sich zum Melken hinsetzt, fällt es ihr schwer, sich vorzubeugen und anschließend wieder in die Höhe zu kommen. Aber das ist kein Grund, sie zu betüdeln, es ist ganz natürlich, und andere Frauen hatten es schon bedeutend schwerer und sind trotzdem zurechtgekommen. Am 13. Juli steht sie auf der Empore und singt bei einer Trauung »Wo die Birken rauschen«. Die ganze Kirche dreht sich rauschend um, aber ihr Bauch ist hinter dem Geländer verborgen, was sie sich ja hätten denken können. Die Einladung zum Hochzeitsessen hat sie dankend abgelehnt. Der Pfarrer nimmt daran teil, verabschiedet sich aber zeitig und radelt nach Hause. Die, die ihn sehen, erzählen, er sei gefahren wie ein geölter Blitz.

Am Morgen des 14. geht die Pfarrersfrau wie üblich zu den Kühen. Als sie sie ruft, kommen sie nicht, und der Pfarrer muss sich auf die Suche nach ihnen machen. An ihn sind sie weniger gewöhnt, und es dauert seine Zeit, bis er sie zum Gatter getrieben hat. Sie sitzt auf einer der Milchkannen und sieht nachdenklich aus. Als sie zu melken beginnt, geht es langsamer als gewöhnlich, und sie hört zwischendrin auf, als würde sie auf etwas lauschen.

»Wie geht es dir?«, erkundigt er sich besorgt.

»Gut«, sagt sie. »Aber heute könnte es so weit sein.«

Nervös fragt er nach: »Soll ich anrufen?«

Er meint Doktor Gyllen, aber sie schnaubt: »Nein, wir warten ab und sehen zu.«

Langsam gehen sie mit Sieb und Kannen zum Brunnen. Petter holt Wasser mit dem Schöpfeimer herauf und wäscht die Sachen aus, dann seilt er die Kannen auf den Grund ab. Das Wasser steht nur noch ein paar Zentimeter hoch. Bloß wenige Tage noch, und der Brunnen wird völlig trocken sein.

»Für uns, die wir das Heu schon in der Scheune haben,

dürfte es gern regnen, aber für die anderen auf der Insel sollte es sich noch ein paar Wochen so halten«, stellt er fest.

Dieses eine Mal unterlässt sie die Bemerkung, die Inselleute hätten es sich selbst zuzuschreiben, wenn sie mit der Heuernte so trödelten. Sie geht ein bisschen, als ob sie watete, und steigt langsam die Stufen hinauf. Sie gehen in die Küche, und Mona zeigt ihm, wo sie den großen Topf mit der Fischsuppe hingestellt hat, die sie für den Fall des Falles am Vorabend gekocht hat. Es ist alles bis ins Kleinste vorbereitet, die Betten sind neu bezogen, und frische Bettwäsche liegt im Schrank bereit. Von Zärtlichkeit überwältigt, läuft er neben ihr her und fühlt sich dabei ein bisschen wie ein Jungbulle, der einer nicht paarungsbereiten Kuh nachsteigt. Sie weist ihn leicht gereizt zurück und sagt: »Jetzt lass mich in Frieden! Was soll denn das?«

Immerhin schlägt sie vor, sie sollten heute früher essen, und so steht schon um elf die Suppe dampfend auf dem Tisch, und dazu gibt es frisches Brot und Butter.

»Lecker«, sagt Sanna. Sie ist ausgesprochen munter, und Petter stellt fest, dass sie nicht im Mindesten zu merken scheint, dass gerade etwas vor sich geht. Cecilia guckt dagegen besorgt und unsicher zugleich. In ihrer Fantasie malt sie sich aus, wie das Boot mit der Ärztin kentert und sie selbst als Hebamme einspringen muss. Was muss sie da tun? Sie hat keine Ahnung. Wie soll sie sich das zutrauen?

Die Pfarrersfrau steht auf, bevor sie den Nachtisch aus Rhabarberkompott gegessen haben.

»Für das Abendessen steht saure Dickmilch im Keller. Außerdem könnt ihr ein paar Eier braten und damit Brote belegen«, erteilt sie Anweisung. »Vielleicht ist Cecilia so nett und übernimmt nach dem Essen den Abwasch.«

Es ist fast halb zwölf. Sie geht ins Schlafzimmer, und der Pfarrer geht ihr nach. Als er wieder herauskommt, geht er zum Apparat und telefoniert nach Doktor Gyllen.

Während die Vermittlung den Ruf über ganz Örar weiterleitet, steht Cecilia in der Küche und spült. Sanna plappert vergnügt an ihrer Seite und reicht ihr einen Teller nach dem anderen an. Der Pfarrer kommt und sagt, Sanna dürfe ihren Mittagsschlaf heute in der Sauna halten, so warm, wie es im Haus sei. Danach könnten sie einen Spaziergang nach Hästskär unternehmen und gucken, ob sie ein paar Walderdbeeren finden können. Sanna ist Feuer und Flamme und merkt wieder nicht, dass der Pastor mit belegter Stimme spricht und einen Pfropfen im Hals hat. Durch das Küchenfenster sehen sie ein Boot in die Bucht einlaufen. Cecilia identifiziert es: »Der Junge von Hindriksens mit Doktor Gyllen.«

»Gott sei Dank«, sagt der Pfarrer. Er eilt mit der Nachricht ins Schlafzimmer zurück, viel erleichterter als seine Frau, die weiß, dass nichts so schnell geht. Cecilia macht sich fertig, nimmt dann Sanna, Hüte und Gummistiefel und eine Decke mit. Auf dem Weg zur Sauna begegnen sie Doktor Gyllen, die vom Anleger heraufkommt. Sie geht mit ihren üblichen schnellen Schritten und trägt eine schwarze Ledertasche, von der die Kinder im Dorf glauben, dass sie darin die Babys mitbringt. Wenn sie darin herumwühlt, findet sie ein passendes Kleines, das sie auf dem Hof zurücklässt. Cecilia darf Sanna das nicht erzählen, denn die Pfarrersfrau hat ihr aufgetragen, sie solle Sanna keine Ammenmärchen erzählen, sondern klipp und klar sagen, was Sache ist, damit Sanna keine falschen Vorstellungen bekommt.

»Tag«, grüßt Cecilia und blickt zu Boden. Sanna versteckt sich auf ihrer sicheren Seite.

»Guten Tag, guten Tag«, erwidert Doktor Gyllen. »Ich sehe, die Damen machen einen Spaziergang. Das trifft sich gut.«

Damit geht sie weiter, nicht mehr so schnell wie vorher. Sanna und Cecilia gehen zur Sauna, und natürlich kann Sanna nicht einmal daran denken, in der ungewohnten Umgebung zu schlafen. Sie dreht und wälzt sich auf der Decke über der Pritsche und setzt sich mit blanken Augen wieder auf. Cecilia singt sämtliche Lieder, die sie kennt, und sogar noch ein paar Kirchenlieder, und Sanna singt mit. Normalerweise wird sie dabei nach und nach leiser, aber nicht an diesem Tag. Sicherer kann niemand sein, singt Cecilia, und munterer kann niemand sein als Sanna. Es gibt Mücken in der Sauna, und Cecilia muss zugeben, dass es kein geeigneter Ort zum Schlafen ist. Wenigstens haben sie inzwischen fast eine Stunde herumgebracht. Cecilia nimmt einen Schöpfbecher aus der Sauna mit, und mit Gummistiefeln und Sonnenhütchen versehen, machen sie sich auf den Weg.

Erst müssen sie am Pfarrhaus vorbei. Der Pfarrer sitzt, grau im Gesicht, auf der Treppe, und Cecilia fürchtet, Sanna könne auf ihn zustürzen, aber sie ist ganz von der versprochenen Expedition beansprucht und ruft nur: »Wir gehen Erdbeeren pflücken!« Dann geht sie schneller, als hätte sie Angst, eingeholt und ins Bett gesteckt zu werden. In ihren Stiefeln staksen sie am Friedhof vorbei ins Innere von Hästskär, wo die Welt einen in tiefen Geländeeinschnitten unter hohen Felswänden und in dichtem Gebüsch aus den Augen verliert. Wo die Kühe geweidet haben, ist es schön offen, und wie Cecilia versprochen hat, finden sie da Walderdbeeren. Massen von Erdbeeren. Kolossale Mengen von Erdbeeren. In diesem schönen, trockenen Sommer sind sie groß und süß herangereift. Es gibt so viele, dass man achtgeben muss, wo man hintritt, um nicht zu viele unter den Stiefeln platt zu treten. Sanna pflückt eine nach der anderen, riecht an jeder, betrachtet sie und legt sie dann in den Becher. Cecilia füllt ihn kräftig auf und sagt, Sanna dürfe auch welche gleich in den Mund stecken, aber die ist ganz vom Pflücken beherrscht und stolz darauf, wie sich die Beeren im Becher häufen. So vergeht viel Zeit. Zum ersten Mal ist Sanna für längere Zeit ohne Mama und Papa weg, und sie fühlt sich groß und ist erfüllt von ihrem Auftrag: Erdbeeren für den Nachtisch pflücken!

Cecilia kennt es nicht, dass kleine Kinder eine solche Ausdauer entwickeln, aber Sanna ist vom Beerenpflücken völlig in Beschlag genommen. »Guck, Cecilia!«, sagt sie bei jeder Erdbeere. Cecilia pflückt auch selbst, und der Becher füllt sich. Noch zu früh?, fragt sie sich unruhig. Sie schlägt vor, dass sie sich ein Weilchen ausruhen, und Sanna lehnt sich an sie und schläft ganz plötzlich und wie auf Bestellung ein. So sitzen sie fast eine Stunde in der Nachmittagssonne. Von weit her hört Cecilia grässliche Schreie. Wenn man nicht wüsste, dass die Pastorsfrau in den Wehen liegt, könnte man glauben, es wäre eine Kuh, die sich mit den Hörnern in einem Baum verkeilt hätte. Cecilia erschauert und stellt sich vor, sie wäre es selbst, schrecklich, aber Sanna schläft und schnorchelt leise vor sich hin. Dann wird es ruhig und still, nur der Schrei einer Möwe ist zu hören, und Sanna wacht davon auf. Schlaftrunken richtet sie sich auf.

»Guten Morgen«, sagt Cecilia. »Wollen wir mit unseren schönen Erdbeeren langsam nach Hause gehen?«

Sanna antwortet, sie habe großen Hunger, und Cecilia sagt, sie seien länger draußen geblieben als gedacht und hätten Butterbrote und etwas zu trinken mitnehmen sollen. »Aber hier gibt es ja zu essen. Wir futtern ein paar Erdbeeren, damit wir Kraft für den Heimweg bekommen.«

Sie sitzen auf einer von aufgewärmten Felsen und Wacholderbüschen eingehegten Lichtung wie in einem verwunschenen kleinen Garten. »Wie in einem eigenen Zimmer«, sagt Cecilia. »Und guck mal, hier gibt es sogar ein Klo.« Und in der Tat liegt zwischen einem großen Stein und einem üppigen Wacholder ein perfektes stilles Örtchen, an dem man Pipi machen kann.

Hand in Hand bummeln sie heimwärts und sind sich einig, dass es ein wunderbarer Nachmittag war. Die Steine liegen in der falschen Richtung, wenn man nach Hause will, und es geht sich beschwerlicher, obwohl Sanna in ihren Stiefelchen wacker ausschreitet. Wie der Kater mit den Siebenmeilenstiefeln, von dem sie gelesen haben, meint Cecilia. An der Sonne sieht sie, dass es halb fünf sein muss, als sie am Pfarrhof ankommen. Sie mustert ihn ängstlich, aber alles ist ruhig und still. Die Tür geht auf, und der Pfarrer tritt mit strahlender Miene heraus.

»Kommt rein, kommt rein!«, beginnt er, doch Sanna unterbricht ihn: »Papa, Papa, guck mal, wir haben Erdbeeren gepflückt. Tausend Erdbeeren!«

»Nein, so was«, sagt der Papa. »Ihr kommt wie auf Bestellung, meine Erdbeermädchen. Es gibt große Neuigkeiten. Kommt rein und seht es euch an!«

Die Türen im Haus stehen offen, und im Esszimmer sitzen Doktor Gyllen und Hanna, die Gemeindeschwester, und trinken Kaffee. Papas Tasse steht halb voll an der Stirnseite des Tisches. Sanna läuft zu ihnen und zeigt ihnen den Becher voller Beeren.

»Wollen wir sie nicht erst schöner anrichten, bevor wir damit zu deiner Mama gehen?«, fragt Cecilia. Der Vater kommt ihnen in die Küche nach. Cecilia holt die feine Suppenterrine und schüttet die Erdbeeren hinein. Etwas Schöneres gibt es nicht, und während Sanna vor Ungeduld und Begeisterung auf und ab hüpft, sagt der Pastor: »Danke, Cecilia! Es lief alles perfekt. Es ist ein Mädchen, und jetzt gehe ich mit Sanna rein und zeige es ihr. Komm, Sanna!«

Er trägt die Terrine wie den Abendmahlskelch in der Kirche, und sie gehen ins Schlafzimmer. Das Fenster steht offen, und es riecht gut.

Sanna stolpert herein: »Guck mal, Mama, Walderdbeeren!«

Papa hält die Schale in all ihrer Pracht hin, und Mama sagt voller Anerkennung: »Was für ein leckerer Nachtisch! Ihr seid aber tüchtig gewesen.« Sie liegt im Bett und sieht glücklich und zufrieden aus, und sie hat ein Kaffeetablett neben sich auf dem Stuhl stehen.

»Kaffee im Bett bekommt man nur zum Geburtstag«, weiß Sanna, und da sagt der Papa, da habe sie vollkommen recht, denn auch heute habe jemand Geburtstag. »Du hast ein Schwesterchen bekommen. Es ist sein Geburtstag. Möchtest du es sehen?«

Jetzt sieht sie, dass neben ihrer Mutter ein kleines, in ihre frühere Babydecke eingeschlagenes Bündel liegt. Papa nimmt es so vorsichtig hoch, als wäre es Lampenglas, schlägt die Decke zurück, und darin liegt ein winzig kleines Baby. Blaurot und ganz zerknautscht im Gesicht, schwarzes Haar klebt ihm am Köpfchen. Man sieht schon von Weitem, dass es keine Zähne und keine Augen hat.

»Huh«, sagt Sanna.

»Na ja, nicht gerade eine Schönheit«, bestätigt Papa, »aber in ein paar Tagen sieht das schon anders aus. Das hier ist deine kleine Schwester, und du bist die einzige Schwester, die sie auf der ganzen Welt hat.«

Sanna sagt nichts. Sicher hat der Vater schon von einem Geschwisterchen gesprochen, aber da hat sie geglaubt, er rede von jemandem wie sie selbst und nicht von so etwas. Am Geburtstag soll man fröhlich sein und »Hoch soll sie leben« singen, aber auf einmal möchte sie nur noch weinen, und da weint sie auch los, mit großen Tränen und herzergreifend laut. Papa stellt die Schüssel mit den Erdbeeren auf die Kommode unter Jesus am Kreuz und nimmt Sanna auf den Arm. »Ach, Sanna, das waren so viele schöne Dinge heute, dass du jetzt richtig müde bist.« Er wiegt sie auf dem Arm und redet mit ihr und sagt, jetzt sollten sie einmal zusehen, ob es etwas zum Abendbrot gebe, und anschließend müsse er die Großeltern anrufen und ihnen von den Walderdbeeren und der kleinen Schwester erzählen.

Die Erdbeeren hätte er stehen gelassen, wenn Sanna ihn nicht erinnert hätte. Er setzt sie ab, nimmt die Schüssel, und dann gehen sie durch das große Wohnzimmer ins Esszimmer. Die Frauen sehen, dass Sanna geweint hat.

»Es war ein Schock für sie, ihre kleine Schwester zu sehen. Aber mit jedem Tag wird sie hübscher werden, und es macht mehr Spaß, sich mit ihr zu beschäftigen, das verspreche ich.«

Doktor Gyllen ist aufgestanden und bittet, den Jungen von Hindriksens anzurufen, doch der Pastor meint, er hoffe, sie könne noch bleiben und mit ihnen zu Abend essen. Er höre, dass die Vorbereitungen in der Küche schon getroffen würden, es gebe nichts Besonderes: Dickmilch, belegte Brote und Erdbeeren, aber wenn sie sich damit begnügen könnte, wäre es ihnen eine Freude. Dickmilch haben sie für alle reichlich, es scheint, als habe Mona schon eine Vorahnung gehabt, als sie sie am Vortag angesetzt hat. Just in dem Moment kommt Cecilia, die Milchschalen auf einem Tablett balancierend, aus dem Keller, und Hanna erscheint mit Tellern und einem Brotkorb aus der Küche.

»Ein Laib Brot!«, sagt Doktor Gyllen und setzt sich, denn das Einzige, was sie aus Russland vermisst, ist das Brot, das das leidgeprüfte Volk auf den Beinen hält. Auf Åland gehören selbstgebackene Brotlaibe nicht zur Alltagskultur, aber die Pfarrersgattin hat den Brauch vom Festland mitgebracht, und hier steht jetzt ein Prachtexemplar vor ihnen, in reelle Scheiben geschnitten, und dazu hausgemachte Butter, ohne die die Menschen jahrelang auskommen mussten.

»Oh, Kwass!«, sagt Doktor Gyllen, als das Malzbier hereingebracht wird, und merkt, dass ihr der auch gefehlt hat.

Während Hanna und Cecilia den Tisch decken, erledigt der Pfarrer seine Anrufe. Sanna steht neben ihm, und er beginnt das Gespräch damit, dass er zwei wichtige Neuigkeiten mitzuteilen habe: Sanna und Cecilia haben den großen Schöpfbecher aus der Sauna voll mit Walderdbeeren zurückgebracht, und währenddessen hat Mona eine Tochter zur Welt gebracht. Ja, gesund und hübsch, obwohl sie vorerst noch wie ein Boxer aussieht, der ein paar Runden zu lang im Ring gestanden hat, oder wie einer von den Zwergen aus dem Schneewittchen-Film. Doch, es ist alles gut gegangen, Mona ist wohlauf und in guter Verfassung, sie lässt grüßen. Die Gemeindeschwester ist gekommen und bereit, auch in den Stall zu gehen. Alles bestens.

Am Esstisch muss Doktor Gyllen ihre schon ausgestreckte Hand noch einmal zurückziehen, weil der Pfarrer erst ein Tischgebet spricht: »Komm, Herr Jesus, sei unser Gast und segne, was du uns bescheret hast.« – »Und die Erdbeeren«, erinnert Sanna.

»Ja, natürlich. Und segne besonders die Erdbeeren, die du geschaffen hast; aber Sanna und Cecilia haben sie gepflückt.«

Jeder darf sich aussuchen, wie er sie essen möchte, in der Dickmilch oder separat für sich, mit Milch und Zucker, nachdem man die Dickmilch mit Zucker und Zimt verputzt und die Schale ausgekratzt hat. Papa und Schwester Hanna möchten sie in der Dickmilch essen. Doktor Gyllen meint, wenn es um Erdbeeren gehe, sei sie wie ein Kind, und wie Sanna und Cecilia möchte sie jede einzeln genießen. »Nur mit Zucker, keine Milch. Himmlisch!« Zum ersten Mal traut sich Sanna, Doktor Gyllen anzusehen, die immer gleich aussieht, nur diesmal fast vergnügt.

Wie eilig man es auch haben mag, wenn man zum Pfarrhaus geht, und welche Essgewohnheiten man auch zu Hause hat, hier bleibt man am Ende doch immer lange am Tisch sitzen. Bis Doktor Gyllen sagt, jetzt müssten sie aber wirklich nach Hindriksens Jungen telefonieren, damit sie im Haus endlich zur Ruhe kämen und Schwester Hanna zu den Kühen gehen könne. Der Pastor wird mit ihr gehen und sie einweisen, aber erst ruft er bei Hindriksens an und bedankt sich bei Doktor Gyllen, die sich selbst auf einmal sagen hört: »Mein lieber Pjotr Leonardowitsch, Sie haben hier ein gutes Zuhause und eine Frau, auf die Sie stolz sein können. Ich bin froh, dass ich ihr eine kleine Hilfe sein konnte, im Großen und Ganzen hat sie aber alles allein gemacht.«

Auch er stutzt leicht bei dem russischen Namen, fühlt

sich aber vor allem geehrt. Vermutlich bedeutet es, dass er und die Ärztin von jetzt an auf richtig gutem Fuß miteinander stehen und dass sie ihm gegenüber etwas von ihrer Einsilbigkeit und Barschheit ablegen und sich selbst überraschen kann. Zunächst geht sie sich von seiner Frau verabschieden, kommt lächelnd aus dem Zimmer und sagt, die Frau des Pfarrers sei jetzt hungrig. »Es sieht alles bestens aus, sollte aber irgendetwas auftreten, rufen Sie mich jederzeit an.«

Schwester Hanna schickt Cecilia mit einem Tablett ins Schlafzimmer, damit auch sie den Neuankömmling sehen kann, und Sanna geht mit ihr. Cecilia macht mit blutrotem Kopf einen Diener, sodass die Gefäße auf dem Tablett klappern.

»Glückwunsch«, flüstert sie.

»Danke«, antwortet die Pfarrersfrau schon wieder mit der ihr eigenen energischen Stimme. »Schön, dass es jetzt etwas zu essen gibt. Butterbrote, Dickmilch und Erdbeeren. Du kannst das Tablett hier abstellen, und dann darfst du dir den Nachwuchs ansehen.«

Sanna zeigt sich plötzlich sehr vertraut mit ihrer Schwester, und als Mama die Decke zurückschlägt, sagt sie: »Hab keine Angst, morgen sieht es schon besser aus.«

Da bewegt sich das Kleine, wedelt leicht mit seinen geballten Fäustchen und öffnet die Augen so weit, dass ein kleiner, blinkender Spalt sichtbar wird. Es öffnet den Mund und quäkt »Äähh, äähh«.

»Oh«, sagt Sanna. »Will es eine Erdbeere?«

»Nein«, erklärt Mama, »in den ersten Monaten verträgt es nur Milch. Aber ich esse deine Erdbeeren gern. Nett von euch, dass ihr so viele für mich aufgehoben habt.«

Es ist schwierig, mit dem Winzling zu reden, der immer nur Äähh macht.

»Still!«, kommandiert Sanna, aber auf dem Ohr ist er taub, und die Mama lässt ihn einfach gewähren.

»Wir sollten jetzt gehen«, sagt Cecilia, aber da meint die Mutter, sie wolle sie noch um eins bitten. »Was hieltet ihr davon, wenn Sanna heute Nacht bei Cecilia schlafen würde, wo das Kleine doch nur schreit und stört? Sofern Cecilia einverstanden ist, natürlich.«

»Oh«, macht Sanna. »Ja!«

»Ja, doch«, sagt Cecilia, »wenn du versprichst, nicht die ganze Nacht zu quasseln.«

»Gut«, sagt Mama, »dann werde ich Papa nachher bitten, wenn er aus dem Stall kommt, dein Bettchen nach oben zu schaffen. Und du sollst nett zu Schwester Hanna sein und auf sie hören, denn sie wird uns hier eine Woche lang helfen. Sie ist lieb und mag Kinder, Kühe und Erdbeeren.«

Als sie aus dem Schlafzimmer kommen, sind Papa und Schwester Hanna zu den Kühen gegangen. Der Hindriks-Junge ist unterwegs zur Kirchenbucht und Doktor Gyllen auf dem Weg zum Anleger. Sie fühlt sich in ungewöhnlich guter Stimmung und fragt sich, ob das bedeutet, dass schlechte Nachrichten auf sie warten. Es scheint zur Psyche des Menschen zu gehören, dass er sich in Ruhe und Sicherheit wiegt, bevor ihn ein Schicksalsschlag ereilt. Ein Verhalten, zu dessen Gunsten die Evolution sicher selektiert, weil es einen gewissen Puffer aufbaut: gesenkter Blutdruck, langsamerer Puls, innere Ruhe, bevor der Schlag kommt.

Sobald er den Motor abgestellt hat, ruft der Junge: »Es ist ein Mädchen, habe ich gehört.«

Doktor Gyllen hat längst aufgehört, sich zu wundern. Sie

nimmt einfach zur Kenntnis, dass auf unerfindlichen Wegen (an denen die Telefonvermittlung wahrscheinlich keinen unbedeutenden Anteil hat) bereits jeder Mensch auf Örar, jedes Pferd, jede Kuh und jedes Schaf weiß, dass Pastors noch ein Mädchen bekommen haben, obwohl ihnen doch die gesamte Gemeinde innigst einen Sohn gewünscht hat.

Sechzehntes Kapitel

Es ist angenehm mit all den Frauen im Haus, Schwester Hanna in der Kammer für die Wanderprediger, Cecilia im Bodenraum, Mona und den beiden Mädchen im Schlafzimmer. In der Gemeinde wünscht man: »Mehr Glück beim nächsten Mal«, denn hier wünscht man sich Jungen, die arbeiten und ein Boot führen können. Mädchen sollte man erst bekommen, wenn man schon zwei Söhne hat. »Das schaffen wir schon noch«, sagt der Pastor ruhig, und es wird zu einem geflügelten Wort: Das schaffen wir schon noch, sagt der Pastor. »Hat man Töchter, bekommt man auch Söhne«, sagt er ebenfalls, ein Zitat, das er auf den Örar gelernt hat. Doch vorerst ist es still. Wie ein Hort der Ruhe inmitten aller sommerlichen Betriebsamkeit, als die Familie des Pfarrers einmal ganz für sich sein kann dank der Hilfe von Schwester Hanna und der lieben Cecilia, die dafür sorgt, dass Sanna sich nicht zurückgesetzt zu fühlen braucht.

Papa nennt die Kleine Lillus, und nach einigen Tagen hört Sanna auf, sie »das« zu nennen. Als sich herausstellt, dass sie Augen hat und Sannas Finger fest umschlossen hält, kann sich Sanna vorstellen, sich mit ihr abzugeben, obwohl es schon traurig ist, wie wenig sie versteht und kann. Mama behauptet, Sanna selbst sei auch einmal so klein gewesen, aber das kann sie kaum glauben. Sie müssen alle helfen, sagt Papa, damit Lillus wächst und auch so klug wird wie Sanna.

Bis dahin ist es noch ein weiter Weg, erkennt er realistisch. Aber Mama und Papa stimmen darin überein, dass noch ein richtiger Mensch aus ihr werden wird, auch wenn sie noch viel Hilfe und Zuwendung braucht, bis sie es einmal so weit bringt.

Schwester Hanna ist nett und plaudert mit Cecilia und auch mit Sanna. Es mache viel Spaß, auf dem Pfarrhof zu arbeiten, sagt sie. Alles sei so gut geordnet und vorbereitet gewesen, als sie kam. Hier verstehe man sie und zeige ihr, dass man sie wertschätzt, und in der Predigerkammer gehe es ihr wie einer Prinzessin. Sie könne die Pfarrersfrau gut leiden, und der Herr Pastor sei einfach zu gut für diese Welt, sagt sie. Wie der sich um seine Frau kümmert! Ein Beispiel für alle, wenn Menschen sich nur andere zum Vorbild nehmen könnten. Der ganze Mann ist wie eine Predigt, man muss es wirklich bewundern, dass ein so junger Mensch schon so gut weiß, wie man sein Leben führen sollte.

Sie bleibt zwei Wochen, dann aber muss sie weiter, in ein Trauerhaus, erklärt sie, und Sanna weint.

»Das hier wird auch ein Trauerhaus, wenn du gehst«, sagt der Pfarrer. Mama bedankt sich herzlich, und Papa hält eine kurze Ansprache: »Du bist in unserem Haus wie ein guter Engel gewesen«, sagt er, und alle außer Lillus begleiten sie zum Boot, das kommt, um sie abzuholen. Der Vater geht geradewegs nach Hause und setzt einen Brief an die Gemeinde auf, welch ein Segen die Anwesenheit der Gemeindeschwester für seine Familie gewesen sei. Er wolle den Verantwortlichen herzlich danken, die so umsichtig gewesen seien, diesen Dienst trotz der angestrengten Finanzlage der Gemeinde einzurichten.

Dank Schwester Hanna hat er auch seine Bürostunden

in der Kanzlei abhalten können, und es gibt Augenblicke, in denen er sogar das Ende seiner Paukerei absehen zu können glaubt und überzeugt ist, seine Abhandlung im Griff zu haben. Fredrik hat sein Examen natürlich mit Glanz bestanden und ihm die Fragen geschickt, keine unlösbaren theologischen Spitzfindigkeiten, sondern Fragestellungen, die sich mit gründlicher Lektüre als Grundlage und eigenem Nachdenken schon bewältigen lassen.

Auf den Örar wetteifert er mit Doktor Gyllen darum, wer als Erster fertig wird. Wenn sie sich auf den Treffen der Volksgesundheit sehen, erkundigen sie sich, wie weit sie jeweils vorangekommen sind. Es herrscht jetzt offen ein befreundeter Ton zwischen ihnen, und sie sticheln sich ein bisschen. Ob sie nicht tauschen könnten. Sodass der Pfarrer die Berufserfahrung der Ärztin bekäme und sie sein gutes Schriftschwedisch. Er muss die Namen diverser Potentaten in der Geschichte der Kirche auswendig lernen und sie die verschiedener bedeutender Männer aus der medizinischen Wissenschaft Finnlands samt ihren Spezialgebieten. Das Klinische kann sie aus dem Effeff, aber, »ach, Pjotr Leonardowitsch, der kulturelle Hintergrund! Die Medizin ist ja überall in Europa gleich, aber die nationalen Autoritäten! Titel und Bezeichnungen! Möge Gott Erbarmen …«, sie unterbricht sich, weil sie vor einem Priester nicht Gott ins Spiel bringen will. Er merkt ihre Verlegenheit und tröstet: »Vielleicht hat er ja ein Einsehen. Der Schwerpunkt muss doch schließlich auf dem Medizinischen selbst, auf dem Klinischen liegen. Vielleicht besser noch auf Latein als auf Schwedisch? Das Ihre ist übrigens viel besser, als Sie glauben. Natürlich werden Sie bestehen. Wir finden alle, Sie sollten auch ohne das finnische Examen als Ärztin praktizieren dürfen.«

»Danke«, sagt Doktor Gyllen. »Und ich glaube zu wissen, die ganze Gemeinde, mich eingeschlossen, ist der Ansicht, Sie sollten auch ohne zusätzliche theologische Examen unser rechtmäßiger Pfarrer werden.«

»Danke«, sagt nun er. Wenn man sie mit ein wenig Abstand von außen betrachtet, findet der Kantor, dass sie aussehen wie zwei Taschendiebe auf einem Markt, und die netten Hindriksens, die ihre Frau Doktor besser kennen, als sie ahnt, hoffen, dass sie im Pfarrer, einem Studierten wie sie selbst, jemanden findet, mit dem sie über das reden kann, was sie bedrückt. Hindriksens und die Inselbewohner überhaupt brauchen nicht jahrelang eine Universität zu besuchen und Psychologie zu studieren, um zu wissen, dass Menschen mit anderen reden müssen, damit der innere Druck nicht zu stark wird.

Manchmal wandelt dieser Gedanke selbst Doktor Gyllen an, die es eher als Versuchung ansieht, dass sie sich in schwachen Stunden gern mit diesem freundlichen jungen Geistlichen unterhalten möchte. Bestimmt würde sie enttäuscht werden, da ihm offenbar Erfahrungen, die sie quälen, erspart blieben, aber die Versuchung, sich dieser Enttäuschung auszusetzen, bleibt dennoch unangenehm groß. Zwei Dinge halten sie zurück: die Angst, dass ihre ganze Selbstbeherrschung zusammenbrechen und sie heulend und elendig, kraft- und schutzlos dasitzen könnte, und andererseits die Gefahr, sie könnte, nachdem sie einmal Ort und Zeit für ein Gespräch ausersehen hätte, zur Beruhigung eine Tablette nehmen und nicht länger das Bedürfnis zu reden verspüren.

Zum dritten Mal hat sie in diesem Jahr ihre Eltern als Sommergäste auf Örar. Petter hat sie im Laden und in der

Kirche gesehen, die sie einmal in jedem Sommer besuchen, obwohl die Frau General griechisch-orthodox ist, aber sie achten darauf, ihre gesellschaftlichen Verpflichtungen zu erfüllen. Dem Pastor kommt plötzlich der Gedanke, er könne sie zur Taufe der kleinen Laus einladen, die mit anschließendem Kaffeetrinken im Pfarrhof in der Kirche stattfinden wird. Seine Eltern und Schwiegereltern sind ebenfalls angereist, so wie auch eine von Monas Schwestern mit Mann und Freunde aus dem Ort. Es wäre eine Ehre, wenn ... Sie seien der Frau Doktor sehr zu Dank verpflichtet und würden sich glücklich schätzen, wenn ... Er ist ein bisschen verlegen und erwartet beinah, dass sie dankend ablehnen, doch mit ausgesuchter Höflichkeit nehmen sie die Einladung an.

Auf den ersten Bankreihen in der Kirche nehmen die Angehörigen der Pfarrersfamilie Platz, dahinter die ersten Freunde auf Örar: der Kantor und seine Frau, der Küster und Signe, Adele Bergman mit Elis, Brage Söderberg und Astrid und die guten Geister Cecilia und Hanna in Feststimmung. Dann der General mit Gemahlin und Doktor Gyllen, unergründlich. Die Taufe verläuft rührend, Lillus gluckst vergnügt über das Wasser auf dem Köpfchen, Papas Stimme, und alles ist so groß. Mit der Angst bekommt sie es erst, als die anderen loslegen und singen, aber es ist nicht schlimm, und nach der Taufe bittet der Pfarrer wieder einmal ins nahe gelegene Pfarrhaus.

Der General kann mehr als wie ein Stockfisch dasitzen, und auch seine Frau hat schnell gute Umgangsformen gelernt. Doktor Gyllen hat geübt, wie man einem Exekutionskommando entgegentritt, ohne mit der Wimper zu zucken, und niemand kann ihr ansehen, was sie denkt. Sie pflegt nicht an Taufen teilzunehmen. Ungeborene zur Welt zu bringen ist kein Problem, es ist ihre Arbeit; aber frisch gewaschene Säuglinge in weißen Kleidern im Zentrum der Aufmerksamkeit könnten Gefühle zum Leben erwecken. Sie lassen sich allerdings mithilfe einer halben Tablette eingesperrt halten, die sie nicht benommen macht, sondern sie weiterhin normal an der Veranstaltung teilnehmen lässt. Trotzdem schön, als es zu Ende ist und sie aufstehen, Hände schütteln, gratulieren und einen professionellen Blick werfen darf: Das sieht gut aus! Nicht vergessen, auch Sanna einzubeziehen. Der Kantor, der gut mit Kindern umgehen kann, sagt zu der ernst neben ihrer Mutter stehenden Sanna: »Ich gratuliere dir, dass du jetzt eine große Schwester geworden bist«, und andere folgen seinem Beispiel.

Cecilia ist zum Pfarrhaus vorausgelaufen und hat im Herd Feuer gemacht, Mona und Sanna folgen ihr eilig mit Lillus nach, die, wie man von Weitem riechen kann, kräftig in die Windeln gemacht hat. Aber Lillus! Die anderen bummeln gemächlich hinterher. Der Pastor kommt eilends nach und schließt sich Gyllens an, vornehmen Gästen, die doch erkennen lassen, dass sie nicht zum inneren Kreis gehören.

»Eine schöne Taufe«, sagt die Frau des Generals, und er ergänzt: »Und auch das Wetter ist schön. Ich erlaube mir, das für ein gutes Omen zu halten.«

»Danke«, sagt der Pfarrer. Ihm scheint alles Mögliche über die Lippen sprudeln zu wollen, ehe er antwortet: »Ein denkwürdiger Tag für uns. Ich freue mich, dass Sie daran teilnehmen.«

Auch Doktor Gyllen neben ihm ist voll von etwas, das sie loswerden möchte, sie bleibt stehen, zieht einen Schuh vom Fuß und schüttelt ihn aus. Es fällt nichts heraus. Ihre Eltern gehen Arm in Arm ruhig weiter. Der Pfarrer bleibt höflich stehen. Doktor Gyllen richtet sich auf, sie ist ebenso groß wie er. Sie spricht, wie sie es getan hat, als es nicht gesehen werden sollte, dass man mit jemandem sprach, ohne ihn anzusehen: »Ich habe auch ein Kind. Ich leide furchtbare Not.«

Der Pfarrer wartet einen Moment, lang genug, um ihr nicht mit Floskeln zu kommen. Keine religiösen Phrasen, er weiß ja, wie sie dazu steht. »Lebt er noch in Russland?«, fragt er neutral.

»Sie wissen, dass es ein Er ist?«

»Es wird darüber geredet. Kein übles Geschwätz, sondern voller Respekt. Aber doch so viel, dass Sie Ihren Sohn zurücklassen mussten. So, wie es in der Sowjetunion zugeht, haben alle vollstes Verständnis dafür.«

»Ich habe ihn im Stich gelassen. Wie kann man damit leben?«

»Liebe Frau Gyllen, als es passierte, konnten Sie nicht wissen, dass Sie für so lange Zeit getrennt würden. Ich verstehe Ihren Kummer und Ihren Schmerz, und ich bewundere Ihre Selbstbeherrschung und Ihre Kraft.«

»Sie wissen nicht, wie das gewesen ist. Wen immer man traf, es konnte das letzte Mal sein. Kollegen, Freunde. Der eigene Mann, das eigene Kind. Wäre ich geblieben, hätte mir der KGB mein Kind weggenommen. Aber das ist keine Entschuldigung. Ich werde mir nie verzeihen.«

»In vielen Situationen sind wir selbst unsere strengsten Richter. Ich möchte mich nicht aufdrängen, doch in meinem Amt habe ich einen Trost anzubieten. Es gibt jemanden, der uns Gnade und Vergebung bringt, wenn wir selbst nicht an sie zu glauben vermögen. Er versteht die Entscheidung, die Sie getroffen haben. Er sieht Ihre Angst. Er vergibt Ihnen.«

Sie hat ihn nicht angesehen, aber jetzt wendet sie sich, soweit möglich, noch weiter ab. »Es ist nicht wichtig, wie ich mich fühle. Das Wichtige ist mein Sohn. Ich kann keinen Kontakt zu ihm herstellen. Es werden Schreiben geschickt, offizielle wie private. Das Rote Kreuz. Nichts. Nicht einmal mein Vater. Russland ist wie auf einem anderen Planeten.«

»Ich weiß. Ich bin mir nicht sicher, ob es helfen würde, wenn ich mit Ihnen noch einmal alles durchginge, was man unternehmen könnte. Ich bin überzeugt, Sie und Ihr Vater kennen sämtliche Möglichkeiten, haben alle Kanäle ausprobiert. Aber manchmal kann es gut sein, die Dinge mit einem Außenstehenden zu besprechen, der der Schweigepflicht unterliegt. Nichts, worüber wir sprechen, wird an einen Dritten weitergehen. Vielleicht stoßen wir aus Zufall auf etwas Neues. Außerdem gibt es in meiner Branche Beispiele für Wunder.«

Er lächelt. Ihm ist völlig klar, wie sie dazu steht, aber er findet es trotzdem nicht unangebracht, sie ein wenig mit seiner Naivität zu schockieren. Fast lächelt sie zurück, dann gräbt sie in ihrer Handtasche, schüttelt sich eine Tablette in die hohle Hand, schluckt sie ohne Wasser und legt lediglich den Kopf zurück, damit sie besser rutscht.

»Gern«, sagt sie. »Danke! Und verzeihen Sie, dass ich Sie aufgehalten habe. Jetzt müssen wir aber zum Haus gehen. Das Taufkaffeetrinken kann ja nicht anfangen, bevor nicht auch der Vater und der Pfarrer anwesend sind.«

Sie gehen ins Haus. Die Türen zwischen großem Wohnzimmer und Esszimmer stehen offen, Stimmengewirr, und sämtliche Stühle sind besetzt. Es ist so gedacht, dass Mona mit der Kleinen im Arm sitzen bleiben soll, während andere servieren, aber es fällt schwer, mit anzusehen, wie langsam es geht, und sie hasst es, ihre Schwiegermutter in der Küche zu haben. Schon bald wird Lillus ins Bett gesteckt, und Mona übernimmt. Zusammen mit der eifrigen und folgsamen Cecilia geht es gut. Als die Gäste, abgesehen von denen, die in allen möglichen Ecken auf dem Pfarrhof untergebracht sind, allmählich aufbrechen, sagt der Pastor zu Doktor Gyllen: »Ich habe vor, morgen ins Dorf zu kommen. Wir sollten langsam ein paar Überlegungen zum Richtfest für das Gesundheitszentrum anstellen. Würde es Ihnen passen, wenn ich am Nachmittag bei Ihnen vorbeischaue?«

»Das passt«, sagt Doktor Gyllen. »Aber ich erwarte mir keine Wunder.«

Und da ist er, mit der Aktentasche in der Hand klopft er vor aller Augen bei Doktor Gyllen an. Es wird eine lange Unterredung, denn es gibt in Zusammenhang mit dem Gesundheitszentrum wirklich eine Menge zu besprechen. Die Eltern sind unterwegs, machen bei dem schönen Wetter eine Kahnpartie. Die Frau General hat gegen die Sonne einen Schirm aufgespannt, der General hat sich ein Taschentuch mit Knoten in den vier Zipfeln über den Schädel gelegt, trägt die Hosenträger offen über dem Unterhemd, hat die Hosenbeine hochgekrempelt und lilienweiße Füße auf den Bootsboden gestellt. Sie rudern zu einer kleinen Insel im Sund und trinken auf dem Felsen Kaffee.

Der Pastor grüßt und lächelt, die Ärztin bedankt sich für den Vortag. »Es war sehr angenehm, alles.« Jetzt zum Richtfest, aber vielleicht ist es besser, damit noch abzuwarten, bis Sörling ein Datum vorzuschlagen wagt. Die Bewirtung muss sowieso zuerst mit Adele Bergman besprochen werden. Also.

Der Pfarrer ist es gewohnt, dass er den Anfang machen

muss. »All diese Dinge sind doch kleine Fische im Vergleich zu dem, womit Sie ringen.«

»Verstehen Sie mich nicht falsch. Ich finde das, was sich hier ereignet, nicht unbedeutend. Man sollte ein Leben wie dieses hier führen, ein normales. Für mich ein kostbares.«

»Ja, seitdem der Krieg vorbei ist, denke ich auch so. Gut, dass wir darin übereinstimmen. Allerdings sehe ich, dass wir hier in Finnland ansonsten nicht viel von dem verstehen, was in Russ…, was in der Sowjetunion vor sich geht. Der Eiserne Vorhang, wie man sagt, lässt ja keinerlei Informationen durch. Propaganda auf ihrer Seite, Propaganda auf unserer. Aber wie sieht es da wirklich aus?«

»Ein wenig besser, hoffe ich, seit der Krieg aus ist. Die materielle Lage. Vielleicht nicht mehr solche Hungersnot. Aber sonst, meine Informationen sind veraltet. Es ist Jahre her. Keine funktionierenden Kanäle. Völlige Abschottung. Wir wissen nichts. Nicht einmal Gerüchte dringen heraus.«

»Vor dem Krieg schwirrten die Gerüchte nur so. Menschen verschwanden. Keiner wusste Genaueres.«

»Wer nicht dort gelebt hat, begreift das nicht. Keiner weiß, wie das gewesen ist.«

»Nein. Haben Sie in Leningrad andere Finnen gekannt? Mein Vater hatte eine Zeit lang Kontakt mit einigen, die er in Amerika kennengelernt hatte und die dann in die Sowjetunion weiterreisten, aber irgendwann kamen keine Briefe mehr.«

»Viele sind tot. Andere in Lagern. Ja, ich kannte Leute aus Finnland. In glücklicheren, jungen Jahren war mein Vater mit Edvard Gylling bekannt. Er hat mich in Leningrad aufgesucht. Sie mögen es komisch finden, aber wir haben immer Schwedisch gesprochen. Bis auf die letzten Male. Da haben wir uns das nicht mehr getraut. Sprachen nur Russisch und nur die allgemeinsten Floskeln: ›Ich freue mich, Sie zu sehen, lieber Edvard Gylling.‹ – ›Ganz meinerseits, liebe kleine Irina Gyllen.‹ – ›Wie geht es der werten Familie?‹ – ›Danke, gut. Es sind alle gesund. Besonders Fanny lässt grüßen.‹ Das war sein letzter Besuch in Leningrad. Danach wurde er abgeholt. Fanny deportiert. Kein Kontakt zu den erwachsenen Kindern.«

»Traurig.«

»Er war ein guter Mensch. Kommunist aus Idealismus. Ach, wenn er nur so schlau gewesen wäre, zurückzustecken, als es in Finnland zum Bürgerkrieg kam.«

»So wie unser eigener großer Mäzen. Der war so klug, sich nach Schweden abzusetzen. Er hatte dort Verwandte, die ihm weitergeholfen haben.«

»Das hätte auch Gylling gekonnt. Aber er wollte das, was er für die Sache hielt, nicht verraten.«

»Er traf aus einem richtigen Grund die falsche Entscheidung. Solange etwas noch andauert, können wir nicht zu einer abschließenden Beurteilung kommen.«

»Wenn er nur Fanny hätte überreden können, mit den Kindern in Schweden zu bleiben oder nach Finnland auszureisen, solange es noch möglich war! Wir waren so gut befreundet. Allein die Namen waren sich schon so ähnlich. Er nannte mich Goldspatz, Gyllensparv. Und ich ihn Sommargylling, Pirol. Wir sprachen ja immer Schwedisch. Über unsere Jugendzeit. Ich konnte besser Russisch als er, hatte länger in Russland gelebt. Ich wurde schon vor der Revolution an der medizinischen Fakultät angenommen.«

»Sie haben das alles miterlebt?«

»Ja. Ich weiß, wie arme, ungebildete, schmutzige, hilflose

Menschen sind. Viele von uns dachten, es muss eine Revolution geben, um diese Missstände zu ändern. Wie konnten wir nur? Es war dumm.«

»Sie glaubten an Reformen, an Ideale, das ist nicht dumm.«

»Es dauerte Jahre, bis wir begriffen, und dann wollten wir es nicht wahrhaben. Wir konnten studieren. Ich machte Examen, meine Facharztausbildung, habe dann geheiratet. Mein Mann war wie ich. In den Jahren, als wir noch nach Finnland hätten ausreisen können. Wie finnische Einwanderer auch.«

»Man handelt auf der Grundlage der Informationen und Hoffnungen, die man hat. Niemand kann erwarten, dass Sie damals schon hätten wissen können, was Sie heute wissen.«

»Ja, aber dann. Es begannen Menschen zu verschwinden. Verhaftungen. Jeder hatte Angst. Man traute sich nicht mehr, den Mund aufzumachen, hatte Angst zu telefonieren. Verdächtigte Freunde. Es dauert erstaunlich lange, Pjotr Leonardowitsch, ehe man sich nicht mehr für paranoid hält, weil man Freunde im Verdacht hat, Spitzel zu sein. Aus Furcht wird man alles, ungerecht, unmoralisch, widerwärtig. Sie haben nicht erleben müssen, dass man so werden kann.«

»Nein.«

»Das Schlimmste ist, dass man die Zeit verstreichen lässt, bis man sich nicht mehr retten kann. Die Verbindungen nach Finnland abgebrochen. Keine Einladungen mehr vom Konsulat. Russische Polizei vor dem Eingang, ewig Fragen: Passierschein, Einladung, Name. Die besten Ärzte weg, neue Ärzte und Politkommissare, Überwachung. Mein Mann und ich sagten lange, das Regime braucht Ärzte. Sie brauchen uns. Wir sind sicher. Solange wir nur unsere Arbeit machen, nicht reden, nicht auffallen. Da hatten wir schon unseren Sohn, 32 geboren. Für ihn taten wir alles.«

»Sicher.«

»Es gibt so viel Neid auf der Welt. Jeder hat irgendetwas, das ein anderer haben möchte. Deine Stellung im Krankenhaus. Deine Wohnung. Etwas völlig Unbedeutendes, das du dir nicht einmal vorstellen kannst. Mein Mann und ich sprachen immer darüber, was für das Kind das Beste wäre. Wenn einer von uns verhaftet würde, sollte der andere die Scheidung einreichen. Auf Abstand gehen – wir haben es uns schon im Voraus verziehen. Lebten mit dem Kind in aller Stille. Hofften auf bessere Zeiten.«

»Alles, was Sie sagen, kann ich nachvollziehen.«

»Ja, aber dann nur noch Verrat. Er wird festgenommen. Weswegen? Ein Feind des Volkes, ein Saboteur. Scheidung, wie abgesprochen, aber nicht richtig, moralisch falsch. Und vergebens. Wenn er als unbescholtener Russe verhaftet wird, warum nicht auch ich? Sie können sich den Schrecken nicht vorstellen. Ich dachte nur daran, wie ich uns retten könnte. Mich selbst und meinen Sohn. Dann bekam ich eine Gelegenheit – ich darf Ihnen nicht verraten, wie und durch wen …«

»Natürlich nicht.«

»Aber ich bekam eine Chance, ohne meinen Sohn. Und ich war so paralysiert von Angst, dass ich ihn im Stich gelassen habe. Bildete mir ein, ich könne für ihn von Finnland aus mithilfe der Gesandtschaft eine Ausreisegenehmigung besorgen, legal. Falsch! Egoistisch! Dann kam der Krieg, die diplomatischen Beziehungen abgebrochen. Fünf Jahre! Ich kann mir das nie verzeihen.«

»Liebe Frau Gyllen, wären Sie geblieben, hätte man Sie

auch verhaftet, wären auch Sie verschwunden, wie so viele andere. Ihr Sohn hätte auch so seine Mutter verloren. So aber bekommen Sie vielleicht noch Gelegenheit, wieder Verbindung zu ihm aufzunehmen.«

»Danke! Wenn man vernünftig überlegt, kann man so denken. Aber versetzen Sie sich einmal in ein Kind. Von seiner Mutter verlassen, mutterseelenallein auf der Welt. Es argumentiert nicht wie Sie. Es fühlt sich einfach verraten.«

»Wissen Sie etwas von den Leuten, bei denen Sie ihn zurückgelassen haben? Von der Familie Ihres Mannes?«

»Nein. Unter ihrer Adresse sind sie nicht zu erreichen, nur Fremde. Auch die Großeltern habe ich nicht ausfindig machen können. Vielleicht auch abgeholt.«

»Das finnische Konsulat?«

»Ja, mein Vater hat noch gewisse Beziehungen. Ein mutiger Mensch hat dort geklingelt, wo ich den Jungen zurückgelassen habe. Aber es wohnten andere dort. Keine Angaben über frühere Bewohner. Auch nicht bei der alten Adresse der Großeltern. Und sonst, die finnische Gesandtschaft in Moskau ist sehr vorsichtig. Wir dürfen die große und mächtige Sowjetunion nicht provozieren, die uns im nächsten Krieg verschlucken wird.«

»Ich vermute, bei den Kinderheimen in der Umgebung von Leningrad haben Sie es versucht.«

»Sicher, aber denken Sie an die Evakuierungen. Und über die bin ich froh. Sonst hätte das Kind die Belagerung nicht überlebt. Doch dafür jetzt das Chaos in den Unterlagen.«

»Er ist inzwischen ein halbwegs erwachsener junger Mann. Vielleicht stellt er selbst Nachforschungen an. Er weiß, dass Sie aus Finnland stammen. Er kennt Ihren Mädchennamen, kann sich vielleicht sogar noch an den Namen

Ihres Vaters erinnern. Wenn er Kontakt zur finnischen Botschaft aufnimmt … Aber nein, er weiß nicht, dass Sie aus dem Land geflohen sind, und für einen Jugendlichen in der Sowjetunion dürfte es nicht leicht sein, Verbindung mit einer ausländischen Botschaft aufzunehmen.«

»Seine Eltern Volksfeinde, Finnland Kriegsgegner. Wie sollte ein fünfzehnjähriger Junge das schaffen?«

»Nein, das war dumm von mir, zu optimistisch. Was ich meine, trifft wohl eher für später, für die Zukunft zu. Aber wir müssen jetzt Kontakt knüpfen.«

»Ich weiß doch nicht einmal, ob er überhaupt noch lebt. Und wenn er lebt, ist er ein Jugendlicher im schlimmsten Flegelalter. Wenn wir uns finden sollten, würde es vielleicht kein glückliches Wiedersehen. Vorwürfe, Hass auf mich. Hass auf Finnland.«

»Darüber können Sie sich später Gedanken machen. Jetzt ist das Wichtigste, herauszufinden, ob er am Leben ist und wie es ihm geht. Das Übrige ergibt sich daraus. Liebe Frau Doktor Gyllen, ich werde das hier im Gedächtnis und im Herzen behalten. Sie glauben vielleicht, man könne nichts tun, und vorerst mögen Sie recht haben. Sie haben an alles gedacht, Sie verfügen über Beziehungen, die ich mir nicht einmal vorstellen konnte. Aber glauben Sie mir, es hilft, darüber zu reden. Ihr Gesprächspartner kann Augen und Ohren offen halten und vielleicht über etwas stolpern, das sich als hilfreich erweist. Es geschehen immer wieder Dinge, die man nie erwartet hätte.«

»Wunder?«

»Verzeihung. Ich weiß, dass sie nicht daran glauben. Ich tue es auch nicht. Aber ich hoffe auf sie. Lassen Sie mich das für Sie übernehmen. Nehmen Sie es mir nicht übel, Frau

Gyllen, aber ich werde für Sie beten. Dafür, dass Sie ihn wiederfinden. Privat natürlich«, beeilt er sich zu versichern.

»Sicher, natürlich. Was soll ich sagen? Danke.«

Sie lächeln beide. Der Pfarrer wird sie nicht damit behelligen, jetzt am Tisch ein Gebet zu sprechen, und sie wird seine Stimmung nicht drücken, indem sie ihm sagt, was sie von Religion hält. Sie ist froh, dass sie nicht die Beherrschung verloren hat. Keine Tränen, keine pathetischen Selbstbezichtigungen. Er seinerseits ist nicht zu religiös geworden. Er macht Anstalten, sich zu erheben, lächelt entschuldigend. »Denken Sie daran, dass Sie jederzeit mit mir reden können. Meine Schweigepflicht gilt absolut, schließt sogar Mord ein. So wie Sie Ihre ärztliche Schweigepflicht haben – oje, da fällt mir ein, dass wir nur noch zwei Monate bis zu unseren jeweiligen Examensversuchen haben. Ich bedanke mich für das Gespräch, aber jetzt müssen wir wieder lernen.«

»Danke, dass Sie gekommen sind«, sagt sie und findet es absolut ausgeschlossen, mehr zu sagen.

»Keine Ursache. Wie Sie wissen, sind meine Frau und ich Ihnen zu großer Dankbarkeit verpflichtet.«

Sie steht am Fenster und sieht ihm nach, als er davonradelt. Noch ehe er außer Sichtweite ist, hält er an einem Gebüsch und isst ein paar Himbeeren. Da wird ihr klar, wie sehr sie während ihres Gesprächs mit sich selbst beschäftigt war. Auf Örar lässt man nie jemanden gehen, ohne ihm etwas angeboten zu haben. Und auch die Russen versäumen selbst unter schwersten Entbehrungen nicht die Regeln der Gastfreundschaft. Sie hätte ihn zum Kaffee einladen müssen! Nachdem es jetzt wieder etwas zu kaufen gibt, hätte sie im Laden einen Hefezopf kaufen sollen. Er versuchte ihr Hoffnung zu bringen, und sie hat ihn hungrig gehen lassen!

Der Pfarrer hat Doktor Gyllens Sohn in seine Gebete aufgenommen und betet beim Radfahren zum ersten Mal für ihn. Er denkt über sie nach. Sie ist geradezu unnatürlich beherrscht oder, nach allem, was sie durchgemacht hat, innerlich versteinert oder erfroren. Er überlegt, wie es für ihn wäre, gezwungen zu sein, Sanna und die kleine Laus zu verlassen, eines Tages nicht mehr nach Hause zu können. Wenn es sein müsste, um ihr Leben zu retten, gewiss, aber wenn es um sein Leben ginge? Eine fürchterliche Entscheidung und ein geringer Trost, den er Doktor Gyllen zugesprochen hat, dass sie in jedem Fall von ihm getrennt worden wäre. Was hört sich für einen Jungen wohl besser an: Meine Eltern sind erschossen worden, oder: Meine Mutter hat mich im Stich gelassen und ist nach Finnland geflohen? Damit muss Doktor Gyllen täglich leben. Lieber Gott, führe sie wieder mit ihrem Kind zusammen!

Siebzehntes Kapitel

Anderthalb Jahre nach seiner Ankunft auf Örar unternimmt Pastor Petter Kummel seine erste Reise aufs Festland. Es ist Ende September, schöner Altweibersommer. Ohne Kopfbedeckung, weil das schöne, dichte Haar den Hut anhebt, leichter Sommermantel, seit der Ankunft noch nie benutzt, Talar im Gepäck. Die Abschlussarbeit vorausgeschickt, Notizen dazu in der Aktentasche. Da es eine lange Reise wird – mit dem Boot nach Mellom, von da mit dem Dampfer nach Åbo, Zug nach Helsingfors, Bus nach Borgå –, hofft er, unterwegs zahllose Punkte zum Kirchenrecht und zu theologischen Fragen noch einmal durchgehen und letzte Hand an den schriftlichen Text seiner vorbereiteten Predigt legen zu können. Die Aktentasche ist also zum Bersten vollgestopft mit allen möglichen Papieren und Exzerpten. Das Herz klopft einigermaßen ruhig unter dem Hemd. Während des Wartens hat er es immerhin geschafft, sich vieles anzulesen, und fühlt sich jetzt einigermaßen gewappnet und in der Lage, die eine oder andere Fragestellung lösen zu können. Es wäre ja auch vermessen, zu glauben, dass ausgerechnet seine Examensarbeit die schlechteste der Welt sein sollte.

Das Postboot legt in der Abenddämmerung ab, um auf Mellom das Nachtschiff aus Mariehamn zu erreichen. Alle seine drei Frauen sind unten am Steg, um ihm gute Reise zu wünschen. Lillus schläft im Kinderwagen, wie so oft hängt Sanna ihm am Rock und gibt Küsschen, während Mona forsch sagt: »Keine Sorge, das schaffst du spielend. Aber sei vorsichtig mit dem Verkehr! Du bist sei Mai 1946 nicht mehr in einer Stadt über die Straße gegangen, und Autos verhalten sich nicht wie Kühe auf dem Weg. Und lass dich bei Helléns blicken und bestell ihnen, dass wir nächsten Sommer zu viert kommen!«

Der Küster setzt ihn zum Dampfbootanleger über, und als er in dessen Kahn den Kopf dreht, sieht er sie lachen und winken, dann gehen sie zum Haus zurück, denn es ist abendlich kühl, und Sanna gehört ins Bett. Ein wenig Hoffnung macht er sich trotzdem, und tatsächlich, als Post-Anton eine halbe Stunde später an der Kirchinsel vorbeifährt, zeichnen sich Mona und Sanna auf dem Glockenturmfelsen als dunkle Silhouetten gegen den helleren Abendhimmel ab und winken. Man kann sie beinah rufen hören: »Gute Reise und viel Glück!« Alle auf dem Boot grinsen, denn so etwas tut man auf den Örar nicht. Da ist man weg, sobald man ein Boot bestiegen hat, und man ist wieder zu Hause, wenn man an Land geht.

Wie alle zwei- und vierbeinigen Einwohner von Örar weiß natürlich auch Anton von der Post, worum es geht, nämlich um das Pastoralexamen, und das bedeutet, dass der Pastor die Pfarre als feste Stelle übernehmen kann. Cecilia, Hanna, der Kantor und der Küster haben mitbekommen, wie er gelesen und gelesen, geschrieben und geschrieben hat. Verrückt, findet die diesmal einhellige öffentliche Meinung auf Örar, dass ein so guter Pfarrer noch einmal von den Oberpriestern in Borgå durch die Mangel gedreht werden soll, ehe er sich um ein Amt bewerben kann, für das er wie geschaffen ist. Es sind nicht viele Passagiere an Bord, und er kann ein paar Worte mit Anton wechseln, bevor sie die Inseln von Mellom erreichen.

Sie reden über das gute Wetter und wie lange es sich wohl halten mag und über seine Reisepläne. Anton kennt Åbo und Helsingfors gut, aber Borgå ist ein entlegener Ort, an dem der Bischof residiert und über das Wohl und Wehe von Petters Sprengel entschieden wird. Anton weiß, dass es da einen Dom gibt, wie sich das für einen Bischofssitz gehört, und der Pastor erzählt vom Domkapitel, das dort seit der Schwedenzeit sitzt. Was ihn beschäftigt, ist deutlich zu sehen, und am Ende kann er sich nicht zurückhalten und fragt: »Was glaubst du, wie es laufen wird?«

Er lacht, als wäre es eine Art Spiel, und ich gucke auch fröhlich und sage: »Du, du wirst schon mit bestandenem Examen zurückkommen!« Aber es interessiert mich auch persönlich, denn ich bin es gewohnt, den Verlauf einer Seereise vorauszusehen, und mache mir selten Gedanken, was an Land so alles passiert. Ich habe ja gesehen, wie er seiner Frau und dem Mädchen an Land zuwinkte, als wäre er am liebsten schon wieder bei ihnen, und darum weiß ich nicht, warum ich ein Frauenzimmer vor mir sehe, dem er besser nicht begegnen sollte. Ich kann dem Pfarrer ja nicht gut wie eine Wahrsagerin in ihrem Zelt sagen: »Hüte dich vor wohlfeilen Weibern!« Nein, hol mich der Teufel! Aber da liegt ihm eine wie ein richtiger Stein im Weg. Was soll ich ihm sagen?

»Ohne Kopfschmerzen geht es aber nicht ab«, sage ich. »Darauf kannst du dich gefasst machen. Meine Weissagekraft reicht nicht, um dir genau vorherzusagen, was passieren wird, aber ich kann dir aus Erfahrung sagen, dass es immer etwas anders läuft, als man es sich gedacht hat. Es liegen Steine auf dem Weg, über die man stol-

pern kann. Wenn du darauf vorbereitet bist und ausweichen kannst, geht alles gut.«

Es tut weh, zu sehen, wie sehr ihn das aus der Ruhe bringt. Ich hätte es nicht sagen sollen. »Ich bin so gut vorbereitet, wie es nur möglich ist«, wendet er ein. »Ich habe Zug- und Busfahrpläne dabei und in einem Gästehaus in Borgå ein Zimmer vorbestellt. Ich habe den Wecker eingepackt, damit ich auf keinen Fall verschlafe. Was soll da schiefgehen? Selbst wenn es einen Maschinenschaden geben sollte, bin ich so gut in der Zeit, dass ich noch rechtzeitig kommen werde.«

»Ja, ja«, sage ich, »derlei lässt sich leicht regeln. Es sind nur Dummheiten, woran ich denke, aber wenn etwas falsch läuft, liegt es meist an Menschen. Bei Frauen sind es die Kerle, bei Männern die Frauen. Du hast viele Bekannte in Finnland, wer weiß, wem du über den Weg läufst?«

»Ich habe es so geplant, dass ich andere erst nach der Prüfung treffe«, sagt er, »aber dann wird es zugehen wie auf der Kirmes. Darauf bin ich eingestellt.«

»Gut«, sage ich, »dann ist ja alles bestens bestellt, und es wird gut gehen.«

Es ist spät, als wir auf Mellom anlegen, und finster wie in einem Sack, aber wer steht am Kai zum Empfang bereit, wenn nicht der Mellom-Pfarrer. Nett von ihm, denn unser Pastor freut sich fast ein Loch in den Bauch.

»Was, du bist hier?«, ruft er. »Und das mitten in der Nacht!«

»Ist doch klar, dass ich kommen musste, um dir einen glückbringenden Tritt zu verpassen«, gibt der Mellom-Pfarrer zurück. »Schließlich kommt es nicht alle Tage vor, dass die Schärenpropstei einen der Unseren vor die Inquisition schickt.«

Mehr höre ich nicht, aber ich sehe, dass sie zusammenstehen und überlegen, und dann fragt mich der Pastor, ob ich glaube, dass sie eine rasche Runde zum Pfarrhaus drehen können, ehe der Postdampfer eintrifft.

»Bestimmt«, antworte ich. »Wäre ein Wunder, wenn die den Zeitplan einhalten könnten, wo sie jetzt den ganzen vorderen Lastraum voller Schlachtvieh haben. Ihr könnt euch in aller Ruhe ein Stündchen aufs Ohr legen. Ich schicke Kalle ohnehin zum Wahrschauen.«

Den Koffer lässt er im Wartesaal, aber die Aktentasche nimmt er mit, obwohl sie genauso schwer ist.

Da sitzt der Örar-Pfarrer also von großer Sympathie umgeben im Pfarrhaus von Mellom und trinkt Tee zu einem Käsebrot. Er hat eigene belegte Brote dabei, aber die Pfarrersfrau auf Mellom ist der Ansicht, die solle er für später aufheben. »Was hat man doch schon tagelang auf diesen Schiffen herumgesessen«, platzt sie heraus. »Und wie schrecklich lange das dauert! Dabei fahren wir nur zwischen Mellom und Åbo hin und her, während du von Örar kommst und bis nach Borgå musst. Über die Brote, die du bei dir hast, wirst du dich morgen früh noch freuen.«

Da sitzt er also, hält sie mitten in der Nacht vom Schlafen ab, trinkt Tee und wird ganz freundschaftlich von Fredrik geprüft, dem Experten fürs Pastoralisieren, der darin schließlich die Bestnote erreicht hat. Er findet, dass sich Petter konzentriert und gescheit anhört, und ist überzeugt, dass es nur gut gehen kann. Sicher ist er nervös, und es lässt sich nachvollziehen, dass er relativ zeitig mit der Begründung aufbricht, er würde sich ruhiger fühlen, wenn er am Kai sitzen und persönlich das Schiff anhalten könnte. Er fühle sich jetzt großartig, danke für die Gastfreundschaft und den freundschaftlichen Tritt.

Als er gegangen ist, steht Fredrik noch am Fenster und hält Ausschau, obwohl sich seine Frau schon hingelegt und ihn gemahnt hat, es sei spät, mitten in der Nacht, bald würde schon der Morgen grauen. Ja, ja, und endlich kommt der Dampfer, mit großer Verspätung. Er sieht Petter vor sich, klappernd und verfroren, nervös und von dem langen Warten mitgenommen. Aber er hat sich gefreut, dass ich zum Kai gekommen bin.

Kein Mensch kann im Dunkeln ein Schiff mit Positionslichtern und beleuchteter Brücke näher kommen sehen, ohne Sehnsucht und Verlangen zu empfinden und gleichzeitig, stark und rein, Spannung und Erwartung. Abwechslung, in aller Deutlichkeit gesagt, obwohl er von Kindesbeinen an Misstrauen gegen jene Art von Abwechslung gelernt hat, die das Lebenselixier seines labilen und wankelmütigen Vaters ausmachte. Jetzt ist er auf dem Weg, jetzt gilt es auf Biegen oder Brechen, und nach dem Domkapitel wartet dann eine ganze Reihe anregender Wiedersehen und ein besonders sehnlich erwarteter Besuch auf Monas elterlichem Hof der Helléns, wo er nach Herzenslust von Monas großartigen Heldentaten und von Sanna und Lillus berichten darf.

Als das Schiff übers Meer angedampft kommt, schafft er es sogar, auf einem Sofa im Wartesaal ein Stündchen zu schlafen, und dann kommen sämtliche Anlegestellen im Schärengarten vor Åbo an die Reihe. Sobald man zur Ruhe gekommen ist, hört man die veränderten Geräusche der Maschine, wenn sich das Schiff dem Land nähert, Fußstapfen schwer schleppender Besatzungsmitglieder, Rufe zwischen Schiff und Land, Rumsen und Stöße, wenn das Schiff am Kai festmacht. Dann Ent- und Beladen, neue Passagiere, die laut redend an Bord kommen und Türen schlagen. Man muss sich auf seiner Bank aufrecht hinsetzen, falls es voll werden sollte. Und so geht es in einer Kette fortgesetzter Wiederholungen durch den ganzen ausgedehnten Schärengürtel.

Åbo erkennt man schon auf der Reede von Ersta am Geruch, und wenn man sich dem Fluss nähert, steigen einem, der sauber in der frischen Seeluft der Örar gelebt hat, die Dünste quälend in die Nase. Åbo stinkt zum Himmel, dass man Gott bitten möchte, einen davor zu schützen, aber zugleich will man auch los und sich die große, gewaltige, von Lärm erfüllte Stadt ansehen: Auf der Werft wird rund um die Uhr an den Reparationsleistungen für die Russen gearbeitet; sämtliche Schiffe in den Docks werden in den Osten geliefert. Weiter flussauf feilt und schleift und schweißt man in den mechanischen Werkstätten. Langsam, würdevoll und geübt gleitet die *Åland II* ihrem Liegeplatz am Kai entgegen: Über den Baumkronen ist der Turm des Doms zu sehen. Von dort hallen neun Glockenschläge herüber, als die Passagiere übermüdet und unausgeschlafen an Land wanken. Die Kälber und Jungtiere unten im offenen Laderaum sehen sich mit großen Augen um, sie sind an eine grüne Umgebung gewöhnt und drehen die Ohren, die ein anderes Brausen kennen. Sie wissen nicht, was sie erwartet, als die Schlachthoflaster rückwärts an die Kaikante setzen.

Da ist der Pfarrer schon eilig unterwegs zum Bahnhof, eine durchtrainierte Figur mit Koffer und Aktentasche und den eiligen Schritten der Stadt. Er hat einen Zug verpasst und genügend Zeit, bis der nächste fährt, aber er hastet trotzdem, weil andere es auch tun. Es gibt viel zu sehen, und er guckt staunend wie einer vom Lande, und das ist er nun ja auch. Erleichtert setzt er im Bahnhof sein Gepäck ab. Er kauft sich eine Fahrkarte, rattert dann durch bekannte Gegenden. Alles ist wie früher, als wäre es stehen geblieben, seitdem er es befreit verlassen hat. An Bahnhöfen, wo er Bekannte hat, steigt niemand ein, den er kennt, es weiß ja keiner, dass er ausgerechnet in diesem Zug sitzt; unerkannt rollt er an seinem langjährigen Wohnort und seiner alten Schule vorbei. Das alles hat er hinter sich gelassen!

Dann sein Studienort: Helsingfors, vom Krieg gezeichnet, als er es verließ, vom Krieg gezeichnet noch immer. Doch die gleiche rastlose Hektik wie in Åbo, es wird wiederaufgebaut. Auf dem Rückweg wird er hier viele treffen. Jetzt geht er über den Mannerheimväg zum Busbahnhof, findet den Perron für den Bus nach Borgå, setzt sich in die Sonne und wartet auf den nächsten Bus. Er holt seine Notizen aus der Tasche und versucht zu lesen, aber mit so viel Aktivität um ihn herum kann er sich nicht konzentrieren, und die Augen sind neugierig wie Kinder; was aber nicht auch alles vor sich geht, die vielen Autos, Straßenbahnen, und nach all den Kriegsjahren gibt es jetzt am Busbahnhof eine Eisdiele. Als Erwachsener freut er sich darüber, dass alles wieder so normal geworden ist, während sich das kindliche Auge auf die Jagd nach allem Neuen macht: Automodelle, die Kleidung der Passanten, die neu gestalteten Straßenlaternen. Natürlich hat er das Treiben und den Verkehr nicht vermisst. Natürlich macht es Spaß, das alles wieder einmal zu sehen. Wenn er bloß nicht so übermüdet wäre und nicht diese nagende Unruhe spürte! Darum fährt er ja direkt nach Borgå, damit er sich ausruhen und die wichtigsten Unterlagen ein letztes Mal durchlesen und dann entspannt eine lange Nachtruhe einlegen kann, ausgeruht und mit klarem Kopf aufwacht.

Spät am Nachmittag mit seinem Gepäck in Borgå eintreffend, stellt er die Sachen im Gästehaus unter und erkundigt sich nach einem günstigen Restaurant. Er war die ganze Nacht unterwegs und möchte zeitig zu Bett gehen. Der Mann hinter dem Tresen guckt ihn irgendwie vielsagend an und meint, eine Frauensperson sei da gewesen und habe nach ihm gefragt.

Der Pfarrer staunt: »Ich kenne doch niemanden hier. Hat sie ihren Namen genannt? Hat sie eine Nachricht hinterlassen? Hat sie wirklich mich gemeint?«

Nein, nein und ja, allerdings, namentlich.

»Oh. Nun, da ich keinen Besuch erwarte und keine Ahnung habe, um wen es sich handeln könnte, gehe ich jetzt etwas essen und mache einen kurzen Spaziergang. Ich werde wohl in einer guten Stunde zurück sein.«

Woher dieses intensive Unbehagen? In erster Linie kommt es natürlich daher, dass er an diesem Abend unbedingt allein sein und sich auf den morgigen Tag einstellen muss. Dann aber auch daher, dass der Kerl die Besucherin nicht Frau oder Fräulein, sondern mit geradezu einstudierter Betonung Frauensperson genannt hat. Wäre es jemand vom Domkapitel gewesen, hätte sie sicher eine Nachricht hinterlassen. Und zum Dritten und ganz besonders kommt es daher, dass er sich in der Tat an eine Frau erinnern kann, die aus dieser Gegend stammt. Nein, nein, nein.

Mona hat ihm eingeschärft, er solle nach seiner Ankunft etwas Ordentliches essen, auch wenn es kostet, er brauche Kraft für den morgigen Tag. Wenn sie ihren Pappenheimer richtig kennt, wird er nämlich viel zu nervös sein, um etwas anderes als ein Butterbrot zu essen. Gehorsam bestellt er Köttbullar mit Kartoffeln, Soße und Preiselbeerkompott. Es riecht lecker und liegt ihm doch schwer im Magen. Es ist dieses ganze Geschaukel von der Reise, das sein Recht fordert, erklärt er sich das selbst. Aber nervös ist er auch, das lässt sich nicht leugnen, und Angst hat er. Er stopft das Essen ohne den Appetit in sich hinein, den er sich vorgestellt hatte. Zum Abschluss bestellt er eine Tasse Tee und eine Apfeltasche, so, wie er sich fühlt, eine überflüssige Ausgabe. Als er fertig ist, geht er spazieren, guckt sich den Verkehr auf dem Fluss und Häuser und Straßen in der Altstadt an, über denen der Dom aufragt. Was hat er sich auf diesen Spaziergang gefreut, und wie wenig Freude hat er jetzt daran. Er muss zurück in das Gästehaus, denn er hat seine Sachen dort, sonst könnte er bei dem schönen Wetter unter einem Busch oder in einem Bootshaus schlafen.

Wie ein Stück Schlachtvieh von der *Åland II* den Viehtransporter betritt Pastor Kummel das Gästehaus. Und natürlich sitzt eine Frauensperson auf einem der Sessel am Fenster. Sie erhebt sich sofort: »Petter! Erkennst du mich nicht wieder? Ich bin's doch, die Hilda.«

Er streckt die Hand aus. »Aber sicher erkenne ich dich wieder, Hilda! Guten Tag! Woher weißt du denn, dass ich in Borgå bin?«

»Deine Mutter hat es mir geschrieben. Ich hab mich so gefreut in meiner Trauer. Du kommst wie vom Himmel geschickt.«

»Ist etwas passiert?«, fragt er teilnahmsvoll, während er an seine Mutter denkt. Nett von ihr, dass sie Kontakt zu ihren früheren Dienstmädchen hält. Und typisch, dass sie sich dabei ausgiebig über ihre Kinder und deren Pläne und Vorhaben auslässt. Offenbar sogar unter Angabe von Ort und Zeit. Mama! Da glaubt man, erwachsen zu sein und ein eigenes Leben zu führen, doch im Hintergrund agiert immer und ewig Mama.

Hilda bricht in echte Tränen aus: »Mein Kerl ist gestorben, und ich weiß nicht, was ich tun soll. Ich muss mit dir reden!«

»Liebe Hilda, das kommt ein wenig überfallartig. Hat dir meine Mutter nicht geschrieben, dass ich morgen früh eine schwere Examensprüfung vor dem Domkapitel habe? Es ist eine sehr wichtige Prüfung, und ich muss mich heute Abend noch vorbereiten.«

Sie weint. »Wenn man in Not ist, soll man doch zu jeder Zeit mit einem Geistlichen reden können.«

Da hat sie ihn in der Zwickmühle, und natürlich muss er sich bereit erklären. Es ist aber nicht, wie es sich der Kerl hinter dem Tresen denkt, der aufmerksam jedes Wort und jede Geste verfolgt. Der Geistliche hat sich als Pfarrer Petter Kummel eingetragen, und die Frauensperson gibt vor, bei diesem Mann der Kirche Seelentrost zu suchen. Wenn er wüsste, wie kompliziert es sich in Wahrheit verhält. Wenn er eine Ahnung hätte, würde die Uhr an der Wand stehen bleiben und das Efeu vertrocknen. Petter zeigt auf den Stuhl, auf dem sie gesessen hat: »Wollen wir uns setzen? Dann erzählst du, was passiert ist.«

Sie schielt zu dem Mann hinter dem Tresen. »Unter vier Augen, mein lieber Petter. Ich weiß nicht, wo. Du hast doch ein Zimmer.«

Petter ist verzweifelt. Gar nicht verkehrt, wenn der gaffende Typ am Tresen das sehen kann. Das hier ist nichts, was er arrangiert hat. Wie soll er sich als Mensch und als Priester verhalten? Entschuldigend wendet Petter sich an den Mann: »Ich kann mir denken, dass es nicht vorgesehen ist, Gäste auf den Zimmern zu empfangen. Aber die Dame hier ist eine ehemalige Angestellte meiner Eltern, und als Geistlicher darf ich sie in einer Notlage nicht abweisen. Gestatten Sie, dass ich mit ihr auf meinem Zimmer ein Gespräch führe?«

»Aber bitte doch«, sagt der Mann. »Ausnahmsweise.« Er reicht Petter den Schlüssel.

Er bedankt sich und sagt zu ihr: »Dann komm bitte mit, Hilda!« Er führt sie in den Flur, schließt auf und hält ihr die Tür auf. Ein Stuhl, auf dem sie Platz nehmen kann. Er kann sich aufs Bett setzen, so unangebracht es in ihrem Zusammenhang auch sein mag, denn Hilda und ein Bett standen einmal im Zentrum einer nächtlichen Eskapade, die ihn jetzt Schlimmes befürchten lässt.

Der gleiche Druck in der Blase wie damals. Hilda schlief in der Küche, und er musste durch die Küche, um zum Plumpsklo zu kommen. Er war sechzehn und schwer angefochten von den schlüpfrigen Geschichten, mit denen ihn die Männer im Krankenzimmer während seiner Tuberkulose beglückt hatten. Dachte ständig an Frauen, Geschlechtsverkehr, onanierte, bat Gott um Verzeihung und um Kraft zu widerstehen. Im Haus dachte er nicht auf diese Weise an Frauen, hatte nur Angst zu stören, als er leise wie ein Geist die Küchentür schloss und die Treppe zum Jungenzimmer hinauftapsen wollte.

Da sagte sie, ganz wach: »Ist das der Petter?«

»Verzeihung, habe ich dich geweckt, Hilda? Das habe ich nicht gewollt.«

»Vielleicht doch. Komm und setz dich her!«

»Ich gehe lieber wieder nach oben. Es ist ja mitten in der Nacht. Entschuldigung noch mal.«

»Sei nicht dumm. Du bist doch der Herr im Haus und kannst tun, was du willst. Komm her und setz dich, sage ich.«

Und er setzte sich gehorsam zu ihr.

Sie: »Na bitte. Nur ein bisschen näher noch.« Sie lacht leise und lockend und rutscht nah an ihn heran. Er beugt sich weg, versucht aufzustehen, doch sie zieht ihn herab. »Na, na, weiß er etwa nicht, wie man sich einer Frau gegenüber benimmt? So ein großer Kerl.«

Er ist wie betäubt. Willenlos. Nur halb bei Bewusstsein. Weiß nur, dass er sich leise verhalten muss, damit nicht das ganze Haus aufwacht. Sie schlägt die Decke zurück, und da ist er, der Geruch, von dem die verdorbenen Kerle gesprochen haben, dieser Geruch nach Geschlecht, der ihn sich steil aufrichten lässt. Sie fühlt nach, die Hand auf dem Eingriff der Schlafanzughose. »Er ist ja doch ein ganzer Kerl.« Zufriedenes Gurren. Sie nimmt seine Hand und legt sie auf ihren Leib. Ihr Nachthemd ist nach oben gerutscht. »Und wie gefällt ihm das hier?«

Es fühlt sich haarig und feucht an. Warm, wie lebendig. Sie nimmt einen Finger und führt ihn irgendwo ein, es muss, wird ihm klar, die Scheide sein! »Will er mal fühlen? Damit er sich beim nächsten Mal nicht so schwerfällig anstellt?« Sie gurrt wieder, rekelt sich und stöhnt. »Lass dich nicht so bitten. Her mit ihm!«

Sie ist überraschend kräftig, oder vielleicht ist gar keine Kraft nötig, sein Körper spielt willig mit, lässt sich auf sie ziehen und schiebt bereitwillig vor, als sie ihn an der richtigen Stelle einführt. Ganz plötzlich und völlig unerwartet befindet er sich mitten in dem, was das Konversationslexikon als Geschlechtsverkehr beschreibt, bei dem der Mann sein Glied in die Scheide der Frau einführt. Die Befruchtung findet statt, wenn bei der Ejakulation die Samenzellen auf ein befruchtungsfähiges Ei in der Gebärmutter der Frau treffen.

Großer Gott! Das denkt er schon Sekunden nach dem Samenerguss. Dass sie ein Kind bekommen könnte, dass er schon mit siebzehn Vater werden und sein ganzes Leben in einer erzwungenen Ehe verbringen könnte. Ist er etwa dafür wieder genesen? Seine Versprechen an Gott? Laufen darauf hinaus. Erschrocken macht er sich frei, zieht die Schlafanzughose hoch, schluchzt fast dabei.

»Warum hast du es denn so eilig?«, fragt sie. »Hat's dir nicht gefallen?«

»Das habe ich nicht gewollt«, stößt er hervor. Wenigstens kann er sich bewegen, raus zur Treppe und nach oben. Die Brüder schlafen und schnarchen. Er kann nicht laut aufseufzen, er kann sich nicht aufhängen, ohne dass sie aufwachen, wenn er den Stuhl umstößt. Verzweifelt liegt er in seinem Bett, klebrig, riechend, morgen früh hat er eine Klassenarbeit in Mathematik und sollte frisch und ausgeschlafen sein; aber was spielt es jetzt noch für eine Rolle, wie es in der Schule läuft, da er sie ja doch verlassen muss, wenn es herauskommt, dass sie ein Kind erwartet.

Wie hat er diese Nacht überlebt? Wie stand er das anschließende Jahr durch, in dem er so spät wie möglich in die Küche kam, sich ein Stück Brot schnappte und im Stehen einen Schluck Kaffee trank, ehe er zum Bahnhof rannte? Er kam nach Hause und aß im Kreis der anderen, zog sich zurück, sobald er konnte, und lernte, verzichtete auf den Abendtee, um nur ja nie, nie wieder nachts aufs Klo zu müssen. Aus den Augenwinkeln schätzte er ab, ob sie an Umfang zunahm, wurde Experte darin, ihren Blicken auszuweichen. Sie reagierte verletzt und böse. Die Mutter fragte: »Was hast du angestellt, das Hilda so vergrätzt hat?« Acht Monate lang panische Angst. Zwischenzeitlich fiel ihm ein,

ein eventuelles Kind müsse gar nicht von ihm sein, sie hätte die Nacht vielleicht so arrangiert, um ihm das Kind anstelle des wirklichen Vaters unterzujubeln, der sie sitzen gelassen hatte. Dann Ermattung und erleichtertes Aufatmen, als klar wurde, dass sie nicht schwanger war und niemand etwas wusste. Gleichzeitig Abscheu und Angst bei dem Gedanken, wie schnell so was passiert, ehe man sich's versieht. Ohne die Liebe, die man sich als Grundlage von allem vorgestellt hat.

Und jetzt eine genaue Parallele: der gleiche unaufhörliche Druck auf der Blase. Er hätte nie diese große Tasse Tee trinken dürfen. Da sitzt sie und versperrt den Weg zur Toilette auf dem Flur. Vor Unbehagen und Angst ist er nahezu unzurechnungsfähig. Und sie in Tränen aufgelöst. »Ich weiß überhaupt nicht, was ich tun soll.«

»Erzähl mir, was los ist.«

»Ich weiß nich, wo ich anfangen soll. Ich bin so unglücklich, dass ich bloß noch sterben will.«

»Du hast gesagt, dein Mann sei gestorben. War das erst vor Kurzem?«

»Er ist nich direkt gestorben. Abgehauen is er. Ich bin allein.«

»Habt ihr Kinder?«

»Nee. Oder doch, ein Mädchen, aber das is bei meiner Mutter. Ich muss arbeiten, um über die Runden zu kommen.«

»Was für eine Arbeit hast du?«

»Ich putze bei Familien in der Stadt. Ich schaff das alles nich.«

»Ich verstehe, dass es schwer ist. Und schlecht bezahlt.

Und wenn man dann noch niedergeschlagen ist ... Hast du keine Freunde, mit denen du reden kannst?«

»Wer hält es schon mit mir aus?«

»Sag das nicht, ich weiß noch, dass die Hilda von damals viele Freundinnen hatte. Ihr wart eine ganze Clique, die an den freien Nachmittagen zusammen ausgegangen ist.«

Wenn die Blase platzt, ist man für den Rest seines Lebens Invalide. Er muss jetzt aufstehen. »Entschuldigung, ich muss mal eben verschwinden.« Seitwärts schiebt er sich zur Tür, lässt sie halb offen stehen. Der Weg zum Korridor ist endlos, wenigstens ist die Toilette nicht besetzt. Puh! Das Abziehen ist im ganzen Haus zu hören. Man könnte sich ebenso gut aufs Dach stellen und laut ausrufen, welcher Verrichtung man gerade nachgegangen ist.

Er hat die Tür offen gelassen, damit sie möglichst nicht in seinen Sachen wühlt, und das hat sie wohl auch nicht getan, aber ihre Augen sind fleißig herumgewandert. Er lächelt selig, genauso erleichtert wie in jener Nacht, in der er vom Außenklo in die Küche zurückkam. Etwas entspannter setzt er sich auf sein Bett. Sie hat über das Gespräch nachgedacht, das sie miteinander führen, und ihr gefällt sein Ausfragen nicht.

»Ich bin nicht hierhergekommen, um darüber zu reden, wie ich lebe und arbeite. Allen Arbeitern geht es so wie mir. Harte Plackerei und wenig Lohn. Worüber ich reden muss, ist, wie ich es schaffen und durchstehen soll.«

»Gut.«

»Als ich 'n Kerl hatte, da hab ich gedacht, ich hätte was, wofür es sich zu leben lohnt. Er war, wie er war, aber trotzdem hab ich mich irgendwie beschützt gefühlt, oder wie soll ich sagen? Ich hatte einen, auf den ich warten konnte. Es macht mehr Spaß zu kochen, wenn man zu zweit ist. Macht mehr Wäsche, klar. Große, steife Männerklamotten, aber 's is trotzdem besser. Verstehst du, was ich meine? Dass ich nich weiß, wie ich allein leben soll. Das ist schrecklich. Heutzutage gibt's ja keine Dienstmädchen mehr, sodass man wie bei euch wohnen könnte. Damals fand ich das schlimm, man hatte ja gar kein eigenes Leben. Aber Alleinsein ist schrecklich. Verstehst du?«

»Ich versuche es. Ich glaube schon, dass ich es tue. Du vermisst deinen Mann, Hilda. Zum Glück ist er nicht tot, sondern hat dich nur verlassen. Weißt du vielleicht, wo er hin ist? In dem Fall lässt es sich vielleicht wieder einrenken. Vielleicht hattet ihr euch gestritten, als er weggelaufen ist. Vielleicht weiß er nicht, wie die Hilda sich fühlt. Teil es ihm mit! So wie du es mir anvertraut hast.«

»Aber er hat doch natürlich 'ne andere. Jünger als ich. Und jetzt haben sie ein Blag zusammen. Mein Mädchen hab ich von 'nem andern Kerl. Warum sollte er zu mir zurückkommen wollen?«

»So ist das?« Er muss plötzlich kolossal gähnen. »Entschuldige! Ich habe letzte Nacht auf der Fahrt nach Åbo kein Auge zugetan. Ich bin völlig durcheinander.«

»Ich gehe gleich«, sagt sie und lässt ihn hoffen. »Aber erst muss ich ihn fragen, ob er als Pastor keinen Trost für mich hat. Was würde Jesus dazu sagen?«

Er weiß sehr genau, was Jesus dazu sagen würde: Kommet zu mir, die ihr mühselig und beladen seid, ich will euch erquicken, aber das wird er nie, niemals zu ihr sagen: Kommet zu mir. Er lächelt schief, fühlt sich fast, als wäre er betrunken. »Jesus sagt: Folgt mir nach. Und er meint, wenn wir wie wahre Christen in Glauben und Gebet leben, werden wir in unserem Leben eine andere Art Freude und Sinn erleben. Eine Weise, sich diesem Leben anzunähern, besteht darin, zur Kirche zu gehen. In der Gemeinde der Gläubigen gibt es echte Gemeinschaft. Da ist man nicht einsam.«

Er hört selbst, wie hohl das klingt, und sie wendet zu Recht ein: »Wirklich? Da hab ich meine Zweifel. Man sieht mir doch an, dass ich aus Arbeiterkreisen komme, und solche wie mich findet man nicht in den tonangebenden Kreisen. So eine wie mich lässt man da nich so schnell rein.«

»So weit solltest du nicht denken. Versuch erst einmal ein geistiges Leben zu führen! Vergiss nicht zu beten! Wir können mit allem, was uns bedrückt, zu Jesus kommen. Geh in die Kirche! Sing mit, hör den Pfarrer predigen! Es mag sich anfangs trocken und so anhören, als beträfe es dich nicht, aber nach und nach wird es sich für dich öffnen. Es wird sich zeigen, dass die Geschichten aus dem Leben Jesu auch von unserem Leben handeln. Die Exempel und Gleichnisse geben uns Rat und Hilfe, wenn wir offen für sie sind. Wir denken nicht mehr bloß darüber nach, was wir selbst mit unserem Leben anfangen wollen, sondern was Gottes Wille für uns sein könnte. Im Gebet klären sich die Gedanken, sodass wir auch Lösungen für Probleme finden, die uns unüberwindlich vorkamen.«

»Reden kann er. Genau wie sein Vater.«

»Ich nehme deine Frage nach Jesus ernst.«

»Es ist schwer, an Jesus im Himmel zu denken, wenn man hier unten auf der Erde einen Kerl braucht.«

Im Korridor sind langsame Schritte zu hören, die kurz vor der Tür stehen bleiben. Jemand lauscht. Petter fährt beherrscht fort: »Wenn man das Neue Testament liest, erkennt man, dass Jesus nicht weltfremd war. Er war Tischler, gehörte auch zu den Arbeitern. Er wusste, wie das ist, wenn man nur wenig zum Leben hat. Er hat an den Sorgen seiner Mitmenschen Anteil genommen, nicht indem er sie bemitleidete, sondern indem er ihnen neue Wege zeigte.« Die Schritte gehen weiter. »Als er die Sünderin davor rettete, gesteinigt zu werden, zeigte er, dass es uns nicht zukommt, andere zu richten. Aber er zeigte auch, wie sie ihr Leben ändern sollte: Geh und sündige nicht mehr!«

»Findest du, dass ich eine Sünderin bin? Was bist du denn dann?«

»Darauf kann ich dir leicht eine Antwort geben. Ein großer Sünder. Keiner von uns ist ohne Sünde. Darum ist Jesus zu uns auf die Welt gekommen, um uns von unseren Sünden zu erlösen.«

»Ich bin hergekommen, um Trost und Hilfe zu finden, und er redet bloß von Jesus.«

»Liebe Hilda, du bist gekommen, weil ich Geistlicher bin. Aber wenn wir das einmal beiseitelassen, worüber möchtest du reden?«

»Dass nich alles so trist sein soll. Ich will ein bisschen Spaß haben. Dass es einen gibt, der einen ein bisschen lieb hat. Dass man nicht alt werden muss. Dass die Arbeit nich so schwer is. Dass man mehr Lohn kriegen sollte. Damit man nicht ewig sparen, knausern und sich Geld leihen muss. Dass man gesund bleibt und nicht ins Krankenhaus muss. Dass man einen Kerl hat, der einen mag. Dass die Leute nich so gemein sein sollten. Dass man nie heulen müsste.«

Gegen seinen Willen rührt sie ihn, und er antwortet teilnahmsvoll: »Das können viele von uns unterschreiben. Wir alle vermissen so vieles.«

»Ich weiß nich, ob er sich wirklich mit mir auf eine Stufe

stellen sollte. Deine Mutter schreibt von guter Stellung und Pfarrhäusern, einer feinen Frau und goldigen Kinderchen. Kohle im Portemonnaie und Leute, die einen Diener machen und dich zum Kaffee einladen. Was weißt du schon?«

Darauf könnte er eine Menge erwidern, auch, dass sie in manchem recht hat. Er ist aus dem Dunkeln ans Licht gekommen und schätzt sich glücklich. Darum ist er anderen Menschen vieles schuldig. Er kann sie nicht zur Tür hinausschieben, was das Einfachste und im Hinblick auf die morgige Prüfung auch das Gescheiteste wäre. Seine innere Ruhe ist schon schwer erschüttert, die Uhr tickt, und es lässt sich nichts reparieren. Mit seiner Ordination zum Priester ist er auch zum Diener seiner Mitmenschen eingesetzt worden. Sie ist unglücklich und verbittert und vergießt echte Tränen. Wenn seine Berufung etwas wert sein soll, muss er seine Bequemlichkeit auch in Situationen aufgeben, wo er dadurch seine zukünftige Karriere aufs Spiel setzt. Er kann Monas wütende Einwände hören, auch die belustigte Nachsicht des Domkapitels, aber es ist so. Trotzdem unternimmt er noch einen Versuch:

»Nicht viel, das räume ich ein. Aber ich gebe mir Mühe zu begreifen. Doch, liebe Hilda, es ist sehr spät geworden. Oh, schon elf Uhr. Und wir sitzen noch immer hier. Was sollen die Leute von uns denken?«

Sie lacht ziemlich hässlich. »Morgen reist du wieder ab. Was macht das da schon?«

»Ich denke auch an mein Examen morgen früh.«

»Das wirst du schon mit Glanz bestehen. So begabt, wie du bist.«

»Das zu sein habe ich nie behauptet. Meine Mutter gibt manchmal damit an. Ich schäme mich, wenn ich daran denke. Um der Wahrheit die Ehre zu geben, habe ich es nicht geschafft, mich so vorzubereiten, wie ich es hätte tun sollen.«

»Ich werde gehen. Aber ich bin auch gekommen, um dich wiederzusehen. Du bist doch nicht etwa so von Gottes Gnaden geworden, dass du vergessen hast, wie ich damals in der Küche geschlafen habe?«

»Nein. Entschuldige, Hilda, das ist zwölf, dreizehn Jahre her. Ein kaum herangewachsener Junge ist kaum voll zurechnungsfähig.«

Sie schnaubt. »Als es so weit war, war er ganz schön gewachsen.«

»Hilda, wir haben uns beide nicht richtig verhalten, aber es hat sich nicht wiederholt. Nichts weiter ist vorgefallen. Und jetzt schließen wir dieses Kapitel ab.« Er ist fertig und schwitzt unter dem Hemd. Im Koffer liegen der Talar und das Beffchen, die er nie mehr in Ehren tragen wird.

Sie schnauft noch einmal. In ihrem Auftreten liegen gleichermaßen echte Verzweiflung und die Lust, zu verletzen und zu quälen. Sie ist nicht durch und durch gemein. Vielmehr bilden Neid und Gemeinheit Bestandteile des Unglücklichseins: Man wird gemein, wenn sich alles gegen einen verschworen hat. »Du hast leicht reden, hast Frau und Kind, dir fehlt nichts im Zusammenleben. Aber ich habe nichts. Bin ganz allein.«

»Ja, ich weiß«, sagt er und überlegt, wenn er sie still einfach ausreden lässt, kommt sie vielleicht von selbst zum Ende. Dann kann er sie zur Tür geleiten, sich unter Aufsicht des Nachtportiers von ihr verabschieden und ihr viel Glück wünschen.

Aber so leicht kommt er nicht davon. Sie hat viel zu sagen, und sie erzählt es mehrfach, weil er nicht reagiert, wie sie es sich vorstellt, auf wunderbar tröstende Weise. Er sitzt da wie aus Holz geschnitzt, schielt vor Müdigkeit und brummt: »Ich versuche zu verstehen. Das muss schwer für dich sein.« Sie weint, fängt fast an zu schreien, da macht er: »Psst! Denk an die anderen Gäste, die längst zu Bett gegangen sind. Es ist spät, Hilda.« Manchmal wirft er einen Blick auf die Uhr. Es ist zwölf. Es wird halb eins. Er denkt an Mona, die auf Hilda weniger wütend wäre als auf ihn: Wie kannst du nur so ein Schaf sein! Kein Mensch auf der Welt lässt sich so ausnutzen wie du. Dich sollten sie in eine Anstalt stecken! Da erhebt er sich endlich, drei Stunden zu spät.

»Ich verstehe, dass es schwer für dich ist, aber wenn wir eine solche Phase der Verzweiflung einmal überwunden haben, stellen wir fest, dass wir klarer sehen und das Schwere zum Teil hinter uns lassen können. Dann ist das Schlimmste bald überstanden. Aber jetzt muss ich Gute Nacht sagen. Ich bringe dich noch zur Tür, Hilda.«

Enttäuscht und verärgert geht sie. Er bleibt zurück, fix und fertig. Nicht daran zu denken, sich jetzt noch etwas aufzuschreiben. Das Wichtigste ist jetzt, dass er noch ein paar Stunden Schlaf bekommt, damit er morgen früh wenigstens sagen kann, wie er heißt. Er holt den Schlafanzug aus dem Koffer und fängt plötzlich an, unkontrolliert zu frieren, zähneklappernd liegt er unter der dünnen Decke und dem noch fadenscheinigeren Überwurf. Heftige Kopfschmerzen wummern hinter der Stirn. Er möchte nicht mehr als ein klein wenig Schlaf, aber um vier liegt er immer noch wach, und es fällt ihm ein, dass er vergessen hat, den Wecker zu stellen. Er steht auf und holt es nach, denkt, dass er sich jetzt trauen kann, einzuschlafen, und dann noch drei Stunden Schlaf bekommen wird. Aber er liegt wach da wie ein

Scheintoter, unbeweglich, schreckensstarr, nicht in der Lage zu verhindern, dass der Deckel auf den Sarg genagelt wird.

Um fünf ist er noch immer wach, um halb sechs auch; da überlegt er, dass er auch gleich aufstehen und vielleicht noch etwas lesen könnte, und fällt augenblicklich in Schlaf. Als der Wecker rasselt, fliegt er auf und wird von einem so fürchterlichen Kopfschmerz zurückgeworfen, dass er glaubt, sich nicht auf den Beinen halten zu können, wenn er es versuchte. Immerhin fällt ihm ein, dass Mona ihm für alle Fälle ein Röhrchen Aspirin eingepackt hat. Schwerfällig und stöhnend rappelt er sich auf und schluckt drei. Dann zwingt er sich, in Gang zu kommen. Er wäscht sich in der Waschschüssel, rasiert sich mühsam, schneidet sich natürlich und muss die Blutung mit Zeitungspapier stillen. Er packt frische Unterwäsche aus, ein sauberes Hemd. Den Talar hatte er nicht aufgehängt, aber Mona hat ihn so ordentlich zusammengelegt, dass er trotzdem tadellos aussieht. Mit Mühe verknotet er das Beffchen im Nacken. Guten Morgen, Pastor Kummel! Gut geschlafen? Und gut vorbereitet, kann man sich denken.

Seine anderen Sachen stopft er in den Koffer. Lässt einen flüchtigen Blick durchs Zimmer schweifen, ob er auch nichts vergessen hat. Verschämt kontrolliert er die Brieftasche in der Innentasche des Mantels: Ja, das Geld ist noch da. Er wirft einen Blick auf die Uhr, noch einen und noch einen. Das Zifferblatt mit den Zahlen verschwimmt. Die Kopfschmerzen haben sich in der linken Schläfe festgesetzt. Es fühlt sich an, als würde es ihm das Auge aus der Höhle drücken. Tentakel legen sich um seinen Schädel und drücken zu. Er weiß nicht, wie er es überstehen soll, dem Mann hinter dem Tresen zu begegnen, aber er nimmt seine Sachen auf, schließt die Tür und geht mit schweren Schritten wie ein alter Mann nach unten.

»Guten Morgen!«

»Einen schönen, guten Morgen! Bitte schön?«

»Ich möchte bezahlen, wäre aber froh, wenn ich meinen Koffer noch hierlassen dürfte, bis ich irgendwann am Nachmittag vom Domkapitel komme.«

»Kein Problem, das lässt sich machen. Ist letzte Nacht spät geworden.«

»Ich muss mich entschuldigen, falls sich jemand gestört fühlte. Es ist ein langes seelsorgerisches Gespräch geworden. Einer der Nachteile unseres Amtes, wenn ich das so unumwunden sagen darf.«

»Seelsorge?«

»Ja, wenn ein Hilfesuchender mit einem Geistlichen reden möchte.«

Der Kerl lacht ihm offen ins Gesicht. »Der war gut. Das erste Mal, dass mir jemand mit der Erklärung kommt.«

Der Pfarrer denkt, das ist nur die erste Station auf der Via Dolorosa dieses Tages, steckt das höhnische Lachen ein, zählt sein Geld auf die Theke, dankt und geht.

Geradewegs in den gleißenden Sonnenschein des Tages. Die Augen schmerzen und pochen. Halb blind erreicht er das Esslokal, bestellt Kaffee, ein Glas Milch und ein süßes Teilchen in der Hoffnung, dass ihm der Zucker einen Hauch von Energie geben wird. Er vergleicht die Zeit auf seiner Armbanduhr mit der auf der Uhr an der Wand.

»Geht die richtig?«

»Ein bisschen vor, aber nicht viel. Wenn Sie um neun anfangen müssen, schaffen Sie es noch gut.«

»Danke.« Der Muckefuck schmeckt zum Davonlaufen,

die Milch ist lauwarm, und das Teilchen quillt im Mund auf und klebt zwischen den Zähnen. Er fuhrwerkt mit der Zunge im Mund herum, keine Zeit, jetzt noch die Zähne zu putzen. Das Meiste lässt er stehen, nimmt die Aktentasche und geht. In dem Dom hier hat er die Weihe erhalten. Im Domkapitel seine Ernennung. Weder der Ort noch die Menschen sind ihm fremd, sowohl dem Dompropst und dem Synodalassessor als auch dem Bischof, der zumindest Fredrik empfangen hat, ist er schon begegnet. Er seinerseits ist auch für sie kein Unbekannter, das ist ja das Schreckliche. Einst als vielversprechend betrachtet, darf er sich jetzt in seiner ganzen Unzulänglichkeit bloßstellen. Und er hatte sich vorgestellt, mit der Unbekümmertheit der Menschen auf Örar, dieser unschätzbaren Gabe, anzutreten.

Er hat ein offenes, unverstelltes Gesicht, das nichts verbergen kann. Die Frau in der Kanzlei begrüßt ihn mit einem aufmunternden und tröstenden Lächeln: »Pastor Kummel? Willkommen! Sie hatten eine lange Reise von den Örar. Ist alles gut gegangen?«

»Ja, danke«, sagt er.

Sie lächelt mütterlich. »Schön. Der Dompropst hat sich etwas verspätet, aber er wird schon kommen; das tut er immer. Würden Sie bitte Platz nehmen und einen Augenblick warten?«

Er setzt sich in einen Sessel, die Aktentasche im Arm wie ein Kind. Die nette Kanzleiangestellte bringt ihm eine Tasse Kaffee.

»Wir haben echten Kaffee aus Schweden bekommen«, sagt sie. »Trinken Sie, damit Sie sich besser fühlen.«

Auf der Untertasse liegen zwei Stücke Zucker. Er rührt sie in den Kaffee und trinkt ihn vorgebeugt, um nichts auf das

Beffchen zu schlabbern. Seine Hand zittert. Der Dompropst kommt nicht und kommt endlich polternd die Treppe herauf und tritt ein. »Morgen, Morgen«, ruft er der Sekretärin zu. »Ich bin nicht sehr zu spät, oder? – Und Sie sind Pastor Kummel? Guten Tag! Doch, ich erinnere mich an Sie. Ich habe Ihre Abhandlung mit Gewinn gelesen. Treten Sie ein, treten Sie ein! Wir müssen über vieles reden.«

Der Assessor sitzt steif in seiner Bank, erhebt sich aber und grüßt. Beide sind freundlich, gehen davon aus, dass alles gut gehen wird. Barmherzig eröffnen sie das Gespräch mit ein paar Erkundigungen nach der Gemeinde auf den Örar, damit er sich erst einmal etwas sicherer fühlt. Sie fragen, wie es ihm dort gehe, und er antwortet wahrheitsgemäß: »Ich liebe meine Gemeinde. Die Arbeit hat mir vom ersten Tag an Freude gemacht, und ich bin unglaublich gut aufgenommen worden.«

Wenigstens bekommt er die Worte aus dem Mund, ohne zu lallen, und kann ganze Sätze formen. Sollte er eine Gehirnblutung erlitten haben, ist sie sehr klein ausgefallen. Der Assessor fragt ihn, welche Aspekte des Gemeindelebens er selbst als besonders wichtig hervorheben möchte.

»Zuallererst denke ich an den Gottesdienst, der auf den Örar gut besucht wird, aber auch an andere Aufgaben und Verwaltungsangelegenheiten und an die Arbeit in Kirchenvorstand und Gemeinderat, wo ich über gute Mitarbeiter verfüge. Dann gibt es noch den Konfirmandenunterricht, Bibelunterweisung in den Dörfern und gemeinsame Lesestunden, womit wir bereits im inoffiziellen Teil angekommen sind, das heißt bei den weniger planmäßigen Aktivitäten des Pfarrers im alltäglichen Umgang mit den Gemeindemitgliedern. Wenn ich die in eine Rangordnung bringen soll, möchte ich sagen, dass ich dem Gottesdienst großes Gewicht zumesse. Die Herren haben sicher schon gehört, dass die Gemeinde auf den Örar eine singende Gemeinde ist, und darum ist die Liturgie eine Herzensangelegenheit. Die Predigten sind keine einfache Sache und verlangen mir viel ab, doch es ist eine dankbare Arbeit, denn die Menschen hören wirklich zu, und wenn ich etwas sage, was ihrer Meinung nach daneben ist, dann lassen sie es mich wissen.«

Sie nicken zustimmend und glauben, der Pastor habe sich nun gut aufgewärmt und der Rest sei nur noch Formsache. Es besteht für sie kein Anlass zu der Vermutung, seine Energie habe genau bis dahin und nicht weiter gereicht und seine Antworten in der Disputation seiner Abhandlung über den 68. Psalm könnten immer zerfahrener und unzusammenhängender werden. Als sie dazu übergehen, ihn zum Kirchenrecht zu befragen, decken sie einige gravierende Lücken in seinen Kenntnissen auf und eine grundsätzliche Unsicherheit in der geltenden Terminologie, mit der sie offen gestanden nicht gerechnet haben. Was die theologischen und kirchengeschichtlichen Standardwerke angeht, mit denen er sich vertraut gemacht haben sollte, so wären eine systematischere Beherrschung und eine konzisere Analyse der diskutierten Abschnitte durchaus wünschenswert. Sie wissen nicht, wie viel Schweiß genau ihm das Rückgrat hinunterläuft und ihm das Hemd an den Rücken klebt, aber aus Erfahrung sehen sie vielleicht, dass es an reichlicher Schweißabsonderung liegt, wenn er sich so steif hält und die Arme an die Seiten presst, weil er nicht durch unbedachte Bewegungen eine Wolke von Schweißgeruch aussenden will.

Die Prüfung zieht sich in die Länge, weil sie ihm so gern Gelegenheit geben möchten, das Ergebnis noch zu verbessern. Im Stillen fragen sie sich beide, ob er vielleicht krank ist. So führt er eine Hand an die Augen und drückt Daumen und Zeigefinger dagegen, als wolle er sie davon abhalten, aus den Höhlen zu fallen. Das Gesicht ist starr, und der Mund bewegt sich unwillig. Sehr unangenehm für alle Beteiligten das Ganze. Sicher schafft er ein »Bestanden«, aber das bessere Prädikat, auf das seine schriftliche Arbeit hoffen ließ, erreicht er nicht. Schade, denn für bessere Posten sind Bestnoten erforderlich.

»Hm«, macht der Dompropst. »Die Abhandlung ist ausgezeichnet. Das Gespräch verlief dagegen weniger ergiebig. Was die Kenntnis der Literatur angeht, bestehen überraschend viele Lücken. Aufgrund der schriftlichen Arbeit spreche ich mich für ein Bestanden aus, doch ohne Auszeichnung. Was sagst du, Bruder, zu den Kenntnissen in Kirchenrecht?«

»Tja«, sagt der juristisch ausgebildete Assessor, »ein wenig wackelig, muss ich zugeben. Die Terminologie ist unzureichend, aber es gibt gute Ansätze bei der praktischen Umsetzung. Interesse und Einsatz für den Gottesdienst sind ein Plus. Auch ich bin für Bestanden ohne Auszeichnung.«

»Dann sind wir uns einig, Pastor Kummel für sein Pastoralexamen die Note Bestanden zu geben?«

»Ja.«

»Danke«, sagt der Pastor. »Das ist fast mehr, als ich verdient habe.«

Kurzes Schweigen. Dann sagt der Dompropst: »Jetzt, wo wir fertig sind und die Antwort unsere Beurteilung nicht mehr beeinflussen kann, darf ich mich vielleicht erkundigen, ob es Ihnen nicht gut geht.«

Pause und Luftholen, ein unterdrückter Seufzer. Die Augen stellen sich mit Mühe scharf. »Ich möchte es wirklich nicht als Entschuldigung vorbringen, aber ich sterbe bald vor Kopfschmerzen.«

»Wir haben uns schon so etwas gedacht. Es wäre womöglich besser gewesen, wenn Sie aus Krankheitsgründen zurückgezogen hätten und im Frühjahr wiedergekommen wären. Aber passiert ist passiert.«

»So ist es«, sagt der Pfarrer.

»Ähemm«, macht der Assessor. »Der Herr Bischof hat wissen lassen, dass er dem Herrn Pfarrer gern zum, äh, bestandenen Examen gratulieren würde. Ich werde mich erkundigen, ob er Zeit hat, Sie zu empfangen.«

Es dauert ein Weilchen, und der Pfarrer irrt nicht in der Annahme, dass sich der Bischof den Verlauf der Prüfung schildern lässt. Dann bekommt er ein Zeichen, einzutreten, und da steht der Bischof, hold lächelnd und so frisch und wohlmeinend, dass es Petter vor den Augen flimmert.

»Guten Tag, guten Tag«, wünscht der Bischof und drückt ihm so fest die Hand, dass Petter es noch im Kopf spürt. »Ein Besucher von weit her! Wie steht es auf Örar?«

»Danke, gut. Ich bin dankbar für die Entsendung. Ich glaube, ich habe dort meinen Platz gefunden.«

»Das freut mich. Hm. Leider besteht dagegen Anlass, das Examensresultat zu bedauern. Wie ich höre, sind Sie indisponiert?«

»Ja, das kann man sagen. Furchtbare Kopfschmerzen. Aber ich will das nicht als Entschuldigung anführen. So, wie die Prüfung gelaufen ist, kann ich mich glücklich schätzen, überhaupt bestanden zu haben.«

»So kann man es natürlich sehen. Aber die Ambitionen reichten doch wohl etwas höher hinauf.«

»Mir reicht das Bestanden. Es bedeutet, dass ich mich jetzt um eine ordentliche Pfarrstelle bewerben kann. Und wenn die Stelle des Gemeindepfarrers auf Örar ausgeschrieben wird, wird der Herr Bischof meinen Namen auf der Liste der Bewerber finden.«

Der Bischof lacht leicht und unbeschwert. »Ich glaube, hier brauchen wir nicht im Plural zu reden. Ich weiß nicht, wann es auf den Örar zum letzten Mal einen ordentlichen, fest angestellten Pfarrer gegeben hat. Interessant. Aber haben Sie einmal darüber nachgedacht, ob Ihre Talente nicht vielleicht eher in einer Stadtpfarre gebraucht werden, wo die Herausforderungen vonseiten der Arbeiter und Jugendlichen größer sind?«

Petter lacht verlegen. »Es wurde mir ja gerade bestätigt, wie gering meine Talente sind. Und meine Berufung sind die Örar.« Es klingt falsch, stimmt aber.

»In dem Fall«, sagt der Bischof noch immer freundlich, »muss ich mich wohl auf eine Amtseinführung außerhalb der Landkarte gefasst machen. Versuchen Sie bitte, sie auf den Sommer zu legen, damit das Wetter schön ist und der Assessor nicht seekrank zu werden braucht. Aber jetzt sollte ich Sie endlich gehen lassen, damit Sie Ihre Kopfschmerzen kurieren können. Wo werden Sie übernachten?«

»Auf dem elterlichen Hof meiner Frau außerhalb von Helsingfors. Morgen soll ich eine ihrer Schwestern trauen.«

»Sieh an! Nun, ich wünsche glückliche Heimreise nach Örar und bitte, der jungen Pfarrersgattin meine Grüße auszurichten.«

»Danke«, sagt Petter. Sie schütteln sich die Hand. Die Aktentasche wartet treu draußen auf dem Sessel. Die Sekretärin überreicht ihm diskret in einem braunen Umschlag die frisch ausgestellte Urkunde über das absolvierte Pastoralexamen. Er bezahlt die Verwaltungsgebühr, bedankt sich und greift nach dem Mantel.

»Das mit Ihren Kopfschmerzen ist wirklich bedauerlich«, sagt sie in seinem Rücken. »Sehen Sie jetzt zu, dass Sie sich erst einmal richtig ausruhen.«

Dann an die frische Luft. Die Sonne blendet gemein. Er geht zum Gästehaus, bedankt sich ergeben für die Aufbewahrung des Koffers, der Mann hinter dem Tresen holt triumphierend seinen Wecker hervor, den er im Zimmer vergessen hat. »Sie hatten wohl an anderes zu denken«, vermutet er. Petter dankt noch einmal, achtet sorgsam auf die Türschwelle, muss den Koffer absetzen, um die Tür zu öffnen, zwei mörderische Stufen hinab zum Bürgersteig. Im Sonnenschein schwitzt er irrsinnig, wankt wie ein Betrunkener zum Busbahnhof, wo der Bus nach Helsingfors natürlich gerade abgefahren ist. Er entdeckt eine Bank unter einem Baum und setzt sich dorthin und wartet. Als er endlich unterwegs ist, schläft er mit der Aktentasche im Arm ein und ist für fast eine Stunde nicht mehr auf der Welt. In Helsingfors haben die Menschen langsam Feierabend und treten den Heimweg an, es ist rappelvoll im Busbahnhof und reiner Zufall, dass er nicht einem seiner zahlreichen Bekannten in die Arme läuft. Er vermeidet es, Leute anzusehen, und sie rechnen nicht mit ihm und sehen ihn nicht.

Einen Bus später trifft er endlich bei Helléns ein. Die meisten im Haus sind draußen im Vereinslokal, um die Hochzeit vorzubereiten, nur Frau Hellén hat auf ihn gewartet und ist froh, dass er kommt.

»Na, dann können wir ja jetzt Hochzeit halten, wo der Pastor eingetroffen ist«, sagt sie. »Ich war schon etwas unruhig.« Sie lächelt, wird dann aber ernst. »Komm, setz dich! Was ist los mit dir? Ist es nicht gut gegangen?«

»Doch, so leidlich. Ich habe bestanden. Mit Müh und Not. Ich habe zwei Nächte nicht geschlafen und unbeschreibliche Kopfschmerzen.«

»Das sieht man dir an. Jetzt iss erst einmal ein Häppchen und dann sieh zu, dass du ordentlich trinkst. Wir haben überall im Haus Leute, darum habe ich einen großen Kessel Fleischsuppe gekocht, und Brote bekommst du auch, aber jetzt musst du erst einmal erzählen.«

Mona pflegt von ihrer Mutter zu behaupten, sie sei wie eine Wand. Eine Muschel, die sich nie öffne. Unmöglich, ein persönliches Gespräch mit ihr zu führen. Nie gebe sie eine persönliche Antwort auf eine Frage, und wenn es um Leben und Tod gehe. Sie reagiere immer gleich: unverbindlich, die Dinge überspielend. Für all das kann Petter sie richtig gut leiden. Ganz besonders schätzt er ihre Diskretion. Mona hält sie für Desinteresse, er aber betrachtet sie als Wunder im Vergleich mit der Schwatzhaftigkeit seiner klatschsüchtigen Mutter.

»Liebe Schwiegermutter«, sagt er, »das Folgende muss jetzt unter uns bleiben, aber ich habe wirklich Pech gehabt. Ich dachte, ich sei ziemlich gut vorbereitet, und hatte alles so organisiert, dass ich noch eine ruhige Nacht in einem Gästehaus in Borgå hätte verbringen können, doch als ich da wohlgemut ankomme, stoße ich auf ein ehemaliges Dienstmädchen meiner Eltern. Hilda, vielleicht erinnerst du dich an sie. Meine Mutter hatte ihr unglücklicherweise erzählt, dass ich nach Borgå kommen würde, und da saß sie völlig verweint, hatte ihren Mann verloren. Was sollte ich tun? Menschen in Nöten sollten sich an einen Geistlichen wenden können. Ich bin gehalten, sie zu trösten und ihnen Mut zu machen. Wie hätte ich mit mir im Reinen sein können, wenn ich sie mit dem Hinweis auf mein Examen kaltherzig abgewimmelt hätte? Die Situation wurde peinlich, sie wollte in meinem Zimmer mit mir reden, und dann ist sie nicht wieder gegangen. Sie redete und weinte, und ich war so fertig, dass ich es nicht geschafft habe, sie zu stoppen. Es war nach halb eins, als sie endlich abgezogen ist. Da war ich viel zu überdreht, um schlafen zu können. Ich bin mit grausamen Kopfschmerzen aufgestanden und habe vor dem Domkapitel eine ziemlich schlechte Figur abgegeben. Mehr als das klägliche Bestanden, das ich bekommen habe, habe ich auch nicht verdient. Ich kann froh sein, dass es nicht noch schlechter ausgegangen ist. Und jetzt muss ich Mona anrufen, die wissen will, wie es gelaufen ist.«

»Sie hat sich schon gemeldet. Sie meinte, du würdest mit dem Drei-Uhr-Bus kommen, aber ich habe ihr gesagt, du kämst sicher erst mit dem um fünf. Und recht habe ich gehabt. Ruf sie jetzt gleich an, damit du das hinter dir hast, bevor die Gäste kommen.«

Das Telefon hängt neben Helléns Schreibtisch. Petter lässt sich daran nieder und bestellt ein Gespräch. Frau Hellén bleibt im Raum, und er ist dankbar dafür. Sie sitzt da, als wäre ihr klar, dass er eine Beschützerin braucht und jetzt nicht allein gelassen werden darf. Die Verbindung kommt fast sofort zustande. Er kann sich die Vermittlung auf Örar in voller Bereitschaft vorstellen. Geschäftsmäßig kündet sie ein Gespräch vom Festland an.

»Hallo«, ruft Mona.

Er entschließt sich, mit der Neuigkeit anzufangen, auf die alle auf den Inseln warten. »Mona? Tut mir leid, dass du warten musstest. Es hat alles so lange gedauert. Aber das ist jetzt egal, die Hauptsache ist, ich habe bestanden. Und wie geht es dir und den Mädchen?«

»Gut. Und dir? Du hörst dich so komisch an.«

»Ich habe schreckliche Kopfschmerzen. Und ich muss gestehen, dass nicht alles nach Plan gelaufen ist. Ich habe einiges zu erzählen, wenn ich nach Hause komme.«

»Aber bestanden hast du jedenfalls?«

»Ja, aber ... Mona, wir sehen uns in ein paar Tagen. Dann haben wir mehr Zeit zu reden. Ich muss nur eine Nacht schlafen, damit ich mich wieder wie ein Mensch fühle. Es wird wunderbar, wieder nach Hause zu kommen.«

Lauter ungute Gefühle bei ihr hinterlassend, beendet er das Gespräch. Es hört sich nicht gut an, als er abkurbelt. Entschuldigend wendet er sich an seine Schwiegermutter: »Am Telefon kann man doch nichts erklären. Ich werde ja auch bald zu Hause sein.«

»Sicher«, sagt sie. »Ich überlege, wie wir dich so schnell wie möglich ins Bett bekommen. Ich habe in der Webkammer ein Bett für dich aufgestellt, und ich werde allen sagen, dass sie dich nicht stören dürfen. Aber laut wird es auf jeden Fall im Haus, ich gebe dir Brompulver, damit du schlafen kannst. Guck nicht so erschrocken, ich nehme es auch selbst, wenn ich Probleme habe, wahrscheinlich auch heute Abend. Morgen wirst du klar im Kopf aufwachen und für die Hochzeit richtig aufgelegt sein. Wenn du dich waschen möchtest, gibt es heißes Wasser im Saunakessel, und ich schlage vor, du gehst in die Sauna, bevor die anderen kommen. Reden könnt ihr auch morgen noch.«

Er fragt sich, ob sie mitbekommen hat, wie streng er riecht. Und der Talar! Er kann unmöglich vor das Brautpaar treten und wie ein Schweinestall riechen. Sie sieht, dass ihn etwas Wichtiges bedrückt, und legt aufmunternd den Kopf schief.

»Ich weiß, wie wenig Zeit du hast«, beginnt er, »aber um die Wahrheit zu sagen, ich habe geschwitzt wie ein Ferkel, und der Talar stinkt schon von Weitem. Wenn du ein Mittel kennst, Schweißgeruch aus Kleidern zu entfernen, wäre ich mehr als dankbar.«

Ein ganz, ganz leiser Seufzer kommt ihr über die Lippen. Die Schweißläppchen müssen herausgetrennt, gewaschen, gebügelt und wieder eingenäht werden, aber freundlich meint sie, er könne ihr den Talar und auch das Hemd geben, wenn er in die Sauna geht. Am nächsten Morgen bekommt er ihn zusammen mit dem frisch gewaschenen und gebügelten Hemd in deutlich besserem Zustand zurück.

»Danke, liebe Schwiegermama! Man ist wie ein Kind, und ihr werdet uns nie los.«

Und gewiss fühlt er sich am nächsten Tag bedeutend besser. Von freundlichen Gesichtern und vielen Fragen umgeben, erscheint der gestrige bereits angenehm fern. Die Trauung verläuft gut; natürlich verläuft sie gut, wenn man sich ans Handbuch hält und das Brautpaar mit Ja antwortet. Tags darauf besucht er Verwandte in Helsingfors und trifft am Abend ehemalige Studienkollegen. Zwischendurch läuft er Geschäfte ab und besorgt Kleider und andere notwendige Dinge von Monas Liste. Ohne ihren Auftrag sucht er einen Juwelier auf und kauft für sie eine silberne Brosche – als Andenken an das Pastoralexamen war sie ursprünglich gedacht, jetzt wird sie ihn eher an etwas anderes erinnern. Er hatte sich vorgestellt, all das würde ihm Spaß machen und ihn auf andere Gedanken bringen, aber vor allem spürt er ein zehrendes Heimweh. Sicher hat er sich vorher schon ausgemalt, wie gern er in den Zug nach Åbo steigen und voller Freude nach Örar zurückfahren würde, aber nicht, dass es sich anfühlen würde, als sei er um Haaresbreite noch einmal mit dem Leben davongekommen.

Wie gern nimmt er die Unbequemlichkeiten der Reise auf sich, um die Freude zu haben, auf Mellom an Land zu gehen. Im September ist der Nachthimmel dunkel, aber er weiß trotzdem, dass Post-Anton mit dem Boot bereitliegt und es nur noch eine Frage von einigen Stunden ist. Eine ganz unerwartete schöne Überraschung ist es, mitten in der Nacht auch Fredrik an der Reling stehen zu sehen, als er mit Koffer, Aktentasche und einem Extrakarton an Land geht.

»Herzlich willkommen! Darf man gratulieren?«

»Nein, wirklich, dass du! Opferst deine Nachtruhe. Ich bin sprachlos. Bestanden habe ich, aber ohne Auszeichnung. Ich würde dir gern die ganze Geschichte erzählen, aber dafür bleibt jetzt keine Zeit. Und am Telefon … Ich schreibe dir einen Brief.«

Fredrik stand da, strahlend und bereit, ihm gratulierend auf die Schulter zu klopfen. Jetzt ist seine Vorfreude sichtlich von einer besorgten Frage abgelöst worden: Was ist passiert? Über seine bekümmerte Miene huscht im selben Augenblick blitzartig ein Ausdruck davon, dass er mit Petters Examensnote nicht ganz unzufrieden ist, aber der Augenblick fliegt vorbei, und die Besorgnis bleibt: »Jetzt machst du mich aber richtig neugierig. Wenn du einen Seelsorger brauchst, stehe ich zur Verfügung.«

Das Umladen ist rasch erledigt. Hier bummelt man nicht, denn alle sind von weit her gekommen, und wer zu den Örar will, hat noch etliche Stunden vor sich. Der Pastor und der Mellom-Pfarrer schüt-

teln sich freundschaftlich die Hand, versprechen sich, zu schreiben, hoffen, sich besuchen zu können. »Danke, dass du gekommen bist. Schade, dass ich keine besseren Nachrichten mitbringen konnte. Grüß Margit!«, »Grüße an Mona«, sagen sie. Sein Zeug hat der Pastor an Bord untergebracht, seine Person jetzt auch, der ganze Pastor und seine Utensilien sind auf dem Weg nach Hause.

Kalle und ich haben vollauf damit zu tun, uns in der dunklen Nacht durch die engen Buchten zu navigieren, aber als wir offeneres Wasser erreichen, kommt der Pastor ins Ruderhaus.

»Mit den Kopfschmerzen hast du vollkommen recht behalten«, sagt er. »Den Tag habe ich nur mit knapper Not überstanden. Wie, um Gottes … woher, in aller Welt, konntest du das wissen?«

»War nicht schwer. Als ich den Landrat aufsuchen musste, hatte ich selbst auch Kopfschmerzen.«

»Willst du sagen, von hohen Herren bekommt man Kopfschmerzen? Kann schon sein. Aber du hattest auch recht mit dem Stein, der mir im Weg liegen könnte. Das war sogar ein ausgewachsener Findling.«

»In Gestalt einer Person, nehme ich an.«

»Stimmt genau. Es fällt unter meine priesterliche Schweigepflicht, aber wie hast du das wissen können?«

»Ich habe es nicht wissen können. Ich konnte es mir nur vorstellen.«

»Wie wenn du draußen auf dem Eis bist. Du siehst, was passieren wird.«

»Das solltest du nicht so ernst nehmen. Ich rede daher, wie man es tut, wenn man in die Jahre kommt und aus Erfahrung weiß, dass die Dinge selten so ablaufen, wie man es erwartet. Wenn man darauf eingestellt ist, kommt man schon irgendwie durch. Das hast du ja auch getan. Hast bestanden.«

»Gott sei Dank! Jetzt kann ich mich um die feste Stelle bewer-

ben und mich wirklich hier niederlassen. Oh, wie schön, nach dieser harten Prüfung nach Hause zu kommen!«

Als wir das offene Fahrwasser überquert haben, ist es noch immer herbstlich dunkel, und im Dunkeln machen wir am Dampfbootanleger fest. Die Kirche ist noch da, der Pfarrhof auch, und das Boot des Pfarrers liegt auf einen Fels hochgezogen. Der Küster hat es für ihn dorthin gerudert, und jetzt verstaut der Pastor seine Sachen darin und schiebt es ins Wasser. Er verschwindet in der Dunkelheit, und das Einzige, was man von ihm hört, ist das Knirschen der Ruder in den Dollen und das von den Ruderblättern tropfende Wasser. Die Pfarrersfrau hat wohl mit einem Ohr wach gelegen und uns vorbeifahren gehört, denn ich konnte ein Licht sehen, das sich eilig zum Kirchensteg hinab bewegte. Das Wasser in der Kirchenbucht ist hell, und ich sehe, wie er in die Bucht und der Laterne entgegengleitet wie ein schwarzer Schatten, den es zum Licht zieht.

»Willkommen!«, ruft sie. »Danke«, ruft er zurück. »Wie habe ich darauf gewartet!« Schnell reicht er ihr das Gepäck an und steigt selbst an Land, zieht mit einer Hand hinter sich das Boot ans Ufer und umarmt Mona mit der anderen. Man könnte meinen, dass er sich schon vor der Abreise seine Heimkehr mit abgelegtem Examen und viel Erzählenswertem vorgestellt hat. Was ihn bedrückt, ist bis auf einen Rest verflogen; vielleicht kommt man darüber auch noch hinweg.

Sie wissen nicht, womit sie anfangen sollen. Sollen sie ins Haus gehen oder sich auf dem Steg niederlassen und gleich erzählen?

»Die Hochzeit?«, fragt Mona. »Wie ist sie verlaufen?«

»Nach allen Regeln der Kunst«, antwortet er. »Ich bringe Grüße von jedem Einzelnen mit. Alle haben nach dir und den Mädchen gefragt. Und alle wollten die Fotos sehen. Sie sind gut geworden und haben natürlich die Runde gemacht.«

Während sie sprechen, haben sie sich doch in Bewegung gesetzt, weil sie sich denken kann, dass er nach der langen Reise gern ein Frühstück haben möchte. Sie trägt die Aktentasche (»Die ist ja wie ein Stein! Wie kannst du so was mit dir herumschleppen?«) und er den Koffer und den Karton mit den Einkäufen aus Helsingfors.

»Ich glaube, ich habe alles bekommen«, brüstet er sich. »Warte, bis du es zu sehen bekommst!«

Er freut sich darauf, ihr alles zu zeigen und zu erzählen. Auch von Hilda, aber nicht gleich, und zum Glück gibt es so viel anderes, wovon er berichten kann: die Hochzeit, die Verwandtschaft, die Einkäufe, die Reise, alles Mögliche, während sie wieder miteinander vertraut werden.

Drinnen im Haus wacht Sanna auf und ist überglücklich, mehr als Mona, die misstrauisch und zurückhaltend bleibt. Während sie frühstücken, wacht auch Lillus auf, und so langsam muss Mama hinaus zu den Kühen, die schon Witterung von ihm bekommen haben und wissen, dass er wieder zu Hause ist. Solange Sanna dabei ist, kommt er gut damit durch, nur von der Hochzeit zu erzählen und Mona die Silberbrosche zu überreichen, die das Geschenk für eine unnötige Ausgabe hält, die kleinen Mitbringsel und Besorgungen für Sanna auszupacken, doch als Sanna so nett ist, Mittagsschlaf zu halten, und sie sich in die Küche setzen, kann er es nicht länger hinausschieben.

»Jetzt musst du erzählen, was in Borgå passiert ist. Du hast mich ganz unruhig gemacht. Nach all der Studiererei hast du doch wohl bestanden, oder?«

»Ja, doch. Bestanden schon, aber nicht mit Auszeichnung.

Es ist wirklich peinlich, wie schlecht ich sogar auf Fragen geantwortet habe, bei denen ich mich eigentlich auskannte wie in Mutters Garten.« Bei dem Wort Mutter verzieht er leicht das Gesicht, und Mona registriert das sofort.

»Sag nicht, dass deine Mutter etwas damit zu tun hat!«

»Du kannst Gedanken lesen. Doch. Ich weiß nicht, wo ich anfangen soll. Erinnerst du dich noch an Hilda?«

Herrgott noch mal, natürlich erinnert sie sich noch an Hilda! Bevor sie heirateten, wurde erst einmal ausführlich gebeichtet. Keine Sünde blieb unerwähnt, und Hilda war die größte. Hilda war auch der Fehltritt, den er in der aufgeheizten Atmosphäre vor allen Leuten bei der MRA bekennen wollte. Hilda ist die, der Mona am liebsten von allen die Augen auskratzen würde. Sie bekommt hektische Flecken am Hals, die Nasenflügel beben. Der Puls schießt, wie man sich vorstellen kann, in die Höhe. »Was hat Hilda mit deinem Pastoralexamen zu tun?«

»Mutter hat ihr geschrieben und ausgeplaudert, dass ich nach Borgå kommen würde. Sie hat mich im Gästehaus aufgesucht. War völlig außer sich. Ihr Mann hatte sie verlassen, und sie musste mit jemandem reden. Ich habe sie auf meine Prüfung hingewiesen, aber sie ließ sich nicht stoppen. Ich war wie betäubt. Du kannst dir vorstellen, wie es in mir aussah. Als Priester war es meine Pflicht, ihr zuzuhören. Kein Geistlicher darf einen Menschen in seelischer Not abweisen. Du kannst dir denken, in welch entsetzlichem Konflikt ich mich befunden habe. Innerlich war ich total verzweifelt, die Uhr lief und lief. Noch als sie da war, bekam ich fürchterliche Kopfschmerzen. Und anschließend habe ich die ganze Nacht kein Auge zubekommen.«

»War sie in deinem Zimmer?«

Er nickt.

»Herrgott!«

»Ja, es war unangenehm. Es war peinlich.«

»Wann ist sie gegangen?«

»Um halb eins.«

»Halb eins?! Was ist eigentlich mit dir los? Du weißt, was für ein Früchtchen sie ist, und lässt sie dir die Ruhe rauben und deine Karriere ruinieren! Es ist ja eine Sache, eine Stunde mit ihr zu reden und sie dann wegzuschicken, aber es ist etwas ganz anderes, sie geschlagene ... wie lange hat das gedauert? Über vier Stunden! Sie also für vier Stunden mit auf dein Zimmer zu nehmen und sie deine Zukunft sabotieren zu lassen. Und was meinst du, was die Leute glauben?«

»Sie war am Boden zerstört.«

»Und du?«

»In einer solchen Lage darf ein Priester nicht an sich selbst denken.«

»Du glaubst doch nicht im Ernst, dass die gekommen ist, um sich seelischen Trost spenden zu lassen. Von dir!«

»Das ist keine Frage von entweder oder. Es ging um sowohl als auch. Sie ist zu mir gekommen, ja. Aber das schließt nicht aus, dass sie unglücklich und verzweifelt war. Und darum musste ich mich kümmern.«

»Sie trösten? Sag, bist du eigentlich selbst noch ganz bei Trost? Ich kann mir vorstellen, welche Art von Trost die gesucht hat. Das musst du doch auch gemerkt haben.«

»Wo du es jetzt so deutlich sagst, ja. Aber ich habe mich derart unwohl gefühlt, dass ich mir gar nicht vorstellen konnte, dass sie ... puh!«

»Hat sie es probiert?!«

»Vielleicht verbal. Ich habe zu Jesus übergeleitet«, lächelt er schief. Sie lächelt nicht zurück.

»Tatsache ist, dass du dir von ihr die Prüfung hast vermasseln lassen. Was hast du eigentlich für einen Jesuskomplex? Obwohl nicht einmal Jesus – es gibt massenhaft Beispiele dafür, dass er in die Wüste gegangen ist, wenn ihm die Menschen zu viel wurden. Manchmal verstehe ich dich wirklich nicht.«

Sie erhebt sich heftig und geht auf und ab. Die unvernünftige, unzugängliche Mona. Mona, wenn sie ihrem temperamentvollen Vater am ähnlichsten ist, der stundenlang unter heftigsten Schimpftiraden herumstapfen kann. Dann hat der Rest des Hauses Pause und verkrümelt sich, und jetzt wird Petter still und zieht den Kopf ein. Es ist nicht seine Schuld, dass Hilda im Gästehaus aufgetaucht ist. Auch wenn er sie abgewiesen hätte, hätte sie seine Nachtruhe gestört. Das sind keine Entschuldigungen, die etwas taugen, denn zumindest seiner Frau wäre er es schuldig gewesen, eine Frau vor die Tür zu setzen, die schon so viel Unglück zustande gebracht hat.

Stimmt, aber sie hat ihn dermaßen überrumpelt, er war wie paralysiert.

Pah! Ein halbes Jahr lang läuft man nur auf Zehenspitzen, damit er sich auf sein Pastoralexamen vorbereiten kann, und dann lässt er alles sausen, für einen Abend, eine Nacht mit einem Frauenzimmer, das ihn schon einmal verführt hat. Lernt er denn nie dazu? Ist er ein kompletter Idiot? Ein Schafskopf erster Güte?

Während sie spricht, räumt sie die Küche auf, lässt sich durch ihre Entrüstung nicht von ihren Pflichten abhalten. Das Essen wird geputzt, geschält, in Streifen und Stücke geschnitten und gestampft, während sie mit ihm schimpft. Er sitzt einfach nur da, untätig in seiner Einfalt und Unentschlossenheit, ein Schaf anstelle des Hirten, der er eigentlich werden wollte.

Ein betrübter Nachmittag, an dem er sich in die Kanzlei mit ihren Zeitungen und der Korrespondenz flüchtet. Irgendwann muss er eine Predigt für den Sonntag zusammenschustern, was er unter den obwaltenden Umständen besser still und ohne zu klagen erledigt. Für die Zeit nach dem Pastoralisieren hat er versprochen, sich mehr um Sanna zu kümmern. Da steht sie an der Tür und beobachtet ihn.

»Komm«, sagt er, »ich habe dich sehr vermisst.«

Am Esstisch knallt Mona den Teller mit Wucht auf die Tischplatte. »Ich bin wütend geworden, weil ich dich so vermisst hatte. Ich habe mich so danach gesehnt, dass du nach Hause kommst. Und dann so was! Als ob du nichts gelernt hättest. Man kann für weniger die Beherrschung verlieren. Am meisten hat mich natürlich aufgeregt, dass du solchen Schlamassel durchmachen musstest. Ich wäre besser mitgekommen; aber wie hätte das ausgesehen, mit einem zwei Monate alten Säugling? Dann wäre es mein Fehler gewesen, dass du nicht schlafen konntest. Und eigentlich solltest du in deinem Alter selbst auf dich aufpassen können!«

Sie ist fast so weit, wieder anzufangen, und Sanna sitzt vor Schreck stocksteif auf ihrem Stuhl, aber Mona unterbricht sich, setzt sich und bricht in Tränen aus. Da ist Petter endlich kein gescheiterter Seelsorger mehr, sondern ein Ehemann, der die schöne Stimme einzusetzen weiß, mit der er begabt ist, mit Bartstoppeln, die man an eine Wange legen kann, mit einer warmen Brust und gütigen, kundigen Händen.

Achtzehntes Kapitel

Am Tag des Heiligen Abends herrscht scheußliches Wetter. Wenn es so anhält, kommt keine Menschenseele zum Frühgottesdienst am Weihnachtstag. Das Meer ist nicht unbedingt unpassierbar, denn noch ist es nicht zugefroren, nur erste Ansätze dazu in den Buchten. Da breiten sich Ränder von Eis und Schnee die Ufer entlang aus, während das Meer selbst noch offen ist. Der Wind schwillt an zu einem ausgewachsenen Sturm, er heult und pfeift, und es wird nachmittags um drei schon dunkel wie in einem Kohlenkeller. Es regnet, als läge das Meer nicht nur rund um die Örar, sondern auch darüber und kippte sein Wasser in großen Schwallen über ihnen aus. In den heftigsten Schauern ist nicht einmal mehr das Leuchtfeuer zu sehen, die ganze Welt ertrinkt unter den erbarmungslosen Sturzseen.

»Für alle, die die Meere befahren«, betet der Pfarrer. »Und halte auch unser Haus über Wasser«, setzt er halb scherzhaft hinzu. Denn wo die Fensterrahmen am undichtesten sind, drückt der Regen durch, und die Gischt von den Wellenkämmen wird wie Schnee gegen die Scheiben geschleudert. Der Wind pfeift durchs Haus und presst den Rauch in den Schornstein zurück. Offene Türen schlagen knallend zu, das Holz in den Wänden knackt, die Webteppiche wellen sich auf dem Fußboden. Die Weihnachtsandacht im Radio ist nicht zu empfangen, es rauscht und knistert und lässt nur Rufe auf Finnisch und Russisch hören.

Der Pfarrer versteht besser als im Vorjahr, warum man auf den Örar nicht zur Christmette am Heiligen Abend kommt. Es ist schon genug, wenn die Gemeinde zu dieser Jahreszeit zum Weihnachtsgottesdienst erscheint. Als das Wetter noch schön war, hat er überlegt, am Heiligen Abend eine private Andacht in der Kirche zu halten, nur sie vier, aber inzwischen hat er die Lust dazu verloren. Es ist schon schlimm genug, dass Mona bei diesem Sturm in den Stall muss. Man weiß nicht, wieweit man die Kachelöfen heizen darf, der Herd in der Küche speit bei den heftigsten Windstößen Qualm und Funken zwischen den Herdringen aus, sodass jemand, er, ein Auge auf die Öfen haben und bei den Kindern bleiben muss. Er zündet die Sturmlaterne an und vergewissert sich, dass Petroleum aufgefüllt ist. Mona packt sich warm ein, sie scherzen, dass sie sich nicht auf der Prärie verlaufen soll. »Geh auf das Licht im Fenster zu«, ruft der Pfarrer zum Abschied, als die Tür zuschlägt.

Der Stall liegt windgeschützter als das Pfarrhaus, tiefer und in Lee einiger Felsen. Kalt ist es trotzdem, und obwohl Äppla und Goda wie Heizöfen dastehen, haben sie Atemwolken vor den Mäulern. Die Kälber frieren, dicht aneinandergedrängt, in ihrer Stallbox. Die Schafe stehen in ihrer Winterwolle und haben es gut. Alle Augen wenden sich der Sturmlaterne zu, und die Tiere grüßen die Pfarrersfrau wie üblich mit Muhen, Blöken, Mähen und hochgeworfenen Köpfen.

Im Stall ist Mona vollkommen entspannt und gelöst. Hier fühlt sie sich auf andere Weise wohl als oben im Haus, wo die Kinder jammern, Petter telefoniert, tausend Pflichten auf sie warten, alles, was sie nicht geschafft hat und sich wie eine Schlinge um den Hals legt, die das freie Atmen behindert. Hier ist es einfach: ausmisten, Heu aufschütten und Wasser einfüllen, Euter waschen und einfetten, melken, durchseihen, die Kannen ans Joch hängen – frohe Weihnachten und gute Nacht! Wer muht und mäht, redet nicht zu viel, verletzt niemanden, wird nicht ironisch, philosophiert nicht, ergeht sich nicht in Spitzfindigkeiten. Im Stall ist nichts kompliziert oder mehrdeutig. Es ist warm oder kalt, das Vieh ist hungrig oder satt, man kommt oder geht, friedliche Dunkelheit bis zum Morgen. Das ist ihre Erholungspause, obwohl manche der Ansicht sind, es sei harte Arbeit. Sie hält sich gern im Stall auf, und heute ist Weihnachten, da redet sie etwas mehr, klopft und tätschelt noch ein Minütchen länger, ist mit dem Heu etwas großzügiger und teilt sogar aus dem via Genossenschaftsladen per Sonderbestellung organisierten Sack etwas Futterhafer aus. Die Milch schäumt warm, fett, voller Nährgehalt. Frieden.

Im Stall konnte man glauben, der Wind habe etwas nachgelassen, aber als sie nach draußen kommt, packt er sie, und nur weil sie so schwer beladen ist, bleibt sie auf den Beinen. Der Regen schlägt über ihr zusammen wie eine Welle, dass ihr die Luft wegbleibt; sie denkt, auf den Örar kann man auf trockenem Land ertrinken. Sie tappt die Stufen hinauf, die im Licht der Sturmlaterne glänzen. Sie zerrt die verzogene Haustür auf, Petter kommt ihr schon entgegen: »Wie ging's? Ich hatte Angst, es würde dich wegwehen.« Er nimmt ihr die Kannen und das Sieb ab, hilft ihr beim Auskleiden. Bei solch einem Wetter spülen sie die Kannen in der Küche. Das Kühlen der Milch ist jetzt kein Problem.

Alle sind bis an die Nasenspitze warm eingepackt, Lillus

in ihrem Schlafsack und mit Mütze, Sanna von Kopf bis Fuß in Wollsachen, und auch die Eltern tragen alles, was sie an Stricksachen haben, der Vater Ohrenschützer über den empfindlichen Ohren, Mama ein großes Wolltuch um den Kopf, alle mehrere Paar warmer Socken an den Füßen – die ganze Familie ein einziges Loblied auf das finnische Hausschaf. Brrr! Dabei herrscht noch nicht einmal Frost.

Aber jetzt ist Heiligabend, und es kommt Weihnachtsessen auf den Tisch: eingeweichter Stockfisch und Kartoffeln und Béchamelsoße und der Weihnachtsschinken direkt aus dem Ofen mit Erbsen und Möhren. Kaffee und Weihnachtskuchen zum Nachtisch. Die Weihnachtskerzen flackern, das Wachs tropft auf den Weihnachtsläufer, Sanna ist vor Aufregung und Erwartung überdreht und nörgelt und quengelt, Lillus plärrt aus Solidarität. Als Eltern kann man die Lust verlieren, aber sie reißen sich zusammen und setzen sich um den Kachelofen im großen Zimmer, zünden mit größter Vorsicht die Kerzen im Weihnachtswacholder an, müssen sie aber zu Sannas großer Enttäuschung gleich wieder auspusten, denn sonst würde der Luftzug die ganze Pracht in Brand setzen.

Bei dem lauten Sturm kann man nicht hören, ob der Weihnachtsmann schon gekommen ist, aber Papa geht in den Vorbau, um nachzusehen, der Küster hat nämlich erzählt, dass der Weihnachtsmann auf den Örar so schüchtern ist, dass er sich nicht hereintraut und die Geschenke stattdessen im Windfang abstellt. Sanna fürchtet, er könnte gar nicht kommen, weil es so heftig weht, aber Papa hat irgendwo gehört, dass er schon zwei Tage vor Weihnachten mit Anton von der Post gekommen sein soll, es lohnt sich also, einmal nachzusehen. Und siehe da, der Weihnachtsmann hat sich hereingeschlichen und einen ganzen Stapel Geschenke in den Kaminholzkorb gelegt!

Oh! Aber erst müssen wir uns darauf besinnen, warum wir an diesem Abend Weihnachtsgeschenke bekommen. Ja, genau, weil das Jesuskindlein an diesem Abend geboren wurde. In Erinnerung an seinen Geburtstag bekommen wir unsere Geschenke. Und darum wird in allen Wohnungen der Christenheit heute Abend das Weihnachtsevangelium gelesen. Papa schlägt die Bibel auf und liest eine lange Geschichte daraus vor. Obwohl Sanna Geschichten liebt, verliert sie die Geduld. Sie rutscht auf dem Stuhl hin und her und zappelt und zupft an den juckenden Wollstrümpfen und bricht schließlich in Tränen aus. So haben sich die Eltern Weihnachten nicht unbedingt vorgestellt, nicht mit Geheul und solchem Gezappel, und nicht mit dieser Unruhe, die wegen des Sturms und der Gefahr eines Brandes, der in einer Nacht wie dieser leicht ausbrechen kann, inzwischen alle ergriffen hat. Aber Weihnachten soll gefeiert werden; also klappt Papa die Bibel zu und nimmt Sanna auf den Schoß, und Mama holt den Korb mit den Weihnachtsgeschenken. Rotes Lackpapier und Kordel – eigentlich schade, solche Pakete aufzumachen. Erst kommen Bücher zum Vorschein, die meisten für Papa, aber auch für Mama und drei Märchenbücher für Sanna! Außerdem Socken und Handschuhe und ein Weihnachtsmann für Sanna und ein Weihnachtsengel für Lillus. Den stopft sie sich wie ein Kannibale sofort in den Mund. Aber es gibt noch mehr: Marzipanschweinchen und eine Schachtel mit selbst gemachtem Toffee für alle. In einer Schale auf dem Tisch liegt die ganze Weihnachtspost, die Anton mitgebracht hat, und die Weihnachtsausgaben der Zeitungen, die sie über die Feiertage lesen können. Es ist viel zu viel, Sanna schlägt es auf den Magen, bevor sie ein Stück Toffee gegessen hat, und sie übergibt sich auf den Teppich. Sanna! Als wäre für Weihnachten nicht genug geputzt worden. Jetzt ist alles umsonst gewesen! Weine nicht, Sanna, Papa weiß, dass du einen empfindlichen Magen hast und nicht mit Absicht brichst.

Puh, nicht einmal als die Kinder endlich im Bett sind und sie etwas Frieden zu zweit haben könnten, kommen sie zur Ruhe. Sie machen ihre Runden und kontrollieren den Küchenherd und die Kachelöfen, die sie jetzt herunterbrennen lassen. Petter sagt, mit etwas lebhafterer Fantasie könnte man sich die Geräusche, die der Sturm hervorbringt, auch gut als Hilferufe von Schiffbrüchigen vorstellen. Er geht von Fenster zu Fenster und lacht ein bisschen über sich selbst: »Bald bin ich genau wie mein Vater, wenn es weht, nervös und unleidlich. Ach, ich glaube nicht, dass sie schon zu Bett gegangen sind. Soll ich sie nicht gleich anrufen und ihnen für die Weihnachtsgeschenke danken? Dann ist das schon mal erledigt.«

Die arme Mutter feiert ihre ersten Weihnachten auf Åland, resigniert und den Tränen nahe, wenn sie daran denkt, wie sie Weihnachten früher auf dem Festland gefeiert haben, im Kreis ihrer Kinder und in Vorfreude auf das viele Weihnachtsessen im großen Familien- und Freundeskreis. Auch über die Hauptinsel von Åland ist noch nie ein Sturm wie der in dieser Nacht hinweggefegt. Der Vater macht es auch nicht besser, er läuft unruhig durchs Haus und stöhnt wie ein Gespenst. Das Mindeste, was Petter tun könnte, wäre anzurufen und fröhlich und aufmunternd mit ihr zu schwatzen, doch als er mit einer Entschuldigung wegen der Störung am Heiligen Abend schon auf der Zunge die Kurbel bedient, bekommt er keine Verbindung. Er kurbelt und kurbelt, wartet, probiert es noch einmal, bis er einsehen muss, dass der Sturm offenbar irgendwo die Leitungen beschädigt hat und dass sie vor Neujahr sicher niemanden erreichen können. Arme Mama, die bestimmt darauf gehofft hat, ein Weilchen mit ihm plaudern zu können.

Sie können nicht viel mehr tun, als eine weitere Runde Feuerwache zu drehen und nachzusehen, ob die Mädchen auch warm eingepackt unter den Decken liegen, aber die Nasen frei haben. Die Tür zum Salon ist zu, und die Kachelöfen speichern Wärme bis in die frühen Morgenstunden, doch kalt ist es trotzdem. Am Ende liegen sie selbst in ihren Betten, reden noch ein Weilchen über das Wetter, darüber, dass die Aufregung für Sanna einfach zu viel gewesen ist, und fragen sich, ob überhaupt jemand zum morgendlichen Weihnachtsgottesdienst kommen wird, »in dem es sich so leicht reden lässt«, sagt Petter, schon im Voraus enttäuscht. Sie dösen ein, schlafen aber nicht tief und wachen wieder auf. Merkwürdig, denkt der Pfarrer, wie unwohl man sich in einem Sturm fühlen kann, selbst wenn man sich mit der ganzen Familie auf sicherem Boden befindet. Wie mag sich da in dieser schicksalsschwangeren Nacht erst die Heilige Familie ohne Dach über dem Kopf gefühlt haben?

Es knistert und knackt besorgniserregend im Haus. Gegen zwei steht er wieder auf, kontrolliert mit der Taschenlampe in der Hand die Öfen und öffnet die Tür zur eiskalten Treppe auf den Speicher; er schnuppert und lauscht, aber es deutet nichts darauf hin, dass der Schornstein geborsten sein oder irgendwo im Wandfutter etwas schwelen könnte. Bei ihnen im Erdgeschoss ist noch ein Rest Wärme vorhanden und alles in Ordnung, komisch, dass trotzdem eine solche Unruhe, fast Angst spürbar ist. Es hat vor einiger Zeit aufgehört zu regnen, das Leuchtfeuer blinkt verlässlich, die Böen kommen nicht mehr mit derselben Kraft. Der Sturm scheint sich langsam zu beruhigen, da solltest du das wohl auch können, ermahnt er sich streng. Er tappt zum Bett zurück, in dem es noch ein kleines Nest von Wärme gibt.

»Was ist denn?«, murmelt Mona.

»Nichts«, sagt er, »alles in Ordnung. Tut mir leid, dass ich dich geweckt habe.« Er döst wieder ein, doch als er endlich in Tiefschlaf fällt, klingelt der Wecker. Er fährt auf wie bei einem Alarm im Krieg, lässt sich aber wieder zurückfallen, als ihm klar wird, wo er sich befindet. Draußen ist es noch finster, aber er riecht Monas guten Duft, als sie aufsteht. Es ratscht, als sie ein Streichholz anreibt und die Lampe anzündet. Sie lauschen. Alles still. Kaum ist sie in die Küche gegangen, ruft Mona, und Petter stürzt, die Hose noch auf halbmast, herbei. Aber es ist nichts. Im ersten Augenblick hat sie geglaubt, die Kirche stünde in Flammen, aber es leuchtet einfach nur aus dem Fenster der Sakristei, weil der Küster schon da ist und die Heizung anfeuert, wie es zu seinen Aufgaben gehört.

Wenigstens einer, der daran glaubt, dass es eine Morgenandacht geben wird. Sie haben überlegt, wie sie es einrichten wollen: Das Einfachste wäre, wenn Mona im Haus bliebe, Feuer in den Öfen machte und das Frühstück vorbereitete. Aber die weihnachtliche Frühmesse gehört zu den Höhepunkten des Kirchenjahrs. Sie dauert nicht lange, und sie dürften es schaffen, danach beinah zur üblichen Zeit Grütze zu kochen und zu frühstücken. Jetzt trinken sie nur Kaffee vom Vorabend aus der Thermosflasche und essen rasch eine

Scheibe Brot. Dann geht Petter zur Kirche, während Mona noch die Kinder anzieht und ihm dann folgt.

Der Küster erwartet ihn an der Kirchentür und will gelobt sein; das wird er auch ausgiebig. Es bullert in den bauchigen Heizkörpern in der Kirche, die schon wärmer wird, mit jeder Minute fühlt es sich weniger ungemütlich an.

»Wann bist du denn schon gekommen, alter Freund?«, erkundigt sich der Pfarrer.

»Um vier Uhr«, antwortet der Küster stolz. Das hier ist seine große Nacht des Jahres, in der er seine Dunkelangst überwindet und ruhig vermelden kann, dass die Toten in der Weihnachtsnacht nicht Weihnachten feiern, zumindest nicht in der Kirche von Örar. Der Pastor erzählt, dass er selbst um zwei auf gewesen ist und es da noch ordentlich gestürmt hat. Danach ist es bald abgeflaut. »Aber, oj joi joi, draußen tost es noch kräftig.«

»Ja, die Dünung legt sich nicht so schnell.«

Sie unterhalten sich ruhig miteinander, während sie die Kirche herrichten. Die Kerzen haben sie schon zum ersten Advent aufgesteckt, und auf dem Altar stehen zwei Weihnachtstulpen. Der Küster hat die Nummern der ersten Kirchenlieder auf die Tafel gesteckt. Jetzt zünden sie alle Kerzen an, auf dem großen Hängeleuchter, auf dem Altar, auf der Kanzel. Die Kirche soll leuchten wie eine Laterne, wenn die Gemeinde eintrifft. Während sie noch beschäftigt sind, kommt der Kantor auf seinen langen Beinen angelaufen. Er fasst den Pfarrer am Arm: »Komm! Das musst du dir ansehen!«

Die ganze Gemeinde der Örar kommt über den Felsen gezogen. Die Wellen gehen zu hoch, als dass jemand im Dunkeln das Boot genommen hätte. In allen Dörfern haben sie sich früh auf den Weg gemacht, und jetzt kommt eine lange, gewundene Reihe von Laternen über die letzte steile Stelle heran. Der Küster springt zum Glockenturm, denn wenn die Gläubigen kommen, sollen die Glocken läuten, die große und die kleine, schnell und mit voller Kraft.

Der Kantor wärmt sich die Hände am Heizkörper, der Pfarrer zieht sich in die Sakristei zurück. In der Kirche sind Schritte und Gemurmel, Rascheln und Scharren der ersten Besucher zu hören. Mit den kräftigen Stimmen von Örar wünschen sie einander frohe Weihnachten, der lange Marsch mit den schwankenden Laternen und die Zunge sorgsam im Mund verwahrt hat sie wach und gesprächig gemacht. Dann aber ändern sich die Stimmen, klingen erregt und entsetzt, und kurz darauf kommt der Kantor in die Sakristei. »Das musst du wissen, bevor wir anfangen.«

Er berichtet, einer der zuletzt Gekommenen sei einer der Lotsen aus den westlichen Dörfern, und er habe im Lotsenfunk gehört, dass ein großer amerikanischer Frachter auf Grund gelaufen und vor Utö gesunken sei. Die Lotsen auf Utö hätten viele von der Besatzung gerettet, aber noch mehr würden vermisst. »Viele von uns hatten heute Nacht dunkle Vorahnungen«, schließt er ganz selbstverständlich.

»Danke«, sagt der Pfarrer. »Gut, dass du mir das gesagt hast. Ich werde ein Gebet für sie sprechen.« Er wirft einen Blick auf die Uhr und stellt fest, dass sie schon über die Zeit sind. Mona sitzt draußen in der Kirche und wundert sich, warum sie nicht anfangen. Der Küster hat längst aufgehört zu läuten. Doch jetzt eilt der Kantor zur Empore, der Balgtreter beginnt die Bälge zu bearbeiten, und ein wenig zu schnell spielt der Kantor die Anfangstakte von »Wenn der Weihnachtsmorgen schimmert«.

Die ganze Kirche schimmert in dieser ägyptischen Dunkelheit, und widerstrebend verstummt das Getuschel. Sie sind bereit, einzustimmen, als der Organist das Zeichen gibt. Es ist eines ihrer beliebtesten Kirchenlieder, das ganze Jahr haben sie darauf gewartet, es singen zu können, aber jetzt sind sie nicht bei der Sache, und es gibt mehr schiefe Töne und Gebrumme als üblich, unterschiedliche Tempi sind deutlich zu hören. Der Pfarrer am Altar singt wie üblich, aber nicht aus frohem Herzen, er ist ebenso erschrocken wie die, die schon die Neuigkeit gehört haben.

»Der Herr sei mit euch«, singt er wie immer, und Lillus antwortet fröhlich etwas vor der Gemeinde. Jeder wird von der guten Akustik in der Kirche angespornt, und der Pfarrer leitet sie durch die Liturgie und durch die Predigt. Während des Liedes »Strahle über See und Strand« wird in den hinteren Bankreihen vernehmlich geredet, und viele weiter vorn drehen sich um. Auf der Empore, wo die jungen Burschen stecken, herrscht Unruhe, und es wird undiszipliniert geredet.

Keine Ruhe, keine gesammelte Erwartung, als der Pastor auf der Kanzel steht.

»Liebe Freunde, Brüder und Schwestern in Jesus Christus«, beginnt er wie immer. »Lasset uns beten!« Die Älteren senken pflichtbewusst die Köpfe, doch dann spitzen alle die Ohren, denn der Pfarrer gibt bekannt, worum sich das ganze Getuschel in der Kirche dreht. »In dieser Nacht, in der Weihnachtsnacht, hat eine ganze Schiffsbesatzung im Sturm vor Utö um ihr Leben gekämpft. Wir danken dir für die Lotsen auf Utö, die unter Gefährdung ihres eigenen Lebens viele gerettet haben. Wir beten für die, die auf See ihr Leben verloren haben. Gott, sei ihnen gnädig und nimm sie in deine väterlichen Arme. Lass dein ewiges Licht über ihnen leuchten. Amen.«

Danach kann er leicht beim Licht anknüpfen, die Kirche ist zum Fest unseres Heilands festlich erleuchtet, aber auch an das Leuchtfeuer auf dem Glockenturm, das zuverlässig und regelmäßig die sturmgepeitschte Nacht hindurch geblinkt hat. Weiter zum Stern von Bethlehem, der durch die Nacht gewandert ist und Hirten und den Heiligen Drei Königen den Weg zum Stall und zur Krippe wies. Auch wir sind von dichter Dunkelheit umgeben, doch in unserer Mitte leuchtet ein Licht, das uns von einer Zeitenwende zur nächsten führt. Dieses Licht ist die christliche Hoffnung, personifiziert im Leib Christi, der unsere Füße leitet und unsere Wege erhellt. In der tiefen Stille hört man deutlich, wie ein Fuß mit einer auf dem Boden abgestellten Sturmlaterne kollidiert; ein leises Klirren, das durch die Kirche hallt. Kerzenflammen flackern, keinem entgeht die Parallele zu ihrem eigenen Zug mit schwingenden Sturmlaternen durch die dichte Dunkelheit zur erleuchteten Kirche.

Sie singen »Es ist ein Ros entsprungen«, während sich der Pfarrer umzieht und an den Altar zurückkehrt. Er betet besonders für alle, die draußen auf dem Meer kämpfen, dann betet er das Vaterunser und erteilt den Segen. Zum Abschluss »Gib mir nicht Glanz, nicht Gold, nicht Pracht« von Topelius. Der Kantor will mit dem Postludium beginnen, seiner Glanznummer, doch der Balgtreter hat sich umgewandt und schwätzt mit jemandem, und unten in den Bankreihen stehen sie schon und reden hörbar miteinander. Als der Kantor einsetzt, heben sie einfach die Stimmen. Der Pfarrer legt schnell den Ornat ab, und der Küster ist zurück in der Kirche, bevor das Postludium zum Ende kommt.

Als er fertig ist, lässt der Kantor die Noten auf der Orgel liegen und geht nach unten zu den anderen. Im Mittelpunkt steht der Lotse Anders Stark, der den Lotsenfunk abgehört hat. Er will schnell nach Hause, um zu hören, was es Neues gibt, berichtet aber noch einmal von vorn: Das Schiff ist die *Park Victory*, ein verdammt riesiger Pott, 'tschuldigung. Er sei selbst einmal als Lotse an Bord gewesen. Aus den Südstaaten, viele Neger und so. Mindestens fünfundzwanzig Mann Besatzung. Die Lotsen auf Utö haben mindestens die Hälfte von ihnen gerettet, hieß es. Wer noch da draußen ist, hat keine Chance. Die Küstenwache war die ganze Nacht unterwegs, hat aber kaum Hoffnung, noch Überlebende zu finden.

Da erst fällt dem Pfarrer auf, dass kein Mitglied der Küstenwache in der Kirche ist. Draußen wird es langsam hell, und ein paar Jungen, die oben auf dem Felsen waren, um Ausschau zu halten, kommen zurück und berichten, beide Boote der Küstenwache seien weg, zusammen mit der Marine von Utö draußen. Sie müssen in der Nacht über Funk alarmiert worden sein.

»Die müssen Nerven haben, bei dem Wetter in so kleinen Booten auszulaufen, Mannomann«, sagen viele. Brages Eltern und seine Frau sind in der Kirche, sie hatten keine Ahnung, dass er ausgerückt ist. Er hatte Dienst in der Station und dort Heiligabend gefeiert.

»Erst Weihnachtshecht zu Hause und dann Weihnachtsschinken auf der Wache, denn Björklund ist vom Festland und gibt sich nicht mit Hecht zufrieden«, erläutert Astrid. Sie sieht nicht allzu beunruhigt aus. Das ist noch etwas, das der Pfarrer an den Mitgliedern seiner Gemeinde bewundert: ihre Schicksalsergebenheit. Es kommt, wie es kommt, so ist ihre Meinung.

Draußen ist es nun definitiv hell, grau in grau, schwarz, wo die Felsen von Regen gepeitscht werden. Eisig kalt. Mona kann sich denken, dass es im Lauf des Tages die reinste Völkerwanderung geben wird, und eilt mit den Kindern nach Hause. Sie dürfen in der Küche sitzen, während sie im Herd Feuer macht und Wasserkessel auf die Platte stellt. Dann heizt sie rasch die Kachelöfen an und schafft es, Kaffee aufzugießen und Brot zu schneiden, bevor die Ersten kommen. Sie müssen erst die Kollekte zählen und genauestens nachsehen, ob auch jede Kerze gelöscht ist. Der Küster geht eigens zweimal in den Heizungsraum und überzeugt sich, dass nirgendwo Funken geflogen sind und glosen und dass es nirgendwo qualmt. Die Heizkörper kühlen ab, aber man kann nie wissen, und der Pfarrer verspricht, dass er um die Mittagszeit noch einmal kontrollieren wird.

Keiner will wirklich nach Hause gehen, außer Anders, der gleich eilig abgezogen ist, und so allmählich begeben sich der Pfarrer, der Kantor, der Küster, Elis und Adele und einige Männer aus den westlichen Dörfern, die hoffen, das Telefon des Pastors sei vielleicht nicht so tot wie die anderen, zum Pfarrhaus. Vom Herd und von der geöffneten Backofenklappe geht behagliche Wärme aus, und alle zwängen sich an den Küchentisch, wo Zichorienkaffee, Brot und Butter und aufgeschnittener Weihnachtsschinken warten.

»Was für eine Verschwendung!«, sagt Adele über den Schinken, und was für eine Verschwendung denkt auch die Pfarrersfrau bekümmert, als sie den Schinken, der für sie drei Tage gereicht hätte, verschwinden sieht. Aber sie kommt ja von einem Bauernhof und weiß, der schlimmste Ruf, der einem Menschen anhaften kann, ist der, knauserig und ein schlechter Gastgeber zu sein.

Die Männer kurbeln fleißig am Telefon und drehen Knöpfe am Funkgerät, und aus dem Knistern und Rauschen dringt plötzlich eine Stimme des Finnländischen Rundfunks und berichtet von der Tragödie in der Weihnachtsnacht: Der amerikanische Frachter *Park Victory* ist in der Heiligen Nacht vor Utö gesunken. Die amerikanische Botschaft hat den Lotsen auf Utö für ihren heldenhaften Rettungseinsatz ihren Dank ausgesprochen. Die Überlebenden wurden auf Betreiben der Botschaft nach Helsingfors verlegt, wo sie untergebracht bleiben sollen, bis sie die Heimreise antreten können. Vierzehn Männer haben die Lotsen gerettet. Acht wurden tot geborgen, zwei werden noch vermisst, sind aber wahrscheinlich ebenfalls ums Leben gekommen.

Die Männer gucken aus dem Fenster: »Mit dem Wind landen sie genau hier.« Der Pfarrer braucht eine halbe Sekunde, bis er versteht, dass sie die beiden Vermissten meinen, die von Wind und Strömung zu den Örar getrieben werden. Darum, rechnen sie sich aus, ist die Küstenwache der Inseln noch draußen. Sie kreuzt langsam gegen den Wind und sucht dabei die ganze Zeit das Meer ab. Aber sie kommen ohne Erfolg zurück; Post-Anton findet einen kurz nach Neujahr.

Vieles kann mit einem Körper geschehen, der in einem Sturm ins Wasser fällt. Du kannst dir die Richtung ungefähr denken, doch musst du dabei auch mit Strömungen rechnen, die mancherorts geradewegs gegen den Wind verlaufen und dich auf große Umwege mitnehmen. Später, wenn du auf eine Küste zutreibst, hast du nicht nur den Sog zwischen den Schären, sondern auch Sandbänke und flache Klippen, an denen du hängen bleibst, abgeschabt und gerieben wirst und um die du irgendwie herummusst, wenn du weiter-

willst. Zwischen den Schären treibt der Wind sein Spiel, wie es ihm beliebt, und wenn du ein Körper bist, der da herumtreibt, kannst du an komischen Orten landen.

Ich habe erst geglaubt, es wäre eine Robbe. Aber als sie nicht wegrobbte, als ich dem Land so nah kam, dass sie meinen Geruch wittern musste, der Wind kam nämlich aus meiner Richtung, da ging mir auf, dass da ein Mensch angespült auf dem Felsen lag wie ein großer alter Bulle. Korkschwimmweste und dunkle Kleider; der Unterschied zwischen Seeleuten und alten Robbenbullen ist nicht groß.

Es war ein Neger. Nicht so schwarz, wie ich sie mir vorgestellt habe, sondern eher grau, vielleicht verlieren sie im Tod etwas von ihrer Farbe. Mütze mit Ohrenklappen, darum konnte ich nicht sehen, ob er solches Kraushaar hatte, wie es von den Negern immer heißt. Ölzeug und gute Stiefel an den Füßen. Ich habe überlegt, ob ich ihn ins Boot hieven sollte, aber er war schwer wie ein nasser Sack, und ein Briefträger soll die Post befördern, aber keine toten Matrosen. Also habe ich ihn nur ein Stück weiter hinaufgezogen, damit er nicht weiter abtreiben konnte, und bin dann bei der Küstenwache vorbeigefahren, um zu melden, wo er lag, und dann mit der Post nach Hause.

»Wie hast du ihn gefunden?«, haben sie natürlich gefragt. »Die Klippe liegt doch gar nicht auf deiner üblichen Route.«

»Na ja«, habe ich gesagt. »Ich habe in etwa gesehen, wo ich langfahren sollte.«

Brage kennt das, aber Björklund hat sich ereifert: »Was heißt das, du hast gesehen, wo du langfahren solltest?«, hat er gefragt. »Wenn du uns verrätst, wo der andere liegt, brauchen wir nicht weiter nach ihm zu suchen.«

»Nein«, habe ich geantwortet. »Wenn er irgendwo festhängt und auf dem Grund liegt oder im Wrack, zum Beispiel, dann ist nichts zu sehen. Das ist ja wohl leicht zu begreifen.«

Es ist die dunkelste Zeit des Jahres, das Wasser sehr aufgewühlt, Sturm und Strömungen. Das bedeutet sehr schwere Touren für mich, auch wenn ich nur zweimal in der Woche meine Runde mache. In der Weihnachtsnacht habe ich geschlafen wie ein Stein. Als hätte mir jemand den Schalter ausgeknipst. Ich habe nichts mitbekommen, nicht einen Traum, kein Geräusch, das mich sonst geweckt hätte. In meinem Schlaf gab es nur den weiter dröhnenden Sturm und mich selbst, tief in meine Decken vergraben, trocken und außer Gefahr.

Selbst wenn ich wach gelegen und gehört und gesehen hätte, was hätte ich tun können, und wenn ich tausend Warnungen bekommen hätte? Die haben im Übrigen viele bekommen, sogar der Pastor hat gesagt, dass er aufgestanden und herumgelaufen ist und alles Mögliche gehört hat. Wer hätte hören und sehen müssen, war der Kapitän der Park Victory. *Sie erwarteten den Lotsen, die Brücke war voll besetzt. Das Funkgerät war eingeschaltet, Stimmen und Knistern, da ist es nicht leicht, etwas anderes zu hören, schwer auszumachen, warum es in der Magengrube kneift und woher die Befürchtungen kommen. Haben sie eine bestimmte Bedeutung, oder sind es bloß allgemein ungute Gefühle in dem wütenden Sturm? Die Lotsen haben gesagt, sie hätten sie über Funk aufgefordert, weiter rauszufahren, aber andere, die in der Nacht unterwegs waren, haben gesagt, es sei kaum etwas zu hören gewesen, das Meiste war Russisch, oder es kamen nur abgehackte Bruchstücke, die nicht zu verstehen waren. Die Maschinen stampften und dröhnten, die Schrauben pflügten durchs Wasser. In einem solchen Inferno nimmst du nicht leicht wahr, dass da draußen etwas ist, das dir zu verstehen geben will, wie du dich retten kannst.*

Vor den Lotsen habe ich alle Hochachtung. Wenn sie gestorben und weg sind, dann sind sie da draußen, dessen bin ich sicher, und wer Ohren hat und empfänglich ist, dem wird nichts passieren. Sie waren bereit, ihr Leben zu opfern, heißt es in den Zeitungen, aber ich behaupte, die wussten genau, was sie tun mussten, um zu überleben und so viele wie möglich zu retten. Du brauchst einen, der sich um den Motor kümmert und das Ruder übernimmt. Er braucht eine laute Stimme, damit man ihn hört, und Augen, mit denen er sieht. Und dann brauchst du Kerle, die im Bruchteil einer Sekunde genauestens wissen, wann sie reagieren müssen und auf welcher Welle sie wenden. Dass es ihnen gelungen ist, mit nur zwei kleinen Lotsenbooten so viele zu retten, davor habe ich Hochachtung. Vom Militär auf Utö kamen dann noch mehr Schiffe dazu, aber ohne die Lotsen hätten sie wohl kaum mehr als drei oder vier lebend aus dem Wasser gefischt. Sie trugen alle Rettungswesten, aber solche Wellen haben eine fürchterliche Kraft, und es ist unbeschreiblich kalt. Und die, die an Land trieben, wurden an den Klippen zerschmettert.

Die Lotsen, ja. Aber als sie da draußen im Einsatz waren, hatten sie andere an ihrer Seite, die ihnen halfen, so viel weiß ich. Es muss so gewesen sein, denn ich habe es selbst oft genug erlebt.

Neunzehntes Kapitel

Oft kann der Mensch bis zu seinem Tod auf eigenen Beinen gehen, aber dann ist es vorbei. Dann muss er gehoben, bewegt und getragen werden. Es werden über seinen Kopf hinweg Dinge besprochen und grundlegende Entscheidungen getroffen. Ein Arzt muss den Leichnam untersuchen und die Todesursache feststellen, Tod durch Ertrinken oder durch Unterkühlung. Die Behörden erteilen Doktor Gyllen, äh, Hebamme Irina Gyllen eine Ausnahmegenehmigung dafür, so lässt sich das ohne zusätzliche Kosten günstig regeln. Der örtliche Polizist, Julius Friman, ist als Zeuge und Protokollant anwesend. Bei den herrschenden Temperaturen keine schwere Aufgabe, der Matrose sieht noch immer so aus, als sei er gerade erst ertrunken, er ist sauber gewaschen und riecht nicht.

Auf den Örar werden Tote bis zur Beerdigung in einem Schuppen auf dem heimatlichen Hof aufbewahrt. Ertrunkene Seeleute bringt man aus alter Tradition in den Bootsschuppen des Pfarrhofs. Die Küstenwache bringt ihn dorthin. Wie sich herausstellt, sind dort noch Bohlen und Böcke für einen solchen Anlass untergestellt. Zum Glück hat der Pastor sie noch nicht zu Feuerholz für die Sauna klein gesägt. Schreiner Österberg aus den östlichen Dörfern liefert mit dem Boot einen glatt gehobelten Sarg an. Die Pfarrersfrau schlägt ihn mit den weißen Papiergardinen aus dem

Krieg aus, die noch auf dem Dachboden lagen, und opfert ein Kissen. Der Pfarrer und der Küster heben den Matrosen, unter dem unerwartet schweren Gewicht wankend, in den Sarg. Sie decken ihn mit der Papierdecke zu, und der Pfarrer spricht einen Segen. Zusammen mit dem Küster singt er: »In deine Gnade, o Vater mein, befehl ich meine Seele rein, und nimm, o Herr, du all mein Gut in deine gütige Obhut.«

Dann liegt er da und wartet auf den Sonntag, denn der Pfarrer weiß, dass viele Interesse an der Beisetzung haben und so einen anständigen Grund für ihre Teilnahme bekommen. Und es ist nur recht, dass der Mann, der einsam im wütenden Sturm umkam, auf diese Weise in die Gemeinschaft einer großen Gemeinde aufgenommen wird.

Während er wartet, kämpft der Küster damit, in der kalten, steinigen Erde ein Grab auszuheben. Der Pfarrhofpächter hilft ihm gegen Bezahlung dabei, und der Pfarrer ebenfalls, wenn er zwischen all den Telefonaten dazu kommt. Es muss vieles geregelt und erledigt werden. Das Portemonnaie des Ertrunkenen wird an die amerikanische Botschaft übersandt, und man identifiziert ihn als Eric Alexander Cain aus Brooklyn. Ein Schwedisch sprechender Angestellter der Botschaft ruft an und will Einzelheiten der Beerdigung erörtern: Der Tote war Baptist, aber die Baptisten stehen der lutherischen Kirche nah, und von daher ist eine Bestattung nach hiesigem Ritus kein Problem. Rrring, kurbelt er ab, ruft aber am Nachmittag gleich wieder an: Er habe sich bei der Baptistengemeinde in Helsingfors erkundigt, für deren Pfarrer wäre es jedoch eine weite Anreise, darum habe der keine Einwände gegen Pastor Kummel, sofern er sich bereit erkläre. »Selbstverständlich«, bekräftigt er ein zweites Mal sein Einverständnis, und rrring, wird abgekurbelt. Am nächsten Tag ruft der Botschaftsmitarbeiter wieder an und erkundigt sich wegen der Kostenübernahme. Der Pfarrer erklärt, es sei bei ihnen Sitte, dass im Fall von Ortsfremden die Gemeinde für die relativ bescheidenen Kosten aufkomme. Er teilt mit, das Opfer sei inzwischen eingesargt und was der Sarg kostet, und der Angestellte sagt, die Botschaft komme selbstverständlich für alle Unkosten auf, die mit Rechnungen belegt werden könnten. Der Pfarrer bedankt sich, und, rrring, kurbeln sie ab. Sirr, da ist er wieder, diesmal geht es um eventuelle letzte Blumengrüße. Der Pfarrer erklärt, Blumen müssten von Åbo verschickt werden und würden die lange Überfahrt von Mellom nach Örar im offenen Boot nicht überstehen. Was man tun könnte, und darin pflichte ihm seine Frau bei, sei, Kränze aus Wacholderreisern zu flechten. Dunkelblau gefrorene Wacholderbeeren säßen noch an den Zweigen, und um den Kränzen etwas mehr Farbe zu geben, würde sie Zweige mit roten Hagebutten pflücken und als Dekoration einstecken. »Das sieht hübsch und würdig aus«, versichert der Pfarrer, und der Botschaftsmitarbeiter hört sich beeindruckt, aber auch leicht befremdet an, als ob er mit einem Eskimo telefonieren würde. »Das sieht bestimmt gut aus«, versichert er und stellt in Aussicht, mit dem Donnerstagboot von Åbo einen Kranz aus Fichtenreisig mit einer Schleife von der Botschaft zu schicken.

»Danke«, sagt der Pfarrer.

Rrring.

Freitagmorgen schleppt Post-Anton mit einem riesigen Kranz an, verziert mit roten Papierblumen, einer Schleife mit Goldlettern, einem kleinen Sternenbanner und einer großen Rosette in den amerikanischen Farben und einem US-Adler darauf. Monas Kränze von der Gemeinde sind kleiner, zusammen bilden sie aber ein schönes Arrangement auf dem Sarg und dann auf dem Grab. Die Herren vom Kirchenvorstand tragen den Sarg. Nach ortsüblichem Brauch stellen sie ihn auf dem Leichenstein vor dem Tor ab. Die Glocken läuten, und die Gemeinde geleitet den Sarg singend zum Grab. Der Pfarrer nimmt die Aussegnung vor. Bei schneidendem Wind, Minusgraden und zunehmendem Eis in den Buchten sagt er ein paar Worte über den Seemann aus dem großen Amerika, der bei einem Sturm im kalten Norden den Tod gefunden habe. Einsam, ein Fremder, jetzt aber hier in die weltumspannende Gemeinschaft der Christenheit aufgenommen. Den Leib würden sie jetzt in die kalte Erde bestatten, die Seele aber ruhe bei Jesu Herz.

So viel zu Eric Alexander Cain und seinem Ende, glaubt man. Doch einen Monat später trifft via amerikanische Botschaft ein schön blauer und an »Rev. Peter Kummel« adressierter Luftpostbrief ein. Aus dem Umschlag flattern fünfundzwanzig Dollar. Der Pfarrer sieht, dass der Brief von einer Mrs Inez Cain, der Mutter Eric Alexanders, geschrieben wurde, mehr nicht. Er hat nur Finnisch und Deutsch und im Studium ein wenig Latein und Französisch und zusätzlich Altgriechisch und Hebräisch gelernt, aber kein Englisch, und muss seinen Vater um Übersetzungshilfe bitten. Vater Kummel ist ganz in seinem Element, und die Übersetzung kommt postwendend. Der Brief ist gut geschrieben und wohlformuliert. Mrs Cain bedankt sich bei Pastor Kummel dafür, dass er ihrem Sohn ein christliches Begräbnis angedeihen ließ. Es würde ihr in ihrer tiefen Trauer Trost spenden, wenn sie etwas mehr über die Beisetzung und das Grab erfahren dürfte. Zu seiner Pflege habe sie die fünfundzwanzig Dollar beigelegt, die hoffentlich zu diesem Zweck Verwendung fänden.

Der Pfarrer ist beschämt. Aus zwei Gründen schämt er sich zutiefst. Zum Ersten dafür, dass er nicht von sich aus einen kurzen Brief aufgesetzt und ihr von der Beerdigung und dem Grab, in dem ihr Sohn liegt, geschrieben hat. Und zum Zweiten, viel mehr noch, weil er unbewusst davon ausgegangen ist, dass der Matrose aus einem Milieu stammt, in dem man auf Baumwollplantagen Sklavenarbeit verrichtet und weder lesen noch schreiben kann. Wie konnte er bloß so gedankenlos und voller Vorurteile sein? Welchen Grund hat diese Frau mit der schönen Handschrift und dem freundlichen Text, darauf zu vertrauen, dass er ihr Geld bestmöglich verwenden wird?

Der Brief geht schnell zurück an Vater Leonard, mit klaren Anweisungen, was er in die Antwort aufnehmen soll. 1.) Ein herzliches Dankeschön für den freundlichen Brief. 2.) Tiefe Anteilnahme am tragischen, vorzeitigen Tod des Sohnes. 3.) Schilderung des Einsargens und der Beisetzung. 4.) Die Versicherung, dass sich des Pfarrers Frau im kommenden Frühling persönlich um das Bepflanzen des Grabes kümmern wird, samt einem Dank für die Geldspende, die für ein Grabkreuz mit graviertem Namensschild verwendet werden wird. 5.) Schlusswort über Jesu Versprechen, das den Tod überwindet.

Falls er wirklich geglaubt haben sollte, sein Vater würde den Anweisungen folgen, wird ihm diese Illusion bald genommen. Immerhin war Petter vorsichtig genug, dafür zu sorgen, dass der Brief ihm zwecks Unterschrift erst noch einmal zugeleitet wird, sonst hätte Papa Leonard ihn selbstzufrieden direkt nach Amerika geschickt. So aber landet das dicht beschriebene und furchtbar lange Antwortschreiben bei Petter. Auch ohne Englischkenntnisse ist leicht zu erkennen, dass sein Entwurf mitnichten ausgeführt wurde. Der Vater beginnt das Schreiben mit vier Seiten über die Negersklaverei, als deren entschiedener Gegner er sich ausspricht. Darauf folgen drei Seiten über seine eigenen schweren Jahre als Auswanderer in Amerika. Anschließend schreibt er über das Klima in diesem Teil der Welt, das ihm Rheuma und ramponierte Nerven eingetragen hat, und danach ist (endlich) auch Platz für Mrs Cains Sohn. Auf der letzten Seite, als er die Lust verloren hatte, hat er noch rasch ein paar Zeilen über die Beerdigung, die geplante Grabbepflanzung und christliche Erlösungshoffnung hingeschludert.

Papa! Warum geht das so? Jedes Mal, wenn Petter seinem Vater gegenüber etwas Wohlwollen aufbringt, stellt sich das als trügerisches Gefühl heraus. Wie soll man einen notorisch unüberlegten Vater respektieren können? Der einfach drauflosgeht, dem Ausgewogenheit und jeglicher Sinn für Proportionen fehlt. Wie üblich ist Petter nach diesem Umweg über seinen Vater bitter enttäuscht, der ihm nicht einmal mit einem schlichten Brief auf Englisch helfen kann, auf dessen Kenntnis er so stolz ist. Auf den Örar gibt es sonst niemanden, der ihm helfen könnte. Ein paar der Älteren sind als Handwerker in Amerika gewesen, sie haben aber nur mündliche und ganz auf praktische Dinge beschränkte Englischkenntnisse, und er möchte sie nicht in die Verlegenheit bringen, sie um einen Gefallen zu bitten, den sie ihm nicht tun können. Ihm selbst fällt es kindisch schwer, zuzugeben, dass er kein Englisch kann, und er lässt Wochen verstreichen, in denen er sich aus mehreren Gründen schämt, bevor er tut, was er von Anfang an hätte tun sollen: Er setzt sich hin, schreibt einen anständigen Brief und schickt ihn mit der Bitte um Übersetzung an den Kontaktmann in der amerikanischen Botschaft.

Zu dem Zeitpunkt muss er längst an vieles andere denken. Mona, die er immer für gesünder und stärker als sich selbst gehalten hat, hat sich eine Arthritis zugezogen und Medikamente und Bettruhe verordnet bekommen und – für sie das Allerschlimmste – vier Wochen lang vollständige Untätigkeit. Einmal mehr haben sie allen Grund, sich bei Doktor Gyllen zu bedanken, die die Entzündung diagnostiziert hat, und bei der Kommune, deren neu eingerichteter Heimpflegedienst es ermöglicht, eine Haushaltshilfe für die Kinder und für die Stallarbeit zu bekommen.

Doktor Gyllen schaffte es, Mona so weit einen Schrecken einzujagen, dass sie einsieht, die Entzündung wirklich ausheilen zu müssen, wenn sie nicht als Invalide mit chronischen Schmerzen enden will. Mona kennt aus ihrem Heimatort genügend Beispiele, um auf die Ärztin zu hören, und so liegt sie jetzt dick eingepackt und so gut gegen Zugluft geschützt, wie es in dem zugigen Pfarrhaus möglich ist, im Bett, Wollhandschuhe, so weit es geht, die Arme hinaufgezogen, und Wolle auch über dem Flanellunterhemd, das sie direkt am Leib trägt. Ihre Gelenke sind geschwollen und schmerzen, aber die Entzündung befindet sich in einem so akuten Stadium, dass sie mit absoluter Ruhe zum Abschwellen gebracht werden kann.

Petter hat heftige Schuldgefühle bei dem Gedanken, dass er seine Frau in dieses Kälteloch, in diese Brutstätte des Windes auf Erden verschleppt und damit vielleicht für alle Zukunft ihre Gesundheit ruiniert hat.

»Ist die Kälte die Ursache?«, erkundigt er sich am Boden zerstört.

Nicht unbedingt, glaubt Doktor Gyllen. Es ist schwer zu erklären, warum nur bestimmte Menschen in einer Gruppe, die unter identischen Bedingungen lebt, von einer Krankheit getroffen werden. Es scheint so, als müssten mehrere Ursachen zusammenkommen, damit eine Krankheit ausbricht. Sie spekuliert nur, aber während ihrer langen Praxiszeit in Leningrad hat sie beobachtet, dass, wenn Frauen im Alter der Pfarrersgattin von akutem Gelenkrheuma befallen wurden, das nicht selten kurz nach einer Schwangerschaft auftrat. Fast so, als ob die Veränderungen im Körper ihn für diese Art von Erkrankung anfälliger machten. Bevor er nachfragen kann, kommt sie ihm zuvor: »Unter den Bedingungen, die ich der Patientin verordnet habe, ist ein großer Prozentsatz der betroffenen Fälle wieder vollständig gesund geworden.«

Das findet Mona höchst interessant, denn sie hat in dieser Arthritis schon eine Strafe dafür gesehen, dass sie sich nicht warm genug angezogen hat. Das hat sie in der Tat nicht, und darum bedeuten die Aussagen der Ärztin einen großen Trost. Mona nimmt sich vor, ihre Anweisungen bis aufs i-Tüpfelchen zu befolgen, auch wenn die Untätigkeit sie die Wände hochtreiben könnte. Sie darf keine Handarbeiten machen und die Handgelenke nicht einmal dadurch belasten, dass sie für längere Zeit ein Buch oder eine Zeitung hält.

Vier Wochen! Kaum vorstellbar, dass man es so lange aushalten kann, wo es doch so viel zu tun gibt. Vier Wochen lang werden sie Schwester Hanna nicht behalten können, und sie möchte auch am liebsten selbst den Haushalt, die Kinder und die Kühe versorgen, Milch separieren, Butter schlagen, Strümpfe stricken, Briefe schreiben und aufs Klo gehen. Vorerst muss sie ihre Bedürfnisse auf einem Toilettenstuhl im Schlafzimmer verrichten, und andere tragen anschließend den Topf nach draußen.

Die Pfarrersfrau versucht so lange Radio zu hören, wie sie das Rauschen und Knistern ertragen kann. So oft wie möglich kommt Petter und erzählt ihr, womit er beschäftigt ist, und wenn die Post kommt, darf sie sie lesen, wenn sie behutsam umblättert. Der Pfarrer ist in Eile, denn neben allen Amtspflichten muss er sich nun auch um viele praktische Dinge kümmern. Mona hat sie dermaßen effektiv erledigt, dass er sie kaum bemerkt hat, jetzt aber hat er mehr als genug zu tun. Schwester Hanna ist vollauf beschäftigt, und er versucht sie zu entlasten, so gut er kann, schleppt Wasser und Feuerholz, heizt die Kachelöfen und begleitet sie oft in den Stall, um ihr beim Ausmisten und Füttern zu helfen. Abends liegen die Eheleute im Bett und unterhalten sich im Dunkeln. Diese Gespräche sind Monas großer Trost und die Stütze, an der sie sich von einem Tag zum anderen hangelt. Seine Stimme, die Hand, die ihre hält, und der Daumen, der ihre Handfläche massiert, der Trost der Worte.

Sanna sitzt natürlich oft auf ihrer Bettkante oder läuft im Zimmer umher und redet sehr vernünftig. Jetzt, wo sie begriffen hat, dass die Mama sich nicht um die kleine Schwester kümmern kann, hat sie angefangen, das Baby zu mögen. Schwester Hanna legt es der Mutter in den Arm, wenn es essen soll, aber Mama darf es nicht heben und nicht wickeln. Auf dem Fußboden ist es so kalt, dass es die meiste Zeit im Gitterbettchen sitzen muss. Da würde es wie ein Tier im Käfig leben, wenn Sanna ihm nicht Gesellschaft leistete. Sobald sie das Schlafzimmer betritt, stößt Lillus Freudentöne aus, und wenn sie erst einmal so aufgelegt ist, findet sie alles lustig, was Sanna anstellt.

Sanna unterhält sich auch mit Schwester Hanna, die in der Küche ihre Arbeit erledigt. Wenn sie es schafft, kommt sie und bespricht mit der Pfarrersfrau, was sie wie tun soll, wo dies oder jenes zu finden ist. Aber sie reden auch über vieles andere, welche schrecklichen Krankheiten Menschen auf den Örar befallen haben, dass ganze Scharen von Kindern zu Halbwaisen wurden, ein hilfloser Vater mit der ganzen Rasselbande allein zurückblieb, das Vieh im Stall, und keine Chance, allein mit allem fertigzuwerden. Hilfsbedürftigkeit gibt es immer, aber wie schwer ist es gewesen, im Gemeinderat den Beschluss über die Anstellung einer Gemeindeschwester durchzubringen. Mit großer Betroffenheit und mit Bitterkeit erinnert sich Schwester Hanna daran, und Sanna hört gut zu.

»Es ist schlimm, wenn die, in deren Hand unser Schicksal liegt, kein Mitgefühl mit Mitmenschen haben, die in Not geraten sind.«

Atemlos hören Mama und Sanna zu, während Schwester Hanna erzählt. Ein ums andere Mal wurde abgestimmt, sie benennt alle, die dagegen gestimmt haben, und sie betont, dass es erst so weit war, als der Kantor neuer Vorsitzender geworden war und seine Kohorten überredet und dann mit seiner Stimme den Ausschlag zugunsten des Dienstes gegeben hat. Mama und Sanna atmen auf und jubeln, denn der Kantor ist ihr Idol, und die Unentbehrlichkeit von Schwester Hanna können sie beide bezeugen. Im Raum entsteht eine Atmosphäre gegenseitiger Sympathie und Achtung. Mona, der es immer schwergefallen ist, Hilfe anzunehmen, kann sie nun leichter akzeptieren, weil Schwester Hanna immer wieder versichert, wie gern sie auf dem Pfarrhof ist und wie gut es ihr in der Predigerkammer gefällt.

Möge jetzt bloß nirgendwo eine Hausfrau plötzlich krank werden oder sterben! Für den Moment ist auf dem Pfarrhof alles bestens bestellt, aber was wird in Zukunft? Ist er unbedacht und egoistisch gewesen, als er sich nach Örar beworben hat, fragt sich Petter. Die Lage stellt sich ganz anders dar, falls Mona das Klima und das kalte, zugige Pfarrhaus nicht vertragen sollte. Wäre es richtig von ihm, darauf zu beharren, dass sie auf Örar bleiben, wenn er dadurch die Gesundheit seiner geliebten Frau aufs Spiel setzt? Als er mit dem Bischof gesprochen hat, zeigte der Wohlwollen und großes Verständnis und deutete an, dass ein Pfarrer von Petters Kaliber gute Arbeit in einer bedeutend größeren Gemeinde leisten könne. Darauf hat er natürlich geantwortet, dass er sich eindeutig nach Örar berufen fühle, aber wenn diese Berufung bedeutet, dass er dafür die Gesundheit seiner Frau opfern müsste, wäre es an der Zeit, das Ganze zu überdenken.

So sagt er abends im Dunkel des Schlafzimmers. Nach nur zwei Wochen sind Monas Schwellungen zurückgegangen, und die Schmerzen haben etwas nachgelassen, und sie ist guter Stimmung.

»Ach«, sagt sie, »jetzt übereil die Dinge nicht wieder! Wir warten ab und gucken, wie es in einem Monat aussieht. Deine Ernennung kommt frühestens im Frühjahr, also haben wir noch Zeit. Doktor Gyllen hat doch gesagt, dass es nicht notwendigerweise an der Kälte liegen muss. Wenn ich gesund werde, möchte ich da leben, wo du dich wohlfühlst. So einfach ist das. Es bringt doch nichts, Energie auf lauter überflüssige Grübeleien zu verschwenden!«

»Sag das nicht bloß meinetwegen«, bittet er.

»Meinetwegen doch auch, du Dummkopf. Du bist ein viel netterer Mensch geworden, seit wir hierhergekommen sind. Und wo sonst könnte ich eigene Kühe halten? Vergiss nicht, dass es mir hier auch gut geht!«

Auch wenn die Einwohner auf den Örar Monas Rivalen sind, was Petters Zeit, Gunst und Engagement angeht, kann sie nicht bestreiten, dass auch sie von ihnen angezogen wird. Sie ist mit den Leuten nicht so bekannt wie Petter, aber die, die sie kennenlernt, gefallen selbst ihr, obwohl sie sehr viel wählerischer ist. Sie ist davon ausgegangen, dass sie den größten Teil ihrer Zwangspause mit dem Radio und Sannas Geplapper als einziger Zerstreuung verbringen müsste, aber wie sich zeigt, kommen viele, die auf der Kirchinsel zu tun haben, auf einen Sprung zu ihr hinein. Ohne Umstände setzen sie sich an ihr Bett und plaudern ein Stündchen, so selbstverständlich wie eine Königin im 18. Jahrhundert Untertanen im Bett empfing. Anschließend bekommen sie im Esszimmer Kaffee und können ihr Anliegen mit dem Pfarrer besprechen. Das Schönste ist natürlich, wenn der stattliche und galante Kantor mit seinem warmen Lächeln hereinschaut: »Wie geht es unserer Patientin heute? Alles bestens? Und die jungen Damen?« Er blickt Lillus in ihrem Bettchen an und Sanna, die auf der Schwelle steht und ihn anhimmelt.

»Setz dich einen Augenblick, wenn du Zeit hast, und erzähl mir, wie es in der Welt aussieht«, sagt die Mutter.

Klug, wie er ist, berichtet er zunächst von seinen Stallungen, wo er fünf Kühe und mehrere Kälber stehen hat, ein Pferd, neun Mutterschafe und einen Bock, stets von großem Interesse für die Pfarrersfrau. Dann vom neuen Zerwürfnis im Gemeinderat über den Etat für die Schulbibliothek in der östlichen Siedlung, die einige Stunden in der Woche geöffnet ist. Die Opposition ist kurzsichtig, kulturell zurückgeblieben und beschränkt, weil sie nicht die allgemeinbildende, um nicht zu sagen für das Gemeinwohl wichtige Bedeutung des Lesens einsieht. Dann kommt das Thema winterlicher Verkehr an die Reihe, der dieses Jahr ganz leidlich funktioniert, auch wenn Anton eine mühsame Zeit hat. Ganz am Ende, auf gezielte Nachfrage, etwas über Francine.

Ja, das Kind ist schwerbehindert zur Welt gekommen. Das hat Doktor Gyllen festgestellt, und das Krankenhaus in Åbo hat es bestätigt. Dazu kommt ein angeborener Herzfehler. Es war ganz blau aufgrund mangelnder Sauerstoffversorgung. Ehrlich gesagt wäre es das Beste, wenn es nicht am Leben bliebe. Das arme Kind, die ärmste Francine! Traurig und mitgenommen natürlich. Zum Glück haben sie ja seine Mutter im Haus. Was würden sie nur ohne sie anfangen? So läuft das Praktische ganz reibungslos, aber mit Francine ist es traurig. Traurig auch für die Mädchen, denen er Vater und Mutter zu sein sucht. Nicht einfach, wo er doch so häufig abwesend sein muss. Das erinnert ihn, so angenehm es auch ist, hier zu sitzen und zu plaudern, dass er sich auf die Jagd nach dem Pastor begeben und mit ihm das bevorstehende Treffen des Kirchenvorstands besprechen und sich dann auf den Heimweg machen muss. Danke und auf Wiedersehen! Und gute Besserung!

Ja, so ganz besonders und schön die Örar-Inseln schon für sich genommen sind, die Menschen sind doch der wichtigste Grund, aus dem man bleiben möchte. Mona sagt nichts, weil sie nichts beschreien will, aber sie fühlt sich zunehmend besser und brennt darauf, endlich all die Arbeiten des Frühjahrs anzugehen. Es wird ihr dritter Frühling auf Örar, und sie haben schon eine ganze Menge zuwege gebracht. Im Stall steht es gut, sie haben die Anbaufläche erweitert, was sie angepflanzt haben, wird eine Augenweide sein, wenn es so weit ist, die Zäune sind repariert, und sie haben Geld für ein Pferd und einen Bootsmotor zurückgelegt. Es bräuchte schon eine Katastrophe, um all das aufzugeben.

Zwanzigstes Kapitel

Als sich die Pfarrersfrau für die Amtseinführung ihres Mannes umziehen will, passen ihre Arme nicht mehr in das kleine schwarze Wollkleid, mit dem sie an seiner Ordination teilgenommen hat. Sie ist nicht etwa dicker geworden, vielmehr hat sie durch die harte Arbeit auf Örar an Muskeln zugelegt. Die Jungmädchenzeit ist vorbei, und sie muss lachen. »Guck dir das an!«, sagt sie zu Petter. »Kein Saum mehr zum Rauslassen, und sowieso hätte ich keine Zeit, jetzt noch das Kleid zu ändern.« Sie klingt erstaunlich fidel dafür, denkt er, und in der Tat setzt sich die Pfarrersfrau gar nicht so ungern über das ungeschriebene Gesetz hinweg, das von Frauen, die mit der Kirche liiert sind, zu feierlichen Anlässen Schwarz, Schwarz, Schwarz verlangt. Ein schwarzes Wollkleid ist keine Empfehlung für diese Pfarrersfrau, die wie ein Reh von einer Tätigkeit zur nächsten springt. Leider bleibt ihr stattdessen gar nichts anderes übrig, als das neue Sommerkleid zu tragen, das in einem Paket aus Amerika gekommen ist, gut geschnitten, hübscher Kragen, Blusenärmel und weiter Rock. Wie ein frischer Traum im Vergleich zu dem schwarzen und schön blau und violett gemustert. Zum allerersten Mal erscheint eine solche Kreation bei der Amtseinführung eines Pfarrers in der ersten Bankreihe. Petters Verlobungsgeschenk um den Hals, die Haare frisch aufgedreht und frisiert, klar zum Gefecht!

»Wie schön du bist!«, sagt der Pfarrer, obwohl er weiß, dass sie mit einem Ach antworten wird. Der designierte Gemeindepfarrer selbst erscheint wie immer im Talar. Möglicherweise ist der mit ihm gewachsen, denn er trägt ihn seit seiner Ordination unbeirrbar jeden Sonntag. Sicher sitzt er inzwischen stramm wie eine Rüstung, aber die Nähte halten. Er muss einfach zusehen, nicht noch kräftiger zu werden. An einem Tag wie diesem ist es darin heiß wie in der Dschehenna, aber er hat sich fest vorgenommen, an den wenigen Tagen, an denen es auf diesen windgepeitschten Inseln warm ist, keinesfalls über die Hitze zu klagen. Und es ist ja auch wirklich gut, an einem Tag wie diesem schönes Wetter zu haben, wo die Kirchinsel den ganzen Tag über von Menschen bevölkert sein wird.

Was hätten sie gemacht, wenn es geregnet hätte? Nach dem Gottesdienst gibt es Kaffee für mindestens vierhundert Teilnehmer, und nach dem Programm unter freiem Himmel mit Reden und Gesang gibt es für die von weit her angereisten Gäste eine warme Mahlzeit: Kartoffeln mit gebackenem Hecht und Meerrettichsoße sowie mehreren Quadratmetern Salat, den die Pfarrersfrau im eigenen Garten gezogen hat, zart und knackig, mit einer Soße aus Eiern und Sahne mit etwas Zucker, Salz und Essig. Das berühmte lokale Schwarzbrot und selbst gebackenes Weizenbrot, hausgemachte Butter, Milch und gut gebrautes Malzbier. Eine åländische Spezialität, Pflaumenkompott mit Schlagsahne, zum Nachtisch. Es gibt natürlich Hilfe in der Küche, aber unter dem wachenden Auge der Pfarrersfrau. Tassen, Teller, Geschirr und Besteck körbeweise geliehen von der Martha-Vereinigung und den Jugendvereinen. All das verteilt sich über Küche und Esszimmer, allein das große Wohnzimmer, der Salon, bleibt ausgenommen. Da soll den angereisten Würdenträgern ein kräftiges Frühstück mit Hafergrütze und Käsebroten, Kaffee und Tee serviert werden, damit sie den langen Amtseinführungsgottesdienst überstehen.

Es ist wie ein königlicher Besuch: Zuerst kommen Bischof und Frau und der Assessor in einem schnellen Boot der Küstenwache von Åboland. Viele Bewohner der Inseln sind bereits da, stehen auf dem Glockenturmfelsen und halten Ausschau. Als das Schiff mit schäumender Bugwelle in Sicht kommt, wird ein Eilbote zum Pfarrhaus geschickt, von wo sich der zu installierende Gemeindepfarrer und seine Frau auf den Weg zum Kirchensteg begeben und dort lächelnd die Gäste begrüßen. Willkommen, willkommen, danke, danke! Die Männer von der Küstenwache stehen wie Adjutanten bereit, um dem Bischof in Doktorhut, Talar und mit Bischofsstab, seiner Frau und dem Herrn Assessor beim Gang an Land eine helfende Hand zu leihen. Händeschütteln und auf beiden Seiten große Freude über das Wetter, das Wiedersehen und den Tag selbst mit allem, was er für das geistliche Leben im äußeren Schärengürtel bedeutet.

»Oh, wie schön es hier ist! Unbeschreiblich schön!«

Die Herren gehen ein Stück voraus, von Äppla und Goda beäugt, deren Aufmerksamkeit sich dann aber auf die Pfarrersfrau verlagert, doch die bleibt nicht stehen und tätschelt sie, sondern gibt der Frau des Bischofs Auskunft: »Ja, das sind unsere eigenen, um die kümmere ich mich selbst. Ohne eigene Kühe wäre es mit der Versorgung hier draußen schwierig.«

Nachdem die Herrschaften aus dem Osten im Salon platziert sind, kommt ein Bote und meldet ein Schiff von Westen. »Ein Rieseneimer. Verzeihung! Das größte Küstenwachschiff von Åland, von der Basis auf Storkubb, ein richtiger Zerstörer. Macht dreizehn Knoten. Dreht auf da draußen wie der Teufel, Verzeihung.«

Der Pfarrer wäre gern mit oben auf dem Felsen und würde zusehen, wie die Gesellschaft aus Mariehamn herangeflogen kommt: der Landrat und der Propst nebst Gemahlinnen, Journalisten, der Pfarrer von Föglö und, auf Mellom aufgesammelt, Fredrik Berg und seine Frau, aber er muss heute eine würdevollere Rolle spielen, und unter Entschuldigungen lassen er und seine Frau die Frühstücksgesellschaft im Salon zurück und nehmen die neuen Gäste am Anleger in Empfang. Die sind von überwältigender Herzlichkeit, und der Landrat unterhält sich entzückt mit der kleinen Pfarrersfrau, während der Propst erste Bekanntschaft mit seinem jungen Amtsbruder macht, in der Tat eine angenehme Begegnung. Äppla und Goda stehen nachdenklich in einer Wolke von Fliegen, und draußen auf der Bucht nimmt das Tuckern von Motorbooten zu. Die Gemeinde begibt sich frühzeitig zur Kirche, um Plätze zu bekommen. Cecilia hütet Sanna und Lillus in beruhigendem Abstand, aber doch so, dass sie die vielen Menschen sehen können. Sanna ist tief beleidigt, dass sie bei der Zeremonie nicht dabei sein darf, obwohl sie doch versprochen hat, leise und brav zu sein. Sie könnte doch zwischen Oma und Opa sitzen und Lillus draußen bei Cecilia bleiben. Wie alle Argumentationen von Sanna ist auch diese gut überlegt und vernünftig, aber Mama hat anders entschieden, und so wird's dann auch gemacht.

Darum darf Sanna also nicht mit ansehen, wie ihr Vater vor dem Altar steht, vom Propst und von den Amtsbrüdern von Föglö und Mellom flankiert, die aus der Bibel lesen und dem niederknienden Papa die Hände auf den Kopf legen. Der Bischof sagt: »Gott hat dir alle zum Geschenk gemacht, die mit dir fahren.« Das bedeutet, dass ihm die Gemeinde auf Örar gehört und er der Gemeinde. Sie darf auch nicht hören, wie der Kantor seine Paradenummer singt, »Es ist ein köstlich Ding, dem Herrn danken«, wobei er sich mit einer Hand auf der Orgel begleitet. Doch als endlich alle aus der Kirche kommen, wird es unterhaltsamer. Cecilia, Sanna und Lillus gehen auf den Dachboden, und als Cecilia das Fenster öffnet, haben sie einen guten Blick und können hören, worüber die Leute sprechen.

Drinnen in der Kirche muss es gut gegangen sein, denn alle sind fröhlich und unterhalten sich lebhaft. Die Gemeindemitglieder kommen zuerst ins Freie, da stellen sie sich auf, warten und bilden dann eine Gasse, damit Papa den Bischof zur Kaffeetafel vor dem Pfarrhaus lotsen kann. Die Honoratioren und Gäste, Großvater und Großmutter und Mama folgen ihnen. Als sie den Tisch erreicht, inspiziert sie alles mit scharfem Blick und eilt dann rasch und, wie sie hofft, unbemerkt in die Küche. Mehrere Kaffeeköchinnen stehen bereit. Freudig und großzügig schenken sie dem Bischof und seiner Frau ein und wünschen guten Appetit. Es gibt Berge von belegten Broten, und noch mehr werden auf Tabletts nach draußen getragen. Nachdem das Bischofspaar Platz genommen hat, dürfen sich auch die Gemeindemitglieder bedienen. Für die Älteren sind Bohlen auf Böcke gelegt, damit sie sich setzen können, die Jüngeren setzen sich auf Felsblöcke oder ins Gras. Das sieht aus, meint Cecilia zu Sanna, wie als sich das Volk Israel in der Wüste lagerte und Manna vom Himmel regnete. »Kaffee und Brote«, übersetzt Sanna, und Cecilia huscht nach unten in die Küche und kommt mit Broten und Saft wieder nach oben. Lillus ist zum Glück eingeschlafen, Cecilia und Sanna stellen sich ans Fenster, trinken Saft und futtern, während das Volk Israel da unten lärmt und schwatzt.

Nach dem Essen tritt der Kirchenchor auf. Er muss einen Augenblick warten, bis das Pfarrerspaar herbeigeeilt ist, dann legt er sich mit aller Kraft ins Zeug. Mit »Helle Wolken segeln« geht es los, und wer befürchtete, die Stimmen könnten vom Wind verblasen werden, kann beruhigt sein. Es folgen die Kirchenlieder »Groß ist Gottes Gnade« und »Denk, wenn einmal«, und im Anschluss postiert sich der Bischof oben auf der obersten Treppenstufe, damit man ihn hören kann. Auf den Örar, wo man etwas von Redekunst versteht, wird anerkennend registriert, dass er laut genug spricht, um verstanden zu werden, wohingegen der Inhalt seiner Ansprache, wenn man ehrlich sein soll, ein wenig zu allgemein gehalten ist und von jedem x-beliebigen Prediger stammen könnte, es geht um christliche Erziehung und die Bedeutung der Gottesfürchtigkeit auf allen Ebenen, obwohl die Versammlung lieber gehört hätte, was er von den Örar und dem fantastischen Wetter hält und ob ihm vielleicht ein bisschen schwindelig geworden ist, als die Küstenwache volle Fahrt voraus machte.

Der magere Assessor tut es seinem Bischof gleich und stellt ebenfalls eine Betrachtung darüber an, dass man sich nirgends vor dem lebendigen Gott verstecken könne. Das ist ja gut und schön, und man kann sich auch der Überzeugung anschließen, dass die große Masse der Menschen im eisernen Griff der Sünde auf einem verderblichen Pfad wandelt, aber eine kleine Bemerkung zu den Örar und wie man hier, zumindest an diesem Tag, auf dem rechten Weg wandelt, wäre nicht unangebracht gewesen. Der Pfarrer selbst rettet die Situation, indem er nach einer letzten Gesangseinlage des Chors signalisiert, dass es jetzt gut ist. Er bedankt sich bei den Gästen dafür, dass sie durch ihre Anwesenheit und ihren Gesang diesen Tag so festlich und unvergesslich gemacht hätten. »Für heute müssen wir Abschied nehmen, doch hoffe ich, dass wir uns jeden Sonntag wiedersehen. Der Weg zur Kirchinsel kann beschwerlich sein, aber die Kirche erwartet euch mit offenen Armen.«

Das heißt, sie sollen sich trollen, denn das Mittagessen ist nur geladenen Gästen vorbehalten. Zu ihnen gehören Kirchenvorstand und Kirchenrat der Inseln, die übrigen Gemeindemitglieder dürfen sich zum Kirchanleger begeben, wo die Boote in mehreren Reihen vertäut liegen. Nach dem langen Sitzen geht das ganz zügig, und bald hört man das Rattern und laute Knallen, mit dem die Motoren angeworfen werden. Cecilia und die Mädchen gehen mit dem gemeinen Volk zum Steg, und als sie zurückkehren, laufen sie Pfarrer Fredrik Berg über den Weg, der die Vermutung äußert, sie müssten wohl die Töchter des Pastors sein. Cecilia weiß, dass Sanna sich normalerweise versteckt und Lillus losbrüllt, wenn ihnen ein Fremder zu nahe kommt, aber Fredrik Berg hat etwas an sich, vielleicht ist es auch nur, weil er zu Hause so oft als Papas guter Freund erwähnt wird, jedenfalls blicken sie ganz hingerissen zu ihm auf. Als sie zum Haus kommen, sehen Mama und Papa mit ungläubigem Staunen, dass Lillus bei Fredrik auf dem Arm sitzt und strahlt und Sanna ihn an der Hand hält und ohne Punkt und Komma auf ihn einredet.

»Du kommst aber gut an bei Frauen«, sagt der Papa, und Frau Berg, ausnahmsweise ohne Arbeit und auf einem Fest –

in Schwarz, aber sie hat heute von Mona etwas gelernt –, tritt hinzu und meint: »Ja, so hätte er es gern, eine um den Hals, eine an der Hand und eine dritte in Reserve.«

Alle sind guter Stimmung, vielleicht auch erleichtert, weil der offizielle Teil des Programms überstanden ist und sie jetzt ein lockereres Beisammensein mit Freunden und Kollegen erwartet. Auf eine richtige Mahlzeit freuen sie sich, offen gestanden, auch. Auf dem Rasen am Fuß der Treppe wird die lange Tafel gedeckt. Die Sonne scheint, es weht noch immer kein Lüftchen, ein wirklich außergewöhnlich schöner Nachmittag. Es wird geredet und geplauscht, das frischgebackene Gemeindepfarrerspaar strahlt vor Freude, das Meiste hat geklappt wie am Schnürchen. Das Essen ist fertig, man braucht nur noch zuzugreifen.

Dann aber, nachdem sich alle zu Tisch gesetzt und gegessen haben und sich des schönen Tages erfreuen, bricht ein Rednerfest aus, das man so schnell nicht vergessen wird. Cecilia hat die Portionen für die Mädchen mit in ihre Dachkammer genommen, und während Lillus sich erst mit Kartoffelbrei vollstopft und hinterher von oben bis unten mit Pflaumenkompott garniert, stehen Sanna und Cecilia am Fenster und lauschen.

Zuerst spricht der Vater, heißt noch einmal alle willkommen und dankt ihnen, dass sie den Tag zu einem Fest gemacht hätten, besonders wendet er sich mit freundlichen, dankbaren Worten an den Bischof und seine Frau, an den Landeshauptmann mit Frau, an die angereisten Amtsbrüder mit ihren Frauen und an seine Eltern. In erster Linie spricht er von der Kirche und der Gemeinde auf Örar, deren Mitglieder ihm besonders ans Herz gewachsen seien und seine ganz besondere Achtung erworben hätten. »Hier werden wir alt werden«, verspricht er. Er spricht so gut, und alle gucken erfreut und anerkennend. Sanna klatscht eifrig in die Hände. Cecilia findet, sie hätte mit am Tisch sitzen sollen, so klug und verständig, wie sie ist.

Die Rede des Vaters öffnet alle Schleusen, und es brennt ein richtiges Feuerwerk ab: eine Antwortrede des Bischofs, der sich freut, dass die Örar seit unvordenklichen Zeiten endlich wieder einen hauptamtlichen Gemeindepfarrer bekommen haben, einen aufgeweckten, jungen Geistlichen, flammend im Geist und treu im Glauben, und eine Pfarrersfrau, die in allen Wechselfällen des Lebens an seiner Seite stehe. Auf keine schönere Weise als durch ihren Gesang und ihr zahlreiches Erscheinen hätte die Gemeinde zeigen können, wie sie zu dem jungen Pfarrerspaar steht. Es sei eine bedauerliche Tatsache, dass die Örar-Inseln in Landkarten mit knapp bemessenem Kartenausschnitt öfter nicht mehr aufgenommen seien, aber das heutige Fest habe sie auf einen Schlag zu einem zentralen und wertvollen Glied des Bistums gemacht. Er hält kurz inne, wendet sich dann mit einer leichten Verbeugung an den Landeshauptmann und erklärt, er wisse es dankbar zu schätzen, dass auch der Vertreter der Staatsmacht durch sein Erscheinen sein wohlwollendes Interesse an den Angelegenheiten der Kirche bekunde.

Mehr braucht es nicht, damit sich der Landeshauptmann erhebt. Für ihn und seine Frau sei es eine große Ehre, zu dieser Feier eingeladen zu sein, versichert er. Der Tag werde ihnen unvergesslich bleiben. Er habe alte Freunde wiedergetroffen und neue Bekanntschaften geschlossen. Es sei ihm zu Herzen gegangen, die Menschen von den äußeren Schären festlich gekleidet erlebt zu haben: Von einem derartigen Wohlwollen umgeben, könne sich der neue Gemeindepfarrer glücklich schätzen. Es sei ihm eine Freude, die Gelegenheit zu nutzen, um den Gastgebern und den gewählten Vertretern der Gemeinde im Namen der geladenen Gäste für ein in jeder Hinsicht gelungenes Fest zu danken.

Als Nächster ergreift Onkel Isidor das Wort. Er ist nun einmal leicht zu rühren, und so überbringt er mit leicht zitternder Stimme Grüße der ganzen Familie und von Mitgliedern seiner ehemaligen Gemeinde. »Lieber Neffe«, sagt er, da versagt ihm die Stimme, und er setzt noch einmal neu an: »Lieber Neffe, einen so jungen Mann seine Berufung und seinen Platz im Leben finden zu sehen, das schenkt uns allen Zuversicht und Hoffnung für die Zukunft.«

Dann spricht der Assessor und gesteht seine früheren Vorurteile gegenüber den Fischern und Bauern auf den Örar ein, indem er nun bekennt, durch den heutigen Tag ein völlig anderes Bild von den Inseln und ihren Bewohnern bekommen zu haben: Sie seien ja ein lebendiges Gemeinwesen mit intelligenten und aufgeschlossenen Menschen! Der Gesang in der Kirche: beeindruckend, und die Kollekte erst! Diese arme Gemeinde belege tatsächlich den ersten Platz in der Kollektenstatistik von Åland. Was könne man daran ablesen? Nun, dass man dem Pfarrer zu einer solchen Gemeinde gratulieren könne und der Gemeinde zu einem solchen Pfarrer, der ihre besten Seiten zum Vorschein bringe.

Noch immer staunend, nimmt er wieder Platz, und Sannas Idol, Fredrik Berg, erhebt sich, sichtlich in allerbester Stimmung. Für ihn war es ein herrlicher Tag. All die Menschen haben auf ihn gewirkt wie ein Rausch. Er hat mit dem Bischof gesprochen, mit dem Propst, den Landeshauptmann begrüßt und Unterhaltungen mit dem Kantor und mit

Adele Bergman geführt und gemeinsame Angelegenheiten mit dem Pfarrer von Föglö erörtert. Jetzt setzt er sie mit seinem Esprit alle schachmatt. Hier in den äußersten Schären, beginnt er, seien die Verhältnisse derart speziell, dass die besonderen Gegebenheiten besondere Lösungen erforderten und man seine eigenen Entschlüsse treffen müsse. Vor diesem Hintergrund mögen die hohen Herrschaften Nachsicht mit dem Umstand haben, dass man hier in eigener Initiative eine eigene Schärenpropstei gegründet habe, in der kirchliche Angelegenheiten ventiliert und gemeinsame Beschlüsse mittels Telefonkonferenz gefasst würden. In seiner Eigenschaft als Propst dieser illegalen Propstei sei es dem Redner eine besondere Freude, an der Weihe seines geschätzten Amtsbruders zum Gemeindepfarrer teilzunehmen. »Lieber Amtsbruder«, schließt er, »dein Name, Petrus, verpflichtet. Auf den kahlen Felsen der Örar sollst du deine Kirche bauen, und hier sollst du die Schlüssel des Himmelreichs tragen.«

Alle am Tisch applaudieren begeistert, und Sanna oben am Fenster klatscht und klatscht und wünscht sich, dass Onkel Berg ein einziges Mal zum Fenster hochblicken soll, aber das tut er nicht, vielmehr wirft er einen schnellen Blick in die Runde und senkt ihn dann aufs Tischtuch und versucht sich ein Lächeln zu verkneifen. Seine Frau scheint ihn jetzt wieder besser leiden zu können als in den vergangenen Stunden, in denen er sie vollkommen ignoriert hat und sich nicht im Mindesten darum scherte, dass sie kaum jemanden kannte.

Geistliche können gut reden, und es gibt keinen mit Beffchen unter dem Kinn, der sich nicht herausgefordert fühlt, ebenfalls ein paar Worte zu sagen. Der Bischof und der

Propst machen gleichzeitig Anstalten, sich noch einmal zu erheben, doch der Propst muss dem Bischof, der ihm die Worte aus dem Mund nimmt, natürlich den Vortritt lassen. »Die Existenz einer Schärenpropstei ist eine Überraschung für mich«, erklärt er in amtlichem Tonfall, lächelt aber dazu, damit deutlich ist, dass er mit der Würde des Amtes einen Scherz treibt. »Doch nach reiflicher Überlegung bin ich geneigt, ihr meinen Segen zu erteilen. Alles, was den Zusammenhalt fördert, ist auch für unser Bistum förderlich.«

Der Pfarrer von Föglö erkundigt sich, wie er der neuen Propstei beitreten könne, doch Fredrik Berg antwortet streng, dazu müsse er vorher auf die feste Busverbindung mit der Hauptinsel Åland verzichten. Dazu ist der Föglö-Pastor nicht bereit, er möchte aber unbedingt in die Gemeinschaft der Schären aufgenommen werden. Das gibt dem Propst über alle Kirchengemeinden des Archipels endlich Gelegenheit, die neue Propstei galant einzuladen, in Zukunft an den Sitzungen auf der Hauptinsel teilzunehmen, und den neuen Gemeindepfarrer im Namen aller åländischen Kollegen zu grüßen.

Jetzt haben sämtliche Kleriker ihre Reden gehalten, und man darf Vater Leonard dafür bewundern, dass er so lange an sich halten konnte. Petter war natürlich klar, dass sein Vater irgendwann den Mund aufmachen würde, und er lächelt betreten und guckt auf seinen Teller. Papa, keine Dummheiten jetzt, will er sagen, aber Leonard hat schon losgelegt, wie üblich ohne die geringste Vorstellung, was er eigentlich sagen will, aber in vollstem Vertrauen darauf, dass schon etwas Gutes dabei herauskommen wird.

»Lieber Sohn«, beginnt er, »wenn ich, jung und unstet wie ein Rohr im Wind zwischen Skylla und Charybdis meiner Versuchungen kreuzend, gehört hätte, dass mein Ältester einmal Priester und Dorfpfarrer werden sollte, eines Tages vielleicht sogar Propst, dann wäre ich in schallendes Gelächter ausgebrochen. Ich, ein Freidenker, und ein Sohn, der Pfarrer wird! Man darf wirklich behaupten, dass Gottes Wege unergründlich sind. Der Wind des Geistes wehte mein Schiff über verborgene Riffe hinweg in die Bucht, in der deine Mutter auf mich wartete. Ihr, nicht mir selbst, gebe ich die Ehre, dass du zu dem geworden bist, der du heute bist.« Und so weiter, meist über ihn selbst, seine Rastlosigkeit und Unbeständigkeit. Während sein Sohn schon als Kind ruhig, verantwortungsvoll, ein Fels in der Brandung gewesen sei. »Worauf übrigens schon ein anderer Redner heute ganz richtig hingewiesen hat. Vielleicht lässt es sich daher entschuldigen, wenn ein alter Vater sich an einem Tag wie diesem wie ein junger Mann fühlt, der im Vergleich zu einem solchen Sohn noch viel zu lernen hat. Oder wie ein alter Hammel in der Herde, deren Hirt der eigene Sohn ist. Vielleicht soll es so sein, wenn eine Generation von der nächsten abgelöst wird. Demütig und geläutert danken meine Frau und ich heute Gott für unseren Sohn, der uns solche Freude bereitet hat.«

Damit schließt er. Petter nickt freundlich und signalisiert: Danke! Die Gäste applaudieren. »Originell!« – »Fantasievoll«, sagen sie untereinander. Währenddessen konzentriert sich der Kantor auf die Rede, die er im Namen der Einwohnerschaft halten soll. Er ist nervös, fängt mit zu dünner und gespannter Stimme an und bekommt einen Kloß im Hals. Ihm, der sonst so viel Humor hat, fällt es schwer, den leichten Ton zu treffen, der jetzt allgemein an der Tafel herrscht. Er fühlt sich für ihn nach dem Gehabe höherer Herrschaften an, und das lässt ihn ernster reden als eigentlich beabsichtigt. Adele sieht ihn an, sie weiß, wie aufgeregt er sein kann, obwohl er alles so gut hinbekommt.

»Lieber Petter, liebe Mona«, sagt er in seiner normalen Tonlage. »Jung, frisch und unwiderstehlich seid ihr hierhergekommen, direkt in unsere Herzen. Im Anfang haben wir nicht zu hoffen gewagt, dass ihr wirklich vorhabt zu bleiben. Heute getrauen wir uns der Hoffnung Ausdruck zu verleihen, dass wir uns nicht so bald wieder nach einem neuen Pfarrer umsehen müssen. Wir haben einen Seelsorger bekommen, der uns versteht. Ein Mann, der nicht nur theoretisch beschlagen ist, sondern den auch große praktische Kompetenz auszeichnet. In dieser armen, kleinen Gemeinde kann er wirklich etwas vollbringen, wenn Gott will, ein Lebenswerk. Zum Beispiel setzen wir uns dafür ein, eine Brücke zur Kirchinsel zu bauen. Der Grund dazu ist durch die Spende eines freigiebigen Schweden gelegt, und der Pastor hat sich selbst an die Spitze eines freiwilligen Arbeitseinsatzes gestellt, der im Winter beginnen soll. Aber wir benötigen noch mehr Geld. Vielleicht sitzt jemand an diesem Tisch, der uns helfen kann. Derartige Dinge halten einen Pfarrer hier draußen in höchstem Maße in Atem, während er gleichzeitig noch das Wort und die Sakramente verwaltet. Eine überaus wichtige Aufgabe, und wir hoffen, Petter, dass du noch viele Jahre unser Gemeindepfarrer bleibst, und du, Mona, seine unermüdliche kleine Pfarrherrin.«

Er setzt sich, und der alte Küster, längst im Ruhestand, aber an einem Tag wie diesem wieder im Dienst, erhebt sich mit einem breiten Altmännergrinsen und schwört, dass er in seinem langen Leben so viele Pfarrer kommen und gehen gesehen hat, dass er den Überblick verloren habe. »Jetzt aber wünschen wir uns von dir, Petter, dass du hier bei uns bleibst.«

Inzwischen ist es so spät geworden, dass die Mädchen ins Bett müssen. Sanna ist nach ihrem intensiven Mitwirken an diesem langen Einführungstag richtig, richtig müde. Lillus, die zwischendrin ihre Nickerchen gehalten hat, ist noch munterer, aber durchaus solidarisch. Während draußen immer weiter Reden geschwungen werden, kommen sie die Treppe vom Boden herab. In der Küche sind Leute, darum nimmt Cecilia das Töpfchen und eine Schüssel Wasser mit ins Schlafzimmer, sodass sie sich dort auf der Kommode Hände und Gesicht waschen können. Dann sitzen sie in ihren Betten, während Cecilia mit ihnen das Nachtgebet spricht und aus eigenem Antrieb ein Danke für das gute Wetter anfügt, das den Tag so schön gemacht hat. Sanna schläft fast augenblicklich ein, während Lillus noch singt und brabbelt. Cecilia fragt sich, was sie von dem, was vorgegangen ist, mitbekommen hat und was sie darüber denkt. Sie selbst fühlt sich ein wenig überflüssig. In der Küche werden Kaffee und Torten vorbereitet, deren Böden die Pfarr…, die Frau des Gemeindepfarrers selbst auf Kuchenblechen gebacken hat. Pürierte Walderdbeeren und Zucker mit etwas Schlagsahne als Füllung und leicht gezuckerte Schlagsahne obendrauf. Wenn die Torten aufgetragen werden, bleibt vielleicht auf den Blechen etwas übrig, und sowieso brauchen sie Hilfe beim Abwasch; Cecilia lässt die Tür angelehnt und geht in die Küche.

In der Diele bleibt sie einen Moment stehen und lauscht: was für ein angeregtes Stimmengewirr und was für fröhliche, laute Stimmen zwischendrin! Die ganze Bande hält die Luft an, als die Torten auf den Tisch kommen. Entzückte

Rufe: Nimmt diese Gastfreundschaft denn überhaupt kein Ende? Gibt es keine Grenze für das, was sich in den Magen eines Propstes stopfen lässt? Der Bischof bedient sich als Erster, sachkundig rät er den anderen, vorsichtig zu sein: Die Torte sei so hoch, dass sie, ein wie schmales Stück man sich auch abschneide, doch über den Tellerrand rage.

Cecilia sieht die Pastorin vor sich, lächelnd und voller »Ach, das ist doch nicht der Rede wert«. Den ganzen Abend haben sie nur gegessen und gegessen, und sie essen noch immer, als wollten sie den langen Versorgungsmangel der Kriegsjahre wettmachen. Adele sitzt mit in sich gekehrter Miene da und versucht zu überschlagen, welche Mengen an Lebensmitteln sie ordern müsste, wenn diese Truppe hier auf Örar dauerhaft ansässig wäre.

Auf jeden Fall hat auch die weltliche Seite des Ereignisses alle Erwartungen übertroffen, und an den Spülschüsseln in der Küche sind die Marthas in Hochstimmung. Als die Pfarrersfrau rasch hereinkommt, um zu fragen, ob sie sich nicht eine Pause gönnen und auch selbst Kaffee trinken und die Torte probieren wollten, meinen sie, das wollten sie sicher, aber sie seien fast fertig, und dann schmecke der Kaffee besonders gut.

»Es ist ganz prima gegangen«, meint Lydia Manström, die als Martha in der Küche anpackt, obwohl sie alles Recht hätte, als Maria mit am Tisch zu sitzen, das heißt als Mitglied des Kirchenvorstands. Leise erkundigt sie sich, ob die denn überhaupt nicht mehr gehen wollten. Die Pfarrersfrau lacht und sagt, darüber werde gerade gesprochen. Für die von weit her angereisten Gäste ist der Transport ja geregelt, und die Küstenwache hält sich freundlicherweise in Bereitschaft. Die Pfarrersfrau ist aufgedreht und fröhlich, dabei eigentlich so müde, dass sie sich kaum auf den Beinen halten kann. Aber sie muss gleich wieder nach draußen, denn jetzt ist zu hören, dass sich Gäste erheben und verabschieden, und schon erscheint der Pfarrer auf der Treppe und fragt nach ihr. Also stehen sie da, Arm in Arm, und verabschieden die Gäste, obwohl sie dann noch mit zum Anleger gehen und noch einmal Auf Wiedersehen sagen, so schwer fällt es allen auseinanderzugehen.

Auch Kirchenvorstand und -rat fahren im Kielwasser der Gischt aufwerfenden Küstenwachschiffe, aber mit ihnen wird es ein baldiges Wiedersehen geben. Gleich für den folgenden Tag sind alle, die beim Fest mit angepackt oder dazu beigetragen haben, zum Kaffeetrinken eingeladen. Dabei wird man in Ruhe die Ereignisse des heutigen Tages durchgehen und den Inselleuten den Dank abstatten können, den sie verdienen, mit großer Wärme, gemeinsamem Singen und dem Respekt und der Sympathie des neuen Gemeindepfarrers.

Da stehen sie schließlich völlig erledigt, Mona, Petter und seine Eltern. Der Küstenwache sei Dank, haben sie das Haus nicht voller Übernachtungsgäste. Vater und Mutter schlafen in der Predigerkammer, Cecilia auf dem Dachboden. Es ist sehr still, aber es ist kühl geworden, es fröstelt sie auf der Treppe, und Petter, der wie verzaubert dagestanden hat, reißt sich los. »Lasst uns reingehen. Es fehlte noch, wenn wir uns am wärmsten Tag des Jahres eine Erkältung holten. Wir trinken noch einen Tee, und dann alle ins Bett!«

Mona schaut über den leeren Festplatz. Ein paar ihrer fein gewebten Tischtücher, die überlappend den Tisch bedecken, haben einige hässliche Soßen- und Kaffeeflecken abbekommen, aber das ist ein Preis, den man verschmerzen kann. Bevor sie abfuhren, haben die Marthas noch einen Großeinsatz vollbracht, alles Geschirr von den Tischen geräumt, gespült und säuberlich nach Herkunft sortiert aufgestapelt. Auf dem Herd steht noch heißes Wasser, es dauert nicht lange, bis es kocht, und jeder bekommt eine Tasse Tee. Nicht einmal der Vater ist noch zu Gesprächen aufgelegt. In ihren Köpfen hallen noch die lebhaften Gespräche des Tages, die Reden, das Stimmengewirr, die Musik der Orgel und aus der Brust der Inselbewohner nach. Cecilia hat gute Nacht gewünscht und ist nach oben gegangen, auch die anderen sagen Gute Nacht, gießen Waschwasser in die Schüsseln und ziehen sich zurück. Auch das Pfarrerspaar möchte sich ausstrecken, noch ein paar Worte miteinander wechseln, auch ganze Sätze, falls sie das noch schaffen sollten, und dann schlafen.

Doch Mona kann nicht abschalten. Es ist Mitternacht, sie aber macht sich Sorgen, ob für die morgigen Gäste genug übrig geblieben ist. Sie hatte eine gehörige Menge Hefeteilchen im Keller beiseitegestellt, ist aber im Lauf des Tages nervös geworden und hat von diesem Vorrat draußen nachlegen lassen. Mitten in der Nacht steht sie mit der Taschenlampe im Keller, zählt die Teilchen, geht die morgigen Gäste durch und die, die möglicherweise uneingeladen mitkommen. Wenn niemand zwei nimmt, kommt es vielleicht hin.

Es stimmt nicht, dass man seine Sorgen bei Gott abladen und im Vertrauen auf ihn getrost zu Bett gehen kann, denn Christi Kirche ist in hohem Maß auf ihr Bodenpersonal angewiesen. Bittet, so wird euch gegeben – ja, sicher, aber nur, wenn jemand gebacken und den Tisch gedeckt hat. Alle haben Gott für den schönen Tag gedankt; Mona kann sich dazu durchringen, ihm dafür zu danken, dass sie dank Doktor Gyllen wieder gesund ist und wie ein Pferd arbeiten kann. Aber wenn das Pferd nicht gerackert hätte, dann hätten die Gäste mit knurrendem Magen vor leeren Tellern gesessen. Wunder sind selten, Arbeit gibt es mehr als genug.

Einundzwanzigstes Kapitel

Wenigstens theoretisch könnten der Pfarrer und seine Frau es nach überstandenem Pastoralisieren und der Amtseinführung etwas ruhiger angehen lassen. Für den Pfarrer heißt das, dass er es sich gönnen wird, die warmen Augusttage, die noch kommen mögen, zu genießen. Die Menschen in der Gemeinde sind mit der Fischerei beschäftigt, er hat keine besonders dringenden Pflichten zu erledigen, abgesehen von der Predigt für den nächsten Sonntag und etwas Routinearbeit. Er macht seine Besuche bei den Ältesten in der Gemeinde und erledigt den laufenden Papierkram im Büro, aber es bleibt ihm noch Zeit, und in der geht er manchmal mit Sanna spazieren. Es bedrückt ihn sehr, dass er als guter Seelsorger die eigene Familie hintanstellen muss. Ein geistlicher Hirte, der sich seiner Familie widmet, muss notgedrungen seine Gemeinde vernachlässigen.

Es ist herzergreifend, Sanna und Lillus zu sehen, wie sie ihn lieben und ihm alles verzeihen, nein, nicht einmal auf den Gedanken kommen, es könnte etwas zu verzeihen geben. Selig und hingebungsvoll hängen sie an ihm, lieben ihn, wie oft er auch abwesend ist, wie wenig Zeit er für sie hat, wie oft er ihnen verbietet, ihre Näschen ins Büro zu stecken, wie oft er weggeht. Dann stehen sie da und winken, solange sie ihn sehen können, und wenn er nach einer Weile, die sich für ein kleines Kind wie eine Ewigkeit anfühlt, wiederkommt, hört er sie schon jubeln, bevor er die Tür aufmachen kann. Über Mutterliebe werden Unmengen sentimentaler Verse geschrieben, aber soweit er weiß, wurde nicht viel über die Liebe eines Kindes geschrieben, die wie die Liebe Gottes ist, vorbehaltlos und unerschöpflich.

Wie sehr Sanna sich auch um Lillus kümmert und wie schwer es ihr fällt, zu glauben, dass die auch ohne ihre große Schwester zurechtkommen könnte, so lässt sie sie doch zurück, wenn sie und Papa einen Spaziergang unternehmen. Dann wandern sie über die Kirchinsel, betrachten Pflanzen und beobachten Vögel, und Sanna lernt sämtliche Namen. Sie klettern auf Felsen, hüpfen auf Steine, planschen im Wasser, und während sie spazieren gehen, erzählt er ihr Dinge, von denen er genau weiß, was Mona dazu sagen würde. Die Sache mit dem Studieren zum Beispiel. »Es ist komisch«, sagt er zu Sanna, »aber nach der ganzen Mühe mit dem Pastoralisieren, das manchmal unglaublich langweilig war, habe ich immer noch Lust zu studieren. Nicht Theologie, sondern etwas anderes. Botanik zum Beispiel. Man könnte über die Flora in einer intensiv beweideten Landschaft wie dieser hier ungeheuer interessante Studien anstellen. Und man könnte aus Vergleichsgründen unbeweidete Testfelder anlegen. Meine Theorie lautet, dass die stark beweidete Landschaft mehr Arten aufweist, während in einer nicht beweideten Landschaft einige dominante Arten überhandnehmen. Es wäre interessant zu erforschen, wie sich die Vegetation an eine intensive Beweidung anpasst. Arten, die damit zurechtkommen, niedrig zu wachsen und schnell, am Boden kriechend vielleicht. Wo die Bodenschicht so dünn ist wie hier, trocknet sie schnell aus, und die Arten, die damit zurechtkommen, müssen ausdauernder sein als der Durchschnitt. Solche Fragen finde ich interessant. Wärst du nicht gern meine Assistentin? Das bedeutet Mithelferin. Was meinst du?«

»Doch!«, sagt Sanna, wo Mona gesagt hätte: »Findest du nicht, dass wir schon genug um die Ohren haben? Wo du jetzt endlich dein Examen gemacht hast, habe ich geglaubt, in der Richtung hätten wir jetzt Ruhe.« Ja, klar, aber Sanna sagt »Doch!«. Voller Liebe und Bereitschaft ruht ihre Hand in seiner. Aber sicher! Sie wird Assistentin in Botanik; da ist er in Gedanken schon wieder woanders.

»Obwohl ich glaube, noch eher sollte ich mich der Alltagskultur widmen. Was für ein unglaublich ergiebiges Forschungsfeld könnten die Örar abgeben! Ich bin ja in einer fast einzigartigen Position, um die Menschen kennenzulernen und zu begreifen, wie sie denken. In welchem anderen Beruf kannst du in jedes Haus gehen und mit den Leuten vertraut werden wie ein Priester, wie ich einer bin? Weißt du, was? Ich glaube, ich werde Volkskunde als akademisches Hauptfach studieren und Botanik aus privatem Interesse zu meinem Vergnügen betreiben.«

»Ja«, sagt Sanna.

»Danke!«, sagt der Papa. »Wenn wir es so weit gebracht haben, dass wir uns ein Motorboot und ein Pferd anschaffen können, und wenn die Brücke fertig ist, wird alles viel einfacher, und dann können wir anfangen. Mir fallen alle möglichen Themen ein, über die ich eine Abhandlung schreiben könnte. Über die Einstellung der Leute zu Vorzeichen und Omen beispielsweise. Letesgubbar, die vor Gefahren warnen, Träume als Träger von Botschaften. Etwas in der Art. Man nennt es wohl am ehesten Volksglauben, aber ich könnte auch über Informationsweitergabe in einer kleinen Gesellschaft schreiben. Die Verbindungen sind beschwerlich und die Wege immer weit, und dennoch verbreiten sich, wenn etwas passiert ist, Neuigkeiten mit erstaunlicher Geschwindigkeit. Bestimmt hat das viel mit dem Telefon zu tun, aber interessant ist, dass es wahrscheinlich auch schon so war, bevor das Telefon auf die Örar kam. Wenn sich die Leute nach bestimmten Mustern anrufen, lässt sich vermuten, dass die gleichen Muster auch schon der Informationsweitergabe vor Einführung des Telefons zugrunde lagen. Familiäre Verbindungen dürften da ausschlaggebend sein, und meine Hypothese geht dahin, dass Zuwanderer ohne verwandtschaftliche Anbindung lange außerhalb der eingefahrenen Kommunikationskanäle bleiben. Aber das muss erst noch untersucht und bewiesen werden! Auf den Örar gibt es unglaublich viele interessante Studienfelder. Sie sind klein und überschaubar, im Winter sogar isoliert. Aber es ist fantastisch, dass sie mir alle offen stehen!«

»Ja«, sagt Sanna. Sie sieht ihn ernst an und begreift, dass er von wichtigen Dingen spricht und dass sie daran teilnehmen und seine Assistentin sein darf. Seine Hand fühlt sich warm an, seine Stimme klingt tief, aber dann seufzt er: »Nur wie soll ich alles schaffen? Mama und ich haben einfach zu viel zu tun, und jede Nacht schlafen wir zu wenig. Das kann auf Dauer nicht so weitergehen. Und trotzdem möchte ich noch studieren, nachdem die Examensarbeit fertig ist. Glaubst du, dass ich noch ganz gescheit bin?«

Da bleibt Sanna stehen und lacht, und Papa lacht ebenfalls. »Ach«, sagt er, »man wird doch wohl noch ein paar Pläne für die Zukunft haben dürfen, auch wenn man nicht weiß, ob man sie jemals umsetzt. Komm, jetzt holen wir ein paar Barsche aus dem Fischkasten und putzen sie, wie Mama es uns aufgetragen hat.«

Wie um seine Hypothese über die Informationsweitergabe auf der Insel zu beweisen, landet eine große Ladung geschmuggelter Schnaps auf den Örar, und der Pastor ist der Letzte, der davon erfährt.

Wäre er nicht an einem ganz gewöhnlichen Mittwoch mit dem Fahrrad beim Genossenschaftsladen aufgetaucht, hätte er es vielleicht überhaupt nicht mitbekommen. Die Nachricht, dass im äußeren Schärengürtel eine größere Ladung ins Meer geworfen und von den Inselbewohnern geborgen wurde, machte einen Bogen um die Küstenwache, den Pfarrhof und die Polizei. Ein tiefer Friede lag über der Gegend, als er angeradelt kam. Irgendwie kam ihm das Wort Pastoralidylle in den Sinn: friedlich weidende Kühe, nirgends eine Aktivität zu sehen, Wattewölkchen am Himmel, die Sonne der Gnade über allem. Wie das Leben auf der Erde vor dem Sündenfall, dachte er lächelnd, und die Gesichter, die er im größten Dorf im Westteil sah, strahlten vor Freundlichkeit und edler Einfalt.

Unten am Bootshafen wirkte alles seltsam statisch, da saßen sie und rührten sich nicht, winkten langsam und gravitätisch in Erwiderung seines Grußes. Wie sonntäglicher Frieden mitten an einem Werktag.

Und was hatten sie bei seinem Näherkommen im Gras abgesetzt? Sie legten offenbar eine Pause ein, setzten sich oder lagen halb im Gras und machten keine Anstalten, sich zu erheben und weiterzuarbeiten, als er näher kam. Einer fing an zu singen, die anderen wollten ihn zum Aufhören bewegen, brachen aber in Gelächter aus. Sie hatten ihre übliche gute Laune, aber es war eine ganz auffällig gute Laune.

»Darf man sich zu euch setzen?«, fragte der Pfarrer, und »Bitte sehr«, antworteten sie wie immer. Doch dabei lachten sie und sahen ihn nicht an.

»Irre ich mich, wenn ich annehme, dass etwas Lustiges passiert ist?«, erkundigte sich der Pfarrer.

Sie guckten sich von der Seite an, und ihre Bäuche hüpften vor Lachen. Ein junger Bursche meinte: »Gestern ist uns eine bessere Sorte Fisch ins Netz gegangen.« Sie lagen bald am Boden vor Lachen, »besinnungslos vor Lachen« fiel dem Pfarrer als Ausdruck ein, dann nur noch »sinnlos«. Betrunken. Voll wie tausend Russen, oder nicht ganz: Sprechen konnten sie noch, aber sie waren wackelig auf den Beinen.

Eine schwierige Situation für den Pfarrer, der doch als eine Art obrigkeitliche Instanz angesehen wurde, die sie vielleicht hätte melden sollen. Er war in etwas hineingeraten, in das er nicht gehörte und wo er nicht willkommen war, wo aber das Ausmaß an Trunkenheit dafür sorgte, dass er trotzdem freundlich aufgenommen wurde. Er konnte jetzt nicht einfach gehen, darum sagte er: »Fische mit Korken und Etikett, nehme ich an, die irgendwie gluckern.«

Sie schmissen sich weg vor Lachen, und natürlich befolgte jemand das Gebot der Gastfreundschaft und bot ihm einen Schluck an. Alle sahen ihn erwartungsvoll an: Jetzt würde sich zeigen, von welchem Schrot und Korn der Pastor war. Ob man Respekt vor ihm haben konnte. Sie wollten gern, dass er sich zusammen mit ihnen einen genehmigte. Andererseits hätte er nie wieder den Respekt vor seinem Amt zurückgewonnen, wenn sich herumgesprochen hätte, dass er damals, als die große Ladung Sprit gekommen war, mit den Jungen zusammen gesoffen hatte. »Danke für die Einladung, aber lieber nicht«, sagte er. »Meine Fische fange ich lieber selbst.«

Darauf reagierten sie kaum, und er ging zu seinem Fahrrad zurück. »Viel Spaß noch«, sagte er zum Abschied. »Und gratuliere zum guten Fang.«

Zum ersten Mal fühlte er sich als völliger Außenseiter. Einer, der schlau genug hätte sein müssen, sich fernzuhalten. Er erledigte seine Besorgung im Laden, ohne Adele seine Aufwartung zu machen, und radelte direkt nach Hause. Beide Küstenwachboote lagen am Kai, sah er. Keins war auf Patrouille gefahren. Brage und der Polizist waren zu Hause geblieben und hatten sich unsichtbar gemacht, hörte er später, waren urplötzlich von einem unbezähmbaren Verlangen nach häuslicher Wärme und alten Zeitschriften befallen worden, die von der ersten bis zur letzten Seite gelesen werden mussten.

Ihm kam im Nachhinein eine ganze Menge zu Ohren, und seine bereits facettenreiche Gemeinde bekam noch eine weitere Dimension hinzu: Es zeigte sich, dass die Leute geradezu connaisseurhafte Kenntnisse über diverse Sorten von veredeltem Alkohol besaßen, sie kannten die Namen der exotischsten Marken und waren vollständig im Bilde über die Preise, die sie in Restaurants und auf dem Schwarzmarkt erzielten. Er selbst fühlte sich dem gegenüber wie ein neugeborenes Kind und voll widerstreitender Gefühle. Einerseits hätte er den Vorfall entschieden missbilligen und verurteilen sollen, andererseits war er eine Manifestation jenes Anarchismus und der pragmatischen Einstellung gegenüber den auf dem Festland geltenden Gesetzen, die ihn so amüsierte und stolz auf seine souveränen Insulaner sein ließ.

Drittens wurde ihm nie deutlicher vor Augen geführt, dass er von gewissen Bereichen ihres Lebens ausgeschlossen war, wie sehr er sich auch etwas anderes einreden wollte.

Mit gemischten Gefühlen und einer Illusion beraubt wendet er sich stattdessen seinen vernachlässigten Kindern zu. Unter all den Vorbereitungen für die Amtseinführung ist Lillus ein Jahr alt geworden. Am Morgen ihres Geburtstags legt Papa eine Rose auf ihren Teller. Schnell wie der Blitz stopft sie sie in den Mund. Mama beugt sich vor und pult sie ihr unter Lillus' empörtem Aufheulen wieder heraus.

»Auf den Teller!«, fährt sie ihren Mann an. »Du weißt genau, dass sie alles in den Mund nimmt, und legst ihr eine Rose auf den Teller! Wir haben doch versucht, ihr beizubringen, nur das zu essen, was auf dem Teller ist.«

Der Pfarrer guckt schuldbewusst. Gedankenlos. Unvernünftig wie sein Vater. Aber ist es andererseits wirklich so schlimm? Was Lillus nicht mag, spuckt sie schnell wieder aus. Sie untersucht Dinge, indem sie sie in den Mund nimmt, und darin findet ein automatischer Sortiervorgang statt. Heraus purzeln Steine, Hölzchen und Rinde aus dem Holzkorb, Kerzenwachs, Seife und Servietten, Löschpapier, Radiergummis und Knöpfe. Soweit sie wissen, verschluckt sie selten etwas, was sie nicht verschlucken sollte, und dann kommt es hoffentlich auf natürlichem Weg wieder heraus. An größeren Dingen knabbert sie aus experimentellen Gründen herum. Im Pfarrhaus gibt es nichts, was Lillus nicht angeknabbert hätte. Herabhängende Tischdecken, Handtücher und Gardinen haben nasse Zipfel, sie kaut auf den Säumen ihrer Kleidung und an den Kragen, lutscht an Stiefeln und Wollsocken im Vorbau. Sie geht ruhig und fast wissenschaftlich zu Werke, beobachtet der Papa. Mama stürzt hinzu und hält sie davon ab; wenn Papa sie im Wohnzimmer ein Stuhlbein benagen sieht, lacht er und weiß, was er beim nächsten Mal einem Segler auf die Frage antworten wird, warum die Inseln so kahl sind: Das liegt an Lillus. Einst waren die Inseln von dichtem Nadelwald bedeckt, doch dann kam Lillus zur Welt und begann zu nagen. Nach und nach verschwand der Wald, dann machte sie sich über frei stehende Laubbäume und Büsche her. Zurzeit ist das Mobiliar im Pfarrhaus an der Reihe. Fräulein Hausbock nennt er sie, die Geißel der Örar.

Es fängt an, Spaß zu machen, sich mit ihr zu beschäftigen, findet er. Sie kann jetzt laufen, und bald wird sie zu sprechen anfangen. Man kann sich bereits prima mit ihr verständigen. Wenn Mama beim Melken ist, spielen sie zusammen:

»Wie macht die Kuh?« – »Muh.«

»Wie macht das Schaf?« – »Mäh.«

»Was sagt das Ferkelchen?« – »Chrr-chrr.«

»Wie macht die Katze?« – »Miau.«

Aus einer Eingebung heraus fragt er weiter: »Wie macht der Papa?« – Lillus, in Ekstase, lacht, dass ihre Äuglein verschwinden: »Muh.«

»Macht der Papa Muh?«, fragt er, und sie ruft »Muh!« und wirft sich lachend auf den Boden. Da fragt er: »Und was sagt die Mama?« Sie hält einen Moment inne, als wöge sie ab, wie viel Spaß er versteht. »Pfui, bäh«, sagt sie und beobachtet ihn aus den Augenwinkeln, aus denen der Schalk blitzt. Er ist so geplättet, dass er in Lachen ausbricht, und da lacht sie auch. Als Mama und Sanna vom Melken hereinkommen, wälzen sich Papa und Lillus in einem Knäuel auf dem Boden und schreien »Muh« und »Pfui« und »Mäh« und »Muh« und »Pfui, bäh!«.

»Was macht ihr denn da?«, fragt die Mama. »Jetzt mach sie doch nicht noch so aufgedreht, wo sie bald ins Bett soll!«

»Entschuldige«, sagt er. »Glaubst du, man kann schon in diesem frühen Alter Sinn für Humor haben?«

»Möglich«, sagt Mama. Sie hat Lillus schon hochgenommen, und der Papa erhebt sich verlegen. Sie inspiziert Lillus, deren Sachen schon wieder ein paar Falten und Flecken mehr haben. Die Haare wie die Sieben Brüder von Kivi, das ganze Kind sieht aus wie ein ungemachtes Bett.

»Sanna war immer viel reinlicher«, sagt die Mutter. »Lillus sieht aus, als ob sie in einem Schweinestall leben würde, dabei gebe ich mir alle Mühe, sie sauber zu halten.«

Lillus schreit und weint. Sich selbst überlassen oder bei Sanna oder Papa ist sie sonnig und vergnügt, aber Mama, ihre eigentliche Erzieherin, findet allzu viel in Lillus' Naturell, das ihr ausgetrieben und durch regelmäßige Gewohnheiten und artiges Benehmen ersetzt werden muss. Im Prinzip stimmt der Vater dem zu, und er beugt sich den Methoden seiner Frau, weil sie die alltägliche Verantwortung übernommen hat. Aber er versteht auch, warum über Lillus' Bäckchen große Tränen kullern. Lillus mag keine regelmäßigen Gewohnheiten. Sich selbst überlassen, rollt sie sich gern mitten am Tag an der Anrichte oder am Kachelofen zu einem Schläfchen zusammen; wenn die Mama sie dort entdeckt, weckt sie sie und legt sie mit Gewalt ins Bett, und da kann die Kleine nicht einschlafen. Es gehört zu Mamas Aufgaben, Lillus beizubringen, dass man einen Mittagsschlaf im Bett hält und dass man nicht isst, wenn man hungrig ist, sondern zu festen Zeiten. Wenn sie nachts aufwacht, trägt die Mutter ihr Bett ins Büro und macht die Tür zu, damit sie lernt, nicht darauf zu spekulieren, mitten in der

Nacht hochgenommen und verhätschelt zu werden. Nachts wird geschlafen, und morgens steht man frisch und munter auf.

Nichts gegen regelmäßige Gewohnheiten und anständiges Benehmen, aber ein bisschen schade ist es schon um Kinder, die derart streng erzogen werden. Sanna, Lillus' zweite wichtige Erziehungsperson, stellt nicht solche Forderungen auf, sondern geht mit Fingerspitzengefühl auf Lillus' natürliche Bedürfnisse ein. Wenn sie irgendwo eingeschlafen ist, verpetzt sie sie nicht, antwortet jedoch, wenn Mama danach fragt; und wenn sich die beiden Schwestern gemeinsam mit etwas beschäftigen, geht das ohne Geschrei und Gezeter. Das entsteht allerdings, sobald Mama sich einmischt und Lillus wieder zu etwas erziehen will. Arme Mona, denkt Petter. Irgendwer muss ja die notwendigen Erziehungsmaßnahmen übernehmen und dadurch die unbeliebteste Person im Haus werden. Gerecht ist das nicht: leichtes Spiel für ihn, sich beliebt zu machen, wo er nur sporadisch in ihrem Leben auftritt und dann alle Zuneigung erntet.

Die Frage ist also, ob er bei seiner einjährigen Tochter Zeuge eines erwachenden Sinns für Humor geworden ist. Es spricht vieles dafür, und überhaupt entwickelt sich viel in dem Alter, in dem Lillus sich momentan befindet. In der Küche haben sie in einer Kiste neben dem Herd ein neugeborenes Ferkelchen. Traurig, unglücklich und verängstigt drückt es sich darin herum. Und da sieht der Pfarrer, wie in Lillus das große Mitleid erwacht, die Einsicht, dass andere Lebewesen wie wir sind. Sie erkennt, wie ängstlich es ist, und wie schrecklich einsam. Die Haut, der ihren ähnlich, schaudert am ganzen Körper, die Augen blinken verschreckt, es sabbert ein bisschen aus dem Mund, wie sie, und grunzt.

»Quiek, quiek«, macht das Ferkel, und da kommt Lillus in seiner Not zu ihm. Vor Mitgefühl leuchtend wie die Engel, die Swedenborg in seiner tiefsten Verzweiflung erschienen, hockt sie sich neben die Kiste und tätschelt dem Schweinchen den Kopf, wie Sanna sie tätschelt. Sie redet ihm gut zu, und das Ferkel hört zu und versteht. Es macht ein paar Hopser auf seinen Beinchen, legt sie auf die Kante der Kiste und stupst Lillus mit dem Kopf, und die stupst zurück. Es hört auf zu zittern, schöpft neuen Lebensmut und Hoffnung aus der Gewissheit, dass es noch ein anderes Wesen wie es auf der Welt gibt.

Im Büro klingelt das Telefon, und der Pfarrer muss rangehen. Es wird ein längeres Gespräch, und als er in die Küche zurückkommt, um zu sehen, was mit Lillus ist, liegt sie neben dem Schweinchen in der Kiste. Beide schlafen, still und unbeschwert. Im Schlaf nuckelt das Ferkel am Saum ihres Kleidchens, und sie hält eine Kartoffelschale in der Faust, die sie miteinander geteilt haben. An sich ist das Arrangement nicht sonderlich reinlich und hätte wohl unterbunden werden sollen, aber Petter tut sich schwer damit, das Kind aus der Kiste zu heben. Es kommt ihm vor, als würde er in eine andere Welt blicken, in der es keine absoluten Grenzen zwischen den Arten gibt. Vorsichtig zieht er sich ins Esszimmer zurück und setzt sich dort mit einer Zeitung so hin, dass er ein Auge auf Lillus haben und zugleich so tun kann, als habe er nicht mitbekommen, dass sie zu dem Schweinchen in die Kiste geklettert ist.

Bald kommen Sanna und seine Frau aus dem Stall, und Mona schreit auf. »Komm her und sieh dir das an!«, ruft sie und reißt Lillus in die Höhe, das Ferkel fährt zitternd zusammen, als ihm der Kleiderzipfel aus dem Maul gezerrt wird, und Lillus schreit erschrocken los, als sie derart abrupt aus ihrem tierischen Schlaf gerissen wird.

»Pfui!«, ruft die Mama. »Pfui, du stinkst wie ein Schwein! Guck, wie eklig! Sie hat mitten in dem Schweinemist gelegen! Du solltest doch auf sie aufpassen.«

Das Letzte an Petter gerichtet, der sich für sein illoyales Verhalten schämt. Es ist ja nicht so, dass er nicht wüsste, was Mona von Lillus' Schweinchenleben halten würde. Es fällt ihm schwer, weil es ihn so ergriffen hat, in Lillus Menschlichkeit erwachen zu sehen, auch wenn sie sich auf ein Schwein richtete. Er murmelt etwas davon, dass er gelesen und darüber Raum und Zeit vergessen habe. Während er sich entschuldigt, zieht sie dem brüllenden Kind die Kleider aus und gießt heißes und kaltes Wasser in die große Waschschüssel. Das Kleid, gerade frisch gewaschen und gebügelt, muss gewaschen und gebügelt werden, und auch das Kind gehört nicht mit Samthandschuhen abgeschrubbt, während es schreit und sich windet.

Sanna schaut interessiert von Lillus auf das Schwein und zurück, und als die Ordnung wiederhergestellt ist, Swedenborg in einen Pferch im Stall verbannt wurde, Lillus, gewaschen, im Nachthemd steckt, schlägt sie vor, die kleine Schwester benehme sich so, weil sie nicht wisse, dass sie ein Mensch sei.

Der Vater fällt aus allen Wolken: Was für eine Tochter er doch hat! Genau, woher sollte Lillus wissen, dass sie ein Mensch ist? Sie ist in einem Alter, in dem sie genauso gut bei den Schafen oder Kühen im Stall sein könnte. Sie würde es als ihr naturgegebenes Leben hinnehmen, auch wenn die Zukunftsaussichten nicht gerade rosig wären. Im Vergleich zu Lämmern und Kälbern ist sie klein und wehrlos und würde von scharfen Klauen getreten und von großen Leibern erdrückt werden. Nicht sicher, ob sie es hinbekäme, an den Eutern der Kühe zu saugen, und trotzdem käme sie nicht auf den Gedanken, sich etwas anderes zu wünschen.

Sanna hat augenscheinlich eine naturwissenschaftliche Ader und testet sogleich ihre Hypothese. Lillus sitzt im Bett und ist putzmunter wie immer, wenn sie schlafen soll. Sanna beugt sich über die Gitterstäbe und sorgt dafür, dass die Kleine ihre ganze Aufmerksamkeit auf sie richtet, dann fragt sie: »Lillus, bist du ein Schweinchen?«

Lillus ist bester Laune und bereit, alles mitzumachen, was Sanna vorschlägt: »Chrr-chrr«, macht sie und lacht.

»Bist du eine Kuh?«

»Muh!«, ruft Lillus und lacht aus vollem Hals. Die Antwort ist als ein Ja zu werten. Sanna forscht weiter: »Bist du ein Schäfchen?«

»Mäh«, kommt die Antwort, klar und eindeutig.

»Bist du eine Miezekatze?«

Verblüfft stellt Petter fest, dass Lillus nachdenkt. Sie setzt das Spiel mit den Tierlauten nicht fort, sondern erwägt deutlich ihre Verwandtschaft mit der Katze und sieht unsicher und traurig drein. Sie betrachtet einen großen Kratzer an ihrem Unterarm, den sie abbekommen hat, als sie versucht hat, aus dem Fressnapf der Katze zu essen, und die Katze ihr mit ausgefahrenen Krallen eine langte. Bei der Erinnerung daran beben ihre Mundwinkel, Mama hat die Katze hinausgejagt und Lillus ausgeschimpft, sie müsste doch schlau genug sein, um zu wissen, dass man der Katze nicht das Essen stibitzt. Nein, Lillus ist keine Katze.

Sanna fragt weiter: »Bist du ein Hund?« Dabei guckt sie

verneinend und böse und schüttelt den Kopf, und Lillus schüttelt ebenfalls den Kopf und guckt erschrocken, denn Sanna fürchtet und hasst Hunde und will keine Schwester haben, die ein Hund ist.

»Nein, nein«, versichert Lillus, und Sanna fasst zusammen: »Lillus glaubt, sie ist ein Schweinchen, eine Kuh und ein Schaf, aber keine Katze und kein Hund.«

»Richtig«, bestätigt der Vater.

Sanna fragt weiter: »Bist du ein Mensch?«

Das war schwer. Sanna gibt ihr keine Hilfestellung. Wie sollte Lillus wissen, ob sie ein Mensch ist? Hilfesuchend blickt sie den Papa an, der lächelt und nickt leicht. Aha, aber sie zögert, als sie Sanna wieder ansieht, die größere Autorität, doch die fragt nur noch einmal: »Sag, bist du ein Mensch?«

Lillus zögert. Papa scheint zu glauben, dass sie einer ist, aber anders als im Fall von Schweinchen, Kuh und Schaf hat sie kein entschiedenes Gefühl. Unschlüssig guckt sie Sanna an. »Jaa«, sagt sie vorsichtig.

Sanna ist zufrieden. »Sie weiß es nicht. Da hörst du's selbst«, sagt sie zum Vater.

»Aber sie ist auf der richtigen Fährte«, sagt er. »Bravo, Lillus! Sanna ist ein Mensch, und Mama ist ein Mensch, und Papa ist ein Mensch, und darum bist du auch ein Mensch. Wir alle sind Menschen. Der Kantor und der Küster und alle in der Gemeinde.«

Das ist eine große Gemeinschaft, und Lillus sieht überwältigt aus, aber auch ganz zufrieden, weil Sanna und Papa auch dazugehören. Mama kommt herein und setzt Lillus auf den Topf. Sanna berichtet, sie habe ihr beigebracht, dass sie ein Mensch sei und kein Ferkel.

»Gut«, sagt die Mutter. »Ein großer Fortschritt. Jetzt

möchte ich meine beiden Menschenkinder im Bett liegen sehen, und dann lesen wir ein Märchen.«

Papa bleibt bei ihnen und hört sich die »Wichtelkinder« an, obwohl ihm Mona Zeichen gibt, dass er sich zurückziehen darf. Sanna ist ganz bei der Sache, sie kann die Geschichte auswendig und bewegt die Lippen. Lillus liegt in ihre eigene Welt eingesponnen. Sie reagiert, wenn sie direkt angesprochen wird, auf Berührungen, Gerüche, Geschmäcker, Dinge, die sich bewegen, aber eine vorgelesene Geschichte ist noch nichts für sie. Petter weiß nicht mehr, wann sie gemerkt haben, dass es an der Zeit war, bei Sanna mit dem Vorlesen anzufangen. Wie konnte er so unaufmerksam sein, obwohl es um sein eigenes Kind geht? Mit Lillus bekommt er jetzt eine zweite Chance, und er nimmt sich vor, aufmerksam zu sein, wenn Lillus auf ihre erste Geschichte reagiert.

Teil III

Zweiundzwanzigstes Kapitel

Als es auf den Winter zugeht, seinen dritten auf den Örar, glaubt der Pfarrer, ein gutes Stück vorangekommen zu sein. Er hat so viel Arbeit wie vorher, fühlt sich aber gelassener, was auch besser zu seinem Amt passt. Das Predigen fällt ihm endlich leichter. Die Länge und der Predigttext geben den Rahmen vor, und je vertrauter er mit dem Leben auf Örar wird, desto natürlichere Bezüge zwischen dem Leben auf den Inseln und den biblischen Texten findet er. Die Anknüpfungsmöglichkeiten ergeben sich nicht mehr nur aus dem Fischen im See Genezareth und der Wüste, die als Metapher für das Meer zu gebrauchen ist, sondern überhaupt aus dem allgemein Menschlichen, das Menschen aus einer fernen Vergangenheit mit den heutigen Bewohnern der Inseln gemein haben. Sie sind ganz ähnlich wie Kaiphas und Zachäus, Ruth und Naomi, die klugen und die törichten Jungfrauen.

Er schafft es leichter, anschaulich zu machen, dass Jesus von ihnen spricht, und die Örar sind ihm zu einer biblischen Landschaft geworden, auf die er in seinen Predigten eingeht. Als Jesus auf Storböte stieg und die ganze Herrlichkeit der Schärenwelt erblickte, stand der Teufel neben ihm und versprach ihm alles. Der Pfarrer musste einräumen, dass es für ihn ebenfalls eine große Versuchung gewesen war. Aber was man liebt, braucht man nicht zu besitzen. Wenn man seinen

Frieden mit Gott gemacht und seine Seele unangefochten bewahrt hat, kann man Gottes Gegenwart in der gesamten Schöpfung sehen. Eine Anwesenheit aber kann man nicht besitzen, sondern lediglich die gnadenvollen Stunden annehmen, in denen sie sich offenbart. Dann sieht man Gottes Antlitz mit den beständigen Veränderungen, die es kennzeichnen, wie eine Ahnung sich abzeichnen.

Wenn er in den biblischen Geschichten umherwandelt, wechselt die Szenerie, wohlbekannte Gestalten geraten aus dem Blick, und die Wanderer ziehen ungesehen weiter. So ist es auch auf den Örar, von wo viele Menschen wegziehen. In der Schärenwelt spricht man viel über die Probleme, die dadurch entstehen, dass immer mehr junge Leute nach Schweden abwandern. In den Sommerferien kehren sie zurück, und die unter ihnen, die am stärksten unter Heimweh leiden oder wissen, dass sie beim Fischen gebraucht werden, bleiben den ganzen Sommer über und suchen sich im Herbst eine neue Arbeit. Es herrscht ein Kommen und Gehen, und Post-Anton chauffiert sie alle, die Sturen und die Ängstlichen, die Unerfahrenen und die, die schon wissen, dass einem nichts leicht zufällt.

Andere reisen still und beherrscht ab. Am schwersten fällt es, von Doktor Gyllen Abschied zu nehmen. Mona und Petter wissen immer noch nicht so recht ihrer Dankbarkeit Ausdruck zu verleihen, weil sie immer noch so förmlich und permanent auf der Hut ist, doch auf einer anderen Ebene fühlen sie Liebe und Dankbarkeit, die ihnen die Brust schwellen lässt. Nachdem sie sich damit abgefunden haben, dass vieles davon unausgesprochen bleiben muss, können sie sich ihr gegenüber allmählich ungezwungener verhalten. Alle haben gewusst, dass sie nach ihrem Examen fortgehen würde, doch als es so weit ist, fühlen sie sich doch beraubt, so, als ob es fortan schwerfiele, in dieser Welt zu leben.

Jawohl, Doktor Gyllen hat ihr finnisches Examen in Medizin bestanden, hart geprüft von einem Professor, der ihren russischen Akzent nicht ausstehen konnte und darauf aus war, eine Lücke zu finden, durch die er sie durchfallen lassen konnte. Er hatte keine Ahnung, was für ein ausgemachter Amateur er unter all den Unterdrückern war, mit denen sie in ihrem Leben schon hatte fertigwerden müssen. Ein kleiner Russenhasser? Ach je, so einen verputzte sie zum Nachtisch. Im mündlichen Vortrag vielleicht ein wenig unbeholfen, aber lobenswert sattelfest in den klinischen Fragen, unmöglich, da ihre Befähigung infrage zu stellen, und in ihren fachärztlichen Spezialgebieten Gynäkologie und Geburtshilfe absolut souverän. Grr, selbstverständlich Bestanden mit Auszeichnung.

Helsingfors nicht länger einschüchternd, unnatürlich, ahnungslos sicher. Schön, bei Vater und Mutter zu wohnen, und bequem. Am Abend nach dem Examen in die Oper, am nächsten Tag ein Streifzug durch die Geschäfte. Schwer, sich vorzustellen, wie sie sich jetzt passend einkleiden sollte. Ihre Mutter kauft geeignete Präsente für Hindriksens und schlägt vor, für sich solle sie ein Straßenkostüm, Straßenschuhe, Winterstiefel, Gummistiefel, Blusen, einen neuen Rock und Unterwäsche kaufen. Eine Strickjacke, einen Wintermantel, vielleicht lange Hosen und einen Anorak für Notrufe im Winter. Auweia! Für das ganze Geld, das dafür draufgeht, ein Teil davon das ihres Vaters, könnte man ja ein Haus kaufen! Sie kümmert sich auch um die Medikamente, die auf Örar fehlen, und um ihre eigenen. Bei der Leitung der Ärztekammer spricht sie wegen gewisser Anschaffungen für die Krankenstation vor. Sie entschuldigen sich für all die Anträge und Formulare, und sie passt einen Moment nicht auf und lacht laut auf: »Für jemanden, der aus Russland kommt …«

Anschließend etwas, das sie ganz kurz erwähnen wird, sollte der Pfarrer fragen: Besuche bei den alten Diplomatenfreunden ihres Vaters, im Außenministerium, in der Staatskanzlei, beim Roten Kreuz und bei der Heilsarmee, bei Kontakten zu Emigrantenkreisen, bei Mannerheims Kinderschutzbund. Selbst eine briefliche Anfrage bei der jetzt sehr großen sowjetischen Vertretung in Helsingfors. Nichts.

Zurück auf den Inseln, herzliche Glückwünsche, große Trauer. Die Örar haben natürlich nicht die Möglichkeit, einen eigenen Arzt zu finanzieren, die vier Jahre mit Doktor Gyllen sind ein glückliches Intermezzo, in dem man dank der beinharten finnischen Vorschriften einen eigenen Arzt und eine Hebamme hatte, vier Jahre, nach denen alle in dieser Periode zur Welt gekommenen Kinder anhand ihres gut eingewachsenen russischen Bauchnabels erkannt werden können. Jetzt bewirbt sich Doktor Gyllen weg. Finnisch fällt ihr schwer, und darum hat sie vor, auf Åland zu bleiben; es gibt eine freie Stelle im nördlichen Schärengürtel, und die bekommt sie natürlich. Die Krankenstation auf Örar ist noch nicht fertig, und sie kommt nicht in den Genuss eines einzigen ihrer Vorzüge. So ist es eben, sagt sie, man verlasse Orte, die man gemocht hat, und lerne andere Orte zu schätzen. Bald werden die Örar an ihrer statt eine Krankenschwester bekommen, und da ist es gut, für sie eine funkelnagelneue Dienstwohnung zu haben.

Wehmut und Betriebsamkeit. Auf allen Höfen wird für ein ansehnliches Geldgeschenk gesammelt, das ihr beim

Abschiedskaffeetrinken überreicht werden soll. Lydia Manström verfasst das Grußwort: »Für Doktor Irina Gyllen mit Dankbarkeit von den Örar. Jahre der Mühe für die Frau Doktor, Glücksjahre für die Inseln.« Da Doktor Gyllens physische Erscheinung in der Westsiedlung untergebracht war, wird das Gleichgewicht dadurch einigermaßen wiederhergestellt, dass das Kaffeetrinken in der Schule der Ostsiedlung stattfinden soll. Lydia leitet das Festkomitee. In der Osthälfte wird auch die Krankenstation errichtet, an deren Zustandekommen die Frau Doktor großen Anteil hatte, und darum ist es korrekt und richtig, das Fest dort in der Nähe auszurichten. Ein Jammer und eine Schande, sagen hundert Münder, dass sie sie nie in Betrieb erleben darf.

Zur Erinnerung an die Ankunft der Ärztin im zeitigen Frühjahr singen sie »Der Winter tobte sich aus in unsren Bergen«. Am meisten lieben sie die Stelle mit den »Purpurwogen«. Da dröhnt der ganze Saal, und der Pastor fragt sich, ob sich besser ausdrücken ließe, was er empfindet, wenn er sein Dankeschön singen dürfe. Glücklicherweise dankt als Erster der Gemeinderatsvorsitzende Sörling, dann überreicht Lydia das Geschenk. Doktor Gyllen, ungerührt in ihrem neuen braunen Kostüm, dankt mit kleinen Verbeugungen in verschiedene Richtungen und denkt, je ärmer die Leute sind, desto mehr spenden sie bei einer Sammlung. Keine Vase aus böhmischem Kristall mit Silberfuß, zum Glück. Dann der Pfarrer, herzlich lächelnd, seine Frau mit roten Wangen an seiner Seite.

»Wenn ich versuchen soll, die Dankbarkeit, den Verlust und die Leere auszudrücken, die wir alle empfinden, geht mir das Herz über«, beginnt er. »Es gibt wohl kein Haus auf den Örar, in dem man nicht bang auf die Frau Doktor gewartet und Unruhe und Schmerzen weichen gefühlt hätte, sobald man ihre Schritte im Windfang hörte. Ich persönlich finde, dass niemand in tieferer Dankesschuld bei ihr steht als meine Frau und ich, aber ich kenne andere, die für sich und ihre Familien genau das Gleiche denken. Dankbarkeit können wir ebenso wenig in eine Rangordnung bringen wie Liebe oder Trauer, wir können uns aber in dem tief empfundenen Dank der Örar zusammenfinden, für die zurückliegenden Jahre und für die Hilfe, die wir von Doktor Gyllen erhalten haben. Wir gratulieren zum finnischen Examen und zur neuen Stelle als Ärztin, und wir wünschen Ihnen Gottes Segen für Ihre weitere berufliche Laufbahn.«

Die Frau Doktor dankt und verneigt sich, dann erhebt sich Bergström und dankt ihr im Namen der Regionalregierung für ihren unermüdlichen Einsatz für die Gesundheit der Bevölkerung, für nie gescheute Mühe und ihr Pflichtbewusstsein. Wir werden unsere Frau Doktor nie vergessen, verspricht er, und da haben viele schon Tränen in den Augen.

Dann muss Doktor Gyllen selbst etwas sagen, bevor es Kaffee geben kann. Sie hat ihre Medikamentierung genauestens dosiert: Anderthalb Tabletten am Vorabend schenkten ihr eine lange Nacht, eine halbe Tablette am Vormittag hält sie stabil, ein bisschen Abstand zu den Vorgängen, ein leichter Verzögerungseffekt bei den Emotionen.

»Sehr geschätzte Örar-Mitbürger«, beginnt sie einstudiert. »Wenn ich die Inseln jetzt verlasse, tue ich es mit Bedauern. Sie sind gute Menschen, bei Ihnen ist es mir gut ergangen. Doch das Menschenleben besteht aus Wechsel und Veränderung. Ich verlasse die Örar, um zu meiner eigentlichen Lebensaufgabe zurückzukehren, der des Arztes. Vielleicht werden wir uns auf diesem Weg wiedersehen, ich hoffe, eines Tages in Mariehamn eine Praxis eröffnen zu können, und dann werde ich auch Ihnen zu Diensten stehen. Wie werde ich mich freuen, wenn einmal ein altbekanntes Gesicht von hier im Türrahmen erscheint. Ich sage: Auf Wiedersehen, meine Lieben!«

Die lieben Hindriksens, Mutter und Töchter, weinen ganz offen, die kessen Marthas stimmen die Hymne an: »Ich liebe mein Heimatdorf«, und marschieren dann an die Kaffeekannen. Dickbäuchige Kupferkessel und moderne Kannen aus Emaille, alle gefüllt und dampfend, die erste Tasse für Doktor Gyllen. Die Tabletts, die anschließend hereingetragen werden, sind randvoll mit belegten Broten, Gebäck und Zuckerkuchen. Die Ärztin erkennt die Zimtschnecken der Pfarrersfrau und das Brot der Hindriksens wieder, sie hat selbst gesehen, wie es am Vortag gebacken wurde. Woher der Kuchen kommt, ist nicht ganz klar, aber die Butter muss von Höfen mit Milchkühen stammen, und der Bauernkäse könnte vielleicht wieder von der Pfarrersfrau sein. Die gekaufte Wurst dürfte Adele beigesteuert haben, den Schinken vielleicht auch. Ein großes Festessen, das nach und nach in den lauter werdenden Gesprächen der Teilnehmenden untergeht. Doktor Gyllen sitzt zwischen Sörling und dem Pfarrer, beide ungewöhnlich steif.

»Das war eindrucksvoll«, beginnt zu Sörlings und des Pfarrers Überraschung die Ärztin.

»Ja«, pflichtet der Pfarrer bei, »und doch nur die Spitze des Eisbergs. Alles, was wir nicht auszudrücken vermögen, ist dreißigmal mehr.«

»Fünfzigmal«, bietet Sörling galant. »Aber die Frau Doktor ist mitten im heißesten Krieg bei uns gewesen und hat alles mit uns geteilt und weiß, dass wir nicht viel zu bieten hatten.«

Doktor Gyllen lächelt: »So heiß war der Krieg hier nun auch wieder nicht. Ich kam in den Frieden, als ich nach Örar kam. Die finnische Armee als Schutz und keine Bomben. Ich konnte es anfangs gar nicht fassen, dass es ein solches Leben gab. Jeden Tag Fisch, Kartoffeln und Brot. Oft Butter. Gut für die allgemeine Gesundheit.«

»Genau«, stimmt der Pfarrer begeistert zu. »Die Leute glauben, es sei ärmlich hier, aber die Ernährung ist vorbildlich. Alles dank dem Hering und dem Angeln. In den Städten herrschte viel größere Not.«

So plaudern sie, und es geht gut, denn wenn sie versucht hätten, auszusprechen, was sie wirklich empfanden, hätten sie den Anlass für das Fest in ärgste Verlegenheit gebracht. In Gegenwart von Doktor Gyllen begreift man wirklich, wie wichtig es sein kann, an der Oberfläche zu bleiben. Die Sympathie drückt sich zum Beispiel dadurch aus, dass mehrere Augenpaare ständig auf ihre Tasse und ihren Teller geheftet sind, und sobald sie sich zu leeren scheinen, rückt sofort jemand mit Kaffeekanne und Kuchenplatte an. Als sich sämtliche Teller langsam leeren, treten der Pastor und seine Gattin auf. Es ist abgesprochen, dass sie mit etwas Gesang zur Unterhaltung beitragen sollen. Sie tragen ein paar lustige Duette und Volkslieder aus Nyland vor, mit denen sie aufgewachsen sind, anschließend berichten sie, dass sie mit den Liedern, bereichert um einige aus Åland, im Juni auf eine kleine Tournee durch ihre Heimattrakte gehen werden. Sie müssen dort ihre Kinder herumzeigen, und Petter soll am laufenden Band Verwandte trauen, aber die Tournee unternehmen sie, um damit Geld für die Krankenstation zu sammeln. Alle klatschen, und Doktor Gyllen fängt ihren Blick ein und dankt mit einem kleinen Lächeln und einer angedeuteten Verneigung.

Die Wirkung der halben Tablette lässt nach, und sie hat zum ersten Mal vergessen, ihre Pillenschachtel mitzunehmen. Das Schlimmste kommt erst noch, das, was sie befürchtet hat, als sie zum Abschied singen »Oh, wie selig, wenn wir dürfen wandern«. Obwohl sie wissen, dass sie es nicht so mit der Kirche hat, vermutlich nicht einmal an Gott glaubt, kann sie nichts davon abhalten. Dann der Aufbruch. Sie setzt sich, als einer nach dem anderen kommt, sich bedankt und Lebwohl sagt. Jüngere Frauen, die sie entbunden hat, knicksen, ältere versichern, wenn sie weg sei, sei Schluss mit dem Kinderkriegen. Alle möglichen Patienten zeigen verheilte Wunden oder Armbrüche vor, von denen absolut nichts mehr zu sehen ist, versichern, dass die Kopfschmerzen nachgelassen haben und das Ohrensausen verschwunden ist.

»Danke, danke«, sagt sie zu allen. »Adieu, auf Wiedersehen.« Viele schluchzen. Sie wollen sie auch weinen sehen, aber das ist ausgeschlossen, sie hat sich antrainiert, niemals ein Gefühl zu zeigen, das sie verraten könnte. Am Ende geht sie mit den Hindriksens zum Schulsteg. Von ihnen muss sie erst morgen Abschied nehmen, und jetzt sind sie, wie üblich freundlich plappernd, um sie herum, ein letztes Mal. Mit Schrecken, der daher rührt, dass die Medizin nicht mehr wirkt, fragt sie sich, wie es gehen soll, ohne die Hindriksens allein in einer Krankenstation auf den nördlichen Schären zu leben. Ob ihnen klar ist, wie sehr sie sie in den Pausen zwischen den Beruhigungstabletten geliebt hat? Hindriksens Erika ist noch immer genau so wie am Anfang, die Mädchen sind gewachsen, junge Damen geworden, wie sie sagt. »Gebt auf euch acht, wenn ihr in die große, weite Welt hinauszieht.«

Begreifen sie, dass es zu wehgetan hätte, größeren Anteil an ihrem Leben und Aufwachsen zu nehmen? An ihnen hat sie die Zeit vergehen sehen, vor ihrem Optimismus ist ihr eigener verblichen. Es ist gut, dass sie Mädchen sind, schlimmer wäre es mit Jungen gewesen, aus denen große Bengel geworden wären, komplett anders als die achtjährigen Knirpse, die sie am Anfang waren.

Auf der Bootsfahrt nach Hause gehen ihr viele Dinge ungeordnet durch den Kopf. Ihre einzige Verteidigung ist das Schweigen, nicht zu viel sagen, sich keine Blöße geben. Das ist sehr ungezogen und undankbar nach einem solchen Fest, aber selbst das verzeihen die Hindriksens. Wahrscheinlich hätten sie sich erschrocken, wenn sie auf einmal anders gewesen wäre. Wenn sie das Bild zerstört hätte, das sie von ihr bewahren wollen. Sie nehmen sie, wie sie ist, erwarten nicht mehr von ihr als das, was sie sie sehen lassen will.

»Wie sollen wir jetzt zurechtkommen?«, fragt man sich in jedem Haus. Im Lauf von fünf Jahren vergisst man, wie es ist, ohne einen Arzt zu sein. Dagegen kennt man eine Flut von Schreckensgeschichten über Menschen, die an Bauchfellentzündung, Darmverschlingung, Thrombosen, Wundbrand oder Blutvergiftung gestorben sind, weil sie nicht rechtzeitig in ein Krankenhaus kamen. »So ist es immer mit euch Örar-Leuten, ihr kommt erst, wenn es zu spät ist«, können sie in jedem Haushalt zitieren. In der Ära Gyllen war das anders. Wen sie nicht selbst behandeln konnte, schickte sie per Krankentransport mit der Küstenwache, bevor die Erkrankung zu weit fortgeschritten war. Jetzt ist man ausgeliefert. Wie sollen sie wissen und beurteilen können? An eine frisch examinierte Krankenschwester, die erst noch lange praktische Erfahrung sammeln muss, darf man keine hohen Erwartungen stellen.

»Wie seid ihr denn vorher zurechtgekommen?«, lautet die Gegenfrage, und die Antwort liegt auf der Hand: »Schlechter.« So heißt es in jedem Haus, außer vielleicht in dem des Kantors, wo Francine ihre Schwierigkeiten mit dem nüchternen Ton und handfesten Zupacken von Doktor Gyllen hatte. Sie weiß, dass Frau Doktors Lob der tapferen, mithelfenden Gebärenden nicht ihr gilt. Francine will nicht mitmachen, nicht dabei sein, sie wehrt sich. »Nein«, sagt sie. »Es geht nicht. Ich kann nicht.« Die Frau Doktor erinnert sie an ihre vier gesunden, hübschen, kräftigen Kinder. »Die sind doch auch irgendwie zur Welt gekommen«, sagt sie ungeduldig. »Wir versuchen es noch einmal. Los geht's, einmal noch.« Als würde sie pressen. Und der Kleine kam bekanntlich behindert zur Welt, fehlentwickelt, ein Loch im Herzen. Inzwischen gestorben. Es war am besten so. Aber nie wieder. Sie hat sich nicht getraut, Doktor Gyllen nach Verhütung zu fragen, wollte einfach bloß weg, nie wiederkommen.

Lydia Manström ist einsamer als vorher. Nicht, dass die Frau Doktor und sie je Vertraute gewesen wären, aber es war doch ein Trost, zu wissen, dass sie es hätten werden können. Wenn es einmal gepasst, sich so ergeben hätte. Eine Frage hätte sie gern mit ihr erörtert. Ist auch Frau Doktor der Auffassung, dass sich Heranwachsende und junge Männer in der Phase, in der Jugendliche Dinge ausprobieren und sich dabei näherkommen, vielen von den Mädchen aufdrängen? Dass es beinah dazugehört, wenn sich der Mann, der Jugendliche an das Mädchen, das er sich ausgeguckt hat, gewaltsam heranmacht. Oder dass ein Mädchen unter ungünstigen Umständen zwischen mehreren herumgereicht wird. Mit rücksichtsloser Verachtung, um es deutlich zu sagen.

Die Sache ist schwer eindeutig zu definieren, selbstverständlich gibt es verschiedene Grade von Einverständnis und verschiedene Grade von Widerstand. Sicher gibt es Mädchen, die genau darauf warten, die darauf aus sind, locken und es herausfordern. So ist es am besten. Aber was ist mit denen, die nicht wollen? Oder noch nicht so weit sind, sich noch nicht dazu entschließen konnten? Brauchen vielleicht gerade solche Mädchen eine Art handgreiflicher Überredung? Die Frage ist also: Sieht die Frau Doktor darin ein Problem? Oder ist so nun einmal das Leben? Sie hat selbst Färsen dem Bullen zugeführt und gesehen, wie verängstigt sie sind und wie erregt.

Kurz gefragt: Wie definiert man Vergewaltigung? Darüber hat sie früher oft nachgedacht. Und bringt es jetzt nicht über sich, darüber zu reden. Ist vielleicht genauso erleichtert, dass das Thema nicht zur Sprache kam. Sie hätte sich bloß verheddert, etwas angedeutet, für das sie sich später geschämt hätte. Vielleicht ist es für andere kein Problem, nicht einmal für die, die in ihrer Jugend selbst davon betroffen waren. Vielleicht geht es sogar den Allermeisten so, und alle akzeptieren, dass es nun mal so sein muss. Ein Teil des Frauwerdens, die Einführung in ein Leben als Frau?

Was hätte die Frau Doktor wohl dazu gesagt? Sie war doch so zugeknöpft und resolut. Vier Jahre lang hat sie sich vorgestellt, mit ihr könne sie reden; beide konnten sie Geheimnisse für sich behalten, still und ohne Aufheben, ohne dass ein Außenstehender etwas mitbekam. Aber es bestand die Gefahr, dass die Ärztin sie völlig verständnislos angeguckt hätte: eine Frau mit abgeschlossener Berufsausbildung, mit einer bezahlten Anstellung, Hausherrin auf einem eigenen Hof, Vorsitzende des Frauenvereins, aktiv in der Gemeinde und in der Gesundheitsfürsorge. Wo ist das Problem? Ach, Entschuldigung, es war eigentlich nichts.

Unwillig steht sie auf, geht durch die Wohnküche und ins Wohnzimmer. Da stapeln sich die Schulhefte, die durchgesehen werden müssen, aber sie holt lieber Papier hervor, schraubt das Tintenfass auf, taucht die Feder ein und schreibt: Von morgen an werden wir von »Frau Doktors Zeit« sprechen, denn morgen reist sie ab. Nie wieder werden die Örar einen eigenen Arzt haben. Es tat gut, die rührenden Dankesbezeugungen der Fischerbevölkerung mit anzusehen, die ihr heute zuteilwurden. Es blieb kein Auge trocken, als der Gemeinderatsvorsitzende und der örtliche Pfarrer unser aller Dankbarkeit für einen bewundernswerten Einsatz in der Krankenpflege ausdrückten. Jetzt fühlen wir bloß Leere, wenn wir uns die Zukunft ohne unsere Frau Doktor vorstellen.

Adele Bergman wird in ihrer wichtigen und anstrengenden Arbeit durch eine eiserne Gesundheit unterstützt. Elis hat es dagegen manchmal mit dem Herzen. Doktor Gyllen hat ihn abgehorcht, den Rücken abgeklopft, den Puls gemessen, sich seine Augen angesehen und dann gemeint, es sei schön, auch mal einen gesunden Menschen zu untersuchen. Sie fragen sich, wie es von nun an weitergehen soll. Solange Doktor Gyllen auf Örar war, hat sie Krankheit und Tod Paroli geboten. Wer in ihrer Ägide gestorben ist, starb in hohem Alter oder an einem Unfall. Es gab einige wenige traurige Krebsfälle, im Übrigen aber ist »der allgemeine Gesundheitszustand gut«, wie sie es selbst am Telefon dem Oberarzt bei der Regionalverwaltung mitgeteilt hat und wie es zur Genugtuung der Inselbevölkerung anschließend von der Vermittlung sogleich weitergetragen wurde.

Adele war eine der treusten Anhängerinnen der Ärztin, sie wird sie wirklich sehr vermissen. Andererseits ist sie nicht nur traurig darüber, dass die prominenteste Freidenkerin der Örar nun wegzieht. Es war ihr doch ein beständiger Stachel im Fleisch, dass die Ärztin, wenn auch unbeabsichtigt, leicht zu beeinflussenden jüngeren Menschen Grund zu der Annahme gab, es sei modern und sogar bewundernswert, Kirche und Religion abzulehnen. Der Pfarrer schien es nicht so tragisch zu nehmen, und wenn sie ihm gegenüber die Freigeisterei der Ärztin ansprach, wirkte er verlegen und murmelte, es sei schwer, in das Herz eines Menschen zu blicken. Auch wenn Doktor Gyllen Gott nicht kenne, so kenne doch Gott Doktor Gyllen und setze ihre Fähigkeiten zum Nutzen vieler ein.

Ein Ausweichmanöver, das Adele Bergman ganz und gar nicht behagt. Knallhart im Geschäftlichen, brennend in ihrem christlichen Eifer. Sie strebt nach der totalen Hingabe, einer tiefen Einsicht in die Notwendigkeit der Erlösung. Es reicht nicht, wenn man für sich selbst danach strebt, jeder Christ sollte auch Verantwortung für seine Mitmenschen übernehmen und ihre Augen für das himmlische Licht öffnen.

Dank dem neuen Pfarrer erlebt das geistliche Leben auf Örar einen Aufschwung. Viele gehen nun ziemlich oft in die Kirche, die Andachten in den Dörfern sind gut besucht. Das ist gut. Doch unter den Besuchern erkennt Adele viele Gewohnheitschristen, für die Religion nichts als eine leere

Form ist. Wo ist der innere, persönliche Glaube, der das gesamte Leben eines Christenmenschen durchsäuert und verwandelt?

Der Blick des Pfarrers, von dem sie sich so viel erhofft, flackert ein wenig unstet. »Ich bin etwas vorsichtig mit dem Wort Gewohnheitschrist«, sagt er halb entschuldigend. »Wenn Menschen zur Kirche kommen, sollte man sie nicht durch eine solche Bezeichnung zurückstoßen. Ist die Gewohnheit nicht ein Halt und bildet ein Rückgrat im Glaubensleben? Kann es nicht vielleicht umgekehrt so sein, dass der persönliche Glaube seine Nahrung gerade aus der Gewohnheit zieht? Wo wir Andacht halten, steht die Tür offen. Gott ist nah. Daran dürfen wir glauben.«

»Aber was ist mit der persönlichen Entscheidung?«, insistiert Adele. »Die Lauheit der Menschen ist schlimm. Es reicht ihnen, manchmal in die Kirche zu gehen, als würden sie sich einen Ablass kaufen. Dann ist wieder alles wie vorher. Egoismus, der eigene Vorteil, kalte Berechnung. Wie sollen wir da ihre Herzen öffnen können?«

Wenn Adele nicht wüsste, was für ein guter Christ er ist, könnte sie schwören, dass es ihm peinlich ist. »Das frage ich mich auch, wenn ich meine Predigt schreibe. Was wissen wir vom Herzen unseres Nächsten? Es ist offen für die Verkündigung, aber gleichzeitig auch empfänglich für Versuchungen und Druck, und es lässt sich ausnutzen. Das sehen wir in vielen Sekten.«

»Auf dem Gebiet bist du mit deiner Angst vor Sektierertum wirklich ganz auf der Linie der Amtskirche. Ich spreche von dem Bedürfnis nach Erweckung, vom Wind des Geistes, der nicht nur zu Pfingsten wehen sollte!«

»Du hast ganz recht. Doch ich zögere. Die Erweckung

spaltet ein Dorf. Und vor allem wäre mir der Rock ein paar Nummern zu groß, eine Erweckungsbewegung leiten zu wollen. Wie macht man so was?« Er lächelt entwaffnend, doch natürlich könnte er, wenn er nur wollte! Sein Widerwille ist das Hindernis und auch dass er sich in alle möglichen anderen Verpflichtungen in seinem Büro und in seiner Landwirtschaft flüchten kann. Er wird mehr und mehr wie andere evangelisch-lutherische Pfarrer, die ihre Tätigkeit in Segmente unterteilen: Verkündigung, Gemeindearbeit, Bürotätigkeit, Landwirtschaft. Ohne je daran zu denken, dass das ganze Leben eine Verkündung sein sollte. Die kleinste Verrichtung sollte eine Predigt über die Güte Gottes sein, die dem zuteilwird, der sich ihr vorbehaltlos überlässt! So sollten Geistliche sein, wie die Mönche im Mittelalter, deren einziger Auftrag die Liebe zu Gott und den Menschen war.

Etwas an Adele bringt den Pfarrer mit seinem Ideal absoluter Wahrhaftigkeit dazu, weniger mitteilsam zu werden und sich zu überlegen, was er sagt. Ein paar wichtige Dinge hält er plötzlich für nicht mehr unbedingt mitteilenswert. Etwa dass er bei einem Blick in die Gesichter seiner lieben Örar-Bewohner ihnen nicht an erster Stelle die eifernde Selbsterforschung einer Erweckungsbewegung wünscht. An die Freiheit eines Christenmenschen denkt er dann schon eher. An die Freiheit von Anfechtungen oder daran, frei von Qualen und unbeschwert zu sein. Froh, wenn das mehr als in Ansätzen möglich ist. Das Leben ist voller Unruhe, Mangel, Krankheit und Trauer, und gern würde er ihnen die ewigen Strafen ersparen.

Wenn Gott der Gott der Liebe ist, dann liebt er seine Insulaner mitsamt ihrer Schlitzohrigkeit, mit ihrem Wolfsgrinsen und ihren Bocksfüßen, der Wolle, in der sie gefärbt sind, ihren fremden Federn, ihren Hasenpfoten und Tigerherzen. Ösen und schnelle Haken, Gottes ganze bewegliche Schöpfung in aufsprühenden Funken in ihnen verkörpert. Tatzen und Schnauzen, Felle und Pelze, Flüstern und Schreie. Eine Eisente, eine Eiderente, eine Bachstelze, eine Himmelsziege. Ein Flügel streicht über eine Stirn, ein runder Robbenschädel durchstößt die Oberfläche. Ein Lächeln über allem, schnell verschwunden, ebenso schnell wieder da. Ohne zu kategorisieren und zu moralisieren, denkt der Pfarrer manchmal.

Er schleppt ein ausgeprägtes Sündenbewusstsein mit sich herum und erforscht sich eingehend selbst. Wünscht er anderen wirklich dasselbe? Er wünscht sich nicht die Kirchenzucht zurück und bedankt sich, so etwas wie einen Religionswächter spielen zu sollen. Gott auf den Lippen, wenn er verurteilt. Er will kein Spaßverderber sein, wie er es oft genug für sich selbst war. Aber doch ein Wegweiser zur wahren Freude in Christus, der nicht vergeht vor Angst und Unruhe, entdeckt, verhöhnt und bestraft zu werden. Ein Weg, den man im Licht geht, mit einer Last, die man auch tragen kann.

Die Leute von Örar leben gesellig wie der Hering und gehören verschiedenen Gemeinschaften an, am eifrigsten ihrer Familie und der Dorfgemeinschaft. Eine religiöse Erweckung aufzuziehen, die solch lebenswichtige Bindungen zerreißt, das ist nichts für den Pfarrer. »Nein«, muss er Adele in aller Deutlichkeit sagen, »ich werde eine solche Erweckungsbewegung nicht anführen. Ich werde das Wort, das uns befreit und erlöst, predigen, so gut ich kann. Wegweisen, aber nichts erzwingen. Eher Exempel als Diktat.«

»Wenn es so einfach wäre«, entgegnet Adele. »Die Menschen sind viel zu halsstarrig dazu, verbiestert und verhärtet. Nach außen zeigen sie ein freundliches und glattes Gesicht, aber …!«

»Stimmt«, sagt der Pfarrer ganz einfach. Denn es stimmt, die Todsünden ziehen in breiter Front durch die Dörfer, die Tugenden sind verachtete Schattengestalten. Aber die Sünden gehen unter einer Bevölkerung um, die auch die Fähigkeit zu Mitleid und Sympathie, Trost und Wohlwollen besitzt. Die Leute können nicht ohne andere Menschen leben, und darum achten sie auf die gesellschaftlichen Regeln, die sie nicht übertreten dürfen. Es gibt eine Tages- und eine Nachtseite, sie sind offen wie ein Buch und voller Heimlichkeiten, lächeln und zeigen einem die kalte Schulter, sind gut und boshaft. Nie bloß das eine oder das andere.

Alles in allem betrachtet, überlegt der Pfarrer, haben ihm die Bewohner der Inseln den Weg zu einer christlichen Gemeinschaft auf sehr viel effektivere Weise geöffnet, als er es selbst vermocht hätte. Die Örar-Insulaner haben ihn von der dauernden Selbstbeobachtung erlöst, die nur eine Form von Egozentrik ist, als ob nämlich alle ihre Blicke immer nur auf ihn gerichtet hätten. Vielleicht tun sie das auf den Örar sogar, aber wenn, dann tun sie es mit einem amüsierten und nachsichtigen Blick, viel nachsichtiger als der zerstörerische Blick, mit dem er sich einmal selbst beobachtet hat. Er redet besser, wenn er sich nicht verbiestert selbst im Auge hat, und die Gemeinschaft, die ihm die Gemeinde großzügig anbietet, tut ihm gut.

Auf den Örar ergibt es sich ganz natürlich, dass man sich nicht an menschlichen Unzulänglichkeiten festbeißt, manchmal fällt es so leicht, dass es dazu führt, mit Bösem Nachsicht zu üben, über das man nicht hinwegsehen dürfte.

Die mitteilsameren unter den Einwohnern öffnen die Tür einen Spaltbreit und lassen sich etwas über Haustyrannen, Betrüger und Ehebrecher entschlüpfen, im Nachfassen dann, gerüchteweise, über Vergewaltigung und Sodomie. Mit einem Sünder, der ihn aufsucht, kann er ein ernstes Wort reden, einem Opfer kann er Hilfe anbieten, aber eine öffentliche Verurteilung, wie Adele sie von ihm erwartet, ist nicht seine Sache. Wer ohne Schuld ist, werfe den ersten Stein, taugt auch heute noch zur Mahnung, kann aber sicher nicht die ganze Antwort sein, wenn man auf die Opfer von Übergriffen schaut. Wie also soll ein Geistlicher sein? Ein aufmerksam zuhörender Freund, jederzeit ansprechbar. Doch macht er sich so vielleicht taub und trübt sich den Blick? Vielleicht. Und wie sähe die Alternative aus? Jedenfalls nicht so geradlinig, wie Adele den Weg zur Erlösung gern von ihm verkündet sähe.

Dreiundzwanzigstes Kapitel

Der dritte Winter. Der Pfarrer hat inzwischen alle Arten von Wetter erlebt und bewegt sich uneingeschränkt zu Wasser und zu Land in seinem Kirchspiel. Die Dunkelheit ist nicht vollkommen dunkel. Da es auf den Inseln keine Wälder gibt und das Land offen unter dem Himmel liegt, reicht das Licht der Sterne, des Mondes oder von dem helleren Streifen zwischen Himmel und Meer überallhin. »Hier hat man immer Verbindung zum Himmel«, pflegt er zu sagen, wenn Leute ihn fragen, ob er keine Angst hat, sich im Dunkeln zu verirren. Als Geistlicher empfindet er deutlich, dass der Pfarrer den Umstand, dass die Kirche abseits der Gemeinde steht, nicht als Vorwand benutzen darf, um sich im Winterhalbjahr von allem zurückzuziehen. Als Gemeindepfarrer soll er unter den Mitgliedern seiner Gemeinde leben. Und wann sind sie für die Botschaft der Kirche empfänglicher als im dunklen Winter, wenn der Wind heulend zwischen den verstreuten Häusern einfällt und der schwache Schein der Petroleumlampen flackert?

Mona ist froh, dass es der letzte Winter ist, in dem er sich bei Sturm ins Boot oder aufs Eis hinausbegeben muss. Die Arbeiten an der Brücke sind wenn auch nicht gut, so doch zufriedenstellend vorangekommen. Im Rahmen der freiwilligen Arbeitseinsätze kann man regelmäßiges Erscheinen nicht einfordern, sondern muss dankbar sein, wenn jemand mit Pferd und Schlitten erscheint. Der Pfarrer hat unzählige Tage Arbeit geleistet; er hat geschleppt und getragen, genagelt und gehämmert und vor allem die anderen bei Laune gehalten. Wenn er nach Hause kommt, ist er allerdings durchgefroren und kaputt, denn Licht zu verbreiten und Brücken zu bauen fordert eine mentale Energie, die man nicht austeilt, ohne einen Preis dafür zu bezahlen.

Es ist eine kalte, nasse und strapaziöse Arbeit, die niemand mag. Dass sie überhaupt ausgeführt wird, sagt Adele, sei ein Beweis für das außergewöhnliche Talent des Pfarrers, Menschen zu inspirieren und anzuleiten. Wenn sich jemand beklagt, schnaubt sie vernehmlich und weist darauf hin, dass die Brücke mitnichten für die Pfarrersfamilie gebaut wird, sondern um allen in der Gemeinde den Gang zur Kirche zu erleichtern. Aber es wird bald überstanden sein, mit der fertigen Brücke wird der Kirchgang im folgenden Winter ein Spaziergang sein. Und im Frühjahr wird er, was das Motorboot angeht, Nägel mit Köpfen machen.

Er ist guter Dinge und voller Zuversicht, und Mona, die genug anderes zu tun hat, läuft nicht mehr herum und macht sich Sorgen, wie sie es in den vergangenen Wintern tat, wenn er unterwegs war. Man kann eine Frau nicht dafür tadeln, dass sie Vertrauen zu ihrem Mann hat und sich damit abfinden musste, dass er sich nun einmal gern viel zu ausführlich mit Menschen unterhält und daher andauernd zu spät kommt. Sie muss ganz einfach darauf vertrauen, dass er letztlich irgendwann nach Hause kommt. Manchmal so spät, dass sie darum kämpfen muss, nicht vorher einzuschlafen. Die späte Teestunde mit ihm möchte sie nicht missen, dieses ruhige Durchsprechen der Tagesereignisse, bevor sie ins Bett fallen.

Es war ein Winter ohne verlässliche Eisdecke. Selten Post, gebracht dann vom eisgängigen Forschungsschiff *Aranda*. Post-Anton hat sich verhoben, nun macht ihm ein alter Bruch zu schaffen. Er hat sich in Godby operieren lassen und liegt dort mittlerweile in der zweiten Woche. Ohne die *Aranda* gäbe es überhaupt keine Post. Anfang Februar kommt eine ordentliche Kältewelle, und die Aussichten steigen, endlich eine sichere Eisdecke zu bekommen. In Verbindung mit dem Wetterumschlag flammen auch plötzlich Nordlichter auf.

Es ist das erste Nordlicht, das Petter in seinem Leben zu sehen bekommt. Die Familie ist längst im Bett, er löscht die Lampe im Büro, kann kaum noch die Augen offen halten. Aber er registriert noch, dass irgendwas mit dem Licht draußen komisch ist, es flackert so, dass er für einen Moment glaubt, es sei Feuer ausgebrochen. Doch der Schein ist grünlicher, und als er nach draußen schaut, sieht er, dass der ganze Himmel flammt. Riesige grünliche Lichtflecken wirbeln über den Himmel. Nordlicht – hier auf Örar gibt es wirklich richtiges Nordlicht! Er stürzt ins Schlafzimmer. Mona schläft, die Kinder schlafen. Der Raum ist dunkel, doch über die Rollos flutet grünes Nordlicht.

»Mona«, sagt er. »Wach auf! Das musst du sehen!«

Sie erwacht mit einem Ruck und setzt sich kerzengerade auf. »Was ist los?«

»Nordlicht. Es ist unglaublich. Zieh dir was an, dann gehen wir raus auf die Treppe und sehen es uns an.«

»Kann man es vom Fenster aus nicht genauso gut sehen?«

»Doch. Aber es draußen zu sehen ist ganz was anderes.«

»Mir reicht das Fenster. Bleib nicht so lange draußen, dass du dich unterkühlst.«

So selten können sie Erlebnisse miteinander teilen, und jetzt, wo es möglich ist, will sie nicht. Stattdessen weckt er Sanna. Hebt sie mit der Decke aus dem Bett, obwohl Mona zischt: »Lass doch um Himmels willen die Mädchen schlafen! Was ist denn Nordlicht schon für sie? Nichts.«

Sanna ist aber auf seinem Arm schon aufgewacht.

»Papa«, sagt sie und weiß sofort, wo sie ist.

»Möchtest du mit mir rausgehen und Nordlicht sehen?«, fragt er. »Das ist eine fantastische Erscheinung am Himmel, die die meisten Menschen nie zu sehen bekommen. Komm, meine Kleine!« Er wickelt sie in die Decke und trägt sie wie ein Baby, das große Mädchen. »Lillus lassen wir schlafen«, sagt er. »Sie ist noch zu klein, um zu verstehen, was sie sieht.«

Trotz Mamas Protesten im Hintergrund gehen sie nach draußen auf die Treppe, schließen die Tür hinter sich, um keine Wärme herauszulassen, und bleiben schweigend stehen. Die ganze Welt flammt in Grün und Weiß. »Es ist eine Art optisches Phänomen, das mit Temperaturverhältnissen, Luftfeuchtigkeit, Reflexion des Lichts und solchen Dingen zu tun hat«, sagt er. »Ich kann es nicht genau erklären, muss erst noch nachschlagen, aber das Wichtige ist, dass wir es sehen und uns immer daran erinnern, wie es aussieht. Es ist ein Naturwunder.«

»Ja«, sagt Sanna. Wenn sie nicht auf Papas Arm wäre, hätte sie Angst. Das Licht, das dort oben hin und her weht, erreicht nicht die Erde, die pechschwarz ist. Es beleuchtet nichts auf der Erde, nur der Himmel flammt und flackert in einem gewaltigen leuchtenden Schein. Mehr als man es sehen kann, nimmt sie den Vater wahr. Die Wärme in seinem begeisterten Körper, der vibriert, wenn er spricht, das Gefühl, so nah aneinandergeschmiegt zu sein. Die kalte Luft am Rücken, seine warme Brust vorne, die Wange an seiner. Dass sie beide allein draußen sind, ohne Mama und Lillus. Nur sie, seine Vertraute und Assistentin bei der Nordlichtforschung.

Er seinerseits erlebt intensiv Sannas Teilnahme, ihren festen Leib unter der Decke, den wachen Verstand in der aufmerksamen und konzentrierten Gestalt. Die Gnade und die Freude in diesem lebendigen Kind erlebt er besonders an diesem Tag vor dem Hintergrund eines Trauerfalls, der die Örar getroffen hat. Ein achtjähriges Kind ist mit einem geplatzten Blinddarm nach Åbo überwiesen worden und dort vor einigen Tagen an Bauchfellentzündung gestorben. Wieder einmal stellen alle fest, wie schutzlos das Leben seit Doktor Gyllens Wegzug geworden ist. Er wird das Mädchen beerdigen, wenn es nach Hause gebracht worden ist, und bei einer Andacht in der Westsiedlung eine Gedenkrede halten. Seine Gedanken kreisen schon darum, was er sagen soll, und die lebendige Sanna auf seinem Arm gibt ihm den Gedanken ein, dass er ihren Verlust nicht ertragen könnte, während die Eltern der kleinen Achtjährigen keine andere Wahl haben, als den Schmerz auszuhalten.

Am folgenden Sonntag kommen etliche Menschen zur Kirche. Das Eis sieht mittlerweile sicherer aus, und die Leute kamen darüber zu Fuß, vorsichtig, hielten Abstand voneinander, es ist nichts passiert. Eine Erleichterung nach dem ungewöhnlich beschwerlichen Winter. Viele Menschen, fast alle in der Ostsiedlung nehmen an der Beerdigung teil, die Trauer der Eltern ist herzzerreißend, wegen Sanna nimmt der Pfarrer ganz besonders Anteil.

Am Abend ist es dunkel, bewölkt, vielleicht wird es Schnee

geben. Bis jetzt ist auf den Örar fast noch kein Schnee gefallen, und um auf den Wegen schneller voranzukommen, nimmt er das Fahrrad und radelt über das Eis zur Westsiedlung. Mithilfe der Fahrradlampe kann er den Spuren der Leute folgen, und wenn er schnell genug fährt, kommt er schön aufrecht und ohne Risiko, zu stürzen, über das blanke Eis. Auf dem Gepäckträger hat er die Aktentasche mit den ewigen Blättchen von der Seemanns- und Heidenmission und der Inneren Mission, die er notgedrungen verteilen muss. Schnell und wohlbehalten erreicht er Land. Der Weg zum Hof ist nicht weit, und nur eine halbe Stunde nachdem er von zu Hause aufgebrochen ist, trifft er dort ein. Er kommt zu früh und hat noch Zeit für ein Gespräch, ehe es anfangen soll. Sie reden vor allem über das Eis, wie viel leichter jetzt alles wird, da es sich endlich ausbreitet. Die Männer sitzen gelassen zusammen, während sich die Frauen nach dem abendlichen Melken umziehen und fertig machen.

Als die Frauen hinzukommen, steigt die Temperatur. Sie sprechen über das tote Mädchen und darüber, wie es der Mutter geht, und der Pfarrer sagt, wie sehr er an seine eigenen kleinen Töchter denkt und daran, wie es sich anfühlen würde, sie zu verlieren. Es gibt niemanden in der Versammlung, der nicht schon von einem Trauerfall betroffen gewesen wäre. In solchen Stunden kann einem der Trost der Kirche mager und Gottes Wort blass vorkommen.

»Doch dann«, sagt er und erhebt sich zum Zeichen, dass die Andacht begonnen hat, »lässt man außer Acht, dass die Worte und Versprechen auf längere Sicht wirken. Sie fallen nicht ungehört zu Boden und verdorren, sondern sie liegen dort und keimen wie Saatkörner im Verborgenen und erwarten ihre Zeit. Aus der Trauer wachsen langsam Hoffnung und Trost. Die Worte, die scheinbar zu Boden fallen, sind nicht weggeworfen, ebenso wenig wie ein vorzeitig erloschenes Leben vergeudet ist. Unsere kleine Anni ruht am Herzen Jesu. Hier unten wird sie in unserer Erinnerung als das kleine Goldkehlchen aus der Sonntagsschule fortleben und in ihrem Elternhaus als das geliebte Kind. Wir trauern mit den Eltern und ihrer Schwester, und wir werden sie überall vermissen, wo wir sie sonst gesehen haben, an der Hand ihrer Mutter und wohlbehütet neben dem Vater auf der Bank. Ihr Tod mag uns grausam vorkommen, und Gott, der ihn zugelassen hat, als ein herzloser Gott.

Ich wünschte, ihr könntet sie über den Lichtbogen gehen sehen, der aus unserer Welt in die himmlische hinüberführt. Frei von irdischen Banden, wie wir singen, mit leichten Schritten auf dem Weg zu unserem himmlischen Vater. Seinen Armen können wir sie überlassen, frei von Furcht und Schmerzen. Zur Erinnerung daran, dass es Freude jenseits des Grabes und eine Zukunft voller Gesang gibt, wie wir in einem anderen Lied singen, schlage ich vor, wir singen Psalm 222, ›Im Himmel, im Himmel‹.«

Dass sie weinen, ist nichts, worauf er stolz wäre. Beim Singen brechen ihnen die Stimmen, und sie verschlucken manche Wörter. Er selbst hält die Melodie, kann den Text auswendig, die Stimme trägt. Die Gemeinschaft fühlt sich stark und warm an, nachdem die Andacht vorüber ist und belegte Brote und Kaffee auf dem Tisch stehen, das wahre Brot und Wein der äußeren Schären. Die Gesichter sind gerötet, doch die Tränen trocknen, und die Unterhaltung kommt in Gang. So kommen Menschen durchs Leben, durch ihre Gespräche, ihre tausend Arten, Interesse, Freude, Entsetzen,

Trauer auszudrücken. Allen ist wieder richtig froh ums Herz, als es Zeit wird, »Oh, wie selig, wenn wir dürfen wandern« zu singen.

Die meisten machen sich zu Fuß auf den Weg, der Pastor bleibt allein mit seinem Rad an der Hausecke stehen. Es fällt ihm schwer, die Blättchen und Broschüren zu verhökern, an denen seine lebhaften und bodenständigen Gemeindemitglieder seiner Einschätzung nach nicht viel Gefallen finden können, darum ist seine Aktentasche noch genauso schwer wie auf dem Hinweg. Er zurrt sie sorgfältig auf dem Gepäckträger fest und schiebt das Rad durchs Tor.

»Pass bei den offenen Stellen bei den Kläppar auf«, ruft ihm der Gastgeber nach.

»Na sicher«, gibt der Pfarrer ruhig zurück. »Ich folge euren Spuren von heute.«

Es hat sich seit seiner Ankunft noch weiter bezogen, und es braucht eine Weile, bis sich seine Augen an die Dunkelheit gewöhnen. Er strampelt kräftig, um den Dynamo auf Touren zu bringen, sieht aber kaum etwas über den von seinem Licht gebildeten schmalen, flackernden Kegel hinaus. Die Welt um ihn herum ist verschwunden in dem abgeweideten Abhang, der sie umgibt. Dann kommt er auf die geschotterte Dorfstraße, wo es in den Reifenspuren von Eis glitzert. Wenn er sich in der Mitte hält, greifen seine Reifen gut. Bald ist er unten am Kai und rollt hinaus auf das Eis. Konzentriert und mit ordentlich Schwung in den Pedalen hält er sich aufrecht.

Es ist vollständig dunkel, weder Mond noch Sterne sind zu sehen, unter dem Schein der Fahrradlampe glänzt wenigstens das Eis, und als er um die Landzunge kommt, sieht er das Licht im Fenster des Pfarrhofs. An Abenden, an denen er unterwegs ist, stellt Mona die Lampe in das zur Bucht zeigende Fenster, damit es wie ein Leitstern leuchtet und ihm den Weg nach Hause zeigt. Jetzt, wo das Meer zugefroren ist, braucht er nur geradeaus auf das Licht zuzuhalten, bis er in der Kirchenbucht ist.

Es rollt gut, er singt »Oh, wie selig, wenn wir dürfen wandern«, während er in die Pedale tritt. Er achtet wohl nicht mehr sonderlich darauf, wo die anderen langgegangen sind, denn plötzlich, als er schon die Bucht erreicht hat, bricht das Eis unter ihm ein. Ein Splittern wie von Glas, und ein Loch verschluckt ihn und das Rad. Sie sinken bis auf den Grund, dann stößt sich der Pfarrer nach oben ab, kommt an die Oberfläche und schwimmt.

Im ersten Moment ist es ihm enorm peinlich. In dem eiskalten Wasser wird ihm heiß vor Scham. Ihm ist schwindlig, sein halber Schädel brummt, wo er mit dem Kopf auf die Eiskante oder den Lenker geschlagen ist. Er bekommt Lust, über sich selbst zu lachen: Es ist das erste Mal, dass er bei Eis ein Vollbad nimmt, normalerweise pflegt er das im Sommer bei angenehmen Wassertemperaturen zu tun, und auch dann nur selten. Er hört schon, wie Mona mit ihm schimpfen wird, erleichtert, dass es nicht schlimmer ausgegangen ist. Sie wird sagen, er hätte das Rad schieben und mit den Füßen tasten sollen, anstatt zu radeln wie auf der Straße. Das Letzte, was der Küster gesagt hat, bevor er aufbrach, war, dass das Eis nicht sicher ist. Ja, ja, nur keine Bange.

Ihm ist warm im Körper, er ist ein geübter Schwimmer und weiß, wie er sich verhalten muss. Während er mit den Beinen schwimmt, streift er den Mantel ab und zieht die Stiefel aus, erst den einen, dann den anderen, und er stellt sie oben aufs Eis. Es kostet ihn unerwartet große Anstrengung. Bevor man einmal eingebrochen ist, macht man sich keine Vorstellung davon, wie tief man im Wasser liegt, und plötzlich ist er müde, als würden die Kräfte auf einen Schlag nachlassen. Mit einem Zucken im schmerzenden Schädel fällt ihm die Aktentasche mit Bibel, Gesangbuch, der Zionsharfe und den Broschüren auf dem Gepäckträger ein. Wenn er sie schnell nach oben holt, sind sie vielleicht noch nicht völlig durchgeweicht und lassen sich noch retten. Es geht um nicht wenig Geld, das er sonst erstatten zu müssen glaubt. Er macht die schnelle Tauchwende, die ihm so gut gefällt, taucht ab wie ein Seehund und schwimmt mit schnellen Stößen nach unten. Tastet am Grund etwas herum: Ja, da ist das Rad, liegt auf der Seite, der Lenker ragt am höchsten auf, und da der Gepäckträger, die Aktentasche noch festgeschnallt.

Er muss nach oben, um Luft zu holen, taucht wieder und findet direkt das Rad, fängt an, die Schnur zu lösen, weiß noch, wie er sie verknotet hat. Er denkt, seine Hände seien warm und geschmeidig, aber sie fühlen sich seltsam taub an. Es scheint fast unmöglich, aber wegen etwas Widerstand soll man nicht gleich aufgeben. Er schwimmt noch einmal nach oben, um Luft zu holen, und taucht wieder. Er fummelt, ohne Erfolg, zerrt, hebt das ganze Fahrrad damit an, lässt los und taucht auf. Er ist außer Atem und müde, dabei schätzt er, dass er seit höchstens fünfzehn Minuten im Wasser ist. Noch einmal taucht er zum Grund. Versucht nicht länger, die Schnur aufzuknoten, sondern stemmt den Fuß gegen den Sattel und zieht und zerrt an der Tasche. Es scheint auch nicht zu gehen, doch dann gibt etwas nach, mit einem Ruck löst sich die Tasche, und er nimmt sie mit nach oben. Er ist zu lange unten geblieben, schluckt Wasser und schlägt wild um sich, als er an die Oberfläche kommt, er prustet und muss sich beinah übergeben. Die Aktentasche zieht an ihm wie ein Anker, doch mit einer Kraftanstrengung stemmt er sie auf die Schulter und hebt sie auf die Eiskante. Bei der Bewegung zerrt er sich die Schulter, und der Arm fühlt sich unbrauchbar an; es wird noch schwerer werden, sich aus dem Wasser zu ziehen.

Komisch, dass man so müde werden kann. Er freut sich jetzt wirklich darauf, an Land zu kommen, sieht schon vor sich, wie er die Böschung hinauflaufen wird, um nicht zu Eis zu erstarren. Dann durch die Tür. Puh! Monas Erschrecken, der warme Kachelofen. Wie schön, die schweren, nassen Kleider eine Schicht nach der anderen abzustreifen, sich beim Trockenrubbeln helfen zu lassen. Den warmen Schlafanzug an, Wollsocken, Pullover, Feuer im Küchenherd, seine Wärme strahlt unmittelbar aus, kochend heißes Wasser im Kessel. Heißer Tee. »Lass mich erst zu Atem kommen, bevor ich erzähle.«

Was er jetzt braucht, ist ein Eisrand, der sein Gewicht trägt. Dann braucht er sich bloß noch aufzustemmen, über die Kante zu ziehen und übers Eis zu rollen, bis er es wagen kann, aufzustehen und zu gehen. In der Praxis, findet er, ist es schwerer als in der Theorie. Ist doch keine große Sache, denkt man, das Eis abzuschlagen, bis man eine Kante hat, die dick genug ist, aber es geht langsam, die Bewegungen sind seltsam schleppend, und der Körper zieht schwer nach unten. Immer wieder muss er die Arme auf dem Eis ausruhen. Als er so weit vorangekommen ist, dass er glaubt, es versuchen zu können, schafft er es nicht, und wegen der schmerzenden Schulter fehlt ihm auch die Kraft, sich weiterzuziehen.

Das Wichtigste ist jetzt, nicht in Panik zu verfallen. Kurz ausruhen, dann noch einmal versuchen. Nicht zu lange warten, sonst läuft er Gefahr zu erfrieren. Nächster Versuch. Nein. Ihm fällt ein, dass die Inselleute sagen, etwas Spitzes, ein Eispickel in der Hand oder ein Messer im Gürtel, wären das Erste, woran man denken müsse, wenn man aufs Eis geht. Warum hat er nichts Spitzes bei sich? Er bewundert die Menschen auf den Inseln für all das, was sie wissen und können, aber er hat nichts davon gelernt. Wenn er taucht und es schafft, ein Schutzblech vom Fahrrad abzureißen, hat er eine Chance, aber ihm ist auch klar, dass er noch eine so große und langwierige Anstrengung unter Wasser nicht mehr schaffen wird.

Erst da denkt er daran, um Hilfe zu rufen. Es ist peinlich, eine Demütigung; er ist doch der Älteste und ein Vorbild. Er hätte sich nicht in eine Situation wie diese begeben dürfen, er hat sich wie ein Idiot angestellt, und je weniger davon etwas erfahren, desto besser. Aber egal, er ruft jetzt »Hilfe!« und hört selbst, wie kläglich es sich anhört. Das Pfarrhaus ist nah, aber die Fenster sind gut abgedichtet. Wenn Mona nicht nach draußen auf die Treppe kommt, um zu lauschen, ist er nicht zu hören. Er muss lauter werden, doch so flach über der Oberfläche ist es schwer, die Stimme zum Tragen zu bringen, es wäre aber notwendig. Wenn er ruft und sich bewegt, kann er vielleicht etwas mehr Wärme im Köper mobilisieren. Und wenn er sich nur aus der Einbruchstelle ziehen kann, muss ihn jemand hören.

»Hilfe!«, ruft er, lauter diesmal. Sein kräftiger, tönender Bass wird doch, zum Donnerwetter, wohl noch zu jemandem durchdringen. Zu irgendwem. Mona, die vor die Tür geht, um zu horchen, dem Küster, der auf der anderen Seite der Landzunge etwas zu erledigen hat und innehält, um auf den Wind zu lauschen. Jemand, an den er gar nicht denkt, der jedoch aus irgendeinem Grund auf dem Eis unterwegs ist.

Und über unseren Nöten auf Erden Gott in seinem Himmel, der uns in seiner Gnade sieht und weiß, wie es um uns bestellt ist. Zwischen seinen Hilferufen, die weiter tragen, wenn man keine Konsonanten bildet, sondern einfach nur »Heh, he« schreit, betet er. Zu dem, der keinen Spatz zu Boden fallen lässt, zu dem, der Mitleid hat, zu dem, der sich erbarmt. Sende mir deine Engel, schick Mona auf flinken Beinen federleicht über das Eis, lass den Küster draußen seinen Schlitten ausprobieren! Vielleicht trägt die Stimme mit dem Wind zur Ostsiedlung. Vielleicht hört jemand. Gütiger Gott.

Er fühlt den bohrenden Schmerz im Kopf nicht mehr so heftig, als würde sein Rufen alles betäuben. Er ruft jetzt dauernd und wiederholt wie ein Nebelhorn, mit kurzen Pausen, um zu Atem zu kommen. Ihm wird schwarz vor Augen, er sinkt, schluckt Wasser, kommt wieder zu sich, hustet und ruft. Schenke uns deine Gnade! Erlöse uns von dem Übel! Es geht ihm auf, dass er dabei ist zu sterben.

Im Pfarrhaus ist Lillus erkältet, sie röchelt und wimmert und kann nicht schlafen. Mona hat genug zu tun: heißes Wasser mit Honig, Terpentin auf die Brust, Halstuch und Mütze. Putz dir die Nase! Zwischendurch läuft sie herum und schimpft mit sich selbst, weil sie so unruhig ist. Petter hätte längst zurückkommen müssen. Seine bis spät sich hinziehenden Abendversammlungen können einen in den Wahnsinn treiben. Aber es ist auch furchtbar dunkel, stell dir vor, er ist in die Irre gefahren, stell dir vor, er ist gegen etwas gefahren, gestürzt und beim Aufprall bewusstlos geworden! Wenn er in einer Viertelstunde nicht da ist, will sie die Vermittlung anrufen und sich erkundigen, ob man da etwas weiß. Sie geht hinaus auf die Treppe, hört aber nichts. Keinen surrenden Dynamo, kein Knirschen oder Rasseln eines Fahrrads. Sie geht wieder ins Haus und ist auf sich selbst wütend, weil sie sich solche Sorgen macht. Sie setzt sich, kann aber keine Handarbeit vornehmen. Der Minutenzeiger auf der Uhr bewegt sich nicht.

In der Ostsiedlung hat ein Mann seltsame Geräusche vom Eis her vernommen, aber soweit er beurteilen kann, kommen sie aus der Westsiedlung. Falls da jemand eingebrochen sein sollte, sollen sie ihn selbst herausziehen. Er ist schon wieder auf dem Weg ins Haus, dreht aber noch eine Runde um die Fischerhütten, wo ein anderer Mann steht und horcht. »Könnte da jemand in der Fahrrinne der Dampfer sein?« Schlagartig fällt ihnen ein, dass gestern die *Aranda* vorbeigefahren ist. Das danach frisch gebildete Eis kann für jemanden, der unwissentlich dort langgeht, eine tödliche Falle sein. Jetzt sind es schon drei Männer, die ihre Eisäxte und Seile zusammensuchen, aber die Stimme ist jetzt seltener zu hören und hört sich kaum nach einem Menschen an. Vielleicht ein Tier, aber welches Tier klingt so? Man ruft von einem Haus zum anderen an, und die Vermittlung leitet die Nachricht weiter. Gibt es jemanden, der am Abend nicht nach Hause gekommen ist? Ist jemand in der Nähe der Dampferrinne unterwegs? Ist jemand aus unbekanntem Anlass da draußen unterwegs und noch nicht nach Hause gekommen?

Es dauert eine Weile, wenn die Anfrage die Runde machen soll. Es ist spät, viele sind schon zu Bett gegangen, man muss oft klingeln lassen. In jedem Haus wird überlegt und spekuliert. Könnte es sein? Aber heute Abend? Nein, das glaube ich nicht. Die Vermittlung klingelt Dorfbewohner, Verwandtschaft aus dem Schlaf. Der Pfarrhof kommt auf der inoffiziellen Liste nicht vor, aber irgendwann fällt dem Gastgeber der Abendandacht endlich ein: »Himmelherrgott, der Pastor war hier! Nein, er muss längst zu Hause sein. Kann man es wagen, im Pfarrhaus anzurufen und zu stören?«

Die Vermittlung wappnet sich mit ihrem offiziellsten Tonfall, als sich am anderen Ende mit ungewöhnlich verzagter Stimme die Pfarrersfrau meldet: »Hier Vermittlung. Verzeihung, dass ich so spät noch anrufe, aber es ist eine Anfrage eingegangen: Ist der Herr Pfarrer im Haus?«

In der Westsiedlung bleibt man länger auf als im Osten, und mehrere sind schnell bereit, mit Schlitten, Äxten und Leinen auszurücken. Rasch und in Reihe hintereinander, die Leichtesten an der Spitze, gehen sie die Fahrrinne ab. Bleiben oft stehen, horchen. Jetzt ist alles still. War alles nur Einbildung? Ein Fuchs, der auf einem Holm gebellt hat? Finster wie in einem Sack. Man sieht kaum, wo die Eisrinne verläuft, merkt es erst, wenn der Eispickel in Weichem einsinkt. Dann sofort alle Mann zurück! Die Taschenlampen leuchten Abschnitte der Rinne ab, dazwischen wird Batterie gespart. Ein Loch im Eis ist leicht zu verpassen, wenn keiner ruft. Aber irgendwas hat die allgemeine Unruhe ausgelöst. Jeder von denen, die draußen das Eis absuchen, kennt jemanden, der eingebrochen und ertrunken ist.

Der Pfarrer ruft inzwischen nicht mehr viel. Er speit vor allem Wasser aus, wenn er an die Oberfläche kommt. Er kann sich nicht länger an der Eiskante festhalten, und bald wird er auch nicht mehr das Wasser aus der Lunge husten können. Seinen Körper fühlt er nur gelegentlich, und dann wie brennendes Feuer. Die Arme gehorchen nicht mehr, die Beine schlagen nicht mehr wie bei dem guten Schwimmer, der er einmal war, ein Seehund, ein Delfin. Sein Kopf aber ist klar, trotz der pochenden Schmerzen darin. Die Ohren hören: das Plätschern, das verrät, wie schrecklich langsam er sich bewegt, die Eisstücke, die gegeneinander- und gegen den Eisrand schlagen, das Knistern um ihn herum von Wasser, das aufs Eis schwappt und langsam wieder gefriert. Den Wind, der in kräftigen Stößen weht und dann wie ein Zug übers Eis braust und seine Rufe vom Pfarrhof weg hinaus auf die leere Eisfläche weht.

Seine Augen sehen, unterschiedliche Nuancen von Dunkelheit, das kohlschwarze Wasser, das etwas hellere schwarze Eis, die weite, brausende Schwärze des Himmels, weder Mond noch Sterne. Und ob ich schon wandere im finsteren Tal, denkt er. Finsternis ist wie das Licht. Schenk uns deine Gnade. Schenk uns deine Gnade. Er wird unter Wasser gedrückt und kommt wieder nach oben, hat nun Arme und Hände verloren, die Beine, den Unterleib. Ein grässlicher Schmerz in der Brust, fast wie eine Wunde. Die Augen auf das gerichtet, was einmal ein heller, lebendiger Himmel war. Das Leben, das man nur so schwer loslassen kann.

Alles, was er zu sagen pflegt. Über den Toten, der aufgehört hat zu kämpfen und an Jesu Herz ruht. Über die Arme des Vaters. Von den Wegen des Herrn, die uns jetzt unergründlich sind, die wir aber später verstehen werden. Über das irdische Sehen, welches ist wie ein Blick in einen dunklen Spiegel, der das himmlische Licht nur unvollständig reflektiert. Von diesem himmlischen Licht sieht er hier und jetzt in der Stunde seines Todes nicht einen Schimmer. Alles nur Phrasen. Das Herz Jesu ein Nichts gegen das Monas, die väterlichen Arme kalt und abweisend. Von ihrem eigenen Vater umarmt zu werden sollte Sanna, Lillus und den Kindern, die sie noch bekommen wollten, nicht vorenthalten bleiben.

Der Schrei wie ein Krächzen über dem Eis. Die Anstrengung lässt ihn den Halt verlieren, er sinkt mit noch offenem Mund unter. Bekommt Wasser in die Lunge, ein unergiebiges Röcheln, als er auftaucht, Hand und Unterarm wie ein Stück Holz aufs Eis legt. Schenk uns deine Gnade. Im Angesicht seines eigenen Todes fühlte sich auch Jesus vollkommen verlassen. Mein Gott, mein Gott, warum hast du mich verlassen? Mich am Kreuz zurückgelassen, in einem Loch im Eis, mich gezwungen, mein eigenes Sterben in völliger Finsternis bewusst mitzuerleben, in tödlicher Kälte.

Im Sterben liegenden Schwerkranken pflegt er zu sagen, Krankheit und Leiden gebe es, damit wir uns mit dem Tod versöhnen und vertrauensvoll in die Hände unseres Erlösers begeben könnten. Wenn wir selbst nichts mehr ausrichten können. Müssen wir sterben. Müssen wir loslassen, müssen wir loslassen, müssen wir loslassen. Aber auch dann, wenn es keine Hoffnung mehr gibt, hoffen wir. Dass Mona mit einer Laterne über das Eis kommt. Schenke uns dein Licht.

Alles loslassen. Der Tod zwingt uns dazu. Es ist keine Willensanstrengung, es geschieht, wenn wir sterben. Zuerst lässt er Lillus fahren, sie sinkt wie ein Handschuh, noch schlafend. Eine kurze Weile kämpft er noch darum, Sanna und Mona festzuhalten. Seine innig geliebte Mona, stark, fähig, unerschütterlich, das Fundament für Leben und Glück. Nun ihrer Einsamkeit ausgeliefert, nicht weniger als er der seinen. Abgeschnitten, hinter einer Mauer aus Eis. Sanna, sein Nordlichtmädchen, noch für einen Augenblick auf seinem Arm, ihre Wange an seiner. Dann fort, in einer Welt zurückgelassen, die nicht einfacher ist als seine.

Kein Körper mehr, nur noch ein Schmerz, der nicht mehr die Form seiner Gestalt hat. Doch ein Bewusstsein, das noch registriert und auch wahrnimmt, dass der Schmerz plötzlich nachlässt und der Körper wiederkommt, wie er ihn gewohnt ist, warm im Sonnenschein auf den Felsen am Pfarrhof, voller Wohlgefühl in seiner gesunden und kräftigen Jugendlichkeit. Mit seinem Verstand begreift er, dass es sich so anfühlt, wenn der Tod eintritt, aber auch wenn es so ist, wehrt er sich noch und denkt, dass er leben wird.

Vierundzwanzigstes Kapitel

Nein«, sagt die Pfarrersfrau mit seltsam dünner Stimme, »er ist noch nicht zu Hause. Ist etwas passiert?« Die Vermittlung schweigt einen Augenblick. »Es wurden vom Eis Rufe gehört. Wir versuchen herauszufinden, ob jemand vermisst wird.«

»Nein«, sagt die Pfarrersfrau. »Er nicht. Er war auf einer Versammlung bei Månsens. Es ist wohl spät geworden.«

Die Frau von der Vermittlung sagt nicht, dass das Treffen längst zu Ende ist. Mit trockenem Mund teilt sie förmlich mit: »Es sind mehrere draußen und suchen. Wir sagen ihnen, sie sollen auch Richtung Kirchenbucht suchen. Ich rufe den Kantor an.«

Ein tiefer Atemzug, ein Versuch, etwas zu sagen.

»Liebe Frau Pfarrerin«, sagt die Frau vom Amt, »bleiben Sie im Haus bei den Kindern. Machen Sie Feuer im Herd und heißes Wasser. Wir rufen an, sobald wir etwas wissen. Jetzt muss ich noch andere informieren.«

Sie legt auf, ruft die Küstenwache an und sagt, es sei der Pfarrer, der vermisst wird. Jetzt müssen sie ausrücken, einer, um den Männern an der Dampferrinne zu sagen, dass sie an der falschen Stelle suchen, einer, um an der Einfahrt in die Kirchenbucht zu suchen, wo Strömung herrscht. Die Männer von den nächstgelegenen Dörfern sind alarmiert und unterwegs. Macht schnell, schnell!

Als Nächsten ruft sie den Kantor an. Er ist eine Nachteule, und sie hört, dass er noch auf war. Er klingt schon besorgt, bevor sie sagt, worum es geht. Wenn so spät noch ein Anruf kommt, nachdem die Vermittlung offiziell geschlossen ist, handelt es sich nie um eine gute Nachricht.

»Nein«, sagt er. »Nicht der Pfarrer. Gott im Himmel, nicht der Pfarrer!«

»Ich weiß, dass ihr befreundet seid. Würdest du? Kann sein, dass du heute Nacht dort gebraucht wirst. Brage sagt dem Küster Bescheid, wenn er da vorbeikommt. Sobald wir etwas wissen, rufe ich Schwester Hanna an.«

Keiner sagt, dass es wahrscheinlich bloß falscher Alarm ist.

Die Pfarrersfrau öffnet die Haustür, merkt, dass sie keine Überkleider anhat, wirft sich den Mantel um, ist auf Strümpfen, zurück, die Stallstiefel sind am schnellsten zur Hand. Raus, lauschen. Sie läuft zum Kirchenanleger hinab. Nichts. Moment: da, Stimmen! Das ist sicher er, mit einem Begleiter, der redet und redet. Da darf sie nicht zeigen, welche Angst sie ausgestanden hat, da muss sie Tee fertig haben und ein bisschen mit ihm schimpfen. Sie kehrt um und läuft zum Haus zurück. Lillus ist wach und weint und jammert. »Psst«, sagt Mama, »jetzt wird geschlafen!« Von ihrer verärgerten Stimme wacht auch Sanna auf, sie und Lillus bleiben mucksmäuschenstill liegen, zu Tode erschreckt, und schlafen aus reiner Verzweiflung wieder ein. Die Pfarrersfrau macht sich in der Küche zu schaffen, geht wieder auf die Treppe. Definitiv Stimmen!

Die Ankommenden sind Signe und der Küster. »Mona«, sagt er mit seiner beruhigenden Bestimmtheit. »Sie haben seine Aktentasche und seinen Mantel auf dem Eis gefunden. An einem Loch. Wir wollen nicht das Schlimmste befürchten. Sie suchen mit Draggen, so gut es geht. Finden sie ihn, muss es noch nicht zu spät sein. Wir tun alles, was möglich ist. Wir müssen alle unsere Kräfte aufbieten.«

Die Pfarrersfrau starrt ihn an, aber nur kurz. Als sie antwortet, klappern ihre Zähne, doch sehr klar sagt sie: »In der Hauswirtschaftsschule haben wir Erste Hilfe gelernt. Die Küstenwache kann auch helfen. Sind viele draußen?«

»Fünf, sechs. Sieben mit Brage. Sie haben zuerst an der Schifffahrtsrinne gesucht. Das war der Fehler.«

»Dann müssen wir dafür sorgen, dass es für alle heißen Kaffee gibt. Und die Lampen müssen angezündet werden. Signe, kannst du so lieb sein, Tassen auf den Tisch zu stellen, während ich Kaffee koche?«

Das Küsterpaar findet ihr Verhalten nicht unnatürlich, sie braucht etwas, womit sie sich beschäftigen kann, damit die Unruhe sie nicht umbringt. Während die beiden Frauen in der Küche hantieren, stellt sich der Küster auf die Treppe. Stimmen werden herangetragen, dann irren Lichter über die kleine Hügelkuppe, eilige Schritte von Menschen, schwer, als ob sie einen Toten trügen.

Als sie endlich wussten, dass es der Pfarrer war, nach dem sie suchten, war es ein Leichtes, die Radspuren zu finden und ihnen aufs Eis zu folgen. Bis in die Kirchenbucht, aber zu nah an den Kläppar. Und da ist ein Loch. Lieber Gott! Dunkle Gegenstände im Eis festgefroren, das von Wasser überspült worden ist. Stiefel. Ein Mantel. Handschuhe. Aktentasche. Gütiger Gott, also nicht, was wir befürchtet haben. Er hat sich herausgezogen und liegt irgendwo erfroren an Land. Aber es gibt keine Spuren, die darauf hindeuten.

Brage kommt, mit vielen Metern Leine und zwei Draggenankern. Aber es ist schwierig, nah genug heranzukommen, bevor das Eis bricht. Sie verteilen sich und rechnen. Das Wasser ist hier nicht tief, vielleicht zweieinhalb Meter; doch ehe sie weitere Berechnungen anstellen, hat Brage schon seine Überkleider und die Stiefel ausgezogen, sich eine Leine um den Leib gebunden und das andere Ende um Julius' Arm. Er steigt ins Wasser. Er fühlt nichts, so gut schützt sich der Körper gegen die Kälte. Er tastet mit den Füßen, stößt fast sofort auf das Fahrrad. Die anderen lassen einen Draggen zu ihm hinein, er hakt ihn ein, sie ziehen das Fahrrad heraus, leer. Ein schwarzes Skelett, mausetot, scheppert aufs Eis. Brage taucht und tastet weiter. Etwas Erhöhtes, Weiches. Ein Körper. Er taucht auf: »Hier. Ich hole ihn nach oben.«

Er bekommt den Pullover zu fassen und zieht. Der Pfarrer kommt widerstandslos mit, ein kurzes Stück nur, und Brage spürt einen Ruck an der Leine, die Männer ziehen und bekommen die beiden schnell nach oben, Brage lebendig wie ein Biber, der Pfarrer tot. Ein weißes Gesicht im Dunkeln und nasse Haare, ein lebloser Körper. Brage bugsiert ihn zur Eiskante und kommandiert mit kurzen Atemstößen: zuerst den Schlitten, dann der leichteste von den Männern. Hier. Nimm an. Zurück mit euch allen! Er selbst kommt fast ohne Hilfe aus dem Wasser, kriecht ein Stück hinter dem gezogenen Körper her, prüft dann das Eis, steht auf und schlittert weiter, dreht den Körper auf den Bauch und versucht, ihm das Wasser aus der Lunge zu pressen.

Jemand wirft ihm die Jacke über, die Stiefel kommen angerutscht. Julle ruft: »Ihr müsst beide ins Warme. Lauf, Brage, du frierst dich sonst tot!«

Im selben Augenblick trifft der Kantor in rasender Fahrt mit dem Tretschlitten ein, mit Eispickel und Messer im Gürtel ist er unter Todesverachtung den ganzen Weg von der Südspitze der Westsiedlung herübergekommen. »Ist er es?«, ruft er.

»Sei vorsichtig!«, ruft Brage zurück. »Ich hole heute nicht noch einen raus.«

Alle lachen, ein kurzes, albernes Auflachen, erschreckender als ein Hilferuf.

»Wir müssen rauf zum Pfarrhaus«, sagt Julle. »Gut, dass du jetzt dabei bist. Du kennst ja seine Frau. Packt jetzt an, und dann gehen wir.«

Schlitten, Leinen und Anker lassen sie am Kirchensteg zurück und gehen schnell weiter, mit umhergeisternden Taschenlampen, den Leichnam zwischen sich. Brage hüpft und schlägt sich die Arme um den Leib, er weiß genau wie der Pfarrer, wie man sich warm hält, nachdem man ins Wasser gefallen ist.

Der Küster kommt ihnen entgegen. »Nein! Wir legen ihn an den Herd und versuchen alles, was wir können.«

Die Pfarrersfrau in der Tür. »Ist er es? Danke euch allen! Bringt ihn in die Küche, da ist es warm.«

Es ist Mitternacht. Der Pfarrer liegt vor dem Küchenherd, als würde er schlafen. Völlig durchnässt, aber so hat man ihn auch früher schon gesehen. Brage rollt ihn auf den Bauch und fängt an, ihn zu bearbeiten. Es kommt Wasser aus dem Mund, ein gutes Zeichen.

»Lass mich weitermachen«, sagt der Kantor. »Du musst dich trocknen und etwas Warmes in den Leib bekommen. Dann kannst du mich wieder ablösen.«

»Selbstverständlich«, sagt die Pfarrersfrau. »Ich habe es

gar nicht gesehen. Zieh dich vor dem Kachelofen im Esszimmer um, der ist warm. Ich hole dir ein paar von Petters Sachen, die wärmsten trägt er allerdings selbst.« Zu den anderen sagt sie: »Signe gibt euch Kaffee. Bitte, setzt euch! Ihr müsst ja völlig durchgefroren sein.«

Signe schiebt sie mit der Kaffeekanne in der Hand vor sich her, die Pfarrersfrau eilt ins Schlafzimmer, rafft eine Alltagshose, lange Unterhosen, Unterhemd und einen Pullover zusammen und bringt es Brage. »Danke«, sagt sie, »ohne dich hätte es böse enden können.«

Die Männer gucken sich an oder in ihre Kaffeetassen. Glaubt sie etwa? Oder redet sie sich nur etwas ein, obwohl sie es besser weiß? Man weiß Bescheid und hofft trotzdem. Als sie wieder in der Küche ist, gehen sie ins Büro, schließen die Tür und telefonieren. Rufen das Krankenhaus an: ertrunken und tot. Gibt es noch etwas, das sie versuchen können? Nachdem er sich umgezogen hat, kommt Brage hinzu, bekommt bestätigt, dass er weiß, was zu tun ist. Aber es ist aussichtslos. Versuchen muss man es trotzdem. Sie sprechen auch mit der Frau in der Vermittlung, bestätigen, dass es sich um den Pfarrer handelt und dass er tot ist. Die Weiterverbreitung der Nachricht überlassen sie ihr. Brage kommt noch einmal herein und sagt ihnen, sie sollen die Pflegeschwester anrufen. »Bestellt ihr, ich komme sie morgen früh abholen. Für die Bergs, wo sie jetzt ist, sollen sie jemand anderen organisieren.« Sie telefonieren auch nach Hause und teilen mit, dass sie den Pfarrer tot geborgen haben und bald nach Hause kommen. Man kann nichts mehr tun. Danach trinken sie begierig Kaffee, den Signe warm gehalten hat. Diejenigen, die merken, dass sie überflüssig sind, ziehen die Mäntel an und werfen noch einen Blick in die Küche, wo die Wärme aus den Ofenklappen strahlt. Der Pfarrer auf dem Boden reglos in Brages Händen. Es ist das letzte Mal, dass sie ihn sehen, denken alle. »Adieu und danke für den Kaffee«, murmeln sie zur Frau des Pfarrers.

»Adieu und danke«, gibt sie zurück und lächelt ihnen aufmunternd zu, wie man es tut, wenn man sich bedankt. Der Kantor hat Brage noch einmal abgelöst und arbeitet wie ein Schmied an seinem Blasebalg.

»Danke, dass du gekommen bist«, fällt ihr ein. »Wirst du müde? Soll ich übernehmen? Was glaubst du, wie es steht?«

»Wir haben viel Wasser aus ihm herausgepumpt«, sagt der Kantor. »Das ist gut. Jetzt drehen wir ihn um. Ich will versuchen, ob ich das Herz wieder zum Schlagen bringen kann. Das wäre das Beste. Entschuldige, aber ich muss so fest drücken, dass die Rippen knacken.«

Angestrengt versucht sie, einen Puls zu fühlen. Am Handgelenk keiner, keiner am Hals. Nichts an den Schläfen. Da sieht sie den schrecklich schwarz gewordenen blauen Fleck auf der Stirn. »Oh, er muss sich furchtbar gestoßen haben. Aber sonst sieht es nicht so schlecht aus. Keine Leichenstarre oder so.«

Der Kantor arbeitet konzentriert. Er muss ihr nicht sagen, dass unter der Oberfläche, wo er lag, Plusgrade herrschen. Da wird man nicht steif, und für die Totenstarre ist es noch zu früh.

Als die Pfarrersfrau nach seinem Puls fühlte, blickte sie auch auf seine Armbanduhr. Halb zehn. Da ist er eingebrochen, Rufe waren noch vor gut einer halben Stunde zu hören. Lange hat er nicht auf dem Grund gelegen, es besteht noch Hoffnung. Er ist jung und stark. »Kannst du noch?«, fragt sie.

Der Kantor überlegt, dass es ihr vielleicht guttut, selbst anzufassen und zu merken, dass in seinem Körper kein Lebenszeichen mehr ist. Die Atemwege haben sie längst frei gemacht, seit mehr als einer Stunde versuchen sie, sein Herz in Gang zu bringen, aber es gab nicht die leiseste Reaktion, nicht einmal ein Zucken als Zeichen, das gezeigt hätte, dass bestimmte Nervenimpulse noch funktionieren.

Sie versteht sich auf Erste Hilfe, keine Frage. Sie arbeitet, dass ihr bei der Wärme im Raum der Schweiß auf die Stirn tritt, sie keucht, wie er unter der Behandlung keuchen sollte, wenn es noch einen Funken Leben in seinem Leib gäbe, aber er reagiert auf nichts, was sie tun. Nach all den Wiederbelebungsversuchen sieht er jetzt eher wie ein Toter aus als zu dem Zeitpunkt, als sie ihn ins Haus trugen. Brage hat sich draußen im Esszimmer mit einer Scheibe Brot und einem Kaffee gestärkt und das Krankenhaus angerufen. Jetzt kommt er zurück in die Küche. »Lass mich«, sagt er.

Wieder hockt sie neben ihm auf dem Fußboden, versucht, einen Puls zu fühlen, hält aber schließlich nur noch seine Hand. Die Hand, die so warm gewesen ist. Eingerissen von der scharfen Eiskante und dem Kampf mit dem Fahrrad, aber nicht ein Tropfen Blut. Kein Leben mehr in seinem Körper.

Brage bearbeitet ihn nur noch zum Schein, beobachtet dabei meist die Pfarrersfrau, die scheinbar ruhig dasitzt. Er sieht zum Kantor hinüber, der mit hochgezogenen Schultern abgewandt am Küchentisch sitzt. Der Küster und Signe weinend am anderen Ende. Er lässt den Körper still auf dem Boden liegen. »Wir können nichts mehr tun.«

»Nein«, sagt die Pfarrersfrau. »Ich weiß.«

Zum letzten Mal sitzen sie so vereint zusammen. Nie

mehr. »Ich bleibe noch hier sitzen. Entschuldigt. Ihr müsst sehr müde sein.«

Alle in der Küche weinen, alle, bis auf die Pfarrersfrau. Keiner bringt einen gescheiten Satz zustande, nur sie: »Morgen früh gibt es eine Menge zu tun, aber jetzt will ich nur hier sitzen.« Auf dem nassen, zusammengeschobenen Flickenteppich auf dem Fußboden am Herd. Neben ihm, wie nie wieder.

Signe erinnert sich daran, dass sie abends immer Tee zusammen getrunken haben, und sie gießt der Pfarrersfrau eine Tasse auf, die sie auch tatsächlich trinkt.

»Danke«, sagt sie. »Ich habe Durst.«

Signe schenkt ihr nach, und die Pfarrersfrau trinkt. Der Körper sagt, was er braucht, um Verluste auszugleichen. Kein einziger Seufzer von ihr, dass sie auch sterben wolle. Sie weiß ganz genau, dass sie leben muss. Sie muss für die Kinder da sein, für ihren Unterhalt sorgen, eine Wohnung finden, wenn sie das Pfarrhaus verlassen. Arbeiten, arbeiten, arbeiten. Jetzt ein letztes Mal still an seiner Seite. Die Uhr tickt und tickt, nur die an seinem Handgelenk steht.

Abgehackt berichtet der Kantor, was sie organisiert haben. »Brage holt morgen früh die Gemeindeschwester. Ich rufe den Pfarrer von Mellom an. Der wird sicher zurückrufen. Im Lauf des Morgens kommen wir und tragen ihn nach unten in den Schuppen. Wie wir alles arrangieren, wird sich morgen im Lauf des Tages klären. Du musst dich jetzt hinlegen und ausruhen, bis die Mädchen aufwachen. Ich, der Küster und Signe bleiben hier, bis Hanna kommt.«

Da protestiert sie: »Nein, auf keinen Fall! Ich komme zurecht. Geht ihr jetzt nach Hause.«

Sie schauen sich an. Brage erhebt sich. »Ich kann hier

nichts mehr ausrichten. Aber wenn wir es nur ungeschehen machen könnten!« Er sammelt seine Sachen auf, die nass auf einem Haufen im Esszimmer liegen. Sein Überrock im Vorbau ist auch noch nass. Die Sportjacke des Pfarrers an der Garderobe sieht verdammt dünn aus. Er geht noch einmal ins Büro und ruft die Küstenwache an. Nach allem, was er in der Nacht geleistet hat, können sie ihn wirklich mit ihrem eisgängigen Boot abholen.

Der Kantor begleitet ihn ins Büro. »Ich werde die Küsters bitten, hier im Büro zu übernachten. Jemand muss das Telefon bewachen, wenn es morgen früh zu klingeln beginnt und die Pfarrersfrau vielleicht gerade eingeschlafen ist.«

Die will die Küche nicht verlassen und sich hinlegen, und der Küster und seine Frau verstehen, dass sie gern die letzten Stunden, die sie ihn noch hat, bei ihm sitzen möchte. Signe geht auf Zehenspitzen ins Schlafzimmer und holt ein Kissen und eine Decke. Als sie sie entgegennimmt, wirft die Pfarrersfrau ihr einen so absolut distanzierenden Blick zu, ein unausgesprochenes »Verschwinde!«, dass Signe zurückzuckt und sich ins Büro verzieht. Als alle den Raum verlassen haben, legt sie sich neben ihn auf den Boden und breitet die Decke über sich. Sie scheint zu schlafen, gibt keinen Laut von sich, als Signe erschrocken einen Blick in die Küche wirft. Sie dreht die Lampe auf dem Tisch herab und verlässt leise den Raum. Der Kantor geht, Signe und der Küster versuchen es sich auf dem Bett im Büro bequem zu machen, bereit, sofort aufzuspringen, falls das Telefon nur das leiseste Schnarren von sich geben sollte. Nachdem Brage und der Kantor gegangen sind, ist es totenstill im Haus. Was für ein fürchterliches Wort!

Die Neuigkeit verbreitet sich, und am Morgen wird die Nachricht per Telegramm an die Presse übermittelt, sie geht an die Korrespondenten von *Ålandstidningen, Hufvudstadsbladet* und dem staatlichen Rundfunk. Jetzt geht es darum, alle zu informieren, die die Todesnachricht nicht aus der Presse erfahren sollten.

Dem Pfarrer von Mellom fehlen die Worte. Sagt er. Obwohl Geistliche doch Sprechautomaten sind, denen auch in Situationen noch etwas einfällt, in denen es nichts zu sagen gibt. Sagt er. »Unfasslich. Unbegreiflich. Das kann einfach nicht wahr sein. Das Einzige, was man sagen kann. Er, jung und kräftig, voller Leben. Heute rot, morgen tot. Sagt man so. Nein!«

»Doch«, sagt der Kantor. »Ich weiß, dass Sie Freunde waren. Wie ich, ein Freund. Wir müssen Verbindung zum Domkapitel aufnehmen. Es muss vieles geregelt werden, die Gottesdienste, der Konfirmandenunterricht. Erst einmal aber die Beerdigung. Ich denke, ich spreche auch im Namen der Witwe, wenn ich sage, wir hoffen, dass Sie, sein Kollege und Freund, die Beisetzung übernehmen werden. Aber es wäre gut, wenn Sie selbst mit ihr sprächen. Je eher, desto besser.«

»Witwe«, sagt der Mellom-Pfarrer. »Mona. Es ist nicht zu fassen. Die kleinen Mädchen. Natürlich werde ich anrufen. Danke, dass Sie mir Bescheid gesagt haben. Wir sollten einander auf dem Laufenden halten. In nächster Zeit werden wir viel miteinander zu tun haben.«

»Wenn Sie anrufen, wäre es gut, wenn Sie Mona fragen würden, ob sie vielleicht möchte, dass Sie den Anruf bei seinen Eltern übernehmen. Ich weiß nicht, aber ich habe den Eindruck, die Pfarrersfrau kommt nicht besonders gut mit ihrer Schwiegermutter aus.«

»Danke, ich werde daran denken. Aber was soll ich sagen? Was kann man sagen?«

Er ist erschüttert. Mehr, als er es seit Langem gewesen ist. Natürlich denkt er an sich selbst, wie schnell es gehen kann. Dass nicht einmal jung, gesund und kräftig zu sein vor dem Tod schützt. Aber vor allem denkt er selbstverständlich an Petter, der ihm im Lauf der drei Jahre, die sie in der Schärenwelt Kollegen waren, ein echter Freund geworden ist. Vielleicht der einzige, wenn man damit jemanden meint, dem man sich öffnen kann, bei dem man sich weniger in Acht nehmen muss, vor dem man die feine Ironie ablegen kann. Schon hat er den Impuls, ihn anzurufen und mit ihm den schrecklichen Vorfall zu besprechen sowie dessen Auswirkungen auf seine Dienstpläne, aber die Möglichkeit dazu existiert nicht mehr. Mit Bangen und Unbehagen bittet er jetzt darum, mit der Nummer Örar 12 verbunden zu werden, die er drei Jahre lang mit einem Lächeln auf den Lippen verlangt hat.

Nicht Mona kommt an den Apparat, sondern die Gemeindeschwester. »Die Pfarrersfrau ist im Stall«, teilt sie mit.

»Im Stall?«, wiederholt er und traut seinen Ohren nicht.

»Ja, sie hat darauf bestanden. Sie lässt sich nicht abhalten. Der Küster ist mitgegangen. Ich bin bei den Kindern.«

»Ich verstehe gar nichts mehr. Es ist alles unfassbar.«

»Das finden wir alle. Alle sind in Tränen aufgelöst, nur die Pfarrersfrau nicht. Wir machen uns Sorgen um sie. Es ist gut, wenn Sie mit ihr reden. Rufen Sie doch bitte in einer halben Stunde wieder an.«

In ihrer beherrschten Stimme klingt eine Stunde des Entsetzens durch. Um sieben von der Küstenwache abgeholt, mit Beben im Herzen die Stufen zum Pfarrhaus hinauf. Die Pfarrersfrau aufrecht in der Küche, der Leichnam neben dem Herd liegend, unerträglich tot. Signe und der Küster in Tränen, die Pfarrersfrau kreidebleich um die Nase, abwesend und doch irgendwie froh, dass sie gekommen ist. Hanna, die bei Geburt und Krankheit geholfen hat. Und jetzt auch bei einem Todesfall. Obwohl die Pfarrersfrau eine zurückweichende Bewegung macht, kann Hanna sich nicht zurückhalten und umarmt sie. »Meine Ärmste.« Die Pfarrersfrau ist vollkommen steif und verhärtet und macht sich widerstrebend los. Sie tritt einen Schritt zurück: Distanz, bitte, und sagt: »Danke, dass du gekommen bist. Wo ich jetzt weiß, dass du hier den Laden schmeißt, kann ich in den Stall gehen.«

»Du wirst doch jetzt nicht zum Melken gehen, gute Frau! Ich gehe, oder wenn du möchtest, dass ich hier bin, kann Signe gehen.« Sie blickt Signe an, und die nickt eifrig: ja, sicher, doch die Pfarrersfrau schüttelt ärgerlich den Kopf: »Selbstverständlich gehe ich.«

Da hören sie Sanna durch das Esszimmer kommen, groß genug, um die Türklinke zu erreichen, wenn sie sich auf die Zehenspitzen stellt, und stark genug, die Klinke zu drücken und die Tür aufzuziehen. Hanna und der Küster stellen sich wie eine Wand vor den Herd. Sanna ist überrascht.

»Guten Morgen, Kleines«, sagt Mama. »Hast du gut geschlafen? Lass uns mal ins Schlafzimmer zurückgehen. Ich muss dir etwas sagen.« Damit gehen sie, zu zweit. Kein anderer ist zugelassen. Die Tür zum Schlafzimmer fällt zu.

Es dauert nicht lange. Weder ein Aufschrei noch Weinen ist zu hören. Was sagt sie? »Es ist etwas Trauriges passiert, Papa ist tot. Er ist in der Nacht ertrunken. Er ist im Eis eingebrochen. Es wird eine Weile dauern, bis wir begreifen, dass es ihn nicht mehr gibt. Hab keine Angst, ich bin hier und Lillus und Tante Hanna.« Vielleicht nicht mehr als das. Und Sanna, sonst von morgens bis abends neugierig und voller Fragen, sagt nicht einen Ton. Stellt keine Fragen, denn was soll sie fragen? Eine einzige nur: »Wann kommt Papa wieder?« Und auf die Antwort, dass er nicht wiederkommt und jetzt im Himmel ist, was soll man darauf sagen? Still und leise ist es, dann kommt die Pfarrersfrau zurück:

»Hanna, könntest du Sanna beim Anziehen helfen und dann Lillus hochnehmen, dann gehe ich zu den Kühen. Und dann bräuchten wir ein paar Männer, die tragen können.« Den Leichnam, meint sie, denn man kann ihn ja nicht tot da liegen und die Leute erschrecken lassen. Die Küche ist der Raum, in dem sie üblicherweise morgens zusammenkommen. Wie sollte sie Sanna länger daraus fernhalten? Sie holt ein Laken und breitet es über ihn, und der Küster sieht, dass die Küstenwache immer noch da ist und im Windschutz des Stalls eine raucht. Brage hat ebenfalls an den Leichnam gedacht und überlegt, ob sie nicht Hilfe nötig hätten; darum hat er keine Eile an den Tag gelegt. Der Küster bittet die Männer, die Trage aus Sackleinen zu holen, die für den Fall, dass jemand bei Hitze oder Gedränge ohnmächtig wird, zusammengerollt in der Sakristei steht, und damit draußen zu warten. Die Leiche muss noch in ein Leichentuch gewickelt werden, aber es wäre gut, wenn sie dann anpacken könnten.

Schwester Hanna ist in Verlegenheit, weiß nicht, wie sie es ansprechen soll, fragt dann aber doch: »Was ist mit einem Leichentuch? Sollen wir das Laken nehmen, das du über ihn gebreitet hast?«

Mona klappert schon im Vorbau mit den Milchkannen und gibt fast desinteressiert zurück: »Wickle du ihn ein, falls es auf eine besondere Art gemacht werden muss. Bringt ihn dann in den Schuppen, ohne dass die Mädchen es mitbekommen müssen.«

Sie geht am Schlafzimmer vorbei und sieht, dass Lillus noch schläft. Sanna ist zu ihr ins Gitterbett geklettert, sitzt da und starrt böse und nach innen gewendet vor sich hin, man könnte schon davon, sie zu sehen, wütend werden.

»Warte, bis ich wiederkomme«, sagt Mama. »Dann trinken wir Tee.«

Sie nimmt die Milchkannen und geht. Der Küster folgt ihr, obwohl sie energisch sagt, sie brauche keine Hilfe. Als die beiden weg sind, machen sich Hanna und Signe gemeinsam daran, die Leiche einzuwickeln, auf dem Fußboden ist das schwer und unbequem. Das Laken aus Kriegszeiten mit dem Monogramm der Pfarrersfrau ist sehr knapp, und sie müssen noch einmal von vorn beginnen, an Kopf und Schultern schmaler einschlagen, damit es bis zu den Füßen reicht. Als sie fertig sind, ruft Signe die Männer von der Küstenwache herein. Sie kommen mit der Bahre und heben den verhüllten Körper darauf. Wegen der Kinder, die vielleicht gucken könnten, nimmt Brage die noch in der Küche liegende Decke und breitet sie über die Bahre, damit es wie eine gewöhnliche Traglast aussieht. Dann hebt jeder an seinem Ende an, Hanna öffnet die Tür, und sie gehen los. Eingespielt, im gleichen Takt, zum Schuppen am Ufer. Dort setzen sie die Bahre ab, stellen Böcke und Bretter auf, heben den umhüllten Leichnam hoch und bahren ihn auf. Brage zögert, deckt ihn aber dann mit der Decke zu für den Fall, dass jemand unversehens in den Schuppen tritt. Dann gehen sie zum Küstenwachschiff in dem aufgebrochenen Eismatsch unten am Anleger. Als Hanna sieht, dass sich das

Schiff einen Weg aus der Bucht bahnt, weiß sie, dass es erledigt ist.

Im Stall schlägt der Pfarrersfrau die Wärme der Tiere entgegen, ihr Vertrauen in ihre Fähigkeiten, sie satt zu füttern und zu tränken und leicht und behutsam die Milch aus ihren Eutern zu melken. Äppla und Goda brummen nur gutmütig, doch die Schafe mähen und blöken, als bestünde die Gefahr, von ihr übersehen zu werden. Die Hühner flattern mit den Flügeln, wollen und wollen doch nicht, dass sie die Eier einsammelt, tun stolz und hinterlassen doch nur einen leeren Abdruck im Stroh. Hier kommt der Pastorsfrau der Gedanke, dass sie es vielleicht doch aushalten kann. Sie ergreift den Melkschemel und lässt sich an Godas Seite nieder, eine Majestätsbeleidigung ohnegleichen, da die Weltordnung fordert, Äppla zuerst zu melken. Die rasselt mit der Kette, wirft den Kopf und brüllt.

»Entschuldige«, sagt die Pfarrersfrau und muss beinah lachen. Sie zieht in Äpplas Ständer um, Eutersalbe in der Hand und den Melkeimer parat. So bleibt sie sitzen, den Kopf gegen die große, beleidigte Kuh gelehnt, die nun im Herbst zum Schlachter gehen muss.

Als ob sie weinen würde, denkt der Küster, der angelegentlich Heubüschel zusammenrafft und hin und her geht, sie den Kühen hinwirft und die Krippe im Schafpferch füllt. Ja, bei den Kühen weint sie, fährt sich mit dem Ärmel des Stallkittels über die Augen und um die Nase, nimmt das Melken wieder auf, bricht erneut ab, zittert und heult. Goda, das einzige Wesen auf Erden, mit dem sie leben könnte, hört auf zu fressen, guckt über die Trennwand und brummt wie ein kleiner Bär ganz tief unten aus dem Bauch: Weine nicht.

Da weint die Pfarrersfrau, große Tränen tropfen auf den Zementboden. Gut, denkt der Küster und weint auch ganz offen, während er die Wassereimer nimmt, mit dem Melkkübel Wasser aus dem Brunnen schöpft, das Wasser in den Stall schleppt und es Kühen und Schafen in die Tränke gießt. Beim Ausmisten und Auswaschen beobachtet er sie von der Seite: Zwischendurch, wenn das Weinen sie nicht schüttelt, melkt sie rhythmisch und energisch, geht von Äppla zu Goda und setzt sich zu ihr, und Goda, besser als ein Mensch, lässt sie weinen, all ihre Mägen hart vor Mitgefühl.

Der Küster räumt auf und bereitet alles vor. Er sieht, dass sie mit dem Melken fertig ist, und nimmt ihr die beiden Kannen ab. Die große Milchkanne steht bereit, das Seihtuch ins Sieb und hinein mit der ersten Ladung Milch.

»Danke«, sagt die Pfarrersfrau. Sie steht auf, nimmt den Melkschemel und klopft Goda mit der anderen Hand. »Jetzt müssen wir wohl gehen. Was werden wir in nächster Zeit Mengen an Milch, Sahne und Butter brauchen!« Sie denkt schon an die ganze Bewirtung, die für die Beerdigung vorbereitet werden muss, was sie im Laden bestellen muss und wo sie Petters ganze unvermeidliche Verwandtschaft unterbringen soll. Die sich wie selbstverständlich an den gedeckten Tisch setzen und ins gemachte Bett legen wird.

Sie putzt sich ein letztes Mal die Nase und hebt streitlustig den Kopf: »Du liebe Güte, ich nehme an, jetzt telefonieren sie alle wie die Verrückten.«

Sie geht mit dem Küster zurück zum Haus und redet von Alltagsdingen. Im Vorbau schleudert sie die Stiefel von den Füßen und hängt den Stallkittel auf, zögert, ob sie ins Wohnzimmer oder in die Küche gehen soll, und geht dann entschlossen in die Küche. Lillus kommt ihr fröhlich entgegengewackelt. Ihre Erkältung ist abgeklungen, und sie hat lange geschlafen. »Papa«, sagt sie, und es könnte Mona rasend machen, dass Lillus an Papa denkt, wenn sie die Mama sieht. Sie glaubt, Papa sei zusammen mit Mama im Stall gewesen, wie er es manchmal tut, danach darf sie sich zum Morgentee auf seinen Schoß setzen.

»Papa ist nicht hier«, sagt Mama böse. »Papa ist tot.«

Lillus weiß nicht, was es heißt, tot zu sein, aber sie begreift, dass es Mama sehr böse macht. Sie guckt ängstlich und weicht zurück, Tränen kommen wie auf Knopfdruck. »Pfui, Lillus, hör auf! Wo ist Sanna?«

Sanna erscheint auf der Stelle, wortlos, nimmt die kleine Schwester an der Hand und geht mit ihr zum Tisch. Schwester Hanna hebt die Kleine in den Kinderstuhl. Sie, der Küster und Signe fühlen sich hilflos und hin und her gerissen. Sie finden, dass sie ihre Kinder in den Arm nehmen sollte, aber sie hält auch sie auf Abstand.

»Komm, Mona«, sagt Schwester Hanna. »Es gibt heißen Kaffee und Brote. Iss, solange du noch Zeit hast, der Pfarrer von Mellom wird gleich wieder anrufen.«

»Das braucht er nicht«, sagt sie. Aber sie setzt sich und isst, zu aller Überraschung, aber vollkommen logisch, sie muss schließlich bei Kräften bleiben, um alles zu regeln. Wenn nicht sie, wer dann? Manchmal wirft sie einen Blick auf den Fußboden beim Herd. Sie hat gesehen, dass der Teppich zum Trocknen über dem Treppengeländer hing. Der feuchte Fleck auf dem Boden ist viel kleiner geworden. Die Spuren eines Menschen werden mit rasender Geschwindigkeit aufgesaugt, keiner kann sich jemals wieder vorstellen, wie es war, an seiner Seite gelebt zu haben.

Während die Pfarrersfrau isst und Tee trinkt, Sanna schweigt und Lillus jammert, läuft der Mellom-Pfarrer herum und quält sich. Mitglieder aus seiner eigenen Gemeinde rufen eines nach dem anderen an und erkundigen sich, ob es wirklich wahr sei. Und das ist es, obwohl unfasslich und so weiter, aber Verzeihung, er könne jetzt nicht länger reden, denn er habe versprochen, die Pfarrersgattin auf Örar anzurufen. Dabei fragt er sich selbst, wozu eigentlich. Was soll er ihr denn sagen? Das fragt sich seine Frau ebenfalls. Vielleicht sollte sie sich erbieten, mit Mona Kummel zu reden, aber sie sind sich nur ein einziges Mal begegnet, bei Kummels Amtseinführung. Was könnte sie schon sagen? »Red du mit ihr«, ermuntert sie ihren Mann. »Du kannst es doch.« Sie fragt sich, wie es sich für sie anfühlen würde, wenn Fredrik der Ertrunkene wäre. Widerstreitende Gefühle, ganz eindeutig. Trauer, Sorge um die Kinder, ein Vermissen, wie man seine Gewohnheiten vermisst. Aber auch Erleichterung. Heim nach Grankulla. Zurück in ein eigenes Leben.

Mona Kummel antwortet mit überraschend energischer Stimme. Sie hört sich an, als habe sie gerade einen Bissen geschluckt.

»Ja, hallo.«

»Fredrik Berg hier. Ich habe von dem Unfasslichen erfahren, das geschehen ist. Meine Frau und ich möchten unsere tiefste Anteilnahme ausdrücken.«

»Danke«, sagt Mona Kummel. Dann Schweigen.

»Wie stehst du es durch? Wie kommt ihr zurecht?«

»Danke, es muss ja gehen.«

»Ist jemand bei dir?«

»Ja. Die Gemeindeschwester. Der Küster und seine Frau. Sie sind mir alle eine große Hilfe. Der Kantor ist eine Stütze.

Wir sind nicht allein. Ehrlich gesagt weiß ich nicht, wie ich all die Leute aushalten soll, die hier demnächst einfallen werden.«

Sie hört sich eher verärgert als von Trauer gebrochen an. Mit geheucheltem Verständnis redet er weiter: »Vielleicht ist es gut, dass es so viel zu tun und zu bedenken gibt. Das zwingt einen, sich aufrecht zu halten. Du hast die Mädchen. Eine große Verantwortung. Du kannst immer auf mich zählen, egal, worum es geht. Du weißt, dass Petter nicht nur ein Kollege, sondern mein bester Freund war. Vermutlich wird man mir jetzt die Zuständigkeit für die Örar übertragen bis … Na, wir werden sehen. Mit dem Kantor habe ich schon gesprochen. Ich weiß, dass Petter viel von ihm gehalten hat. Man kommt gut mit ihm aus.« So schwätzt er.

Sie wirft manchmal ein »Ja« dazwischen. Wie eine aufgescheuchte Maus über den Fußboden huscht, redet er weiter. »Es ist noch zu früh, um über die Beerdigung zu sprechen, aber ich werde selbstverständlich kommen.« Er will weitersprechen, doch sie unterbricht: »Es ist gar nicht zu früh. Das sollten wir so bald wie möglich entscheiden, damit wir allen, die anrufen, gleich Bescheid sagen können und nicht noch extra eine Einladung losschicken müssen. Hier auf Örar beerdigt man in der Regel sehr schnell. Ich finde das ganz richtig so. Was hieltest du von Sonntag, dem Dreizehnten?«

Er kann sie vor sich sehen, den Blick auf den Wandkalender im Büro geheftet und einen Stift in der Hand, um das Datum zu markieren. Mit einem Kreuz? Oder fein säuberlich: Petters Beerdigung?

»Selbstverständlich«, sagt er. »Legen wir es so fest.«

»Gut«, sagt sie. »Dann ist das entschieden. Wer an dem Tag nicht kommen kann, soll wegbleiben.«

Hört er richtig? Einen Unterton von Triumph? Sie spricht weiter: »Möchtest du vielleicht die Grabrede halten und die Beisetzung vornehmen? Ich weiß, dass sowohl Skog als auch Onkel Isidor das übernähmen, aber du bist sein guter Freund und Kollege. Ihr habt im Lauf der Jahre vieles gemeinsam gehabt. Es fühlt sich richtig an, wenn du das übernimmst.«

»Aber natürlich, ich fühle mich geehrt. Und unzulänglich. Ein solcher Mensch! Wie soll ich in einer Ansprache seine Persönlichkeit richtig würdigen und welche Wirkung er auf jeden ausstrahlte, der mit ihm zu tun hatte? Die Freude, die er in seiner Gemeinde ausgelöst hat. Und jetzt die Trauer. Es wird schwer werden, aber natürlich übernehme ich das.«

»Danke«, sagt Mona. »Damit hätten wir das Wichtigste geregelt, und du darfst denen, die dich fragen sollten, gern mitteilen, was wir beschlossen haben. Da ist noch etwas. Ich müsste seine Eltern anrufen, aber ich drücke mich davor. Seine Mutter, äh. Es wäre mir lieb, wenn ich drum herumkäme.«

»Selbstverständlich kann ich sie anrufen«, sagt Fredrik Berg, während er über die psychologischen Einsichten des Kantors staunt. Er erlaubt sich ein schiefes Grinsen: »Pfarrer sollten Experten für Trauerbotschaften sein, obwohl ich in diesem Fall eine klägliche Figur abgegeben habe.«

»Keineswegs«, sagt Mona Kummel. »Ich bin froh, dass ich sachlich mit dir reden kann.«

»Gut«, meint der Mellom-Pfarrer. »Nachdem ich mit seinen Eltern gesprochen habe, werde ich die Propstei und das Domkapitel informieren. Und denk daran, dass du dich in allem an mich wenden kannst. Ich werde alles tun, was ich kann.«

»Gut«, sagt auch Mona. »Danke für deinen Anruf, und grüß Margit!« Sie hängt auf. Dem Mellom-Pfarrer bleibt der Mund offen stehen, der Frau in der Vermittlung ebenfalls. Trauer hat viele Gesichter, pflegt der Pfarrer zu sagen. Als Seelsorger sieht man sich öfter mit seiner eigenen Unzulänglichkeit konfrontiert als mit einem anderen Menschen. Er reißt sich zusammen, ignoriert Margit, die fragt, wie es gegangen sei, und fertigt sie ab: »Ich muss jetzt die Eltern anrufen. Die Zeit vergeht, und es wäre schrecklich, wenn sie es durch jemanden erführen, der annimmt, dass sie schon Bescheid wissen.«

Bei Petter Kummels Mutter kommt es endlich zu einer vorhersehbaren und erwartbaren Reaktion: Sprachlosigkeit, Bestürzung, Abwehr. »Nein, das kann nicht stimmen. Es muss sich um jemand anderen handeln. Eine schlimme Verwechslung. Petter ist ein ausgezeichneter Schwimmer. Mit den Gewässern und den Eisverhältnissen um die Inseln bestens vertraut. Undenkbar. Nein, mein Bester, überprüfen Sie die Dinge erst richtig, bevor Sie uns zu Tode erschrecken!«

»Ich wünschte mir sehnlichst, es bestünden noch Zweifel. Aber leider ist es so, wie ich sage. Ich habe mit dem Kantor gesprochen, der dabei war, als sie ihn leblos ins Pfarrhaus gebracht haben. Die ganze Nacht haben sie versucht, ihn wiederzubeleben, aber es war vergeblich, er hat zu lange in dem Loch im Eis gelegen. Vielleicht war er schon erfroren, als er auf den Grund gesunken ist. Ich habe auch mit Mona gesprochen. Sie hat mich gebeten, Sie zu benachrichtigen. Sie war dabei und weiß, dass er tot ist. Sie reißt sich so fest zusammen, dass ich Angst habe, ihr Herz könnte zerspringen.«

»Ich verstehe nicht.«

»Das tut niemand von uns. Es kommt uns unfasslich vor. Es tut mir so weh, Ihnen, seinen lieben Eltern, die traurige Nachricht übermitteln zu müssen.«

»Ich hatte drei Söhne, jetzt sind schon zwei von ihnen tot. Was ergibt das alles für einen Sinn? Wie soll ich all diese Trauer ertragen?« Ihre Stimme bricht, und sie reicht den Hörer weiter.

Der Vater des Pfarrers, den er als einen ziemlichen Schwärmer, als ein Original in Erinnerung hat, hört sich erstaunlich gefasst an. »Wie ist das möglich? Petter, der so viel schlauer ist als ich. Und jetzt ist er tot, sagen Sie. Und ich muss leben.«

»So ist es«, sagt der Pfarrer auf Mellom. »Ich weiß, dass Sie Ihren Bruder haben, Propst Isidor, der viel besser reden kann als ich. Ich werde ihn anrufen und bitten, sich bei Ihnen zu melden.«

»Ja, der Isidor«, sagt Leonard Kummel. »Meine Jungen haben ihm viel Arbeit gemacht. Erst Göran und jetzt Petter.«

Am besten, es jetzt gleich zu sagen: »Ich hoffe, er kann an der Beerdigung teilnehmen. Doch Mona hat mich als Petters Freund und nächsten Kollegen gebeten, die Beisetzung zu leiten.«

Kleine Pause. Fredrik schwant, dass Mona vielleicht einen kleinen Coup veranstaltet hat. Das Klügste ist, zu tun, als sei nichts, und der anpassungsfähige Leonard Kummel hat sich schnell wieder unter Kontrolle. »Ach so. Na ja, das ist natürlich auch das Naheliegendste. Sie müssen entschuldigen, es fällt gerade schwer, klar zu denken. Meine Tochter, unser Sohn müssen informiert werden. Ich bin am Boden zerstört.«

»Das verstehe ich gut. Und Sie haben viele, mit denen Sie

reden möchten. Auch ich habe noch weitere Anrufe zu tätigen. Aber zögern Sie keine Sekunde, sich zu melden, wenn ich etwas tun kann. Was auch immer. Es tut mir so weh, dass Sie von diesem Verlust getroffen wurden.«

Während sie miteinander telefonieren, werden in Finnland die Morgennachrichten gesendet, und die Hölle bricht los. Die Vermittlung auf Örar setzt ihre eigenen Prioritäten und stöpselt als Erstes Anrufe zum Pfarrhof durch. Andere müssen warten, sogar der Genossenschaftsladen. Sie dürfen die Lücken füllen und werden bei Bedarf unterbrochen. Angemeldete Gespräche stehen Schlange, jeder muss jeden sprechen, aufschreien, seine Betroffenheit ausdrücken, sein Herz erleichtern. Gespräche für den Kantor kommen an zweiter Stelle auf der Rangliste, weil etliche Anrufe von offizieller Seite, etwa vom Propst und vom Domkapitel, dorthin gehen.

Auf Åland und dem Festland funktioniert die Koordination schlechter. Dort entstehen unerwartete und unerklärliche Stockungen, manche Leitungen sind komplett blockiert, auf anderen kommt es zu unbegreiflich langen Wartezeiten. Es wird auch dadurch nicht besser, dass Leute erneut anrufen, um sich zu erkundigen, was aus ihren Gesprächen geworden ist. »Sie werden einer nach dem anderen verbunden. Gedulden Sie sich bitte«, rufen Telefonistinnen die Küste entlang in die Apparate.

Mit jeder Minute, die vergeht, ist Petter Kummel eine Minute länger tot. Mona will nicht abgelenkt werden, sie will sich konzentrieren, sie will allein sein, aber das Telefon klingelt. Die einzige Stimme, die sie freuen könnte, wäre die seine, doch ein wenig freut sie sich zu ihrer eigenen Überraschung doch, als ihre Mutter anruft. Mutter, die nie viel

Aufhebens um etwas macht. Mama, die man in Stunden wie diesen nachahmen kann: sich verschließen, zuknöpfen, nichts preisgeben!

»Ich habe mich vielleicht erschrocken, als ich das im Radio gehört habe. Sag, dass es ein Irrtum ist.«

»Nein. Petter ist letzte Nacht ertrunken.«

»Himmelherrgott, wie konnte er das geschehen lassen?«

Und das aus ihrem Mund, wo sie doch kaum an Gott glaubt.

Mona tut so, als hätte sie gesagt: wie konnte das passieren. Sie berichtet von dem Unglück, dem Fahrrad, den Kleidungsstücken auf dem Eis, der Suche an der Schifffahrtsrinne. Zu spät. »Ich habe nichts gehört, obwohl ich rausgegangen bin auf die Treppe, um zu horchen. Lillus war erkältet, hat geweint und gejammert, und ich war bei ihr im Schlafzimmer. Hätte ich allein in der Küche gesessen, hätte ich vielleicht etwas gehört.«

»Meine arme Mona«, sagt die Mutter, entsetzt, aber auch besorgt, denn sie fürchtet um ihre Tochter und die heftigen Gefühle, die irgendwann einmal aus ihr herausmüssen. »Wie fühlst du dich, meine Kleine? Wie kommst du damit klar?« Sie denkt an den sommerlichen Besuch auf Örar zurück, Mona war voller Aktivität, strahlte, und es ging ihr gut, Petter war so eindeutig alles, was sie vom Leben verlangte. Und jetzt das.

»Es muss gehen«, sagt Mona hitzig. So geht sie mit allem um, mit Wut im Bauch. »Es gibt unendlich viel zu tun. Die Beerdigung ist auf nächsten Sonntag festgesetzt. Petters ganze Verwandtschaft! Man kann schon wegen weniger verrückt werden. Ihr müsst nicht kommen, finde ich.«

»Aber sicher kommen wir, Vater und ich. Er weiß noch

nichts, war draußen im Stall, und jetzt pflügt er. Wir hatten Schnee letzte Nacht. Es ist schön hier. Das mit der Anreise nach Örar wird sich schon finden. Vielleicht kann die Küstenwache helfen.«

»Möglich. Ich sage Bescheid, wenn ich etwas weiß.«

»Danke. Vor allem aber sieh zu, dass du dir nicht zu viel zumutest. Nimm alle Hilfe an, die du bekommen kannst. Sag, wenn ich etwas tun kann. Wenn wir etwas mitbringen sollen, egal was. Wir möchten gerne helfen, das weißt du hoffentlich. Und die armen Herzchen! Wie geht es denen denn?«

»Lillus bekommt nichts mit. Sanna begreift wohl so einiges, aber … ach, sie sind beide noch so klein, dass das Meiste an ihnen vorbeigeht. Die Gemeindeschwester ist hier, den beiden geht es nicht schlecht.«

»Gut«, sagt die Mutter, die gelernt hat, keine Nachfragen zu stellen. »Bestell Sanna, Oma und Opa kämen euch bald besuchen. Und vergiss nicht, dich zu melden, wenn ich etwas tun kann.«

»Ja, ja«, sagt Mona, die seit Kindesbeinen ein tiefes Misstrauen gegen die Fähigkeiten ihrer Mutter hegt, etwas zu tun. Man kann sie irgendwo hinsetzen, damit sie Sanna Märchen vorliest, aber alles Praktische erledigt sie, Mona, schneller und effektiver selbst.

Immerhin, puh, ein Gespräch mehr hinter sich gebracht, andere warten in der Leitung. Nette, wackere Menschen entlang der Küste, und natürlich kann Schwiegermama sich nicht heraushalten, obwohl sie Monas Bitte an Fredrik Berg, sie zu benachrichtigen, durchaus als Wink hätte verstehen können, dass Mona nicht selbst mit ihnen reden wollte. Doch niemand entgeht seinem Schicksal, und Martha Kummel redet und schluchzt, wobei Mona immer abwesender wird, nie würde sie weinen und schniefen, nur damit Martha hinterher aller Welt erzählen kann, sie stehe am Rande eines Zusammenbruchs! »Was soll ich sagen?«, antwortet sie bloß, als Martha unbedingt eine Gefühlsregung aus ihr herausholen will, will, dass sie heult und sich gebärdet und sich dankbar für Plattitüden zeigt über die unerfindlichen Wege des Herrn, der keinen Spatzen vom Dach fallen lässt (wohl aber Petter), und dass Petter in ihrem Innersten immer bei ihnen sein wird. Sie weiß, dass jede Äußerung von ihr von der salbungsvollen Martha ausgeschmückt und weitererzählt werden wird, und darum sagt sie fast nichts. Soll sie doch verbreiten, Mona sei stumm vor Trauer. Sie teilt lediglich das Datum der Beerdigung mit und dass Petter selbst es gewollt hätte, dass sein guter Freund und nächster Kollege die Aussegnung vornimmt.

Puh, man gerät ins Schwitzen und ist ganz erledigt von den Gesprächen, die sich immer um das Gleiche drehen. Die ganze Zeit wird sie gezwungen, etwas anderes zu sagen als das, was sich beispielsweise so formulieren ließe: Petter ist tot, und alles Glück und alle Freude sind aus meinem Leben verschwunden. Nichts kann einen solchen Verlust wettmachen. Wenn man euch nur alle davonjagen könnte, wenn ich euch mit der Axt in der Hand verscheuchen könnte, wenn ihr alle vom Erdboden verschluckt würdet, würde es die Trauer nicht lindern, aber ich würde es trotzdem vorziehen.

Fünfundzwanzigstes Kapitel

Ich weiß bloß, was ich gehört habe. Dass er ertrunken ist. Genauso gut könnte man sagen, er ist ertrunken, weil er ein guter Schwimmer war. Als noch Zeit war, hat er nicht begriffen, dass er sich nicht würde herausziehen können. Er hat alles so getan, wie man es machen soll, hat Stiefel und Mantel ausgezogen und geglaubt, für ihn als durchtrainierten jungen Mann sei es eine Leichtigkeit, sich hochzustemmen. Er ist genauso durch seine Fehleinschätzung gestorben. Was hat er sich nur dabei gedacht, seine Kräfte zu verschleudern, indem er die Aktentasche hochgeholt hat? Ergänzende Todesursache: eine gute Erziehung, die ihm beigebracht hat, man müsse mit den Dingen anderer noch pfleglicher umgehen als mit den eigenen. Hätte er das gemacht, wenn er ganz sauber getickt hätte? Eine andere Ursache war vielleicht der Schlag gegen den Kopf, der ihm so weit den Verstand trübte, dass er nicht schon um Hilfe gerufen hat, als es noch nicht zu spät war. Unbedachtheit ist eine weitere Ursache. Niemand hier von den Inseln begibt sich ohne ein Messer im Gürtel aufs Eis, er aber latscht los, als wäre er eine Art Jesus, der von sich glaubt, übers Wasser gehen zu können. Auch die Aranda *hat ihr Scherflein zu seinem Tod beigetragen: Wäre sie nicht vorbeigefahren, hätten die, die ihn rufen hörten, nicht geglaubt, es sei jemand in der Nähe der Dampferrinne eingebrochen. Nein, es ist nicht so einfach, dass man nur aus einem einzigen Grund stirbt. Man stirbt aus einer Unzahl verschiedenster Faktoren, die zusammenkommen und jede Rettung verhindern.*

Sie fragen mich natürlich, ob ich keine Vorahnung hatte. Was denkt ihr denn, was man in Godby weit im Inselinnern und unter lauter fremden Menschen mitbekommt? Dass du einen Druck auf der Brust hast und Beklemmungen und dich machtlos fühlst, ist wohl ganz erklärlich. Im Nachhinein kannst du das als eine Art Vorwarnung betrachten, aber was hilft es dir, zu wissen, dass etwas Schlimmes passieren wird, wenn es wer weiß was sein kann und du dich ahnungslos und ängstlich wie ein Kind fühlst? Ich kann nicht behaupten, ich hätte daran gedacht, der Pfarrer könnte in Gefahr schweben. Ich habe an gar nichts Besonderes gedacht, hatte lediglich ein allgemeines Gefühl von Unbehagen und Verstimmung, wie es einen befallen kann, wenn man nichts weiß.

Wenn es sich nur ungeschehen machen ließe! Es sind so kleine Dinge, die den Ausschlag geben, so vieles hätte bloß ein ganz klein wenig anders laufen müssen, und mehr hätte es nicht bedurft, damit der Pastor heute im Genossenschaftsladen stehen und über sein kaltes Bad lachen würde, die Wahrscheinlichkeit dafür wäre höher als die für seinen Tod. Worüber ich nachdenke, ist Folgendes: Ob die, die mit ihm da draußen waren, neugierig und vorwitzig, wie sie sind, nicht begriffen haben, dass sie ihm nur ein ganz klein wenig unter die Arme greifen müssen, so weit, dass er mit dem Brustkorb aufs Eis kommt. Ist es so, wie vermutet wird, dass sie nicht da sind, wenn man nicht selbst ihre Anwesenheit spürt? Wie die Luft dichter wird, wenn sie sich zusammenscharen, wie nachdrücklich und klar man seinen Gedanken fassen muss, damit sie verstehen. Sie wollen einem nichts Böses, dafür kenne ich viele Beispiele, aber wenn du selbst nicht alles gibst, lungern sie um das Eisloch und sehen zu, wie du stirbst, als hätten sie sogar vergessen, dass der stärkste Wunsch eines Sterbenden ist, am Leben zu bleiben.

Die Pfarrersfrau hat noch ein paar Tage Aufschub bis zur Beerdigung. Sie hat Milch aufgehoben, Sahne separiert und Butter geschlagen. Vom Laden wurde Mehl angeliefert, und sie hat gebacken, geputzt und gewienert. Mustergültig versorgt sie das Vieh. Einige Vertreter der Örar, Schwester Hanna, der Küster und der Kantor, statten ihr einen besorgten Besuch ab. »Liebe Mona«, sagen sie, »es muss doch nicht alles perfekt sein. Du machst dich völlig fertig. Lass uns wenigstens mithelfen. Ruh dich aus. Es ist ja schrecklich.«

Sie spricht nicht über ihre Gefühle, sagt überhaupt sehr wenig, mit Schwester Hanna bespricht sie nur praktische Dinge. Sie verschließt sich vor den besorgten Helfern, die ein Auge auf sie zu halten versuchen, ohne dass es zu offensichtlich wird. Wenn sie zum Kirchensteg geht, wissen sie, dass sie den Toten im Schuppen aufsucht. Ein Sarg wurde inzwischen geliefert, weiß ausgeschlagen, aber noch ist er nicht verschlossen. Täglich geht die Pfarrersfrau einmal dorthin, um sich zu überzeugen, dass er wirklich tot ist.

Es herrscht noch immer Frost, der Leichnam ist gefroren und hat sich objektiv kaum verändert, aber er ist mit jedem Tag unwiderruflicher eine Leiche. Die Pfarrersfrau hat jedes Mal den Körper untersucht, der übersät ist mit Spuren des Unglücks und der rabiaten Wiederbelebungsversuche: der große schwarze Fleck auf der Stirn, die aufgeschürfte Haut an den Händen, Abdrücke auf dem Brustkorb, Kratzer und Verfärbungen, die von der Bergung stammen. Die Nase ist schmaler als bei dem Lebendigen, der Mund weiß, schmal, wie er es vielleicht im Alter einmal geworden wäre. Die Augen sind einen winzigen Spalt geöffnet, sodass man noch auf einen Funken Leben hoffen kann. Ein derart geliebter Mann so tot. Wie konntest du nur!

Im Schuppen weint sie, berichtet der Küster, der über sie wacht. Schreie aus offenem Mund, furchtbar anzuhören. Aber gut, dass es herauskommt, sind sie sich alle einig. Vielleicht wird es besser, wenn ihre eigenen Angehörigen kommen, sagen sie einander hoffnungsvoll und denken heimlich, wie schön, die Verantwortung abgeben zu können.

Denn was bei einem Begräbnis vorgeht, ist, dass die Überlebende an die Familie zurückfällt, von der sie sich gelöst zu haben glaubte. Die Pfarrersfrau sieht sie ankommen und sie umringen, sie von der Gemeinschaft der Gemeinde abschneiden, zu der sie gehörte, von den neuen Freunden, die nicht durch Bindungen an die Vergangenheit oder doppelte Loyalitäten belastet sind. Zusammenhänge, in die man als freier und selbstständiger Mensch eintritt, ohne den Kummer und die Misserfolge aus jungen Jahren. All das wird ihr genommen werden. Die lieben Menschen auf den Örar werden von den einfallenden Verwandtenhorden beiseitegeschoben werden, die sie im Triumphzug an die Schauplätze ihrer herbesten Niederlagen zurückführen werden, wo sie beständig auf ihr Recht auf ein eigenes Leben wird pochen müssen, das jetzt verwirkt ist.

Wenn man doch morden dürfte, denkt sie. Wenn man in jede speichelleckende Fresse schlagen dürfte, alle Floskeln mit einem Messer kappen. Wenn man reinen Tisch machen könnte, das ganze Pack auf einer einsamen Insel aussetzen. Wenn man ein Racheengel sein und sie je nach dem bestrafen dürfte, was sie in ihrem Sündenregister haben, wenn man sie vom Angesicht der Erde tilgen dürfte. Dann würde er trotzdem nicht ins Leben zurückkehren. Dann bekäme sie trotzdem nicht ihr Leben mit ihm zurück.

Als die ersten Beerdigungsgäste eintreffen, die Eltern des Verstorbenen und Verwandte von den Åland-Inseln, hergebracht vom eisgängigen Schiff der Küstenwache, zieht sie den Fischbräter dampfend aus dem Backofen. Ofenfrisches Brot und frische Butter stehen auf dem mit dem guten Geschirr gedeckten Tisch.

Die Pfarrersfrau selbst: »Willkommen, willkommen! Ihr müsst müde und verfroren sein. Legt ab, und dann ist alles fertig, um sich zu Tisch zu setzen.«

Von der Ofenhitze und ihrem üblichen Arbeitstempo sind ihre Wangen gerötet. Den Versuch ihrer Schwiegermutter, sie zu umarmen, pariert sie erfolgreich. Wütend registriert sie die Tränen auf Marthas Wangen: Ist es denn die Möglichkeit?! Pompös große Kränze haben sie angeschleppt, die jetzt Garderobe und Flur blockieren, als wären sie mit ihren Mänteln und Taschen noch nicht voll genug.

»Kommt rein, kommt rein«, drängelt sie. »Lasst nicht die ganze Wärme raus. Kommt und setzt euch!«

Plumps, setzt sie sich selbst für einen Augenblick, hält aber ihre langen Gesichter und betretenen Mienen nicht aus.

»Wie schaffst du das nur?«, flötet Schwiegermama, und sie schnappt wütend zurück: »Wie soll es denn gehen, wenn ich es nicht schaffe?«

Das kann man sich fragen. Schwester Hanna hat den Pfarrhof verlassen, weil die Predigerkammer für die Gäste gebraucht wird. Es ist niemand da, der außer ihr den Laden am Laufen halten könnte, das sieht doch ein Kind. Dumme Fragen, heuchlerisches Getue. Wie hätten die ihr wohl helfen können, wo sie es doch alle gewohnt sind, sich in der Pfarrhof-Pension an den gedeckten Tisch zu setzen!

Die Mädchen sind totenstill; die Gäste haben sie völlig

übersehen. Jetzt überschütten sie Sanna und Lillus mit Aufmerksamkeit, weil sie nicht wissen, wie sie mit Mona umgehen sollen. Sanna erkennt Großmutter und Großvater wieder, schaut aber fragend Mama an, wenn die sie etwas fragen: Darf sie etwas sagen, oder wird Mama dann böse? Lillus streckt die Arme nach dem Opa aus, doch ihre Mama drückt sie in den Kinderstuhl zurück. »Sitz still! Du wirfst noch den ganzen Stuhl um.«

Es ist eine unnatürliche Situation, die Kinder mäuschenstill, Mona in ihrer Geschäftigkeit unnahbar, der Pfarrer tot.

Der nächsten Welle sehen sie voller Befürchtungen entgegen. Es sind Monas Eltern, Petters Geschwister und Onkel Isidor, die von Osten anreisen, in Mellom haben sie den Dampfer verlassen und wurden das letzte Stück von der Küstenwache befördert. Mona ist mit den Kindern und ihren Vorbereitungen im Haus, und so können sich die anderen in der eisigen Kälte auf dem Anleger weinend in die Arme fallen, stöhnen und trauern. Die über einen Vorsprung verfügende åländische Phalanx erklärt, sie wisse nicht, was sie mit Mona anfangen sollen. Es sei unmöglich, an sie heranzukommen, sie weigere sich, über etwas anderes zu reden als die rein praktischen Angelegenheiten, und weise sämtliche Bekundungen von Anteilnahme und Beileid zurück. Man dürfe ihr nicht helfen, nichts tun, außer als Gast auf seinem Stuhl zu sitzen, während sie herumhetzt. Das ist nicht normal. Was können wir denn tun?

»Wir können zum Beispiel ins Haus gehen, bevor wir erfrieren«, sagt Monas Mutter trocken. Sie zucken zusammen, und der gefühlsduselige Erguss stockt. Die ruhige, verbindliche Frau Hellén klingt in dieser Situation ihrer Tochter erstaunlich ähnlich. Von ihrem Mann gefolgt, geht sie zum

Pfarrhaus hinauf. Die anderen gucken sich an und setzen sich dann ebenfalls in einer losen Gruppe in Bewegung, schwanken und rudern vor Müdigkeit oder blankem Entsetzen mit den Armen, während Helléns ohne Umschweife auf das Haus zusteuern und eintreten.

Keine Gefühlsergüsse diesmal. Sie geben sich die Hand.

»Meine arme, kleine Unglückskrähe«, sagt die Mutter.

»Ach«, sagt Mona. »Da kommen die Kinder.«

Vorsichtig, Lillus hinter Sanna versteckt. Die Oma freut sich, der Opa ist entzückt. Lasst euch umarmen! Sanna erinnert sich noch an sie, sie war Großmutters Freundin und Vertraute. Mona weiß gut, dass ihre Mutter mit Kleinkindern nicht umzugehen weiß, mit denen sie sich noch nicht unterhalten kann, doch um eine Konversation zu versuchen, macht sie »Piep«, und Lillus hopst und antwortet mit »Piep«. Dann lässt sie sich von Opa auf den Arm nehmen und bleibt da wie festgewachsen sitzen. Richtig schön, das hätte Mona ihren hart kritisierten Eltern gar nicht zugetraut. Aber gerade als sie etwas sagen könnte, hört man die unvermeidliche Horde raunend und zögerlich vor dem Haus. Die Tür wird geöffnet, und nichts geschieht.

»Kommt rein und lasst die Wärme nicht abziehen!«, ruft Mona. Sie begrüßt die Neuankömmlinge, sagt, im Esszimmer fänden sie etwas zu essen und anschließend würden sie alle im großen Wohnzimmer Kaffee trinken. Oh nein, danke, natürlich benötigt sie keine Hilfe, das Kaffeegeschirr steht schon auf der Anrichte bereit und etwas dazu in der Speisekammer. Also setzt sich eine neue Schicht zu Tisch und isst, weil sie sich gar nichts anderes trauen. Dabei sind sie zum Platzen mit Mitgefühl gefüllt, das ihnen jetzt wie ein Stein im Magen liegt. Die Tränen, die so reichlich flossen, als sie unter sich waren, versiegen. Versuche, ein Gespräch anzufangen, werden brüsk abgewimmelt. Wie soll das hier nur gehen? Wie wird es enden?

Kaffee im Salon, ganz recht. Ein Hefezopf, mit Eiweiß bepinselt und dann mit Hagelzucker bestreut. Bitte schön! Tödliches Schweigen, das umso fühlbarer lastet, als es normalerweise unmöglich ist, die Kummel-Sippe zum Schweigen zu bringen. Nur Frau Hellén macht Konversation, ihr Mann brummt zustimmend dazu. »Leckerer Kuchen«, stellt Frau Hellén fest. »Backen kannst du viel besser als ich.«

Da lächelt Mona fast, denn das ist nicht die Unwahrheit. In tiefster Not, wenn es keinen anderen Ausweg gibt, greift Frau Hellén zu unverbindlichen Themen wie dem Essen, dem Wind, dem Wetter, der Küstenwache, der Seereise, Seekrankheit, der Dauer der Überfahrt, der Erleichterung, festen Boden unter den Füßen zu spüren. Weiter geht es mit Fragen an die noch lebenden Kummel-Geschwister über ihre Arbeit, ihre Wohnorte, Zukunftspläne und Wünsche, und so bekommt sie ein Gespräch in Gang, wobei die Jüngeren die Köpfe schütteln und einander wortlos signalisieren, das könne doch nicht wahr sein. Mona, die sich ihr Leben lang über die Weigerung ihrer Mutter aufgeregt hat, sich mit unangenehmen Dingen zu befassen, erkennt plötzlich, dass es auch seine Vorteile haben und einen vor unangenehmen Situationen schützen kann, etwa vor der Gefahr, die Beherrschung zu verlieren. Wenn sie in dieser Versammlung eine Verbündete hat, dann ist es zu ihrer großen Überraschung ihre Mutter.

Nachdem jedem in der Predigerkammer, im Büro, im großen Wohnzimmer, im Esszimmer oder auf dem Dachboden ein Schlafplatz zugewiesen wurde, nachdem geklärt ist, wer den Sarg tragen soll, und eine Reihe weiterer ermattender Fragen beantwortet wurde, eröffnet Frau Hellén in leichtem Plauderton, sie gehe davon aus, Trauerschleier gehörten nicht zum Sortiment des Genossenschaftsladens. Darum hat sie einen alten Schleier mitgebracht, den sie an Monas Hut anbringen könne. Da liegt sie völlig falsch, denn Adele Bergman hatte sogleich einen schwarzen Schleier geliefert, aber der Gedanke ist ausgezeichnet und erlaubt Mona und Frau Hellén, sich ins Schlafzimmer zurückzuziehen, während die Übrigen am anderen Ende des Hauses zusammenkommen mit ihren Seufzern und Tränen und Gesten, die völlige Hilflosigkeit ausdrücken, sobald es um Monas Situation geht.

Ihre Mutter hat ihren eigenen Trauerdeckel in einer Schachtel mitgebracht, und Mona holt den hübschen schwarzen Filzhut hervor, den sie sich für die Ordination anschaffen musste. Bei einer breiteren Krempe fiele der Schleier besser, aber es geht auch so. Der Schleier, den ihre Mutter mitgebracht hat, hat einen schöneren Fall und riecht besser als das steife neue Ding, das im Laden den Geruch von Tabak und Petroleum angenommen hat.

»Danke«, sagt Mona und macht sich gleich daran, ihn zu befestigen, während Frau Hellén ihren eigenen befestigt. Mona weiß, wie ihre Mutter damit aussieht, während Frau Hellén ihre älteste Tochter zum ersten Mal in Trauerflor sieht. Als sie darunter verborgen ist, beginnen ihre Schultern zu zucken, und es schnaubt darunter wie von Schluchzern. Schnell wirft Mona den Schleier zurück: »Ach, nur weil man einen Schleier trägt, bildet man sich ein, man müsste heulen.«

Da lächelt Frau Hellén beschwichtigend wie gewöhnlich

und sagt: »Ja, ja, es ist viel Arbeit, du hast schon eine große Last mit uns allen im Haus. Sag, wenn du meinst, dass ich dir mit irgendwas zur Hand gehen kann. Ich helfe gern, auch wenn ich nun mal bin, wie ich bin.«

Mona mustert sie rasch und abschätzend. »Wenn du deine alte Freundin Martha davon abhalten könntest, sich in alles einzumischen, wäre das eine echte Wohltat. Wenn du mit ihr redest, kann sie nicht mit mir quatschen.«

»Das stimmt«, sagt ihre Mutter, »und ich kann mich um die Mädchen kümmern. Märchen vorlesen und so.«

»Sie werden schrecklich verzogen«, sagt Mona. »Keine Regeln und keine Ordnung. Sie werden unausstehlich, wenn sie zu viel Beachtung bekommen.«

Während die beiden Frauen als lebender Beweis dafür, dass man immer unterbrochen wird, ganz gleich, was man tut, im Schlafzimmer sitzen, kommt der Küster durch den Kücheneingang und landet mitten in der Versammlung der Trauergäste. Überrascht entschuldigt er sich für seine Alltagskleidung, er sei gekommen, um der Pfarrersfrau beim Melken zu helfen. Da geht es aber los: Mona könne doch jetzt um Himmels willen auf keinen Fall in den Stall gehen! Kann das denn kein anderer übernehmen? Gibt es keinen, der das kann? Niemand, der einspringen könnte. Das ist ja furchtbar!

Keiner in der Gruppe kann melken, sonst würden sie natürlich. Selbstverständlich, gern. Schließlich hebt der Küster die Stimme und erklärt, die Pfarrersfrau bestehe darauf. »Sie sagt, sie will allein gehen, aber ich begleite sie auf jeden Fall. Und ich muss sagen«, setzt er mit tiefem Küsternachdruck hinzu, »dass ich nicht weiß, wie sie es ohne den Stall durchstehen würde, denn im Stall kann die Frau Pfarrerin weinen.«

Da haben sie etwas zum Nachdenken bekommen. Auch die Pfarrersfrau hat den Küster kommen gehört und erscheint in Begleitung von Frau Hellén. »Du kommst auch heute Abend«, stellt sie fest. »Du weißt doch, dass ich allein zurechtkomme. Aber dann lass uns gehen. Wenn Berg und Skog kommen, mach ihnen bitte Tee. Sobald ich fertig bin, komme ich und mache Abendbrot für alle. Fühlt euch solange wie zu Hause.« Das ist ein Befehl an alle, doch der Auftrag zum Teekochen erging an Frau Hellén und verweist damit Frau Kummel in den äußeren Kreis. Das war's, die Küchentür fällt zu, in der Diele wird der Stallkittel übergezogen und schlüpfen die Füße in die Stiefel, dann zieht sie los, den Küster im Kielwasser.

Fast als hätten sie an der Hausecke aufs Stichwort gewartet, erscheinen Berg und Skog. Nachdem die Küstenwache die trauernden Familienangehörigen am Kirchensteg abgesetzt hatte, fuhr sie weiter zur Westsiedlung, wo sie zusammen mit dem Kantor alles für die morgige Beerdigung vorbereitet haben. Die Männer haben gegessen und geredet und sollen in einer der Dachkammern im Pfarrhaus übernachten.

Fredrik Berg sieht ziemlich niedergeschlagen aus, findet Frau Hellén, während Skog vor Lust sprudelt, alles zu regeln und zu dirigieren. Als Petters Vertreter im Amt ist er auf eigene Initiative mitgekommen und hat verkündet, dass er, der seine Örar-Insulaner kennt, die Predigt halten wird. Bevor man ihm eröffnete, dass man Berg angetragen hatte, die Beisetzung zu leiten, war er wie selbstverständlich davon ausgegangen, dass ihm diese Aufgabe zufallen werde. Schwer nachzuvollziehen, dass man den farblosen Berg aus der Nachbargemeinde rief, der mit den Örar nichts zu schaffen hat, während er, Skog, der auf den Gefühlen der Örar-Bewohner zu spielen versteht wie auf einer Klaviatur, sich mit der Predigt begnügen soll. Aber gut, auch da kann man eine Menge sagen! Bei der Unterhaltung am Tisch des Kantors hat er zu vielem seine Meinung kundgetan und sich über Bergs zähen Widerstand gewundert. Er und Frau Kummel scheinen bereits alles festgelegt und den Kantor ganz auf ihre Seite gezogen zu haben.

Nun gut, jetzt aber muss man die Angehörigen noch einmal begrüßen, besonders die, die von Westen gekommen sind, die trauernden Eltern und die männlichen Vertreter vom heimatlichen Hof des Vaters. Phrasen, kann man denken, und auch Fredrik Berg meint, er höre sich wie ein hohles Fass an, dabei meint er es aus der Tiefe seines Herzens, wenn er sagt, da er Petter als seinen Freund und Bruder betrachte, verstehe er besser als die meisten anderen, was sie an ihm verloren hätten. Solange die Bewirtung größere Aufmerksamkeit zu beanspruchen scheint als der Todesfall, fällt es ihm schwer, etwas Persönliches zu sagen. Die Mutter der Pfarrersfrau, Frau Hellén, besteht darauf, den Neuankömmlingen Tee zu servieren, obwohl sie energisch insistieren, bis zur Rückkehr der Pfarrersfrau warten zu wollen.

»Mona hat es nun einmal so angeordnet«, sagt Frau Hellén beim Eingießen entschuldigend. »Es scheint hier die Regel zu geben, dass jeder, der durch diese Tür tritt, etwas Wärmendes vorgesetzt bekommt. Trinken Sie die hier, dann können Sie eine zweite Tasse mit uns nehmen.«

Mit Skog am Tisch entfällt das Problem der Unterhaltung. Bald nimmt er sich der trauernden Eltern an, sagt endlich all das, was ein richtiger Pastor den am Boden zerstörten Eltern eines geliebten Sohnes, der in der Blüte seiner Jugend vorzeitig ums Leben gekommen ist, so sagt. Sie kleben an seinen Lippen, weinend und zitternd sprechen sie von der absoluten Unfasslichkeit dessen, was geschehen ist. Berg sitzt stumm dabei, aber das macht nichts, denn Skog führt das Gespräch mit Autorität. Frau Hellén zieht sich leise in die Küche zurück. Frejs kleine, seekranke Frau Ingrid hat sich unbemerkt an den Abwasch gemacht, und Frau Hellén wirft einen Blick in die Speisekammer: alles vorbereitet. Geschnittenes Brot in Scheiben, Butter auf Tellern, Käse. Sie unterhält sich kurz mit Ingrid und bekommt ihre Ahnung bestätigt: Die Seekrankheit rührt von einer neulich festgestellten Schwangerschaft her. »Wie merkwürdig, zeitgleich mit Petters Tod.«

»Ja, ja«, sagt Frau Hellén, »so etwas kommt vor. Es ist nett von Ihnen, Ingrid, den Abwasch zu übernehmen. Könnte Charlotte abtrocknen? Ich werde so langsam mal für den Abendtee decken.«

Charlotte kommt weinend, und Frau Hellén sieht sich nach den kleinen Mädchen um. Sie sitzen fest angewurzelt auf Opa Helléns Schoß. Er hat einen ausgeprägt väterlichen Zug, das muss man dem Alten lassen. Auf Zehenspitzen geht sie hin und her und deckt den Tisch, obwohl sie weiß, dass Mona das nicht gern sieht, aber es hilft, alle etwas früher in die Betten zu scheuchen, damit das arme Ding zur Ruhe kommen und sich auf den anstrengenden morgigen Sonntag einstellen kann. Wie sollen wir das durchstehen, denkt sie, wie sie es seit dreißig Jahren denkt, während sie nahezu unsichtbar unter Skogs tönender Stimme leise hin und her läuft.

Als Mona mit eiligem Schritt ins Haus kommt, ist fast

alles vorbereitet. Der Küster ist zur Kirche gegangen; wenn er die Heizung heute schon anfeuert, braucht er morgen früh nur nachzufüllen. Mona blickt sich missbilligend um: »Was in aller Welt habt ihr angestellt! Das wollte ich doch machen. Geh rein und setz dich, Mama! Den Rest übernehme ich.«

Sie begrüßt, kurz angebunden, Skog und wimmelt seine Kondolenzbezeigungen ab, herzlicher Berg in seiner Eigenschaft als Verbündeter. Sie wahrt die Fassade, hält sie auch beinhart aufrecht, während sie die Kinder ins Bett stopft und Frau Hellén ein Märchen vorliest. Mona rasselt »Müde bin ich, geh zur Ruh« hinunter und geht zurück zu den anderen, die allmählich ihre Sachen zusammensuchen und ihre Betten für die Nacht herrichten. Es ist das einzig Vernünftige, dass sie ins Bett kommen, die Angereisten haben eine lange und beschwerliche Anreise hinter sich, und der Tag morgen wird nicht leicht werden. Ein weiterer Grund dafür, dass sie nicht die halbe Nacht aufbleiben und verquatschen, besteht darin, dass sie vor Mona Angst haben und nicht wissen, wie sie sich verhalten sollen. Da sind Dunkelheit und Schweigen wohl vorzuziehen.

Es wäre jedoch falsch zu sagen, das Haus sei zur Ruhe gekommen. Es ist nicht nötig, wiederzugeben, was alle denken, die leicht fröstelnd in ihren Betten liegen und befürchten, dass sie überhaupt nie einschlafen werden. Es reicht, einen Blick in die Dachkammer im Nordgiebel zu werfen. Der tatkräftige Skog hat ein neues Scheit in den Kachelofen gelegt, aber es ist trotzdem kalt. Er und Berg sitzen einander an dem wackeligen Tisch gegenüber, der schon vor Skogs Zeiten hier stand. Berg legt seine Mappe auf den Tisch und klappt sie auf, um seine Aspirin herauszuholen. Skog streckt die Hand aus: »Darf ich sehen?«

Berg, verschämt, als hätte er etwas Unanständiges zu verbergen: »Was denn?«

»Die Trauerrede. Die wolltest du mir doch wohl zeigen.«

»Nein, eigentlich nicht.«

»Aber du hast sie schriftlich?«

»Natürlich.«

»Na, dann her damit! Ich sage dir, was ich davon halte. Ich weiß genau, was bei diesen Örar-Bauern ankommt.«

Berg, gepresst: »Ich weiß nicht, ob ich sie verbessert haben möchte. Schwer zu erklären. Sie ist so unzureichend wie das, was ich sagen will.«

»Dummes Zeug! Du möchtest doch, dass es gut wird?«

»Selbstverständlich. Aber ich möchte Petters auch in meinen eigenen Worten gedenken.«

»Ich könnte dir wirklich helfen, ich weiß, wie die Leute hier denken.«

»In diesem Fall fällt es mir schwer, Kompromisse zu machen.«

»Ich verstehe deine ganze Einstellung nicht. Verträgst du keine Kritik?«

»Ich nehme an, da drückt der Schuh. Du hast Petter nicht so gut gekannt wie ich. Ich trauere. Es fällt mir schwer, das Ganze kühl und kritisch zu betrachten.«

»Umso mehr Grund, auf einen erfahrenen Kollegen zu hören.«

»Vielleicht. Ich habe kaum Gegenargumente. Aber ich kann nicht.«

»Zierst dich wie ein Backfisch. Wir sind Kollegen. Du ziehst einen Kollegen zu Rat.«

»Warum ist es dir so wichtig, meine armselige Grabrede vorab zu lesen?«

»Du wirkst so unsicher. Als ob du Hilfe nötig hättest.«

»Ich bekomme das Gefühl, dass du mich kontrollieren und steuern willst.«

»Du hast dich zu lange hier vergraben. In den Städten weht ein anderer Wind. Da geht es jetzt nicht mehr um individuellen Einsatz, da heißt es jetzt Teamwork, mannschaftliche Zusammenarbeit ist angesagt.«

»Davon habe ich gelesen. Aber mit dieser Rede habe ich wirklich gekämpft. Ich werde sie halten. Nichts da Teamwork.«

So geht es immer weiter. Der einige Jahre ältere Skog will nicht nachgeben. Fredrik Berg fühlt seine Wangen hitzig rot werden und seine Augen blitzen. Schweiß tritt ihm auf die Stirn, die Achselhöhlen werden feucht, der Talar muss bis morgen um jeden Preis geruchsfrei bleiben. Er schafft es nicht einmal, aufzustehen und wie ein schmollendes Kind ohne weitere Diskussion ins Bett zu gehen. Sein Blick weicht aus, er kann den selbstsicheren Skog nicht ansehen, der überzeugt ist, es sei nur eine Zeitfrage, bis der unvernünftige Berg kapituliert und er seine Traueransprache in Grund und Boden kritisiert haben wird.

Genau darum geht es nämlich. Wenn Skog auch nur einen kritischen Einwand erhebt, wird Fredrik seine Rede niemals halten können. Er wird mit eingezogenem Schwanz das Feld räumen müssen, und dann kann Skog seine den Zuhörern schmeichelnde Rede halten, die er sicher längst geschrieben hat. Wieso muss man gegen eine anmaßende und verächtliche Übermacht gute Argumente haben? Man kann nichts anderes tun, als sich zu verweigern.

»Nein. Es ist eins meiner Prinzipien. Ich lasse niemanden vorher meine Reden und Predigten lesen.«

»Der Herr Gemeindepfarrer leistet sich Prinzipien?«

Und so weiter. Am Ende schafft es Fredrik, sich zu erheben, vor Müdigkeit dreht sich alles in seinem Kopf.

»Das führt zu nichts. Wir müssen zu Bett gehen. Morgen will vieles bewältigt sein.« Die Stimme der Vernunft. Er fängt an, sich fürs Bett fertig zu machen. Die Petroleumlampe auf dem Tisch lässt den Rest des Zimmers in gnädigem Dunkel, aber er stellt sich an wie ein prüdes Mädchen, um sich beim Ausziehen nur ja keine Blöße zu geben. Er putzt sich an der Kommode die Zähne, bange, auszuspucken und anstößige Geräusche zu machen. In allem, was er tut, führt er sich auf wie ein stinkvornehmes Fräulein, und grau vor Scham liegt er schließlich im Bett, friert bis ins Mark, zu ängstlich, sich zu bewegen oder den leisesten Piep entschlüpfen zu lassen, der Skogs Verachtung wecken könnte. Die Aktenmappe möchte er am liebsten mit ins Bett nehmen; unter dem Vorwand, seine Aspirin in Reichweite zu haben, hat er sie so nah wie möglich ans Kopfende gestellt.

Skog lässt sich dagegen mit dem Zu-Bett-Gehen reichlich Zeit. Ungeniert schlägt er sein Wasser in den Nachttopf ab, schnaubt und räuspert sich, reibt sich die Achselhöhlen trocken, zieht sich aus und an, lässt sich ins Bett fallen, wühlt sich zurecht, liegt still und betet halblaut ein Nachtgebet, was man von Fredrik Berg nicht gehört hat, wälzt sich noch ein wenig herum, liegt dann still und schläft rasch ein, lange Atemzüge, ein kleines Pupspups, als ihm Luft entweicht. Sakrales Schnarchen. Herrgott!

Der Schlaf des Gerechten. Ein gutes Gewissen ist ein

sanftes Ruhekissen, und noch mehr von solchem Mist, den man so sagt, während Fredrik, schlaflos, verzweifelt, mit Kopfschmerzen, wie paralysiert daliegt. Der Täter schnarcht wie ein Schwein, das Opfer liegt mit Scham und Schuldgefühlen wach.

Unten im Haus hören die, die auch nicht schlafen können, den Disput der beiden Geistlichen nur als fernes Gemurmel, als ob da oben vor dem morgigen großen Trauergottesdienst noch wichtige theologische Fragen über das Mysterium des Todes ventiliert würden. Die Pfarrersfrau schläft im Schlafzimmer, nutzt ihre armseligen Stunden der Ermattung, bevor sie um vier Uhr in einem ausgekühlten Zimmer aufwacht. Petters Bett wurde für Onkel Richard ins Esszimmer gebracht, der Sarg im Schuppen ist geschlossen und der Deckel zugenagelt. Jetzt bleibt nur noch die Pflicht.

In der Arztwohnung im Dachgeschoss der Krankenstube des nördlichen Schärengürtels geht in dieser Nacht Doktor Gyllen auf und ab. Auch ohne Medizin sind ihre Gefühle blockiert. Wie alle anderen hat auch sie gesagt: »Unfasslich. Dieser nette, gute Mensch. Seine Frau und die kleinen Kinder. Wieso darf so etwas geschehen?« Gleichzeitig aber nagt sich ein schwer erklärliches Schuldgefühl durch ihren Leib, obwohl sie es entschieden zurückweist.

Wie alle anderen erfährt sie von dem tödlichen Unglück durch das Radio, und als ihr Vater wenig später anruft, nimmt sie an, er wolle ihr diese Neuigkeit mitteilen. Unisono würden sie wiederholen: »Unbegreiflich! Der gute Petter Kummel, der ein richtiger Freund geworden war.« Das sagen sie auch, aber der Grund, aus dem der Vater anruft, ist ein anderer.

»Irina, es ist ein Brief gekommen. Unser Kolja lebt. Wir haben eine Adresse.«

Totales Schweigen. Sie hat es dermaßen eingeübt, dass sie nicht einmal in einem leeren Raum Gefühle zeigen kann. Nicht ein Aufseufzen ist zu hören. Keine Träne.

»Irina, bist du noch dran?«, fragt der Vater. »Bist du ohnmächtig geworden?« Zu ihrer Mutter: »Ich glaube, sie ist umgekippt.«

»Nein«, antwortet Doktor Gyllen. »Sag so etwas nicht. Ich wage nicht mehr zu hoffen.«

»Aber es stimmt, Irina. Freu dich! Darauf haben wir neun Jahre gewartet.«

Er berichtet, wer geschrieben hat, eine Tante des Kleinen aus Kazan, und wie der Brief nach Finnland gelangt ist. Wegen des Regimes können sie nicht direkt miteinander in Kontakt treten, aber es gibt eine Mittelsperson, einen guten Menschen, dessen Name am Telefon nicht genannt werden darf, mit Verbindungen zur Botschaft. »Irina, du kannst ihm schreiben. Sie können schreiben.«

»Danke«, sagt Doktor Gyllen. »Mehr kann ich nicht sagen. Das Herz ist zu voll. Ich schreibe euch noch heute Abend, an ihn, aber was? Oh Gott, was soll ich ihm schreiben?«

Jetzt ist die Mutter am Apparat: »Stell dir vor, dass ich das noch erleben darf!« Sie redet weiter, während Doktor Gyllen über den Hof schaut. Schneidender Wind, etwas Schnee. Der erste Patient kommt bereits, streift auf der Treppe den Schnee von den Stiefeln. Die Arzthelferin macht sich unten bemerkbar, wundert sich, warum die Frau Doktor noch nicht heruntergekommen ist. Sie machen sonst meist eine kleine Inspektion, bevor der Tag beginnt.

»Ich muss zur Arbeit«, sagt Doktor Gyllen. »Wir dürfen

reden, wir können schreiben. Es ist wie der Tod von Pastor Kummel, nur am entgegengesetzten Ende: Es ist nicht zu fassen.«

Sie kurbelt ab und will nach unten gehen, nimmt aber doch noch einmal den Hörer ab und bestellt eine Verbindung zu den netten Hindriksens auf Örar. Greta kommt an den Apparat, und als sie hört, dass es Doktor Gyllen ist, sagt sie: »Wir sind nur am Weinen. Wir können nicht begreifen, dass es wahr ist. Wenn nur die Frau Doktor da gewesen wäre, sagen wir die ganze Zeit. Wenn Sie hier gewesen wären, hätten Sie ihn vielleicht retten können. Aber es heißt, er habe zu lange im Wasser gelegen. Sie haben es die ganze Nacht lang versucht. Aber es gab kein Lebenszeichen mehr. Wie konnte das nur passieren?«

Vielleicht hat Doktor Gyllen angerufen, um von ihrem Sohn zu erzählen, aber ihr wird klar, dass es jetzt auf den Örar nur Platz für den Pfarrer gibt. Das ist auch richtig so, gut, dass sie nicht gleich etwas gesagt hat, denn im Lauf des Tages und danach in ihrer Wohnung beim abendlichen Tee arbeitet vieles in ihr, eine religiöse Anwandlung, die sie nie bei sich vermutet hätte. Es geht um die Frage des seltsamen Zusammentreffens, eines von unzähligen im Lauf eines Lebens, nichts, worüber man sich ereifern müsste. Kein Grund für irgendwelche überspannten religiösen Grübeleien.

Aber diese Koinzidenz weckt unweigerlich ganz fremde Gedanken. Pastor Kummel hatte versprochen, alles zu tun, was in seiner Macht steht. Lächelnd hatte er davon gesprochen, dass ein Mensch mit seinem Beruf auf Wunder hoffen dürfe. Im ganzen Leib fühlt es sich so an, als wäre Pastor Kummel zum Fuß des Throns gegangen und hätte im Austausch für sein eigenes Leben ihren Sohn erbeten.

Während großer Teile ihres Erwachsenenlebens waren die notwendigsten Dinge so knapp und herrschte derartige Not, dass sich ihr mehr und mehr die Vorstellung eingeprägt hat, es gebe für alles auf der Welt ein bestimmtes, karg bemessenes Maß. Wenn jemand es zu etwas bringt und sich ein wenig seines Lebens auf der Sonnenseite erfreut, werden gleichzeitig einem anderen Wohlstand und Sonnenschein genommen. So verhält es sich auch mit Phänomenen wie Glück und Wohlergehen. Die Gesamtmenge ist knapp bemessen. Streifen dich Liebe und Glück, wird ein anderer ihrer beraubt. Neid, dieser große Stein auf dem Weg des Menschen, gründet sich auf diese Erkenntnis, die Angst, das eigene Glück ebenfalls zu verlieren.

Jetzt hat sie ihren Sohn wiederbekommen, und Frau Kummel hat ihren Mann verloren. Der Gedanke ist kindisch und beschämend, eines gebildeten, rational denkenden Menschen unwürdig. Dieser Zustand wird vorübergehen, er kommt von zwei so dicht aufeinanderfolgenden Schocks. Ganz sicher verhält es sich so, das muss sie sich mit aller Kraft einschärfen. Sie muss sich dagegen zur Wehr setzen und Abstand zu der rationalen Wissenschaftlerin halten, die sich da heulend vor ihrer Teetasse wiederfindet. Die halbe Nacht vor Pastor Kummels Beerdigung, dessen steif gefrorenen Leichnam sie sich bestens vorstellen kann. Sie weint auch über die ganze Sorgfalt, die diesem Körper zuteilwird, im Gegensatz zu den zahllosen Lagerinsassen, darunter vielleicht ihr eigener Mann, deren Leiber man wie überflüssigen Abfall entsorgt. Zwischen ihnen ihr Sohn, auferstanden. Hinter ihm und Pastor Kummel Millionen Menschen, gelebt und gestorben, sinnlos, unter unfasslichen Leiden. Wie können die christlichen Kirchen ihren Gott gut nennen?

Erfolgreich hält sie sich davon ab, auf die Knie zu fallen und für die Wiedergeburt ihres Sohnes zu danken und Gott um die gnädige Aufnahme von Petter Kummels Seele zu bitten. Gut, dass sie nicht an seiner Beerdigung teilnehmen muss. In ihrem gegenwärtigen Zustand würde sie sich blamieren, weil sie in einem fort heulen müsste.

Sechsundzwanzigstes Kapitel

Ehe die Beerdigung anfangen kann, müssen sämtliche Stationen des Leidensweges durchlaufen werden: Aufstehen, kurze Wäsche an der Kommode, Anziehen, kein geringes Unternehmen in Anbetracht des schneidenden Winds draußen, die Betten glatt ziehen, im Herd Feuer machen, den Nachttopf ausleeren, eine Schlange vor dem Klo, Frühstück. Erschreckend, weiß gegen das Schwarz, sie so äußerst beherrscht zu sehen.

»Esst!«, befiehlt sie. »Es dauert lange, bis wir wieder etwas bekommen.«

Sanna in Kleid und Strickjacke, still. Lillus in Alltagskleidung auf Großvaters Arm. Unwirklich, denken die Gäste über der Hafergrütze. Das hier geschieht nicht. Keiner von uns ist hier.

Doch da sitzen sie und ducken sich wie Hasen vor dem Mähdrescher: Lass ihn anhalten! Lass ihn nicht kommen! Aber es klopft, am Vordereingang, der Kantor und der Küster kommen. Schwarze Anzüge, weiße Halsbinden, weiße Gesichter.

»Guten Morgen an die Trauergemeinde! Wir möchten jetzt den Sarg hereinbringen. Würde vielleicht jemand von Ihnen …?«

Frej, Ragnar und Onkel Richard springen wie elektrisiert auf: »Ja, wir kommen.« Rasch in die Überkleider, mit offenen Paletots aus dem Haus und zum Schuppen stolpern. Der Küster hat die Trageriemen aus der Sakristei dabei und meint, ein kurzes Üben, bevor die Leute eintreffen, sei nicht verkehrt. Mit dem Küster sind sie zu viert, bei der Beerdigung selbst werden sie zu sechst sein, mehr der Form halber, als dass der Sarg für vier zu schwer wäre. Eine Ehrerweisung, dass auch die Gemeindevertreter den Sarg tragen werden.

Wie sich zeigt, verfügt Frej trotz seines jungen Alters über die größte Erfahrung im Sargtragen. Er teilt ein und instruiert und merkt dazu entschuldigend an: »Im Krieg waren es ja eine ganze Menge.« Hölzerne Dienstanzüge verkneift er sich. Gut, endlich etwas zu tun zu haben. Sie gehen im Gleichschritt, der Sarg schwankt leicht, als sie ihn die kleine Anhöhe hinauftragen. Eine Pause vor der hohen Treppe: alle zugleich. Der Kantor hält sich hinter ihnen, um zuzupacken, falls der Sarg nach hinten wegrutschen sollte. In das große Wohnzimmer, den Sarg auf die bereitstehenden Böcke absetzen.

Mona untersagt es, den Sarg noch einmal zu öffnen. Petters Verwandte müssen nachgeben, obwohl sie sich noch an das Öffnen von Görans Sarg erinnern, die Leiche war bereits in Verwesung übergegangen, und an Mutters Erleichterung darüber, dass sie es noch einmal taten. Jetzt ist Mona Petters nächste Verwandte, und sie hat angeordnet, sie sollten ihn lebendig in Erinnerung behalten, was im Sarg liege, sei bloß ein Leichnam. Das muss man akzeptieren, aber auch an dem geschlossenen Sarg brechen alle Dämme. Es ist das letzte Mal, dass die Familie um Petter versammelt ist. Sie hatten vor, »O Gott, reich an Barmherzigkeit« zu singen, aber es geht nicht. Der Kantor stimmt bemüht an, muss aber abbrechen, sie brechen schon bei den ersten Worten in Tränen aus und setzen sich, wo sie gerade Platz finden, und weinen verzweifelt, alle außer den trockenäugigen Hellénen, die untröstliche Witwe an der Spitze.

Fast verächtlich guckt sie, ohne jemanden zu sehen, vermeidet jeden Blickkontakt und hält sicheren Abstand zu jedem, der sich etwa unterstehen könnte, sie in den Arm zu nehmen. Sie hält Sanna an einer kalten und schwitzigen Hand. Sie ist still, Sanna ist still und brav in diesen und allen folgenden Tagen, und man kann sie bestens mit in die Kirche nehmen.

Skog und Berg vermeiden es immer noch, sich anzusehen, und werfen stattdessen verstohlene Blicke auf ihre Armbanduhren. Von der Bucht, in der die Küstenwache das Eis aufgebrochen hat, tönen Motorengeräusche herüber. Draußen gehen bereits Leute vorbei und werfen scheue Blicke zu den Fenstern des Pfarrhauses hinauf. Kantor und Küster wechseln Blicke, der Kantor räuspert sich umständlich, schnäuzt sich die Nase in ein großes Taschentuch. »Ich gehe schon mal vor. Gebt mir ein Zeichen, wenn ihr so weit seid.« Vor der Tür trifft er Elis Bergman und Brage Söderberg, die gebeten wurden, als Träger zu fungieren. Sie stapfen herum und fragen sich, ob sie reingehen sollen. Der Kantor gibt ihnen grünes Licht. »Jedenfalls bis auf die Diele. Skog wird schon Bescheid sagen.«

Und in der Tat, stellt Berg fest, nutzt Skog gleich die erste Gelegenheit, um das Kommando zu übernehmen. Sobald er die beiden Eintretenden auf dem Flur hört, begibt er sich hinaus und lässt deutlich geflüsterte Anweisungen hören: »Ja, es wird langsam Zeit. Ich setze die Angehörigen in Gang. Behutsam natürlich. Bei solchen Anlässen muss man Psychologe sein.«

So selbstgefällig, dass einem der Kragen platzen könnte, und vollkommen überzeugt, dass nichts, aber auch gar nichts passieren wird, wenn er es nicht anstößt. Dabei spricht der Küster schon mit Frej, und die drei Träger aus der Familie begeben sich hinaus in den Flur, um die drei Träger von den Örar zu begrüßen. »Das kriegen wir schon hin. Die Treppe ist das Schwierigste. Und rutscht bloß nicht auf den Ledersohlen aus! Der Küster hat Sand gestreut, aber es ist trotzdem gefährlich.«

Zur Trauergemeinde gehören auch Lehrer und Büroangestellte, und auch sie behalten die Uhr im Auge. Die Pfarrersfrau zieht Sanna Mantel und Mütze über, greift nach dem eigenen Hut, der Schleier ist noch zurückgeschlagen, und legt den Mantel an.

»Jetzt wollen wir gehen«, sagt sie kurz angebunden in die Runde. In Garderobe und Vorbau wird es eng, Jacken, Mäntel und Hüte, fünf wehende Schleier, Grabkränze in Händen.

»Haben wir alles? Komm, Sanna, ich nehm dich an die Hand.«

Schwester Hanna guckt mit Lillus auf dem Arm aus dem Schlafzimmerfenster. Obwohl alle an der Beerdigung teilnehmen möchten, muss sich jemand opfern und mit Lillus im Haus bleiben. Laut weinend streckt sie die Ärmchen nach den anderen aus, als sie sie weggehen sieht, aber nicht einmal Sanna kümmert sich darum, sie schließen nur die Tür und verschwinden. Draußen nickt die Pfarrersfrau den Trägern zu, sie nehmen würdevoll neben dem Sarg Aufstellung. Heben versuchsweise an, gucken sich an: Ja, wir sind bereit. Der Kantor tritt als Erster auf die Treppe, hebt die Hand Richtung Glockenturm. Die Sargträger setzen sich in Bewegung. Die Turmluken sind geöffnet, die Glocken beginnen zu schwingen, der erste Klöppelschlag gegen den Rand der großen Glocke noch dumpf und unbeholfen, doch dann schneller, beide Glocken zusammen, hell und dunkel, die kleine über die Ehrwürdigkeit der großen hinaufsteigend, gemeinsam den überwiegend hellen Klang erzeugend, der das Kennzeichen von Örar ist. Die Anwohner, die sich schon oben auf dem Kamm der Anhöhe befinden, bleiben stehen, um den Trauerzug passieren zu lassen, und die auf dem Kirchhof wenden die Gesichter dem Pfarrhaus zu, die ersten Hüte und Mützen werden abgenommen.

Der Sarg ist weiß, das Geleit schwarz, das kleine Mädchen hinter den Kränzen verborgen. Eine gemeinsame Bewegung, als die Frauen die Schleier herablassen. Der Sarg schwebt vorsichtig die Treppe hinab. An ihrem Fuß nehmen die Träger Tritt auf, und ein weiterer Pfarrer verlässt Örar. Die Witwe mit Tochter, Eltern, Geschwistern, Schwiegereltern und Onkel Isidor. Der Kantor reibt die Hände, um sie für das Orgelspielen warm und geschmeidig zu halten. Nichts bleibt einem erspart, jeder Stein auf dem Weg, jedes Sandkorn auf dem Glatteis, jeder Windstoß, jeder Kältegrad, jeder Glockenschlag, jede Sekunde, alles muss überstanden werden, eins nach dem anderen.

Die Flügel des Kirchhofstores stehen offen, doch nach ortsüblichem Brauch wird der Sarg auf dem Leichenstein davor abgesetzt. Die Glocken verstummen, die beiden angereisten Pfarrer und der Kantor gehen dem Trauerzug entgegen. Als sie alle um den Sarg versammelt sind, singen sie mit dem Mut der Verzweiflung »O Gott, reich an Barmherzigkeit«. Danach beginnen die Glocken wieder zu läuten, die Träger nehmen den Sarg auf, und singend folgt ihm die Gemeinde über den Kirchhof in die Kirche.

Nach dem, was hier am Ort üblich ist, sollte die Trauerfeier am Grab stattfinden, doch wegen der zahlreichen Ansprachen und der großen Zahl der Anwesenden und auch weil der Verstorbene seine Kirche so geliebt hat, hat man eine modernere Sitte eingeführt und hält die Trauerfeier in der Kirche ab. Die vordersten Bankreihen sind für die Angehörigen frei gehalten, doch im Übrigen ist die Kirche weit über ihr Fassungsvermögen hinaus gefüllt, Gedränge in den Bankreihen, Menschen stehen auf der Treppe zur Empore und tief im Rückraum der Kirche. Die gesamte Gemeinde ist gekommen und erhebt sich in einem Rauschen, als der Sarg, angeführt von Berg und Skog, hereingetragen wird. Die Angehörigen nehmen Platz, der Kantor drängt sich durch die Leute zur Orgel durch. Der Balgtreter steht bereit, obwohl das Pfeifen durch die lauteren Geräusche der Menschen unten nicht zu hören ist. Der Kantor legt seine tauben Hände auf das Manual, zaudert, beginnt. Der Küster auf seinem Platz. Skog, Autorität heischend, neben dem Sarg.

Die Gemeinde singt, zum letzten Mal, denken sie, so, wie der Verstorbene es gern hörte. Tief von innen heraus, von Weinen unterbrochen, doch wenigstens einige halten immer den Ton. Manche intonieren falsch, sie fallen aus der Tonleiter, tremolieren, kommen ins Schleudern, verschleppen das Tempo und werden wieder schneller, ziehen den Organisten mit, in den höchsten Tonlagen geht ihnen die Luft aus, und sie holen gemeinsam Atem, bevor sie notgedrungen verstummen müssen, weil es keine Strophen mehr im Gesangbuch gibt.

Skog, bedeutungsschwer, und Berg, unbeweglich und nichts mitbekommend, in der ersten Bankreihe. Dann Skog auf der Kanzel. »Der Herr begeht keinen Irrtum«, verkündet er. Und der Pfarrersfrau bleibt das Herz in der Brust stehen. »Sagt er denn nicht selbst, dass wir nicht verstehen, was geschieht, aber dass wir es später begreifen werden. Wenn wir einmal von Angesicht zu Angesicht vor dem Heiligen stehen. Hier auf Erden ist unser Leben gespalten. Wir gehören zwei Reichen an. Einem Reich der Sünde und des Todes. Aber wir gehören auch dem Reich der Vergebung und des Lebens an. Alles im Leben ist von Vergänglichkeit geprägt. Die Mauern sind dick, und dennoch werden sie verfallen und zusammenstürzen. Alle, die hier vor der Tür zur Ruhe gebettet sind, sind Staub. Das Menschenleben ist wie eine Blume – es blüht am Morgen und stirbt am Abend, und unser Leib zerfällt.

Wenn ich hier stehe und euch ansehe, kenne ich euch alle. Doch ich sehe auch, dass ihr alle das Mal des Todes auf euren Gesichtern tragt. Ihr seid gezeichnet. Doch wenn die Kräfte des Vergänglichen ihr Werk tun, solltet ihr euch an das erinnern, was euch mein Nachfolger von dieser Kanzel über die Kräfte der Vergebung und des Lebens gepredigt hat. Er weilt nicht mehr unter uns, er ist euch genommen worden, als scheinbar alles zum Besten stand. Weint; doch nicht wie die, die ohne Hoffnung sind, sondern wie die, die Hoffnung und die Gewissheit haben, dass sie einander am Jüngsten Tag wiedersehen werden.«

Nach Skogs Predigt singt der Kirchenchor auf der Empore »Näher, mein Gott, zu Dir«. Er ist seines schönsten Soprans und seines tiefsten Basses beraubt, und während des Chorals fällt noch die eine oder andere Stimme aus und wird von tiefen Schluchzern abgelöst. Das »Mein Sehnen für und für« wird fürchterlich schrill, eine erschütternde Manifestation des Ausgesetztseins desjenigen, der keine andere Hoffnung mehr hat als die auf Gottes ungewisse Gnade.

Fredrik Berg fällt es nicht so schwer wie befürchtet, aufzustehen und sich mit Handbuch und Zettel in der Hand neben den Sarg zu stellen, die Pfarrersfrau hinter ihrem schwarzen Schleier anzusehen. Sanna ist ein weißer Punkt. Er beginnt: »Wer Petter Kummel je begegnet ist, wird sich immer der tiefen und starken Freude erinnern, die er ausstrahlte. Er war offen und zugänglich, und seine Frömmigkeit war so ehrlich wie sein fester Händedruck und so ungekünstelt wie seine anspruchslose Einfachheit. Er liebte seine Gemeinde und betrachtete es als seine Lebensaufgabe, euch allen zu dienen.«

Er hat gut angefangen, die Stimme ist fest und klar, die Akustik prächtig, trotz der hohen Luftfeuchtigkeit infolge der vielen Versammelten. Er spricht davon, wie gern Petter mit seiner Familie und seiner Gemeinde zusammengelebt hat, und er beschreibt die Nacht des Todeskampfs und den Morgen danach, der heraufdämmerte, als alles vollbracht war. Auf die gleiche Weise steige der Ostermorgen für uns herauf mit seiner Auferstehungsbotschaft nach der langen Nacht des Karfreitags. Seine Wärme und Unmittelbarkeit sind nicht gespielt, als er sich Mona und Sanna zuwendet, den Blick über die weinenden Eltern und Geschwister gleiten lässt und sagt: »Erhebt eure Blicke und ruft zu Gott – und Gottes Liebe, die jeden Verstand übersteigt, wird euch auf ewigen Vatersarmen tragen. Eingeschlossen in diese göttliche Liebe ist auch Petter Kummel, den wir jetzt der Ruhe des Grabes übergeben wollen.« Ein uraltes Zeremoniell, die Worte auf ihren absoluten Kern abgeschliffen: »Von Erde bist du genommen, zu Erde sollst du werden. Unser Herr

Jesus Christus möge dich auferwecken am Jüngsten Tag.« Die drei Schaufeln magere graue Inselerde, die ein Kreuz auf den weißen Sarg malen. Verzagter Gesang »Unsere Jahre, sie fliehen dahin«.

Stille in der Kirche. Die Pfarrersfrau erhebt sich, schlägt den Schleier über den Hut zurück, nimmt Sanna an der Hand, den Kranz in die andere, geht mit festen Schritten nach vorn, schaut die Gemeinde an und spricht, während die Kirche den Atem anhält. Das Kind steht still an ihrer Seite. Sie dankt ihnen für die guten Jahre, die Petter und sie in der Örar-Gemeinde verleben durften. Sie dankt Petter für die glücklichen Jahre, die er ihr geschenkt hat. Sie ruft seine Worte an die trauernden Eltern des Kindes in Erinnerung, das sie erst vor einer Woche beerdigt haben. Es seien seine Abschiedsworte auch an sie gewesen, obwohl sie es damals nicht begriffen habe. Sie legt den Kranz nieder, rückt ihn kurz zurecht: gut. Nimmt Sanna an die Hand, geht zurück zu ihrem Platz, die Kirche atmet aus.

Dann die Eltern und Geschwister, schwankend und erschüttert, gebrochene Stimmen, tiefe Seufzer. Die übrigen Verwandten schließen sich an, Onkel Isidor spricht im Namen der Familie. »Petter Kummel folgte seinem Ruf ohne Hoffnungen auf Aufstieg und Erfolg«, beginnt er zittrig wie ein Greis, fasst aber Mut und fährt fort, »doch die Erfolge stellten sich ein. Seine Zuhörer waren empfänglich für seine schlichte, aber tiefe Verkündigung. Fast unmerklich richteten sich alle Blicke auf ihn. Sein von Natur aus anspruchsloses Wesen und seine Ehrlichkeit in Rede und Tat weckten Sympathie bei vielen. Den Kampf gegen die eigenen Sünden nahm er ebenso ernsthaft auf wie den gegen die seiner Mitmenschen. Unerschrocken kämpfte er auf seinen Fahrten gegen Sturm und Wogen, doch bebte er wie ein Kind vor den Sünden und Versuchungen, die so manchen Geistlichen sein geistiges Grab finden lassen. Doch aus dem Kampf wurde Triumph. Der junge Priester erfuhr in seiner Tätigkeit als Seelsorger immer mehr die Kraft, die vom Evangelium des gekreuzigten Christus ausgeht.

Lieber, vermisster Neffe«, fährt er weniger fest und mit mehreren Pausen fort. »Du hast jetzt den Ruf zu einem neuen Dienst im Tempel erhalten und brauchst nicht länger vor den heftigen Wellen der Versuchung zu zittern. Wo du jetzt bist, findet dich das Meer mit seinen Gefahren und Tiefen nicht.« Weiter kann er nicht und tastet sich zurück an seinen Platz.

Adele Bergman, in tiefer Trauer, hört den Kantor im Mittelgang an sich vorbeigehen. Er soll im Namen der Gemeinde und des Kirchenvorstands reden, nur wie soll er das schaffen, so sensibel und voller Trauer, wie er ist?

Er trägt den großen Kranz des Kirchenvorstands vor sich, schämt sich seiner Tränen nicht, die Rede steckt in der Brusttasche. Überraschend gefasst: »Lieber Petter, unser guter Freund und Seelsorger. Als du letzten Sonntag ein kleines Singvögelchen aus der Ostsiedlung zur letzten Ruhe ausgesegnet hast, führtest du uns in einem Gleichnis auf einer Lichtbrücke in Gottes Himmel. Als du an jenem Abend nach Hause gegangen bist, hattest du nicht die leiseste Ahnung, dass du selbst die Lichtbrücke betreten solltest, von der du gesprochen hattest. Du hast uns verlassen und bist in Gottes Himmel eingegangen. Für das geistliche Leben in dieser Versammlung reicht deine Bedeutung weit über die wenigen Jahre hinaus, die wir dich bei uns haben durften. Wenn wir jetzt den Blick auf das Kommende richten, beten wir: Gütiger himmlischer Vater, gib uns wieder einen Hirten, der uns versteht.«

Den Kranz niedergelegt, als Nächste ist die Kommune an der Reihe. Sörling und Fridolf, ernst, Verbeugungen vor dem Sarg und vor den Angehörigen. Der Kranz der Amtsbrüder von Berg und Skog niedergelegt, der der Volksgesundheit von Adele Bergman, fast ohnmächtig vor Tränen. Sörling verliest den Nachruf und einen besonderen Abschiedsgruß von Doktor Gyllen. Im Anschluss noch Kondolenzen in Hülle und Fülle und Beileidsworte von einer großen Anzahl Persönlichkeiten, angeführt von Bischof und Assessor, die von Leben und Tod des jungen Gemeindepfarrers irgendwie besonders berührt wurden.

Zum Abschluss singt der Kantor, mit Todesverachtung und einer Hand auf dem Manual, »Es ist ein köstlich Ding, dem Herrn zu danken« mit allen Strophen wie auf einer Lichtbrücke glücklich bis zum Ende.

Dann gibt es kein Zurück mehr. Die Kirche wird still. Keine Stimmen, nur leises Rascheln von Menschen, die zu lange eingeklemmt sitzen und sich strecken müssen. Eine Pause, dann treten die Sargträger vor, Riemen über die Schultern: jetzt. Berg und Skog setzen sich in Bewegung, der Sarg folgt, dann die nahen Verwandten, und darauf schließt sich Bankreihe für Bankreihe die Gemeinde an.

Es war keine leichte Arbeit, das Grab auszuheben, und man konnte noch dankbar sein, dass der Frost nicht bis ganz nach unten reichte. Es wendet sein dunkles Maul dem Trauerzug mit dem schutzlosen Sarg zu. Für die Menschen auf Örar ist der Moment, in dem man den Sarg der Erde ausliefert, der Gipfelpunkt einer Beisetzung; dann ist keine Beherrschung mehr erforderlich, dann weint man, werden

Schreie ausgestoßen, schwankt man und fällt auf die Knie, dann darf die Trauer ungehemmt zum Ausdruck kommen.

Während des gesamten langen Trauergottesdienstes waren Blicke auf den verschleierten Kopf und die Schultern der Pfarrersfrau gerichtet: kein Zucken, kein Zusammensinken, kein Neigen nach rechts oder links, um sich bei Mutter oder Schwiegermutter anzulehnen. Sie sitzt mit Sanna neben sich, als wären sie allein auf der Welt, ausgesetzt, um durchzuhalten und zu überleben. Seitdem das Unglück passiert ist, war die unnatürliche Beherrschung der Witwe Anlass für eine allgemeine Beunruhigung auf den Örar. Alle wissen, dass öffentliches Trauern guttut, alle wünschen, dass irgendetwas das Weinen auslösen möge, das zu einer heilsamen Trauer gehört.

Jetzt rücken sie zum Grab vor. Bei solchen Anlässen ist es erlaubt zu drängeln, da wird nicht mehr auf Rangordnungen und Reihenfolgen geachtet. Als der Sarg hinabgelassen wird, was die weiter hinten Stehenden nicht sehen können, lodert Weinen auf wie eine Flamme, die ganze Versammlung wogt, über dem Weinen sind Schreie zu hören, Menschen klammern sich aneinander, Frauen rufen »Nein! Nein!«. Die in der Nähe der Pfarrersfrau Stehenden versuchen sie zu retten, sie weinen lauthals und wollen sie mitreißen, doch auch in der dicht gedrängten Menge am Grab schafft sie es, abzuwehren und sich zu entziehen. Stocksteif steht sie da und weigert sich, nach den Spielregeln der anderen zu funktionieren, ist nur auf Abstand bedacht.

Etwas weiter oben auf dem Kirchhof, wo sie Sicht hat, steht Cecilia. Warum können sie die Pfarrersfrau nicht in Ruhe lassen? Begreifen sie nicht, dass sie nicht so ist wie sie? Warum können sie nicht respektieren, dass sie Luft zwischen sich und der Welt braucht? Am meisten tut ihr Sanna leid. Sie ist noch so klein, dass sie nichts sieht zwischen all den schwarz gekleideten Menschen, die sich um sie drängen. Sie steht Todesängste aus und weint laut mit aufgerissenem Mund. »Still, Sanna!«, kann man die Pfarrersfrau sagen sehen. Cecilia geht los, aber da wühlt sich schon Monas Mutter durch und nimmt sich Sannas an. Keiner hört es, aber sie sagt: »Hab keine Angst! Es ist gleich vorbei, und dann gehen wir nach Hause.«

Doch so schnell geht das nicht. Auf Örar schaufelt man das Grab gleich bei der Beerdigung zu, während die Witwe am Rand steht und den Sarg unter Friedhofserde verschwinden sieht. Was für ein magerer Boden, denkt sie wieder einmal, ein Wunder, dass überhaupt etwas darauf wächst. Fast hätte sie aufgelacht: Ein Wunder, und das sage ausgerechnet ich. Sanna weint laut, ist gefährlich nah an den Rand des Grabes gedrängt worden; bald stoßen sie sie hinein und werfen Erde drauf, damit auch sie umkommt!

Vielleicht hätte ich Sanna besser nicht mitnehmen sollen, denkt die Pfarrersfrau abgelenkt. Sie schwebt leicht, hat den Boden unter den Füßen verloren, hört nichts, obwohl sich die anderen derart aufführen. So ein Schleier ist eine gute Sache. Sollte man sein ganzes Leben tragen. Dann sieht einen keiner, und es fällt nicht auf, dass man gar nicht anwesend ist. Sie fühlt nichts, alles gibt nach und weicht zurück, und just in diesem Augenblick fasst ihre Mutter sie unter. Sanna schreit, ihre Mutter rüttelt sie leicht: »Mona! Sie gehen jetzt. Was für eine Prüfung! Die arme Sanna!«

Durch den Schleier sieht sie, dass sich mehrere Frauen vor ihr verbeugen, bevor sie sich umdrehen und gehen. Die Männer beugen unwillig die Köpfe wie beim Abendmahl vor dem Altar. Sie nickt zurück, wie es sich gehört: Danke, adieu. Es ist so gut wie vorbei. Petters Familie steht am Grab und liegt sich in den Armen. Skog steht bei ihnen. Berg mehr für sich, näher bei Mona, Sanna und Frau Hellén. Trauer oder bloß Angst? Was soll er sagen? Wie soll er sich verhalten? Adele Bergman weiß es. Sie arbeitet sich nach vorn: »Liebe Freundin, viel Kraft! Wir sind überwältigt. Ein solcher Verlust.«

»Ja«, sagt Mona. »Danke.« Sie streckt ihre schwarz behandschuhte Hand aus: Adieu.

Adele: »Ihr bleibt bei uns. Darüber reden wir später, liebe Freundin.«

Mit gekrümmten Schultern geht sie davon, unter einem schwarzen Hut mit Trauerflor zwischen den glänzenden schwarzen Seidenschals der Inselfrauen. Die Männer in Schwarz unter frierenden Köpfen; erst hinter dem Friedhofstor kommt die Mütze drauf. Während sie in der Kirche waren, hat der Wind aufgefrischt und draußen auf dem Friedhof noch weiter zugenommen. Die trockene Graberde wirbelte den Leuten in die Augen, und jetzt pfeift es Unglück verheißend, und die Kranzschleifen rascheln und flattern, die Erde, die nach dem Zuschaufeln noch übrig ist, fegt und wirbelt davon. Man muss zusehen, noch im Hellen nach Hause zu kommen, und der vermaledeite Wind schneidet geradewegs durch den Mantel.

Es überstiege sogar die Möglichkeiten der Pfarrersfrau, bei einem Begräbniskaffee fünfhundert Personen zu bewirten. Der Leichenschmaus ist den angereisten Verwandten vorbehalten. Auch die liebsten unter den Inselbewohnern gehen. Der Kantor gibt ihr am Grab die Hand, glaubt, nicht ein Wort über die Lippen bringen zu können, doch sie dankt ihm mit deutlicher Stimme für sein schönes Singen und seine feine Rede, von der sie gern eine Abschrift hätte, sowie für sein ausgezeichnetes Orgelspiel während des gesamten langen Gottesdienstes. Dem Küster hat seine Autorität nie besser zu Gesicht gestanden als in dem Moment, in dem er ihr versichert: »Dieses Begräbnis macht euch alle Ehre. Und heute Abend überlässt du das Melken Signe und mir.«

»Danke«, sagt sie wieder. »Dank für deine große Mühe! Die Arbeit eines Küsters ist unter solchen Umständen keine leichte Aufgabe.«

Er geht weiter und verabschiedet sich von den Kummels und den beiden Pfarrern, während Signe unten am Tor wartet, weil sie sich nicht zutraut, auf sie zuzugehen und Abschied zu nehmen.

Es ist furchtbar kalt, der Wind geht durch Mark und Bein. Um zu überleben, müssen sie den toten Pfarrer in der Erde zurücklassen und sich so schnell, wie es der Anstand zulässt, ins Pfarrhaus zurückziehen. Die praktische Frau Hellén spricht für alle: »Jetzt müssen wir gehen. Es war ein schönes Begräbnis, aber auch das längste, das ich je erlebt habe. Seht euch nur Sanna an! Die arme Kleine ist ganz blau vor Kälte.«

Alle blicken auf Sanna, die fast leblos ist. Großvater Hellén nimmt sie auf den Arm und geht los, Mona folgt; Sanna ist das Einzige, was sie noch hat, und für Sanna und Lillus lebt sie. Dann der ganze Verein, fast laufend, sobald sie das Friedhofstor hinter sich haben. Sie kämpfen sich gegen den Wind voran, und es gibt Hoffnung: Warme Luft wallt aus beiden Schornsteinen, und man sieht, dass Schwester Hanna im Küchenherd Holz nachgelegt hat. Sie empfängt sie im Windfang: »Liebe Leute, ihr seid ja völlig durchgefroren. Kommt in die Wärme! Es gibt Tee und Kaffee.«

»Kommt rein, kommt rein«, sagt auch die Pfarrersfrau. Sie legt rasch ab, und nachdem alle die Mäntel ausgezogen haben, darf auch Lillus kommen und auf den Arm. Alle kümmern sich jetzt um Sanna, sie wird in eine Decke gewickelt und auf einen Sessel gelegt, wo sie aus Erschöpfung und Traurigkeit einschläft, bevor sie einen Schluck von dem heißen Saft aus schwarzen Johannisbeeren getrunken oder in das Rosinenteilchen gebissen hat.

»Das arme kleine Mäuschen! Ist ja erschreckend mager«, sagt die Schwiegermutter, und Mona hört die Kritik heraus: Sorgt sie nicht dafür, dass Sanna genug zu essen bekommt? Lillus dagegen hat noch genügend Babyspeck auf den Rippen. Sie hat lange geschlafen, ist ausgeruht und munter und probiert jedermanns Schoß aus, bei Frej gefällt es ihr am besten. Als die nah am Wasser gebauten Kummels sie auf dessen Schoß thronen sehen, treten ihnen Tränen in die Augen: Ganz deutlich sucht sie sich den aus, der ihrem Papa am ähnlichsten sieht.

Hanna hat gedeckt und vorbereitet, sogar die Hefeteilchen im Ofen angewärmt.

»Das rettet uns das Leben«, sagen sie zu ihr und denken weiter: Aber nicht ihm, er ist unwiderruflich tot. Verstohlen blicken sie Mona an, die am Tisch sitzt, Kaffee trinkt und ein Teilchen verzehrt, als wäre es eine der Arbeiten, die sie verrichten muss. Arme, arme Mona, wie kommt man bloß an sie heran? Wie kann man ihr begreiflich machen, dass sie nicht allein ist, sondern einen großen Kreis von Menschen um sich hat, die nichts lieber möchten, als ihr ein Trost und eine Stütze zu sein?

Es gibt viele drängende Dinge, die sie noch besprechen sollten, ehe sie sich am nächsten Morgen auf den Weg machen müssen. Vater Leonard, der lange geschwiegen hat, kommt auf die Beerdigung zu sprechen: die großartigen Reden, die einem in der Seele guttaten und auf erstaunliche Weise Trost spendeten. Die fantastischen Blumengrüße, mitten im tiefsten Winter und mitten in der Ostsee hier, weit draußen, auf Örar – das reinste Wunder. Die ergreifenden Bekundungen der Inselbewohner, ihr Gesang aus der Tiefe der Herzen. Die schiere Zahl von Beileidsbekundungen, Kondolenzschreiben und Telegrammen. Ergreifend und anrührend jedes einzelne von ihnen. Sie liegen in Stößen auf dem Buffet.

»Ja, bitte«, sagt Mona, »ihr dürft gern darin blättern und lesen. Es sind so viele, dass wir eine Dankannonce in die Zeitungen setzen müssen, es ist unmöglich, jedem persönlich zu danken. Obwohl ich vorhabe, vielen zu schreiben, wenn etwas Ruhe eingekehrt ist.«

Da kann sich Martha Kummel nicht länger zurückhalten: »Wie stellst du dir eigentlich alles vor? So langsam musst du daran denken, dass du hier ausziehen musst. Wie willst du das schaffen?«

Ein kleiner Triumph leuchtet in Monas Augen auf, als sie, keineswegs schwache, kleine Witwe, antwortet: »Damit hat es keine große Eile. Vor dem nächsten Sommer wird kein neuer Pfarrer kommen. Berg wird in der Zwischenzeit ab und zu von Mellom herüberkommen. Er sagt, ich hätte ohnehin Anspruch auf ein Gnadenjahr und Wohnrecht im Pfarrhaus bis Februar nächsten Jahres. Ich denke, ich werde wenigstens noch den Sommer über bleiben.«

Das ist klug und vernünftig überlegt, und es ist kein Problem, mit Mona zu reden, solange man sich ans Konkrete und Praktische hält.

Martha Kummel hakt nach: »Das klingt vernünftig. So bleibt dir Zeit, alles zu überlegen und dich nach einer Stelle umzusehen. Zum Glück hast du deine Ausbildung. Doch übereile es nicht, vielleicht hast du auch an Näherliegendes zu denken.«

Der Köder ist ausgeworfen, aber Mona beißt nicht an. Woran Martha Kummel denkt, ist etwas, das alle auf Örar und viele Eingeweihte in den Dörfern rundum miteinander tuscheln: Stell dir vor, wenn die Witwe wieder ein Kind erwartet! Unwahrscheinlich wäre das nicht: Wenn das Kind im Sommer oder Herbst zur Welt käme, lägen zwei Jahre zwischen ihm und Lillus. Es ist im Gegenteil nicht nur denkbar, sondern mehr als wahrscheinlich, und in vielen Häusern glaubt man schon zu wissen, dass es ein Junge wird, der Petter heißen soll. Mona weiß sehr wohl, worauf Martha hinauswill, hat aber nicht vor, sie einer Antwort zu würdigen. »Sicher muss an vieles gedacht werden«, sagt sie streitlustig. »Wie sollte man sonst auch den ganzen Betrieb am Laufen halten?«

Schweigen. Frau Hellén, im Überbrücken peinlicher Pausen geübt, springt lächelnd in die Bresche: »Nein, es hat wirklich noch keine Eile mit irgendwelchen Entschlüssen. Ich habe Mona schon gesagt, dass sie natürlich bei uns willkommen ist, während sich herauskristallisiert, was sie einmal weiterhin tun möchte. Da kann sie sich in aller Ruhe die ausgeschriebenen Lehrerstellen ansehen, und dann sehen wir, was sich ergibt.«

Natürlich wird Martha Kummel Karin Hellén bei nächster sich bietender Gelegenheit auf den Zahn fühlen, wie es denn nun mit einer Schwangerschaft bei Mona bestellt ist, und ebenso natürlich wird Frau Hellén ihr unveränderlich glattes Gesicht aufsetzen, erstaunt gucken und sagen: »Also mir hat sie nichts dergleichen gesagt.«

Dabei lässt es Frau Hellén bewenden, wohingegen ihre alte Freundin, Frau Kummel, ihre an Gewissheit grenzenden Ahnungen schon einer Reihe von Beerdigungsgästen mitgeteilt hat, die sich ihr diskret mit der brennenden Frage genähert haben. Man könnte verrückt werden angesichts dieser Mauer aus Widerstand, auf die jeder Versuch zu einer engeren Vertraulichkeit mit der verstockten Witwe prallt, und bei dem Gedanken an die morgige Abreise, ohne dass man näher an sie herangekommen wäre. Es kommt wirklich von Herzen, als sie ihr sagen: »Du kannst dich jederzeit an uns wenden« und »Vergiss nicht, dass die Kinder eine Großmutter und einen Großvater haben«, aber das prallt wie leere Floskeln an ihr ab. Phrasen, hohle Worte. Wie sich so etwas anhört, wenn ein Herz verschlossen und tiefgefroren ist.

Der Küster kommt in den Vorbau, er mag nicht hereinkommen, will nur wissen lassen, dass er und Signe jetzt melken werden.

»Danke. Heute Abend schaffe ich es wirklich nicht. Es war ein bisschen viel.« Die Pfarrersfrau steht da von allen abgesondert, von den Kindern, die ins Bett gebracht werden müssen, von den Beerdigungsgästen, die abgefüttert werden müssen, vom Frühstück für morgen, das noch vorbereitet werden muss. Die Brote nicht zu vergessen, die sie ihnen mit auf den Weg geben wird. Wie konntest du mich so allein lassen? Ganz kurz denkt sie an den tiefgefrorenen Körper in dem Brettersarg unter der kalten Erde, in dem Sturm, der weht und weht. Wie kalt es ist, obwohl sie ohne Ende heizen.

Siebenundzwanzigstes Kapitel

Als Sanna aufwacht, ist es nur, um ins Bett zu gehen. Doch vorher bekommt sie noch heiße Suppe und warmen Saft und das Teilchen, das sie nicht mehr gegessen hat, bevor sie eingeschlafen ist. Danach schläft sie wieder ein, und als sie am Morgen aufwacht, sind noch alle da. Sie weiß, dass Papa tot ist und die Beerdigung stattgefunden hat, dazu sind alle gekommen, aber von der Beisetzung kann sie sich an nichts anderes mehr erinnern als daran, dass sie sich gefragt hat, wie der große Papa in diese kleine Kiste auf dem Boden passen sollte. Auch an Papa selbst erinnert sie sich nicht mehr, nur noch ein ganz klein wenig, wenn sie Onkel Frej anguckt.

Mehr als über Papa reden alle über *Valvoja*, das Lotsenboot, das die Beerdigungsgäste nach Mellom, weiter nach Åbo oder nach Åland bringen soll. Zuerst müssen sie essen, und Mama wärmt die Fischsuppe auf. Wenn man die Tür geschlossen hält, heizt der Herd die ganze Küche, und Sanna sitzt auf einem Hocker in der Wärme, während Lillus von Onkel Frej von Fenster zu Fenster getragen wird; er ist über den ewigen Wind traurig, der Ingrid immer so seekrank macht. Wenn man nichts sagt, hören die Erwachsenen auf, sich mit einem zu unterhalten, und wenn man still sitzt, kommt die Katze zu Besuch.

Dann nimmt das Abreisen kein Ende. Sie sagen Auf Wiedersehen, Adieu und Adieu, doch anstatt zu gehen, kommen sie noch einmal auf etwas anderes zu sprechen, und dann geht das Adieusagen wieder von vorn los. Mama zieht Sanna, Lillus und sich selbst an und begleitet die Gäste zum Anleger, um sie auf den Weg zu bringen, aber andauernd kommen die, die an der Spitze gehen, zurückgelaufen und haben noch etwas auf dem Herzen. Allein Frau Hellén hält Kurs, und Sanna geht neben ihr. Lillus ist desertiert und zu den Kummels übergelaufen, die entzückt sagen, sie sei vom gleichen Schrot und Korn wie sie. Da wird Sanna böse: Lillus ist vielleicht ein Korn, ein Krümelkorn, aber kein Schrott. Das Küstenwachboot liegt am Steg und soll die Gesellschaft das kurze Stück zum Dampferkai übersetzen, wo die *Valvoja* liegt und auf sie wartet.

Jetzt müssen sie sich beeilen, aber oh weh, was für ein Jammer, die arme Mona und die armen Kleinen einsam und verlassen auf dem Steg zurückbleiben zu sehen. Wie sollen sie zurechtkommen? Wie soll das gehen? Wenn doch die Entfernungen nicht so groß wären! Wenn man doch etwas tun könnte! Doch die Witwe hat klargestellt, eine längere Anwesenheit der Schwiegereltern sei nicht nötig, und als Martha Kummel Karin Hellén fragt, ob sie nicht einfach doch bleiben solle, antwortet Frau Hellén mit ihrem undurchdringlichen Lächeln, nein, so wie sie ihre Mona kenne, brauche die jetzt Zeit für sich selbst, um ihr Gleichgewicht wiederzufinden.

»Aber hat sie keine Angst, hier allein zu sein?«, fragt Charlotte, die sich nach Einbruch der Dunkelheit nicht mehr aus dem Haus getraut hat, so nah am Friedhof und mit diesem heulenden Wind, der sich nach wer weiß was anhört. »Also, ich hätte welche«, sagt sie, und das kann man ja auch verstehen, aber Mona ist nicht wie Charlotte und sähe es gern, wenn der Tote wiederginge. Sie würde ihn zu Tisch bitten, ihm die Erde abbürsten, ihm Tee und belegte Brote vorsetzen und sich erkundigen, wie alles so komisch hatte laufen können oder ob es ihr bloß einen Schreck einjagen sollte.

Abschiede haben etwas Merkwürdiges an sich, auslaufende Schiffe, die einen dazu bringen, vor Sehnsucht weinen zu wollen, obwohl es eine Erleichterung ist, wenn die Bande endlich an Bord ist und nicht mehr durchgefüttert werden muss. Da stehen sie, drei kleine, dunkle Gestalten im gedämpften Februarlicht. Mona und Sanna winken, Lillus, auf Monas Arm, weint laut und streckt die Ärmchen nach Frej aus, sie würde keinen Augenblick zögern, alles zurückzulassen und ihm zu folgen. Alle an Bord weinen, bis auf Frau Hellén und die Küstenwache. Brage winkt energisch und brüllt: »Sag nur, wenn du etwas brauchst. Wir kommen sofort.«

Auf Wiedersehen, adieu, puh! Wenn sie selbst zum Haus zurückgeht, können sich die Besucher vor dem Wind in die Kajüte zurückziehen. Auf der *Valvoja* werden sie es bequem haben und sich lang ausstrecken können, damit sie nicht seekrank werden. Das erzählt Mona Sanna auf dem Rückweg. Oben auf der Treppe vergessen sie, zum Friedhof zu gucken, und Mona öffnet die undichte Tür. Drinnen sieht es aus wie ein verlassenes Zigeunerlager, die Luft steht von Frejs und Großvaters Tabak, aber es ist endlich still.

»Oh, wie schön«, sagt Mama mit vollem Ernst. »Ich muss aufräumen, aber vorher setzen wir uns und trinken Kaffee. Eine Scheibe Brot wäre jetzt gut. Und haben die Zimtschnecken nicht gut geschmeckt?«

»Ja«, sagt Sanna und fühlt sich etwas wohler. Es fühlt

sich alles wieder mehr wie sonst an. Die Angewohnheit hat Mama von Frau Hellén geerbt, dass sie eine Einladung erst richtig genießen kann, wenn die Gäste gegangen sind.

Mama ist zwei Tage mit Aufräumen beschäftigt. Am ersten Abend kommt der Küster und bietet seine Hilfe an, aber nachdem die Besucher aus dem Haus sind, schafft die Pfarrersfrau das Melken bestens allein. Sie setzt Lillus in den Laufstall, wo sie herumtapsen kann, ohne etwas anzurichten, und Sanna ist so vernünftig, dass sie sich ihretwegen keine Sorgen zu machen braucht. Glücklicherweise haben die beiden Mädchen einander; es wäre schlechter, wenn sie nur ein Kind hätte.

Es ist wirklich ein Glück für Lillus, dass sie Sanna hat. Solange das Haus voller Menschen war, hat niemand mitbekommen, dass sie das Sprechen verlernt hat. Keiner hat darauf geachtet, dass sie nur noch gestikulierte, quiekte, brabbelte und heulte. Keines ihrer vielen Wörter, nicht einen ihrer ganzen Sätze hat sie behalten, und Sanna darf noch einmal von vorn anfangen, ihr zu erklären, wie alles heißt. Lillus hat eine Menge verloren. Eines Tages stellt Sanna fest, dass sogar ihr guter Babyduft weg ist. Darum hat Mama sie auch nicht mehr so lieb wie früher, denn sie nennt Lillus nicht mehr ihre kleine Rosenknospe, sondern sagt, sie sei ein richtiges Dreckferkelchen. Und es stimmt, mittlerweile riecht Lillus nur noch nach einem schmutzigen Kind und nach nichts anderem.

Die Natur liebt Lillus. Mit Schmatz und Küsschen kommt sie an, sobald sie die Treppe herabkommt. Dicke Umarmung, du kleines Ferkel! Und Lillus liebt ihrerseits die Natur, Wasser und Matsch, Gras und Kuhfladen. Schreckliches Kind, wie siehst du wieder aus!

Die Natur probiert an den Pfarrerskindern ihre verschiedenen Strategien aus. Sanna streckt sich und wird länger und dünner, als ob die Natur dafür sorgt, dass sie kein unnötiges Gramm mit sich herumschleppt, während ihre Länge ihr gleichzeitig Überblick und Kontrolle ermöglicht. Bei Lillus probiert sie das Gegenteil: Sie hört auf, in die Länge zu wachsen, und geht stattdessen in die Breite, als würde die Natur zusehen, dass sie nicht so tief fällt, wenn sie sich wieder einmal langlegt.

Im fortgeschrittenen Frühjahr, als man wieder öfter draußen sein kann, sieht man sie drüben auf der Kirchinsel: die lange Sanna mit ihrem kurzen, untersetzten Satelliten im Schlepptau. Sie reden die ganze Zeit, denn Sanna trägt die Verantwortung dafür, dass Lillus sprechen lernt. Es sieht lustig aus, wie das vor sich geht. Sobald sie ein neues Wort gelernt hat, lacht Lillus und macht einen Hüpfer, damit sich das Wort gleichmäßig in ihrem Leib verteilt. Es macht Spaß mit Lillus, weil sie so erstaunlich oft fröhlich ist, wenn man berücksichtigt, wie wenig sie weiß und kann. Das macht ihr aber nicht viel aus, und obwohl es ihr als Pflicht und Aufgabe übertragen wurde, auf Lillus aufzupassen und sie zu beschäftigen, findet Sanna es oft richtig lustig, mit ihr zu spielen.

Mama hat viel zu tun. Sie schreibt Brief auf Brief und bedankt sich bei allen, die Brief nach Brief geschrieben haben. Sie muss die Arbeiten im Stall erledigen und alles, was im Haushalt zu tun ist. Sie geht in der Küche umher und ist böse auf alle, die fragen, was sie in Zukunft machen wird. Am meisten fragt man sich in den Dörfern, denn es kommen nicht mehr viele zur Kirchinsel, außer zu den Gottesdiensten jeden zweiten Sonntag. Dann mustern sie alle, von oben bis unten und zurück. Mama wird rot vor Entrüstung: Die Blicke gelten der gerüchteweise herumspukenden Schwangerschaft, dem postumen Sohn, einem Phantom, das nie fleischliche Gestalt annehmen wird, wie sie auch starren und starren mögen. Die schwatzhafte Martha, diese Plaudertasche von Schwiegermutter, ist die Quelle dieses haltlosen Gerüchts, das wie ein Lauffeuer von den Örar zum Festland und durch alle finnlandschwedischen Ortschaften gelaufen ist, wo der Sohn schon geboren und getauft wurde.

Es ist ein Übergriff, sie derart dem Klatsch auszusetzen, und typisch Martha, noch mehr oje und oh weh aus den Leuten herauszukitzeln und ihr gleichzeitig einen Lebensinhalt geben zu wollen, als würde sie den Menschensohn persönlich in ihrem Bauch tragen. Was Martha niemals erfahren wird: wie sehr sie bereut und sich grämt. Wegen ihrer Arthritis hatten sie beschlossen, noch zu warten. Das nächste Kind war für Spätwinter 1950 geplant, und sie hatte sich mit Leib und Seele auf ihr intensives Liebesleben im Frühling und Sommer gefreut. Daraus wurde nichts, und daraus wird nie mehr etwas, alles durch übertriebene Vorsicht und Planung versäumt.

Obwohl sie den ganzen Tag über arbeitet und herumläuft, sieht Sanna sie manchmal noch spätabends mit dem Schreibblock vor sich am Tisch sitzen. Doch sie schreibt nicht, und ihr Blick sieht nichts. Die Tagesdecke liegt noch über ihrem Bett, vielleicht wird Mama sich nie wieder rühren können. Doch am nächsten Morgen ist wieder lauter fliegende Hast und Eile, da müssen alle husch, husch fertig sein, als wäre es eine Schande sondergleichen, wenn jemand käme, bevor sie alle angezogen und die Betten gemacht sind.

Fredrik Berg kommt jede zweite Woche mit Post-Anton,

um Gottesdienst und Sonntagsschule zu halten. Er bleibt ein paar Tage, in denen die auf Mellom ohne Pfarrer auskommen müssen, was ihnen laut seinem leicht säuerlichen Bekunden nicht schwerfällt. Die Pfarrersmädchen auf Örar begrüßen ihn jubelnd, und Mona fühlt einen Stich, einen Stachel, Neid, Gott weiß was, wenn sie sieht, mit welcher Leichtigkeit Lillus bereit ist, den Vater, an den sie keine Erinnerung mehr hat, gegen Fredrik Berg einzutauschen, zu dem sie eine vorbehaltlose Zuneigung hegt. Hold lächelnd thront sie auf seinem Schoß, den Kopf schräg gelegt, und alle Wörter, die sie kann, schlängeln sich, von Gesten begleitet, aus ihrem Mund. Sanna steht daneben, ist ausnahmsweise einmal eifersüchtig auf die kleine Schwester und lässt nicht locker, bis Fredrik Berg Lillus abgesetzt hat und sie auf den Schoß nimmt, während Lillus sich an sein Bein lehnt und mit pathetisch tränengefüllten Augen schmachtend zu ihm aufblickt.

Man könnte wirklich wütend werden, wenn man sie so sieht, als wäre es etwas so Besonderes, ein Mann zu sein, dass schon kleine Mädchen sich winden und verbiegen, sobald sie ein solches Exemplar in Reichweite haben, und ewige Treue und eine völlig andere Art von Liebe signalisieren, als sie ihrer Mutter zu zeigen bereit sind. Lillus ist vollkommen unzugänglich, ihre ganze Aufmerksamkeit widmet sie ihm, strahlt am Esstisch und verwickelt ihn in eine Konversation, die alle anderen ausschließt. Sie benimmt sich genau wie die Kummels, als wäre sie nie zu diszipliniertem Benehmen erzogen worden, und Mama nimmt sie aus dem Kinderstuhl und sagt, es reiche jetzt; Onkel Berg sei zum Arbeiten gekommen, mit Kirchenbüchern, Schriftverkehr und Sonntagsschule, und habe keine Zeit für aufdringliche Kinder. Sie schiebt ihn fast ins Büro und schließt die Tür hinter ihm, denn das Entzücken der Kinder führt ihr nur vor Augen, wie viel schwerer alles für sie ist.

Es tut zu weh, sie hält es fast nicht aus, einen anderen Pfarrer an ihrem Tisch sitzen zu haben und den himmelweiten Unterschied zu sehen, aber auch den erniedrigenden Wunsch, sich Mühe zu geben und nett zu sein, als ob es an der Männlichkeit an sich etwas so Unwiderstehliches gäbe, das, koste es, was es wolle, bedient und bewundert werden müsse. Pfui, wie man sich aufführen kann! Dennoch ist Fredrik ihr Freund und das Engste, was sie an Vertrautem zulässt, Petters Freund und Kollege. Der Einzige, mit dem sie über ihre Zukunft reden kann, und der Einzige, der sie solidarisch über die Überlegungen auf dem Laufenden hält, die im Domkapitel bezüglich der geistlichen Erfordernisse auf den Örar angestellt werden. Und derjenige, der im Kirchenbuch den ersten Eintrag mit einer anderen Handschrift vornahm, unter der Rubrik »Verstorben«: Gemeindepfarrer Petter Leonard Kummel, ertrunken im Alter von 31 Jahren, 4 Monaten und 15 Tagen.

Die Lehrerin in der Ostsiedlung wird bald in Pension gehen, und auf den Örar hielte man es für das Natürlichste, wenn die Pfarrersfrau den Posten übernähme. Sie hat daran gedacht, aber nein. Wie sollte sie denn bleiben können und ewig an ihn erinnert werden? Unter Menschen, denen er und die Erinnerung an ihn natürlicherweise fernrücken wird, deren Aufmerksamkeit von anderen Menschen, neuen Ereignissen und neuen Tragödien in Beschlag genommen werden wird, während sie selbst, niemals. Nein, das wäre zu schwer zu ertragen. Besser, aufs Festland zurückzukehren, erklärt sie Fredrik Berg, wo sie Verwandtschaft und Freunde hat und nicht automatisch mit dem tragisch verunglückten Pfarrer assoziiert wird, bei dessen Namen man Seitenblicke auf sie werfen und verstummen wird.

Sehr nachvollziehbar, findet Fredrik Berg, der sie in keine Richtung beeinflussen, sondern nur den Entschluss unterstützen möchte, den zu fassen sie bestens in der Lage ist. Er bewundert ihre Entscheidung, die Hälfte des Gnadenjahrs noch auf dem Pfarrhof zu verbringen, um nichts zu überstürzen und ihren Wegzug auf bestmögliche Weise vorzubereiten.

»Ich hoffe, sie schicken nicht allzu bald einen neuen Pfarrer«, sagt er offen und ehrlich. »Jetzt, wo es Frühling wird und schönes Wetter gibt, habe ich wirklich nichts dagegen, nach Örar zu kommen, und für euch ist es am besten, wenn ihr den Hof noch allein für euch habt.«

Wäre das Domkapitel nur ebenso einsichtig, doch da geht man davon aus, das Beste für die Örar wäre die baldige Entsendung eines neuen Pfarrers. Für Bischof und Assessor, die sich lebhaft an die herzerwärmende Amtseinführung im Vorjahr erinnern, sind die Örar ein richtiges Lieblingskind. Keine Verlegenheitslösung, keine halbe Maßnahme, ein ordentlicher Pfarrer soll es sein, und das schnell. Es stellt sich allerdings heraus, dass alle, die sich so für die Örar erwärmen können und ihre Besuche dort ganz unvergesslich finden, auf einmal schwerwiegende Gründe dafür haben, lieber doch auf dem Festland zu bleiben. Bei der jungen, noch nicht examinierten Garde lässt sich sogar direkt Angst ausmachen, entsandt zu werden. Da hat man schulpflichtige Kinder, pflegebedürftige Eltern oder ganz wichtige Vorhaben auf den gerade erst angetretenen Stellen. Wäre man jünger, nicht so gebunden. Wäre man älter und nicht so gebunden …

Nein, einen gesetzten Herrn mittleren Alters gibt es doch, verheiratet, doch kinderlos: Andreas Portman, nach mit Ach und Krach bestandenem Theologieexamen spät zum Pfarrer ordiniert. Volle Punktzahl für Sitzfleisch, mit gewissen Vorbehalten ein Bestanden in den Prüfungen. Auf der Suche nach einer Anstellung, die ihm mit einer begeisterten Einleitung vom Bischof persönlich angeboten wird. Eine singende Gemeinde in der hinreißenden Natur der äußeren Schären, nach dem tragischen Vorfall, der die Gemeinde getroffen hat, alle Sinne für die Verkündigung des Wortes empfänglich. Ein reiches Feld, große Möglichkeiten für einen Einsatz, der Bestand haben kann. Eine nagelneue Brückenrampe erleichtert die Verbindung zwischen Kirche und Ortschaften, kein Risiko, dass sich die jüngst eingetretene Tragödie noch einmal wiederholen könnte. Die Witwe und die Kinder wohnen noch auf dem Pfarrhof, ziehen aber zum Herbst aus. Ihnen steht ein Wohnrecht zu, aber für die Sommermonate lässt sich bestimmt eine einvernehmliche Übergangslösung finden; es gibt da zum Beispiel ein paar Zimmer unterm Dach, in denen sich das neue Pfarrerspaar sicher einquartieren ließe.

Portman, leicht misstrauisch, sieht im Atlas nach: Die Örar stehen nicht drin. Sowohl aus festländischer wie aus åländischer Perspektive zu weit ab im Meer gelegen. Hm. Andererseits: ein Ort, an dem man den größten Teil des Jahres über vor gelehrten Spitzfindigkeiten in Sicherheit sein dürfte. Ein Ort, an dem der Pfarrer eine absolute und niemals infrage gestellte Autorität darstellt, das unangefochtene Oberhaupt der Gemeinde. Ein eigenes kleines Reich. Ein Wirkungsfeld ganz in seiner Hand.

Nicht nötig, Einwände zu erheben, viel klüger, die Bestallung aus der Hand des Bischofs demütig entgegenzunehmen: Sende mich, Herr, auf dass ich Dir ein gehorsamer Diener werde, ein Hirte nach Deinem Gebot.

Am sechsten Mai, nachdem Berg konfirmiert und seine laufenden Aufgaben auf Örar abgeschlossen hat, landet dort der stellvertretende Gemeindepfarrer Andreas Portman mit Frau und beweglicher Habe. Beide über fünfzig, schwerfällig und mit steifen Beinen. Es könnte einem leidtun um sie, denn leicht wird es für sie nicht, mit dem jungen Paar verglichen zu werden, das hier vor drei Jahren an Land ging, locker und lächelnd, der Gestorbene schon eine Legende. Es wird nie wie mit Kummel, sagen die Leute schon im Voraus, und es gibt schon Misstrauen und Ablehnung, bevor man auch nur ihre Nasenspitze gesehen hat. Es scheint, als wären sie sich darüber nicht im Unklaren, denn fröhlich sehen sie nicht aus, eher mürrisch und in der Morgenkühle fröstelnd. »Aha«, sagen sie, als ich sie auf die auftauchende Kirche hinweise. »Kahl«, sagt er. »Wie eine Wüste.« Er sagt nicht, es sei schön, und schon gar nicht denkt er, es sei die Pforte zum Paradies.

Man kann ja gar nicht anders, als zurückzudenken. Das Empfangskomitee damals, eifrig und erwartungsvoll, die Ankommenden entzückt. Jetzt hat die Pfarrersfrau ein Frühstück vorbereitet, der Kantor und der Küster sind gekommen, um zu begrüßen und die Möbel in den Schuppen zu schaffen, wo sie bleiben sollen, bis die Witwe abgereist ist. Die Ankömmlinge und die Wartenden mustern einander. Mühsam erkämpfter guter Wille, und doch spannt ein Vermissen die Gesichter, als der Kantor und der Küster lächeln. Sie, die Pfarrersfrau, hat die Kinder im Schlepptau und beschäftigt sich mit ihnen, dann aber tritt sie doch an die Reling und heißt herzlich genug willkommen.

Guter Wille, aber welche Enttäuschung. Als der Küster etwas sagen möchte, fällt ihm Portman ins Wort: »Später. Jetzt müssen wir methodisch vorgehen und zusehen, dass unsere Sachen an Land kommen. Vorsichtig!« Wie Tagelöhner stehen Kalle, ich, der Kantor und der Küster da und empfangen unsere Befehle, heben an und schleppen. »Vorsicht!«, echot auch die Portmansche, als hätten Kalle und ich nicht unser halbes Leben lang Ladung gestaut und gelöscht. Von so etwas bekommt man die leicht boshafte Lust, mal eine Kiste etwas härter abzusetzen, um zu hören, ob darin nicht etwas klirrt. Wir sind froh, als alles ausgeladen ist, wir die Maschine anwerfen und abhauen können. Ich höre aber noch, dass es die Pfarrersfrau ist, die dem Kantor und dem Küster für ihre Hilfe dankt, nicht Portman, und als sie die beiden zum Frühstück einlädt, damit sie sich miteinander bekannt machen können, sagt Portman: »Ach, dazu ist später noch Zeit. Das Wichtigste ist jetzt, dass wir ordentlich unterkommen.«

Der Kantor, schon unterwegs Richtung Pfarrhaus, dreht um und sieht verletzt und verunsichert aus. Er sagt »Wiedersehen denn« und geht zu seinem Boot bei den Ufersteinen.

Der Küster steht noch da, erstickt fast an all seinen ungesagten Worten, bekommt dann aber den Befehl, zwei Koffer hinaufzuschaffen, bevor auch er gehen kann. Man sieht es seinem Rücken an, dass er bis an die Herzwurzeln gekränkt ist, und ich frage mich, wie, um alles in der Welt, die Zusammenarbeit zwischen den beiden funktionieren soll. Obwohl ich nicht oft in die Kirche gehe, weiß ich, dass es nicht gut ist, wenn Pfarrer und Küster nicht gut miteinander auskommen. Dann klappern die Nummern in der Anschlagtafel lauter als gewöhnlich, und die Öffnung in der Altarbalustrade klemmt, wenn der Pastor rein- oder rauswill. Schon klappert die Wetterfahne auf dem Kirchendach, dass es bis zum Steg zu hören ist, und was das bedeutet, kannst du dir selbst ausmalen.

Achtundzwanzigstes Kapitel

Was der vierte Sommer auf Örar hatte werden sollen, wird der erste. Für die Pfarrersfrau der erste in einer lebenslangen Reihe von Einsamkeiten. Für die Mädchen der erste, an den sie sich später noch erinnern werden, in einem Leben, in dem Papa immer schon tot gewesen ist.

Auch in diesem Sommer kommen viele Gäste, Menschen, denen die vereinsamte Witwe leidtut und die ihr Gesellschaft leisten und Trost spenden möchten. Das bedeutet, außer den Umzugsvorbereitungen muss sie auch zusätzliche Personen unterbringen und verpflegen. Mit den Portmans im Haus ist das keine einfache Sache, die Dachkammern stehen nicht mehr zur Verfügung, das Büro auch nicht, und in der Küche muss sie Platz für Frau Portmans Essenszubereitungen frei machen. Sie haben einen Plan ausgearbeitet, durch den sie sich so wenig wie möglich in die Quere kommen, aber das zusätzliche Kommen und Gehen gibt Portmans das Gefühl, im Weg zu sein, weshalb sie ungehalten werden und Mona so schnell wie möglich aus dem Haus wünschen.

Lillus hat Angst vor ihnen. Mama hat den Kindern beigebracht, nur die Tageszeit zu sagen und gleich weiterzugehen, aber das schafft Lillus nicht. »Uähh«, heult sie los, sobald einer der beiden sie ansieht, denn Portman hat einen direkten Zugang zu dem Abgrund in Lillus, in dem ihr Heulen wohnt.

Sanna guckt gequält, macht einen Diener und sagt »Gud'n Tag«, dann in einem Atemzug »Still, Lillus!« und zieht sie mit sich auf die Treppe nach draußen. Da lässt es sich aushalten, wenn man sich von den Wegen der Portmans fernhält. In die Nähe des Stalls kommen sie nie, da kann man also hin, ebenso auf die Kuhweiden. Es ist eine Erleichterung, aus dem Haus zu kommen, doch obwohl Sanna klug ist für ihr Alter, kann sie schwer vorausberechnen, wo Portmans auftauchen, und sie davon abhalten, Lillus anzusehen. Dann brüllt sie los, und Mama wird wütend.

Sie ist immer wütend. Sie hat so viel zu tun und schafft nie alles, was sie sich vorgenommen hat, obwohl sie von morgens bis abends schuftet. Sie werden zu Helléns ziehen, noch nicht, darüber braucht Sanna also nicht nachzudenken. Mama sorgt dafür, dass alles, was zu tun ist, auch erledigt wird, aber da ist an so vieles zu denken, und zum Glück kann Sanna helfen, indem sie auf Lillus aufpasst.

Äppla und ihr Kalb kommen im August zum Schlachter. Goda wird sie zu den Helléns begleiten und dort im Stall untergebracht. Die Schafe und die Hühner gehen mit den Stallgerätschaften zur Auktion. Die Heuernte haben verschiedene Bauern aus der Gemeinde unter sich aufgeteilt, das Heu ist inzwischen von der Kirchinsel abtransportiert. Die Scheune steht leer und wird vielleicht nie wieder gefüllt, denn Portmans haben nicht vor, Kühe zu halten. Sie werden ihre Milch beim Pfarrhofpächter kaufen und das Weideland verpachten. Es ist eine Sünde und Schande, vielleicht soll es aber auch nur so sein, dass auch die Viehhaltung des Pastors aufgelöst wird, nachdem er selbst nicht mehr da ist und der Rest seiner Familie im Begriff steht, ihr Vermissen an einem anderen Ort weiterzuleben.

An tausend Dinge muss gedacht werden. Leichtsinnigerweise hat Petter die Umzugskisten auseinandergeschlagen und daraus Bücherregale gebaut; jetzt muss der Küster die Regale abmontieren und die Bretter zu Kisten zusammennageln. Die Bücher kann sie schon einpacken, aber viele andere Dinge muss sie noch bis zuletzt zugänglich halten. Zuerst stellt sie schon einmal die Dinge zusammen, die zur Auktion sollen. Es kommen schon viele vorbei und mustern heimlich das Mobiliar, da sie wissen, dass sie fürs Erste selbst in eine Dachkammer ziehen wird, aber sicher wird sie im Lauf der Zeit wieder ein eigenes Haus und Heim haben; die Möbel kommen also mit.

Besser nicht daran denken, mit welcher Freude sie alles ausgepackt und das Pfarrhaus eingerichtet hat. So wird es nie wieder, aber Ordnung und Methode und Überblick sollte man trotzdem behalten. Es ist eine Arbeit, ein Einsatz, eine Pflicht, die effektiv und ohne Gefühlsduselei zu erfüllen ist. Wenn man sich die Nase putzen muss, liegt es daran, dass es den ganzen Sommer über kühl und feucht ist und einem beim Wühlen in Schränken und Verschlägen Staub in die Nase steigt.

Seit die Portmans gekommen sind, wird wieder jeden Sonntag Gottesdienst gehalten, und Mutter und Töchter sitzen alle drei da, nur ein paar Reihen weiter hinten. Mona und Sanna grüßen alle, Frau Portman vorerst niemanden. Die Vorbehalte der Gemeinde sind mit Händen zu greifen. Portman kann keinen Gottesdienst halten, nur der Kantor bestreitet angestrengt den Wechselgesang, die Gemeinde antwortet halbherzig. Die Predigten sind gut vorbereitet, aber trocken. Bei Kummel gab es Leben und Esprit, auch wenn er nicht so schrecklich gut vorbereitet war. Auch dann war es ein Vergnügen, ihm zu folgen und sich zu fragen, ob er sich wohl an dem dünnen Faden, an dem er sich entlanghangelte, am Ende retten würde. Und wie er singen konnte! Darüber reden sie alle so demonstrativ, dass Portmans es hören.

Gleich nach dem ersten Gottesdienst erhält der Kantor einen Rüffel, weil er das Tempo verschleppe. Es wird nicht als Entschuldigung akzeptiert, dass die Gemeinde es so haben möchte, es sei doch seine Aufgabe als Kantor, ihr beizubringen, einen modern-zeitgemäßen Gesangsstil zu praktizieren. Und der Küster … Ja, der Küster möge etwas folgsamer sein und sich nicht ständig darauf berufen, dass am Ort dies oder jenes seit jeher so üblich sei. Junge, unsichere Geistliche würden sich nach Derartigem richten, wogegen erfahrene Pfarrer kritisch sichteten und dort neue Praktiken einführten, wo es angebracht erscheine.

Seitdem kehren weder der Kantor noch der Küster nach dem Gottesdienst noch im Pfarrhaus ein, und mit ihrer Pfarrfrau können sie nur noch bei einigen vereinzelten Gelegenheiten offen reden. Wie wird es gehen, fragen sich beide, der Küster offener gekränkt als der Kantor, der darum kämpft, eine reibungslose Zusammenarbeit mit seinem Vorgesetzten zu erreichen. Ihm graust vor den Kirchenvorstandssitzungen; es wird schwer werden, einem Pfarrer die Themen vorzubereiten, der sich nicht im Mindesten dafür interessiert, wie man Dinge auf den Örar handhabt, er verweist dann lediglich auf die ausgezeichneten Gepflogenheiten in seiner Heimatgemeinde im nödlichen Österbotten.

»Es war schon schwer genug«, sagt der Kantor, »als wir im sechzehnten Jahrhundert Protestanten werden mussten. Die Kirche soll ein Fels und sich selbst treu sein, Veränderungen, welcher Art auch immer, mögen wir nicht. Davon haben wir draußen in der Gesellschaft schon genug.«

Dem kann der Küster nur zustimmen, zumal jeder normal beschaffene Mensch einsehen muss, dass die Bräuche auf den Örar sowohl schön sind als auch bestens funktionieren.

In der Gemeinde hat sich die übliche Spaltung in zwei Lager schnell bemerkbar gemacht. Diesmal sind die aus der Ostsiedlung mit ihren Vorstößen schneller gewesen, registriert der Kantor maliziös. Doch auch die vortreffliche Adele Bergman versucht, Portmans unter ihre Fittiche zu nehmen. Zum ersten Mal trüben gewisse Vorbehalte das Verhältnis zwischen der Leiterin des Genossenschaftsladens und dem Vorsitzenden von dessen Aufsichtsrat.

»Im Anfang ist es nicht leicht für ihn«, erklärt Adele. »Darum müssen wir offen und ohne Vorbehalt auf ihn zugehen. Wir müssen seinem Amt Respekt zollen und ihm Vertrauen entgegenbringen. Wir können noch nicht absehen, auf welche Weise er unter uns zu wirken gedenkt.«

»Tja«, macht der Kantor. »Es gibt da nichts Gutes verheißende Exempel. Aufgeschlossen hat er sich uns gegenüber jedenfalls nicht gezeigt.«

»Umso mehr Grund, dass wir uns ermutigend und verständnisvoll zeigen. Wenn der Kern der Glaubensbotschaft gesund ist, spielen die äußeren Formen keine so große Rolle.«

»Wie willst du zum Kern der Glaubensbotschaft vordringen, wenn uns die äußeren Formen zurückstoßen?«

»Jetzt bist du zu voreilig mit seiner Verurteilung. Richtet nicht, auf dass ihr nicht gerichtet werdet.«

»Liebe Adele, ich spreche von unserer Zusammenarbeit, die schwer wird.«

»Ist nur einer schuld, wenn zwei sich streiten?«

»Nein, wahrscheinlich nicht.«

»Jetzt bist du mir böse.«

»Mir scheint, dass das Vertrauen, von dem du sprichst, nicht für mich gilt.«

»Doch, sicher. Zu dir habe ich Vertrauen, zu ihm versuche ich erst welches aufzubauen. Ich verteidige ihn, weil er keinen leichten Stand hat. Ich möchte nicht, dass der Pastor, den wir bekommen haben, schief angesehen und geschnitten wird. Du weißt selbst, wie unbarmherzig die Menschen sein können. Überlege einmal, ob Gottes Wege nicht so sein könnten, dass er eine weniger beliebte und strahlende Person erwählt, um die Erweckung zu vollenden, die Kummel niemals zustande gebracht hat. Und stell dir einmal vor, Kummels Tod könnte zu Gottes Vorhaben mit uns gehören.«

»Dann habe ich mit unserem Herrgott ein Hühnchen zu rupfen.«

»Das ist kein Scherz. Ich meine, wir sollten offen für den Gedanken sein, dass Portman ein uns von Gott gesandtes Werkzeug zu unserer Erlösung sein könnte.«

»Verzeih, Adele, aber von uns beiden denkst nur du so. Der Pfarrer ist auch ein Amtsträger, und da gehen die Ansichten unüberbrückbar auseinander. Und jetzt muss ich gehen. Danke für den Kaffee.«

Ein kurzer Händedruck nur, seine markanten Gesichtszüge nun eine Spur zu dunkel. Draußen geht er spornstreichs zum Anleger, blickt nicht ein einziges Mal auf, als er den Wickströmmotor anwirft, und fährt davon. Unbeweglich sitzt er im Boot, abgewandt, wie er es tun muss, wenn er nach Süden fährt. Um die Kaffeetasse, aus der er getrunken hat, steht kein heller Schein, das von ihm unterschriebene Protokoll hat kein Leben. Es ist ein Keil zwischen sie, die Gott näherkommen will, und ihn getrieben, der auf weltlichen Pfaden wandelt. Zwischen sie, die ihn liebt, und ihn, der diese Liebe nicht erwidert.

Es war die Pfarrersfrau, die dafür sorgte, dass Adele und Portmans näher miteinander bekannt wurden. An einem Samstag, an dem der Laden bereits um eins schloss, hatte sie Adele und Elis zum Nachmittagskaffee eingeladen und Portmans dazugebeten. »In Adele hat die Kirche eine wirkliche Freundin«, erklärte sie ihnen. »Sie sitzt im Kirchenvorstand, und es wäre schön, wenn Sie sich kennenlernen würden.«

Es ist wie immer angenehm am Tisch der Pfarrersfrau und die Bewirtung wie immer gut. Portmans würdevoll und kühl, aber immerhin mit einem verbindlichen Lächeln. Adele, in ihrem Element, kommt gleich auf die Notwendigkeit einer Erweckung zu sprechen, es geht ihr um einen tieferen Glauben bei den Gewohnheitschristen auf Örar, sie freut sich, dass der ehrwürdige Bischof ihnen einen erfahrenen und gefestigten Pfarrer geschickt hat, hofft und glaubt, dass er ein Segen für die Gemeinde sein wird. Salbungsvoll und mit Tränen in den Augen berichtet sie von der Arbeit, die ihr voriger Seelsorger nicht mehr vollenden konnte. Sie setze nun ihre Zuversicht darein, dass er, Portman, von Gott in diese Schärengemeinde geführt wurde.

»Ein Betätigungsfeld voller Herausforderungen«, stimmt Portman zu, und seine Frau nickt. »Hier muss in der Tat aufgerüttelt werden. Hier draußen, wo die Menschen wie große Kinder sind, ist eine feste Hand vonnöten.«

Zur allgemeinen Überraschung lacht die Pfarrersfrau auf.

»Ich muss schon sagen«, meint sie mit einer Äußerung, die Frau Hellén, ihrer Mutter, würdig wäre. Sie reicht die Kuchenplatte noch einmal herum und stürzt dann nach draußen, um den Mädchen etwas zu sagen, die sie durch das Fenster beaufsichtigt. Sie spielen ein Spiel, das Lillus erfunden hat. »Potman kommt!«, ruft sie, und dann laufen beide kreischend auseinander und verstecken sich. Wenn Sanna ruft: »Er ist weg«, kommen beide aus ihrem Versteck und fangen wieder von vorne an.

»Pfui, so etwas dürft ihr nicht rufen«, schimpft die Mama. Sie eilt zurück ins Haus und unterbricht wieder die laufende Unterhaltung. Die beschränkt sich nur noch auf dieses und jenes, unverbindliche Plauderei, bis es Zeit ist zu gehen.

Adele bricht es das Herz, als sie die Pfarrersfrau so aktiv und rege, voller Elan wie eh und je sieht, doch ohne die Lebendigkeit und Freude, die als Frau an der Seite von Petter Kummel ihr Markenzeichen waren. Jetzt ist sie die Mutter der beiden kleinen Mädchen, viele Jahre Arbeit sind noch erforderlich, bis sie auf eigenen Beinen stehen werden. Wie soll sie das nur schaffen? Das fragen alle, und die Pfarrersfrau antwortet jedes Mal: »Es muss einfach gehen. Mehr ist nicht dabei.«

Die Portmansche hat keine Kinder, darum rechnet Lydia Manström damit, dass sie eine Verstärkung bei den Marthas und in der Volksgesundheitsarbeit abgeben könnte. Neue Kräfte und Talente werden gebraucht, und darum heißt sie Portmans Frau herzlich willkommen. Für den Anfang hält die sich aber noch zurück und geht keine Verpflichtungen ein. Verständlich, dass sie keine sichtbare Rolle spielen möchte, bevor Mona Kummel abgereist ist, aber es schadet nicht, schon einmal den Boden zu bereiten und sie in der Frauengemeinschaft der Ostsiedlung willkommen zu heißen.

Arthur Manström steht Portman hingegen voreingenommen und ablehnend gegenüber, für ihn ist er ein trockener Knochen, ein fantasieloser Kretin, ein aufgeblasener, kleiner Papst. »Man braucht ihn lediglich ein einziges Mal zu hören, um zu kapieren, dass von dem nichts zu erwarten ist«, erklärt er nach dem ersten Gottesdienst. Er, der manchmal die Kirche besuchte, um Kummel seine Freundschaft zu zeigen, und besonders die Zusammenkünfte im Pfarrhaus schätzte, tritt nun in den Kirchenstreik. Jemand, dem jegliches Redetalent abgeht, fehlen auch die Voraussetzungen, es an anderen richtig zu schätzen. Es lohnt sich also gar nicht, groß über Portman zu reden, unseren leer klappernden Prälaten, wie Arthur ihn nennt. Dadurch wird es für Lydia schwieriger, eine freundschaftliche Verbindung zu den Portmans zu pflegen, aber keineswegs unmöglich, denn wer sitzt schließlich im Kirchenvorstand, Arthur oder seine Angetraute? Wer ist Vorsitzende der Marthas? Arthur wohl kaum. Beim Warten darauf, dass das Gemeindeleben nach den aufregenden Ereignissen des letzten Jahres in seinen gewöhnlichen Trott zurückfindet, braucht es Geduld und Ausdauer. Dann wird man wieder wissen, was man vom jeweils anderen zu halten hat und wo die Stärken und Talente der Neuankömmlinge liegen.

Die kleinen Mädchen können sich nicht vorstellen, dass der Sommer einmal zu Ende gehen wird. Für ihre Mutter vergeht er schwindelerregend schnell. Das Umzugsdatum Ende August steht fest, der Abtransport von Äppla und ihrem Kalb ist bestellt. Ehe man sich's versieht, muss man sie zum letzten Mal melken und mit ihr zum Dampferkai, verfolgt von Godas ängstlichem Brüllen am Ufer. Am Kai wird Äppla an Bord und in den offenen Laderaum des Frachters gejagt, der das Herbstvieh von den Örar zum Schlachthof nach Åbo bringt. Es geht mit harter Hand und rücksichtslos zu. Für jemanden mit Mona Kummels Hintergrund ist es nichts Außergewöhnliches, ein Tier zur Schlachtung zu schicken, und die eigensinnige und auf ihren Rang bedachte Äppla gehört nicht zu ihren Lieblingen, aber trotzdem. Es geht um ihre Kuh und deren Leben. Das jetzt zu Ende geht. Und zu sehen, wie durchgedreht Goda ist, das geht an die Nieren, obwohl sie von Äppla so manchen Knuff bekommen hat und ihr Leben lang zurückstecken musste. Goda jetzt zu sehen ist, wie Lillus zu sehen, wenn Sanna weggeschickt würde.

Dumme Gedanken, als ob Tiere Menschen wären. Das sind sie nicht, und sie muss Goda in den Griff kriegen und sie in den Stall bringen und anbinden, damit sie nicht die ganze Nacht auf der Kirchinsel herumläuft und brüllt.

Ebenso unwissend wie die Kühe, wenn sie fortmüssen, sind die Kinder. Sanna weiß, dass sie umziehen werden, obwohl sie nicht weiß, was das bedeutet, aber sie ist unruhig geworden und schläft schlecht, und auch mit der inzwischen zwei Jahre alten Lillus wird alles schwieriger. Damit Mama etwas geschafft bekommt, muss sie Cecilia für ein paar Wochen anheuern. Cecilia ist ruhiger als Mama, und alles geht leichter. Cecilia ist vor allem Sannas Freundin, und wen Sanna mag, den mag auch Lillus. Außerdem ist Mama mit Cecilia im Haus gezwungen, sich zu beherrschen und wenigstens zu versuchen, gute Laune zu haben. Es stört sie nicht, dass die Mädchen in Cecilias Gesellschaft viel fröhlicher sind als bei ihr, denn jetzt geht es nur darum, koste es, was es wolle, die kommenden Wochen zu überstehen.

Die Tage fliegen dahin. Die Schafe wurden ein letztes Mal geschoren, und die Wolle ist untergebracht. Nackt und zitternd stehen sie am Auktionstag zur Begutachtung im Schafstall. Die Katze darf bei Portmans bleiben, nachdem Mona etwas von Mäusen erzählt hat, aber die vier Hühner machen zu viel Arbeit und sollen verkauft werden. Am festgesetzten Tag fahren Mona und die Kinder per Boot zu Schwester Hanna. Nicht, weil sie es nicht mit ansehen könnte, versichert Mona, sondern weil sie der Überzeugung ist, dass bei der Versteigerung höhere Preise erzielt werden, wenn die Leute sie nicht sehen müssen und dadurch die Stimmung gedrückt wird. Der Kantor wird über die Verkäufe Buch führen. So wie es nun einmal gekommen ist, braucht man über den Verkauf von Hühnern und Schafen, Milchkannen und Landwirtschaftsgerät nicht zu heulen. Was soll's, meint sie stur.

Ja, was soll's. Man packt und rackert. Wie eine Maschine. Muss unterbrechen, als der Gemeindevorstand kommt, um seine Abschiedsaufwartung zu machen. Der Kantor redet. Er dankt für die große Gastfreundschaft auf dem Pfarrhof, blickt auf die vergangenen drei Jahre als auf eine Zeit seltenen Glücks im Leben der Gemeinde zurück und hofft, dass die Verbindung zu ihnen niemals abreißen möge. Er möchte der Pfarrfrau und ihren Kindern alles Gute für die Zukunft wünschen und ihnen versichern, dass sie auf den Örar niemals vergessen werden. »Vergesst auch ihr uns nicht«, mahnt er – und um ihre Erinnerung wachzuhalten, wickelt er das braune Packpapier ab, aus dem ein schönes Bild der Kirchinsel zum Vorschein kommt, auf Bestellung von einem Kunstmaler aus Mariehamn gemalt.

Der Vorstand in Tränen, die Witwe beherrscht wie bei der Beerdigung, aber doch gerührter als damals, als sie sich für das Bild, für die Freundschaft und für die besten Jahre ihres Lebens bedankt. Sie wendet sich hastig ab, legt ein Scheit Holz nach und ist etwas gerötet, als sie sich wieder umdreht und im Salon umsieht. Da stehen Reihen von Umzugskisten. Einige sind schon zugenagelt, andere müssen noch mit den allerletzten Sachen gefüllt werden. Das Service ist bereits verpackt, darum weiß sie nicht, wie ...

Nein, nein, natürlich erwartet keiner, mitten im Umzugstrubel zum Kaffee eingeladen zu werden. Sie werden gleich wieder gehen, möchten sich aber auch offiziell im Namen der Gemeinde für die Zeit mit ihr bedanken, auch wenn sie alle es schon persönlich getan haben. Adele in Tränen, Sörling sich ständig räuspernd und für seine Verhältnisse außergewöhnlich schweigsam, Lydia Manström besorgt: Möge es ohne weitere Gefühlsstürme gehen. Der Kantor so angespannt, dass er sich nicht einmal dazu aufraffen kann, vorzuschlagen, »Oh, wie selig, wenn wir dürfen wandern« zu singen, wo sie doch nun auseinandergehen werden.

Der Vorstand raus auf die Treppe, zum letzten Mal. Alles gepackt, bis auf das Allernotwendigste, das morgen in einen Koffer kommt. Am letzten Abend soll Cecilia nach Hause gehen. Die Pfarrersfrau wünscht kein Abschiedskomitee am Ufer, sie möchte unter geordneten Formen Adieu sagen.

»Vielen Dank, Cecilia, für all deine Hilfe, wir waren so froh, dass wir dich hatten.« Sie bekommt einen Umschlag mit ihrem Lohn in die Hand gedrückt. Richtiges Geld! Sanna darf sie bis zur Brücke bringen, soll aber dann schnurstracks zurückkommen.

Lillus weint, als die beiden losgehen, nur Sanna und Cecilia. So spät im August wird es abends schon kühl, und Sanna fröstelt. Cecilia hält sie an der Hand und möchte fröhlich sein, aber sie weint, als sie sagt, dass sie es furchtbar traurig findet, dass sie wegziehen müssen. Aber Sanna solle nicht traurig sein, es werde bestimmt lustig bei Großmutter und Großvater und allen Tieren, und wenn Sanna größer ist, kann sie nach Örar kommen und sie besuchen. »Ich werde dir Briefe schreiben«, verspricht sie, »und deine Mama kann dir helfen, Antworten zu schicken.«

Viel zu schnell kommen sie an die Brücke. Sie hat noch kein Geländer, ruht aber auf soliden Pfeilern. Von jetzt an braucht kein Mensch mehr auf dem Weg zur Kirchinsel zu ertrinken. Hier soll Sanna umkehren und Cecilia allein weitergehen. Aber sie bleiben stehen und halten Händchen. Cecilia weint, und Tränen kullern über Sannas Backen und Nasenspitze. Mit Bangen überlegt Cecilia, dass sie als die Ältere wissen muss, wann es Zeit ist zu gehen. Sie lässt Sannas Hand los, spürt, wie unwillig sie sich zurückzieht. Cecilia kann Sanna nicht ansehen, als sie sagt: »Jetzt muss ich gehen. Und du musst auf direktem Weg nach Hause gehen, sonst macht sich deine Mama Sorgen. Adieu, Sanna. Lauf jetzt.«

Sanna ist erschreckend klug und vernünftig. Nicht ein einziges Mal fragt sie, ob sie Cecilia nicht noch ein Stück begleiten darf. Sie bittet Cecilia auch nicht, noch zu bleiben. Sie sagt nicht, dass sie Angst hat, allein nach Hause zu gehen. Im August zieht die Dämmerung rasch herauf, und jetzt müssen sie gehen. Sie wischt sich mit dem Ärmel die Augen, dreht sich um und rennt los. Cecilia geht auf die Brücke, bleibt stehen und dreht sich um. Sanna ist klein und dünn und bald zwischen Wacholder und Schatten verschwunden. Der Weg liegt verlassen, als hätte es sie nie gegeben.

Aus ihrem eigenen Leben kann Sanna nirgendwohin verschwinden. Da ist sie immer gegenwärtig, und sie hat Angst. Auch wenn sie und Cecilia vom Pfarrhaus gekommen sind, ist nicht sicher, ob es noch dastehen wird, wenn sie zurückkommt, denn der Weg verläuft auf dem Rückweg anders, führt nach oben, wo sie hinabgingen, geht im Zick, wo er im Zack verlief. Sie steigert sich so hinein, dass sie das Weinen vergisst, doch da steht das Pfarrhaus seltsam dunkelrot in der Dämmerung, mit weißen Kantleisten, die gleichsam über das Rot segeln. Sie hält an und knöpft ihre Jacke zu, sonst schimpft Mama und sagt, es sei ihre eigene Schuld, wenn sie sich erkälte. Es geht schwer, die Jacke sitzt eng, es gibt viele Knöpfe und Knopflöcher, und man sieht die obersten nicht richtig. Sanna runzelt die Stirn und kneift die Augen zusammen und muss noch einmal von vorn anfangen, weil sie schief geknöpft hat. Vielleicht kommt Mama auf die Treppe und ruft: »Komm, Sanna!«, aber das Haus liegt so still da, als würde niemand darin wohnen. Sie geht die Stufen hinauf und zieht fest an der Tür, um sie aufzubekommen. Im Windfang ist es dunkel, sie stolpert gegen eine Kiste und stößt sich. Da kommt Mama aus der Küchentür. »Da bist du ja.« Hinter ihr Lillus, die geweint hat, aber vor Freude, dass Sanna wieder da ist, einen Hopser macht. Es ist so, wie Mama zu jedermann sagt, ein Glück, dass Lillus Sanna hat.

Es wird ein unerwartet schweres Stück Arbeit, die Kuh an Bord zu bekommen. Selten hat man ein so verwirrtes Rindvieh gesehen. Sie hat ihre Leitkuh verloren und weiß nicht ein noch aus, sie wirft den Kopf und brüllt, hat Schaum vor dem Maul und stampft und stampft, als wir sie endlich verzurrt haben. Jetzt soll sie nach Åbo, da auf einen Lastwagen und in die Gegend von Helsingfors gekarrt werden. Da kommt sie in einen Stall mit zehn riesengroßen Ayrshire-Rindern, mit denen sie auskommen soll. Das Kraftfutter und die Silage, die sie dort bekommt, sind viel zu reichhaltig, und man muss kein Viehhalter sein, um sich vorzustellen, was für Gase dadurch entstehen und was für schreckliche Durchfälle. Das nächste Kalben übersteht sie vielleicht noch, doch dann folgen Milchfieber und Schlachtung. Besser, sie wäre gleich zusammen mit Äppla zum Schlachter gekommen. Arme Pfarrerskuh!

Die Pfarrersfrau kann sich nicht von ihr trennen, sie ist das Einzige, was ihr von allem, was auf der Kirchinsel wuchs und gedieh, noch geblieben ist. Na ja, die Kinder natürlich, aber die sind genauso durch den Wind und verängstigt wie die Kuh. Ein Trauerspiel ohnegleichen, dass sie jetzt wegmüssen. Die Pfarrersfrau wünscht kein Abschiedskomitee, hat sie wissen lassen, also sind nur der Küster und Brage da und tragen Möbel und Kisten und helfen Kalle und mir beim Verstauen. Sie hat eine fürchterliche Eile im Leib: Alles muss schnell gehen, und sie läuft und dirigiert, und die Kleinen laufen ihr nach und wieder zurück und heulen wie die Schlosshunde. Sie schreit sie an, sie sollten dableiben und warten, sie komme sofort zurück. »Still, Lillus!«, befiehlt sie, und die Mädchen bleiben totenstill auf dem Anleger stehen, während die Pfarrersfrau ein letztes Mal zum Haus hinaufläuft.

Ich weiß nicht, ob sie sich nicht tief in ihrem Innersten vorstellt, es könne alles noch gut werden. Dass sie die Tür aufzieht und er dasteht, in seinen Alltagsklamotten und gut gelaunt, und sich wun-

dert, woher sie so schnell angelaufen kommt. Dass alles andere eine lange Krankheit war, ein schweres Fieber mit andauernden Albträumen. Jetzt endlich vorbei.

Irgendwas zwingt sie jedenfalls ein letztes Mal ins Haus. Im Vorbau stößt sie auf Portmans, die etwas verfrüht nach unten gekommen sind; sie können es nicht erwarten, das Haus in Besitz zu nehmen.

»Oh, Verzeihung«, ruft sie, »ich will nur kurz.« Sie hat sich schon von ihnen verabschiedet und läuft an ihnen vorbei in das große Wohnzimmer. Nichts. Das Schlafzimmer leer, als hätten sie nie … Sie läuft weiter, Esszimmer, Küche, ein letzter Blick, nichts vergessen, zurück, die Treppe hinab, kein Blick mehr zum Friedhof und zu dem gepflegten Grab, auf dem der Rosenbusch blüht, zurück zum Anleger. Da liegen wir, voll beladen. Die Männer wie üblich im Maschinenraum, im Salon mehrere Frauen, die nach Åbo wollen, Brage und der Küster ratlos auf dem Kai.

Die Kuh muht an Deck, und da kommt die Pfarrersfrau. Sie schiebt Sanna an Bord, hebt die Kleine über die Reling. »Haltet euch fest!«, ruft sie, und sie klammern sich mit aller Macht an. Als ginge es um ihr Leben, halten sie sich fest, als ich Kalle zurufe: »Wir sind so weit.«

Er holt die Gangway ein und schließt den Durchlass in der Reling. Der Küster steht an der Reling, vielleicht ist er derjenige, der die Pfarrersfrau besser leiden mochte als jeder andere, und er verliert am meisten durch den Wechsel in der Pfarre. Sie kann ihm nicht ausweichen. Er sagt: »Mona, ich sage nicht Lebwohl …«

»Nein«, gibt sie zurück. »Das haben wir schon getan.«

Sie hört sich ärgerlich und distanziert an, doch er fährt fort: »Ich sage Auf Wiedersehen!« Er legt den ganzen Jackenärmel über sein großes, ehrliches Gesicht, und sie, klein, mit weißer Nasenspitze, sagt: »Gut.« Sie zieht die Kinder mit sich in den Salon, und wo sie das Sagen hat, muckst keiner. Da gibt es keine tränenerfüllten Blicke zurück zur Kirche, zum Pfarrhaus, auf Meer und Land. Der Aufenthaltsraum liegt unter Deck, und da sieht man nichts, wenn man nicht die Nase am Bullauge platt drückt, das, wie ich zugebe, nie geputzt wird.

Wenn die Maschine läuft, hört man nichts, und wenn man nichts hört, sieht man auch schlechter. Ich kann nicht einmal sagen, ob Brage und der Küster winkten oder einfach nur dastanden. Die Frauen haben erzählt, die Pfarrersfrau habe sie alle gegrüßt und streng darauf geachtet, kein schlechtes Bild zu machen, die Mädchen seien still gewesen wie die Mäuse, und niemand habe geweint.

Für die Frauen war es eine bittere Enttäuschung, dass die Pastorsgattin ausgerechnet mit diesem Schiff abreiste. Wenn mehrere von ihnen für Stunden zusammenstecken, reißen sie die Klappe auf und tratschen sich in Ekstase. Über alles und jeden, egal in welcher Reihenfolge, die einzige unausgesprochene Übereinkunft ist, dass keine für das, was in diesen Stunden aus ihr herausrutscht, im Nachhinein verurteilt wird. Sie quatschen über Freund und Feind, Lebende und Tote, stacheln sich gegenseitig auf und erzählen schlüpfrige Geschichten, lachen und fallen sich ins Wort, sie fangen noch mal an, steigern sich und übertreiben, wenden ihr Innerstes nach außen, wie im Krieg die Kleider. Am meisten lieben sie Skandale und schauerliche Unglücksgeschichten. Die schrecklichste von allen ist nach wie vor der Tod des Pfarrers, aber da sitzt seine Frau. Wie könnte man da?

Da sitzt die Pfarrersfrau, und man muss ja etwas sagen, aber man muss sich zurückhalten und aufpassen, was man sagt. Der ganze Spaß an der Fahrt ist verdorben, wenn man seine Worte so auf die Goldwaage legen muss, und obwohl über vieles geredet wird, bleibt das Verlangen nach all dem, worüber sie sonst hätten spre-

chen können, groß. Die verbleibenden Gesprächsthemen sind trocken und die Stunden lang.

Der Mensch ist so beschaffen, dass er an der Oberfläche bleibt und alles darunter für lange Zeit vergessen kann. Es sinkt nach unten, und anderes tritt an seine Stelle. Was einmal geschehen ist, rückt immer weiter von der Welt ab, genau wie der Pfarrer immer weniger dem noch ähnelt, der einmal unter uns lebte. Es ist, wie es sein soll, denn alles fließt und verändert und verwandelt sich. So ist die Welt, und auf Örar ist der Pfarrer schon eine Legende, an der man weiterstrickt. Solange die Pfarrersfrau und die Kinder noch da sind, wird der Strom in seinem Fluss gehemmt, und Missmut und Trauer beißen sich quälend fest, obwohl sie von neuen Fluten weggespült werden sollten.

Da sitzen sie, die Pfarrersfrau bemüht interessiert und die kleinen Mädchen unnatürlich brav, und rufen bei den Frauen eine Missstimmung hervor, die sich beschämend anfühlt. Ihr Mitgefühl ist schon aufgezehrt, und keiner möchte seiner eigenen Unbeständigkeit im Spiegel begegnen. An Bord müssen sie seufzend die Nacht überstehen, und am Morgen dürfen sie zusehen, wie ein Lastwagen rückwärts an die Kaikante setzt, das arme Vieh an Land gezerrt wird und Möbel und Umzugskisten umgeladen werden. Adjö, sagen sie erleichtert, als sie Richtung Markt aufbrechen. Adieu und tschüss. Als sie um die Ecke biegen, verschwinden der Laster und die Pfarrersfrau mit den Kindern aus dem Sichtfeld, und als die Frauen am Nachmittag zurückkommen, liegt die See blank wie ein Spiegel. Es war für alle das Beste, dass sie weggezogen sind.